Hubert Feuillade,
apprenti philosophe

Stéphane Bautheney

Hubert Feuillade, apprenti philosophe

Roman

LE LYS BLEU
ÉDITIONS

ISBN : 979-10-377-5030-3

à Laura
en mémoire de Nadine Bautheney et Alain Bavelier

On se lasse de tout, sauf de comprendre.

Virgile

Il n'y a pas de philosophie que l'on puisse apprendre, on ne peut apprendre qu'à philosopher.

Emmanuel Kant

Première partie

1

Hubert sort du refuge pour animaux et emprunte le chemin du Beausoleil, une boule de poil noire et blanche dans une caisse de transport bringuebalant au gré de ses écarts pour éviter de tacher ses chaussures en cuir dans la terre encore humide. Adopter un chat le jour anniversaire de ses dix-huit ans, ce samedi quatre juillet, était un désir tout à fait personnel. Ce cadeau trancherait sûrement avec ceux convenus et onéreux qu'il recevrait plus tard des mains de sa famille, lors d'une fête organisée dans sa grande maison à la façade en briques rouges de l'Avenue de Champagne. À son entrée au refuge, il avait snobé les quelques toutous baveux qui se donnaient en pitié au premier visiteur venu (Hubert déteste cette fidélité gluante des chiens pour leur maître, soumission abêtissante à l'opposé des valeurs d'amour-propre et d'autonomie qu'il chérit plus que tout). Il ne s'était pas non plus attardé devant les enclos des chatons tigrés ou siamois qui faisaient la joie des quelques enfants venus avec leurs parents, blottis dans leurs petites mains et leur léchant la joue. Après quelques minutes de déambulation, son regard fut soudain attiré par un félin légèrement plus âgé de quelques mois, totalement indifférent au monde alentour et splendidement isolé. Il était perché, immobile, sur les hauteurs d'un meuble en bois clair, le regard fixé sur l'horizon de vignes découpées par la fenêtre qui lui faisait face.

Le long des rues calmes d'Épernay, qu'il parcourt distraitement, Hubert prend la décision d'appeler son nouveau compagnon Atma, en référence au nom du caniche de son maître spirituel, le philosophe Arthur Schopenhauer, et légataire universel du penseur allemand. Aussi parce que de généreuses touffes de poils blanches, réparties symétriquement sur les côtés de la tête du fier félin, ne sont pas sans rappeler la chevelure généreuse et sauvage de l'auteur du *Monde comme volonté et comme représentation.*

Hubert Feuillade, beau jeune homme grand et maigre, aux traits fins et aux cheveux mi-longs, noirs et bouclés, affichant en public une posture faussement ténébreuse, s'est pris progressivement de passion pour la philosophie lors de son année de terminale au lycée Stéphane Hessel d'Épernay, grâce à un enseignant inspirant. Celui-ci était l'archétype du prof de philo, la tête dans les nuages, notamment lorsqu'il le croisait sur le chemin de son établissement, un sac poubelle saugrenu en main, oublié au milieu d'un tourbillon d'imaginations célestes. Cependant, il était authentiquement passionné par les idées des grands philosophes et la transmission de leurs pensées à ses élèves, alors à l'aube de l'âge adulte.

Ce fut son professeur, monsieur Rivière, qui lui fit découvrir que la philosophie était la fille laïque et conceptuelle des grands récits de la mythologie grecque. Hubert connaissait bien ces récits fondateurs d'Hésiode et d'Homère pour les avoir lus, à titre personnel, tout au long de son année de première, au détriment du programme officiel, ce qui lui vaudra une note en deçà de ses compétences au baccalauréat de français.

Socrate, sous la plume de Platon, deviendra l'initiateur du lycéen, avec ses questions instiguant ses interlocuteurs à accoucher tant bien que mal de leur propre vérité enfouie sous les couches épaisses des conventions sociales, comme le taon posé sur notre épaule et qui ne cesse de réveiller nos consciences. *La République* fut le premier livre de philosophie qu'il fut donné à Hubert de lire. Le jeune homme se rappellera toujours le moment où son professeur expliqua l'allégorie de la caverne, allégorie qui l'avait intriguée à la lecture du texte de Platon, sans qu'il comprenne tout à fait qui pouvaient bien être ces prisonniers qu'il évoquait. Son enseignant, très inspiré ce jour-là, éclaira ses interrogations et il se rendit compte que le prisonnier de la caverne, bien évidemment, c'était lui. Prisonnier des croyances familiales, tout d'abord, enracinées depuis plusieurs générations dans le sol fertile en raisins noirs ou blancs de la terre crayeuse de Champagne, et qui lui peignaient sa vie bourgeoise d'ombres rassurantes quant à son futur, destiné qu'il était à continuer le très lucratif négoce de la boisson pétillante produite par la maison Feuillade. Prisonnier aussi des croyances de sa génération, persuadée que le confort matériel et ses privilèges associés (résidences secondaires, belles voitures, vêtements et montres de marque, voyages fréquents à travers le monde) étaient leur seul et indépassable horizon, leur unique objet de désir.

L'explication magistrale, par monsieur Rivière, de cette allégorie, sera un marqueur dans la vie d'Hubert. À partir de ce jour, il sortira pour la première fois de la caverne sparnacienne du conformisme grand bourgeois, prenant racine dans les célèbres bulles de la boisson jaune pâle transformée en or, comme les grappes saisies dans le mythe grec par le roi Midas. Ce jour béni du mois d'octobre 2010, Hubert entrevit une lueur nouvelle qui était tapie en lui, insoupçonnée, demandant à être révélée : l’existence d’un autre monde possible, celui d’une vie guidée par l’esprit en quête de sagesse. Stimulé par les dialogues socratiques, il avait toutefois du mal à comprendre ce que pouvait bien être ce « ciel des idées » que Platon tenait pour la valeur suprême, au détriment des plaisirs terrestres. Il aurait voulu s’en ouvrir à son enseignant, mais il était frappé de ce sentiment de timidité qu’ont les adolescents en proie à une interrogation authentique inexprimable aux yeux des supposés experts que sont censés être les adultes, par peur d’être ridicules ou inconsistants. Pourtant, ces questionnements existentiels sont le plus souvent des intuitions répondant à un désir essentiel de comprendre le monde, celui qui les entoure, celui qui gît aussi au plus profond d’eux-mêmes.

Le reste de l’année de terminale maintiendra allumée la flamme de ce savoir nouveau, avec quelques oscillations selon les inspirations et les passions de son professeur. La remise en cause radicale des certitudes initiée par Descartes l’intéressera au plus haut point intellectuellement, mais sans l’aiguillon de la passion. Le *Discours de la méthode* lui parut une étude d’une originalité remarquable, mais Hubert sentait, à sa lecture, que dans sa tentative de reconstruction de la réalité Descartes avait laissé de côté tout un pan obscur de la vie que le jeune étudiant sparnacien sentait fortement pulser en lui, mais sans encore être capable de l’identifier ou de le nommer. Toutefois, l’hypothèse d’un malin génie qui nous tromperait, qui nous ferait prendre des raisonnements erronés pour des vérités, parlait au jeune lycéen qui trouvait dommage que le « gentleman poitevin » n’ait pas développé davantage cette intuition et en soit resté au stade de la théorie.

Il passera ensuite complètement à côté de Spinoza, par immaturité autant que par préjugé, l’affirmation catégorique du philosophe d'Amsterdam de la non-existence d'un libre arbitre étant tout simplement inenvisageable pour un jeune homme de son temps (par opposition, il adhérera sans réserve à l'idée existentialiste développée par Sartre d'un être complètement libre de s'inventer à chaque instant). Le cours initial sur Kant le séduira. Il faut dire que monsieur Rivière ne s'était pas caché d'être un passionné de l'œuvre de l'éternel résident de l'ancienne ville de Königsberg, ayant lui-même étudié trois ans en Allemagne, à l'occasion de son doctorat, et ayant traduit un ouvrage du philosophe des Lumières.

Hubert sortit du Lycée Stéphane Hessel, ce jour-là, et se rua vers la Maison de la presse, rue du Général Leclerc, pour acheter ce qu'il imaginait être la bible de la pensée en haute altitude : *La Critique de la raison pure*. Il s'arrêta dans le premier café attenant et entama sa lecture en passant outre les explications initiales (et ô combien nécessaires) contenues dans la préface. Quel ne fut son étonnement d'être confronté à cette question initiale énigmatique : « Comment des jugements synthétiques à priori sont-ils possibles ? » Il lit et relit plusieurs fois les premières pages de cet ouvrage, que son professeur lui avait présenté comme étant le livre le plus important de toute l'histoire de la philosophie, dans un état de perplexité constante et, relativement dépité, abandonna rapidement celui-ci sur une des étagères de sa bibliothèque, non sans un sentiment diffus d'atteinte à son narcissisme naissant. Il percevait clairement, en cette occasion, que le tout récent montagnard qu'il était devenu avait osé s'affronter, après quelques mois de pratique seulement, à un des pics himalayens qui lui était encore inaccessible.

Redescendu à une altitude plus modérée, il étudia la semaine suivante un essai de Jean-Jacques Rousseau qui constitua une deuxième balise dans son parcours : le *Discours sur l'origine et les fondements de l'inégalité parmi les hommes* (il y songe d'ailleurs au moment où il trimballe son premier animal domestique dans les rues calmes d'Épernay). Rousseau aborde en effet un aspect central de la spécificité de l'être humain sur lequel Hubert n'avait jamais eu l'occasion de méditer : la nature de la différence de l'homme, de « son écart », avec ses presque semblables du monde animal.

Dans son cahier de citations, le lycéen recopia cet extrait lumineux du philosophe suisse : « la nature seule fait tout dans les opérations de la bête, au lieu que l'homme concourt aux siennes, en qualité d'agent libre. L'une choisit ou rejette par instinct, et l'autre par un acte de liberté ; ce qui fait que la bête ne peut s'écarter de la règle qui lui est prescrite, même quand il lui serait avantageux de le faire, et que l'homme s'en écarte souvent à son préjudice », puis « il y a une autre qualité très spécifique qui les distingue, et sur laquelle il ne peut y avoir de contestation, c'est la faculté de se perfectionner. » Il repense à cette affirmation en observant son nouvel ami félin, comme il est en tous points identique aux représentations des chats de l'Égypte antique qu'il peut observer dans un livre richement documenté de la bibliothèque paternelle. Il s'amusera, plus tard, aussi, à être le témoin de réjections de plantes qu'Atma essaiera d'ingurgiter, en désobéissant momentanément à son logiciel d'animal carnivore, et qui maculeront le plancher parfaitement ciré de la salle à manger, au désespoir de sa mère qui oblige les hôtes de sa belle demeure, et ce jusqu'aux membres de sa famille, à se déplacer en tous lieux en chaussons. Les traces semi-liquides de réjections, loin de s'opposer à l'argumentation nodale de Rousseau, ne feront que la confirmer. Son animal ne peut effectivement pas s'écarter de sa programmation naturelle.

Toutefois, le grand coup de foudre, celui qui décide souvent d'une vocation, frappa Hubert, à la fin de son année de terminale, début mars 2011, lors de la présentation par monsieur Rivière de la pensée d'Arthur Schopenhauer. Très étonnamment, il fut le seul étudiant à être atteint par ce qu'il identifiera plus tard comme une révélation, ses camarades de classe avouant s'être profondément ennuyés pendant le cours. Pour eux, Schopenhauer n'était pas « pop », indigne de « likes », certaines filles ne le trouvant même « pas du tout mignon », comme si les philosophes devaient être comparés à des acteurs nord-américains ou des chanteurs à la mode, sur des critères exclusivement physiques. L'évocation, par son professeur, d'un monde invisible, caché, insaisissable, souterrain, le saisit dans tout son être. Pour la première fois, quelqu'un mettait des mots, des concepts, sur un sentiment profond, ineffable, qui existait en lui depuis longtemps. Sa curiosité attisée, il osa enfin surmonter sa timidité obséquieuse et fit part à son enseignant, qu'il vénérait plus que tout, de son grand intérêt pour les idées d'Arthur Schopenhauer. Celui-ci se montra très chaleureux, heureux qu'un de ses élèves, le plus brillant de sa classe, veuille prolonger son cours alors qu'il jugeait avoir manqué sa cible, eu égard aux regards absents et distraits de son public. Il lui prêta sur le champ son exemplaire de l'œuvre principale du philosophe allemand : *Le Monde comme volonté et comme représentation.*

Arrivé chez lui, Hubert s'empressa de dévorer le livre abondamment annoté, dans la marge, de la main de son enseignant. Il lut d'une traite plus de la moitié de l'ouvrage, environ sept cents pages, tout d'abord assis à son bureau, puis allongé sur son lit, refusant de descendre pour dîner et passant une nuit blanche. Au petit matin, une fois l'ouvrage refermé, il resta éveillé, ressassant ce qu'il ressentait comme un choc. Si l'intérêt des génies est de mettre des mots sur nos sentiments les plus profonds et confus, Schopenhauer venait de révéler aux yeux du philosophe en herbe un territoire nouveau et abyssal : la face obscure et immergée du vivant.

Il s'en ouvrit dès le lendemain à son professeur et lui confia son projet tout nouveau d'étudier la philosophie à la Sorbonne. Il lui demanda s'il acceptait de lui donner des cours particuliers pour le préparer. Celui-ci, flatté de voir enfin une flamme briller dans les yeux d'un de ses élèves, mais possédant une conscience professionnelle républicaine, lui proposa plutôt de discuter gratuitement, après les cours, tous les jeudis après-midi, à dix-sept heures. Heureux de cet honneur, Hubert accepta. Pendant trois mois, ils se retrouvèrent ponctuellement, une fois par semaine, dans un café calme proche de leur établissement, rue des Coteaux. Tout en marchant vers sa maison de l'avenue de Champagne, en ce lundi quatre juillet 2011, Hubert se souvient avec émotion, comme si elle avait eu lieu la veille, de sa première conversation, hors des horaires de cours, avec M. Rivière.

— Alors, Hubert, comme ça tu as dévoré le livre de Schopenhauer que je t'ai prêté d'une seule traite ? C'est impressionnant !

— Oui, un peu plus de la moitié. J'ai commencé à le lire quand je suis arrivé chez moi et je ne l'ai plus lâché jusqu'au petit matin.

— Qu'est-ce qui t'a autant touché dans sa pensée ?

— En fait, Schopenhauer a traduit des choses que je sentais en moi, mais que je n'arrivais pas à exprimer, des intuitions confuses.

— Comme ?

— Comme le sentiment que la réalité qu'on perçoit et qu'on vit au quotidien est incomplète, qu'il existe d'autres mondes. C'est ça le concept de Volonté, non ? L'idée qu'il y a un aspect de notre être qui est immergé, une sorte de grand inconscient.

— Oui, c'est cela. Mais ça va beaucoup plus loin. Pour Schopenhauer, en fait, ce qu'il appelle la Volonté est une véritable force qui embrasse toute la nature, depuis les pierres qui tombent, les végétaux qui poussent, les animaux qui chassent et jusqu'à l'homme dans tous ses actes.

— Ça inclut tout le vivant…

— Oui, et même le non-vivant, figure-toi. Tu sais, Schopenhauer va initier une véritable rupture avec la philosophie classique, une rupture qui va remettre en cause toutes nos interprétations de la réalité comme une réalité donnée, claire, consciente, rationnelle. Il va être le tout premier à conceptualiser les philosophies du soupçon.

— Les philosophies du soupçon ?

— Oui, le fait que toute représentation de la réalité est un masque et que si on ose retirer ce masque on est simplement confrontés à une démystification de toutes nos illusions métaphysiques et morales.

— Comme Descartes ?

— La démarche initiale de mise en doute de nos certitudes peut paraître semblable, mais ils aboutissent à des conclusions différentes.

— Sur la question de la causalité.

— Oui, tout à fait. De la causalité, mais aussi de la transparence à soi-même. Pour Schopenhauer, on peut remonter de causalité en causalité de façon infinie et on ne trouvera jamais la causalité première, et c'est là sa trouvaille géniale : la Volonté ou la force vitale, c'est pareil pour lui, est sans explication, elle est le mystère fondamental qui est la frontière des limites de la compréhension humaine. C'est en ce sens que Schopenhauer déconstruit les illusions de la métaphysique.

— Les illusions de la métaphysique… vous voulez dire l'arrogance philosophique ?

— Oui, tout à fait Hubert. Il rappelle l'homme, même le philosophe, à son humilité par rapport aux questions des origines.

— Et Dieu ?

— Dieu est l'hypothèse de plusieurs philosophes pour résoudre cette question des causalités sans fin et de la causalité première. C'est l'hypothèse notamment de Leibniz, ce qu'il appelle une théodicée, c'est-à-dire l'idée que Dieu est omniscient, juste et forcément bon et qu'il a créé le meilleur des mondes. Schopenhauer, lui, n'y fait pas référence. C'est en ce sens que c'est un philosophe moderne. Il n'a pas besoin de l'idée de Dieu. Il constate juste que la force vitale est sans explication causale.

— D'où une vision de la vie absurde.

— En un sens oui, mais attention, il est toujours possible et même souhaitable d'étudier les modalités de l'existence, c'est ce qu'il nomme l'étonnement scientifique, mais il faut définitivement renoncer à expliquer son origine. Ça va, Hubert, je ne t'ai pas perdu ?

— Non, au contraire, vous avez renforcé ma compréhension. Mais, il y a une idée avec laquelle je suis un peu mal à l'aise.

— Oui…

— C'est cette idée que l'homme n'est pas libre, qu'il n'y a pas de libre arbitre.

— Oui, tu as bien compris. C'est effectivement une idée forte qui découle du concept de Volonté. Comme l'être humain est mû par des forces inconscientes qui le dépassent, toute vision d'un homme libre de ses choix et de ses actes est en conséquence une pure illusion. On retrouve cette conception centrale aussi chez Spinoza, mais exprimée autrement.

— Et vous êtes d'accord avec cette conception ?

— À vrai dire, non, je pense même que c'est la seule véritable faiblesse de l'édifice construit par Schopenhauer. J'estime qu'il a raison pour la vie en général, mais que cela s'arrête au seuil de l'humanité. Je crois profondément, comme l'a montré Rousseau, que l'homme est un animal particulier dans l'univers en ce sens qu'il n'obéit pas à un instinct et qu'en conséquence ses choix ne sont plus dictés par la nature, mais sont totalement libres. Qu'est-ce que tu en penses ?

— Je suis tout à fait d'accord. Comme vous, j'aime Sartre, et je pense que l'homme est libre de s'inventer à tout instant, qu'on n'est prisonnier d'aucune essence.

— Oui, moi aussi. Mais Schopenhauer a profondément vu juste en dévoilant les arrières-mondes qui se cachent sous la surface des représentations de la réalité. Comprends-moi bien, beaucoup d'écrivains avant lui avaient évoqué ce sentiment. Dostoïevski parlait même de mondes souterrains. Mais Schopenhauer est le premier philosophe à avoir théorisé cet aspect inconscient de la vie. C'est là sa principale intuition philosophique : la force vitale est une puissance absolue, une puissance cachée insaisissable par la représentation et par la raison, c'est vraiment ce qui le différencie de tous les philosophes qui l'ont précédé. Pour Schopenhauer, le principe de causalité est sans fin en ce sens qu'il n'existera jamais de cause première, du coup le monde est absurde et irrationnel et l'étonnement philosophique dont il parle porte sur le fait même qu'il y ait justement un monde. Et cela crée une angoisse existentielle.

— Il va avoir des disciples Schopenhauer ?

— Oui, un disciple génial même, Nietzsche.

— Ah, Nietzsche…

— Tiens je t'ai apporté un de ses livres.

— *Le crépuscule des idoles*.

— C'est une excellente entrée. Lis-le pour la semaine prochaine, quand tu auras fini l'ouvrage de Schopenhauer que je t'ai prêté. On en discutera ensemble.

Le samedi, par une journée d'orage, Hubert lut avec grand intérêt l'ouvrage du « philosophe au marteau », stylo en main. Il fut très sensible au style littéraire concis et lapidaire de ses aphorismes, même s'il ne concordait pas forcément avec l'ensemble de ses affirmations péremptoires. La critique virulente, et souvent comique, du grand Socrate le désarçonna dans un premier temps, mais éclaira, grâce aux conversations avec son professeur, la vision fondamentale du philosophe atrabilaire. Il comprit que Platon, en survalorisant le monde intelligible des idées, au détriment du monde sensible, avait enclenché un mouvement millénaire de dévalorisation de la vie terrestre et de ses plaisirs spontanés, mouvement qui sera amplifié par le christianisme, ce « platonisme pour le peuple », comme l'écrit Nietzsche, où la seule vie qui vaille sera soit constamment repoussée dans un avenir lointain, voire post-mortem, soit restreinte au domaine idéel. M. Rivière lui expliquera avec clarté, le jeudi suivant, que l'auteur de « Par-delà le bien et le mal » nomme tous ces idéaux supérieurs (la religion, la patrie, la science et même la philosophie) des « idoles » et que ce sont ces idoles qu'il s'emploiera à casser inlassablement avec son marteau philosophique afin de réhabiliter la seule vie qui vaille à ses yeux : la vie immanente, présente, c'est-à-dire terrestre. C'est cette vie, et cette vie seule, qu'il faut aimer et avec laquelle il faut se réconcilier. C'est ce que le philosophe appelle, « l'Amor fati », l'amour de ce qui est, de l'ici et maintenant. Enfin, M. Rivière terminera son cours improvisé sur la table du café, devant les yeux assoiffés de savoir d'Hubert, par l'explication de la généalogie nietzschéenne prolongeant celle de Schopenhauer. Hubert entend encore la voix passionnée de son enseignant résonner dans sa mémoire.

— Pour Nietzsche, il y a derrière tout discours apparemment conscient des arrières-mondes enfouis qu'il nous faut dévoiler.

— Il reprend l'intuition de Schopenhauer en fait.

— Oui, tout à fait Hubert. Sauf que Schopenhauer s'en tenait au constat de l'existence de ces mondes immergés alors que Nietzsche cherche à les mettre sur la place publique. Dans *Par-delà le bien le et le mal*, il écrit précisément ceci : « toute opinion est une cachette, toute parole est un masque. » L'attitude généalogique consiste exactement à découvrir une autre vérité plus profonde, cachée sous la surface apparente de la réalité. Schopenhauer appelle cela la « Volonté », comme tu t'en souviens. Nietzsche, lui, la nomme la « volonté de puissance », qu'il considérait comme « l'essence la plus intime de notre être », le sentiment d'exister intensément, d'accroître notre puissance vitale. Et un philosophe contemporain de Nietzsche, Edmund Husserl, écrira dans son sillage que tout visible renvoie toujours à de l'invisible.

En sortant du café, ce jour-là, vers dix-huit heures trente, Hubert fit face pour la première fois, et sans l'ombre d'un doute, à son nouveau destin : devenir philosophe.

2

Approchant désormais de sa grande demeure bourgeoise de l'Avenue de Champagne, Hubert se remémore à quel point ces discussions hebdomadaires avec M. Rivière sur Schopenhauer et Nietzsche changèrent profondément sa vision de la vie, à commencer par la compréhension de son entourage. Il se mit à appliquer l'investigation généalogique, c'est-à-dire l'exploration de l'obscurité des arrières mondes, à sa famille, en commençant par ses parents. Déconstruire les croyances de sa mère était un jeu d'enfant. Madame Feuillade, née Grandcolas, héritière d'un important domaine viticole, avait grandi dans une famille profondément croyante. Elle se rendait tous les dimanches, et lors des principales fêtes catholiques, à l'église Notre-Dame d'Épernay et, comme toute pratiquante charitable, avait œuvré pendant de nombreuses années au secours catholique jusqu'à ce que les toxicomanes commencent à se multiplier et à remplacer les simples alcooliques. Sa mère n'avait aucune animosité vis-à-vis des sympathiques poivrots qui peuplaient les rues de sa ville (le champagne, après tout, avait été inventé par un moine bénédictin). Elle les aimait même d'un amour supérieurement chrétien, les appelait par leur prénom et les tutoyait. Les drogués, eux, la décontenançaient dans leur insaisissabilité, leur agressivité et, surtout, leur manque flagrant de reconnaissance pour son dévouement divin. Florence Feuillade aurait sans l'ombre d'un doute été détruite par le marteau de l'auteur de *L'Antéchrist*. Elle dédiait sa vie aux idoles suprêmes du catholicisme, sans la passion de la foi, mais avec la ténacité des grenouilles de bénitier qui ne possèdent que leur croyance aveugle pour donner un sens à leur vie. Bien que financièrement aisée, elle s'habillait simplement des mêmes vêtements aux couleurs ternes, se rendait peu au théâtre et presque jamais au cinéma. Au piano, qu'elle pratiquait à l'église et de rares fois chez elle, les cantates de Bach prédominaient sur des mélodies plus légères et populaires. Enfin, les relations apparentes avec son mari étaient cordiales, mais dépourvues de toute marque de sensualité.

Quant à la sexualité, Hubert se faisait parfois la réflexion, mi amusée mi pathétique, que ses rares coïts avaient dû se limiter au nombre de ses enfants, à savoir trois en tout et pour tout. Il savait, bien sûr, que sa mère avait sûrement été une jeune fille amoureuse, comme en témoigne une photographie en couleur de sa jeunesse, perdue dans l'album familial, où elle apparaît vêtue d'une mini-jupe fuchsia, la chevelure sauvage et bouclée, le regard effronté, souriant à la vie.

Son père, en revanche, possède une personnalité plus complexe et énigmatique. D'apparence affable, Louis Feuillade, également héritier de nombreuses vignes (et même unique propriétaire depuis que son frère aîné, Georges, lui a vendu ses parts afin d'investir dans l'immobilier à Paris), transmet l'image d'un commerçant dynamique, mais, une fois rentré chez lui, c'est un tout autre homme qui vit sous le toit d'Hubert quand il ôte le masque des conventions sociales. Un parfum de mélancolie se répand alors discrètement autour de sa personne. Énergique au travail, il se laisse aspirer par un abîme d'aboulie, une fois rentré chez lui, qui peut le laisser prostré sur son fauteuil, journal sur les genoux, pendant des heures. Que fixe-t-il de son regard vague ? À quoi pense-t-il ? Dans quels mondes souterrains son esprit voyage-t-il ?

Hubert pressent une insatisfaction profonde ponctuellement recouverte par le vernis artificiel de la vie mondaine. Percer la partie immergée de l'iceberg pour découvrir sa moelle le tente, mais il ne sait trop comment procéder. Une entrée pertinente, il le sait, consisterait à investiguer son bureau, antre au sein duquel il aime à se retirer dans ses moments oisifs. Hubert aime y flâner parfois, attiré par la chaleur des meubles en bois, par la grande fenêtre donnant sur le jardin où une cerisaie attire quelques oiseaux colorés, et surtout par la bibliothèque accueillant divers livres et disques vinyles d'écrivains et musiciens hispaniques.

D'où lui vient cet intérêt pour l'Espagne ? Nul ne le sait. Louis Feuillade possède plusieurs recueils de poèmes de Federico García Lorca, certains mêmes dans la langue de Cervantès, qu'il connaît peu pourtant, et des disques du guitariste de flamenco, Paco de Lucia. Sur son bureau, une belle photographie encadrée du parc Güell, à Barcelone, chef-d'œuvre de l'architecte Antoni Gaudí, l'intrigue depuis toujours. Son père, jeune, pose assis, adossé à une mosaïque chamarrée, visiblement heureux. Les pupilles de ses yeux clairs brillent d'une passion contagieuse. Quelle pouvait bien être l'identité de la photographe auquel ce regard amoureux semblait destiné ? Probablement pas sa mère, qu'il avait rencontrée à l'âge de vingt-six ans. Non, cette photographie, exhumée d'un temps inconnu, révèle un visage juvénile de vingt ans à peine. Cette étrange fibre ibérique se prolonge chaque week-end par la vision des matches du Football Club de Barcelone, qu'il supporte frénétiquement. Ces rares instants, partagés avec Hubert et son frère cadet Lionel, l'animent l'espace de la durée du match.

Hubert se souvient aussi avec émotion d'une représentation de Carmen à laquelle il avait assisté au côté de son père, de son oncle Georges et de la compagne de celui-ci, Alice, à l'opéra Garnier, il y a un an (opéra que Nietzsche, comme il l'apprendra plus tard, vénérait, voyant en l'intense héroïne éponyme l'incarnation de ses idées). Tout au long des quatre actes de l'œuvre de Bizet, il avait pu vibrer, à l'unisson de Louis Feuillade, aux amours de la belle gitane. Jamais il n'avait vu son père aussi heureux, bonheur qui s'était prolongé dans de vives conversations arrosées, au proche restaurant La Luna, en compagnie du volubile Georges et de la pétillante Alice, sa partenaire. Pour la première et unique fois de sa vie, Hubert put témoigner, de la part de son père, d'un moment de joie authentique et complice. Pourquoi seulement ce soir-là ? Quel mystère se cache derrière le masque convenu du négociant bonhomme et du père de famille absent ? En ce jour commémoratif, Hubert ne parvient toujours pas à déchiffrer l'énigme de son géniteur. Un jour, peut-être…

Arrivé sur le seuil de la maison familiale, le jeune homme pousse la lourde porte d'entrée et feint la surprise lorsque les invités l'accueillent en chantant dans le jardin (son meilleur ami, Gaétan, l'avait prévenu la veille). Sa petite sœur, Noémie, et son frère cadet, Lionel, tous deux encore adolescents, ses parents, ainsi que ses grands-parents maternels, lui sourient comme si ce moment impromptu était censé le remplir de joie et de gratitude. Gaétan est là aussi, une coupe de champagne déjà en main devant la grande table du jardin apprêtée pour le déjeuner. Cependant, la star de cette fin de matinée n'est pas Hubert, mais bien son chat, désormais moins stoïque dans sa cage en plastique. Noémie et Lionel pressent leur visage pour l'observer pendant que Mme Feuillade lui jette un regard oblique de désapprobation, préoccupée que cet envahisseur salisse ses planchers parfaitement cirés, Hubert lui ayant déclaré qu'il souhaitait que son nouveau compagnon habite avec lui, dans la vaste demeure, et non dehors. Lors de cette journée festive et familiale, Hubert apprécie la présence de Gaétan. Depuis l'école primaire, ils étudient dans les mêmes classes, pratiquent assidument les mêmes activités (le tennis, notamment, mais aussi la guitare jazz), déambulent sans but dans les mêmes quartiers d'Épernay, dont ils connaissent les moindres recoins, partagent les mêmes groupes d'amis et échangent des commentaires intéressés sur les mêmes filles. Ils auraient certainement étudié le droit ensemble, à l'université Panthéon-Assas, si Hubert n'avait brusquement dévié de son destin familial. Malgré tout, Gaétan est enthousiaste à l'idée qu'ils vont se retrouver bientôt tous les deux dans la capitale. Il discute même avec entrain de la crémaillère qu'il compte organiser dans un bel appartement de la rue Cicé, juste en face de l'église Notre-Dame des Champs, où il va bientôt emménager avec sa sœur jumelle, Tristane.

À l'ombre des cerisiers en fleurs, Gaétan décoche un sourire narquois à la vue du nouveau félin de son ami d'enfance, encore prisonnier de sa caisse.

— Alors, tu l'as adopté, finalement, ton chat ?

— Oui, t'as vu, il est beau, non ?

— Bof, moi, tu sais, les animaux, ça ne m'intéresse pas. Et tu l'as baptisé ?

— Baptisé, non, ce que j'aime chez les animaux, c'est justement qu'ils sont au-delà, ou plutôt en deçà, des religions.

— Tu m'as compris Hubert, ne fais pas ton philosophe, tu lui as donné un nom ?

— Oui, Atma, comme le caniche de Schopenhauer.

— Et tu vas l'emmener à Paris ?

— C'est mon intention. La semaine prochaine, je vais aller visiter un des appartements de mon oncle Georges qui vient de se libérer, près du centre Pompidou, et s'il me plaît j'emménage avec Atma.

— Tu sais que moi j'emménage fin juillet avec Tristane dans un super appart proche de ma fac.

— Qu'est-ce qu'elle va étudier Tristane ?

— La psychologie, à l'université Paris-Descartes, à Boulogne-Billancourt. On a décidé de faire ensemble une crémaillère, mi-octobre. Tu es invité, bien sûr.

— J'espère bien !

— D'autant plus qu'il y a quelqu'un qui ne semble pas insensible à ton charme.

— Qui ça ?

— Devine.

— Ta sœur, Tristane ?

— Non, elle t'aime bien, mais elle te connaît depuis tellement longtemps. Tu es surtout un ami pour elle.

— Je ne vois pas.

— Allez, cherche un peu. Une superbe blonde très BCBG, aux yeux vert clair, très aguicheuse, qui fréquente nos classes depuis la seconde et qui va étudier le droit avec moi à Assas.

— Charlotte ?

— Banco !

— Mais elle ne m'adresse presque jamais la parole ! Elle me snobe.

— Oui, mais figure-toi qu'elle m'a dit récemment que tu avais un charme ténébreux qui l'attirait. Ce sont ses propres mots, je te jure : un charme ténébreux. Avoue qu'elle est canon, non ? Moi, en tout cas, j'me la taperais bien. Mais, apparemment, c'est toi qu'elle kiffe.

— Charlotte…

À cet instant précis de flottement imaginatif, Madame Feuillade invite son fils aîné et tous les convives à s'asseoir à la grande table à nappe fleurie pour entamer le déjeuner. Celui-ci est composé d'une belle salade niçoise et d'un chevreuil, le tout arrosé d'un vin de Bourgogne capiteux que Monsieur Feuillade a daigné libérer de sa cave, après plusieurs décennies de confinement. Tout au long de ce moment festif, et somme toute agréable, en petit comité, Hubert fournit un effort certain, en tant que principal invité, pour feindre un intérêt minimum aux conversations badines. Mais son imagination fertile se laisse aller à une divagation hypnotique autour d'une idée fixe inespérée il y a encore quelques heures : posséder Charlotte. Posséder cette blonde hautaine et très bourge, en tous points opposée aux nouvelles valeurs spirituelles d'Hubert, mais follement attirante. De plus, Charlotte a un regard troublant et coquin qui déshabille les garçons jusqu'à les faire rougir. Et quel physique ! Un visage aguicheur, des yeux perçants, des lèvres pulpeuses, toujours entrouvertes, prêtes à embrasser ou bien mordre (et même sûrement les deux à la fois). Son corps est à la fois gracile et charnel et sa généreuse poitrine, allergique aux soutiens-gorge, est stratégiquement mise en valeur par le port de hauts profondément échancrés. Si Hubert n'envisage nullement d'en faire sa petite amie, encore moins de l'épouser un jour, il salive à l'idée, de plus en plus excitante, de simplement la sauter.

3

Mi-juillet, les premiers rayons de soleil matinaux commencent à poindre timidement lorsqu'Hubert monte dans le train de sept heures quinze reliant Épernay à Paris. Il vient d'acheter, au bureau de tabac de la gare, le dernier numéro des Cahiers du cinéma et feuillette avec avidité la revue alors que le véhicule démarre. Hubert est devenu cinéphile grâce aux séances hebdomadaires du ciné-club de son lycée, organisées par son professeur de français, monsieur Langlois. Le cycle sur la nouvelle vague l'a notamment vivement intéressé. Alors qu'il lève les yeux de son magazine pour observer distraitement, par la fenêtre, la succession monotone des champs et des sous-bois, une scène précise surgit dans son esprit. Hubert se rappelle la minuscule chambre de bonne où vit le personnage incarné par Jean-Paul Belmondo dans le film de Jean-Luc Godard, « À bout de souffle ». Il s'imagine passer ses années d'étudiant dans une pièce similaire, avec un lit à même le sol, une petite table en bois et un unique lavabo, juste sous les toits de Paris. Chaque matin, au réveil, il lui suffirait d'ouvrir son vasistas pour humer l'air frais et observer les rues déjà affairées de la capitale. La nuit, Atma fraierait avec les chats de gouttière et reviendrait à l'aube, parfois égratigné, boire son lait et dormir. Cette vision fantasmée occupe Hubert jusqu'à son arrivée à la gare de l'Est.

Le long de la ligne cinq du métro, il se surprend à dévisager les passagers du wagon. Pourquoi diable ont-ils l'air si moroses, si prostrés, les sourcils froncés témoignant de préoccupations intimes ? Ne réalisent-ils pas qu'ils ont la chance de vivre dans la plus belle ville du monde, la plus stimulante culturellement ? Hubert, lui, en est pleinement conscient et a bien l'intention de croquer ses premières semaines de nouveau résident à pleines dents. Sorti de la bouche de métro Rambuteau, à un rythme bien plus nonchalant et contemplatif que les autres usagers, un rythme provincial, il remonte la rue Beaubourg jusqu'à l'adresse indiquée par son oncle. Georges Feuillade lui ouvre la porte chaleureusement, heureux de pouvoir loger son neveu préféré qu'il a toujours traité comme un fils, n'ayant pas eu lui-même la chance d'avoir d'enfants. Le neveu préféré est toutefois surpris par le fait que la porte d'entrée se trouve au rez-de-chaussée, et non pas sous les toits, comme il l'avait rêvé. Il est ensuite profondément déçu, voire choqué, lorsqu'il pénètre dans le logement où l'attend la compagne de Georges, la charmante Alice.

En effet, la découverte de l'appartement contraste totalement avec le film romantique qu'il avait créé dans sa tête. Au lieu d'une minuscule chambre de bonne, Hubert est nez à nez avec un vaste intérieur bourgeois d'environ cent mètres carrés. Un salon avec canapé et télévision, écran extra large, sert de hall d'entrée. Une belle salle à manger rustique le prolonge, avec une cuisine attenante entièrement équipée des appareils les plus modernes. À l'étage se trouvent une mezzanine avec un lit spacieux ainsi qu'un cabinet de toilette avec baignoire. Face au sourire de son oncle, Hubert feint l'enthousiasme béat et révise ses plans initiaux. Il se rêvait bohème, il sera aussi bourgeois : un authentique bobo. Prisonnier de son destin, Hubert apprivoise finalement assez rapidement l'idée de vivre gracieusement comme un prince. Mener une vie mondaine, il en est persuadé, ne le fera pas dévier de la mission qu'il s'est assignée : devenir philosophe.

Vers midi, Alice emmène Hubert et Georges déjeuner dans un restaurant thaïlandais, dans le quartier Beaubourg. Galeriste à succès, elle est une femme d'une cinquantaine d'années, cheveux gris mi-longs et yeux verts, très élégante et érudite. Dans le cadre de son travail, elle passe une partie non négligeable de son temps à voyager de ville en ville, de continent en continent, de musée en musée. Georges, possédant un caractère et un embonpoint généreux, l'accompagne dès qu'il le peut, c'est-à-dire très souvent. Ensemble depuis vingt ans, ils forment un couple moderne et complice, à l'opposé des parents d'Hubert. Le moment passé avec eux au restaurant est délicieux et stimulant, comme d'habitude. Georges disserte allègrement sur les bonnes adresses du quartier, dont les multiples boîtes de jazz qu'il a toutes écumées. Puis il discourt de politique, passion qu'il assouvit quotidiennement par la lecture matinale de divers quotidiens de gauche. Alice, enthousiaste et volubile, abreuve le jeune Hubert, qui est tout ouïe, de conseils culturels. Ses multiples indications lui donnent un peu le vertige, ou seraient-ce les verres de l'alcool de riz thaïlandais appelé sato ? Il parvient toutefois à mémoriser le nom de l'espace Dali, à Montmartre, et un festival des films de Luis Buñuel, au cinéma Saint-André des arts.

À l'approche du dessert, un ange passe après une heure et demie de conversation animée. C'est le moment que choisit Hubert, quelque peu hésitant, pour sonder son oncle à propos d'une question importante pour lui, mais sans cesse reportée.

— Tonton, j'ai une question à te poser.

— Oui, dis-moi.

— C'est sur mon père.

Le regard de Georges croise celui de sa compagne. Hubert le rassure.

— Non, rien de grave, ne t'inquiète pas. C'est juste que j'aimerais percer un mystère.

— Je t'écoute.

— Voilà, j'ai l'impression de ne pas bien connaître mon père. Au travail, il est super sociable, bavard, drôle même, mais toujours avec excès, comme s'il se forçait à interpréter un personnage. À la maison, en revanche, il est souvent absent. Bien que présent physiquement, il semble ailleurs, dans un autre monde, un monde mélancolique. Et tous les soirs, il s'enferme comme un ermite dans son bureau d'où il ne sort que pour aller dormir. En fait, les seuls rares moments où j'ai le sentiment qu'il est lui-même, pleinement vivant, c'est quand on vient vous voir tous les deux à Paris, comme lorsqu'on a assisté à « Carmen », à l'opéra Garnier.

Georges échange un regard complice avec Alice et inspire profondément. Il semble soulagé de confier à son neveu un secret qu'il garde en lui depuis longtemps.

— Tu sais, Hubert, ton père n'a pas toujours été comme ça, perdu dans ses pensées et nostalgique. Au contraire, c'était plutôt quelqu'un de passionnel, enthousiaste, curieux, adorant la vie.

— Qu'est-ce qu'il s'est passé alors ?

— Quand il avait vingt ans, il est parti en vacances l'été en Espagne avec un ami pendant deux semaines. Arrivé à Barcelone, il est tombé profondément amoureux d'une fille. Du coup, les deux semaines se sont prolongées et sont devenues trois mois. À l'époque, tu sais, on n'avait ni internet ni téléphone portable, et aucune nouvelle de lui, si ce n'est par son ami qui nous avait expliqué, à son retour, que Louis était tombé raide dingue d'une Barcelonaise et avait décidé de prolonger son séjour.

— Et les grands-parents ?

— Notre mère était folle de rage, tu imagines bien. Tu l'as connue, tu te rappelles certainement son obsession du contrôle. Elle avait tracé dans les moindres détails notre destinée de négociants de champagne à ton père et moi. Ton grand-père, Marcel, lui, était partagé, mais un peu déboussolé. Comme ta grand-mère ne pouvait pas exprimer sa colère directement envers ton père, elle l'a projetée sur son pauvre mari.

— Et toi ?

— Moi, je commençais à travailler dans l'entreprise familiale, mais je savais déjà que le monde du champagne n'était pas fait pour moi. Quelque part, j'enviais mon frère et je l'admirais pour son acte courageux.

— Quand est-ce qu'il est revenu ?

— Fin octobre. Ses cours en école de commerce avaient déjà repris depuis un mois. Il a frappé à la porte d'entrée de la maison, où tu vis encore aujourd'hui, comme si de rien n'était, accompagné d'une ravissante Espagnole du nom de Victoria.

— Elle était comment ?

— Écoute, j'ai déjà vu beaucoup de belles femmes dans ma vie (à ce moment, Alice lui passe un bras complice autour de l'épaule), mais je dois bien t'avouer que cette fille était d'une beauté extraordinaire. Elle était plutôt menue, mais elle avait un visage qui te scotchait au plafond : la peau légèrement mate, des yeux noisette et, surtout, un sourire ensoleillé contagieux.

— Eh bien, chéri, on peut dire qu'elle t'a marqué toi aussi.

— Oui, Alice, je te l'ai dit, elle était d'une beauté extraordinaire.

— Et alors ? Qu'est-ce qui s'est passé ensuite ?

— Eh bien, ton père l'a présentée à notre famille. Ton grand-père aussi était sous le charme, il va sans dire, et elle est restée quelques semaines à la maison. Avant que Victoria ne reprenne le train pour Paris, puis Barcelone, Louis nous a annoncé très solennellement qu'ils allaient se marier d'ici la fin de l'année et vivre ensemble en Espagne.

— Et grand-mère, comment elle a réagi ?

— Tant que la fiancée de ton père était à la maison, elle a rongé son frein. Tu sais, elle savait se tenir en société et avait horreur des esclandres en public. Et puis Victoria était vraiment une fille sympathique. Mais dès que Louis est revenu de la gare d'Épernay, où il venait d'accompagner sa future femme jusqu'au train, elle nous a tous rassemblé dans le salon, ton grand-père Marcel, Louis et moi.

— Pour vous dire quoi ?

— Qu'il était hors de question que Louis gâche son futur pour une amourette sans lendemain. Elle lui interdisait de se marier avec Victoria et d'aller détruire sa vie en Espagne. Il resterait à Épernay pour terminer ses études commerciales et ensuite travailler dans l'entreprise familiale de champagne. Il n'avait pas le choix.

— Comment a réagi papa ?

— Dans un premier temps, il a osé affronter ta grand-mère avec courage. Il lui a rappelé qu'il était adulte, fou amoureux de Victoria, qu'il était persuadé qu'elle était la femme de sa vie et qu'il irait vivre avec elle à Barcelone.

— Mais…

— Mais notre mère l'a menacé de le déshériter et de l'exclure à jamais de notre famille s'il mettait son plan à exécution. Ton père était fou de rage. Il a jeté par terre une horloge en porcelaine très ancienne qui s'est brisée en mille morceaux et est parti s'enfermer dans sa chambre. Je l'y ai rejoint plus tard dans la soirée et lui ai déclaré que, s'il était persuadé que Victoria était bien la femme de sa vie, il devait la rejoindre. Notre mère serait furieuse pendant un moment, mais, avec le temps, les choses s'arrangeraient. Je lui ai aussi confié mon peu d'intérêt pour le négoce familial et qu'il pouvait être tranquille pour son héritage, jamais je ne lui prendrais sa part.

— Il ne t'a pas écouté ?

— Il était vraiment écartelé entre sa nouvelle passion et sa famille. Plutôt que de trancher, il a opté pour une attitude mièvre d'attente, comme l'âne de Buridan qui est mort de faim, ne sachant choisir entre un seau d'eau et un seau d'avoine. Cette attitude indécise était la pire possible pour une fille vive et décidée comme l'était Victoria. Quand il a appelé sa fiancée pour lui exposer la situation et lui demander d'être patiente elle a été profondément déçue par sa tergiversation et lui a raccroché au nez. Louis, désespéré, a pris l'avion le lendemain pour Barcelone. Une fois arrivé devant chez elle, ses parents lui ont dit que Victoria ne voulait plus lui adresser la parole. Ils en étaient désolés, car ils aimaient bien ton père, mais leur fille ne reviendrait pas sur sa décision, que ce n'était pas la peine d'insister. Mon frère est revenu le jour suivant à la maison, à Épernay, et, à partir de ce moment-là, quelque chose en lui s'est cassé. Il n'a plus jamais été tout à fait le même.

À l'écoute de ce récit édifiant, Hubert reste quelque temps silencieux et songeur.

— Ça me rappelle un proverbe chinois : « il y a trois choses qui ne reviennent jamais dans la vie : la flèche qui est lancée, la parole qui est dite et l'opportunité qui est perdue ».

— Oui, c'est bien vrai, Hubert. Tu sais, peut-être que son mariage avec Victoria n'aurait pas duré, on ne peut pas le savoir, mais il aurait dû essayer. Crois-moi, il n'y a rien de pire que d'avoir l'impression d'être passé à côté de sa vie. Il est toujours préférable de prendre un risque et d'échouer que de vivre le restant de ses jours dans le doute sur les choix qu'on n'a pas faits par lâcheté.

— Tout le contraire de toi, mon chéri. Tu sais, Hubert, quand il m'a connu ton oncle a remué ciel et terre pour me conquérir. Et il était marié à l'époque. Mais, finalement, si ton père avait suivi son cœur, tu ne serais pas là aujourd'hui.

— C'est vrai. Tu as raison, Alice. Mais je ne peux m'empêcher de trouver toute cette histoire très triste. Et maman, tonton, elle est au courant ?

— Je ne crois pas. Louis a rencontré ta mère six ans plus tard après être passé par une période très dépressive. Il a finalement repris ses études de commerce, s'est marié puis s'est installé avec Florence dans notre maison familiale. La tienne jusqu'à aujourd'hui.

— Une fois, chéri, elle m'a quand même parlé avec curiosité de la photo du parc Güell que ton frère conserve sur son bureau.

La mention par Alice de cette photographie énigmatique remet en perspective la jeunesse du père d'Hubert et éclaire un pan immense de la face immergée de sa vie. Pendant le trajet en train qui le ramène à Épernay, le jeune homme reconstruit le puzzle paternel à présent qu'il a en main la plupart des pièces manquantes. Un sentiment d'empathie monte en lui au fur et à mesure qu'il approche de la gare de sa ville natale. Sans lui en toucher un mot, Hubert propose à son père, après le dîner, de déboucher une bouteille de Clos Martinet ramenée de la capitale en son honneur. Enfermés tous les deux dans le bureau donnant sur la cerisaie, ils débouchent la bouteille de vin rouge catalane et en boivent plusieurs gorgées tout en discutant de la journée que le futur étudiant a passée avec Georges et Alice. Ce moment improvisé de complicité ravive une lueur d'enthousiasme dans la pupille de Louis Feuillade.

4

La semaine suivante, Hubert monte à Paris, une valise en main, Atma et sa caisse dans l'autre. Son projet d'étudier la philosophie à la Sorbonne est vécu par sa mère comme une peccadille, persuadée qu'elle est que, son diplôme en poche, il reviendra naturellement dans son bercail doré. Le lendemain de son installation, Hubert passe une première journée inoubliable. Juste après le déjeuner, il assiste, au théâtre de la ville, à une version moderne et inspirée de la pièce de Sophocle, Antigone, montée en anglais par un metteur en scène hollandais génial et incarnée par une inoubliable Juliette Binoche. Tout en vibrant à chaque dialogue parfaitement ciselé, Hubert ne peut s'empêcher d'effectuer un parallèle un peu incongru avec la situation de son père, qui a préféré suivre les lois conventionnelles de sa famille champenoise plutôt que de s'en affranchir et de suivre celles que lui dictait son âme. Bien sûr, il se rend compte que la fin de la pièce est bien plus tragique que le sort paternel, mais, si celui-ci n'a pas succombé physiquement, comme Antigone, il ne fait pas de doute qu'une part essentielle de lui-même est morte le jour où il a renoncé à son destin. Hubert, en tout cas, ne fera pas de compromis avec son désir profond. Il en est persuadé.

À la sortie du Théâtre de la Ville, alors qu'il remonte à pied le pont Saint-Michel, une demi-heure après la fin du spectacle, il croise Juliette Binoche qui discute amicalement avec un célèbre acteur américain. Jamais, dans les rues mornes et souvent désertes d'Épernay, il n'aurait eu l'opportunité unique de se trouver face à face avec deux stars du cinéma mondial. L'après-midi se prolonge par un concert classique à la Sainte-Chapelle, avec un octet de cordes inspiré faisant vibrer les quatre saisons de Vivaldi. Sur le chemin du retour, Hubert décide de flâner pendant une heure le long des quais de la Seine afin de profiter d'un coucher du soleil dont le subtil dégradé jaune orangé lui ferait presque croire en Dieu, tout du moins au dieu de Spinoza, présent dans les moindres éléments naturels. Et quel plaisir de s'arrêter, au hasard de ses déambulations, sur les berges, s'asseoir sur un bord en pierre, jambes pendantes au-dessus du fleuve chanté par Prévert. Rien d'autre à faire qu'à regarder les badauds se promener, boire, manger, converser, rire et s'embrasser. Rentré chez lui, allongé sur le canapé, Hubert médite sur la grâce offerte de cette journée au cours de laquelle les souvenirs passés et les préoccupations futures se sont dissous dans un éternel présent Il vient de vivre ce que Nietzsche nomme « l'amor fati », l'amour simple de ce qui est.

Les semaines suivantes sont dédiées à la découverte des charmes estivaux de Paris. Confortablement installé avec son chat Atma, le nouveau résident profite des longues journées ensoleillées, pendant lesquelles son ami félin dort la plupart du temps dans une vulgaire caisse en carton ramenée d'un centre commercial, pour marcher des heures durant. Bien que cinq fois plus grande que sa ville natale d'Épernay, Hubert délaisse les moyens de transport collectifs pour arpenter les rues et boulevards de la capitale en bermuda et baskets, sans horaires fixes, au gré de son humeur et de son entrain. Rien de tel, se dit-il, pour vraiment apprivoiser une ville nouvelle, d'autant qu'il devine que, dans un mois, quand s'initieront ses cours, il aura moins de temps pour flâner.

S'il privilégie les promenades à l'air libre, en ces belles et chaudes journées d'été, il décide aussi de suivre les conseils de la compagne de son oncle Georges, la galeriste Alice, et d'aller visiter l'Espace Dali, sur les hauteurs de Montmartre. L'endroit lui paraît plutôt exigu, dans un premier temps, pour un musée dédié à un des peintres contemporains les plus connus, mais, très vite, il se laisse séduire par l'imagination surprenante de l'artiste catalan. Qu'il s'agisse du portrait de Don Quichotte, des relectures d'Alice au pays des merveilles ou de Pantagruel, Hubert se laisse aspirer par l'imagination du peintre surréaliste. Pendant deux heures, il suspend ses jugements analytiques, nimbé dans un état hypnotique proche du rêve, pour simplement admirer et, très souvent, sourire aux créations bigarrées de l'inventeur de la paranoïa critique.

Ce n'est pas un tableau, toutefois, qui retient le plus son attention, mais une sculpture en bronze intitulée « la femme en flamme ». Cette silhouette recourbée, percée de multiples tiroirs, fait écho au cheminement intérieur du jeune homme et de son intérêt récent pour les arrières-mondes. L'inconscient surréaliste exprimé par Salvador Dali, dans cette œuvre, frappe l'esprit d'Hubert. Seul un génie est capable de représenter dans un matériau aussi massif l'intensité du désir drapé dans le mystère des secrets cachés. À la sortie, il achète deux reproductions du peintre espagnol pour décorer les murs nus de sa chambre. La première représente des cygnes majestueux transformés en éléphants dans les reflets d'un lac, métaphore parfaite, selon lui, de la force ambivalente des sentiments tapis sous la surface souvent mensongère des apparences. La seconde met en valeur deux tigres agressifs vomis par un gros poisson rouge et qui s'apprêtent à attaquer une femme nue, sans défense, allongée sur un îlot. Le titre alambiqué (« Rêve causé par le vol d'une abeille autour d'une pomme grenade une seconde avant l'éveil ») témoigne d'une observation intime qu'Hubert a souvent faite à son réveil et qui concerne la transmutation d'éléments de la réalité diurne en figures nocturnes hybrides et originales. Si cette observation toute personnelle l'intrigue, il n'a jamais encore osé explorer l'hypothèse d'une signification cachée des rêves, se contentant de constater l'incongruité poétique de ces imageries. Après tout, n'est-ce pas André Breton lui-même qui écrit dans le *Manifeste du surréalisme,* qu'Hubert parcourt, allongé sur son lit, que ce terme de surréalisme est « employé par nous dans un sens précis : un certain automatisme psychique qui correspond assez bien à l'état de rêve, état qui est aujourd'hui fort difficile à délimiter ».

Pendant le mois d'août, déserté par les Parisiens, Hubert fréquente, le soir, quelques boîtes de jazz recommandées par son oncle Georges. Il apprécie ces salles étroites, d'une cinquantaine de personnes, où des musiciens hors pair, parfois même des pointures américaines, viennent partager leurs improvisations inspirées à quelques mètres à peine d'un public d'experts. La plupart de ses après-midis sont occupés par la vision des films de l'ami de jeunesse de Salvador Dalí, le cinéaste Luis Buñuel. *Un Chien andalou*, co-réalisé par les deux artistes, l'amuse beaucoup. Il retrouve là les collages automatiques pratiqués par les membres du mouvement surréaliste. Ces images oniriques incohérentes sont le reflet, pour Hubert, de celles de ses rêves nocturnes. Des inspirations poétiques totalement aléatoires.

Les œuvres de la maturité du cinéaste espagnol vont toutefois enclencher chez le jeune cinéphile une réflexion nouvelle. Au milieu du film « Le Charme discret de la bourgeoisie », plusieurs amis sont enfin attablés et s'apprêtent à entamer un repas maintes fois reporté. Soudain, de lourds rideaux rouges s'ouvrent. À leur grand étonnement, ils découvrent qu'ils sont sur une scène, acteurs malgré eux d'une pièce de théâtre devant un public irrité par l'oubli de leur texte. À ce moment précis de la narration, Buñuel joue avec le spectateur de son film, le projetant dans un espace indéfini entre le rêve et la réalité. Finalement, l'un des grands bourgeois se réveille dans son lit, mais ces longues minutes de désorientation rappellent à Hubert, plongé dans la petite salle obscure du cinéma Saint-André des arts, combien les rêves paraissent profondément réels à ceux qui en sont les victimes passives. C'est même l'un des critères utilisé par Descartes dans le *Discours de la méthode* pour douter de ce qu'est la vérité. Une fois, cependant, Hubert se souvient clairement s'être rendu compte qu'il rêvait. Il était en seconde et, sitôt sa prise de conscience onirique, il reprit le contrôle de son rêve, alla volontairement s'asseoir à côté d'une de ses collègues de lycée et céda au désir de l'embrasser (non, ce n'était pas Charlotte, même en rêve elle l'intimidait trop pour qu'il se permît un tel mouvement).

Le dernier film du cycle qu'il visionne, fin août, correspond aussi au dernier opus du cinéaste espagnol, « Cet obscur objet du désir ». Rien que le titre est déjà une promesse à la fois surréaliste et généalogique. Tout objet de désir n'est-il pas nécessairement obscur, songe Hubert, en observant sur l'affiche une paire de lèvres perversement cousues, métaphore filée du scénario où une jeune femme, à la double personnalité, interprétée, idée de génie, par deux actrices fort peu ressemblantes, l'élégante Carole Bouquet et l'aguichante Angela Molina, se refuse à coucher avec le déjà quinquagénaire Fernando Rey. Celui-ci camoufle habilement ses pulsions contradictoires sous un masque d'éducation tout aristocratique. Mais la violence destructrice de ses sentiments explose fréquemment à l'écran par le truchement d'explosions terroristes impromptues. Une dernière déflagration emporte d'ailleurs le personnage de Fernando Rey et sa jeune fiancée quand tout indique qu'il est finalement parvenu à ses fins. À la sortie, Hubert songe qu'il n'a encore jamais vu un film où la violence refoulée de l'énergie pulsionnelle ait été aussi magistralement exposée.

Entre deux pellicules de Buñuel, Hubert fréquente les cafés du quartier latin et de la place Saint-Germain des prés. Boire une bière à Lipp ou un chocolat chaud aux Deux magots, pour lui qui vénère Jean-Paul Sartre, ne s'apparente pas seulement à un voyage dans le temps au cours duquel les fantômes de Rimbaud, Verlaine, ou des surréalistes, hantent encore les lieux, mais à *un acte cérémoniel athée*. Cet oxymore n'aurait d'ailleurs pas déplu à l'inventeur de l'existentialisme, songe Hubert, pour lequel l'homme n'a pu être crée par un Dieu (il s'oppose en cela à Descartes et Leibniz), car, comme il l'explique dans l'opuscule que parcourt le jeune homme *L'existentialisme est un humanisme*, si les objets comme le coupe-papier ont bien une essence, c'est-à-dire une fonction prédéfinie, il n'y a pas de finalité de l'existence humaine programmée d'avance, l'homme est pleinement responsable de sa vie, de l'inventer, de choisir et d'agir en toute liberté. C'est à la fois son privilège et sa tragédie. Si on osait une affirmation contradictoire, on pourrait déclarer, en suivant le raisonnement de Sartre, que l'essence de l'homme est justement de ne pas avoir d'essence.

C'est en suivant le fil de ces pensées que le jeune admirateur de l'auteur de *La Nausée* s'assoit pour la première fois à la terrasse du café de Flore, qui est à l'existentialisme et à la vie intellectuelle parisienne ce que le Vatican est pour les catholiques du monde entier : « the place to be ». Stratégiquement installé à l'angle de la rue Saint-Benoît et du boulevard Saint-Germain, d'où il peut balayer du regard les Deux Magots et Lipp, Hubert déguste des cafés, accoudé à une de ces fameuses tables rondes et vertes siglée du nom du lieu saint tout en lisant *L'Être et le néant* et en noircissant un calepin de notes. Être physiquement présent là où l'un de ses maîtres à penser a écrit la plupart de ses romans, essais et pièces de théâtre, des heures durant, blotti contre le poêle l'hiver, ramassant à même le sol les mégots de cigarettes pour bourrer sa pipe, sous le regard complice de Simone de Beauvoir, tendrement appelée le Castor, emplit Hubert d'une émotion indicible.

De temps en temps, il lève les yeux de l'ouvrage ardu qu'il est en train d'étudier pour songer à son père. Le concept de mauvaise foi, qu'il est en train de découvrir, s'applique en effet parfaitement à Louis Feuillade. La mauvaise foi, pour Sartre, consiste à se comporter dans la vie comme si on avait une essence, comme si on était déterminé, par notre histoire familiale ou notre milieu social, par exemple, tel un garçon de café surjouant les gestes techniques de sa fonction imaginaire. Le drame de son père, tel que le jeune homme le comprend, c'est justement de se comporter comme s'il existait un destin qui le déterminerait à interpréter le négociant en champagne, rôle qui ne correspond pas à ses aspirations et qu'il interprète souvent avec excès, comme pour se persuader de son bien-fondé. Hubert ne peut éviter ce rapprochement lorsqu'il note, dans son carnet à la couverture en cuir noir, la phrase suivante : « Toute sa conduite nous semble un jeu. Il s'applique à enchaîner ses mouvements comme s'ils étaient des mécanismes se commandant les uns les autres. Sa mimique et sa voix même semblent des mécanismes. Il joue, il s'amuse. Mais à quoi donc joue-t-il ? Il ne faut pas l'observer longtemps pour s'en rendre compte : il joue à être garçon de café. » Et Hubert d'ajouter sur son carnet, avec son crayon à papier : « il joue à être un négociant de champagne affable et un grand bourgeois désabusé ». Après avoir noté cette dernière phrase, il pose son crayon, songeur, le regard fixant le boulevard Saint-Germain et l'auvent rouge de la célèbre brasserie qui lui fait face. Oui, Sartre a amplement raison. Son père s'est caché toutes ces années derrière un déterminisme social de façade pour ne pas avoir à affronter sa responsabilité d'être libre de choisir sa vie, de rompre avec son milieu, son cocon artificiel, pour embrasser son désir d'une autre vie, une vie plus intense et originale. En un mot, une vie plus satisfaisante. Au lieu de cela, sa mauvaise foi l'a tristement transformé en automate et l'a peu à peu vidé de sa sève authentique.

5

Début septembre, Hubert se prépare solennellement à sa grande entrée à la Sorbonne. Tout en écumant les librairies afin d'acheter les ouvrages au programme de la première année de philosophie (il aurait pu commander l'intégralité sur internet, en un clic de souris, mais son esprit rebelle s'y refuse, préférant la matérialité des livres manipulés chez les libraires, qui survivront ainsi grâce à son modeste écot), il interprète inconsciemment le rôle de l'étudiant en philosophie comme d'autres les garçons de café. Ses costumes se composent de pantalons et vestes décontractées en lin et de tee-shirts, voire de sous-pulls, l'ensemble de couleur forcément noire (éviter à tout prix la chemise blanche déboutonnée sur le torse, symbole honni de la tartufferie philosophique). Les accessoires sont constitués d'une serviette en cuir, également noire, d'un étui renfermant deux stylos-plume personnalisés, d'un ordinateur portable et d'une surprenante paire de lunettes sans correction. Possédant une vue parfaite, Hubert a quelque peu hésité avant d'acheter ce dernier objet, petite offrande vénielle sur le bûcher de sa vanité intellectuelle.

S'il a de nombreuses fois tourné autour du dôme de la Sorbonne, il a résisté à la tentation d'y pénétrer, se réservant comme une jeune mariée pour le jour officiel de la rentrée. Le moment venu, un lundi quatorze septembre, Hubert se lève aux aurores, bien avant que les multiples alarmes obsessionnelles programmées sur son téléphone portable ne retentissent. Avant de sortir de son appartement, il vérifie le contenu de sa serviette et relit pour la dixième fois l'intitulé de ses cours : philosophie générale, histoire de la philosophie, histoire des sciences et pensée critique, philosophie politique. En cours optionnels, Hubert a choisi, sous l'influence encore opérante de monsieur Rivière, deux modules en allemand et un module de projet personnel qu'il compte dédier au philosophe quinteux qui, au contraire de son père, osa s'affranchir d'une carrière entrepreneuriale pour se dédier à sa passion : Arthur Schopenhauer.

Largement en avance sur l'horaire, il décide de se rendre à l'université à pied par cette matinée lumineuse. Durant la demi-heure qu'il met à traverser le pont Notre-Dame et l'île de la Cité, son esprit enthousiaste vagabonde. Des images en noir et blanc de mai soixante-huit lui reviennent en mémoire par flashs. Jean-Paul Sartre, tout de blanc vêtu, distribuant, avec Simone de Beauvoir, digne et coiffée de son éternel foulard, le journal « La Cause du peuple » aux passants, puis finissant son parcours dans une camionnette de la police. Les policiers casqués, armés et arborant des masques saugrenus semblant sortis des tranchées de la Première Guerre mondiale. La cour d'honneur de la Sorbonne décorée de banderoles à l'effigie de Staline ou Mao Tsé-toung et occupée par des manifestants communistes, barres de métal en main pour desceller quelques pavés tout en écoutant la harangue passionnée d'un jeune porte-parole de Nanterre surnommé « Dany le rouge ». Les étudiants d'extrême droite venus pour en découdre. Les forces de l'ordre osant entrer, crime de lèse-majesté, à l'intérieur de l'université. Toute une effervescence non seulement politique, mais aussi hautement intellectuelle puisque Sartre, Foucault, Althusser ou Godard y tenaient des conférences et des séminaires.

C'est empli de toutes ces références historiques qu'Hubert pénètre dans la célèbre cour d'honneur vers neuf heures du matin. Mais les temps ont changé et c'est un lieu bien calme, par contraste, qu'il découvre. Certes, plusieurs étudiants et étudiantes sont déjà présents, mais on peine à distinguer un semblant de communauté, chacun ayant le regard davantage fixé sur l'écran de son téléphone portable que sur l'architecture presque millénaire du bâtiment. Hubert, lui, préfère déambuler et photographier pour lui-même ces premiers instants inédits. À l'angle de la cour en rectangle, assis à même le sol, se trouve un vieux monsieur aux cheveux gras, manteau élimé, affairé à nourrir quelques pigeons. On dirait un clochard ou bien un étudiant attardé, peut-être, statufié dans son éternelle forteresse. Plus loin, un peintre exécute consciencieusement des aquarelles de la cour intérieure (Hubert se penche derrière son épaule pour vérifier si le vieil étudiant apparaît). Finalement, ce lieu immémorial, autrefois théâtre d'une vie politique intense, semble bien morne en cette rentrée de septembre.

Hubert flâne ensuite entre les statues de personnages illustres ; tous, figures de proue du génie français : Victor Hugo, Bossuet, Blaise Pascal ou Michel de Montaigne, immortalisé, face à l'université, rue des Écoles, dans une pose décontractée qui lui ressemble bien, jambes et mains croisées et sourire espiègle. À l'intérieur du grand amphithéâtre, plutôt pompeux, Hubert s'assoit sur un des sièges recouvert de velours vert, juste sous la statue de René Descartes. La main gauche légèrement levée, celui-ci semble avoir interrompu sa lecture pour interroger du regard les intentions du jeune sparnacien :

souhaite-t-il se consacrer à la recherche méthodique de la vérité ou bien va-t-il s'en détourner pour feindre une vaine érudition, comme nombre des étudiants qui l'ont précédé ces derniers siècles ?

La suite de la journée se passe entre différentes salles de cours, certaines plutôt exiguës et vétustes, où Hubert et ses collègues découvrent leurs nouveaux professeurs. Monsieur Rivière, qui restera à jamais l'initiateur de sa passion pour la philosophie, est remplacé par des enseignants-chercheurs émérites spécialistes de la philosophie antique, de Spinoza, de Kant, de l'idéalisme Hégélien ou de la question de l'être chez Heidegger. À la fin de l'après-midi, Hubert a déjà tapé une dizaine de pages de notes sur son ordinateur portable. Malgré l'exigence des cours, il se sent porté par un dynamisme enivrant, persuadé qu'il a trouvé en ce lieu mythique, son *habitat naturel*, selon les termes d'Aristote. Vers dix-sept heures, il se présente à la bibliothèque Jeanne Romilly, la grande salle aux spacieuses fenêtres vitrées et aux multiples lampes vert clair arrondies, comme des méduses aimantant les étudiants assoiffés de savoir. À l'entrée, une jeune bibliothécaire lui barre le chemin, lui expliquant sèchement, à sa grande stupéfaction, que l'accès lui est interdit en tant qu'élève de première année. Il lui faudra attendre d'être en troisième année pour y être admis. Dépité, Hubert remonte la rue de la Sorbonne en songeant qu'il est bien étrange de priver des esprits enthousiastes et réceptifs comme le sien de la possibilité de feuilleter d'aussi précieux ouvrages.

Les semaines suivantes, Hubert suit avec intérêt et assiduité les cours prodigués et les prolonge jusque très tard en lectures studieuses, toujours stylo en main, puis en notes personnelles sur son ordinateur portable. Il ne fréquente que deux lieux : l'université la journée et son appartement le soir, se nourrissant exclusivement de plats surgelés, à heures très irrégulières, et limitant à son strict minimum les tâches ménagères, ce qui l'arrange bien. S'il lui arrive d'échanger quelques idées avec certains chercheurs après les cours, notamment son professeur d'histoire de la philosophie, qui développe généreusement avec lui les notions déjà abordées par monsieur Rivière concernant Platon, Aristote ou les stoïciens, Hubert ne se lie pas d'amitié avec les autres élèves. La plupart d'entre eux lui semblent être mus davantage par les apparats de leur statut d'étudiant en philosophie à la Sorbonne que par un intérêt véritable à sonder les textes des grands penseurs. Leurs questions, souvent ineptes ou redondantes, l'irritent profondément. Il faut dire que, si la majorité des contenus abordés par ses enseignants experts sont nouveaux pour lui, Hubert a la satisfaction intime de les assimiler avec facilité et ses soirées sont alors plutôt consacrées au développement des idées énoncées par ceux-ci, en allant puiser à la source même des textes cités. Hubert a bien remarqué la présence de quelques élèves brillants, mais il s'abstient d'entrer en contact avec eux, par peur, peut-être, que la comparaison lui soit défavorable.

Le soir, il s'enferme dans sa confortable tour d'ivoire pour mieux explorer les paysages intérieurs, parfois arides, des grands philosophes. Quand il ouvre la porte de son logement, vers dix-huit heures, un rituel se met en place. Son chat l'attend fidèlement derrière la porte, les yeux encore embués de sommeil. Il s'étire ensuite de tout son long contre le canapé, qui porte déjà les marques visibles de ses griffes, tout en ouvrant une large gueule pour bâiller, ce qui est tout naturel après dix bonnes heures de sommeil ininterrompu. Hubert s'assoit et le caresse pendant de longues minutes pendant que son ami félin, pétri de curiosité, renifle abondamment le contenu des sacs plastiques du supermarché. Après avoir englouti bruyamment sa nouvelle ration de croquettes et lapé son eau, Atma s'assoit royalement sur la table de la salle à manger, à côté des livres et de l'ordinateur de son maître. Il scrute l'écran comme s'il comprenait le contenu des notes tapées, seulement distrait par les bruits ponctuels venant de la rue, ce dont témoigne le mouvement perpétuel de ses oreilles pointues. Hubert songe, parfois avec amusement, que si la réincarnation était possible, ce qu'il ne croit nullement, son félin à touffes de poils blancs serait peut-être celui de l'auteur du *Monde comme volonté et comme représentation*, Arthur Schopenhauer. Enfin, quand le jeune homme termine d'étudier, vers onze heures du soir, Atma commence à lui mordiller les chevilles, injonction à jouer et courir avec lui dans l'appartement. Les lancers de balle et jeux de cache-cache cessent, par fatigue, un peu avant minuit, heure à laquelle Hubert monte les marches de la mezzanine pour aller dormir pendant que son chat prolonge sa virée nocturne.

Ermite moderne, l'apprenti philosophe se coupe progressivement du monde des vivants pour se consacrer au monde céleste des idées érigé en valeur suprême par Platon. Les contacts téléphoniques ou textuels avec sa famille sont plutôt rares, et jamais à son insu. Même les rendez-vous avec son oncle George, qu'il apprécie pourtant, et dont il est hautement redevable de vivre gratuitement en plein cœur de Paris, sont constamment reportés par la quantité de travail qu'il s'impose. Et c'est seulement en ce début du mois d'octobre qu'Hubert parvient à caler une heure dans son agenda personnel, digne d'un ministre, pour rencontrer son ami d'enfance, Gaétan. En attendant, il synthétise sur son ordinateur ses cours sur la philosophie grecque.

La lecture d'« Éthique à Nicomaque » occupe ses premiers jours d'automne. Hubert est d'abord révulsé par la description d'une société hiérarchisée, car naturelle, que fait Aristote et qui lui permet de justifier à la fois l'esclavage et le rôle subalterne des femmes. Cette vision est définitivement à des années-lumière des valeurs d'un jeune homme du vingt-et-unième siècle. En revanche, la querelle épistémologique entre Aristote et son maître Platon, concernant la nature des idées, l'intéresse au plus haut point. Hubert note que, pour Platon, les idées ont une existence propre, elles sont déjà présentes en tout être humain, dès sa naissance, de façon innée, comme le sont les vérités mathématiques, par exemple. L'enjeu, pour tout un chacun, est alors de retrouver ces idées en lui au cours de son existence, de se les remémorer et de ne pas les confondre avec les ombres fallacieuses projetées sur les murs de la caverne, sa célèbre allégorie de la vérité. Ainsi, de même qu'il existe une définition du cercle qui vaut pour tous les cercles, il existerait un dessin prototypique de chat. Hubert y songe lorsqu'il lève les yeux de son écran et regarde son compagnon félin qui semble statufié près de lui. D'ailleurs, il se rappelle que n'importe quelle méthode de dessin propose, pour représenter cet animal, de commencer par une vingtaine de traits et arrondis dans un premier temps. Ensuite, l'apprenti dessinateur a tout loisir de contextualiser ce modèle universel par un échantillon de chat plus particulier s'il le souhaite.

Aristote, lui, va progressivement discorder de cette conception et emporter la conviction du maître d'Atma. En effet, pense Hubert, si on observe la réalité alentour, on sera bien en mal de trouver des cercles parfaits dans la nature. Et quand il pense à un chat, ce n'est pas à un dessin géométrique abstrait de chat, mais bien à un chat réel, le sien, avec ses touffes de poils noirs et blancs symétriques sur la tête, ses taches sur ses pattes, ses pupilles cerclées de jaune et sa grande queue touffue d'écureuil. C'est donc un chat très spécifique qui lui apparaît en imagination et non pas une abstraction de chat.

Cela signifie-t-il pour autant que tout serait relatif (maladie de l'époque à laquelle l'étudiant peine à adhérer) ? Non, pense Hubert, il existe bien des caractères félins qui associent les petits chats domestiques à leurs grands cousins les léopards ou les panthères et qui fait qu'un lapin, malgré sa taille identique, n'est pas similaire à Atma. C'est là en effet qu'intervient l'intuition profonde d'Aristote d'intégrer l'expérience à la raison. C'est parce que nous rencontrons, par expérience, différents types de félins dans notre environnement que notre raison associe ensuite des caractéristiques physiques et des comportements ressemblants. Quand Hubert zappe, entre deux lectures, sur une chaîne animalière et regarde une scène de savane, son cerveau effectue le lien entre l'apparence physique d'un guépard (même tête anguleuse, même corps), sa manière unique de se déplacer et de chasser, en position d'affût, et son animal de compagnie. Alors que, pour Platon, les idées, dont celle désincarnée du chat, vivent dans un ciel extérieur à la réalité, Aristote va, lui, partir de la réalité sensible et vécue pour la relier, dans un deuxième temps, à une idée générale, voire abstraite, d'un animal ou d'un objet. Cette intuition s'est construite progressivement, en contraste avec les idées de son maître, Platon, par l'observation, pendant de nombreuses années, de la flore et de la faune du milieu où il vivait. Aristote en déduira une théorie beaucoup plus convaincante aux yeux du néo étudiant parisien. Selon le créateur du Lycée, son école, qui rompra avec l'Académie du disciple de Socrate, il y a toujours deux aspects dans tout être vivant : la forme qui est commune à l'espèce féline, par exemple, et la matière dans laquelle cette forme générale est incarnée dans un temps et un espace particuliers (l'épaisseur et la couleur des poils d'Atma, par exemple, sa personnalité plus rétive que câline, sa taille, son habitat reclus qui limite ses possibilités de chasse à quelques rares insectes, son âge de dix mois qui stimule son besoin naturel de jeu). L'idée, en revanche, qui relie Aristote et Platon, est celle d'une hiérarchie qui place l'homme, de par son intelligence (« chose divine » pour l'auteur d'*Éthique à Nicomaque*), au-dessus de l'animal et la vie intellectuelle, également divine, au-dessus du peuple des hommes, la réservant à quelques rares élus : les philosophes. Le fils rebelle de Florence Feuillade y voit là la preuve de son aspiration supérieure qui le hisse, avec fierté, au-dessus de la masse banale de ses contemporains.

6

La semaine suivante, Hubert va la dédier à l'étude des stoïciens et des épicuriens, continuant de s'abreuver à la source des textes originaux cités par ses enseignants : *Pensées pour moi-même*, de Marc-Aurèle, *Les entretiens* d'Épictète, les *Lettres à Lucilius*, de Sénèque, la *Lettre à Ménécée* d'Épicure et le magnifique long poème de Lucrèce, *De la nature des choses*. Sa méthode est invariable : lire, noter les citations, synthétiser les idées de chaque philosophe et, surtout, développer une réflexion toute personnelle en parallèle à l'étude rigoureuse de tous ces penseurs antiques. Les stoïciens prolongent, à ses yeux, la vision de Platon et d'Aristote, à savoir celle d'un monde obéissant aux règles de la nature et, en ce sens, totalement déterminé. À ce titre, le seul péché humain est celui de l'hybris, c'est-à-dire de l'orgueil qui fait qu'un homme ose s'affranchir de sa carcasse humaine pour se prendre pour un Dieu. Dans la mythologie (Hubert se remémore sa lecture d'Hésiode), cet excès de fierté est puni par Zeus des châtiments les plus terribles. Connaître sa place, attribuée par prédestination par la nature ou le cosmos, et s'y tenir ; agir toujours de façon mesurée, sans excès, voilà l'idéal grec. Comme on dit de nos jours : ne pas faire de vagues. La seule liberté octroyée aux humains est strictement réservée au forum intérieur, selon les mots de Marc Aurèle :

celle de penser afin d'acquérir la maîtrise de soi-même. Et Sénèque met en garde ceux qui se risqueraient à vouloir changer l'ordre des choses extérieures en les comparant à la souffrance de petits chiens rebelles attachés à un traîneau et s'entêtant à le tirer à contresens.

Bien qu'il n'ait jamais été confronté à cette expérience canine, Hubert se rappelle vivement avoir dû nager à contre-courant dans la Marne, quand il avait treize ans, afin de regagner la berge et à quel point ses efforts désespérés étaient constamment anéantis par le flux de la rivière. Il aurait pu se noyer, ce jour-là, si Gaétan n'avait pas eu la promptitude de le hisser à terre à l'aide d'une branche d'arbre. Cette idée d'un destin inéluctable est inhérente à la pensée grecque. Combien de rois voulurent en effet échapper aux prédictions funestes de la Pythie en exilant leur fils sans pour autant échapper in fine au parricide promis.Tel Icare se brûlant les ailes et se noyant en voulant trop s'approcher du soleil, vouloir s'affranchir des règles naturelles est voué à l'échec. Deux millénaires plus tard, pourtant, l'homme s'affranchira bel et bien des règles de l'apesanteur pour poser même un pied sur la Lune.

Hubert remarque, pour lui-même, que la beauté de ces magnifiques architectures de la pensée des philosophes stoïciens est presque surhumaine. Les prescriptions de Marc Aurèle ou d'Épictète l'impressionnent et lui semblent avoir le goût de la vérité, mais il se fait la réflexion, mi-amère, qu'il ne lui a jamais été donné l'occasion de rencontrer dans la vraie vie un authentique stoïcien. Quelqu'un qui incarnerait ces vérités statufiées dans l'éternité : maîtriser ses pensées, être toujours juste, se dévouer au bien commun, ne pas utiliser le langage pour tromper et accepter son sort, quel qu'il soit. Même son professeur de terminale, l'inspirant monsieur Rivière, philosophe de métier, détonne de ces visions antiques. La maîtrise ne semble pas son fort, comme en témoignent ses emportements fréquents quand des élèves se déconnectent de son cours. L'économie de la parole et le sens de la nuance non plus. Quant au mystère de la mort, associé à celui de la naissance, il est évoqué avec une glaciale insensibilité par Épictète et Marc Aurèle aux yeux du jeune homme. Quel être contemporain pourrait souscrire à l'idée qu'il faut s'entraîner à envisager la mort de ses proches, et même de ses enfants, afin de vivre l'événement dans le plus grand détachement le jour où elle frappera ? Et puis, surtout, l'étudiant de première année de la Sorbonne refuse un monde où tout ce qui lui arriverait serait préalablement écrit, comme la Moire Clotho lançant le fil inaltérable du destin.

En couchant ses pensées sur son calepin, Hubert fait le lien avec une discussion passionnante initiée par monsieur Rivière, au café de la rue des Coteaux, à propos de René Descartes. Il entend encore la voix passionnée de son ancien professeur mettre en parallèle la déclaration célèbre du philosophe poitevin qu'« il vaut mieux changer ses désirs que l'ordre du monde » avec la constatation que c'est fort probablement son geste de remise en cause radicale de tous les présupposés, sa « tabula rasa » des vérités acquises, publié anonymement en 1637 dans *Le Discours de la méthode*, qui réverbérera cent cinquante ans plus tard dans l'un des bouleversements historiques les plus spectaculaires : la Révolution française. Il se remémore avec émotion l'analyse lumineuse de son enseignant de la parabole des talents. Il trouva d'abord incongru qu'un philosophe explicitement athée comme monsieur Rivière lui cite un passage de l'évangile de Saint Matthieu. Mais celui-ci insista auprès de son élève que cette parabole, d'une profondeur abyssale, selon lui, était justement ce qui allait séparer irrémédiablement le monde antique du monde moderne. Elle inspirerait notamment toute l'éthique républicaine, initiée par Emmanuel Kant, de la valorisation de l'effort individuel au détriment des talents innés, justifiant des sociétés alors très hiérarchisées allant des esclaves, puis plus tard des cerfs, jusqu'aux aristocrates au sommet de la pyramide.

Hubert visualise encore son professeur matérialisant la parabole de Jésus avec des morceaux de sucre représentant les talents pour bien se faire comprendre. Il lui raconta cette histoire, qu'il méconnaissait, d'un propriétaire qui, avant de voyager, confie des talents, c'est-à-dire des pièces d'or, à ses serviteurs selon la capacité de chacun. À l'un il donne cinq talents, à l'autre deux et au dernier un. Quand il revient de son voyage, le premier et le deuxième serviteur font la fierté de leur maître en lui montrant que chacun d'eux a doublé par son travail la somme initialement reçue. Le troisième serviteur, en revanche, a enterré son seul talent par peur de le perdre et reçoit le courroux du voyageur de retour sur ses terres. La morale de cette histoire, selon monsieur Rivière, est que l'effort et le labeur sont récompensés alors que la conservation de son unique talent sans le faire fructifier est condamnée. C'est là toute la philosophie aristocratique du monde antique de l'adéquation avec un ordre naturel imaginé harmonieux qui va être déprécié pour faire place neuve à ce qu'on va nommer plus tard la méritocratie républicaine. Le monde protestant, lui, selon l'enseignant sparnacien, prendra même à la lettre cette parabole en récompensant davantage les êtres qui réussissent socialement (et financièrement) dans la vie, allant même jusqu'à justifier l'hyper matérialisme nord-américain par l'inscription « In God we trust » sur les billets de dollars.

À la lueur nocturne de ses pensées, Hubert rouvre alors un des tiroirs oubliés de sa mémoire d'élève de seconde. À la fin du premier trimestre, son professeur de français, monsieur Langlois, avait écrit ce commentaire lapidaire sur son bulletin, à côté d'une note moyenne de treize sur vingt : « Hubert Feuillade est un élève extrêmement doué, cultivé et perspicace. Toutefois, l'habitude qu'il a adoptée de se reposer sur ses acquis au lieu de fournir les efforts nécessaires pour les développer lui sera préjudiciable à long terme. » L'ancien lycéen se rappelle avoir maudit, ce jour-là, son enseignant, qu'il admirait, pourtant, pour parvenir à partager généreusement sa grande culture littéraire et cinématographique. Il se rend compte aujourd'hui qu'il avait en fait parfaitement exécuté son rôle de professeur républicain et, surtout, qu'il avait raison. Après avoir été désorienté pendant quelques jours par ce commentaire qui le démasquait, Hubert prit rapidement la sage décision de se mettre sérieusement au travail au point de devenir, et ce pendant ses trois années de lycée, le meilleur élève de sa classe.

Si la pensée grecque heurte fondamentalement Hubert par rapport à la notion qui lui est chère du libre arbitre, la lecture des épicuriens va en revanche le réconcilier avec les penseurs antiques. À contre-courant des auteurs qu'il a étudiés en début de semaine, Épicure s'inspire de l'atomisme de Démocrite pour briser l'image figée d'un cosmos harmonieux et se faire le chantre d'un monde plus proche du Chaos originel, réceptacle d'atomes agrégés aléatoirement. Ce n'est pas, pour Épicure, l'harmonie qui règne dans le cosmos, mais l'absence de sens et de logique. Dans cette vision alors originale du monde, Hubert retrouve la contingence sartrienne à laquelle il croit plus que tout. Car il comprend bien, à la lecture de la *Lettre à Ménécée*, que le créateur de l'école philosophique appelée le Jardin rompt aussi avec la morale stoïcienne en ce sens qu'il ouvre la porte au libre arbitre, c'est-à-dire à la possibilité de choisir une autre vie que celle prédestinée par la nature et la société. Peut-être pense-t-il que Sénèque, dans sa grande sagesse, a raison et qu'on a plus de chances de moins souffrir si on accepte la réalité comme elle est plutôt que de lui résister et de la combattre en vain. Mais il note cette phrase issue de sa réflexion personnelle, sur son calepin : « peut-être faut-il accepter la réalité *in fine* mais, dans un premier temps, il faut *toujours essayer* de la changer ».

L'autre vision révolutionnaire développée par les épicuriens se trouve explicitée dans le long poème de Lucrèce intitulé *De la nature des choses*. L'écrivain latin y développe la première critique de fond de ce qu'on appelle, de nos jours, la société de consommation. Pour Lucrèce, la quête insatiable des plaisirs artificiels, ni naturels ni nécessaires, est mortifère, car ces derniers nous donnent l'illusion d'échapper à la pensée de notre propre mortalité. Ils créent en effet en nous une addiction qui nous empêche de vivre pleinement le seul moment qui nous rapproche, pour le monde antique, de l'éternité, à savoir le moment présent, nous plongeant dans une incessante fuite en avant source d'angoisse. La mythologie grecque avait d'ailleurs représenté symboliquement l'insatiabilité chronique du désir par les Danaïdes, ces sœurs condamnées à remplir incessamment un tonneau troué.

Hubert pose un instant le livre de Lucrèce pour déguster sa tasse de thé à l'orange tout en appréciant le silence nocturne de son appartement. Il songe à Pascal, pour qui le malheur de l'homme est de ne pas savoir rester seul dans une chambre, dans une proximité amicale avec soi-même. La fuite dans le perpétuel divertissement, pour l'auteur des *Pensées*, nous empêche de nous confronter à notre condition humaine qui est celle de la conscience de notre mortalité. C'est cette peur de la mort, selon lui, qui nous pousse avec avidité dans les plaisirs paroxystiques des sens et nous éloigne de la méditation ou de la réflexion. Cette intuition profonde de Lucrèce et de Pascal concernant le divertissement, Hubert la comprend et l'accrédite pour l'avoir déjà vue développée brillamment sous la plume de son maître à penser, Arthur Schopenhauer (*la vie oscille, comme un pendule, de la souffrance à l'ennui*). Pourtant, du haut de ses dix-huit ans, le jeune homme ne partage pas cette idée platonicienne que philosopher c'est apprendre à mourir. En effet, il constate que l'ombre de la mort ne vient jamais le visiter en pensée, ne serait-ce qu'une seconde, et ce même depuis qu'il lit assidument les ouvrages des grands philosophes. Et puis, il est loin d'être rétif aux divertissements : fréquenter les salles de cinéma, les cafés et les boîtes de jazz, notamment.

Un autre bonheur récent que connaît Hubert est justement la lecture, dans la langue de Goethe, du livre du philosophe solitaire, l'*Art de vivre*. Hubert connaissait cet ouvrage pour l'avoir lu en français, mais, pour la première fois, il essaie de s'y confronter dans sa langue originelle. Ayant choisi d'étudier l'allemand en première langue, au détriment de l'anglais, choix rare parmi les élèves de son collège, Hubert a construit, au cours de ces sept années d'apprentissage, des compétences solides renforcées par les options germanophiles sélectionnées en première année de philosophie à la Sorbonne. Redécouvrir ce livre qui témoigne de la quête du bonheur selon Schopenhauer, en allemand, est comme lire un texte nouveau. Ce qu'aime profondément Hubert dans la langue de Musil et de Stefán Zweig est sa grande précision comparée à la flexibilité du français et surtout de l'anglais, dont l'hégémonie lui semble injustifiée et préjudiciable à l'approfondissement de la pensée.

Cette seconde étude rafraîchissante de « l'Art de vivre » lézarde toutefois quelque peu la foi aveugle du jeune étudiant eu égard à la quête du bonheur proposée par le philosophe allemand. Un doute s'insinue dans son esprit. Schopenhauer, en effet, propose de vaincre les maux de l'existence représentés par l'alternance de l'ennui et de la souffrance par une mise à distance d'avec la réalité. Afin de ne pas souffrir, il prône un détachement assez radical qu'il nomme contemplation. Pour Schopenhauer, en effet, l'homme souffre tant qu'il n'est qu'individu, préoccupé exclusivement par ses désirs auxquels la satisfaction met fin, mais dans une proportion d'un désir satisfait seulement pour dix contrariés. Hubert retrouve d'ailleurs, dans les notes prises en fin de lycée, ces deux citations qu'il a pris soin de recopier dans son carnet : « chacun est heureux, quand il est toutes choses ; et malheureux, quand il n'est plus qu'individu » puis « tant que nous sommes asservis à l'impulsion du désir, aux espérances et aux craintes continuelles qu'il fait naître, tant que nous sommes sujets du vouloir, il n'y a pour nous ni bonheur durable, ni repos. »

La solution trouvée par le philosophe allemand est alors la dissolution de notre individualité, de notre ego et des multiples désirs corrélés, dans la contemplation de l'art, mais aussi de la nature, contemplation qui nous fera nous intéresser aux choses du monde de façon totalement désintéressée, non plus subjectivement, mais objectivement. Comme il l'écrit dans *Le Monde comme volonté et comme représentation*, cet idéal de bonheur repose dans le fait que « nous soyons entièrement étrangers à la scène contemplée, que nous en demeurions complètement détachés, et que nous n'y soyons nullement impliqués pour une part active ». En quoi Schopenhauer retrouve l'idéal grec visé par Épicure et les stoïciens d'une absence totale de douleur, d'une quiétude de l'âme nommée ataraxie.

Il est minuit ce jour-là et, au cœur du silence nocturne, Hubert observe son chat, allongé sur sa housse d'ordinateur. Il se souvient que son maître à penser a subi l'influence des idées orientales, l'hindouisme et le bouddhisme. D'ailleurs, Atma signifie en sanscrit « l'âme du monde » et ce n'est certainement pas un hasard si Schopenhauer a choisi d'affubler son ami canin de cette appellation qui fait écho, justement, au grand Tout censé dissoudre l'individu, qui n'est que pure illusion, dans l'océan infini. Tout comme les stoïciens, qui reliaient l'homme à un fragment éternel de cosmos. Cette sotériologie schopenhauerienne, cette théorie laïque du salut, possède un souffle indéniable, et Hubert le ressent en lisant dans la langue précise de Goethe ces lignes qu'il vient de surligner en bleu foncé. Et pourtant, une part de lui résiste à cette vision, et y résiste même farouchement. Ce n'est pas son intellect qui freine son enthousiasme, non, c'est son âme même. Aussi convaincantes semblent ces explications, et les écrits de Schopenhauer sont d'une clarté admirable, aussi éloignées de la vraie vie apparaissent-elles à Hubert. Car si le but de la vie est d'éviter toute souffrance par l'extinction du désir, comme le prône aussi le bouddhisme, alors c'est nécessairement la vie tout court qui s'éteint avec. Et Schopenhauer d'abonder en ce sens lorsqu'il déclare que « nous sommes au fond quelque chose qui ne devrait pas être aussi cessons-nous d'exister ». La boucle est donc bouclée, grimace en lui-même l'ancien Sparnacien : puisque la mort, célébrée aussi par Socrate dans « Phédon », est la fin de l'individu et le retour réjouissant dans le grand Tout, vive la mort (et « champagne ! », pourrait-il même ajouter).

À ce stade de sa réflexion, et alors que son chat vient de s'assoupir, signe que la nuit est déjà bien avancée, Hubert ressent le besoin impérieux de se lever et d'ouvrir la fenêtre pour faire entrer dans sa tanière un souffle d'air frais. Pour la toute première fois, il expérimente dans tout son être une opposition viscérale d'avec son idole. Non, se dit-il, Schopenhauer se fourvoie complètement. La vie n'est pas ce retrait misanthrope de la condition humaine. Au contraire, elle consiste dans son exact opposé, c'est-à-dire dans la vibration. Et l'archet qui fait vibrer les cordes de notre âme est justement le désir, en bien ou en mal. Avant de s'endormir aux aurores, la couverture d'« Ecce Homo » qui repose sur sa table de nuit, et dont le jeune homme vient de terminer la lecture, active une dernière fois son forum intérieur. Bien que disciple de Schopenhauer, Nietzsche développera une vision de la vie en tous points différente de celle de son maître, celle de la volonté de puissance érigeant en idéal un désir d'intensité qui résultera dans l'idée de l'« Amor fati » (l'amour du moment présent) et de l'« éternel retour » (le souhait de revivre indéfiniment les moments les plus marquants de son existence). Pourtant, là aussi, Hubert ne parvient pas à adhérer à cette vision autrement stimulante, pressentant que cette exigence élevée d'intensité permanente est tout simplement invivable. Juste avant de clore ses paupières, il se fait cette ultime réflexion que ces deux philosophes, qui ont écrit sur la quête du bonheur, ont pareillement donné l'exemple de son échec pathétique dans leurs vies respectives. Schopenhauer se retira du monde et de la compagnie des hommes, ne déjeunant qu'avec un vulgaire caniche, alors que Nietzsche sombrera, après une lutte incessante contre divers maux, dans la démence pendant les onze dernières années de son existence après avoir compati en sanglots au sort d'un cheval battu dans les rues de Turin.

7

Mercredi douze octobre, vers quinze heures, Hubert, d'humeur badine, débouche des souterrains de la station de métro Saint-Germain-des-Prés vers la belle lumière automnale du boulevard. Cela fait maintenant presque un mois qu'il vit reclus, en solitaire, entre les amphithéâtres de la Sorbonne et son appartement de la rue Beaubourg, se nourrissant essentiellement de l'encre atemporelle des grands penseurs occidentaux. Lunettes Ray-ban sur le nez, invariablement vêtu de noir, chemise négligemment ouverte sur son torse pâle, il passe nonchalamment devant l'église où repose pour l'éternité René Descartes puis s'installe à la terrasse du restaurant Les Deux Magots. C'est l'endroit qu'il a choisi pour donner rendez-vous à son ami Gaétan, qu'il n'a pas revu depuis son anniversaire. Celui-ci lui avait suggéré le hard-rock café, mais rien que la pensée d'engloutir un hamburger spongieux, des frites huileuses, de supporter l'agression sonore de guitares électriques stridentes, tout en se forçant à rendre leur sourire artificiel aux serveurs affairés, et faussement amicaux, lui donne le vertige. Alors que la quiétude rétro de l'antre des surréalistes et des existentialistes lui sied davantage.

Il s'assoit en terrasse, à une table ronde, sur une chaise en osier, à l'angle de la rue Bonaparte et du boulevard Saint-

Germain, et contemple les immeubles haussmanniens à quatre étages, ainsi que le célèbre auvent rouge de la brasserie Lipp qui lui fait face. Depuis un mois, il s'est laissé pousser un collier de barbe censé accentuer son changement intérieur aimanté vers la sagesse. Il a toutefois renoncé à arborer ses nouvelles lunettes sans correction par peur du ridicule devant son ami d'enfance (mais elles font partie intégrante de son costume d'étudiant sorbonnard). Quelques minutes plus tard, Gaétan apparaît sur le devant du célèbre restaurant, alerte et souriant, comme d'habitude. Sa tenue claire (pantalon en jean, tee-shirt beige au col échancré, mocassins marron) et son teint légèrement hâlé contrastent avec l'apparence ténébreuse de son meilleur ami. Après avoir moqué sa barbe naissante (« il te manque plus que des lunettes rondes et on dirait Trotski » ; s'il savait, pense le néo philosophe), il tance gentiment son ami pour ne pas lui avoir donné de nouvelles depuis trois mois. Il lui déclare toutefois qu'il sera amplement pardonné si la raison de ce silence inédit est une nouvelle petite amie, comme il en est persuadé. Mais Hubert peine à le convaincre que ce n'est pas le cas et que seules des études assidues l'ont empêché de le voir. Il invite Gaétan à s'installer à l'intérieur du café afin de mieux appréhender le mobilier historique : les sièges en cuir rouge surmontés de barres dorées, les hauts plafonds, les étagères en bois foncé exposant les romans récompensés par le prix littéraire créé et décerné par le restaurant même, les lampes à trois branches, les lourds rideaux vermeils ainsi que les colonnes en marbre. C'est d'ailleurs sous la colonne ornée des statues appelées les deux magots qu'ils prennent place.

Hubert, un peu pédant, lui narre l'histoire de ces deux figurines chinoises qui ornent la salle depuis 1873, appartenant alors à un magasin de nouveautés et qui, conservées par les nouveaux propriétaires, ont continué leur vie statique depuis 1885 et l'installation du café. La liste des artistes ayant fréquenté le lieu, qu'il égrène à voix haute (les poètes Rimbaud, Verlaine, Mallarmé, Prévert, les écrivains Giraudoux, Aragon et Hemingway jusqu'aux peintres Picasso ou Fernand Léger) reçoit une attention distraite de la part de l'étudiant en droit de Paris-Assas. Gaétan semble indifférent au charme atemporel du restaurant. Il préfère discourir de sa faculté et de son nouvel appartement. Il rappelle à Hubert que, dans deux jours, le vendredi quatorze octobre, à partir de neuf heures du soir, va avoir lieu l'événement de la rentrée sur Paris, sa propre crémaillère (Hubert a bien reçu son courriel en début de semaine, mais a oublié d'y répondre). Il a déjà tout organisé avec sa sœur Tristane : location de meubles et couverts, plats fins chez un traiteur renommé, alcools divers en abondance et, clou de toute soirée étudiante huppée, un DJ à la mode. Un aréopage d'une trentaine de personnes est attendu : quelques anciens amis sparnaciens du lycée Stéphane Hessel, des copines de Tristane du département de psychologie et, bien sûr, les collègues de la fac de droit de Gaétan.

À ce propos, l'ami d'Hubert ne manque pas de lui rappeler que l'invitée de marque de la soirée, la cerise sur le gâteau, est bien sûr la divine Charlotte, qui a confirmé sa présence. En évoquant le prénom de leur camarade de lycée, Gaétan s'enthousiasme et compte avec moult détails à quel point la chrysalide a mué et, transformée en jeune femme extrêmement séduisante, papillonne à volonté sur le campus de Paris-Assas entre les étudiants de première année médusés par son charme. Il semble à Gaétan qu'elle n'a pas encore choisi de prétendant, mais, il n'en doute pas, cela ne saurait tarder, et Hubert a donc tout intérêt à ferrer sa proie vendredi soir. Ce dernier, immergé depuis des semaines dans ses livres, en aurait presque oublié l'attrait exprimé par Charlotte pour sa personnalité mystérieuse. Il s'anime soudain en discutant de cette fille qui occupe ses fantasmes depuis la classe de seconde, comme ceux de plusieurs de leurs camarades. Toutefois, il fait opportunément remarquer à son meilleur ami qu'il n'a pas le souvenir de l'avoir déjà vue sortir avec un garçon, malgré plusieurs rumeurs colportées sur sa fréquentation d'un richissime héritier d'une maison de champagne basée à Reims. Serait-elle en fait une vestale cachant son jeu ? Cela intrigue également Gaétan, à la réflexion, mais n'en rehausse que davantage le prix à ses yeux. Si Hubert la séduit, il déflorera un spécimen unique.

Passés ces émois adolescents à évoquer les charmes de Charlotte, Gaétan abreuve son ami d'histoires assez superficielles sur sa nouvelle vie et lui remémore également quelques souvenirs sparnaciens qu'il avait relégués aux oubliettes. Le fils de Louis Feuillade se contente de l'écouter, un peu las. Il ne saurait trop que dire à son ami d'enfance. Bien que les mois passés à Paris depuis son installation mi-juillet aient été riches de découvertes stimulantes, son enthousiasme pour la vie culturelle de la capitale ne recoupe pas les intérêts plus matérialistes de Gaétan. Ils se quittent vers seize heures. Hubert sent monter en lui un sentiment irrépressible de tristesse en arpentant les couloirs du métro Saint-Germain-des-Prés. Il se rend compte qu'une distance désormais importante le sépare de son ami connu à l'école maternelle. Pourtant, Gaétan n'a pas changé. Il est toujours ce garçon dynamique et affable qu'il connaît si bien. Mais lui, définitivement, s'est transformé et il ne peut qu'anticiper avec un certain regret un éloignement progressif, mais peut-être irrémédiable, avec une part de lui-même semblant désormais appartenir à son passé.

8

Le vendredi quatorze octobre au soir, vers dix heures, Hubert sort du métro Notre-Dame des champs pour se diriger vers la rue de Cicé, où se trouve l'appartement de Gaétan et Tristane. Il est en retard d'une heure sur l'horaire fixé. C'est une habitude chez lui. Il prend plaisir à se faire attendre et désirer par ses hôtes, comme s'il était un invité de marque. Mais, ce soir-là, il étire le temps plus que de coutume pour honorer de sa présence l'étudiant en droit et sa sœur jumelle. Peut-être est-ce dû aux différences soudainement apparues en pleine lumière, mercredi, au Deux Magots, entre les deux amis d'enfance, ou à l'appréhension d'une soirée qu'il imagine par avance guindée et ennuyante. Ou bien est-ce la présence à la fois excitante et intimidante de Charlotte qui le rend nerveux ? Toujours est-il qu'il flâne et s'attarde dans le square de la place Ozanam qui longe la discrète église Notre-Dame-des-Champs. Il s'assoit même sur un banc et observe discrètement un couple qui s'embrasse près d'un saule pleureur. D'où lui vient ce sentiment diffus d'anxiété, comme s'il ne devait pas se rendre à cette soirée ? Ou bien pressent-il au contraire qu'une rencontre fortuite pourrait changer sa vie ? Stoïque, Hubert décide finalement de se lever et de marcher droit vers son destin, quel qu'il soit.

À la sortie du minuscule ascenseur grillagé, typique des vieux immeubles parisiens, Gaétan sermonne gentiment, pour son habituel retard, l'apprenti philosophe, tout de noir vêtu, et l'introduit dans son duplex. L'appartement est impressionnant et s'ouvre sur une grande salle décorée de tableaux et de photographies en noir et blanc, en partie posés à même le sol. Plusieurs tables en bois sphériques et massives trônent sur des tapis chamarrés. Les canapés et sofas en cuir marron ont été repoussés contre les murs blancs afin d'augmenter l'espace disponible. Sur la droite, de larges baies vitrées donnent en contrebas sur l'église et le square où Hubert déambulait quelques minutes plus tôt. Au fond de l'appartement, devant une bibliothèque bien remplie d'ouvrages qui n'appartiennent certainement pas à Gaétan (plus sûrement à Tristane), se trouve un buffet garni de gâteaux apéritifs, divers jambons, viandes, fromages et pains ainsi que du vin, du champagne, des bières et des liqueurs à foison. À gauche du buffet, un disc-jockey en jogging fluorescent, et arborant des lunettes à verres rouges, s'escrime sur sa platine, un écouteur collé à son oreille droite. Le son est modéré, afin que les invités puissent converser, mais suffisamment entraînant pour donner envie de danser.

Hubert, coupe en main, salue quelques anciens collègues du lycée Stéphane Hessel qui commentent allègrement son nouveau look. Tristane, très belle dans une robe orange qui met en valeur ses longs cheveux roux et ses yeux verts, l'embrasse chaleureusement et lui présente une amie à elle du département de psychologie. Hubert fait la bise à celle-ci, mais son regard est instantanément attiré par une vision enchanteresse, en contre-plongée, à l'étage, juste au moment où résonne la chanson de Coldplay, « Paradise ». Le dos nu de Charlotte est appuyé à des barres en métal noir, sa robe rouge vif laissant généreusement apparaître ses jambes diaphanes. Ses sandales beiges, sa ceinture marron et un serre-tête doré sous ses cheveux blonds mi-longs et bouclés lui rappellent immanquablement la déesse Aphrodite.

Envoûté par cette vision céleste et providentiellement solitaire, Hubert délaisse Tristane et son amie pour monter lestement les marches le menant vers sa dulcinée. Un fluide aphrodisiaque l'enivre alors qu'il se trouve désormais face à face avec elle. Son regard pétillant, comme les bulles de champagne au fond du verre qu'elle tient en main, pétrifie son ancien collègue de classe. Charlotte lui sourit de ses lèvres légèrement charnues mises en valeur par un rouge à lèvres vermeil. Hubert rougit et lui rend maladroitement son sourire tout en plongeant subrepticement son regard dans le profond décolleté arboré par l'objet de son désir et qui laisse apparaître clairement, au travers d'une robe au tissu légèrement transparent, une poitrine nue. Charlotte ressemble à ce moment-là à une actrice hollywoodienne et Hubert donnerait cher pour qu'un courant d'air sorti d'une improbable grille de métro soulève sa jupe et découvre entièrement ses jambes. Au moment même où elle le dévisage de ses yeux pers enjôleurs et lui déclare qu'elle commençait à désespérer de ne pas le voir arriver, Hubert sent un grand frisson descendre en lui depuis son bas-ventre jusqu'à son sexe. Il profite du fait qu'elle lui tende son verre vide pour descendre en apnée l'escalier en spirale et le lui remplir.

Légèrement tremblant, il ne parvient pas à retenir le bouchon du quart de bouteille de champagne et la mousse qui s'en échappe éclabousse son haut de pantalon. Gaétan profite de cet instant comique pour s'approcher de son vieil ami.

— Alors, Hubert, tu as perdu la main ?

— C'est Charlotte qui m'a demandé de remplir son verre.

— Eh bien, elle te fait de l'effet. Ça fait une heure qu'elle est arrivée et qu'elle t'attend, Elle m'a demandé au moins trois fois si tu venais.

— Sérieux ?

— Oui, elle est plus qu'intéressée, crois-moi. T'as vu comme elle est vêtue ?

— Oui, impossible de ne pas voir ses seins, c'est même limite comme tenue, tu ne trouves pas ?

— Oui, Tristane m'a fait la réflexion, mais bon, tu sais qu'elle la déteste. Moi, je t'avoue que j'aimerais être à ta place. Elle est vraiment chaude.

— T'as pas une serviette Gaétan, je suis tout mouillé.

— Viens avec moi à la cuisine.

Les deux amis se rendent dans la kitchenette, à droite de la porte d'entrée, sous le regard panoramique de Charlotte. Pendant qu'Hubert s'essuie, Gaétan pose amicalement son bras sur son épaule.

— Écoute, Hubert, c'est ta soirée, profites-en. Tu peux même emprunter ma chambre si tu veux, pas de problème. Elle est tout au fond à l'étage, la porte ferme à clé comme ça tu seras tranquille, personne ne viendra vous déranger.

— OK, merci. Si on m'avait dit un jour que j'allais me taper Charlotte !

Les deux amis rient de concert puis Hubert remonte l'escalier, deux verres pétillants en main. Quand il s'approche à nouveau de Charlotte, il prend mécaniquement sa main gauche à elle dans la sienne, pendant une seconde, tout en lui tendant son verre. Celle-ci feint de ne pas s'en rendre compte et trinque allègrement avec son amoureux transi tout en se retenant de rire à la vue de son entrejambe encore humide.

— Un accident Hubert ?

— Oui, figure-toi que le bouchon a sauté.

— C'est pas digne d'un Champenois.

— Tu sais, je suis Parisien maintenant. Tu habites aussi dans le quartier ?

— Non. Je suis en coloc dans le 3e avec ma copine Sabine, rue des Filles du Calvaire. Ce n'est pas très grand, mais on a chacune notre chambre Et toi, tu habites où ?

Hubert suspend sa réponse pendant quelques secondes, médusé par le va-et-vient des lèvres pulpeuses de Charlotte sur le rebord de son verre.

— Rue Beaubourg, près du centre Pompidou.

— Ouah, chic ! Ça sert d'avoir des parents viticulteurs.

— Il appartient à mon oncle, en fait. Il me le prête gratuitement. C'est un bel appart.

— Tu en as de la chance.

— Oui, et toi, ça te plaît tes études de droit ?

— Bof, pas plus que ça.

— Ah, et qu'est-ce que tu comptes faire une fois que tu auras ton diplôme ?

— Je ne sais pas. Probablement rentrer à Épernay et me trouver un riche mari.

— Sérieux ?

— Oui, un bel héritier, comme toi.

— Oh ! moi, tu sais, je ne pense pas que je reviendrai à Épernay.

— Ah bon, pourquoi ça ?

— J'ai décidé que je serai philosophe. Les vignes, très peu pour moi. Je les laisserai à mon frère ou à ma sœur si ça les intéresse.

À cet instant, Charlotte se rétracte et s'éloigne imperceptiblement d'Hubert. L'exhibition de sensualité qui émanait d'elle il y a à peine quelques secondes se dissout suite à la déclaration péremptoire de l'aîné des enfants Feuillade. Hubert, exalté par sa passion récente pour les philosophes, et imaginant ingénument que celle-ci serait naturellement contagieuse, ne le perçoit pas. Plutôt que de changer de thème de conversation afin de reprendre pied, il s'enfonce dans des élucubrations autour de Platon, Sartre et Schopenhauer qui éteignent définitivement le désir il y a peu ardent de cette fille aguichante qui lui était offerte. Lorsqu'il s'en rend compte, au regard désormais absent de son fantasme adolescent, il est déjà trop tard. Dans un geste discret de réprobation, Charlotte remonte son décolleté puis tire sur le bas de sa robe, lui fermant ainsi les portes de son intimité. À ce moment, un jeune homme propre sur lui, aux cheveux noirs coupés très courts, vêtu d'un petit polo Lacoste blanc et d'un jean troué aux genoux s'approche. Charlotte, qui le connaît, l'embrasse chaleureusement et entame une discussion effusive avec lui. Elle laisse alors le philosophe en herbe en plan et descend avec son nouvel admirateur vers la piste de danse improvisée dans le salon.

Hubert ressent un tourbillon de sentiments contradictoires. Il se sent tout d'abord coupable d'avoir laissé échapper sa proie par arrogance alors qu'il lui suffisait de mettre son petit ego de côté et de boire les quelques paroles convenues de Charlotte afin d'atteindre son but avec facilité. Ensuite, un sentiment de tristesse commence à poindre en lui, car son imagination débridée lui avait peint mille agréments au-delà de la promesse de cette soirée. Enfin, une rage sourde pointe également du fond de son âme lorsqu'il observe, en plongée, Charlotte, poitrine offerte, s'émoustiller, collée contre le jeune minet, bras autour de son cou, rire artificiel et strident résonnant jusqu'au premier étage en même temps que le vieux tube du groupe australien INXS : « Devil inside ».

Face à face avec sa coupe et son âme également vides, Hubert descend quelques minutes plus tard à contrecœur les marches en spirale. Peu de temps après avoir frôlé le Paradis, le voici condamné à expier son péché d'orgueil et si possible noyer son chagrin dans quelque alcool fort. Les liqueurs ne manquent pas et notre amoureux éconduit décide d'entamer une mini bouteille de vodka en guise de chemin de croix. L'indécence ostensible de Charlotte, dansant à présent dos à son nouveau partenaire, leurs deux corps en fusion, sa main gauche à lui remontant le long de sa cuisse soudain dénudée pendant que sa main droite à elle caresse les cheveux de l'étudiant en droit, provoque des réactions diverses parmi les invités. Les garçons jettent des regards forcément intéressés, directs pour les célibataires et obliques pour ceux venus en couple. Le langage des visages féminins est quant à lui unanime dans la réprobation muette de cette chatte en chaleur.

Hubert, lui, est en proie à une rage débordante qui le pousse à prendre la tangente et à s'isoler de ce couple infâme, de tous ces étudiants en droit superficiels, de ce salon mondain qu'il abhorre plus que tout en cet instant. Hors de son élément, il se rapproche alors de la bibliothèque en bois blanc, emprunte un des livres de Tristane au titre évocateur, empoigne une troisième vodka et remonte s'isoler dans la chambre de Gaétan. Il s'affale lourdement sur le lit aux soyeux draps rouges qui aurait dû accueillir le corps frissonnant de Charlotte et se plonge dans la lecture de l'ouvrage de Freud réquisitionné. Une demi-heure plus tard, alors que l'admirateur de Schopenhauer termine de lire la page trente-cinq de *Malaise dans la civilisation*, Gaétan fait irruption dans sa tour d'ivoire (pourquoi n'a-t-il donc pas suivi son conseil et fermé la porte à clé) et houspille son ami d'enfance.

— Qu'est-ce que tu fous là ? Je te cherche partout.

— Rien, je lis un des livres de ta sœur.

Le frère de Tristane prend l'ouvrage des mains d'Hubert, le jette sur l'édredon et empoigne vivement son ami.

— Qu'est-ce qui te prend ? On est là pour faire la fête ce soir, pas pour lire. Oublie tes études et viens t'amuser.

Alors qu'Hubert se lève mollement, Gaétan perçoit le trouble de son ami.

— Qu'est-ce qu'il y a ? C'est Charlotte ? Qu'est-ce qui s'est passé ?

— Rien, rien du tout.

— C'est parce qu'elle danse avec Rodolfe que tu es dans cet état-là ? T'inquiète pas, tu vaux dix fois mieux que lui. Il a une belle gueule, mais il n'a pas inventé la machine à cambrer les bananes.

À l'évocation de cette vieille blague rituelle, extraite d'un film des années quatre-vingt-dix qu'Hubert s'est toujours gardé de citer à son ami, feignant en être l'auteur original, celui-ci esquisse un sourire et daigne redescendre parmi les vivants et les honorer de son auguste présence. Mais cela dure peu. L'appartement de ses hôtes a beau être spacieux, il ne l'est pas suffisamment pour lui cacher la présence dionysiaque de Charlotte qui danse désormais en sandwich entre deux prétendants : le minet d'Assas et un playboy en bermuda, chaussures bateau en daim et chemisette blanche mettant en valeur son bronzage sous rayons U.V. Quel trio décadent, songe Hubert, en proie à un sentiment aigu et totalement illogique de jalousie. À quoi bon avoir étudié pendant des semaines les textes des philosophes stoïciens si c'est pour perdre à ce point le contrôle de ses émotions ? Maître Sénèque lui aurait sagement conseillé d'accepter sereinement sa mésaventure en ignorant volontairement l'objet insatisfait et non nécessaire de son désir. Marc Aurèle l'aurait ramené à son forum intérieur pour lui enjoindre de mieux se maîtriser, de profiter pleinement du moment présent en s'ouvrant au monde et notamment aux autres étudiantes célibataires présentes à cette soirée. Mais l'orgueil d'Hubert est profondément meurtri par la bacchanale avilissante qui obsède son regard. Comment cette fausse bourge, cette vestale allumeuse, cette catin déguisée en pseudo Marylin ose-t-elle le snober avec deux toutous décérébrés, lui, le jeune philosophe prodige, imbu de vérité et de valeurs supérieures ? Incompréhensible !

La nuit est déjà bien avancée lorsque le disc-jockey amorce un virage sixties. Hubert avise le saladier à punch, de nouveau copieusement rempli, et décide de calmer sa tempête interne à l'aide de divers alcools au son de « I can't get no satisfaction ». Rapidement, les mini bouteilles de liqueurs forment une légion de cadavres sur le bras du canapé où l'étudiant éconduit s'est enfoncé. Des corps et visages graduellement flous dansent comme des fantômes oblongs sur le pont tanguant du salon. Un fondu au noir opportun clôt ce film d'horreur en même temps que les paupières d'Hubert.

9

Les rayons de soleil inondent la pièce où Hubert se réveille ce samedi matin. Égaré et ébloui, il tâtonne et découvre que la chambre n'est pas la sienne. Vêtu d'un incongru pyjama orange à l'effigie du personnage de Bart Simpson, il s'assoit sur le rebord du lit à draps rouges qui ressemble étrangement à celui de son ami Gaétan. En fait, c'est celui de son ami Gaétan. Hubert se lève et jette un œil par le vasistas sur le square en contrebas jouxtant l'église Notre-Dame des champs. Plusieurs familles s'y promènent. Le cadran de l'horloge indique qu'il est onze heures et demie. Hubert rassemble ses esprits et essaie vainement de se remémorer sa soirée. Il se rappelle vaguement s'être affalé sur le canapé du salon, probablement vers deux heures du matin. Le trou de mémoire de neuf heures qui s'ensuit l'interloque. Pourquoi a-t-il passé la nuit chez son ami, dans sa chambre ? Et comment expliquer son accoutrement ridicule ? Il n'en a pas la moindre idée. Il descend l'escalier donnant vers le salon. Le silence qui l'accueille contraste agréablement avec l'agitation de la veille. Tristane est assise à la table de la cuisine, également en pyjama, pieds nus et sans maquillage. Elle lui sourit tout en buvant une tasse de café noir.

— Salut Hubert.

— Bonjour Tristane.

— Tu vas bien ?

— Ma foi, oui, et toi ?

Tristane laisse échapper un petit rire qui intrigue le jeune homme.

— Il est où Gaétan ?

— Il est sorti chercher des croissants. Il va bientôt arriver. Tu ne te souviens de rien ?

— Non. En fait si, de la fête, mais j'ai dû m'assoupir sur le canapé. Désolé.

— Sérieux, Hubert, tu ne te souviens de rien du tout ?

— Non, je te jure, absolument rien. Qu'est-ce qui s'est passé ?

Le cliquetis d'une clé retentit dans la serrure de la porte d'entrée. Le frère de Tristane apporte des croissants frais.

— Tiens, notre fuyard est réveillé. On peut dire que tu nous as causé une belle frayeur hier.

Hubert se redresse sur sa chaise en plastique dur, préoccupé.

— Comment ça ? Tu me fais peur, là, Gaétan.

Gaétan s'assoit, sert une tasse de café à son ami et distribue les croissants encore chauds.

— On a fait les quatre-cents coups depuis que je te connais, mais je dois admettre qu'hier tu t'es surpassé. Carrément.

Hubert regarde ses hôtes hilares, de plus en plus inquiet.

— Qu'est-ce que j'ai fait comme connerie ? Allez, racontez-moi.

— Bon, mais je te préviens, cramponne-toi à ton siège.

— Mon frère a raison, Hubert, c'est mémorable.

— Arrêtez de vous foutre de ma gueule tous les deux.

— Bon, je commence alors, dit Gaétan, visiblement ravi de distiller au compte-gouttes les exploits nocturnes de son ami. C'est quoi ton dernier souvenir ?

— J'étais affalé sur ton canapé et je me suis endormi, je crois.

— C'est possible, ça, je ne m'en souviens pas. En revanche, vers trois heures du matin, environ, tu avais complètement disparu. On t'a cherché partout dans l'appart avec Tristane, dans les chambres, aux toilettes, nulle trace de toi. J'étais hyper inquiet. Alors, j'ai demandé au DJ d'arrêter la musique et on est tous sortis dans la rue pour te chercher.

— Non ? Tout le monde ?

— Oui, tous les invités. On a tous arpenté le quartier.

— Même Charlotte ?

À l'évocation de ce nom qu'elle honnit, Tristane réagit vivement.

— Non, celle-là elle avait déjà quitté la fête, heureusement.

Hubert perçoit un léger malaise entre la sœur de Gaétan et son ami.

— Je ne sais vraiment pas pourquoi mon frère l'a invitée.

— Tu sais, Tristane, je crois que c'est à cause de moi. Disons que j'étais intéressé.

— Quoi ? Toi aussi Hubert ? Tu me déçois. Tu mérites vraiment mieux que cette fille vulgaire. D'ailleurs, j'avais fait ta publicité à une collègue à moi, une fille vraiment super, mais quand j'ai voulu te la présenter tu ne lui as même pas parlé. Tu l'as complètement snobée, la pauvre.

Hubert et Gaétan restent cois et confus devant la diatribe de Tristane, qui continue sur sa lancée haineuse.

— Votre Charlotte s'est exhibée toute la soirée et elle est partie avec une copine à elle sans nous remercier ni nous dire au revoir.

— Et les deux types qui dansaient avec elle ?

— Elle les a plantés comme deux imbéciles. C'est qu'une allumeuse, on sait toutes qu'elle est encore vierge.

Un ange passe, le temps que Tristane ravale son courroux.

— Désolé Tristane. Tu m'excuseras auprès de ta copine.

— J'ai bien peur que ce soit trop tard. Surtout après que tu aies vomi sur son jean.

À l'évocation de cet incident, Tristane retient difficilement un rire.

— Quoi ? J'ai vomi ? Sur son jean ? Bon, là, il faut vraiment que vous me racontiez tout ce qui s'est passé.

Gaétan termine son bol de café, prend une longue inspiration et le relais de sa sœur.

— OK, mais je te le répète, accroche-toi bien. En fait, on te cherchait tous dans le square Ozanam quand on t'a entendu tousser. T'étais allongé sous un saule pleureur, c'est pour ça qu'on a mis du temps à te trouver. Tristane, sa copine de fac, notre pote Benjamin et moi on t'a relevé et soulevé par les épaules. Tu délirais grave, mais je dois t'avouer que c'était plutôt marrant. En fait, tu as commencé à déclamer des vers à tue-tête pendant qu'on essayait de te ramener à l'appart. Pas vrai Tristane ?

— Oui, tu criais les vers du *Bateau ivre* :

« Et des taches de vins bleus et des vomissures,

Me lava, dispersant gouvernail et grappin »

— « Plus fortes que l'alcool, plus vastes que nos lyres,

Fermentent les rousseurs amères de l'amour », c'est ça, Tristane ?

— Oui et c'est à ce moment précis que tu as eu la bonne idée d'illustrer les images de Rimbaud en aspergeant le jean de ma copine.

Confus, Hubert fixe le sol, les mains sur le visage.

— C'est pas possible, dites-moi que c'est pas possible.

— Si, si, je t'assure, mais le pire c'est que ce n'est pas encore fini, pas vrai Gaétan ?

— Oui, le plus drôle arrive. Figure-toi qu'après t'avoir ramené à l'entrée de l'immeuble on a dû te hisser à plusieurs dans les escaliers parce que tu refusais de prendre l'ascenseur. Tu te raidissais en hurlant que c'était le shabbat. Le pire, c'est que mes potes d'Assas, qui pensaient vraiment que t'étais juif, me gueulaient dessus en m'exhortant à utiliser l'escalier. Du coup, on s'y est mis à six ou sept pour te porter le long des cinq étages.

— Plus l'escalier jusqu'à la chambre de Gaétan.

— Je me suis permis d'enlever tes vêtements. Je les ai mis à laver avec le jean de la copine de Tristane. Puis je t'ai enfilé un de mes vieux pyjamas. C'est comme ça que tu t'es retrouvé dans mon lit avec l'effigie de Bart Simpson et moi j'ai sommeillé sur le canapé du salon. Mais t'inquiète pas, les invités commençaient un peu à s'ennuyer du coup la séquence chasse à l'homme dans le square a réveillé tout le monde. Ensuite, ils sont restés jusque cinq heures du matin. Je te dis, mon pote, mémorable !

Hubert s'affale dans sa chaise de cuisine, tête en arrière. Pendant que Tristane glousse encore, il fixe le plafond, désespéré.

— Un cauchemar ! Un véritable cauchemar !

10

Il est treize heures quand Hubert ouvre la porte de son appartement. Il pose à peine un pied dans le hall d'entrée qu'un cri strident l'effraie et lui retourne le cœur. Il vient de marcher pesamment sur une des pattes d'Atma, qui l'attendait derrière la porte. L'étudiant étourdi s'accroupit dans l'instant, préoccupé d'avoir blessé son compagnon félin. Atma recule sur le parquet et lèche sa patte. Puis il se déplace en claudiquant. Hubert s'approche pour ausculter celle-ci, mais ne reçoit en retour qu'un petit coup de griffe ainsi qu'un regard presque dédaigneux. Son chat s'éloigne vers le canapé. Il semble marcher normalement à présent, ce qui rassure son maître encore tremblant.

Comment est-il possible, après avoir expérimenté jusque dans sa chair la douleur physique exprimée par le hurlement de son chat, d'affirmer, comme l'écrivait Descartes, que les animaux, à l'instar des objets, ne souffrent pas ? Le philosophe poitevin ne devait pas posséder d'animaux domestiques, songe Hubert, encore attristé, sinon il saurait que ceux-ci éprouvent des sentiments comme de la peine lorsqu'ils sont maltraités ou du plaisir quand on les caresse, ce qu'Atma demande tous les matins au réveil à son compagnon humain. Comment un penseur aussi génial et révolutionnaire que René Descartes a-t-il pu assimiler les êtres sensibles que sont les animaux à des machines, même si ce sont des machines plus admirables que celles fabriquées par l'homme ? Il est tellement évident qu'un crayon cassé de rage par Hubert et une patte de chat malencontreusement foulée de son pied ne s'équivalent pas. Le premier ne ressent rien et ne provoque aucun sentiment de culpabilité chez un être humain alors que la douleur de l'animal est palpable, sonore et ne laisse aucun doute dans l'esprit de tout maître que le chat est un être sensible. Pas besoin d'avoir inventé la philosophie moderne pour le comprendre, c'est une simple question de bon sens. Ces quelques réflexions vagabondes exemplifient pour Hubert à quel point des savants inspirés dans leur domaine de prédilection peuvent parfois se fourvoyer complètement à propos de constatations tellement élémentaires.

Après s'être léché pendant quelques minutes sur le cuir noir du canapé, Atma, vite remis sur pattes et plutôt indulgent, vient frôler la jambe de son malencontreux tortionnaire. Hubert reconnaît cette communication tactile, accompagnée de quelques miaulements, qui signifie simplement : « j'ai faim ». C'est à ce moment précis qu'il se rend compte qu'il est déjà plus d'une heure de l'après-midi et que son bébé d'un an et demi à peine n'a pas eu sa ration depuis la veille au soir, il y a déjà plus de seize heures. Le déclamateur nocturne des vers d'Arthur Rimbaud s'empresse alors de remplir la gamelle de croquettes que son petit félin dévore avec avidité.

Hubert s'allonge sur le sofa du salon et se contente d'observer le manège de son chat. Après avoir bruyamment englouti son repas, Atma se dirige langoureusement vers son écuelle pour laper de sa langue rose quelques gorgées d'eau. Ensuite, il s'allonge à l'extrémité du jeune homme, sur le canapé, pour entamer consciencieusement sa toilette. La souplesse avec laquelle il passe sa patte droite derrière ses oreilles, tout en léchant longuement son poil, est digne d'un acrobate. Après cette activité sacrée qu'aucun stimulus extérieur ne vient perturber, Atma s'étire de tout son long et vient se blottir sur les genoux de son maître. Cette vingtaine de minutes d'observation calme instantanément Hubert. Soudain, le temps suspend son cours et le jeune homme vit à l'unisson de son animal, dans un moment où les remords d'un passé récent (les « passions tristes » décrites pas Spinoza) et les préoccupations liées à un avenir imaginaire se dissolvent dans un présent d'éternité. Hubert aimerait reposer dans ce paradis perdu du monde animal pour toujours, mais, malheureusement, les soucis reprennent vite le dessus en même temps que les réminiscences honteuses d'une soirée catastrophique.

Atma semble deviner ses pensées. Son regard fixe intrigue Hubert. De quel message est-il porteur ? Le bonheur simple de reposer sur ses genoux ? Une interrogation ? Un sentiment de peur précédant l'attaque ? Hubert l'ignore. Ce qu'il sait, en revanche, c'est que ce regard qui semble sonder son âme révèle surtout la radicale altérité du félin. Deux étrangers unis sous un même toit et par un besoin d'affection, mais deux étrangers tout de même. Hubert caresse la tête d'Atma entre les oreilles. Celui-ci ferme les yeux de contentement pendant quelques secondes avant de mordre son poignet de ses petites dents pointues. Hubert sourit de ces changements d'humeurs auquel il est habitué. Loin de l'irriter, ils n'en renforcent que davantage son lien. Atma repose ensuite sa tête contre la cuisse de son hôte et l'interroge de ses yeux jaunes énigmatiques. Comme souvent, Hubert est empli d'admiration devant la beauté parfaite et la complexité vertigineuse témoignée par la nature de son chat. Lui reviennent en mémoire les paroles de Voltaire : « L'univers m'embarrasse et je ne puis songer que cette horloge existe et n'ait pas d'horloger ». Oui, l'espace d'un instant Hubert en vient aussi à trouver impossible que cette créature magnifique existe et n'ait point de créateur. L'espace d'un instant seulement, car cette idée aberrante pour lui, héritage probable des croyances maternelles, s'échoue, à peine née, sur les récifs acérés de son militantisme athée.

Fatigué et sans aucun appétit, Hubert étend sa main et prend machinalement la télécommande gisant sur le parquet pour effectuer un tour d'horizon des divertissements télévisés. Depuis qu'il a emménagé, c'est l'une des rares fois qu'il allume l'immense écran qui trône dans le hall d'entrée. Après quelques jeux débiles et bruyants, il s'arrête sur un match de football du FC Barcelone. Le score est déjà de trois à zéro pour les « blaugrana » et Hubert apprécie les arabesques de ses joueurs préférés. À ce moment, un lien invisible le relie à son père et à son frère Lionel, qui sont certainement en train de supporter l'équipe catalane. Une pointe de culpabilité l'assaille à la pensée de son mutisme familial. Deux mois déjà qu'il ne donne presque pas de nouvelles, ni à ses parents, ni à son frère et à sa sœur, et encore moins au propriétaire généreux de son logement princier : son oncle Georges.

Après ces pensées culpabilisantes, Hubert se reconnecte au présent du match. Lionel Messi, le bien nommé, s'empare du ballon à l'angle droit de la surface de réparation, slalome entre trois adversaires, aussi mobiles que des mannequins en plastique, et décoche une puissante frappe en diagonale, à exactement quarante-cinq degrés, qui vient mourir dans le petit filet droit du gardien adverse impassible. La définition d'un génie est tout entière contenue dans la perfection du mouvement exécuté par le « goleador » argentin.

Sitôt la fin du match sifflée, l'étudiant cinéphile se met à la recherche d'un film classique pour prolonger l'après-midi. Ce moment de farniente est le bienvenu après des semaines de lectures assidues. C'est décidé, Hubert n'ouvrira pas un livre de la journée. Ses pérégrinations télévisuelles aléatoires ne sont pas pour lui déplaire. Il pose la télécommande lorsqu'apparaît le visage espiègle d'Orson Welles, coiffé d'un chapeau à larges bords, arborant un collier de barbe grisonnante. Hubert n'a pas souvenir de ce film en couleurs, probablement l'un des derniers du cinéaste. Il narre l'étrange histoire d'une très belle femme, nommée Oja, qui nargue Picasso avec ses va-et-vient devant les persiennes de la fenêtre d'une demeure provençale où celui-ci est reclus pour essayer de peindre. Mais les déambulations de plus en plus décolletées de la superbe apparition aux longs cheveux lisses couleur ébène, et à la ceinture fine, fascinent l'artiste lubrique au point qu'il délaisse ses pinceaux pour vivre les yeux collés à sa fenêtre. Très ingénieusement, Orson Welles, alterne un montage sur la femme et ses multiples tenues colorées, le visage du peintre représenté par une photographie en noir et blanc et des inserts sur ses tableaux cubistes. Le spectateur Hubert épouse alors le regard hypnotisé de Picasso devant la vision surréelle de cette femme d'une beauté fulgurante, courant au ralenti, nue sous une fine robe bleu marine totalement transparente. La queue de cette robe flottant dans le vent évoque un trait de gouache sur une toile blanche.

Soudain, mû par son instinct de chasseur, Atma bondit des genoux d'Hubert vers la fenêtre de la salle à manger. Tous ses sens, éveillés par un chant magnifique, sont alors aiguisés par une unique mission : attraper sa proie qui a l'apparence d'une magnifique gorge bleue à miroir virevoltant. Il escalade en une demi-seconde la grille en cordes que son maître a fait poser sur toutes les fenêtres pour éviter qu'il ne s'enfuie dans la rue. Sa patte griffée essaie désespérément d'écorcher l'oiseau, mais ne fait que l'effleurer. Ce dernier reprend son envol majestueux sous les miaulements frustrés de son prédateur et le regard émerveillé d'Hubert devant tant de beauté. Cette gorge bleue qui est venue frapper à sa fenêtre, il n'en doute pas, est un signe du destin. Le signe qu'il est temps pour lui de sortir dans la rue et de s'ouvrir à nouveau à la vie.

Il se remémore alors cette journée inoubliable de juillet au cours de laquelle il avait flâné dans la capitale, le long des bords de Seine, après s'être délecté du talent de Juliette Binoche interprétant Antigone puis d'un orchestre à corde faisant vibrer Vivaldi au cœur de la Sainte-Chapelle. Si Hubert devait sélectionner une seule journée récente pour revivre indéfiniment, en un éternel retour nietzschéen, ce serait celle-ci (mais sûrement pas la soirée crémaillère chez son ami Gaétan). C'est empli de cette idée stimulante, et de la promesse colorée de l'oiseau à bavette rousse, blanche et bleue, qu'il sort de chez lui sous la lumière chaleureuse d'un milieu d'après-midi automnal. Il remonte nonchalamment la rue Beaubourg, puis la rue Renard et ses nombreux commerces, traverse le pont d'Arcole et débouche sur la cathédrale Notre-Dame. À la place Saint-Michel, il s'assoit un instant sur le rebord de la fontaine et observe les badauds. Cette promenade ne ravive pas en lui le sentiment de plénitude vécu mi-juillet. Au contraire, il se sent triste, un peu tendu et encore honteux de ses exploits de la veille. Il sait, au fond de lui, que la plupart des invités, qu'il ne connaissait guère, ont certainement oublié ses divagations nocturnes et vaqué à leurs occupations. Tristane et Gaétan, eux, sont suffisamment proches pour ne pas lui en tenir rigueur comme en ont témoigné leurs rires complices. Quant à Charlotte, il se demande, une fois à la lumière du jour, quel charme caché il a bien pu lui trouver. Ces réflexions, qui puisent à la source de la raison, ne le calment pourtant pas. Au regard des jeunes gens qui l'entourent, rient et semblent profiter de la vie sans prétention, il se sent vaseux et même désorienté. Car s'il y a bien une personne qui se souviendra longtemps de son comportement inadéquat, c'est lui-même. Le remords s'insinue dans son âme comme un poison et lui renvoie en miroir une image peu estimable. Ce qu'il a perdu vers trois heures du matin, sous le saule pleureur, c'est sa dignité.

Il se lève et traverse pesamment le boulevard. En temps normal, il aurait passé son temps à chiner dans les magasins d'occasions à la recherche d'un disque vinyle de jazz ou d'un livre d'art, mais ces joies simples l'ont déserté. Il flotte comme un fantôme entre les passants qui froncent parfois les sourcils en réponse au regard dur de procureur que leur décoche l'étudiant philosophe. Il s'apprête à rebrousser chemin lorsqu'une affiche de film, dans la vitrine de l'Espace Saint-Michel, l'attire. À gauche, on y voit couple adossé à un mur, baigné par une lumière dorée, s'étreindre passionnément pendant qu'à leur droite, dans la pénombre, un homme en uniforme les observe, écouteurs sur les oreilles. Hubert s'approche. La salle a programmé un cycle « cinéma allemand contemporain » et le titre original, « Das Leben der Anderen », achève de le convaincre. Le jeune homme décide d'être spontané et de suivre son intuition. Il a plusieurs fois entendu parler du film, en bien, mais ignore à peu près tout de l'histoire. Il paie son ticket puis s'installe parmi les rares spectateurs sur un vieux fauteuil en feutre rouge.

Dans un premier temps, la reconstitution très réaliste de l'atmosphère oppressante de l'Allemagne de l'Est, au début des années 80, retient son attention. Mais, imperceptiblement, l'intrigue se déplace vers les personnages et leurs relations. L'écrivain, Georg Dreyman, lui est très sympathique. C'est un intellectuel solaire, profondément bienveillant, un honnête homme, entouré d'amis et en couple avec une merveilleuse actrice de théâtre, toute en sensibilité, la belle Christa-Maria Sieland. L'appartement du couple est toujours baigné d'une lumière jaune chaleureuse. À observer leur intimité, par le trou de la serrure de l'objectif du projecteur, se prolongeant sur le grand écran, Hubert ressent une pointe d'envie mêlée de tristesse. Cela fait bientôt un an qu'il est célibataire. Il se rend soudainement compte que la présence d'une petite amie lui manque terriblement, à la fois physiquement, ce qui est impérieux pour un jeune homme de son âge, mais aussi à un niveau supérieur. La fusion de ces deux âmes, qui survivra aux épreuves que devra surmonter Georg Dreyman, dont la mort de Christa-Maria, émeut profondément Hubert et met en pleine lumière le manque qu'il ressent, celui d'une partenaire, une amante et une âme sœur.

Par contraste, l'officier taciturne de la Stasi à l'uniforme gris, Gerd Wiesler, brille par sa sécheresse de cœur, perché seul tel un corbeau dans sa tour de contrôle, sous les toits, au-dessus de l'appartement où le couple d'artistes vit, rit, boit, se dispute parfois et fait l'amour. Hubert éprouve de la peine pour ce vampire exsangue qui va toutefois progressivement se nourrir à la sève des émotions ressenties via ses écouteurs, celles de la vraie vie. S'il est lui-même plus affable et cultivé que cet agent de la Stasi, Hubert ressent toutefois, paradoxalement, un sentiment d'empathie pour cet oiseau de nuit qu'il est devenu lui-même quelque peu depuis deux mois, se nourrissant exclusivement à l'encre d'écrivains illustres, mais tous morts depuis longtemps.

L'étudiant poursuit ses réflexions autour du film, qui l'a profondément ému, en marchant le long des quais de la Seine. Il est huit heures et les derniers rayons de soleil muent vers l'orange. Il s'arrête devant l'étal d'un bouquiniste. Celui-ci, presque chauve et assez taciturne, semble ne pas vouloir être dérangé. Hubert doit insister pour qu'il daigne lever les yeux vers lui. Il enlève à contrecœur les écouteurs qu'il a sur les oreilles et s'enquiert de la requête de son client. Son regard absent et sa veste grise lui rappellent le personnage de Gerd Wiesler. Le bouquiniste fouille dans ses livres et lui tend une copie du recueil *Une saison en enfer*. Hubert paie l'ouvrage et le feuillette tout en remontant le quai des grands Augustins. Lorsqu'il lève les yeux des poèmes de Rimbaud, il aperçoit, quelques mètres devant lui, Charlotte, en grande conversation avec trois jeunes hommes. Elle porte la même robe rouge échancrée de la soirée crémaillère de Gaétan. Hubert s'approche et la hèle. Charlotte se fige et laisse éclater un rire sardonique. Puis elle court vers le Pont-Neuf. Sa robe s'envole au fur et à mesure de ses foulées, laissant entrevoir ses jambes. Hubert la poursuit alors qu'elle descend à toute vitesse l'escalier menant aux quais. Il glisse sur une des marches en pierre et trébuche.

Arrivé en bas, les mains et genoux sur les pavés, Hubert se relève en boitant et claudique derrière sa collègue de lycée qui disparaît ponctuellement sous l'ombre d'un tunnel. Hubert presse le pas, mais continue de glisser sur le sol humide et désormais boueux. Passé le tunnel, il reprend sa course-poursuite haletante. Charlotte lui expose son dos. Elle court pieds nus, sandales rouge vif en main. Sa robe est à présent noire, mais c'est bien elle, Hubert en est sûr et certain. C'est bien sa chevelure blonde. Il l'appelle à nouveau. Elle se retourne un instant. Son visage a changé et arbore les traits de Marylin Monroe. L'actrice lui fait face, séductrice en diable, relève sa robe jusqu'en haut des cuisses puis reprend sa course. Elle monte rapidement l'escalier qui mène au pont des Arts. Toujours en boitant, Hubert essaie de la rattraper. Pour cela, il doit enjamber de multiples serpents, des vipères noires, qui jonchent les marches. L'exercice est délicat et le jeune homme sautille pour ne pas se faire piquer. Arrivé sur le pont, haletant, il s'arrête et s'accroupit pour reprendre son souffle. Les rayons du soleil l'aveuglent l'espace d'un instant. Lorsqu'il se relève, aussi bien Charlotte que Marylin Monroe ont disparu. Un couple adossé aux barrières en métal du pont, et à ses innombrables cadenas, s'enlace passionnément. L'homme aux cheveux bruns et à la chemise blanche, la quarantaine élégante, ressemble trait pour trait à l'écrivain du film *La Vie des autres*, tout comme la femme, robe dorée et paupières maquillées de vert, à l'actrice Christa-Maria Sieland. Elle stoppe net son baiser et pose un regard énigmatique sur Hubert.

Au même moment, une femme magnifique, nue sous une robe bleu foncé transparente, glisse sur le trottoir d'en face. Ses longs cheveux noirs et bouclés volent au vent. Cette apparition soulève Hubert de terre. Il reprend sa course, mais à la poursuite cette fois d'une promesse inconnue. Il s'en rapproche lorsque celle-ci tourne à l'angle d'une rue et pousse la porte massive et verte d'une entrée d'immeuble. Hubert parvient à lui empoigner l'avant-bras. La femme à la chevelure médusante se retourne. Hubert va découvrir son visage, mais, à ce moment précis, il ressent une vive douleur au niveau du talon, une douleur insupportable, comme si l'aiguille d'une seringue pénétrait profondément dans son pied gauche. Un serpent Naja vient de le mordre. Figé d'effroi, il ne peut détourner son regard de la langue fourchue et des lunettes noires dessinées sur la coiffe du reptile.

Hubert se réveille en sursaut, le cœur battant et le souffle court. Atma est en train de mordiller avec ardeur, de ses petites dents aiguës, le talon gauche de son maître qui dépasse du drap de lit. L'étudiant replie sa jambe et regarde son réveil numérique. Les chiffres rouges lui indiquent qu'il est huit heures. La lumière matinale commence à monter dans la mezzanine en cette aube dominicale baignée de mystères.

11

Hubert descend les marches jusqu'à la cuisine et verse quelques croquettes dans la gamelle vide d'Atma, qui se précipite pour les dévorer. Après quelques minutes, il décide de remonter se coucher et de prolonger sa grasse matinée. C'est dimanche, il n'a rien de particulier à faire ni personne à voir. Son chat le rejoint et se blottit sous son édredon. Allongé sur le dos, mains derrière la nuque, il songe au rêve qu'il vient de faire et trouve étrange comme toutes ces images issues de son vécu se sont agencées à la manière d'un film surréaliste. De belles images, mais sans connexions apparentes. Seuls les serpents l'intriguent. Leur présence en plein cœur de Paris est totalement illogique. Mais Hubert se souvient qu'ils lui semblaient bien réels. Il en frémit encore. Et cette superbe femme, ce séduisant fantôme se mouvant gracieusement dans l'air ? Il est presque sûr de ne l'avoir jamais vue. Pourtant, elle l'attirait terriblement. Il aurait tellement voulu voir son visage, franchir la porte de son immeuble et embarquer avec elle.

Après cette pensée séduisante, l'étudiant plonge à nouveau dans un sommeil léger et agréable. Atma l'accompagne. Le soleil les enveloppe de ses rayons bienveillants. Hubert se réveille à nouveau vers midi. Il n'a guère envie d'étudier ni de déjeuner à nouveau un plat surgelé. Il a juste envie de sortir et de répondre à l'appel de l'inconnu. Après une douche rapide, il délaisse sciemment son uniforme noir de philosophe et s'habille comme n'importe quel jeune de son âge : pantalon en jean, baskets, tee-shirt et veste informelle. L'envie de s'offrir un vrai repas le titille. Il chemine vers la Sorbonne, en direction d'un bistrot où il a pris l'habitude de déjeuner deux à trois fois par semaine entre ses cours. Il traverse l'île de la Cité et croise des flâneurs, sur le petit pont Cardinal Lustiger, qui apprécient autant leur cornet de glace que les mélodies rythmées d'un trio de jazz improvisé. Hubert emprunte ensuite la rue Saint-Jacques et passe devant le square André Lefèvre. En temps normal, il aime s'y arrêter pour lire, mais, en ce jour, il lui rappelle trop un autre square où il s'est donné en spectacle il y a peu et il préfère continuer son chemin. Arrivé à l'angle de la rue des Fossés Saint-Jacques, il pénètre dans le restaurant « Les Promesses de l'Aube », qui appartient à un sympathique Troyen, Frédéric, trentenaire chaleureux et affable. Les serveurs sont tous jeunes et le connaissent bien. Ce dimanche, c'est Karine, cheveux roux coupés très courts, piercing au niveau du nez et tatouages colorés, salopette chamarrée, qui l'accueille. Sa bonne humeur contagieuse redonne instantanément le moral au jeune homme qui vient de s'attabler.

— Salut Hubert, c'est rare de te voir le dimanche.

— Salut Karine, oui, aujourd'hui j'avais envie d'un bon repas.

— Salade de chèvre chaud, steak au poivre à point, légumes vapeur et une demi-bouteille de Bordeaux, comme d'hab ?

— Oui, comme d'hab, et en dessert une tarte tatin avec une boule de glace à la vanille puis un café espresso.

— Ça marche. Dis donc, c'est la première fois que je te vois sans tes bouquins.

— Non, pas aujourd'hui. J'ai besoin d'un break. Dis voir, ça ne t'embête pas de travailler le dimanche ?

— Non, pas du tout, comme ça j'ai mon lundi de libre. C'est cool pour les activités et les courses.

Il est seulement une heure, mais le bistrot, et son cadre accueillant, est déjà presque plein. Frédéric délaisse toutefois ses fourneaux deux minutes pour venir le saluer. L'amour du jazz les a rapprochés et le patron du restaurant, à la barbichette et aux moustaches taillées en pointe, prend plaisir à commenter les derniers concerts qu'il a vus avec un connaisseur, un guitariste amateur comme lui. Lorsque les plats arrivent, Hubert se délecte. Cela fait au moins deux semaines qu'il n'a pas dégusté des mets savoureux et cuisinés.

Au cœur de la quiétude animée de ce modeste restaurant rustique, Hubert ressent soudainement un sentiment inattendu de joie. Joie d'apprécier un bon repas, du contact affectueux, au-delà du pur intérêt commercial, de Karine et Frédéric, des rires et regards complices des amis, des couples et des familles réunis pour cette pause dominicale. Un sourire timide affleure à ses lèvres en même temps que le vin gouleyant qu'il savoure. C'est à cet instant précis qu'il distingue, face à lui, mais éloignée de quelques tables, une ravissante jeune femme qui doit avoir son âge. À sa vue, il ressent une impression étrange de familiarité. Pourtant, il ne la connaît pas. Il en est persuadé. Elle est vêtue d'une élégante robe bleu foncé. Ses boucles d'oreilles rouge-vermeil contrastent avec son maquillage discret. Son visage aux traits fins laisse apparaître de charmantes taches de rousseur. Ses longs cheveux noirs et bouclés reposent sur son épaule gauche dénudée. Son sourire espiègle ainsi que la flamme de ses yeux vert clair respirent l'intelligence.

Tout à son admiration, Hubert met un moment à s'apercevoir qu'il a capté l'attention de la belle inconnue. Il rougit et baisse les yeux, mais ne peut s'empêcher de lui sourire. À sa grande satisfaction, elle lui rend son sourire et lève son verre de vin en signe d'approbation. Elle appelle alors Karine et susurre à son oreille. Celle-ci regarde malicieusement l'apprenti philosophe et répond favorablement à la demande de la mystérieuse cliente. La jeune femme se lève alors de table, son verre de vin toujours en main, et vient naturellement s'asseoir face à Hubert pendant que la serveuse déplace ses couverts. Ils se dévisagent en silence pendant quelques secondes avant que le jeune homme n'entame la conversation.

— Bonjour.

— Bonjour.

— Tu t'appelles comment ?

— Delphine.

— Moi c'est Hubert. Tu viens souvent déjeuner ici ?

— De temps en temps le dimanche, et toi ?

— Deux ou trois fois par semaine, entre mes cours. Tu es étudiante ?

À cette question, la mystérieuse inconnue se fend d'un franc sourire où semble percer une pointe d'ironie.

— Oui, en première année de psychologie, à l'université Descartes. Et toi ?

— Moi j'étudie à la Sorbonne, en première année de philosophie. Figure-toi que la sœur de mon meilleur ami est aussi en première année de psychologie à Descartes. Tu la connais peut-être, elle s'appelle Tristane, Tristane Roederick.

— Oui, je connais bien Tristane, on étudie souvent ensemble. Je l'aime beaucoup.

— Quelle coïncidence ! Le monde est petit.

— Aussi petit que le square Ozanam.

À cette évocation inattendue, le corps d'Hubert se gèle de stupéfaction.

— Le square Ozanam… tu étais à la crémaillère de Tristane et Gaétan ? Je suis vraiment désolé, je ne m'en souviens pas. Il faut dire que j'étais dans un état second.

— Mon jean, lui, s'en souvient.

Arrivé à ce sommet d'embarras, Hubert avale de travers et se met à tousser.

— Ne t'inquiète pas Hubert, je l'aimais plus trop ce vieux jean. Il était grand temps que je m'en achète un autre, ce que j'ai fait hier, donc je te remercie.

— Désolé, je suis vraiment confus. Alors, tu as été le témoin de mon show. Quelle honte !

— Mais non, en fait tu nous as bien fait rire. En revanche, j'ai été un peu déçue quand Tristane nous a présentés à ton arrivée. Tu m'as complètement snobée.

Ce reproche sincère attriste Hubert. Sentant une affinité inexplicable pour cette fille follement séduisante, il se laisse aller à des confidences. Il lui raconte en détail son obsession illogique pour Charlotte, à l'origine de ses divagations éthyliques et de sa goujaterie. Delphine boit son récit de ses grands yeux verts dans le miroir desquels Hubert s'abandonne. Puis elle se met à rire.

— En fait, ta Charlotte, c'est juste une pétasse.

Une pétasse ! Cette formule lapidaire résume mieux qu'aucune autre ce qu'il a cherché à définir depuis plus de trois ans déjà. Oui, c'est bien cela, cette fille futile et aguicheuse n'est qu'une pétasse. Quel trait de génie !

Delphine s'enquiert des études de philosophie d'Hubert. Celui-ci est enthousiaste à l'idée de partager les réflexions nées de ses lectures, mais il se rappelle alors la réaction de total désintérêt de Charlotte, justement, et se rétracte, déclarant faussement que ça n'a pas d'importance. Sa jolie voisine de table insiste pourtant et semble vraiment intéressée. Encouragé, Hubert parle avec entrain de sa passion pour la réflexion philosophique née de ses conversations hebdomadaires avec son professeur de lycée, monsieur Rivière, puis renforcée par ses cours à la Sorbonne et surtout ses nombreuses lectures des textes originaux. Son évocation des philosophes antiques, de la pensée de Schopenhauer et de son attrait pour l'existentialisme semble captiver son auditrice. Passé une demi-heure, il finit par s'excuser de s'être tant épanché. Delphine le rassure et s'appuie sur les propos de l'étudiant pour prolonger cette conversation hautement spirituelle.

— Je n'ai jamais lu Schopenhauer, mais je sais qu'il a influencé Freud.

— Tu es freudienne ?

— Non, je suis plutôt une autre voie, mais je reconnais que Freud était un véritable génie, aussi important qu'Einstein. Sa découverte de l'inconscient dynamique a complètement révolutionné la psychologie des profondeurs. Tu as déjà lu Freud ?

— Pas vraiment, la psychanalyse pour moi c'est une mafia juive.

Hubert perçoit que Delphine s'éloigne imperceptiblement de lui en se rétractant sur sa chaise. Le même éloignement discret témoigné par Charlotte vendredi soir après son aveu d'abandon du négoce de champagne. Mais cette fois, ses sens perçoivent le subtil langage corporel de sa voisine de table et son intellect en déduit la probable origine.

— Tu n'es pas juive, Delphine ?

— Si…

— Excuse-moi, je suis vraiment désolé. Je fais que des gaffes ces derniers temps. Cette blague sur la mafia juive est nulle. Je ne le pense vraiment pas, je t'assure.

Delphine sourit à nouveau et rapproche sa poitrine d'Hubert, ce qui le rassure assez vite.

— Ne t'inquiète pas. Je ne suis pas orthodoxe. Mes parents sont des juifs modernes et libéraux. Et puis tu n'as pas complètement tort. Freud avait aussi cette crainte que la psychanalyse ne soit pas vue comme une science universelle, mais seulement restreinte aux cercles juifs. C'est pour ça qu'il a voulu faire de Jung son disciple. Tu connais cette histoire ?

— J'ai vu un film, *A Dangerous Method*, de David Cronenberg. Ça s'est plutôt mal terminé entre eux, non ?

— Oui, violemment, une vraie rupture amoureuse.

— Et pourquoi tu as choisi la psychologie ?

— Bonne question. En fait, j'ai commencé une analyse à l'âge de quinze ans et j'ai découvert tout un monde secret passionnant. Je continue toujours, une fois par semaine, avec le même thérapeute. C'est grâce à lui que j'ai décidé de m'inscrire en psychologie.

— Pourquoi tu as fait une analyse à quinze ans ?

À cette question pour le moins indiscrète (le tact n'étant décidément pas la qualité première d'Hubert), Delphine baisse les yeux.

— Pour des raisons personnelles…

— Excuse-moi.

— Non, pas de problème. Et toi, tu as déjà fait une analyse ?

— Moi ? Non, je ne pense pas que ce soit pour moi. Je suis persuadé, comme Schopenhauer, que derrière le monde de la représentation, le monde des apparences, il y a un vaste monde caché et inconscient. Oui, ça j'en suis persuadé. Mais je pense aussi que ces mondes sont inaccessibles au conscient, contrairement à Freud.

Suite à cette déclaration péremptoire qui possède le parfum léger de l'arrogance juvénile, Hubert se tait, perdu dans ses pensées. Delphine le remarque et, en apprentie psychologue, saisit opportunément la perche tendue par ce silence révélateur.

— À quoi tu penses, Hubert ?

Le jeune homme, démasqué, rit nerveusement.

— Non, à rien de particulier… enfin, si, il y a quand même quelque chose qui m'intrigue dans l'inconscient.

Il repense alors au rêve étrange qu'il a fait la veille. Rêve qui continue à le poursuivre, même en plein jour, et dont la prégnance craquelle sa carapace de certitudes et insinue dans son esprit un doute bienvenu, au moment même où un rai de lumière, issu de la fenêtre latérale, éclaire le visage attentif de Delphine. En toute confiance désormais, il se décide à ouvrir les vannes de son inconscient et raconte en détail ses pérégrinations oniriques sur les quais de la Seine.

— Qu'en penses-tu, Delphine ?

— Je pense, comme Freud, que les rêves sont la voie royale vers l'investigation de notre inconscient et, contrairement à toi, je pense qu'ils sont porteurs de messages et peuvent être ramenés au conscient et traduits.

— Tu serais capable de traduire mon rêve ?

— Non, j'arrive tout juste à comprendre mes propres rêves, je ne suis pas compétente pour traduire ceux des autres. D'ailleurs, mon analyste me dit toujours que la personne la mieux placée pour traduire un rêve est le rêveur lui-même. Toutefois…

— Toutefois…

— Je trouve ton rêve très profond. Il est rempli d'archétypes, comme disait Jung, de symboles anciens et collectifs.

— Comme ?

— Le fait que tu boîtes, par exemple. Beaucoup de personnages de la mythologie grecque boitent. C'est même la signification du nom d'Œdipe, « celui qui a des pieds enflés ».

— Oui, c'est vrai, je t'avoue que je n'y avais pas pensé. En plus, j'adore les récits de la mythologie grecque.

— Et puis tous ces serpents…

— Là, par contre, je t'avoue que c'est carrément illogique.

— Sur le plan de la réalité, oui, mais c'est une image tellement ancienne qu'on trouve dans l'Ancien Testament, ou dans les récits de l'Égypte antique.

— Oui, c'est vrai, le fameux serpent tentateur… Dis-moi, tu t'intéresses aussi à la philosophie ?

— Un peu, mais je suis beaucoup moins érudite que toi. J'aime bien Rousseau et j'adore Spinoza. *L'Éthique* est un de mes livres de chevet. Mon père me l'a offert pour mes seize ans. J'ai eu du mal à le lire la première fois, mais après ma deuxième tentative je pense avoir compris où il voulait en venir. Tu aimes Spinoza ?

— Je suis partagé. Comme toi, j'ai eu un peu de mal à le lire, mais mon professeur de projet à la Sorbonne est un grand spécialiste et il m'en parle souvent. J'aime beaucoup l'idée qu'il n'y a pas de transcendance, par exemple, chez lui, pas de dieux vivant dans un monde supérieur. Ça me rappelle la vision de la nature et du cosmos qu'avaient les Grecs. Et toi, qu'est-ce que tu aimes chez lui ?

— C'est plus l'aspect psychologique et ses réflexions sur le désir.

— Le désir ?

— Oui, Spinoza est l'un des premiers, je crois, à envisager la recherche de la satisfaction par rapport au désir et non pas exclusivement par la raison. Il a écrit dans *L'Éthique* que « le désir est l'essence de l'homme ».

— Platon aussi évoquait le désir, mais comme le tonneau des Danaïdes, comme un puits sans fond qu'on remplit sans cesse. Par expérience, je pense qu'il a raison. Dès qu'on a réalisé un désir, notre sentiment de satisfaction dure peu et de suite on s'entiche de désirer à nouveau. Ça ne finit jamais. C'est pour ça que Schopenhauer définissait la vie comme l'alternance incessante entre la souffrance et l'ennui. Soit on souffre parce qu'on ne parvient pas à réaliser son désir, soit on s'ennuie parce qu'on l'a réalisé et on se sent vide.

— C'est en partie vrai, mais en partie seulement il me semble, sinon la vie serait un enfer. En fait, tout dépend de la nature et de l'intensité du désir, c'est ça, je crois, qu'a compris Spinoza.

— Je crois que j'ai zappé cette partie.

— En fait, pour lui, on ne peut pas calmer ou changer un désir par la seule raison, ça ne marche tout simplement pas. Prends l'exemple de ta Charlotte, si ça ne te dérange pas.

— Non, vas-y, je te la donne avec plaisir en pâture.

— Quand tu es arrivé à la crémaillère, tu désirais tellement Charlotte que c'est devenu une obsession, je me trompe ?

— Non, pas vraiment…

— Et quand elle t'a laissé en plan pour se trémousser sur la piste de danse avec un autre, l'usage de ta raison ne t'a été d'aucun secours pour te calmer.

— C'est vrai, je me rappelle pourtant m'être fait la réflexion que cette fille ne valait pas grand-chose, qu'elle était vulgaire et sans intérêt, mais je n'arrivais pas à détourner mon regard ni même à penser à autre chose. Le seul remède que j'ai trouvé, ce sont quelques liqueurs, et tu connais la suite…

— Oui… et mon vieux jean aussi. Et bien, Hubert, selon Spinoza, c'est parce que la raison est impuissante à maîtriser nos désirs.

— C'est marrant, Schopenhauer disait à peu près la même chose. Il disait que ce qui n'est pas accordé par la raison ne peut pas être dominé par la raison. Mais si la raison est impuissante, comment faire ?

— C'est là justement que je trouve la solution de Spinoza géniale. Je ne t'ennuie pas j'espère ?

— Non, pas du tout, au contraire. Continue.

— Eh bien, pour Spinoza, seul un autre désir peut nous faire oublier notre premier désir obsédant. Un autre désir contraire et supérieur.

— Il combat le désir par le désir, c'est ça ? J'avoue que c'est original, je n'y aurais jamais pensé.

— Oui, c'est ça que j'ai compris et que je trouve vraiment pertinent. Comme le désir est une énergie en suspens, si tu utilises seulement ta raison, l'énergie du désir ne se dissout pas, mais va continuer. Aujourd'hui, on dirait qu'elle va rester tapie dans le subconscient. Et la raison est en grande partie impuissante parce que nous sommes surtout des êtres émotifs, en fait.

— C'est intéressant. Donc, si je te suis bien, si j'oppose à mon désir obsédant un autre désir, je lui soustrais son énergie et je la transpose dans le désir nouveau, c'est ça son idée à Spinoza ?

— Oui, tout à fait. Mais tu n'as pas l'air convaincu.

— Pas complètement, non. Par exemple, après que Charlotte m'ait délaissé, je me suis isolé dans la chambre de Gaétan pendant un moment et j'ai commencé à lire un livre de Tristane, un livre de Freud d'ailleurs… Donc, si je te suis bien, j'ai remplacé le désir de la futile Charlotte par un désir opposé et supérieur de culture. Mais ça a échoué.

— Oui, mais là tu n'es pas du tout dans le même domaine. Tu ne vas pas dissoudre un désir purement sexuel par un désir intellectuel, un désir de culture. Ça, ce serait la sublimation dont parle Freud, mais ce n'est pas ce qu'envisage Spinoza, je crois.

— Alors quel type de désir j'aurais dû opposer à Charlotte ?

— Un autre désir sexuel, mais opposé et supérieur.

Hubert réfléchit un moment, un peu perdu par les explications de Delphine. Il sent qu'il aborde un territoire nouveau pour lequel il n'est pas outillé. Après quelques secondes de réflexion, son visage s'illumine pourtant. Il semble commencer à comprendre où la jeune femme et Spinoza veulent en venir.

— Je vais formuler une hypothèse. Pour dissoudre le désir ardent de Charlotte, qui est une fille attirante physiquement, mais très superficielle, il faut que je désire une autre fille, mais qui soit son exact opposé et qui soit plus excitante. Donc, il faudrait que je désire une fille élégante et cultivée… et si cela arrive, à ce moment-là, toute l'énergie de mon désir sera réorientée vers cette autre fille et je ne serai plus attiré par Charlotte. C'est vraiment pas con comme idée.

Delphine sourit. Ses joues s'empourprent discrètement et son regard devient malicieux pendant qu'elle accompagne le cheminement de la pensée à voix haute du beau jeune homme qui lui fait face.

— Voilà, maintenant tu n'as plus qu'à trouver cette perle.

Hubert étant un être décidément très compliqué et manquant singulièrement d'à-propos, il ne saisit pas la perche opportunément tendue par son interlocutrice et continue à ratiociner, son péché mignon.

— C'est vrai que c'est révolutionnaire comme intuition. Mais je fais un blocage depuis le début par rapport à Spinoza.

— Par rapport à quoi ?

— Par rapport au déterminisme. Chez lui, tout est déterminé. Ça, je l'ai bien lu. Il ne laisse absolument aucune place au libre arbitre. Pour quelqu'un comme moi, qui adore Sartre, ce qui nous caractérise en tant qu'êtres humains c'est justement notre capacité à ne pas être prisonniers d'un programme, au contraire des animaux, d'être totalement libres d'inventer notre destin.

— *L'Existentialisme est un humanisme*, celui-là, je l'ai lu. J'ai bien aimé d'ailleurs.

— Avoue quand même que c'est beaucoup plus stimulant comme idée. Prends mon exemple, si j'avais suivi la pensée de Spinoza plutôt que celle de Sartre, je serais resté à Épernay pour épouser mon destin de commerçant en Champagne, comme l'a fait mon père à contrecœur, et j'aurai sûrement mené une vie aussi triste que la sienne. Au lieu de cela, j'ai suivi l'appel de l'existentialisme, l'appel enivrant de la liberté et de l'inconnu, j'ai rompu mes chaînes et je suis venu à Paris pour étudier la philosophie.

À l'évocation un tant soit peu dramatisée de son affranchissement, Delphine ne peut retenir un rire. Elle s'en excuse et décide de surenchérir. Il n'y a pas à en douter, Hubert a trouvé là un débatteur à sa hauteur.

— Je comprends ce que tu veux dire, mais, personnellement, je pense qu'on peut tout à fait articuler déterminisme et liberté.

— Ah bon ? Eh bien, ton avis m'intéresse Delphine. Je crois au contraire que c'est tout à fait impossible. C'est ce qu'on appelle en philosophie une antinomie, quand on ne peut pas trancher entre deux propositions opposées.

— Tout dépend de la manière dont on définit le déterminisme. Et là, je vais laisser un peu de côté Spinoza, si tu veux bien, et te donner mon point de vue personnel.

— Je t'écoute.

— Je pense qu'on est effectivement très différents des animaux qui obéissent exclusivement à un logiciel, leur instinct, et qui ne peuvent s'extraire de ce programme.

— C'est ce que pensait Rousseau aussi.

— Oui, tout à fait. Mais je pense aussi que cet instinct qui guide infailliblement tous les actes des animaux ne s'est pas totalement perdu chez l'homme. Au cours de l'évolution, il est resté inscrit en nous.

— Et il serait où cet instinct ?

— Dans notre inconscient. Il a survécu, j'en suis persuadée, sous forme d'une instance qui continue à nous orienter, mais son message est moins audible, il est brouillé en quelque sorte.

— Par quoi ?

— Notre subconscient justement… tu as déjà vu un vieux poste de radio ?

— Oui, ma mère en a un dans sa cuisine

— Alors imagine que tu veuilles capter une station de radio, mais le son n'est pas net, il est difficilement audible, ça grésille.

— Oui, je vois.

— Eh bien, je pense que c'est pareil dans notre inconscient. Il y a une voix en nous qui ressemble à l'instinct animal, qui nous dit ce que nous devons faire pour notre bien quand on est face à un choix, mais le bruit que fait notre subconscient nous rend cette voix très difficile à capter. On doit vraiment fournir un effort pour l'entendre.

— Et comment on y accède à cette voix en nous ?

— En psychologie, par l'introspection. C'est ce que m'a enseigné mon thérapeute. Il y a différents moyens. Ça peut être une réflexion personnelle par rapport à une réaction exagérée, un lapsus, une chanson que tu as en tête sans savoir pourquoi.

— Oui, ça m'arrive souvent, en effet.

— Écouter son corps, ses sensations aide aussi. Mais la voie royale pour y accéder, c'est vraiment les rêves.

— Donc, si je te suis bien, le déterminisme survit en nous sous forme d'une sorte d'instinct qui sait ce qui est bien ou non pour nous. Mais cette voix est difficile à capter, elle est subconsciemment brouillée. Et, c'est là qu'entrerait le libre arbitre. On serait libre de la suivre ou non. Rousseau disait, lui, qu'on a la possibilité de nous en écarter.

— Oui, exactement. Mais pour notre bien, on ferait mieux d'essayer de l'entendre. Il persiste en nous un instinct qui nous détermine, mais on peut s'en écarter, effectivement, c'est en cela qu'on est humains.

— Déterminés et libres, oui, je comprends mieux maintenant. Je n'y avais jamais pensé sous cet angle-là. Mais pour en finir définitivement, je te le promets, avec ma conduite de vendredi soir chez Gaétan : j'ai suivi mon instinct ou je m'en suis détourné ?

— Je dirais que ton instinct t'a fait passer le message à un moment que tu valais mieux que cette fille.

— Oui, donc quand j'ai douché ses espoirs en affirmant que je ne voulais pas revenir à Épernay et reprendre le commerce de champagne, quand je lui ai parlé de mes études de philo, c'est comme si je lui disais : voilà qui je suis, à prendre ou à laisser.

— On peut le voir comme ça. Ça aurait été plus facile d'aller dans son sens non ? Et tu serais aujourd'hui maqué avec une belle idiote qui te collerait pour ton argent.

— L'horreur ! Merci mon instinct !

À cet instant de complicité, Frédéric, le patron du restaurant, s'approche et s'adresse joyeusement au jeune couple.

— Désolé de vous déranger, mais on doit fermer.

Hubert regarde alors autour de lui. Le restaurant est vide, à l'exception de son propriétaire et de la serveuse, Karine. Il est déjà quatre heures. Cela fait exactement trois heures qu'il a fait la connaissance de Delphine et le temps s'est arrêté comme par enchantement. C'est la première fois qu'il rencontre une fille aussi intelligente. Il se propose de la raccompagner jusque chez elle, ce qu'elle accepte avec plaisir. En chemin, il apprend que son joli guide vit depuis longtemps à Paris, rue Monge, dans un appartement avec ses parents. Elle est fille unique. Son père est chercheur en biologie et sa mère violoncelliste à l'Opéra Garnier. Elle-même joue du piano. Elle adore la musique classique, surtout Chopin et Schubert, mais ne déteste pas le jazz, à condition qu'il soit chanté. Ses yeux rieurs le charment. Delphine déclare à Hubert qu'elle l'envie de vivre seul dans un appartement. Elle aussi aspire à l'indépendance, même si elle s'entend bien avec ses parents. Le problème, selon elle, c'est qu'ils la couvent un peu trop et elle sent que cela l'empêche de s'émanciper. D'ailleurs, elle est très contente qu'ils soient allés visiter leur famille dix jours à Tel-Aviv et qu'elle puisse jouir du logement rien que pour elle. Arrivée devant la porte de son immeuble, elle fait soudain silence. Ses yeux vert océan plongent dans ceux d'Hubert. Le jeune homme ressent un frisson qui monte jusque dans son torse. Delphine pose la main sur son épaule.

— Tu sais, ça fait un moment que je brûle de te poser une question.

— Laquelle ?

— Quand est-ce que ce beau garçon va m'embrasser ?

Hubert caresse le visage de Delphine, presse sa poitrine contre la sienne et échange un long baiser ardent. Puis Delphine prend sa main, ouvre la porte vert foncé de son immeuble et l'attire chez elle. Comme dans un rêve, Hubert suit son guide aux traits angéliques et plonge vers l'inconnu.

Deuxième partie

1

Les frimas du mois de novembre accompagnent Hubert et Delphine jusqu'à l'entrée du zoo du Jardin des plantes. Espiègle, la jeune femme profite du froid coupant pour se blottir tout contre son petit ami, sa main droite se réchauffant dans la poche arrière de son jean noir. Cela fait exactement un mois, le dimanche seize octobre, qu'Hubert a fait sa connaissance et embrassé cet ange botticellien aux longs cheveux noirs bouclés. Cheveux qu'il a déjà caressés des centaines de fois, tout comme son visage et son corps. Delphine le surprend chaque jour de par sa personnalité solaire, enjouée, ainsi que par ses traits d'esprit. Sitôt leurs journées de cours terminées, ils se retrouvent à l'appartement d'Hubert, en général vers dix-huit heures, après que l'étudiante en psychologie ait parcouru les vingt stations de métro qui séparent son université, à Boulogne-Billancourt, de la station Rambuteau. Parfois, elle passe la nuit chez son petit ami et repart au petit matin. Elle lui prépare des plats frais, ils regardent un film futile (Delphine adore les comédies romantiques), discutent de choses et d'autres, rient, s'embrassent, s'étreignent et font invariablement l'amour. Cette présence nouvelle n'a toutefois pas l'heur de plaire à Atma qui déserte l'édredon de son maître et s'en va ostensiblement bouder à l'étage inférieur.

L'irruption de cette fille dans sa vie a profondément transformé Hubert, devenu moins sérieux et taciturne, plus souriant, presque sociable à nouveau. Surtout, elle l'a rendu plus vivant, démentant la vision misogyne de son maître, Arthur Schopenhauer, sur les femmes et les tourments qu'elles provoquent inexorablement par leur comportement hystérique, telle Xanthippe, la célèbre épouse acariâtre de Socrate. S'il ne lui a pas encore dit, Hubert sait qu'il est profondément amoureux et il pressent que ce sentiment réjouissant est réciproque.

C'est Delphine qui a eu l'idée originale de visiter le zoo du Jardin des plantes, en ce samedi après-midi. C'est toujours elle, en fait, qui suggère les sorties les plus créatives et inattendues. Si cela dépendait de la capacité d'initiative d'Hubert, leurs activités seraient restreintes à un cercle étroit ayant pour origine son quartier bobo du centre Pompidou et pour ultime rayon le Quartier latin.

Le zoo semble réservé exclusivement pour les deux tourtereaux, en ce jour où quelques discrets rayons de soleil sont impuissants à compenser un vent glacial. Mais cela importe peu au jeune couple qui se chauffe à un combustible autrement plus puissant, tout en souriant aux flamants roses, en équilibre sur une patte. Le ballet des animaux continue avec l'aire des grands félins. Hubert reste longtemps en admiration devant la beauté ineffable de la panthère des neiges dont les allées et venues, dans un habitat trop exigu, eu égard à la vastitude des hauts plateaux tibétains, emplissent le jeune félinophile d'un sentiment de tristesse qui semble reflété dans les yeux pers du grand chat. Le très musculeux tigre de Chine, en revanche, l'impressionne et le fait frissonner. S'il se comporte en tous points comme Atma, dans sa façon altière de se déplacer et de dodeliner de la tête, un unique coup de griffes, une seule morsure de sa part suffiraient à le blesser grièvement, au contraire de son animal domestique,

Plus loin, le face à face avec un orang-outan déclenche le rire contagieux de Delphine, mais Hubert reste quelque peu perplexe devant le regard dédaigneux du grand singe qui semble lire dans son âme et se moquer de sa vanité anthropocentrée. Si le fier étudiant tarde à comprendre cette communication subliminale, le geste explicite avec lequel son lointain cousin s'empare de ses excréments pour les jeter à la face de son insistant observateur, seulement sauvé de l'humiliation par la paroi en verre qui le sépare de la loge de l'animal, achève de le convaincre de continuer son chemin.

Il suit Delphine avec réticence dans le vivarium, n'osant lui avouer sa répugnance des reptiles, ces êtres dépourvus de toute élévation, qui rampent péniblement, invisibles car camouflés dans leur environnement, mais à la morsure fulgurante et souvent mortelle. Il sait que sa crainte est infondée, dans cet espace protégé par des vitres épaisses, mais sa raison peine à le rassurer quand son âme tout entière, à la vue des corps à écailles visqueux, en est affligée. Il ne peut toutefois retenir un cri aigu lorsque les doigts de sa petite amie remontent le long de son dos, ce qui surprend une famille distante de quelques mètres. Delphine s'excuse que sa caresse ait déclenché un tel effroi, ce n'était pas son intention, mais elle s'amuse d'avoir mis à jour le talon d'Achille de son fragile héros.

Sitôt la visite terminée, le couple s'attable à la sortie pour déguster une crêpe au Nutella. Ils conversent de leurs études, de leurs professeurs, puis des fêtes de fin d'année. Hubert confie à sa petite amie que l'idée de passer Noël en famille ne le réjouit pas spécialement. Mais sa mère tient beaucoup à ce moment de tradition qui ne fait pas sens pour lui. Contrairement à elle, il ne croit pas en Dieu et sait que cette date, fixée par l'église de Rome vers l'an trois cent, est toute symbolique, Jésus n'étant né ni un 25 décembre ni en l'an zéro. Il aimait évidemment recevoir de nombreux cadeaux quand il était enfant, mais même cette joie simple était gâchée par l'attente interminable du retour de Florence Feuillade de la messe de minuit. Très souvent, il s'endormait et ne découvrait ses nouveaux jouets qu'au petit matin.

Une nuit, toutefois, à l'âge de huit ans, il fit un effort pour rester éveillé et se tint caché dans la pénombre des marches de l'escalier pour finalement apercevoir, dans l'entrebâillement de la porte donnant sur la vaste salle à manger, son père, de dos, plaçant méticuleusement les paquets colorés autour du sapin. Il en fut un peu dépité et, même s'il se força pendant un an encore à croire au père Noël, la magie avait définitivement disparu. Hubert avait perdu ce jour-là une partie de son innocence et la découverte de ce premier mensonge, somme toute véniel et universellement partagé, serait suivie progressivement du constat plus amer du climat artificiel de ces veillées familiales que son père ne supportait qu'avec le dérivatif de plusieurs bouteilles de vin. À l'évocation, par son petit ami, de la raison possible de la mélancolie de Louis Feuillade, la jeune étudiante en psychologie cite, de mémoire, une phrase de Jacques Lacan : « la seule chose dont l'homme doit se sentir coupable, c'est d'avoir cédé sur son désir ». Hubert réfléchit quelques secondes à cet aphorisme qui ne lui semble pas dépourvu de sens et est même très profond.

Delphine lui rétorque qu'elle l'envie plutôt. Non seulement elle n'a jamais eu l'occasion de fêter Noël, mais sa cellule familiale est tristement réduite au simple trio qu'elle forme avec ses parents. Elle est fille unique et ses oncles, tantes et cousines vivent tous en Israël ou à New York. Elle déclare à Hubert qu'il devrait plutôt se réjouir de ce moment de réunion familiale avec ses grands-parents maternels, son frère et sa jeune sœur, dont il semble si proche. Elle-même aurait tant voulu avoir une sœur, mais plusieurs fausses couches subies par sa mère en ont décidé autrement. C'est une des raisons pour lesquelles elle chérit son amitié naissante avec Tristane. Lorsqu'Hubert lui fait part de son éloignement affectif d'avec Gaétan, elle s'en étonne fortement. Non seulement elle le trouve fort sympathique et avenant, mais elle sait de source sûre que Gaétan nourrit une profonde affection pour lui. Il devrait plutôt renouer le fil et cultiver ce lien. Les véritables amis qui nous veulent du bien, sans rien attendre en échange, sont rares et précieux. C'est son avis. Hubert l'écoute sans mot dire, mais médite ses paroles. Il a peut-être méjugé un peu rapidement son ami d'enfance. Il sait effectivement pouvoir compter sur lui, et son tempérament plus terrien compense à propos ses propres envolées idéelles ainsi que sa tendance suspecte, parfois, à l'isolement.

L'évocation du réveillon du Nouvel An, en revanche, les réunit. Delphine aime sortir à cette occasion de son cocon familial pour festoyer avec des amis. Elle propose à Hubert d'inviter Tristane et son frère. Après réflexion, celui-ci trouve que c'est une bonne idée. Gaétan est une bonne compagnie lors des moments festifs et Tristane est enjouée et a toujours une conversation intéressante. Emporté par son élan imaginatif, Hubert propose même de choisir et réserver l'endroit. Delphine a quelque réticence, mais elle n'ose refroidir son enthousiasme et accepte de prendre le risque, bien qu'elle se doute déjà que l'organisation n'est pas la compétence première, c'est un euphémisme, de son amoureux.

Elle a d'ailleurs l'occasion de vérifier son intuition lorsqu'elle délaisse l'initiative de la soirée, après la visite du zoo, à l'étudiant cinéphile. Celui-ci l'emmène dans son territoire du quartier de la Sorbonne et du cinéma l'Espace Saint-Michel pour visionner un vieux film allemand des années quatre-vingt. Delphine est un peu réticente à l'idée de ce programme rétro, dans une langue qu'elle méconnaît, même si le titre poétique, « Les Ailes du désir », l'attire. Sa suspicion semble se confirmer lors de la première heure où deux anges omniscients errent dans un Berlin lugubre en noir et blanc, des deux côtés du célèbre mur, et écoutent les pensées mélancoliques des habitants, dont un vieillard très subtilement prénommé Homer. Elle comprend que ce galimatias pseudo philosophique séduise son petit ami, mais elle-même s'efforce pour masquer son ennui. Elle va toutefois s'immerger dans l'histoire à partir du moment où l'un des deux anges, Damiel, chute sur terre pour les beaux yeux verts de la trapéziste Marion que le cinéaste, Wim Wenders, filme avec une grande attention (elle ignore qu'il partageait alors la vie de l'actrice). Le noir et blanc du lourd passé germanique se teinte soudain à l'écran des couleurs plus légères et romantiques de la passion, ce qui l'émeut davantage. Au sortir de la salle, elle peut ainsi partager l'enthousiasme d'Hubert, mais pour d'autres raisons.

Ils dînent ensuite dans un bistrot du boulevard Saint-Germain. Quand Delphine s'absente quelques minutes, Hubert repense à sa journée. À ce moment précis, résonne, depuis l'enceinte fixée au-dessus de sa tête, une chanson du rocker new-yorkais, Lou Reed :

Just a perfect day – Juste un jour parfait
Drink sangria in the park – On boit de la sangria au parc
And then later – Puis plus tard

When it gets dark, we go home – Quand il fait nuit, on rentre à la maison

Just a perfect day – Juste un jour parfait

Feed animals in the zoo – On nourrit les animaux du zoo

Then later – Puis plus tard

A movie, too, and then home – Un film, aussi, et on rentre à la maison

Oh it's such a perfect day – Oh c'est un jour tellement parfait

I'm glad I spend it with you – Je suis content de le passer avec toi

Oh such a perfect day – Oh un jour tellement parfait

You just keep me hanging on – Tu m'encourages à m'accrocher

You just keep me hanging on – Tu m'encourages à m'accrocher

À l'appartement de la rue Beaubourg, Delphine s'endort rapidement, non sans avoir au préalable relégué Atma sur le canapé du salon. Elle n'a rien contre le chat, mais l'animal, lui, méprise cette intruse qui vient s'immiscer entre son maître et lui, dans une vie jusqu'ici parfaitement réglée.

Allongé au côté de son ange à lui, Hubert n'a pas sommeil. Il lit quelques pages d'un roman commencé il y a quelques jours, *L'Insoutenable légèreté de l'être*. Il songe aux six hasards qui ont été nécessaires pour réunir le couple principal : le citadin Tomas et la rurale Tereza. Si un seul de ces hasards n'avait pas eu lieu, leur couple n'aurait tout simplement pas existé. De même, pense-t-il, sa rencontre avec cette fille merveilleuse allongée à ses côtés relève aussi d'une contingence miraculeuse. Il pose le livre de Milan Kundera sur ses genoux pour admirer le corps de Delphine dans le clair-obscur de sa lampe de chevet.

Tout l'émerveille en elle. Lui qui a une inclination prononcée au narcissisme se surprend à chérir cet être qui partage, de temps en temps, son toit, dans sa singularité et même son altérité. Son souffle de vie l'élève et l'ouvre au monde : celui des femmes et du mystère même de l'existence.

2

Hubert sort du métro bondé de la gare de l'Est, en direction des voies, en cette veille de Noël. Il est très chargé. Dans sa main droite, il maintient une boîte en équilibre afin de ne pas laisser échapper les petits fours qu'il vient d'acheter chez Dalloyau. Dans sa main gauche, il agrippe fermement plusieurs sacs contenant les cadeaux de sa famille. Cadeaux très informels pour sa mère (des chocolats) et ses grands-parents, Charles et Geneviève Grandcolas (des pâtes de fruits). Son frère Lionel, lui, ne lit pas et passe son temps libre dans une salle de gymnastique, musclant ses bras et ses cuisses davantage que son cerveau. Hubert a bien pensé à lui offrir des poids, pour rire, mais la simple idée de les transporter dans la rue, jusqu'au métro puis dans le train, l'a vite découragé. Finalement, il a de nouveau opté pour un short et un tee-shirt sportifs, comme l'année précédente. Pour Noémie, en revanche, cela a été bien plus ardu. Bien que se sentant plus proche d'elle que de Lionel, il ignore tout des goûts de sa sœur. Mais il tient d'autant plus à marquer le coup qu'il s'agit aussi d'un cadeau d'anniversaire pour ses seize ans, Noémie ayant eu la chance de naître un 25 décembre, à la grande joie de sa mère. Si cela avait été un troisième garçon, elle l'aurait sûrement prénommé Jésus. Par bonheur, ce fut une fille et ses parents l'appelèrent Noémie. C'est Delphine qui conseilla finalement son petit ami pour le choix du cadeau. Comme celui-ci lui avait fait le portrait d'une adolescente collée à son téléphone portable et ses chanteuses américaines, elle lui suggéra d'investir dans une enceinte pour écouter ses musiques seule dans sa chambre. Hubert trouva l'idée excellente (ce qui l'irritait un peu, car Delphine avait toujours des idées excellentes, par contraste avec son propre manque d'originalité) et eut un coup de cœur, sur internet, pour une enceinte en forme de radio rétro rose et dorée qui, il n'en doutait pas, plairait à sa petite sœur. En ce qui concerne son père, il n'eut pas besoin d'aide, mais il regrette, au moment où il monte quatre à quatre les marches menant au quai de la gare, son choix d'un livre d'art sur l'architecte catalan Gaudi pesant une tonne et lui disloquant l'épaule gauche.

Le plan d'Hubert est de ne surtout pas s'attarder à cette veillée fastidieuse et de retrouver, dès le lendemain, Atma, laissé seul avec une quantité suffisante d'eau et de nourriture, et Delphine, dont il ressent déjà le manque. Sa mère lui a pourtant répété qu'il ne fallait jamais prendre le train un vingt-quatre décembre, qu'il y avait toujours du retard, aucune place assise et même souvent des imprévus, mais, pour rien au monde, le néo Parisien n'aurait passé plus de deux jours dans sa ville natale qu'il n'avait plus visitée depuis cinq mois, mais dont il ne ressentait aucune nostalgie. Cette vie étriquée, s'étirant sur une poignée de kilomètres carrés, entre le centre commercial, les deux églises, quelques troquets, un centre culturel, une discothèque décadente, des restaurants guindés et des vignes à foison, était définitivement reléguée dans les souterrains de son enfance. Une enfance certes dorée, mais qui n'évoquait, dans sa mémoire encore récente, qu'un ennui incommensurable.

Le plan élaboré par Hubert possède toutes les apparences de la perfection : montée dans le TER à 16 h 30 précise, arrivée dans la minuscule gare d'Épernay un peu avant 18 h, embrassades, conversations légères, beaucoup de vin et de champagne pour faire passer l'amère pilule, cadeaux aussi dispendieux que frivoles, sommeil dans sa chambre sous les toits (anciennement celle de l'oncle Georges), puis retour express le lendemain dans les rues autrement plus dynamiques et culturelles de la capitale.

Mais Hubert devrait savoir que, comme dans tout film du cinéma noir américain, genre qu'il apprécie, les plans parfaitement échafaudés se heurtent fréquemment au dur asphalte de la réalité. À peine pose-t-il le pied dans le hall qu'il constate un attroupement sous le panneau horaire. L'information qui s'affiche vient contredire ses intentions et renforcer le présage de Mme Feuillade, digne sœur de l'oracle Tirésias. Le train régional passant par Épernay est retardé. Le surprenant motif, comme Hubert l'apprend de l'agent du service d'information, est la chute d'un arbre sur la voie. S'il veut rejoindre le domicile de sa famille, il n'y a qu'une solution : emprunter le train de banlieue jusque Château-Thierry et espérer y trouver une connexion pour Épernay. Ledit train quittant la gare dans dix minutes, Hubert sprinte, chargé de ses lourds paquets, pour y monter avant la fermeture des portes. Il parvient miraculeusement à s'asseoir, haletant, preuve qu'il a laissé en friche, ces derniers mois, au détriment d'une vie intellectuelle intense, toute activité physique.

Arrivé à la gare de Château-Thierry, une autre déconvenue l'attend. Il n'y a pas de train programmé pour Épernay. Une centaine de personnes s'entasse dans un minuscule hall. Le chef de gare, un homme au visage adipeux d'une cinquantaine d'années, préfère s'enfermer courageusement dans son guichet plutôt que d'informer et orienter les passagers. Un premier bus stationne sur le parking vers 19 h 30, mais ne peut emmener que la moitié des occupants de la gare, principalement les familles. Hubert passe son tour à contrecœur. Même si son plan fonctionne au-delà de ses espérances, vu le retard pris, le froid, la pluie battante et le sol dur sur lequel il est assis le fatiguent. Finalement, il parvient à monter dans un train à 20 h 15 pour effectuer le trajet restant, d'environ trente minutes, debout, paquets à bouts de mains. C'est un miracle que les petits fours soient encore entiers à ce stade. C'est son père qui vient le chercher en voiture à Épernay. Il ne lui tient pas rigueur de son retard et son accolade effusive témoigne de sa joie de le revoir. Louis Feuillade le met toutefois en garde contre le courroux de sa mère, qui vitupère depuis deux heures déjà, répétant à la cantonade qu'elle avait mille fois prévenu son fils qu'on ne voyage pas en train la veille de Noël. Il lui confie qu'il vaut mieux la ménager pendant la soirée, car elle est à un tel point de tension qu'une seule étincelle la ferait exploser, même s'il tient à lui préciser, dans une allusion sibylline, que ce n'est pas entièrement de sa faute.

Hubert fait donc profil bas lorsqu'il pénètre dans la demeure de l'Avenue de champagne. Noémie lui saute au cou sitôt la porte ouverte. Elle a changé ces six derniers mois. Elle est plus sauvage désormais. Ses cheveux noirs ont poussé et laissent apparaître des mèches bleues. Lionel, lui, est toujours le même grand type costaud qui le salue d'une poignée de main virile. Ses lunettes à monture rectangulaire et son polo rose au col relevé combinent avec son essence de futur étudiant d'école de commerce. Ses grands-parents font mine de se lever pour l'accueillir, mais Hubert leur enjoint de rester assis. Son papy

Charles est toujours aussi fier dans son costume amidonné. Un vrai conservateur d'extrême droite. Sa mamie Geneviève est plus amène, il l'aime bien. Elle lui rappelle en tous points sa mère, mais en moins mélancolique. Sa robe, même désuète, est joliment fleurie.

Hubert entre dans la cuisine et surprend sa mère de dos, cambrée devant ses fourneaux. Elle est entièrement vêtue de noir, comme pour un enterrement. Le rictus qui le reçoit se passe de traduction. Se sentant un peu coupable, il pose ses paquets et se propose de l'aider. Il reçoit pour toute réponse que ce n'est pas nécessaire, tout est déjà prêt, mais elle le remercie ostensiblement de sa présence après presque six mois d'absence. À cet instant, son père le libère de sa gêne en l'enjoignant à descendre avec lui à la cave chercher quelques bouteilles destinées à mieux supporter la soirée. Le remède fonctionne et permet d'alléger quelque peu l'atmosphère, tout en accompagnant l'excès des plats alignés sur la table de la salle à manger.

Noémie, placée à sa droite et branchée sur le courant alternatif de son téléphone portable, lui demande s'il a vu des célébrités à Paris. Lionel s'enquiert de ses activités sportives. Geneviève lui prend chaleureusement la main tout en lui déclarant sincèrement que ses visites lui ont manqué. Charles, comme d'habitude, essaie de lui parler de politique, mais Hubert esquive comme il le peut le sujet potentiellement inflammable en cette soirée symboliquement pacifique. Il aurait pourtant envie de lui dire le fond de sa pensée. Que c'est un vieux raciste représentatif d'un monde patriarcal archaïque et méprisable, mais il n'en fait rien. C'est son grand-père et il sent que le moment n'est pas venu de provoquer un esclandre avec le père de Florence Feuillade le soir d'une fête aussi importante aux yeux de sa catholique de mère.

Le dîner, bien arrosé, se révèle relativement agréable jusqu'à ce que Louis Feuillade s'informe des études de son fils. Hubert saisit opportunément la perche tendue, désireux de pouvoir enfin mettre en avant sa nouvelle vie trépidante, mais sa mère le fusille du regard lorsqu'il évoque son projet de prolonger sa fréquentation des bancs de la Sorbonne jusqu'au doctorat.

— Comment ça jusqu'au doctorat ? Tu ne vas pas t'arrêter à la licence ?

— Euh… non… j'ai l'intention d'aller jusqu'au bout.

— Et c'est combien de temps un doctorat ?

— Ça dépend. Huit ans si tout se passe bien.

— Huit ans ! Mais quand est-ce que tu vas revenir travailler dans notre entreprise ?

Louis Feuillade, sentant la tension monter et l'étincelle se rapprocher, pose machinalement sa main sur le bras de son épouse. Elle la rejette vigoureusement.

— Réponds-moi, Hubert. Quand est-ce que tu vas revenir chez nous ?

— Jamais maman ! Je serai philosophe ! Le commerce de champagne n'est pas pour moi. Désolé, mais c'est mon choix.

— Et comment tu vas gagner ta vie ?

— En donnant des cours, en écrivant des livres. De toute façon, tu n'as pas besoin de moi. Lionel peut tout à fait prendre la suite, pas vrai Lionel ?

Le frère cadet d'un an d'Hubert n'ose piper mot. Une chape de silence s'abat sous le toit de la maison Feuillade. Grand-mère Geneviève essaie maladroitement de prendre le parti de son petit-fils.

— Flo, si Hubert veut enseigner et écrire des livres, c'est bien. J'ai toujours rêvé d'avoir un écrivain dans la famille.

— Tais-toi maman. Il ne sait pas ce qu'il dit. Que tu ailles à Paris deux, trois ans, d'accord, mais ensuite le plan c'est que tu reviennes ici pour t'occuper de notre commerce, comme ton père.

— Parce que toi, tu crois vraiment que papa est heureux dans le champagne ?

Pressentant que cette remarque, juste, mais déplacée, représente l'étincelle qui va embraser le réveillon, le père d'Hubert se lève pour resservir du vin à tout le monde, prenant le risque, par cette initiative, que les langues se délient encore plus. C'est finalement Noémie, dans toute son ingénuité espiègle, qui trouve la parade pour désamorcer la bombe atomique que son frère vient de lancer du haut de son assurance hautaine.

— Et dis voir, Hubert, tu as du connaître pas mal de jolies filles durant tout ce temps, non ?

Le sourire spontané du fils prodige se passe de commentaire.

— Je le savais ! Et comment s'appelle la nouvelle copine de mon grand frère ?

— Delphine… Elle s'appelle Delphine.

— Et pourquoi tu ne l'as pas invitée ce soir, Hubert ? l'interroge monsieur Grandcolas, visiblement intéressé à l'idée d'accueillir une nouvelle présence juvénile au sein de la famille.

— Ça ne fait que deux, trois mois qu'on sort ensemble, papy. Et puis elle ne fête pas Noël.

— Pourquoi ? Elle n'est pas musulmane au moins ?

— Non, papy, elle est juive.

— Ouf, tu m'as fait peur. Une juive, ça va, même s'ils ont tué le Christ. Mais une Arabe, tu m'aurais déçu.

À ces mots édifiants, Hubert comprend pourquoi il a eu raison de s'évader de sa cage dorée. Le regard compatissant de son père lit dans ses pensées et l'approuve. Celui de sa mère, en revanche, est chargé de rancœur et témoigne d'une déception profonde. Même si cela l'attriste quelque peu, Hubert se sent soulagé d'avoir enfin pu lui faire face et affirmer à voix haute son intention de rompre avec le destin qu'elle avait tracé pour lui et prendre le chemin de travers de son existence, tout comme Arthur Schopenhauer, le rejeton de négociant renégat.

Le lendemain matin, Hubert se réveille un peu plus tard que prévu. En descendant, au rez-de-chaussée, il passe devant le bureau de son père qui l'accueille sourire aux lèvres, debout, en train de feuilleter le livre que son fils lui a offert. Il sollicite son aide pour l'emmener à la gare, car il est très chargé de cadeaux destinés à remplir les armoires encore à moitié vides de son appartement. Sa famille insiste pour qu'il reste au moins déjeuner, mais il utilise le prétexte bien convenable de son chat, Atma, pour monter dans le train de onze heures vingt. Sa mère ne le retient pas, mais lui glisse toutefois quelques billets de cent euros dans la main, comme pour acheter son affection, ce qu'il abhorre (il empoche quand même les cinq cents euros). Noémie l'accompagne jusqu'au portail. Elle le supplie de revenir bientôt. Elle ne supporte plus sa vie infernale avec ses parents et ses grands-parents. Hubert l'invite à venir le visiter à Paris. Une lueur de joie passe alors dans ses beaux yeux gris, mêlée d'une infinie tristesse.

Son père lui fait la bise sur le quai de la gare. Hubert s'excuse auprès de lui d'avoir quelque peu gâché le réveillon, eu égard à sa mère. Louis Feuillade insiste qu'il ne lui en veut pas et lui avoue même qu'il est fier de lui et aurait aimé avoir son courage à son âge. Hubert lui glisse, dans un sourire complice, qu'il n'est jamais trop tard. À cette remarque d'encouragement répond le regard malicieux et énigmatique de son père. Quelque chose a changé en lui. Il semble plus détaché, presque serein. Il lui fait promettre de venir avec Delphine la prochaine fois et, si possible, avant son anniversaire du 4 juillet prochain. Hubert le lui promet, mais, en son for intérieur, le 4 juillet lui convient très bien. Il monte dans le train, de retour vers son futur glorieux.

3

Le 31 décembre, Hubert attend avec une certaine impatience Delphine dans son appartement. Il est fier d'avoir réservé une table pour quatre au restaurant « L'Hôtel du Nord ». Le simple fait de s'y être déplacé, le lendemain de Noël, pour effectuer cette réservation et payer des arrhes représente pour le jeune homme, habitué à être servi, une initiative inédite. Il a pu, à cette occasion, vérifier en personne que le décor du lieu était le reflet presque identique de celui construit par Alexandre Trauner pour le film mythique de Marcel Carné. La gueule d'atmosphère de la façade n'a pas changé, malgré les quatre-vingts ans écoulés, se prolongeant sur la passerelle où Arletty déclama à Louis Jouvet sa célèbre répartie.

La vision, la veille, du DVD du film qu'Hubert avait découvert, au lycée, grâce à son professeur de français, monsieur Langlois, a quelque peu ennuyé Delphine. Elle a quelque peine à partager l'intérêt de son petit ami pour les films rétro en noir et blanc, même si cette désuétude contribue à son charme. Ses regards insistants ont persuadé celui-ci de suspendre la lecture bien qu'elle lui ait avoué que le local était parfait pour le réveillon, ce qui était le plus important à ses yeux. En revanche, elle s'est montrée très intriguée par le résumé du deuxième film enregistré sur le même disque, « Le Jour se lève ». Ensemble, ils sont montés dans la mezzanine, se sont glissés sous la couette et ont regardé, enlacés, le drame filmé par Marcel Carné, sur l'ordinateur portable de Delphine, pendant qu'Atma jouait dans la salle à manger avec le bouchon de la bouteille de vin qu'ils venaient de boire.

Le générique de fin initie une de ces conversations où chacun des locuteurs s'appuie sur l'histoire pour exprimer son point de vue, questionner ses valeurs et celles de son partenaire. Hubert commence par étaler son érudition cinéphilique à propos du symbolisme des décors, dont le célèbre immeuble à cinq étages où François, le personnage principal joué par Jean Gabin, est emmuré après avoir assassiné le fourbe dresseur de chiens Valentin, remarquablement interprété, dans toutes ses nuances perverses, par Jules Berry. Son commentaire argumenté déclenche l'admiration de son auditrice. Il omet toutefois opportunément de lui avouer que la majeure partie de ses explications brillantes est en fait issue d'un article lumineux du critique de cinéma André Bazin.

Delphine recentre ensuite le débat sur la narration. Elle a été séduite par le fait que le film commence par la fin de l'histoire et se prolonge par de longs flash-backs. Pour elle, cette structure évoque la tragédie grecque et ses multiples héros condamnés à un destin inexorable. L'ouvrier François était condamné par la vie, par le contexte sociopolitique de son époque, par son passé non résolu d'orphelin, surtout, à tuer l'abject Valentin et à en finir, en conséquence de cause, avec sa propre vie.

Hubert écoute avec un grand intérêt sa petite amie. Il commence à bien la connaître et sait qu'elle est encline à croire au destin, comme celui qui l'a plongée en ce moment dans ses bras. Mais sa fibre philosophique aime questionner, épouser une autre perspective, juste pour le plaisir d'approfondir le thème de la conversation.

Il se risque à contredire le scénario parfait, et évidemment immuable, imaginé par Marcel Carné et Jacques Prévert, pour envisager une autre hypothèse et questionner les intentions, ainsi que les actes, du personnage de François interprété par Jean Gabin. Sa réécriture du film impressionne Delphine, qui y reconnaît l'influence de Jean-Paul Sartre. Pour Hubert, il n'existe pas d'essence de l'ouvrier populaire qui serait irrémédiablement corrompu par un monde injuste et maléfique symbolisé par Valentin.

Certes, le fait que l'amour fleur bleue de François pour la fleuriste Françoise soit souillé par les insinuations obscènes de Valentin réveille les pulsions agressives de vengeance du personnage principal. Mais Hubert démontre que c'est bien François qui décide de son existence et non l'inverse. Tout d'abord en couchant avec la pétulante Clara, la partenaire du dresseur de chiens, incarnée par Arletty, qui lui fournira la preuve de la véracité des affirmations quant à la liaison passée de Valentin avec son amoureuse, mais aussi en refusant de pardonner Françoise pour son erreur de jeunesse puis, finalement, en se saisissant du revolver abandonné sur sa table par le personnage diabolique de Jules Berry pour l'assassiner. Il aurait très bien pu lui infliger une rouste et prévenir la police. Et même, après le meurtre, rien ne l'empêchait de se rendre aux forces de l'ordre, comme l'exhortaient ses amis, massés sous sa fenêtre, et de plaider la légitime défense, renforcée en cela par les probables témoignages en sa faveur de ses deux amantes. Ce faisant, Hubert transforme le réalisme poétique tragique du chef-d'œuvre de Marcel Carné et Jacques Prévert en existentialisme contingent. Cela aurait pu être autrement. Mille autres histoires étaient possibles.

Delphine reconnaît que la démonstration d'Hubert se tient. Effectivement, dans la vie réelle, à leur époque, le geste fatidique de Jean Gabin peut ne pas faire sens. Elle explique toutefois à l'admirateur de Schopenhauer que le personnage populaire de François est aussi mu par des forces inconscientes, sa jalousie, sa rage, qui le dépassent et le forcent à agir malgré lui. Encore aujourd'hui, il suffit d'ouvrir les journaux pour lire des faits divers relatant des événements en tous points similaires.

Et puis, elle rappelle à son amoureux qu'il s'agit d'une œuvre d'art et que c'est justement le destin tragique de son héros qui émeut autant les spectateurs. Elle est persuadée que des pièces comme Antigone ou Hamlet (Delphine est passionnée de théâtre, davantage que de cinéma) n'auraient pas le même impact universel si leur personnage principal échappait à la mort.

Il est huit heures trente quand l'interphone retentit, le 31 décembre. Le destin frappe à la porte d'Hubert sous l'apparence idyllique d'une jeune femme d'une folle élégance : longue robe noire, de même que ses chaussures à talons hauts, boucles d'oreilles et lèvres rouge vif, paupières discrètement maquillées de vert, cheveux longs aux boucles noires. L'apparition de Delphine sur le pas de sa porte pétrifie Hubert. Bien qu'il sorte avec cette fille depuis plus de deux mois déjà, il est médusé par tant de beauté. Lui-même a décidé de sacrifier, l'espace d'une soirée, son uniforme d'étudiant philosophe pour une tenue plus gaie : jean, chemise à rayures couleur vin et veste bleu foncé. Le passage vers la nouvelle année est l'occasion de célébrer leur complicité naissante.

Hubert émet le désir de se rendre au restaurant à pied, mais Delphine préfère commander un taxi par cette nuit fraîche, d'autant que l'horaire fixé est vingt-et-une heures et, contrairement à son petit ami, elle déteste arriver en retard. Elle envisage toutefois cette possibilité romantique pour le retour, si le ciel le permet. L'entrée du restaurant « L'Hôtel du Nord », avec son bar identique à celui du film éponyme, lui plaît beaucoup. Tristane et Gaétan sont déjà attablés au milieu de la salle. Ce dernier complimente Hubert pour sa ponctualité inhabituelle, tout en faisant un clin d'œil à Delphine. Nul doute selon lui que cette fille fait un bien fou à son ami d'enfance. Hubert embrasse Tristane et note, pour lui-même, qu'elle aussi est magnifique ce soir, dans une robe dorée, et qu'il est vraiment étonnant qu'aucun étudiant en Psychologie de l'université René Descartes ne soit encore tombé amoureux d'elle.

Le restaurant se remplit peu à peu de clients sur leur trente-et-un : des habitués et un nombre certain de touristes, Américains ou Britanniques pour la plupart. Les plats sont bien arrosés et la conversation entre les jumeaux Roederick prend rapidement pour cible Hubert. Tristane et Gaétan se relaient volontiers pour narrer de nouveau les exploits du désormais plus célèbre visiteur nocturne du parc Ozanam. Ils rivalisent même de créativité et profitent de l'altération de la mémoire, alors provoquée par l'état de comas éthylique de leur ami, pour enjoliver de détails nouveaux, et probablement inventés, cette soirée désormais historique. Delphine rit de bon cœur lorsque Tristane lui déclare qu'elle et son frère ont même religieusement conservé une relique précieuse de cet événement mythique : le fameux jean qu'elle portait, désormais lavé, repassé et rangé au fond d'une armoire. Hubert, lui, rit jaune. Il préfèrerait effacer définitivement de sa mémoire cette soirée et éviter de la revivre, comme un éternel retour, dans les paroles amusées de ses deux amis. Il s'épanche en revanche quand on lui demande le récit de sa première véritable rencontre avec l'élue de son cœur, au restaurant « Les Promesses de l'Aube », le surlendemain. Ce n'est plus l'intellectuel rationnel qui s'exprime, mais bien l'amoureux éperdu. Delphine rougit d'émotion et signe cet aveu touchant d'un baiser langoureux.

Fier de sa conquête et de son jeune bonheur, Hubert s'enquiert de la vie sentimentale de son ami Gaétan. Comme il a toujours eu du succès auprès des filles au Lycée, il s'étonne de le voir célibataire depuis plusieurs mois déjà. Celui-ci sourit et avoue qu'il a quelqu'un en vue. Une collègue de faculté. Ils ne sont qu'amis pour l'instant, mais il l'apprécie beaucoup et surtout la trouve vraiment attirante. Elle s'appelle Leila, a les cheveux longs, lisses et bruns, la peau mate et des yeux noirs qui le séduisent quand il boit ses paroles. Surtout, elle est différente des autres étudiants. Moins snob et m'as-tu-vu, plus authentique. Elle est véritablement éprise de droit et rêve d'être avocate. Gaétan peint un tableau tellement vivant de cette fille que tous parviennent à la visualiser. Tristane s'étonne qu'il ne lui en ait pas touché mot. Cet aspect pudique nouveau semble être la preuve pour elle que son frère mûrit et envisage enfin une relation sérieuse qui ne soit pas qu'un flirt sans lendemain. Delphine profite de ce moment de révélations pour interroger Tristane, faisant écho à la curiosité muette d'Hubert. Sa meilleure amie sourit, elle aussi, mais moins franchement que son frère.

— En fait, j'ai quelqu'un dans ma vie depuis deux mois. Quelqu'un de vraiment spécial.

— Ah bon, qui ça ? s'étonne Delphine. Tu caches bien ton jeu Tristane, dis donc. Tu es au courant Gaétan ?

— Non, absolument pas. Je suis aussi surpris que toi, Delphine.

Hubert renchérit :

— En tout cas, quel que soit ce mystérieux inconnu, il a de la chance, car tu es vraiment une fille super sympa Tristane.

— Merci Hubert, c'est gentil.

— Je suis tout à fait d'accord avec mon chéri. Tu es vraiment une fille en or. Alors, qui c'est ce jeune homme chanceux ? Je le connais ?

— En fait, Delphine, il est un peu plus âgé que moi et tu le connais un peu, oui.

Complice, comme d'habitude, Gaétan se permet de chambrer sa sœur.

— C'est un vieux alors ? Il a quel âge ? Trente ans ? Trente-cinq ?

Le silence de Tristane, qui fixe soudain le parquet et ses chaussures, intrigue ses amis. Hubert monte les enchères.

— Quarante ?

— Quarante-cinq, Hubert.

— Il est veuf ? Divorcé ?

— Non, Gaétan, il est encore marié, mais il est sur le point de quitter sa femme et ses enfants pour moi. Il me l'a dit. Il est fou amoureux de moi.

Suite à cette déclaration surprenante, l'assemblée se tait l'espace d'une seconde. Un brin décontenancée, Delphine ose rompre le silence.

— T'es sûre que tu ne te fourvoies pas ? Je suis désolée, Tristane, mais l'histoire du père de famille marié prêt à tout plaquer pour une jeune étudiante, c'est une histoire vieille comme le monde et on connaît la fin. En général, il reste finalement auprès des siens, par lâcheté, et la fille n'a plus que ses yeux pour pleurer.

— Depuis qu'on se connaît, c'est la première fois que tu me juges Delphine. J'avais raison d'hésiter à t'en parler.

— Et pourquoi tu m'as dit que je le connais ?

— C'est monsieur Stinner.

— Monsieur Stinner, je ne connais pas de monsieur Stinner moi…

Après quelques secondes, le visage de Delphine se transforme et affiche une expression de stupéfaction.

— Non, notre prof de psychologie cognitive ?

— Oui…

— Mais qu'est-ce que tu lui trouves ?

Sentant que l'atmosphère, jusqu'ici charmante, de « L'Hôtel du Nord » se charge de quelques nuages, Gaétan, qui ne déteste rien moins que les tensions, intervient à propos.

— Bon, si ma petite sœur est amoureuse et bien moi je suis heureux. Que ce soit Skinner ou un autre…

— Stinner, Gaétan, il s'appelle Joseph Stinner.

Hubert, guilleret, ressert du vin rouge à toute la tablée.

— Eh, vous savez quoi ? Je vous invite tous chez moi le mois prochain à déjeuner. Avec Leila et Spinner… euh… Stinner. Ce sera ma crémaillère.

— Il était temps Hubert. Quand je pense que dans deux heures on est en janvier et que mon meilleur ami ne m'a pas encore invité chez lui. En plus, le roi de la crémaillère !

— Eh bien, c'est dit Gaétan. Notez-le tous dans votre agenda. Le premier samedi du mois de février, vous êtes tous invités à déjeuner chez moi.

Les quatre amis se lèvent pour trinquer au moment où la sono du restaurant commence à résonner. Delphine empoigne la main de son amie pour aller danser et se faire un peu pardonner de sa réprobation. Tristane lui sourit et la suit sur la piste de danse improvisée près du bar. La rancune ne fait heureusement pas partie de ses très rares défauts. Gaétan enjoint aussi Hubert à le suivre, mais celui-ci décline poliment l'invitation et reste assis. Il préfère boire à se trémousser sur la musique disco de « Staying Alive ». Il en profite pour apprécier le grand cru de Bordeaux dans son verre, tout autant que le déhanché sensuel de sa petite amie.

Mais quand retentissent les premiers accords de guitare de « Modern Love », suivis de la voix successivement grave puis écorchée de David Bowie, plus rien ne retient l'étudiant qui se lance sur la mini piste de danse improvisée et bouge comme un pantin épileptique sous l'effet euphorisant du litre de vin qu'il a déjà bu. Delphine l'encourage. Peu importe qu'il ne bouge pas comme Justin Timberlake, c'est son Prince à elle et elle l'aime plus que tout en cet instant.

À minuit, Hubert fait deux vœux. Le premier, qu'il garde pour lui-même, est d'écrire un essai de philosophie révolutionnaire au cours de la nouvelle année. Il n'a encore aucune idée de thème en tête, mais il veut être original, marquer sa génération de son empreinte par ce premier texte décapant. Le deuxième, il l'évoquera plus tard, quand il sera seul à seul avec la femme de sa vie.

Vers trois heures du matin, les quatre amis sortent du restaurant. Ils continueraient bien la soirée jusqu'à l'aurore, mais il se trouve que tous les clients, plus âgés qu'eux, sont déjà partis. Gaétan propose de partager un taxi, mais Delphine se souvient de la promesse qu'elle a faite à Hubert et, comme le ciel hivernal est sans nuage, elle décline la proposition pour passer les premières heures de la nouvelle année seule avec son amoureux. Le couple monte les marches d'une passerelle, la même que dans le film de Carné et Prévert, et s'enlace en regardant le ciel étoilé et leur reflet dans le miroir du canal Saint-Martin. Les mains gelées de Delphine s'invitent dans le jean d'Hubert pendant que celui-ci l'embrasse à perdre haleine. Cette fille révèle au jeune homme des désirs d'un genre nouveau qu'il ne connaissait pas, qui le troublent. Hubert aimerait congeler ce premier moment de la nouvelle année à jamais dans sa mémoire et le revivre éternellement. Quel que soit son avenir, ce long baiser charnel qui abolit le temps, ce baiser au cours duquel il s'oublie dans le parfum étourdissant de la peau et de la chevelure de Delphine, dans le mystère de cette affinité élective, ce moment-là justifie pleinement de s'émerveiller pour la beauté de la vie. Et ce qu'il y a de plus miraculeux, pour un cœur athée comme le sien, c'est que ce moment aurait pu ne pas avoir lieu, aurait dû ne pas avoir lieu. Ce moment intime avec Delphine n'est pas le fruit de six hasards seulement, comme dans le roman de Milan Kundera, mais, à l'échelle de la vie, d'une infinité. Une phrase de Camus lui revient en mémoire : « Le monde est beau et hors de lui point de salut. » Cette pensée soudaine est vertigineuse. D'ailleurs, Hubert perd légèrement l'équilibre à cet instant, à cause aussi de l'alcool qui, comme le sait sa petite amie, agit efficacement sur son corps. Le rire franc de Delphine le ramène sur ses deux pieds.

Ils traversent la passerelle, regardent une dernière fois la façade de l'hôtel où ils ont réveillonné, tandis que le propriétaire ferme la porte d'entrée, puis remontent le quai de Valmy. Toujours enlacés, ils revisitent le scénario de leur soirée.

— Je suis content que Gaétan soit amoureux et d'avoir repris contact avec lui. On a même décidé ce soir de nous remettre au tennis dès qu'il fera beau. Tu avais raison Delphine, c'est vraiment quelqu'un de bien.

Guillerette, Delphine se met à chantonner.

— Juste quelqu'un de bien, sans grand destin, un ami à qui l'on tient…

— Je te connaissais des dons de pianiste, mais pas de chanteuse.

— C'est Enzo, Enzo, j'adore cette chanson.

— Oui, ça résume bien mon ami. Et sa sœur aussi.

— J'ai été un peu directe avec elle. J'espère qu'elle ne m'en veut pas, mais sa liaison avec Stinner, j'en suis pas revenue.

— Pourquoi ? Tu es bien traditionnelle tout à coup.

— Je suis une fille traditionnelle, Hubert.

— L'important c'est pas qu'elle soit heureuse ? Elle le mérite, non ?

— Mais il est complètement insignifiant, ce type. Moche comme tout, vieux, petit, à moitié chauve. Je sais vraiment pas ce qu'une fille comme elle lui trouve. Moi, je ne m'imagine pas coucher avec un type de quarante-cinq ans, vraiment.

— Même Brad Pitt ?

— Bon, là, évidemment, c'est un Dieu lui. Et les dieux sont éternels. Mais je t'assure que Stinner c'est pas Brad Pitt. C'est même tout le contraire. Plutôt Woody Allen. Mais qu'est-ce qui lui a pris à Tristane ?

— Ça doit être l'irrésistible sex-appeal des intellectuels.

— Oui, malheureusement, je la connais bien cette histoire. Le prof de fac qui sort avec son étudiante. Mais je peux te dire que c'est la famille, la femme et les enfants qui en souffrent.

Sentant qu'elle est en train de révéler un aspect de sa vie personnelle douloureux, enivrée autant par sa rage que par les effluves de vin, elle se tait l'espace d'une minute. Pour une fois, Hubert respecte son silence.

— De toute façon, tu te feras ta propre idée puisque tu l'as invité à ta crémaillère.

— Si ça te gêne, j'annule.

— Non, non, tu as raison. Si elle est heureuse, qui suis-je pour la juger ?

— Qu'est-ce que tu as fait comme vœu, Delphine ?

— Ah, ça t'intrigue… figure-toi qu'il s'est déjà exaucé sur la passerelle. Et toi ?

— En fait, j'ai fait un vœu, mais ça dépend de toi qu'il s'exauce ou pas.

— Dis-moi. Je suis curieuse.

— Voilà, comme tu passes la moitié de la semaine à l'appart et que tu vas et viens avec tes affaires dans ton sac tous les jours, je me disais que ce serait mieux que tu habites avec moi.

— Avec toi, tout le temps ? Tu es sérieux ?

— On ne peut plus sérieux.

— Et tu vas supporter mes défauts ? Tu sais, j'en ai plusieurs.

— Le challenge il est plus pour toi que pour moi. S'il y en a bien un de nous deux qui est compliqué, c'est bien moi.

— Bah d'accord alors. Génial ! Et on commencerait quand à vivre ensemble ?

— Maintenant.

Sur cette décision, le jeune couple continue son chemin par le Quai de Valmy, la place de la République, traversée par des groupes parsemés et bruyants, la rue de Turbigo puis la rue Beaubourg. Ils pénètrent, enlacés, dans le hall de l'appartement et montent dans la mezzanine où Atma, dormant sur l'édredon, entrouvre ses yeux blasés en les voyant arriver. Il va devoir désormais s'habituer à la présence constante d'un autre compagnon humain sous son toit.

4

Le premier lundi de la rentrée de janvier, Hubert a rendez-vous l'après-midi à la brasserie Lipp avec son professeur de projet, qui est aussi son professeur d'histoire de la philosophie, monsieur Christian Perrin. Il s'est pris d'affection pour cet enseignant original et il sent que cela est réciproque. Non que les autres ne l'intéressent pas, bien au contraire, et Hubert s'abreuve sans réticence à la source de leur érudition, mais Christian Perrin se démarque de ses collègues par sa personnalité atypique et son rapport à son domaine d'enseignement. Ses cheveux mi-longs rebelles encadrent un visage ovale de quadragénaire juvénile où se détachent deux yeux noirs curieux et pénétrants. Son regard bienveillant et sans arrogance aime questionner ses étudiants sans les toiser, pour le simple plaisir partagé d'approfondir une question, d'enrichir conjointement une réflexion. Contrairement à ses collègues conférenciers rivés à leur table, Christian Perrin se tient debout et administre des cours dynamiques où le mouvement de son corps semble accompagner celui de sa pensée toujours mouvante. Surtout, la philosophie pour lui ne se limite pas au monde intellectuel et inclut également les sportifs aussi bien que les artistes.

Hubert se souvient du jour où son enseignant a éclairé la notion nietzschéenne de « Grand style », qu'il n'avait jamais bien comprise, en citant ce « philosophe génial » qu'est le joueur de tennis Roger Federer. Pour l'étudiant d'origine sparnacienne, passionné de ce sport, le pratiquant avec assiduité depuis l'âge de dix ans, il n'aurait pu trouver meilleure métaphore. Tout à coup, des notions aussi absconses que celles de « forces actives » et « forces réactives » deviennent lumineuses quand elles sont comparées aux mouvements opposés, dans un coup droit, de la maîtrise du bras, par souci de contrôler la petite balle jaune, avec le lâcher-prise nécessaire au trajet fluide de celle-ci. Lorsque ces deux mouvements se contredisent surgit une tension négative qui provoque soit un blocage, soit un excès. Si le bras se rigidifie et freine, la balle meurt dans le filet. Si, au contraire, le mouvement est ample, mais sans contrôle, elle sort bien au-delà des limites du terrain. Eh bien, le « Grand style », selon Christian Perrin, c'est justement l'accord parfait entre ces deux forces, leur harmonie intrinsèque que tout amateur de tennis peut admirer quand il constate la facilité avec laquelle un grand champion comme Roger Federer propulse rapidement la balle qui sort de son tamis le long des lignes du terrain rectangulaire, sans effort apparent, et même avec une certaine légèreté. Bien sûr, des milliers d'heures d'entraînement sont nécessaires avant de maîtriser parfaitement les gestes de ce sport retors, de même que dans la vie l'aisance n'est pas seulement innée, mais le fruit d'un long apprentissage. S'il s'était restreint à l'armature conceptuelle de l'appareil philosophique pour tenter d'expliquer à ses étudiants la notion ardue de Nietzsche, Christian Perrin aurait probablement manqué sa cible. La métaphore tennistique se révéla efficace, non pas parce qu'elle ouvrait le cercle de la réflexion à un sport populaire, mais bien parce qu'elle s'appuyait en premier lieu sur une expérience pratique et physiquement éprouvée par la plupart de ses auditeurs.

Lors d'un autre cours mémorable, son professeur illustra, devant les regards surpris, mais conquis des étudiants, l'existentialisme du chantre de la liberté et de la réinvention perpétuelle, Jean-Paul Sartre, en évoquant les constantes métamorphoses de David Bowie : le chanteur folk psychédélique et androgyne de ses débuts, l'extra-terrestre Ziggy Stardust, plus tard mué en Aladdin Sane au visage bariolé, le Thin White Duke noir et blanc au visage émacié, le Pierrot mélancolique chantant « Ashes to Ashes », l'icône pop des années quatre-vingt aux cheveux blonds peroxydés et enfin l'être ordinaire fondu dans l'anonymat du groupe Tin Machine.

Le lien qu'il commence à tisser avec son professeur, en sortant des murs étroits des salles de classe pour l'atmosphère plus vivante des cafés, n'est pas sans lui rappeler la relation avec monsieur Rivière. Même génération, à quelques années près, même relatif anticonformisme vis-à-vis des programmes officiels, même passion désintéressée, surtout, pour la transmission, et même goût du dialogue fécond et réciproque.

Christian Perrin se différencie toutefois par certains aspects de son professeur initiateur du Lycée Stéphane Hessel d'Épernay. Tout d'abord, il offre une bière à son élève, désormais majeur, quand monsieur Rivière se contentait de coca-cola ou de menthe à l'eau. Mais, plus fondamentalement, le fan de Federer et Bowie possède une compréhension profonde de la pensée de tous les philosophes qu'il enseigne et une capacité remarquable d'effectuer des liens entre leurs intuitions. Ses cours peu orthodoxes ne suivent pas une chronologie spécifique, mais partent d'une question initiale pour la développer en mettant en parallèle, ou bien en opposition, les idées de Platon, Descartes, Rousseau, Kant ou Nietzsche, mais toujours en suivant un cheminement précis. Aux deux tiers de sa réflexion, partagée sans aucune note, Christian Perrin donne librement la parole aux étudiants en leur demandant de commenter, de questionner, de s'opposer et de rebondir sur la première partie de son exposé. Très respectueux de la parole d'autrui, il accueille celle-ci en essayant de l'intégrer à son commentaire dans le but de progresser dans une réflexion collective. Parfois, il n'aboutit à aucune conclusion et laisse le débat ouvert à dessein.

C'est donc cet authentique philosophe en quête constante de sagesse qui s'assoit en face d'Hubert, en ce milieu d'après-midi aux rayons de soleil discrets. Hubert apprécie son apparence soigneusement négligée : mocassins noirs, jean élimé, chemise bleu foncé ouverte sur son torse et veste grise légèrement fripée. Direct, Christian Perrin aborde de facto l'objet de leur rencontre : le sujet du projet de recherche d'Hubert, matérialisé par le dossier qu'il pose sur la table en marbre clair.

— Bon, Hubert, j'ai lu ton projet et il me semble très intéressant. Tu connais profondément l'œuvre de Schopenhauer, c'est indubitable. Tes citations du *Monde comme volonté et comme représentation* et d'autres textes sont très pertinentes, même si ta façon de parsemer de-ci de-là tes réflexions de termes allemands non traduits en français peut donner l'impression d'un certain pédantisme.

— C'est parce que j'ai lu certains textes en allemand, comme je suis germanophile.

— Oui, je comprends, je ne peux que t'encourager à lire les philosophes allemands dans leur langue si tu le peux, ça ne fait aucun doute. Mais en l'état je trouve ton projet incomplet.

— Incomplet comment ?

— Entends-moi bien. C'est un commentaire de texte brillant de la notion de déterminisme chez Schopenhauer, mais ce n'est qu'un commentaire. Il n'y a pas de véritable problématique qui s'en dégage ni de mise en perspective.

— Qu'est-ce que vous me suggérez ?

— De mettre en parallèle Schopenhauer avec un autre philosophe.

— Sartre ?

— Oui, ce serait une possibilité, mais là on ferait vraiment le grand écart entre un être humain déterminé de part en part par l'inconscient, ou la Volonté chez Schopenhauer, et un homme qui n'a pas d'essence chez Sartre. En plus, je sais que tu connais bien l'œuvre de Sartre. Je pensais plutôt à te faire explorer la pensée d'un philosophe que tu sembles moins appréhender.

— Lequel ?

— Tu as déjà lu Spinoza ?

— Oui, un peu. En fait, *L'Éthique* est le livre de chevet de ma copine. Pour lui faire plaisir, je lui ai dit que je l'ai lu, mais je l'ai juste parcouru en diagonale. Je sais que c'est un ouvrage essentiel, mais je dois vous avouer que j'ai beaucoup de mal à l'aborder.

— Tu sais, Hubert, c'est tout à fait normal. La majorité des grands textes de philosophie sont difficiles à lire, ils nous résistent. Mais c'est justement parce que nous ne les comprenons pas de suite qu'il faut les lire quand même et accepter que leur sens nous échappe en partie. Il faut les lire parfois comme on lirait un roman, en se laissant séduire par la voix singulière de son auteur. Mais sur la question qui te passionne tellement du déterminisme, Spinoza est fondamental.

— En quoi sa vision est différente de celle de Schopenhauer ?

— Tout d'abord, ils se rejoignent. Spinoza a développé la notion de « conatus », qui est le mouvement même de la vie, à savoir la capacité de tout ce qui existe à persévérer dans son être, sa force de vie, qui concerne aussi bien les pierres qui roulent, les plantes qui poussent, les animaux qui se meuvent et même nous, les humains, dans nos désirs.

— C'est le concept de la « Volonté » de Schopenhauer qui dirige l'aiguille aimantée vers le nord et les affinités électives entre les êtres humains.

— Oui, c'est ça Hubert. Donc, tu vois, tu as là un point de départ commun. Maintenant, pour avancer dans ton projet, tu vas devoir mettre les deux œuvres en perspective, trouver des différences qui vont t'amener à une problématique.

— C'est là que je bloque pour l'instant, sur la problématique.

— Tu sais, ce n'est pas si compliqué que ça en a l'air. Le cinéaste Alfred Hitchcock disait, en parlant de ses films, qu'il faut partir du cliché, mais ne pas y arriver. Alors, partons du cliché sur la question du déterminisme et des hommes si tu le veux bien.

— D'accord. Alors disons que toute la nature est déterminée, les plantes et les animaux, mais que l'homme échappe à ce déterminisme par son libre arbitre.

— Très bien. C'est un bon point de départ. Ce qu'on appelle une opinion commune. Maintenant, sortons de la caverne et questionnons cette opinion.

— Je ne vois pas. Vous pouvez éclairer ma lanterne ?

— Si je t'écoute bien, tu pars donc du présupposé que l'homme n'est pas dans la nature.

— …

— Où vit-il, cet homme, s'il ne vit pas dans la nature ?

— Non, en fait, l'homme fait partie aussi de la nature, évidemment.

— On est bien d'accord, Hubert, et c'est là que Spinoza va éclairer notre lanterne, comme tu dis, car pour lui l'homme n'est absolument pas séparé du monde naturel, mais y participe pleinement.

— Je comprends, mais en quoi sa pensée diffère-t-elle de celle de Schopenhauer ?

— Arthur Schopenhauer va exclure Dieu du concept de Volonté qui est juste une puissance aveugle à l'œuvre dans toute vie. Une puissance sans cause originelle, comme tu le sais.

— Et Spinoza ?

— Spinoza, lui, va en fait redéfinir profondément la notion de Dieu. Chez lui, Dieu n'est plus un être transcendant extérieur au monde et aux hommes, mais il est exprimé dans la totalité de la nature : les rochers, la loi de la gravité, les plantes qui poussent, les animaux qui chassent et les hommes qui désirent. Dit autrement, Dieu devient immanent, il est la nature ou plutôt il s'exprime à travers la nature.

— Il ne croit pas au Dieu transcendant alors ?

— Non. Il en arrive à la conclusion, bien avant Freud, que ce Dieu puissant de l'Ancien Testament, auquel il faut obéir, est une illusion. Pour lui, les êtres humains projettent sur des dieux à leur image ce qu'ils ne parviennent pas à comprendre. De même, ils inclinent par arrogance à placer l'homme au centre de l'univers.

— Mais on construit des villes, on écrit des livres, on a un langage articulé.

— Soit, mais qui te dit que les animaux ne possèdent pas des compétences supérieures aux nôtres dans certains domaines ? Tu possèdes un animal Hubert ?

— Oui, un chat. Je l'ai appelé Atma, comme le caniche de Schopenhauer.

— Eh bien moi, j'ai un chien, un labrador que j'ai appelé Philou, car il fait des bêtises depuis tout petit. À ton avis, comment ton chat ou mon chien explorent-ils le monde ?

— Par l'odorat, surtout, et aussi par l'ouïe.

— Exact, donc tu vois que certains animaux ont une perception de la réalité non seulement différente de la nôtre, mais, dans certains domaines, plus avancée.

— Oui, c'est vrai. Donc, si je vous suis bien, c'est pour ça que Spinoza ne place pas l'homme au-dessus ou en dehors du monde naturel, mais bien en son sein, comme un être vivant parmi les autres. Je comprends. Mais dites-moi, sa philosophie a dû heurter ses contemporains, non ?

— Et pas qu'un peu. Ses assertions seront en rupture avec les conceptions de son époque à tel point qu'il sera mis au ban de la communauté juive d'Amsterdam par un « herem », c'est-à-dire, dans son cas, une exclusion définitive.

— Eh bien… Et la notion de libre arbitre alors ?

— Contrairement à ce qu'on écrit fréquemment, Spinoza envisage le libre arbitre, mais dans un sens différent de ce qu'on entend aujourd'hui. Pour lui, les hommes vivent souvent dans l'illusion, car ils se croient libres de leurs pensées et de leurs actes, mais ils ne le sont pas. Ils vivent en quelque sorte dans un type de caverne, car ils ignorent les causes de leurs agissements. Ils ont toutefois la possibilité de chercher à connaître, s'ils le désirent, ces causes et d'augmenter en conséquence leur connaissance et leur joie de vivre. C'est en cela que réside notre libre arbitre, dans notre volonté de connaissance.

— Donc, selon Spinoza, on est aussi déterminé que les plantes ou les autres animaux, à cette différence près qu'il nous est donné la capacité de connaître les causes de nos déterminismes.

— Exactement, Hubert. Donc, tu vois, maintenant, tu as un véritable projet de recherche. Premièrement, une étude parallèle de la Volonté chez Schopenhauer et du Conatus chez Spinoza ; deuxièmement, une différenciation entre un Vouloir aveugle opposé à une force de vie immanente ou en Dieu, c'est pareil pour Spinoza, et troisièmement, une approche originale du libre arbitre comme connaissance de nos déterminismes. Je te laisse en déduire la problématique et te retrouve pour en discuter la semaine prochaine.

— Bon, et bien merci monsieur Perrin. Il ne me reste plus qu'à lire *L'Éthique* alors.

— Oui, et crois-moi, Hubert, tu ne le regretteras pas. Je l'ai lue personnellement cinq ou six fois et l'écrivain Goethe en a conservé un exemplaire dans sa poche pendant un an.

Sur ces sages conseils, Hubert et son professeur se quittent sous le célèbre auvent en toile rouge de la brasserie Lipp. Hubert s'en repart chez lui, enivré par ce dialogue hautement spirituel et la perspective qu'il caresse de plus en plus, en imagination, de rédiger un essai révolutionnaire qui le parachèverait définitivement sur l'autel de la gloire des nouveaux philosophes. Arthur Schopenhauer a rédigé son premier ouvrage à vingt-cinq ans. Il lui reste donc sept ans.

5

Le mois de janvier de la nouvelle année est empli de promesses pour Hubert. Tout d'abord, sa petite amie, Delphine, dont il est éperdument amoureux, vit avec lui, sous son toit, à temps plein, partage ses dîners en semaine, et très souvent les prépare, étudie le soir à la même longue table en bois clair de la salle à manger, chacun sur son ordinateur portable et entouré de leurs livres respectifs. Il est difficile pour un observateur objectif de désigner un vainqueur en nombre d'ouvrages lus et annotés. Kant, Hegel, Nietzsche, Schopenhauer, Heidegger, et désormais Spinoza, empilés sur le coin de la table près de la fenêtre donnant sur la cour intérieure (*La Phénoménologie de l'esprit* de Hegel, encore neuf, ayant l'insigne honneur de servir de soucoupe à une tasse de thé noir) faisant face à Carl Gustav Jung, Alfred Adler, Winnicott, Mélanie Klein, Paul Diel, Sigmund Freud ou Jacques Lacan (le livre volumineux de Jung, *L'homme et ses symboles*, servant lui de set de table aux biscuits grignotés par l'étudiante en psychologie). Vers dix heures du soir, Delphine signale à Hubert qu'il est temps de mettre fin aux études et de passer un moment ensemble, ce qu'ils font jusque minuit dans une grande complicité. Atma a fini par s'habituer à la présence de la jeune femme et apprécie de plus en plus ses caresses et, surtout, de pouvoir désormais manger à heures ponctuelles et boire une eau fraîche changée quotidiennement, ce qui n'était pas toujours le cas quand il vivait seul avec son maître. Il ne boude plus et a réussi à trouver sa place, la nuit, sur la couette bigarrée du lit du jeune couple. Les week-ends sont consacrés aux promenades, aux sorties culturelles ou gastronomiques, aux travaux ménagers, également, auxquels Hubert renâcle et qu'il repousse le plus possible jusqu'à ce qu'un rictus plus prononcé de sa petite amie l'enjoigne à mettre la main à la pâte, sans zèle toutefois.

Il s'habitue aussi aux sorties théâtrales, tous les samedis soirs, et aux multiples salles guindées ou exiguës de la capitale. S'il éprouve toujours quelques difficultés à s'immerger dans les spectacles, à cause des artifices trop évidents des décors, des costumes et de dialogues bien trop littéraires à son goût, par contraste avec le cinéma qui installe chez lui une illusion de réalité instantanée, il apprend à apprécier la présence physique des interprètes qui jouent sans filet les grands textes tragiques ou comiques du répertoire. De temps en temps, il retrouve aussi sur les planches des acteurs qu'il a découverts dans les salles obscures. Si la programmation théâtrale hebdomadaire est l'apanage de Delphine, le choix du film du vendredi soir est le sien. Fidèle à la politique des auteurs de la revue des Cahiers du cinéma, Hubert enjoint sa petite amie à voyager dans des univers aussi hétéroclites que ceux du Japonais Kurosawa, de l'Indien Satyajit Ray, des Allemands Fritz Lang ou Wim Wenders, des Italiens Rossellini ou Nanni Moretti, des Espagnols Carlos Saura et Almodovar, du New-Yorkais John Cassavetes et des Français Renoir, Truffaut, Rohmer ou Godard (qu'Hubert vénère plus que tout, mais que Delphine déteste, à l'exception, ironiquement, du « Mépris »). Parfois, il cède au désir de son amoureuse de simplement aller voir une comédie contemporaine américaine avec Tom Hanks, dans une salle commerciale, accompagnés d'un seau de pop-corn et d'un verre en plastique de coca-cola. Le dimanche est souvent l'occasion de moments de farniente, le matin, d'un bon déjeuner rituel au restaurant bien nommé, « Les Promesses de l'Aube », occasion pour Hubert d'échanger des tuyaux de concerts et de disques avec le patron Frédéric, de déambulations aléatoires, selon la couleur du ciel, l'après-midi, avec parfois une pause musée (Hubert est passionné de peinture, Delphine davantage de sculpture, le musée Rodin et ses extérieurs décorés de chefs-d'œuvre à portée de main ayant sa préférence). Pour paraphraser Pangloss, le maître du héros éponyme de l'essai de Voltaire, *Candide*, tout va pour le mieux dans le meilleur des mondes.

Quelques légers bémols parsèment toutefois l'hymne à la joie du jeune étudiant. La lecture de *L'Éthique* de Spinoza, tout d'abord, à l'étude méthodique de laquelle il s'est engagé auprès de son enseignant, Christian Perrin, lui résiste. Ce traité, divisé en cinq parties et « démontré selon la méthode géométrique », est très peu stimulant dans son approche pour un jeune homme de son âge. Il essaie de s'astreindre à sa lecture, en suivant le conseil de son professeur : se laisser séduire par la voix singulière de l'auteur. Mais la voix du géomètre d'Amsterdam, que n'aurait pas reniée Platon, qui fit graver à l'entrée de son Académie : « Nul n'entre ici s'il n'est géomètre », n'est pas pour Hubert comparable à la clarté cristalline de la prose de Schopenhauer, aux aphorismes provocants de Nietzsche ou à la langue éminemment littéraire de Sartre. Hubert note cependant, dans son cahier, la septième définition initiale dont l'analyse, il en a l'intuition, est au cœur de son projet et va l'occuper pendant un long moment (les termes recopiés en majuscules sont ceux qu'il compte explorer) : « Est dite LIBRE la chose qui existe d'après la seule NÉCESSITÉ DE SA NATURE et est

DÉTERMINÉE PAR SOI SEULE à agir. On appelle au contraire NÉCESSAIRE, ou plutôt CONTRAINTE, la chose qui est DÉTERMINÉE PAR UNE AUTRE à exister et à produire un effet selon une RAISON DÉFINIE ET DÉTERMINÉE ». Mais la présentation de la première partie, qui traite de Dieu, avec ses définitions, ses axiomes, ses propositions, démonstrations et scolies, le rebute. Afin de donner le change à monsieur Perrin, il s'appuie sur ses conversations avec Delphine, bien que son approche de Spinoza lui paraisse plus psychologique que philosophique, et également sur la lecture, autrement plus plaisante, d'un roman du psychiatre américain Irvin Yalom, que sa petite amie lui a prêté, *Le problème Spinoza*, et qui est riche en détails biographiques.

Dans ses moments libres, le philosophe en herbe imagine l'ouvrage qui scellera sa gloire précoce. Il n'en a pas écrit une ligne, mais, dans le parcours sinueux de ses rêveries diurnes (souvent lors du trajet de retour de la Sorbonne à son appartement), il construit des châteaux en Espagne où il s'imagine aisément avoir son œuvre complète publiée dans la Pléiade (de son vivant bien sûr) et même, pourquoi pas, sa future statue trôner dans la cour d'honneur de son université un jour, non loin de celle de Michel de Montaigne. Plus les marches à pied entre la Sorbonne et la rue Beaubourg se multiplient et plus son étoile brille haut au firmament de la pensée : Hubert Feuillade, le philosophe sparnacien qui a redéfini pour plusieurs générations le déterminisme et le libre arbitre et, ce faisant, la nature humaine même. Champagne !

Une fin d'après-midi, en sortant d'une librairie, où il a passé presque une heure à feuilleter essais et romans, il ressent un léger déséquilibre dans la rue, comme un vertige. Les bruits des voitures et des motos résonnent et le font sursauter. Cette sensation de perte de repères ne dure que quelques secondes, mais l'effraie quelque peu. Ce soir-là, il n'en parle pas à Delphine lorsque celle-ci s'enquiert de son silence inhabituel. Il lui déclare juste qu'il se sent un peu fatigué et invente des difficultés dans ses recherches, un retard imaginaire par rapport à un devoir à rendre.

Quand Delphine s'endort (elle est moins noctambule que lui), Hubert repense à ce qui lui est arrivé au sortir de la librairie. C'est la première fois qu'il éprouve une telle sensation. La pluie battante fouette la vitre de la mezzanine. La foudre retentit au loin. Son imagination s'emballe quelque peu. Et s'il était atteint d'une maladie organique ? Une tumeur au cerveau ? L'espace d'un instant, défilent en lui les images de son enterrement précoce au Père-Lachaise, sa tombe près de celle du philosophe Merleau-Ponty, Delphine en pleurs. Quand Atma bondit sur le lit et lui lèche la main, il se réveille de ses pensées morbides et sourit. Il empoigne le roman de Milan Kundera, *L'Insoutenable légèreté de l'être*, sur sa table de chevet et reprend le fil interrompu des aventures de Tomas et Tereza. Au bout de quelques minutes, il s'arrête à une phrase providentielle : « Celui qui veut continuellement s'élever doit s'attendre à avoir un jour le vertige. » Il pose l'ouvrage. Il se reconnaît dans cette assertion et se dit que là est le talent des grands écrivains : mettre à jour des aspects cachés de notre âme, les débusquer de leur refuge souterrain et les offrir au lecteur en cadeau, comme une invite à la méditation.

Cette petite rentrée universitaire de janvier est l'occasion pour Hubert de s'intégrer davantage aux autres étudiants par le biais d'ateliers de travail. Il participe deux fois par semaine à un groupe, en fin d'après-midi, qui se retrouve au premier étage d'un restaurant attenant à l'université. Ce groupe débat sous l'orientation d'une maîtresse de conférence d'environ trente-cinq ans, élégante, enthousiaste et profondément intelligente qui se prénomme Élisabeth. Spécialiste de philosophie allemande, elle aborde avec ses élèves des thèmes qui vont des catégories de Kant, à la définition de l'Esprit chez Hegel et à la conception de l'Être chez Heidegger. Ce premier mardi de janvier, Élisabeth a choisi comme thème de discussion des extraits de *La Critique de la raison pure* d'Emmanuel Kant, ce livre qu'Hubert avait vainement essayé de lire dans un café d'Épernay, après le cours de monsieur Rivière. Ce jour-là, il n'avait rien compris et avait abandonné l'ouvrage dans la bibliothèque de sa chambre avant de le rapatrier plus tard rue Beaubourg. C'est qu'il lui manquait des clés pour entrer dans ce magnifique palais de la connaissance. Élisabeth lui fournit, ainsi qu'à ses collègues de faculté, ces clés en expliquant très clairement les concepts majeurs du célébrissime résident de l'ancienne ville de Königsberg.

Dans ce livre, considéré comme l'un des plus importants de toute l'histoire de la philosophie, Emmanuel Kant essaie d'apporter une réponse à ce qu'il est possible de connaître tout en sachant que la connaissance humaine est limitée. Selon Élisabeth, Kant pose deux conditions à la connaissance scientifique. La première, c'est que les objets soient des « objets de perception » rencontrables dans l'expérience sensible. La deuxième condition, c'est que « l'entendement » (c'est-à-dire l'esprit humain) puisse analyser les relations entre ces objets grâce à une « catégorie », comme la causalité par exemple. Pour Kant, explique-t-elle, il y a les « noumènes », c'est-à-dire les choses en soi, leur vérité, inaccessible à la compréhension humaine, et les « phénomènes » perçus dans l'espace et le temps et analysés grâce, notamment, à la causalité. Emmanuel Kant écrit que l'espace et le temps ne sont pas dans le monde, mais sont créés par notre perception, de même que la causalité n'est pas dans les choses, mais dans notre entendement. Nous construisons donc une vérité scientifique restreinte par nos facultés de compréhension limitées qui n'est pas la vérité des choses, « les choses en soi », à laquelle nous n'avons pas accès. C'est cela qu'on appelle le constructivisme kantien, qui est révolutionnaire d'un point de vue épistémologique, explique Élisabeth.

Quand Hubert interroge sa professeure à propos du concept de Dieu, celle-ci lui explique que, contrairement à Descartes, Emmanuel Kant pense qu'il n'est pas possible de connaître Dieu, car nous ne pouvons le percevoir ni dans l'expérience sensible ni dans l'espace et le temps, et notre entendement ne possède pas de catégorie, comme la causalité, pour l'appréhender. Toutefois, elle rappelle à ses élèves que Kant était croyant, car, selon lui, si nous ne pouvons démontrer par la raison l'existence de Dieu, nous sommes libres d'y croire et elle cite cette phrase qu'Hubert comprend enfin : « Je n'ai limité le champ du savoir que pour laisser l'espace à la croyance. »

Quant à savoir si la volonté est entièrement libre ou entièrement déterminée, question qui obsède Hubert, Élizabeth lui répond qu'Emmanuel Kant considère que la liberté peut coexister avec la nécessité et qu'une même action peut être considérée à la fois comme conséquence du caractère d'un homme et des influences qu'il a subies dans sa vie et en même temps comme l'œuvre d'une volonté libre. Alors que le garçon de café vient servir les chocolats chauds et les tartelettes commandées, Hubert digère les explications de son enseignante. La théorie de la connaissance de Kant, enfin comprise, représente un pont, pour lui, entre la déduction par Descartes de l'existence de Dieu grâce à la raison et la constatation par Schopenhauer d'une force mystérieuse qui échappe à toute causalité première. Il y voit une évolution qui fait sens. En revanche, sur la question du déterminisme, il ne se sent pas plus avancé. L'hypothèse de Sartre d'une totale liberté lui semble encore la plus séduisante et convaincante.

Lors de ces travaux de groupes, Hubert est en admiration devant l'érudition d'Élisabeth. Il lui est hautement redevable de partager aussi clairement son savoir. Parfois, en l'écoutant et en la regardant, il s'imagine Delphine plus âgée. Elle ressemblerait probablement à cette enseignante pleine d'allant. Cinq autres jeunes gens participent. Luc, grand, svelte et très articulé, Thibaut, assez chétif et dont les lunettes aux verres épais cachent un regard extrêmement pénétrant et curieux (une fois, alors qu'il était assis à côté de lui, Hubert a eu honte d'arborer ses lunettes avec des verres sans correction ; depuis, il les a reléguées dans le tiroir de sa table de chevet), Benoît, le plus affable et bavard de la bande, qui s'exprime tout le temps à voix haute, coupe souvent la parole, mais semble surtout posséder un tempérament anxieux et peu sûr de lui qui le rendent quand même attachant, Hannah, jeune fille pimpante aux cheveux noirs bouclés courts, très intello avec sa monture rouge vif et ses cols roulés et enfin, la discrètement séduisante Rachelle.

Rachelle dénote du quintet d'étudiants parfaitement affiné. Fluette, ses longs cheveux blonds, qui encadrent un visage émacié aux grands yeux bleu clair, sont retenus par un bandeau strié d'orange et de vert. Ses chemisiers colorés, ses écharpes effilées et sa veste marron à franges évoquent une cousine moderne de Janis Joplin, mais une hippie chic. Sa voix se fait à peine entendre. Elle reste la plupart du temps assise à écouter ses camarades. Quand Élisabeth lui donne la parole, elle hésite, bredouille, termine difficilement ses phrases, comme perdue dans l'enchevêtrement des concepts. Son sourire lumineux, toutefois, désarme souvent l'assemblée et gagne l'estime de tous. Surtout, elle boit les paroles toujours pertinentes d'Hubert, le dévore des yeux et rougit lorsqu'il s'adresse à elle, à tel point qu'Elizabeth et Hannah échangent souvent des regards complices. Une fois même, pour appuyer un propos improvisé, elle prit machinalement la main du petit ami de Delphine sans s'en rendre compte. Celui-ci n'osa rejeter cette offrande impromptue et moite et s'en trouva même troublé.

En réaction, Hubert se donne comme règle d'or de ne jamais se trouver seul avec elle. Non qu'il redoute un assaut farouche de sa part, ce n'est pas son style, mais bien plutôt une perte de contrôle de son propre chef. Dans les amphithéâtres, il la salue toujours cordialement, mais maintient une distanciation sociale minimale. Lors des réunions de débat de son groupe, il trône en général entre Luc et Benoît, ces deux gardes du corps lui servant de forteresse à ses émois intimes. Objectivement, il ne comprend pas trop l'attirance qu'il ressent pour cette fille simple. Sa fierté narcissique est bien sûr flattée par ces yeux bleus amoureux qui plongent langoureusement au fond des siens, mais Rachelle est en tous points l'exacte opposée de Delphine : vêtements simples achetés aux puces, dépourvue de maquillage, joviale mais à la conversation limitée. Non, vraiment, cette affinité n'est pas élective, elle est d'un autre ordre, plus inconsciente. Hubert le sait et préfère maintenir sous le tapis ses sentiments obscurs. Cela vaut mieux, se dit-il.

Sur les bancs des salles de cours, un élève irrite profondément le fils de Louis Feuillade. C'est un euphémisme. En fait, il l'obsède. Toujours vêtu d'une veste marron clair sur une chemise blanche immaculée, au col relevé, et méticuleusement déboutonnée afin de laisser voir un torse lisse et artificiellement hâlé, ses cheveux jais sculptés en pointes à base de gel lui donnent un air diabolique. Blaise, c'est son prénom, est le fils d'un philosophe très célèbre qui a aussi été un conférencier renommé de la Sorbonne. Cette filiation lui confère des privilèges iniques, comme une grande familiarité avec la plupart des professeurs, malgré ses arrivées en cours aux retards systématiquement calculés pour attirer l'attention (et cela fonctionne), et surtout ses interventions intempestives et insupportablement arrogantes. Car Blaise ne se contente pas de parader au premier rang, avec une désinvolture ostensible, sans pochette, cahier ou stylo, les mains littéralement dans les poches, mais il se permet surtout de critiquer ouvertement des génies de la stature d'Emmanuel Kant ou Hegel.

Bien qu'également très ambitieux, Hubert témoigne d'une humble admiration pour les grands penseurs. Son credo est qu'il est nécessaire, dans un premier temps, de s'immerger dans une œuvre pour l'explorer et la comprendre en profondeur avant d'éventuellement émettre des réserves. Et puis, l'ancien lycéen d'Épernay s'affronte vraiment aux textes originaux, dans un corps à corps intellectuel intense, stylo en main, pour noter des citations ou coucher ses réflexions dans la marge. Lorsqu'il prend la parole, ce qu'il fait régulièrement, mais avec économie, c'est toujours pour demander des éclaircissements ou des approfondissements qui bénéficient à tous. Jamais pour proférer des inepties qui démontrent la méconnaissance totale des auteurs que le présomptueux Blaise a l'outrecuidance de remettre en cause. Mais ce qui importune le plus Hubert c'est que, malgré ce comportement hautain, la majorité de ses professeurs lui déroule le tapis rouge au lieu de le remettre dûment à sa place. Sauf Christian Perrin et Élisabeth, qui le traitent sur un pied d'égalité avec ses collègues étudiants, ce qui a l'heur de déplaire à ce fat jeune homme, « fils de ».

Hubert s'épanche fréquemment avec Delphine sur son irritation. Elle le comprend, mais lui fait opportunément remarquer que c'est lui qui a sciemment choisi de rompre avec son milieu viticole pour plonger dans un domaine opposé. Il n'en a que plus de mérite, selon elle. Mais s'il s'était contenté d'épouser une carrière de négociant en champagne, il aurait certainement bénéficié des mêmes privilèges dus à sa famille et à ses contacts. Elle est d'ailleurs persuadée que cet étudiant, dont elle ignore jusqu'au nom de famille, abandonnera vite ses études dès que les premières difficultés surgiront. Ce n'est pas faux, mais la voix de la raison de sa petite amie ne suffit pas à calmer l'incompréhension d'Hubert. Il s'en ouvre, un jour de réunion au café de Flore, à Christian Perrin, dont il estime l'opinion et en qui il a confiance. Celui-ci l'écoute avec attention, comme d'habitude. Mais quand Hubert prononce avec éclat le mot « INJUSTICE », son enseignant se relève vigoureusement sur sa chaise et ses pupilles noires de félin s'agrandissent d'étonnement.

— Injustice, Hubert, tu trouves que les privilèges dont jouit Blaise sont injustes, c'est ça ?

— Oui, tout à fait. Profondément injustes même. Vous le voyez bien. Il joue au désinvolte, n'étudie pas, se contente de quelques vagues idées volées à son paternel, raconte des bobards en cours et, malgré tout, il est traité différemment des autres étudiants

— Oui, je t'entends Hubert. Mais ma question est tout autre. Pourquoi grands dieux la vie serait-elle juste ?

— …

— Réfléchis bien Hubert. Qui t'a dit que la vie était juste ?

— Personne. Mais c'est choquant de voir des injustices, non ?

— Oui, je te l'accorde, même si celle dont nous parlons est vénielle, reconnais-le. Mais la vérité, c'est que LA VIE EST INJUSTE (Christian Perrin hausse la voix et tape du poing sur la table en prononçant ces mots). C'est un fait. Nous ne choisissons pas notre lieu de naissance, nos parents, la plupart de nos déterminismes sociaux. C'est comme ça. Et je te dirais même plus. Crois-moi, si tu t'insurges des injustices que tu observes autour de toi, tu vas souffrir, profondément souffrir.

— Alors il faut tout accepter ?

— Tout, non, mais supporter une part d'injustice inhérente à la vie est nécessaire si tu ne veux pas en être trop affecté. Tu sais, je me suis construit tout seul dans le monde des idées, Hubert. Je n'ai bénéficié d'aucune entrée. Mon père était chauffeur de taxi et ma mère aide-soignante. Ils ont travaillé dur pour que mon frère et moi nous ne manquions de rien à l'école, et plus tard en fac. J'ai dû me retrousser les manches et ne compter que sur ma force de travail. On ne m'a rien donné. Et je peux te dire une chose. Des Blaise, j'en ai vu beaucoup tout au long de mon parcours. Eh bien, la plupart d'entre eux ont raté leur vie. À trop plastronner avec leur petit savoir étroit, ils en ont oublié de labourer leur champ en s'ouvrant aux autres et ils se sont vite asséchés. Tu n'as rien à lui envier, Hubert, crois-moi, vraiment rien.

— Je sais, ma copine me dit la même chose que vous. Mais je ne comprends pas pourquoi il m'énerve autant.

— Eh bien, je vais remettre mon costume de prof de philo et t'indiquer deux auteurs que tu dois lire pour mieux t'éclairer.

— Oui…

— Tout d'abord, Hegel, qui a érigé le désir de reconnaissance comme le désir le plus profond de l'être humain. Pour lui, c'est le moteur qui nous fait avancer, ce désir d'être estimé par autrui. Et puis, le deuxième philosophe, il est Français et s'appelle René Girard. Tu as déjà entendu parler de sa théorie du désir mimétique ?

— Non.

— Et bien, son intuition novatrice c'est que le désir n'est pas seulement dicté par la relation entre un sujet désirant et un objet désirable. René Girard va introduire un troisième élément, une sorte de ménage à trois. Pour lui, l'objet de notre désir est toujours sous la médiation d'un tiers. Et c'est parce que quelqu'un d'autre que nous valorise cet objet que nous le désirons et non pas à cause de ses seules qualités intrinsèques. Cette relation triangulaire génère très souvent de la jalousie, et même de la violence, y compris au plan historique. En fait, Hubert, ton irritation trouve sûrement son origine dans un désir d'estime que tu souhaiterais identique à celui que Blaise reçoit gratuitement de mes collègues, du seul fait du hasard de sa naissance et de son nom. C'est aussi simple que cela. Et je voudrais rajouter quelque chose. Tu sais quelle est la véritable estime ?

— Je vous écoute.

— La véritable estime est celle que l'on se porte à soi-même. C'est la seule qui compte et moi qui commence à bien te connaître je peux te dire que tu as toutes les raisons objectives de t'estimer toi-même sans avoir besoin de te comparer aux autres. Et surtout pas à Blaise.

Suite à ces bonnes paroles, le professeur et son étudiant discutent du plan de travail du projet de recherche d'Hubert. Celui-ci avance. Le concept de Volonté décrit par Schopenhauer et celui de Conatus développé par Spinoza ont bien été compris et mis en parallèle, d'après Christian Perrin, qui l'encourage à poursuivre et rédiger à présent la deuxième partie sur la redéfinition de Dieu dans l'œuvre du philosophe juif d'Amsterdam. Cette fois, Hubert sait qu'il ne peut plus tricher : il va devoir s'atteler sérieusement à l'étude de *L'Éthique*.

En remontant à pied du café de Flore jusqu'à son appartement, il repense au désir mimétique théorisé par René Girard. Non seulement cette explication éclaire son irritation constante envers Blaise, mais également son désir tout aussi illogique pour Rachelle. Il se remémore le moment précis de sa première attirance. Ce fut quand Thibaut, le timide et insignifiant Thibaut, commença à sympathiser avec cette fille simple aux grands yeux bleus. Oui, c'est à cet instant précis, il en est à présent persuadé, qu'une pointe imperceptible de jalousie peignit le visage aux traits fins de Rachelle des couleurs vives de l'envie.

Arrivé chez lui, il s'affale sur son lit où le rejoint lestement Atma. Tout en caressant ses poils blancs sous le menton, ce qui a pour effet de lui faire plisser les yeux de contentement, Hubert observe le portrait de Delphine qui n'est pas encore arrivée, encadré sur sa table de nuit. C'est une photo prise lors du réveillon du Nouvel An, à l'Hôtel du Nord, où le couple est tendrement enlacé. Étrangement, la théorie du désir mimétique ne s'applique pas à son amour pour elle. Aucun agent intermédiaire n'a influé sur leur aimantation au restaurant « Les Promesses de l'Aube », le dimanche seize octobre deux mille onze. Ce jour-là, un lien direct s'est spontanément établi entre son désir et l'objet charmant qui lui faisait face. Hubert se fait la réflexion qu'il existe peut-être deux types de désirs : ceux qui sont liés par un tiers, affectés par une forme de jalousie, et donc plutôt suspects, et ceux qui contemplent directement leur objet. Dans ce dernier cas, ce seraient les qualités intrinsèques de l'objet qui provoqueraient le désir, comme la longue chevelure bouclée, le sourire discret et le regard vif de Delphine qui ont alors attiré l'attention vagabonde de l'étudiant philosophe.

6

Delphine et Hubert remontent main dans la main la rue de Monge pour déjeuner avec les parents de celle-ci, monsieur et madame Langmann. Ce premier dimanche de février aurait dû être celui de la crémaillère officielle de l'appartement d'Hubert, maintenant aussi celui de Delphine, mais le neveu de l'oncle Georges étant un grand adepte de la procrastination, le déjeuner prévu avec Tristane, son frère et leurs compagnons respectifs (Gaétan s'est ouvert sur ses sentiments à Leila qui lui a avoué que ceux-ci étaient réciproques) a été reporté à début mars. Cette fois, c'est l'étudiante en psychologie qui se charge de son organisation. Cela vaut mieux.

Hubert est heureux de rencontrer ses beaux-parents pour la première fois, mais aussi un peu nerveux. Il n'a jamais eu l'occasion de rencontrer les parents de ses petites amies de lycée, ses relations n'ayant jamais été aussi sérieuses. Delphine lui a dit de ne pas s'inquiéter, d'être simplement lui-même. Être lui-même ! Il n'y a justement rien de plus difficile à ses yeux. Comme de traverser une scène de théâtre scruté par des centaines de regards. C'est que la réputation des parents de sa petite amie l'impressionne, que ce soit sa mère, premier violon à l'Opéra de Paris, mais surtout son père, scientifique émérite au CNRS et, il le sait, très protecteur vis-à-vis de sa fille unique. En même temps, cette famille artistique et intellectuelle attise sa curiosité.

Le jeune couple s'arrête en face de l'institut de beauté Vénus, au rez-de-chaussée d'un très bel immeuble haussmannien de cinq étages en pierre de taille blanche. Les parents de Delphine sont au balcon fleuri du deuxième étage, l'étage le plus noble. Leur accueil souriant rassure le jeune homme. L'appartement séduit instantanément Hubert. La salle à manger est spacieuse. Le plancher en bois, les murs et le plafond peints en blanc offrent au regard du visiteur une clarté agréable. Quelques plantes discrètes apportent une touche de couleur de même que des cadres jaunes et bleus où de nombreuses photographies de Delphine, à différents âges, sont exposées. Cet espace aéré contraste avec la surcharge de meubles et d'éléments décoratifs de la maison de la famille Feuillade, avenue de Champagne, à Épernay.

La mère de Delphine invite Hubert à s'asseoir dans le salon pendant que son père lui propose un apéritif. Céline Langmann est une belle femme aux longs cheveux bruns et aux yeux bleus. Le portrait de sa fille. Ou bien le contraire. Son regard exprime la bienveillance et même une certaine grâce. David Langmann, lui, possède un physique avantageux d'acteur américain. Visage et menton rectangulaires, nez rectiligne, yeux clairs et pénétrants, barbe de trois jours, cheveux légèrement grisonnants et sourire franc. En les observant, Hubert comprend l'origine de la beauté de sa petite amie, bénie par cet héritage génétique. Céline Langmann sourit à Hubert. Elle semble approuver le choix de sa fille pour ce beau jeune homme.

— Dites-moi, Hubert, Delphine nous a dit que vous êtes Champenois ?

— Oui, c'est cela, d'Épernay, mais je ne m'en vante pas trop.

— Pourquoi ? C'est très beau la route de Champagne entre Épernay et Reims.

— Oui, c'est vrai, je l'ai d'ailleurs souvent parcourue à vélo, l'été. Mais je ne supportais plus ma ville.

— Ah bon ? C'est une petite ville charmante.

— Oui, quand on vient y passer une journée pour visiter les caves, le vignoble et déjeuner. Mais y vivre tout le temps, pour quelqu'un comme moi, c'est l'horreur. On s'y ennuie grave, car il y a très peu d'offres culturelles. On en a fait le tour en quarante minutes, le centre-ville en dix et les gens n'ont qu'un mot à la bouche : le champagne, le champagne et le champagne.

— Je comprends. Tes parents sont justement dans le champagne, non ?

— Oui, ma mère et mon père possèdent plusieurs vignes. C'est mon père qui gère le commerce. Ma mère, elle, ne travaille pas. Elle s'occupe de la famille.

— Du coup, tu dois te plaire à Paris.

— Ah oui ! J'adore. Surtout la vie culturelle : les cinémas, le théâtre, grâce à Delphine, les musées, les boîtes de jazz.

— Tu es déjà allé à l'opéra ?

— Une seule fois, à l'opéra Garnier avec mon père et mon oncle, voir « Carmen ». L'architecture est somptueuse !

— Il faudra que tu viennes me voir jouer Hubert.

— Oui, Delphine m'a dit que vous êtes violoniste.

— Oui, premier violon. Je joue les solos.

— Vous n'avez pas le trac quand vous jouez ? C'est une sacrée responsabilité.

— Si, toujours. Avant, quand j'étais titiste, je jouais seulement à l'unisson avec le reste de l'orchestre, donc je pouvais me reposer sur mes collègues le jour où je me sentais moins bien. C'était pratique. Maintenant, ce n'est plus le cas. Je ne peux plus me cacher. Ça crée forcément une certaine anxiété, mais, au moment où je joue, celle-ci disparaît complètement. Je suis emportée par mon solo et oublie tout le reste.

— Et vous ne vous ennuyez pas à jouer toujours les mêmes morceaux pendant des mois ?

— Mais ce ne sont pas les mêmes morceaux, Hubert, parce que le chef d'orchestre ne les dirige jamais de la même façon. La partition est la même, mais ce n'est qu'un canevas. À chaque représentation, l'orchestre joue une version différente. Heureusement. Tu joues d'un instrument ?

— Oui, de la guitare jazz, mais je n'ai pas eu trop le temps d'y toucher depuis que j'ai commencé mes études. Mais je comprends ce que vous dites. En jazz, on a aussi un thème avec des accords et les notes de la mélodie et ensuite on improvise. Sauf que je n'ai pas encore le niveau. Quand j'improvise, je joue des mélodies que j'ai répétées, comme un musicien classique en fait.

Delphine, assise à la droite de son petit ami, lui prend tendrement la main.

— J'ai remarqué ta belle guitare, mais je pensais que c'était décoratif. Tu veux bien jouer un morceau pour moi ce soir ?

— D'accord, si je ne suis pas trop rouillé. Mais à condition que tu chantes.

— On peut essayer. Tu connais « My favourite things » ? J'adore cette chanson.

— Oui, la version de John Coltrane est ma préférée.

— Moi, la version d'Hubert Feuillade m'ira très bien.

Les parents de Delphine invitent Hubert à passer à table. La dorade marinée et les pommes vapeur sont délicieuses. Et le vin blanc frais aussi. Le fils de Florence Feuillade apprécie surtout qu'il n'y ait qu'un plat principal plutôt que les viandes diverses que sa mère préparait tous les dimanches et qu'il fallait honorer pour lui prouver son affection. Cette fois, c'est David Langmann qui s'enquiert des études du jeune homme.

— Ma petite Delphine m'a dit que tu es un philosophe brillant.

— Brillant, non, je suis seulement en première année, mais c'est vrai que la philosophie me passionne.

— Et qu'est-ce que tu étudies en ce moment ?

— Je suis en train de rédiger un projet sur Schopenhauer et Spinoza.

Monsieur Langmann le coupe :

— Ah, Arthur Schopenhauer ! Il est l'un des premiers à avoir compris que la science ne peut pas tout expliquer, que même si on peut toujours progresser dans l'explication du monde ambiant la science ne pourra jamais expliquer le mystère de l'existence de la vie.

Hubert reste coi en écoutant les paroles du père de sa petite amie. C'est la première fois, outre ses professeurs de philosophie, que quelqu'un autour de lui connaît Schopenhauer. Il en est tout ému.

— Oui, c'est ce qu'il appelle l'étonnement philosophique. J'adore la pensée de Schopenhauer, c'est tellement profond. C'est mon professeur qui m'a suggéré de le mettre en perspective avec Spinoza, mais, lui, je le connais beaucoup moins. En ce moment, je lis *L'Éthique*, c'est ardu.

— Delphine ne t'a pas dit que c'est mon livre préféré ? Je lui en ai tellement parlé, la pauvre, qu'elle s'est mise aussi à le lire, c'était il y a deux ans, non ?

— Oui papa, c'est ça, j'avais seize ans. Tu me l'avais offert pour mon anniversaire, en fait.

— Vous avez de la chance tous les deux, moi j'ai attendu d'avoir trente ans pour le lire et il m'a justement réconcilié avec cet aspect mystérieux de la vie dont parle si bien Schopenhauer.

— Vous êtes scientifique ? Au CNRS, c'est cela ?

— Oui, Hubert. Mon domaine est la biologie de l'évolution. Je travaille avec une équipe sur les parasites. J'essaie de comprendre leur fonctionnement dans le but de mettre au point des traitements. Mes recherches incluent aussi l'évolution des cancers.

— C'est captivant. Et vous donnez également des cours ?

— J'encadre des étudiants aussi, oui. Des doctorants.

Céline Langmann intervient dans la conversation. Hubert perçoit une nuance de provocation dans son ton.

— Et des étudiantes aussi… qui parfois sont séduites par les conférences de mon mari.

Par solidarité masculine, le jeune homme décide de venir au secours de monsieur Langmann en réorientant la discussion.

— Vous avez toujours voulu être scientifique ?

— D'autant que je m'en souvienne, depuis l'enfance. J'habitais dans le Sud-ouest et, le week-end, j'allais souvent à la campagne, chez mes grands-parents, et je passais tout mon temps à faire des collections et des observations. J'avais des cahiers et j'adorais dessiner les feuilles, les insectes, certains animaux aussi.

— Comme Aristote.

— À dix ans, on a déménagé à Toulouse avec mes parents. J'ai eu d'excellents enseignants au collège et au lycée, surtout en biologie. Ce sont mes professeurs qui m'ont inoculé le virus. Et puis, j'ai décidé de venir à Paris pour mes études supérieures. Pour mon doctorat, j'ai passé deux ans en Australie. Et à l'âge de trente-cinq ans, j'ai intégré le CNRS, cela fait treize ans déjà.

— Et comment vous en êtes venu à étudier le cancer ?

— Dans un premier temps, j'ai commencé par étudier les interactions entre les organismes et les parasites, et leurs conséquences sur les espèces et les écosystèmes. Puis, quelques années plus tard, je me suis intéressé aux relations entre évolution et cancer, car le cancer est aussi une forme particulière de parasitisme.

— C'est complexe un parasite ?

— Incroyablement complexe, Hubert. C'est fascinant. Je vois que tout cela te laisse songeur.

— Non, je me demandais juste si les scientifiques comme vous croient en Dieu. Excusez-moi, ma question est un peu stupide, mais comme la science peut pratiquement tout expliquer je me dis qu'un vrai scientifique est forcément athée.

— Détrompe-toi. Ta question n'est absolument pas stupide, Hubert, elle est au contraire très profonde. Figure-toi que mon père était rabbin. J'allais à la synagogue à Toulouse, le vendredi soir, et j'étudiais aussi la Torah. J'aimais beaucoup écouter les discussions autour des textes sacrés. Je crois que cette habitude de les interroger a aiguillé ma curiosité et m'a incité à ne jamais rien tenir pour acquis, à émettre des hypothèses, à les tester et à confronter mon opinion à celle d'autrui. Ces capacités sont aussi essentielles dans le domaine scientifique. Ensuite, quand j'ai intégré l'université, je suis progressivement devenu athée. Comme tu le suggères, je ne voyais dans l'étude de la nature que des réactions physico-chimiques totalement contingentes et, en conséquence, dépourvues d'intention divine. C'est à cette époque-là que j'ai arrêté de fréquenter la synagogue. Je refusais aussi farouchement de me définir comme juif. Mon père en fut attristé. Et puis, petit à petit, en travaillant, en observant minutieusement des organismes infiniment petits, mais aussi infiniment complexes, j'en suis arrivé à me demander comment il était possible qu'un monde aussi légalement ordonné dans les moindres détails existe. J'ai alors compris que le scientifique aussi est mû par un type de foi. La foi que le monde est compréhensible, car il obéit à des lois. L'origine de ces lois est un mystère, celui dont parle Schopenhauer, mais si le monde était contingent, je te le dis Hubert, il n'existerait tout simplement pas ou alors ce serait un chaos. C'est à cette époque que j'ai eu comme une épiphanie et que j'ai lu Spinoza. Il m'a aidé à me reconnecter au mystère de l'existence que j'avais voulu nier, mais un mystère qui inclut toute la nature, et pas seulement l'homme. Einstein aussi admirait Spinoza. C'est après avoir découvert son œuvre que j'ai enfin compris cette phrase de Louis Pasteur : « un peu de science éloigne de Dieu, mais beaucoup y ramène. » Tu vois, je suis passé de la croyance en un Dieu transcendant à sa négation puis à sa célébration dans le monde de la nature, celui des parasites aussi bien que celui des êtres humains. Mais si mes recherches t'intéressent, on peut aller dans mon bureau après le café et je t'en montrerai un échantillon.

— Avec grand plaisir. La science n'a jamais été mon point fort, mais tout ce que vous m'avez raconté me fascine.

Après ce monologue inspiré, Delphine et sa mère échangent un regard complice. Elles savent ce que signifie cette invitation officielle dans l'antre de monsieur Langmann. Le papa poule a adoubé le petit ami de sa fille adorée. En fin d'après-midi, Céline et Delphine jouent ensemble une sonate de Schubert. Hubert reçoit cette offrande musicale comme un signe d'acceptation dans ce cercle familial en apparence si harmonieux.

7

Début mars, neuf mois après son installation rue de Beaubourg, la crémaillère d'Hubert va enfin avoir lieu. Delphine a décidé de prendre les choses en main et de s'occuper de tout, depuis les invitations jusqu'à la commande des plats. Si ce déjeuner, qui était prévu début février, a été reporté d'un mois, ce n'est pas seulement en raison du manque d'initiative de son amoureux, mais aussi à cause de ses propres réticences. Elle ne s'est toujours pas faite à l'idée que sa meilleure amie sorte avec son professeur de psychologie cognitive. De tous ses enseignants, c'est celui qu'elle préfère le moins. Elle le trouve érudit, certes, mais assez imbu de sa personne et surtout dogmatique. Sa vision matérialiste de la psyché est à l'opposé de la sienne, plus humaniste. Mais elle a décidé de fournir un effort par amitié pour Tristane, qui est vraiment éprise de monsieur Stinner. Elle espère juste qu'elle ne souffre pas dans le futur, car elle trouve inconvenant qu'il soit toujours marié. La réception de Leila, en revanche, l'enchante. Elle sait, par Hubert, que Gaétan lui a avoué ses sentiments et que ceux-ci se sont révélés réciproques. Ils filent le parfait amour depuis un mois et demi et son intuition lui dit qu'elle va bien s'entendre avec cette fille. Elle brûle d'impatience de faire sa connaissance.

L'interphone retentit à douze heures trente, exactement à l'horaire convenu. Cela ne peut être que Gaétan, qui est d'une ponctualité digne de la SNCF. Delphine laisse Hubert sortir pour accueillir le couple après qu'il ait posé sur le sofa le livre de Simone de Beauvoir qu'il vient de commencer. Elle est un peu fatiguée de s'être levée aux aurores pour que tout soit parfait. Lorsque le frère de Tristane entre dans le hall, elle se lève pour le recevoir et souhaiter la bienvenue à Leila. Son intuition ne lui a pas menti. Cette fille lui fait une excellente impression. Elle est en premier lieu très belle. Ses longs cheveux lisses et noirs, tout comme ses yeux et ses sourcils, encadrent un visage à la peau mate et aux traits délicats. Son sourire franc dénote une personnalité solaire. Delphine l'invite à s'asseoir et lui sert un mojito qu'elle a préparé elle-même. Pendant que Gaétan fait avec son ami d'enfance le tour du propriétaire, elle sympathise instantanément avec Leila qui est une fille très tactile et au sourire contagieux. Elle semble aussi décidée, comme en témoigne l'aveu de son projet d'être avocate. Leila semble avoir même avoir convaincu Gaétan de l'accompagner dans cette voie et de délaisser le droit administratif vers lequel il penchait, sans conviction. Au moment où les deux garçons redescendent de la mezzanine vers le salon, Leila et Delphine conversent avec passion de théâtre, la future avocate participant d'une troupe amateure. Gaétan est en admiration devant l'appartement. Il s'étonne même de sa propreté, connaissant plus que tout autre les mauvaises habitudes prises par son ami depuis l'enfance, sa mère s'occupant de tout pour lui, son frère et sa sœur. Ce détail ne surprend pas trop Delphine qui a pu constater de visu depuis deux mois ces failles dans l'éducation de son petit ami grand bourgeois.

Tristane et Joseph Stinner arrivent une demi-heure en retard. La sœur jumelle de Gaétan est radieuse et incroyablement sexy dans sa robe verte échancrée. Elle est excessivement maquillée, sûrement pour plaire à son amant. Hubert les reçoit chaleureusement. Comme si de rien n'était. Delphine, elle, est plus réservée. Elle peine à cacher sa réprobation. Leila de même. Celle-ci se propose d'aider la fille de David Langmann à aller chercher les biscuits apéritifs dans la cuisine dans le seul but de s'épancher. C'est sa première rencontre avec la sœur de Gaétan, qu'elle trouve resplendissante. En revanche, elle ne peut cacher son incompréhension par rapport au couple qu'elle forme avec son professeur. Comment ce type insignifiant, chétif, aux cheveux blonds dégarnis, au visage arrondi surmonté de lunettes rectangulaires surannées et aux vêtements dépareillés peut-il avoir séduit une jeune femme aussi ravissante que Tristane ? Delphine lui avoue que c'est en effet un mystère total pour elle aussi. Quand la sœur de Gaétan les rejoint, elles changent maladroitement de sujet de conversation et délaissent les commérages pour des marivaudages autour de la pièce que répète Leila. Ingénue, Tristane n'interprète ni leur silence initial ni les propos confus qui s'ensuivent. Elle est trop heureuse de pouvoir sortir en public avec son amoureux, et aussi de faire la connaissance de sa nouvelle belle-sœur, qu'elle trouve radieuse. Leila lui retourne sincèrement le compliment et compte sur sa présence pour la première de sa pièce, *Les jeux de l'amour et du hasard.*

Vers quatorze heures, tous se mettent à table, sauf Delphine, affairée aux fourneaux. Lorsqu'elle s'assoit, après avoir servi les premiers plats, son petit ami est en pleine conversation avec son professeur. Le ton obséquieux qu'il emploie l'irrite. Il traite ce quadragénaire insignifiant (à ses yeux en tout cas) avec les égards dus à une sommité. Il ne manquerait plus qu'il lui demande un autographe et prenne un selfie avant son départ. Stratégiquement positionnée à l'angle opposé, elle ne se trouve toutefois pas suffisamment éloignée de Joseph Stinner pour ignorer ses affirmations présomptueuses.

— Cela fait longtemps que vous êtes ensemble avec Tristane ? s'enquiert Hubert.

— À peu près cinq mois.

— Comme Delphine et moi.

— Je suis tombé amoureux d'elle dès les premiers cours. Ensuite, elle m'a opportunément choisi comme tuteur et on s'est naturellement rapprochés.

— Je suis content pour vous. Je connais Tristane depuis que je suis ami de Gaétan, ça fait environ douze ans déjà. C'est une fille en or.

— Je suis entièrement d'accord avec toi. Tristane m'a dit que tu étudies la philosophie.

— Oui, à la Sorbonne. Mais je commence aussi à m'intéresser à la psychologie, grâce à Delphine. Ça ne vous dérange pas que je vous pose quelques questions ?

— Non, si je peux t'éclairer Hubert, ce sera avec plaisir.

— J'étudie Kant en ce moment et j'ai compris que pour lui les objets de connaissance se rencontrent dans le monde sensible. Donc, la question que je me pose c'est où se trouvent la psyché et l'inconscient ?

— C'est très simple. L'inconscient n'existe pas, Hubert.

— Non ? Et le subconscient dont parle Freud ?

— Non plus seul existe ce qu'il est possible d'observer. Aujourd'hui, on utilise des instruments très précis, tu sais, qui permettent de cartographier de façon extrêmement détaillée notre cerveau. Et bien, je peux t'affirmer, sans l'ombre d'un doute, que ni mes collègues ni moi-même n'avons trouvé l'inconscient. C'est une spéculation pseudoscientifique de Freud et de ses disciples. En d'autres termes, des charlatans. Seule la conscience existe et est observable.

— Donc, si je vous suis, c'est Descartes qui avait raison quand il envisageait un être humain transparent à lui-même grâce à sa seule raison.

— Tout à fait. Je suis entièrement cartésien.

— Et les arrières-mondes, les mondes cachés ?

— Des superstitions, tout simplement. La grande différence c'est que les sciences cognitives prouvent scientifiquement que ces mondes dont tu parles sont tellement bien cachés qu'aucun scientifique sérieux ne les a jamais trouvés. Désolé.

— Vous ne croyez pas à une vie intérieure alors ?

— Si, c'est justement ce que j'étudie avec mes équipes depuis quinze ans déjà. Le cerveau humain.

— Mais, excusez-moi d'insister, le cerveau humain fait partie du monde extérieur, non ?

— Comment cela ?

— Quand vous étudiez le cerveau avec vos instruments, les neurones, les synapses, tout ça, c'est le monde extérieur que vous observez. Et les rêves ? Comment vous expliquez les rêves ?

— Un simple épiphénomène. Sans plus. Des images incohérentes que notre mémoire photographie et assemble aléatoirement.

Alors que Delphine, qui fournit un effort considérable pour ne pas rabrouer son enseignant devant tant d'inepties, préfère se retirer dans la cuisine, Gaétan, qui a quelque peu perdu pied au milieu de toutes ces considérations intellectuelles, interroge son néo beau-frère sur des sujets plus terre à terre.

— Vous aimez le sport ?

— Je déteste le foot, mais j'adore le vélo et le tennis.

— Hubert et moi aussi, on est super fans de Federer et Nadal, et vous ?

— Ah, de même, et j'aime beaucoup voir jouer Monfils.

— Ton fils joue au tennis mon chéri ?

— Non, Tristane, c'est un joueur français qui s'appelle Gaël Monfils.

Gaétan et Hubert ne peuvent s'empêcher de rire pendant que Tristane rougit de sa méconnaissance tennistique. Joseph, visiblement éperdument amoureux, l'enlace et l'embrasse tendrement sur le front. Leila, un peu embarrassée, rejoint Delphine afin de l'aider à servir le dessert. Quand elles reviennent dans la salle à manger pour distribuer les sorbets, Gaétan et Hubert fixent un rendez-vous à Jospeh Stinner pour aller jouer avec eux. Ils annoncent qu'ils vont reprendre le tennis au jardin du Luxembourg, tous les mercredis après-midi. Le professeur de psychologie décline l'invitation poliment. Officiellement, car il a cours ce jour-là, officieusement pour ne pas perdre la face contre de jeunes sportifs qu'il devine plus aguerris que lui.

Vers seize heures, les invités repartent, apparemment ravis de ce déjeuner. Gaétan fixe l'horaire de son rendez-vous tennistique hebdomadaire avec son ami. Il est heureux de reprendre leur rivalité sportive. Hubert les raccompagne jusqu'à la porte d'entrée pendant que Delphine range les couverts et s'apprête à faire la vaisselle. De retour à l'appartement, le fils de Florence Feuillade exprime son contentement par rapport à ce déjeuner pleinement réussi. Delphine est moins affirmative.

— Qu'est-ce que tu as pensé de mon prof, Stinner ?

— Je l'ai trouvé très sympa, intéressant et vraiment prévenant avec Tristane.

— Oui, prévenant comme un père avec sa fille. Ça me dégoûte.

— Je te sens énervée.

— Je ne sais pas ce que j'ai, mais je suis sur les nerfs depuis ce matin. Je déteste ce type. Non, mais, tu l'as entendu ? « L'inconscient n'existe pas », « Freud et ses disciples sont des charlatans ». Pour qui se prend-il ? Franchement, dire au vingt-et-unième siècle que l'inconscient n'existe pas c'est comme affirmer que la Terre est plate et ne tourne pas autour du Soleil. C'est inconcevable.

— Je t'accorde qu'il a des idées un peu arrêtées. Schopenhauer l'aurait aussi détesté, lui qui écrivait que « nos physiciens qui demeurent confinés dans leur empirisme n'admettent pour vrai que ce qu'ils ont vu de leurs yeux, et estiment de la sorte avoir pénétré jusqu'à l'essence dernière des choses. » Ça résume bien Stinner, non ? Mais avoue qu'au moins il a le courage de ses opinions. J'ai beaucoup apprécié Leila.

— Oui, moi aussi, une fille super ! Je suis content pour Gaétan. Et puis elle a le même âge que lui, pas celui de sa mère.

Pour la première fois, Hubert expérimente l'irritation de Delphine. Il décide de s'éloigner d'elle, de s'allonger sur le sofa du hall d'entrée et de reprendre le fil de sa lecture. L'application par le « Castor » des théories de son compagnon, Jean-Paul Sartre, au genre féminin, attise son intérêt. De même qu'il n'existe pas d'essence de l'homme, Hubert trouve tout à fait pertinent qu'il n'existe pas d'essence de la femme, de rôle social prédestiné. Passé vingt minutes, il se lève et va retrouver sa petite amie dans la cuisine. Il perçoit sur son front une ride d'énervement.

— Ça ne va pas, ma chérie ?

— Non, ça va très bien, Hubert. Tout va très bien. Tout va magnifiquement bien. On a reçu nos amis. On a bien mangé. La salade niçoise était délicieuse. Le poulet très tendre. Tout le monde en a repris. Le vin de Bourgogne qu'on a débouché était merveilleux. Si merveilleux qu'on a ouvert une deuxième bouteille. Tout le monde a bien ri. Tu étais heureux de recevoir tout ce beau monde chez toi. De leur ouvrir les portes de ton domaine comme un châtelain munificent. L'usufruitier du très généreux oncle Georges. C'est pleinement réussi. Et puis tes domestiques se sont surpassés pour que tu profites de ce moment et reçoives même les louanges de tes invités. Ta femme de ménage a passé sa matinée à lustrer les meubles, à passer l'aspirateur dans les moindres recoins et à laver méticuleusement tous les couverts poussiéreux. Ta cuisinière s'est levée aux aurores pour aller au marché puis pour laver et assaisonner la salade, cuire le poulet et les pommes de terre, faire mariner la sauce moutarde et commander les glaces. Ton majordome a passé sa semaine à envoyer les invitations en précisant bien le jour, l'heure, l'adresse, tes coordonnées téléphoniques et en incluant un plan du quartier. Puis il a déchargé tes amis de leurs manteaux à leur arrivée et leur a servi l'apéritif. Tout cet aréopage de serviteurs, aux ordres de leur maître, monsieur le petit prince Hubert de Feuillade, héritier du domaine viticole Feuillade et Grandcolas. Tous aux petits soins pour que Son Altesse champenoise profite pleinement, en grand aristocrate, de la compagnie exquise de ses amis. Et à présent qu'il est repu et que ses invités sont repartis, non sans l'avoir mille fois remercié de tous ces mets divins, il peut jouir du repos mérité du juste, s'allonger dans le canapé du salon et lire, sans aucune ironie, *Le Deuxième sexe*, de Simone de Beauvoir, pendant que son esclave va comme de bien entendu se colleter toute la vaisselle. Et bien non, Hubert. L'esclave qui a trimé toute la journée elle rend son tablier, elle prend ses cliques et ses claques et elle t'emmerde !

Ébaubi, Hubert reste sans réaction quand Delphine prend son manteau et sort en claquant ostensiblement la porte d'entrée. Depuis qu'ils sortent ensemble, c'est la première fois qu'il est témoin d'un tel accès de rage. Il peine à comprendre si celle-ci est due à la présence de Jospeh Stinner ou bien à quelque faute de sa part.

8

Allongé sur son lit, à l'étage, dans la mezzanine, Hubert entend claquer la porte d'entrée vers vingt-deux heures. Très inquiet, il a envoyé une dizaine de textos à Delphine, sans réponse. Il a hésité à téléphoner à monsieur et madame Langmann, mais a préféré ne pas les inquiéter sans raison. Lorsqu'il descend les marches, sa petite amie le regarde à peine.

— Tu étais où ?

— Au cinéma, pourquoi ?

— Ah bon ? Quel film tu as vu ?

— *Le journal d'une femme de chambre*, tu connais ?

— Oui, c'est de Buñuel, avec Jeanne Moreau. Tu l'as vu au Saint-André des Arts ou à l'Espace Saint-Michel ?

— Ni l'un ni l'autre, je suis allée aux Champs-Élysées me changer les idées et voir une comédie. Je ne connais même pas ce film de Buñuel, Hubert. C'était de l'ironie.

Delphine retire son manteau et prend une poire dans le saladier de fruits. Elle jette un œil amer à l'évier où sont empilés les couverts du déjeuner, reposant encore dans leur graisse. Puis elle monte dans la mezzanine, empoigne sa nuisette et s'enferme à double tour dans la salle de bain. Elle en ressort une demi-heure plus tard. Hubert l'attend et pose son livre de Simone de Beauvoir au moment où elle s'allonge à ses côtés, mais de dos.

Il pose la main sur ses hanches, mais elle la retire et éteint son abat-jour.

— Ça va, Delphine ?

— Oui, tout va très bien.

— Tu ne veux pas me dire ce que tu as ?

— Bonne nuit. À demain.

— Tu veux que j'éteigne ma lampe ?

— Fais comme tu veux.

Sans sommeil et perplexe, l'étudiant reprend le fil de sa lecture. Il est admiratif des recherches extensives de la compagne de Sartre et de sa perspicacité. Il abonde dans son sens lorsqu'elle affirme que l'infériorisation des femmes n'est justifiée par aucune essence (il surligne « on ne naît pas femme, on le devient ») et due en grande partie au sexisme des hommes, mais aussi à l'acceptation tacite par celles-ci du rôle subalterne auxquels elles se soumettent. Vers minuit, il pose le volumineux essai sur sa table de chevet et regarde Delphine qui a encore les sourcils froncés bien qu'elle dorme. Il se fait la réflexion qu'elle a de la chance d'avoir pour petit ami quelqu'un d'aussi éclairé que lui-même.

Le lendemain matin, Delphine, qui s'est levée tôt, sort sans mot dire, un croissant en main. Le soir, elle rentre plus tard que d'habitude, mange seulement une pomme et se plonge jusqu'à onze heures dans ses livres et ses notes de cours. Après sa douche, elle s'allonge de nouveau dos tourné à Hubert et s'endort en silence après avoir encore une fois repoussé ses tentatives de caresses. La scène se reproduit à l'identique le surlendemain. Hubert, dont l'érudition et l'intelligence ne suffisent pas à compenser un manque flagrant d'intuition, évacue progressivement ses préoccupations au cours de sa journée de cours. La perspective de reprendre ses joutes tennistiques contre Gaétan le mercredi, maintenant que les beaux jours reviennent, l'emplit aussi de joie. En milieu d'après-midi, comme tous les mardis, il se rend au restaurant proche de la Sorbonne pour poursuivre les travaux de groupe, sous l'égide d'Élisabeth. Quand il monte les marches menant à l'étage, Rachelle est déjà présente et lui sourit. Hubert lui rend son sourire. Sa fraîcheur lui fait du bien. Elle est plus légèrement vêtue en ce mois de mars, son chemisier rouge laissant apparaître une épaule diaphane. Rachelle perçoit qu'Hubert la dévisage sous toutes les coutures et elle en est flattée. Un détail insolite attire l'attention du jeune homme alors qu'il se baisse sous la table pour ramasser le capuchon de son stylo. Rachelle arbore une paire de chaussettes à l'effigie des personnages de dessin animé Titi et Grosminet. Cet aspect infantile de sa personnalité amuse Hubert tout autant qu'elle l'attendrit. Il se dit que séduire cette fille simple serait un jeu d'enfant.

Les débats du jour portent sur des extraits d'un autre ouvrage de Kant, la *Critique de la raison pratique*. Luc commente le texte lu en expliquant avoir compris que le Bien, pour le philosophe allemand, n'est pas une affaire de cœur, au contraire de ce que pensait Rousseau, mais de raison. Thibaut complète son explication en ajoutant que, pour être déclarée morale, une action doit être universalisée, ce à quoi Hannah cite le passage qu'elle a souligné : « que la maxime de votre action puisse être érigée en loi universelle ». Élisabeth demande à ses étudiants s'ils ont un exemple en tête. Benoit explique qu'il est préférable de toujours dire la vérité, d'être honnête avec soi-même et avec les autres, plutôt que de mentir. Sa professeure trouve son exemple tout à fait approprié. Hannah remonte la monture de ses lunettes sur le haut de son nez retroussé (Hubert a remarqué ce tic à chaque fois qu'elle apporte une contradiction), respire profondément et rétorque à son collègue que si les résistants français, pendant la Seconde Guerre mondiale, avaient suivi à la lettre la maxime de Kant quand ils étaient interrogés et torturés par la Gestapo, ils auraient envoyé à une mort certaine la plupart de leurs amis et auraient ainsi collaboré avec l'ennemi nazi. Élisabeth lui confirme que son objection est sagace, mais que, pour Emmanuel Kant, la loi universelle ne peut souffrir aucune exception, car ce ne serait plus alors une loi morale. Lorsque Luc lui demande ce qu'aurait fait l'auteur de la *Critique de la raison pratique*, dans le cas évoqué par Hannah, Élisabeth lui répond qu'il soulève là une question centrale évoquée par la philosophe Hannah Arendt dans son ouvrage *Eichmann à Jérusalem*. Lors du procès que l'écrivain suivit, en tant que journaliste, en Israël, en 1961, le criminel nazi Adolf Eichmann fait étrangement référence à Emmanuel Kant et à *La critique de la raison pratique*, qu'il prétend avoir lue, bien qu'il soit assez limité intellectuellement. Eichmann revendique les préceptes moraux de Kant pour justifier son action. Hannah Arendt note pertinemment que « à première vue, c'était faire outrage à Kant et c'était aussi incompréhensible, dans la mesure où la philosophie morale de Kant est étroitement liée à la faculté humaine de jugement qui exclut l'obéissance aveugle. »

Eichmann avoue ensuite qu'à partir du moment où il est de fait responsable de la mise en œuvre de la solution finale il sait au fond de lui-même qu'il ne suit plus les principes érigés par le philosophe de Königsberg, échangeant la raison pratique pour la volonté de son Führer, Adolf Hitler. Toutefois, Arendt précise qu'« il ne fait aucun doute que, dans un certain sens, Eichmann suivait effectivement les préceptes de Kant : la loi, c'était la loi ; on ne pouvait faire d'exception. » C'est pour cette raison, selon Élisabeth, que la question soulevée par Luc est loin d'être stupide. D'ailleurs, explique-t-elle à son groupe d'élèves, malgré l'admiration profonde qu'elle ressent pour le philosophe allemand, elle a toujours été circonspecte par le positionnement pratique de Kant, exprimé très clairement dans un essai intitulé *Qu'est-ce que les Lumières* ?. Si Emmanuel Kant y rappelle que la devise des Lumières est d'avoir le courage de « se servir de son entendement sans la tutelle d'autrui », en exerçant soi-même son esprit, il aboutit à la conclusion suivante : « *raisonnez autant que vous voulez et sur ce que vous voulez, mais obéissez.* » Cette injonction paradoxale peut tout à fait être critiquée, eu égard aux événements tragiques du vingtième siècle, selon la professeure d'Hubert, et, effectivement, réfléchit-elle à voix haute : « un nazi comme Adolf Eichmann, dans cette acception, pourrait tout à fait se revendiquer des préceptes moraux de Kant et obéir aux lois de sa nation, même si ces lois sont discriminatoires, liberticides et assassines. Ce paradoxe s'explique peut-être par la personnalité à la fois extraordinairement moderne d'Emmanuel Kant concernant la vie de l'esprit, mais très conservatrice eu égard à la vie publique ».

Le débat est captivant. Comme toujours, Rachelle écoute les commentaires de ses pairs en silence, s'efforçant de suivre les méandres des argumentations. Hubert, encore interloqué par l'attitude incompréhensible de Delphine, est anormalement laconique. Élisabeth le remarque et l'enjoint à donner son avis. Il déclare comprendre la logique parfaite de Kant, malgré l'objection avisée d'Hannah, mais il la trouve inopérante. Selon lui, on peut tout à fait avoir un comportement moral irréprochable en société, mais être malgré tout malheureux. De façon inattendue, il évoque un exemple de sa vie personnelle, ce qu'il ne s'autorise jamais en public. Il explique à son enseignante qu'il est attristé depuis quelques jours à cause d'une personne proche de lui bien qu'il respecte scrupuleusement toutes les règles morales. À ce moment précis, Rachelle porte son verre de jus de fruits de la passion à ses lèvres, tout en plongeant son regard dans les yeux noirs d'Hubert. Élisabeth conclut le cours en précisant que si le bonheur n'est pas nécessairement corrélé à la définition de l'action morale kantienne, le but de celle-ci est surtout de promouvoir la paix civile et, en ce sens, elle est justifiée.

Alors que les étudiants et leur professeure quittent le restaurant, Rachelle propose à Hubert une autre boisson. En temps normal, il aurait poliment refusé, mais, en ce jour, il ressent un vif besoin de s'épancher et accepte l'invitation. Il commande une deuxième bière et Rachelle un autre cocktail aux fruits de la passion.

— C'est la première fois qu'on se retrouve seuls tous les deux. Tu sais, Hubert, il y a quelque chose que je dois t'avouer.

Le petit ami de Delphine retient son souffle pendant que le garçon de café sert les boissons.

— Je te trouve incroyablement intelligent.

— C'est gentil.

— Et très séduisant.

Le jeune homme est soudain ému. Sa gorge s'assèche. La bière arrive à propos sur la table.

— Merci. Tu es charmante aussi.

Rachelle rougit. Elle s'en rend compte et est un peu gênée. C'est un trait particulier de son épiderme que de s'empourprer facilement.

— Tu as des soucis en ce moment ?

— Pourquoi tu penses cela ?

— C'est toi qui as dit à Élisabeth que quelqu'un de proche te causait du chagrin.

— Oh, rien de grave. Juste quelques tracas avec ma copine.

— Raconte-moi.

— Je ne veux pas t'embêter avec ça.

— Rien de ce que tu dis ne m'embête Hubert, bien au contraire.

Les préoccupations qui assaillent le petit ami de Delphine depuis sa crémaillère se dissolvent soudain dans les yeux bleu clair de la fille délicate qui lui fait face. Étrangement, il se sent autorisé à lui faire des confidences, comme si son regard bienveillant l'absolvait de tout jugement. Il se lâche et raconte le comportement insensé et mutique de Delphine.

— Si tu veux mon humble avis, tu mérites mieux qu'elle. Si j'étais à sa place, je profiterais de chaque instant avec toi. La vie est trop courte pour se disputer.

— Parle-moi un peu de toi.

— Qu'est-ce que tu veux savoir ?

— Je ne sais pas. Ce que tu aimes. Ce que tu fais.

— J'aime bien flâner, dormir et me lever tard, lire de la poésie et écouter de la musique.

— Quel type de musique ?

— Des chansons, surtout.

— Tu joues d'un instrument ?

— J'aimerais beaucoup jouer du piano, mais je suis trop paresseuse pour apprendre. En fait, mon rêve serait de me réveiller un matin et de savoir jouer automatiquement, sans m'être entraînée.

— Oui, je te comprends. Ça fait huit ans que je joue de la guitare avec assiduité. Ça demande beaucoup d'effort de maîtriser un instrument.

— Tu jouerais un air de guitare pour moi ?

— Si tu veux. Quel air ?

— Tu connais « California dreaming » ? J'aime beaucoup cette chanson.

— Oui, elle est très facile à jouer.

— Qu'est-ce que tu fais vendredi, après les cours ?

— Entre quatorze heures et dix-huit heures, absolument rien, pourquoi ?

— Alors je t'invite à venir prendre le thé chez moi. Ça tombe bien, je serai seule, ma colocataire repart à Reims le vendredi midi. Figure-toi qu'elle a une guitare. Tu aimes le thé ?

— Oui.

— J'ai toutes sortes de thés : au caramel, à la menthe et même au gingembre.

— D'accord pour vendredi. Je t'attends à la sortie du cours ?

— Oui, comme ça je te montrerai le chemin de ma chambre… euh… de mon appartement.

Troublé, Hubert échange son numéro de téléphone portable. En remontant chez lui à pied, il se sent très léger, souriant benoîtement aux passants. La demi-heure qu'il a passée en tête à tête avec Rachelle l'a soulagé d'un poids. À son contact, la vie lui a semblé totalement dépourvue de complications, belle dans sa simplicité nue.

Quand il entre chez lui, Delphine est déjà là, plongée dans ses études. Elle lève à peine les yeux de l'écran de son ordinateur portable et continue à taper son texte. Hubert monte dans la mezzanine et s'allonge sur le lit. Le comportement de sa petite amie lui semble excessif. Tout ça parce qu'il a invité son professeur de psychologie. Il a beau sonder ses souvenirs, il ne voit pas d'autre raison à son courroux silencieux. Il repense à Rachelle. Par contraste avec Delphine, sa personnalité quiète, et même un peu candide, l'attire. Il se demande toutefois s'il a eu raison d'accepter son invitation. Une pointe de culpabilité traverse son esprit soudain plus confus. Il balaie ces pensées nébuleuses quelques secondes après qu'elles l'aient effleuré et se convainc qu'aller boire une tasse de thé chez elle et lui jouer un hymne hippie sont des initiatives somme toute bien innocentes.

Un cauchemar le réveille au milieu de la nuit. Le corps penché au-dessus des multiples cadenas du Pont-des-Arts, il observe impuissant Delphine en train de se noyer dans la Seine. L'eau est étrangement transparente. Elle se débat sur le dos dans une robe fleurie printanière, désespérée, tout en appelant à l'aide Hubert du regard. Il est quatre heures du matin quand ses paupières s'ouvrent, la respiration haletante. Delphine dort et respire normalement à ses côtés. Bien qu'il vienne de ressentir une vive émotion, le jeune homme se rappelle les propos de Joseph Stinner. Ce spécialiste du cerveau a sûrement raison. Le rêve qu'il vient de faire n'a probablement aucune signification, juste des images assemblées de manière aléatoire. Avant de se rendormir, un vieil air résonne dans sa tête. C'était un air que son grand-père, qu'il adorait plus que tout, l'espiègle Marcel Feuillade, chantonnait quand sa grand-mère lui demandait si tout allait bien : « Tout va très bien, madame la Marquise, Tout va très bien tout va très bien, Pourtant il faut, il faut que je vous dise, On déplore un tout petit rien… » Hubert sourit en déterrant cette madeleine de Proust des souterrains de sa mémoire.

9

Hubert s'empresse de contourner le Palais du Luxembourg et ses pavillons massifs. Sa démarche n'est pas celle d'un sénateur, mais plutôt d'un sprinteur. Sac de sport à bout de bras et housse de raquette en bandoulière, le retardataire slalome entre les familles rassemblées autour du bassin et débouche sur l'allée qui donne sur les cours de tennis. Gaétan l'attend, déjà en tenue et en pleine séance d'étirements. L'accolade qu'ils se donnent est plus qu'amicale, fraternelle. Cela fait six mois qu'Hubert n'a plus tapé dans une balle ni pratiqué une quelconque activité physique. L'approche du printemps arrive à point nommé pour raviver leur rivalité sportive. Car tous deux sont des compétiteurs acharnés au niveau sensiblement équivalent. Leur style diffère cependant. Gaétan est un joueur vif et teigneux qui excelle dans le service-volée. Il déteste perdre du temps à préparer laborieusement les points. La tactique n'est pas son fort, au contraire de la puissance. Hubert, lui, n'aime pas être prisonnier du filet. Il préfère travailler son adversaire par de longs échanges de fond de court jusqu'à ce que son opposant rende les armes par un coup droit dévissé, un passing de revers trop bas ou bien une montée à contretemps que le jeune philosophe achève d'un lob jouissif. Cette stratégie plus cérébrale lui sied à merveille. Ce mercredi après-midi, c'est d'ailleurs Hubert qui maîtrise le début de match et l'empressement de son ami à vouloir conclure trop rapidement les points. Il s'assoit satisfait du gain du premier set, six à trois. Mais Gaétan reprend vite le dessus, par fierté autant qu'à cause de la fatigue de son adversaire. Il remporte facilement les deux sets suivants et le match. Hubert n'est pas trop frustré. Il a conscience de l'insuffisance de sa condition physique. Il est surtout heureux de renouer avec une activité qu'il apprécie ainsi qu'avec des rendez-vous plus réguliers avec Gaétan. Pendant qu'ils se désaltèrent sur les chaises en métal, à l'ombre des arbres en fleurs, les deux amis refont le match.

— J'ai eu du mal à me régler au premier set, mais après j'ai déroulé. T'as rien perdu de ta technique, mais, physiquement, ça se voit que t'es un peu rouillé.

— T'inquiète pas, Gaétan, mercredi prochain je serai plus fit.

— En tout cas, ça fait un bien fou de reprendre le tennis. Et de te voir plus souvent aussi. Avoue que jouer au Jardin du Luxembourg c'est plus classe qu'à l'ASPTT d'Épernay.

— Oui, jouer en plein cœur de Paris, c'est le top. On devrait en profiter pour aller à Roland Garros.

— La vente a déjà commencé. Je nous prends des billets pour le premier week-end ?

— Super ! Ça marche. T'imagines voir Federer pour de vrai ? Ou Rafael Nadal, notre idole ?

— Un rêve ! À ce propos, toi qui me fais souvent penser à Nadal, qui ne lâche jamais rien, tu m'as surpris aujourd'hui.

— C'est la reprise. C'est pour ça.

— Oui, d'accord, mais au troisième set tu as un peu lâché. J'avais l'impression que tu étais ailleurs. Quelque chose te préoccupe ? Tes études ?

— Ah non, de ce côté-là tout va merveilleusement bien. J'ai eu les notes de mes partiels, pas une en dessous de dix-sept.

— Y a d'l'eau dans l'gaz avec Delphine alors ?

— Oui, un peu. Je pense que c'est pas trop grave, que ça va passer tout seul. Mais depuis la crémaillère, elle m'ignore. Elle m'adresse à peine la parole, elle est tout le temps plongée dans ses livres et la nuit elle s'allonge, éteint sa lampe de chevet et s'endort.

— Tu dors à l'Hôtel du cul tourné ?

— Bah oui, j'y comprends vraiment rien. Un mystère total.

— Tu sais, Hubert, les filles c'est comme Canal plus. Si t'as pas le décodeur, c'est tout brouillé. Mais qu'est-ce qui s'est passé le jour de ta crémaillère ?

— Je sais pas, rien de particulier, à part la présence du copain de Tristane. Elle l'a pris en grippe. Je la comprends, mais, en même temps, je n'y suis pour rien moi. En plus, elle avait accepté l'idée de l'inviter.

— Mais elle t'a rien dit ? Aucune explication ?

— Si, une fois que vous étiez tous partis elle m'a débité une tirade incompréhensible sur le fait qu'elle était mon esclave, ma domestique. Non, mais, tu me connais Gaétan, y'a pas moins tyrannique que moi.

— Je crois que je comprends mieux à présent. Tu m'excuseras d'être franc avec toi, mais tu es mon meilleur ami et les meilleurs amis doivent se dire la vérité. En fait, tu as toujours été protégé à la maison : ta mère te faisait ton lit, ta chambre, te servait tes repas en cuisinant tout ce que tu voulais et en n'attendant rien en échange. On vient tous les deux de familles aisées, mais mes parents nous ont toujours mis au travail, Tristane et moi, que ce soit pour les tâches ménagères ou bien pour gagner notre argent de poche. Toi, au contraire, tu as grandi comme un petit prince, avec une cuillère en or dans la bouche. Tu sais, Hubert, les temps ont bien changé. Si tu attends de Delphine qu'elle te serve comme madame Feuillade sert ton père, ça va clasher. Une fille comme elle va te planter. C'est sûr et certain.

— Oui, tu as peut-être raison. En fait, ce que tu me dis c'est que, bien que j'aime jouer les modernes, je suis assez conservateur finalement. Ça fait du bien de parler de ces choses-là avec toi. D'ailleurs, y a un autre sujet que je voulais aborder, mais il faut absolument que tu me promettes de ne rien dire à Tristane. Tu sais comment sont les filles entre elles, elles se racontent tout.

— Promis.

— Bon, voilà. En fait, je suis attiré par une collègue de philo. Une étudiante qui s'appelle Rachelle. Elle est tout le contraire de Delphine : simple, un peu hippie, sans maquillage, plutôt limitée intellectuellement, mais assez mignonne et vraiment très sympa. Et surtout, elle me mange des yeux. Elle est raide dingue de moi. C'est flagrant et je dois t'avouer que ça me trouble. Hier, on a pris un pot tous les deux en tête à tête pour la première fois et elle m'a invité à son appart ce vendredi, après les cours, pour siroter un thé et lui jouer un air de guitare.

— Et qu'est-ce que tu lui as répondu ?

— Bah, j'ai accepté. Y a rien de mal à boire un thé et jouer de la guitare.

— Tu m'étonneras toujours, Hubert. Parfois, je me demande comment un type aussi intelligent que toi peut être aussi naïf avec les filles.

— Pourquoi ?

— Réfléchis un peu. Moi je vais te dire exactement ce qui va se passer. Elle va s'asseoir à côté de toi pendant que tu lui joues la sérénade, te couvrir d'éloges qui vont atteindre aisément le cœur de sa cible tout en te caressant la cuisse. Ensuite, elle va t'embrasser et tu ne vas pas résister, c'est compréhensible. Tu vas coucher avec elle. Après, tu vas te sentir au septième ciel sur le chemin du retour, mais dès que tu vas poser les pieds dans ton appartement tu vas être incroyablement nerveux et coupable face à Delphine. Comme elle est hyper intuitive, elle va le remarquer et te mitrailler de questions jusqu'à ce que tu craques et lui avoues ton incartade. En réponse, tu vas recevoir une ou deux gifles de ta petite amie qui va te quitter pour rentrer chez ses parents illico presto. Désespéré, tu vas lui envoyer des dizaines de messages sur son portable, mais rien à faire, elle ne reviendra pas. Du coup, tu vas faire bien malgré toi contre fortune bon cœur avec ta hippie qui va tellement te coller que tu ne la supporteras plus au bout de quelques mois et tu la quitteras soulagé. Profondément désolé, tu essaieras de renouer avec Delphine, mais il sera trop tard, elle aura déjà retrouvé un autre petit ami. Et pour conclure, tu pleureras sur ton sort tous les mercredis après-midi auprès de ton meilleur ami, ce que je préfèrerais éviter si possible.

— Tu sais ce que j'apprécie le plus chez toi, en plus de ta bonne humeur, c'est que tu es toujours direct avec moi, trop parfois, même si je sais que c'est pour mon bien et que tu as souvent raison. Mais tu ne crois pas qu'il soit possible que je couche avec Rachelle et continue ma relation avec Delphine ? Un peu comme une vie parallèle. Ce serait génial.

— Si tu étais quelqu'un d'autre, oui, sans problème. Après tout, tu n'es pas marié ni père de famille et un type comme Stinner y arrive bien, lui. Mais je te connais tellement. Je sais que tu n'en es pas capable et je vais te dire, c'est tant mieux. Franchement, si tu devais choisir entre cette Rachelle et Delphine, qui tu choisirais ?

— Delphine, sans l'ombre d'un doute.

— C'est évident. Elle est en tous points beaucoup plus intéressante que ta collègue, et puis elle te complète vraiment. Elle te fait du bien. Ce serait trop con de risquer de perdre une fille pareille pour un plan cul.

— Tu as raison. Qu'est-ce que tu me conseillerais de faire alors ?

— La première chose sensée, c'est d'annuler ton rendez-vous de vendredi et même de t'éloigner de ta collègue.

— Et pour Delphine ? J'avais pensé lui écrire un poème, ou même mieux, lui composer une chanson.

— Je ne pense pas que ce soit ça qu'elle veut. Décidément, t'as toujours pas compris son message.

— Si, si. Elle me trouve trop gâté et ne veut pas être ma femme de ménage. Mais qu'est-ce que je peux faire ?

— Bah, c'est facile. Cuisine-lui un bon plat pour le dîner.

— Mais je n'ai jamais cuisiné, moi. Même pas un œuf dur. Ça va être complètement raté.

— C'est pas grave, c'est l'intention qui compte. Et puis tu sais, c'est pas bien compliqué. Suffit de suivre une recette d'internet. Elle rentre à quelle heure ce soir ?

— Le mercredi, plus tard, vers vingt heures.

— Il est seize heures, ça te laisse quatre heures pour faire les courses et cuisiner. Et surtout, le plus important, prépare bien la table. Choisis une belle nappe, les plus beaux couverts, allume quelques bougies et sélectionne des musiques bien romantiques, style Nat King Cole. J'ai testé tout ce que je viens de te dire la première fois que Leila est venue dîner à la maison, le soir où ma sœur est sortie au ciné avec Delphine et toi, et ça a été un franc succès. Fais-moi confiance. Elle en vaut la peine Delphine.

Convaincu par les arguments de son ami, Hubert s'attarde un peu près de la fontaine Médicis. Son regard se fixe sur la statue du jeune berger Acis et de la nymphe Galatée, enlacés et surveillés par l'œil jaloux du cyclope Polyphème. René Girard avait raison, pense le jeune philosophe, le désir mimétique existe de tout temps, en tout cas depuis la Grèce antique. Cela lui rappelle que l'action la plus immédiate, mais non moins délicate qu'il doit entreprendre est de contacter Rachelle. Il choisit la messagerie WhatsApp sur son téléphone portable. Rien de mieux qu'une communication informelle pour s'extraire de ce piège. Quelle n'est pas sa surprise de constater que, sitôt son texte envoyé, sa groupie le lit instantanément, comme si tous ses sens étaient en éveil et son désir à fleur de peau, dans l'attente d'un signe de sa part. Bien malgré lui, il est engagé dans un dialogue virtuel épineux.

Rachelle je peux pas venir vendredi dsl

Pk ?

J'ai une copine

Je sais… et alors ?

Je l'aime et je suis fidèle C comme ça

Je te propose juste un thé C tout

Je préfère qu'on prenne nos distances je t m bien, mais je ne suis pas libre

G compris, mais ça me dérange pas que tu aies une copine, je suis ouverte d'esprit, tu sais

Dsl je peux pas bye

😢 😢 😢

Profondément soulagé de s'être aussi rapidement débarrassé de la tentation représentée par cette fille simple et charmante, Hubert envisage la deuxième étape de son plan de reconquête : trouver une recette appétissante pour l'élue de son cœur. Après quelques minutes de pianotage sur internet, il déniche un plat léger et agréable sur la photo : un saumon en papillote. Le site indique la mention « très facile ». Il se dirige à pied vers le métro Odéon, profite du trajet pour visionner la vidéo et mémoriser les ingrédients puis, en débouchant dans son quartier, il s'empresse de faire les courses dans la rue commerciale proche de chez lui, la rue Rambuteau. Sitôt arrivé à son appartement, il effectue la programmation horaire dans sa tête. Il est dix-huit heures. En premier, mettre la bouteille de vin blanc au frais. Ensuite, laver les couverts qui gisent dans le buffet de la salle à manger et dresser la table. Vers dix-neuf heures, garnir les papillotes de saumons, champignons, pommes et tomates coupés en deux, saupoudrer d'ail et d'un filet de citron jaune. Mettre le tout à cuire au four pendant trente minutes (Hubert se sent anxieux, il se rend compte qu'il n'a encore jamais utilisé le four de la cuisine). Pendant la cuisson, prendre une douche, s'habiller comme pour la Saint-Valentin et, cerise sur le gâteau, télécharger les meilleurs succès de Nat King Cole sur son téléphone portable, tamiser les lumières et allumer toutes les bougies possibles. Hubert est fatigué par anticipation de ce scénario romantique, mais, s'il veut que son plan porte ses fruits, il va devoir se surpasser et investir son énergie. Il sait qu'il en est capable. Il se rappelle cette maxime qui est peut-être du philosophe Alain : « le secret de l'action, c'est de s'y mettre. »

À vingt heures, Hubert somnole sur le sofa du hall d'entrée quand il entend le cliquetis d'une clé dans la serrure. C'est Delphine qui rentre de ses cours. Elle est vêtue d'un chemisier blanc du plus bel effet. Le néo cuisinier se relève immédiatement. Le sourire de sa petite amie, à la vue de la table qui brille de toutes ses bougies, dans la pénombre, rassure Hubert : il a réussi son coup. Lorsque l'étudiante en psychologie lui demande ce qui lui vaut cet honneur, si tout cela est dû à une date commémorative qu'elle aurait oubliée, il lui rétorque que non, il avait juste envie de lui faire plaisir, que tous les jours passés avec elle sont des motifs de célébration. Il la décharge de son sac et l'invite à s'asseoir tout en lui servant un verre de vin blanc bien frais. Pendant que la voix suave et grave de Nat King Cole entame « Unforgettable » (si la scène avait lieu dans un film, Hubert se serait certainement moqué du kitsch suprême du décor et de la bande-son), Delphine prend la main de son petit ami dans la sienne et le remercie d'un long baiser. Le saumon en papillote est étonnement comestible et le sorbet final délicieux.

Après le dîner, Hubert reprend sa lecture de *L'Insoutenable légèreté de l'être* pendant que sa petite amie prend sa douche. Le personnage de Tereza a décidé de rentrer dans son pays, la Tchécoslovaquie, occupée par l'armée russe, mais surtout lassée des infidélités de Tomas. À contrecœur, celui-ci emprunte également le chemin du retour vers Prague, bien qu'il sache que ce sera définitif, pour retrouver son Ithaque et sa Pénélope, qu'il aime plus qu'il ne le pensait. Ce passage émeut Hubert. Il admire le courage qu'il a fallu au médecin pour quitter la quiétude et la légèreté de Genève et entamer un chemin de croix très incertain. Il n'a pas supporté la pesanteur qu'est la vie pour Tereza et s'est noblement sacrifié pour la soulager de son fardeau. Hubert pose un instant le roman de Milan Kundera et regarde la fenêtre allumée de l'appartement d'en face où un jeune couple s'embrasse. Il est fier d'avoir résisté aux avances de Rachelle, qui lui rappelle le personnage de Nausicaa, dans *L'Odyssée*, cette jeune fille sensible qui est tombée amoureuse d'Ulysse dès leur première rencontre. Mais il est conscient que, sans les conseils avisés de Gaétan, il aurait sûrement manqué de discernement et succombé aux attraits mineurs de sa collègue. Sa pulsion sexuelle momentanément contrariée n'aurait pas résisté, tout comme le personnage de Tomas. En tant que germanophile, il sait d'ailleurs que le verbe « choisir » vient de l'allemand et signifie, justement, « discerner ».

La voix de la raison de son ami Gaétan a réveillé sa conscience et l'a réaiguillé vers un désir plus profond et supérieur. Tout à coup, sa lampe de chevet s'éteint. Le corps nu et encore humide de Delphine s'introduit sous la couette. Cette offrande si attendue vient récompenser les efforts sincères qu'il a fournis tout au long de l'après-midi. À force de ne penser qu'à sa petite personne, il en avait oublié de s'ouvrir à l'altérité et aux désirs de cette fille remarquable et follement sensuelle. Pour peu, il a failli la perdre, noyée dans les eaux troubles du fleuve de la vie dont les sirènes aux longs cheveux blonds et à la peau diaphane envoûtent les apprentis navigateurs de leurs chants chimériques.

10

Le lendemain, Hubert se rend le cœur plus léger à l'université, réconcilié avec Delphine, mais surtout avec lui-même. Il s'assoit entre Luc et Hannah, plaisante avec Benoît qui leur avoue qu'il n'a pas eu le temps d'étudier les textes d'Élisabeth pour leur travail de groupe, car il est rentré tard du parc des Princes, mais il ne regrette aucunement d'avoir pu admirer les étoiles du PSG que sont David Beckham et Zlatan Ibrahimovic. Il compensera sur son temps de déjeuner. Luc l'inquiète quand il lui déclare que l'heure du déjeuner ne sera sûrement pas suffisante pour appréhender le contenu complexe des extraits, tous issus de la *Critique de la raison pure*. Lui-même a dédié deux heures à essayer de comprendre le raisonnement de Kant, relisant certaines parties trois ou quatre fois. Hannah apostrophe Hubert sur ses traits tirés. S'est-il aussi rendu à un match de football nocturne, ou bien à un concert de jazz ? Le petit ami de Delphine lui répond d'un sourire énigmatique. C'est seulement quand Thibaut s'assoit devant eux et s'enquiert de Rachelle qu'Hubert note son absence. Il en est heureux. Pour rien au monde il ne souhaiterait raviver les flammèches de son attraction.

L'après-midi, il monte quatre à quatre les marches menant au premier étage du restaurant où Élisabeth, Luc, Thibaut et

Hannah sont déjà installés. Il brûle d'envie de partager ses réflexions avec ses pairs et son enseignante. Benoît arrive en retard de quelques minutes. Il s'adresse à Élisabeth, au moment où il pose ses photocopies sur la table et prend place au côté d'Hubert.

— Au revoir.

L'assemblée rit à l'unisson, tout comme la professeure.

— Tu as un rendez-vous Benoît ?

— Non. Excusez-moi, je voulais vous dire bonjour.

Élisabeth demande à Hannah si elle a des nouvelles de Rachelle. Celle-ci lui répond qu'elle vient de recevoir un texto qu'elle ne viendra pas. Elle ne se sent pas bien, mais ça n'a pas l'air trop grave. Élisabeth est inquiète. Malgré sa discrétion, sa présence a été constante depuis le début. Hubert ressent une pointe de tristesse. Son refus sec de la veille a peut-être été plus cruel qu'il ne l'imaginait. Il se dit qu'il a probablement minoré la profondeur des sentiments qu'elle éprouve à son égard. Mais peut-être est-elle juste grippée. Il l'espère.

Hubert commence par narrer la discussion qu'il a eue il y a quelques jours avec Joseph Stinner à partir de l'assertion de Kant concernant les limites de ce qu'on peut appréhender. Tout comme Delphine, son enseignante discorde du point de vue du professeur de psychologie, mais elle lui explique que cette tendance à considérer comme existant seulement ce qui est observable trouve ses racines dans la philosophie anglaise du dix-huitième siècle, appelée « empirisme », et que c'est en partie en réaction au défi proposé par ce mouvement qu'Emmanuel Kant va totalement redéfinir les critères de la connaissance. C'est justement ce dont ils vont débattre au cours de l'après-midi. Pendant que Benoît sirote son diabolo menthe en silence, espérant ne pas être sondé, ses collègues commentent leur compréhension de la question sibylline du philosophe de Königsberg : « Comment les jugements synthétiques à priori sont-ils possibles ? ».

— En fait, si j'ai bien compris, Kant part de la constatation initiale qu'il existe alors deux types de jugements : les jugements analytiques à priori et les jugements synthétiques a posteriori.

— Oui, c'est son point de départ, effectivement Luc. Dis-moi, Thibaut, qu'est-ce que cela évoque pour toi des jugements analytiques à priori ?

— Une connaissance des objets en dehors de toute expérience. Ça me rappelle le ciel des idées de Platon.

— Tout à fait, mais Kant va justement soulever une objection majeure à la page 98 de votre texte. Tu as trouvé le passage Hannah ? Tu veux bien le lire à voix haute ?

— Oui. « La colombe légère, quand, dans son libre vol, elle fend l'air dont elle sent la résistance, pourrait se représenter qu'elle réussirait encore bien mieux dans l'espace vide d'air. C'est ainsi justement que Platon quitta le monde sensible, parce que celui-ci impose à l'entendement de si étroites limites, et qu'il s'aventura au-delà de celui-ci, sur les ailes des Idées, dans l'espace vide de l'entendement pur. Il ne remarqua pas que malgré tous ses efforts il n'avançait nullement, car il ne rencontrât rien qui s'opposait à lui. »

— Très bien Hannah. Comment tu comprends ce passage Hubert ?

— En fait, Emmanuel Kant explique qu'en se réfugiant exclusivement dans le monde des idées Platon s'affranchit des conditions inhérentes à toute connaissance et, du coup, ce qu'il affirme n'est que pure spéculation. Pure théorie. On ne peut pas le prouver.

— Tu te rappelles Thibaut des critères de connaissance édictés par Kant ?

— Oui. On ne peut accéder au monde que par l'expérience, par nos sensations et par les objets particuliers perçus par nos sens. Et ces objets sont obligatoirement situés dans l'espace et le temps. On ne peut pas en sortir.

— Quelqu'un peut donner un exemple ? Hubert ?

— D'accord. Par exemple, j'ai un chat. Il est situé dans l'espace de mon appartement, rue Beaubourg, il a un an et demi et je peux le décrire précisément, la couleur de son pelage, sa taille.

— Très bon exemple. Et ces idées à priori exprimées par Platon, Hubert, comment Kant les nomme-t-il ?

— Des « choses en soi », mais il précise bien qu'elles sont inaccessibles à notre entendement. On ne peut pas accéder à leur vérité, contrairement à ce que pensait Platon.

— Très bien, je vois que vous avez été studieux. Tu suis Benoît ?

— Plus ou moins. Je dois vous avouer que je n'ai pas assez étudié les textes. Je les ai lus trop rapidement.

— Ce n'est pas grave. Tu les reliras chez toi ce soir. Écoute tes collègues. Alors, qui peut expliquer à Benoît ce que sont, au contraire, les « jugements synthétiques a posteriori » ?

— Ce sont toutes les conclusions qui dérivent de l'observation, de l'expérience. Kant cite à ce propos un philosophe, David Hume.

— Oui, très bien Luc. Hume est un philosophe des Lumières, Écossais, contemporain de Kant. C'est le plus important de ce courant anglo-saxon appelé l'« Empirisme », que j'ai évoqué au début de notre réunion. Il part de l'observation du monde et de la constatation qu'il y a des événements qui se répètent. En conséquence, il va effectuer des associations, comme le fait que l'eau bout si elle est placée un certain temps dans un récipient au-dessus d'un feu et il va en déduire une causalité a posteriori. Le fait que le feu cause l'ébullition de l'eau, par exemple. Mais pour lui, il ne s'agit pas d'une certitude, seulement d'une croyance scientifique. Et quelle objection majeure Kant va-t-il opposer à l'empirisme de Hume ? Après tout, cela répond parfaitement aux critères qu'il a établis : l'empirisme porte bien sur des objets particuliers rencontrables dans le monde, dans l'ici et maintenant.

Le silence règne suite à cette interrogation cruciale d'Élisabeth. Seul le bruit de la paille de Benoît aspirant son diabolo menthe est audible. Hubert en profite pour se mettre en avant. Intérieurement, il apprécie pleinement ces moments où tous lâchent prise sauf lui,

— Kant va objecter que si on suit le raisonnement de David Hume et des empiristes, en fait, il est impossible d'arriver à des lois universelles, seulement à des observations subjectives, et donc relatives. D'où sa question de savoir si des jugements synthétiques à priori sont possibles. Son intuition va être d'introduire les catégories de l'entendement, au nombre de douze. Par exemple, là où les empiristes observent la répétition d'un événement, comme dans le cas de l'ébullition de l'eau, et formulent l'hypothèse a posteriori d'un lien de causalité, Kant, lui, va expliquer que la causalité est une catégorie qui est à priori, car, si elle sert bien à relier les phénomènes empiriques entre eux, la causalité précède l'expérience. C'est en cela que des jugements synthétiques, les objets observés dans l'espace et le temps, sont reliés à priori par la causalité, par exemple. En résumé, la cause précède l'effet, contrairement à ce que pensaient les philosophes empiristes.

— Parfait Hubert. Ton explication est très claire. En effet, Kant va redéfinir la connaissance scientifique et, contrairement aux philosophes empiristes, il va rendre possible, en Sciences, la définition de lois universelles et objectives, comme en Physique, à condition que les effets de ces lois soient observables dans notre monde délimité par l'espace et le temps.

— Et pour revenir à la question que j'avais posée à mon invité dimanche, le prof de psychologie cognitive, que répondrait Kant à votre avis ?

— Kant ignorait bien sûr l'existence d'un subconscient, Hubert, et aussi d'un inconscient, même s'il avait déjà l'intuition que l'homme n'est pas cet être transparent à lui-même tel que l'avait décrit Descartes. Cette notion d'inconscient n'apparaîtra en philosophie qu'au dix-neuvième siècle sous la plume de Schopenhauer et de Nietzsche, comme tu le sais. Mais, moi, je répondrais à ton psychologue, en prenant pour appui la théorie de Kant, que l'existence du subconscient précède justement les effets observables de nos comportements. Prenons comme exemple les lapsus. Si vous vous rappelez bien, Benoît m'a saluée aujourd'hui en me disant « au revoir », gêné qu'il était de ne pas avoir assez étudié les textes de Kant au programme, et pressé d'en finir avec notre débat. Si l'on remonte à présent de l'effet a posteriori de son lapsus jusqu'à sa cause, on découvrira une instance à priori qui réprime nos véritables sentiments, mais ne les supprime pas, ce qui explique que ces sentiments sont parfois libérés malgré nous, comme au travers du lapsus, et cette instance à priori c'est justement ce que Freud nomme le subconscient. En fait, quelque part, ton professeur de psychologie fait la même erreur que Descartes en imaginant que les appareils modernes d'imagerie cérébrale sont omniscients en permettant de photographier dans les moindres détails l'activité de notre cerveau. Ce faisant, il réduit la connaissance à sa face visible ou extérieure, a posteriori, donc, et refuse en conséquence d'inclure l'invisible, nos mondes intérieurs qui font aussi entièrement partie du monde pensé et vécu. Bon, nous avons vraiment très bien travaillé aujourd'hui, je suis très contente de vous. La semaine prochaine, on fera une pause, car j'ai un congrès à Fribourg, mais à mon retour on reprendra nos lectures avec un continuateur de la pensée d'Emmanuel Kant, Edmund Husserl.

Hubert repart à pied avec Benoît. Également guitariste, mais plus porté sur le hard rock, celui-ci aime bien explorer avec lui les boutiques de vinyles du boulevard Saint-Michel. Ce jour-là, il est beaucoup plus soucieux que d'habitude. Le débat intense autour de la question des jugements synthétiques à priori lui a même provoqué de forts maux de tête. Hubert le rassure. Il y a un an de cela, à la première lecture, il n'avait lui-même rien compris. Il promet généreusement d'aider son ami. Pour l'instant, la seule aide que Benoît sollicite de toute urgence est celle d'une bonne vieille aspirine. Après s'être quittés, Hubert flâne comme souvent à la librairie Gibert Joseph, et plus particulièrement à l'étage des ouvrages de philosophie. Il apprécie la classification de ceux-ci par grandes périodes et le fait qu'aucun employé ne l'importune quand il les feuillette. Quand il arrive au rayon « Philosophie contemporaine », au bout d'une heure, il se prend à imaginer son œuvre trônant auprès des livres de Sartre, Camus, Foucault, Derrida ou Bergson. Cette pensée l'enivre tel un vin capiteux.

À sa sortie, il hâte le pas. Il est déjà dix-huit heures et Delphine va bientôt rentrer. Il s'est attardé plus qu'il ne le souhaitait. Alors qu'il remonte le Boulevard en direction du Pont-Neuf, il ressent de nouveau une sensation de vertige, mais plus intense que la première fois. Il est même obligé de s'asseoir un moment sur le rebord en pierre de la fontaine Saint-Michel. Ce ressenti désagréable l'effraie, car il a le sentiment de perdre la maîtrise de lui-même, de ses membres et peut-être même de sa tête. Il est apeuré comme un tout petit enfant un soir d'orage. Après quelques minutes, il reprend son chemin, mais l'effet est toujours là, amplifié par une tension soudaine au niveau des tempes. Tout le fait sursauter : les passants qu'il croise, leurs mouvements brusques, les reflets lumineux, les bruits, surtout, des voitures ou des motos, qu'il trouve assourdissants. C'est haletant et la respiration coupée qu'il s'allonge sur son lit une fois chez lui. Passé un certain temps, tous ses symptômes se dissolvent dans la chaleur de son appartement. C'est très étrange. Lorsqu'il se trouve à la Sorbonne ou bien dans son logement, en présence de Delphine, de ses amis et de ses professeurs, il se sent bien. En revanche, la rue et ses quidams parfaitement inconnus perturbent ses sens. C'est incompréhensible. Quand sa petite amie arrive, il ne peut plus se cacher. Elle remarque de suite son trouble et s'assoit sur le rebord du lit.

— Qu'est-ce qui se passe, Hubert ?

— Je ne sais pas. J'ai ressenti des vertiges après mes cours sur le chemin du retour. C'est la deuxième fois que ça m'arrive.

— Quelque chose te préoccupe ? Tes études ?

— Non, non, tout se passe merveilleusement bien.

— Moi ?

— Non, qu'est-ce que tu racontes, je me sens bien auprès de toi. En fait, ça m'arrive toujours quand je suis dans la rue et souvent quand je sors d'une librairie.

— Et maintenant ?

— Maintenant, ça va mieux.

— C'est bizarre. Le mieux serait de passer un scanner. Mais, si on ne trouve rien, je te conseille une analyse. J'ai un très bon psy, si tu veux.

Hubert concorde avec la réalisation d'un scanner dans l'immédiat. L'hypothèse de consulter un psychologue, en revanche, l'enchante moins. Sa lecture de Schopenhauer et de Nietzsche l'a persuadé de l'existence des mondes souterrains, mais il entend en rester à ce constat. Il n'a pas pour projet de les explorer.

11

Le lendemain, Hubert se sent nettement mieux. Le fait de s'être ouvert à Delphine lui a fait du bien. Elle ne l'a pas jugé et n'a pas interprété ses vertiges comme une faiblesse, ce qu'il redoutait un peu. Au contraire, ses conseils pratiques lui ont semblé sensés. Il a déjà fixé un horaire pour scanner son cerveau avec l'espoir de ne rien y détecter de suspect, si ce n'est peut-être une légère excroissance due à sa grande intelligence.

Lorsqu'il prend place dans l'amphithéâtre, pour son cours du vendredi de philosophie allemande, il remarque la présence de Rachelle, en bas sur sa gauche. Elle a donc survécu à sa déception amoureuse. Leurs regards se croisent brièvement, mais elle ne le salue pas. Elle qui n'est jamais maquillée arbore un rouge à lèvres vermeil très voyant, comme si elle l'avait appliqué sur ses lèvres pour la première fois. Elle est assise à côté de Thibaut et converse ostensiblement avec lui avant que le cours ne débute. Celui-ci réagit à cette approche avec une excitation non feinte. Hubert ressent un sentiment mixte de jalousie, mais aussi de pitié, envers son collègue insignifiant qui est, sans le savoir, l'otage de la vengeance froide de Rachelle depuis qu'il a refusé ses avances. Finalement, elle n'est pas si naïve qu'elle en a l'air, comme le prouve son stratagème élaboré d'inoculer en Hubert le poison de la jalousie, le fameux

« monstre aux yeux verts » dont parle Iago dans la pièce de Shakespeare, *Othello*, qu'il a étudiée en terminale.

Hubert doit admettre que cette provocation infantile l'atteint partiellement. Mais lorsque son professeur, le très sentencieux monsieur Rival, annonce que le thème de son cours sera la philosophie d'Arthur Schopenhauer, il oublie instantanément son émoi et s'enthousiasme. La présentation par le conférencier du contenu de l'ouvrage *Le Monde comme volonté et comme représentation* est fidèle à la compréhension qu'en a le maître d'Atma pour qui cet essai volumineux n'a presque plus aucun secret (il l'a déjà étudié et annoté deux fois, dont la version en allemand).

Tout serait pour le mieux dans le meilleur des mondes si l'ignare Blaise, assis au premier rang et désinvolte, comme d'habitude, n'avait l'outrecuidance de critiquer les idées géniales du découvreur de l'inconscient. Hubert se sent visé personnellement par ses attaques impertinentes, ce qui a pour effet de le faire sortir de sa réserve réfléchie pour contester systématiquement chacun des arguments inconséquents de son meilleur ennemi. L'assemblée assiste passive à cette joute oratoire dont le grand vainqueur, à l'applaudimètre muet des regards admiratifs, est sans conteste le natif d'Épernay. Monsieur Rival perçoit l'enjeu de cette inimitié, mais peine à reprendre le contrôle de son cours. Bien qu'il estime sincèrement le père de Blaise, il n'est pas mécontent, au fond, qu'un de ses élèves rabroue brillamment le caquet du fils insolent et l'humilie publiquement, ce qu'il ne peut se permettre en tant qu'enseignant. Il est au fond heureux qu'Hubert projette dans l'amphithéâtre ses propres sentiments contenus. Après une demi-heure de mitraillage soutenu, Blaise rend les armes et se tient coi jusqu'à la fin du cours.

Il est midi quand Hubert se retrouve à discuter dans la cour d'honneur avec Luc, Benoît et Hannah. Rachelle passe en coup de vent devant le groupe d'amis, le temps d'affirmer avec une certaine exagération qu'elle est remise sur pied et se sent incroyablement bien. Elle se dirige vers la sortie de la rue Saint-Jacques avec Thibaut. Après avoir jeté un coup d'œil rapide derrière son épaule dénudée pour vérifier qu'Hubert observe son manège, elle prend la main de son collègue chétif et timide. À la vue de ce geste qui lui est adressé, comme une flèche décochée, et qui ne le laisse pas complètement insensible, Hubert en conclut en son for intérieur que c'est mieux ainsi. Il a choisi Delphine et s'y tient. Il est juste peiné pour son ami, victime innocente de ce règlement de compte, car il sait qu'il va souffrir dans les mains capricieuses de l'amère étudiante hippie quand il découvrira qu'il a été le jouet d'un duel qui ne le concerne pas.

Alors qu'Hubert converse avec ses collègues, Blaise, col relevé, s'approche. Instinctivement, Luc, Benoît et Hannah reculent, laissant leur ami en face à face avec l'étudiant présomptueux. Le moment qu'ils redoutaient s'annonce. La guerre froide installée depuis six mois se réchauffe. Les ogives nucléaires sont sorties.

— Alors, Hubert, t'es content de m'avoir humilié en public ? Ça te fait bander ?

— Détrompe-toi. Ton avis m'est complètement indifférent. Mais je te conseille de lire les textes des philosophes comme Schopenhauer avant d'oser les critiquer.

— Ça, c'est sûr que j'imagine que tu as dû trimer pour comprendre ses idées. Tu sais quelle est la différence entre moi, fils d'un grand philosophe et toi, fils d'agriculteurs ?

— Viticulteurs.

— Peu importe, c'est du pareil au même, c'est la terre. Et bien, la différence, c'est que moi je suis tombé dans la potion magique de la philosophie depuis toujours. Je vis et respire la philosophie et, contrairement à toi, je n'ai pas besoin de m'escrimer pendant des heures pour comprendre les grands concepts, je les ai déjà tous assimilés. Je comprends que ça t'exalte de jouer à l'apprenti philosophe, mais tu ferais mieux de retirer ton masque et revenir à tes vignes, ton habitat naturel.

— T'es vraiment pathétique, Blaise. Au lieu de penser par procuration via les idées de ton père tu ferais mieux de te regarder dans un miroir. Tu y verrais le reflet d'un bouffon.

— En fait, c'est ça ton problème ! T'es jaloux parce que mon père est un penseur célèbre. Et bien, j'en suis fier de mon père philosophe, et, oui, je revendique ma filiation. Tu devrais faire pareil avec ton père cul-terreux.

Le terme « cul-terreux » fait réagir le fils de Louis Feuillade. En attaquant ainsi son père, Blaise, du haut de son intelligence perverse, a touché le nerf sensible de son opposant. Hubert s'avance pour lui décocher un coup de poing bien mérité au visage. Heureusement pour lui, Benoît a été plus prompt à retenir son bras. Pendant que Luc ramasse la pochette en cuir de son ami, abandonnée sur le sol, Hannah s'interpose entre les deux belligérants.

— Non, mais, ça va pas ? Vous avez quel âge tous les deux ? On est à l'université, pas dans une cour d'école.

Blaise s'éloigne, un sourire cynique au bord des lèvres.

— Quand tu sauras le lieu et l'heure du duel, tu me préviens Hubert. Tu préfères le sabre ou le pistolet ?

— Casse-toi, pauvre con !

Blaise sort de la cour d'honneur en ricanant. Luc, Benoît et Hannah, encore sous le choc, entourent Hubert. Hannah le prend par les épaules et l'apostrophe.

— Mais qu'est-ce qui t'a pris ? Tu te rends compte des conséquences si tu avais frappé Blaise ? Heureusement que Benoît a eu le réflexe de retenir ton bras, sinon tu pouvais dire adieu à tes études à la Sorbonne. Avec les contacts qu'il a, Blaise t'aurait détruit, c'est sûr.

La pâleur de Luc, qui exècre viscéralement tout type de violence, aussi bien verbale que physique, contraste avec la rougeur de l'épiderme d'Hubert, effet encore visible de son accès de rage. Lui aussi ne reconnaît pas son ami.

— Hannah a raison, Hubert, tu as pété un plomb. Depuis que je te connais, je ne t'ai jamais vu perdre la maîtrise de tes nerfs à ce point,

Benoît renchérit.

— Tu sais, moi aussi j'ai souvent envie de lui foutre mon poing sur la gueule à Blaise. Je crois même que la majorité des étudiants de première année en a envie. Mais, franchement, les conséquences auraient été telles pour toi, que ça n'en vaut vraiment pas la peine.

Hannah, toujours franche et directe, révèle le fond de sa pensée.

— Blaise t'a attaqué, mais, pour être tout à fait honnête avec toi, tu l'as aussi provoqué en cours en le contredisant systématiquement. Au début, ça m'a fait sourire, mais, au bout d'un moment, j'ai trouvé ton acharnement suspect. Je suis d'accord avec Benoît, on est tous irrités par le comportement de Blaise, mais ce n'est pas pour autant qu'on va l'agresser. Si tu le frappes, tu te rabaisses à son petit niveau. Pire même.

Au fond de lui-même, Hubert concorde avec les arguments de ses amis, surtout Hannah. Il sait qu'elle a raison. Ses provocations étaient gratuites et excessives. Elles ne pouvaient qu'engendrer une riposte. Maintenant qu'il s'est un peu calmé, il se rend compte aussi à quel point sa réaction est en apparence illogique. Il bénit Benoît de l'avoir stoppé dans son élan. Il aurait été capable de rouer Blaise de coups et de le laisser pour mort. Delphine n'a pas tort, pense-t-il, l'espace d'une seconde. Si le scanner prévu ne donne rien, il sera alors peut-être judicieux de commencer une thérapie, et pas seulement à cause des vertiges.

12

Hubert est assis depuis deux heures sur les fauteuils en cuir bleu foncé de l'Hôpital américain de Neuilly. Il attend les résultats de la tomographie qu'il a passée. Du verdict dépend son destin : soit une tumeur au cerveau, soit des années d'analyse. Bien qu'à priori réfractaire à la seconde solution, le jeune homme la choisirait quand même si cela dépendait de lui. Delphine est à ses côtés. Sa bonne humeur surjouée trahit une véritable anxiété. Ses mains se gèlent brusquement quand le médecin aux sourcils broussailleux s'approche du couple. Hubert, lui, est étonnamment calme. L'inconnu est davantage source d'angoisse que la vérité. Le docteur Funest, du haut de son mètre quatre-vingt-dix, tend une large enveloppe contenant les clichés et s'adresse sur un ton grave à l'étudiant.

— Désolé, monsieur Feuillade, mais vous n'avez pas de tumeur au cerveau.

Delphine et Hubert laissent échapper, de concert, un éclat de rire suite à la déclaration du médecin. Celui-ci lève les yeux au plafond et s'en repart d'un pas lourd et fatigué. Delphine affiche un large sourire. Le fou rire qui la poursuit dans les couloirs est autant dû à la nervosité qu'à un soulagement bienvenu. Elle s'amuse à imiter la voix rauque et blasée du docteur.

— Désolééé… monsieur Feuillaaade… mais vous n'avez pas de tumeur au cerveau… c'est tragique n'est-ce pas ?

Elle s'assoit sur un banc, à la sortie de l'hôpital, et saisit son téléphone portable.

— Qu'est-ce que tu fais ?

— J'appelle mon analyste pour fixer un rendez-vous cette semaine. Tu es d'accord, non ?

— Oui, oui. Si tu penses que ça peut me faire du bien, pourquoi pas. Ça ne coûte rien d'essayer.

Il est quinze heures quand Hubert sort du métro Alma-Marceau et remonte l'avenue Montaigne, lundi après-midi, sous un ciel couvert. Il vient de terminer sa journée de cours et est en avance d'une demi-heure sur l'horaire prévu avec le thérapeute de Delphine. Il en profite pour acheter l'Équipe, au kiosque attenant à la station, et se plonger dans la rubrique tennis au premier café du coin. De temps à autre, il lève les yeux de son journal sportif, dont les larges pages débordent de l'aire minuscule de sa table ronde, pour observer les rares clients qui lisent distraitement dans les lignes de leur petit crème l'éternel retour d'un quotidien sans surprise. La voix caverneuse de Léonard Cohen, qui sort des enceintes du bar, entonne une chanson qu'il connaît : « There is a crack in everything, that's how the light gets in » (Il y a une fissure en toute chose, c'est ainsi qu'entre la lumière). L'idée de consulter un psy lui paraît saugrenue. Bien qu'étant toujours en proie à des vertiges, il n'a aucune intention de s'y attarder. Son imagination lui dépeint une représentation d'analyste freudien mutique et hautain, corseté dans un costume-cravate sombre, les yeux cerclés de lunettes rondes, un cigare fumant reposant dans un cendrier antique.

À quinze heures trente précises, il se présente devant la façade d'un bel immeuble ancien d'une rue perpendiculaire à l'avenue de Montaigne et compose le code d'entrée d'Alain Lebon : 7 – 4 – 3 – 1. Lorsqu'il sort de l'ascenseur exigu, au septième étage, celui-ci l'attend sur le palier de son appartement. Le premier contact avec le thérapeute est chaleureux. Hubert s'attendait à quelqu'un de supérieur, ce que son vaste appartement situé dans un quartier bourgeois proche des Champs-Élysées pouvait laisser imaginer. Il est au contraire face à un homme d'apparence simple, habillé d'un gilet bleu ciel, la soixantaine, le regard bienveillant et souriant, à des années-lumière de l'archétype de praticien qu'il avait imaginé. Alain Lebon montre à Hubert le chemin de son bureau et le met tout de suite à l'aise. Pas de divan, mais une belle bibliothèque en bois emplie d'ouvrages qui ne sont pas décoratifs. Un détail de son mobilier attire tout particulièrement l'attention du nouveau patient : une table de jeu carrée, avec un tapis vert, que le psychologue monte devant lui pour commencer la séance. Ce modèle de table démontable est identique à celui que possédait feu son grand-père paternel, et sur laquelle il a abattu tant de cartes, enfant, pour jouer avec Marcel Feuillade et son père à la belotte ou au tarot. Ce lien invisible le reliant à une époque bénie, mais révolue, contribue à diminuer sa résistance initiale.

Accueillant, le thérapeute prépare un thé au caramel avant de commencer la séance. Il pose quelques questions d'ordre informatif puis va droit au but en demandant à Hubert pour quelle raison il vient le consulter. Cette question, autour de laquelle l'étudiant tournait depuis des semaines, mais sans oser la formuler dans toute sa simplicité, il ne se voit pas y résister à ce moment. Mis en confiance par l'attitude accueillante de son nouvel analyste, il lui déclare qu'il ne se sent pas bien, qu'il a des vertiges constants qui le rendent extrêmement nerveux et qu'il n'en comprend pas l'origine. Sans aucune arrogance, et avec un ton chaleureux, Alain Lebon assure à Hubert qu'il fera tout ce qu'il peut pour l'aider, mais qu'ils traceront ce chemin ensemble, enjoignant ainsi le jeune homme à assumer sa part de responsabilité, qui est tout simplement la responsabilité de mener sa propre vie.

Il présente ensuite la méthode qu'il suit, ce qu'Hubert trouve à la fois rassurant et honnête. Il lui avoue qu'il l'a lui-même expérimentée, avec bienfait, en analyse avec son concepteur, quand il était un jeune adulte désorienté, qu'il la pratique toujours et qu'il espère sincèrement qu'elle pourra l'aider. Connaissant, certainement par Delphine, le penchant d'Hubert pour les grandes théories, il lui précise toutefois que la compréhension intellectuelle n'est pas le but de son analyse, juste un moyen pour mieux se connaître et mener en conséquence une vie profondément satisfaisante. Quand Alain Lebon lui explique que le travail qu'ils vont effectuer ensemble, s'il l'accepte, n'a pas seulement un aspect thérapeutique, mais aussi existentiel, au sens philosophique du terme, il dérobe définitivement les ultimes remparts de la forteresse imaginaire qu'Hubert avait construite.

Celui-ci est tout ouïe et absorbe les explications au sein d'un dialogue constructif. Il redoutait fortement de parler tout seul, pendant une heure, de son enfance et de ses parents, à la recherche laborieuse d'un éventuel traumatisme originel, mais c'est tout l'opposé qui se produit. Monsieur Lebon est loquace, tout en étant à l'écoute, et il s'intéresse surtout au contexte présent de ses troubles. Il est aussi explicatif. Sa description du fonctionnement de l'appareil psychique passionne Hubert. S'il connaissait les concepts de refoulement et de subconscient, grâce à sa lecture éparse de Freud, la découverte de l'existence en lui, comme en tout homme, d'une instance que le psychologue nomme « surconscient » est nouvelle à ses yeux. Il se rappelle alors sa première conversation avec Delphine, au restaurant « Les Promesses de l'Aube », et de l'image qu'elle avait utilisée de la recherche d'une station de radio comme voix de la raison. Le surconscient, lui explique Alain Lebon, est une expression évoluée de l'instinctivité animale, un flair intuitif qui guide les êtres humains vers une satisfaction authentique. Il est en cela opposé au refoulement du subconscient et c'est la tâche ardue de la conscience de séparer ce bon grain de l'ivraie, ce que permet, entre autres, la traduction des rêves.

Hubert en profite pour révéler justement au thérapeute un cauchemar qu'il a fait la veille et qui est encore frais dans sa mémoire. Il se trouve sous l'Arc de Triomphe, il fait beau. Il descend les Champs Élysées, un grand ouvrage en main, puis les marches de la station Invalides (ce qui est un premier illogisme, comme le lui fait remarquer son analyste). Les couloirs du métro sont dans la pénombre. Lorsqu'il débouche sur les quais, il se trouve nez à nez avec son meilleur ennemi, Blaise, vêtu d'une queue de pie noire, chemise rouge ouverte sur le torse, col relevé, cheveux sculptés en pointes. Son rire sardonique provoque Hubert. Il cherche à le fuir, mais sa silhouette fantomatique se campe invariablement face à lui. Lorsque, de sa voix sépulcrale, il scande ostensiblement le mot « cul-terreux », Hubert devient furieux. L'étudiant, désormais affublé d'un long manteau en cuir noir, comme le héros Neo, du film « Matrix », affronte dans un combat aérien le terroriste Morpheus auquel Blaise prête les traits disgracieux de son visage. Alors qu'Hubert s'abaisse pour ramasser son livre, qui est tombé sur le sol, Blaise lui assène un coup de pied dans le dos qui le fait tomber sur les rails. Il se relève juste à temps pour remonter en quatrième vitesse sur le quai et éviter d'être écrasé par un train lancé à toute vitesse. Hubert cherche du regard Blaise, mais il a disparu. Des dizaines de vipères noires rampent soudain depuis les rails du métro. Effrayé, Hubert empoigne son livre gisant sur le sol, ouvert à des pages blanches et au titre évocateur : « Le Monde comme *vanité* et comme représentation ». Il court vers un escalier en spirale situé en bout de quai. Il monte les marches quatre à quatre et débouche dans un couloir fluorescent. En s'échappant, il bute sur un mendiant aveugle, allongé à même le sol. Il se relève en boitant et parvient finalement tant bien que mal à la sortie de la station Voltaire, sous un orage spectaculaire.

Pendant qu'Hubert narre, avec une émotion encore vive, son rêve, Alain Lebon couche quelques notes ou idées sur un calepin. Les quarante minutes suivantes vont être dédiées à la tentative conjointe de traduction du cauchemar. La pertinence des observations du thérapeute subjugue son jeune patient. À partir des éléments de la réalité évoqués par Hubert, ainsi que des expressions langagières utilisées, Alain Lebon transpose le contenu du rêve sur un plan symbolique et reconstitue avec précision tout le paysage psychique, à la fois familier et secret, du petit ami de Delphine. Démasqué, celui-ci parvient à rire de lui-même et de ses parts d'ombres, dont il aurait pourtant eu honte si elles avaient été exposées sur la place publique. Surmontant ses préjugés initiaux, il comprend que tout fait sens dans son rêve qui se présente comme une arène où deux voix s'affrontent dans un langage énigmatique : la voix perturbante du subconscient, réceptacle des désirs refoulés, car dérangeants, et la voix authentique, conforme au désir naturel d'harmonie, du surconscient.

Tout est en effet symbolique dans ce film nocturne où mythologie personnelle et ancestrale sont intriquées. Les lieux, menant le héros d'une gloire fantasmée (Arc de Triomphe,

Champs-Élysées) à une angoisse sourde et réprimée (la station Invalides, le monde souterrain du métro). Les éclairages et le climat alternant entre de beaux rayons de soleil initiaux vers la pénombre, puis des lumières fluo artificielles pour éclater en un orage final. Les personnages : le diabolique Blaise possédant le don d'ubiquité et terrorisant Hubert dans un duel aérien d'apprentis philosophes ; le mendiant aveugle, comme Œdipe à la fin de la tragédie de Sophocle, faisant chuter le jeune étudiant dans sa fuite irrépressible.

Surtout, Hubert entrevoit, au travers de cette traduction éclairante, menée conjointement avec Alain Lebon, l'origine de son exaltation, de son vertige. La gloire imaginaire qu'il s'octroie gratuitement est mise en lumière par le titre de l'ouvrage aux pages encore vierges qui lui échappe des mains : « Le Monde comme *vanité* et comme représentation ». Si Hubert est un étudiant doué et assidu, sincèrement passionné par la philosophie, Alain Lebon insiste sur le fait, mis au jour par son propre rêve, que l'immense bond imaginatif qui l'amène aux portes d'un génie intellectuel précoce et révolutionnaire censé le représenter (Schopenhauer) relève de l'absolue vanité, au sens de ce qui est vain, insensé. Cet aspect, comme lui explique le psychologue, est d'ailleurs renforcé par le symbole très ancien des serpents. Ces reptiles, présents dans les mythologies de tous les peuples d'Orient, qui rampent, invisibles, à même le sol, et sont incapables d'élévation, susurrent pourtant aux oreilles des hommes les promesses les plus folles, comme dans le mythe du jardin d'Eden. Mais prendre leurs promesses venimeuses pour la réalité est un danger mortel pour l'âme, comme l'est du reste souvent leur morsure dans le monde réel. Peut-être qu'Hubert écrira un jour un ouvrage de philosophie, lui explique Alain Lebon, s'il en la capacité et le désir, mais son ambition vertigineuse de poser actuellement au génie est plus que suspecte, elle est source d'une profonde angoisse. La conclusion du rêve, où Hubert parvient à sortir des méandres subconscients du métro, même sous un ciel orageux, est porteuse malgré tout d'une bonne nouvelle. La station Voltaire, tout en rappelant l'aspect candide du jeune homme, l'invite à cultiver son jardin.

En écoutant le psychologue, dont le ton de voix est à présent plus sérieux, Hubert se remémore les sensations éprouvées, ces derniers temps, lorsqu'il fréquente les librairies du Quartier latin, et comment une euphorie initiale, provoquée par la manipulation des livres, engendre systématiquement un malaise, dans la rue, à la vue des passants qu'il toise de son arrogance de faux écrivain. Cette introspection méthodique qu'il vient de pratiquer, avec l'aide du thérapeute, n'est pas sans désagrément. Il n'est pas aisé d'ôter le masque d'illusions sur sa propre personne. Mais Hubert se dit que la connaissance de soi-même est à ce prix, celui du courage lucide de sortir de sa caverne et d'oser chercher la vérité sur soi-même.

L'aspect le plus douloureux de la traduction de son rêve a été d'admettre, in fine, que le personnage honni de Blaise n'est pas tant l'être réel que le défaut qu'il a en partage avec lui : qu'on l'appelle présomption ou orgueil. Oui, il existe malheureusement un Blaise tapi en lui.

Hubert sort de l'immeuble du psychologue vers dix-sept heures, après une séance d'une heure et demie. Les nuages gris ont laissé la place à un ciel dégagé et à une belle lumière de printemps. Quelques employés municipaux s'affairent encore. En les regardant travailler, le jeune homme a l'impression que son esprit confus a également été balayé. Il se sent revivre enfin, sans trouble physique ou émotionnel, ayant tout simplement retrouvé l'espoir et le fil de son existence. Il se doute, bien sûr, que sa grande vanité, momentanément débusquée et chassée de son esprit, sera de nouveau présente à son réveil et que de nombreuses séances d'analyse seront nécessaires pour la surveiller et déjouer ses tours de passe-passe. Mais il possède à présent la clé qui n'est autre que le regard intérieur. En remontant l'avenue Montaigne, Hubert a pleinement conscience que la porte qu'Alain Lebon lui a ouverte est davantage que celle d'un cabinet d'analyste. C'est une porte ouverte sur l'océan mystérieux de la vie.

Delphine est déjà là quand l'étudiant arrive chez lui. Il se montre enthousiaste et remercie sa petite amie de l'indication de son psychologue, dont il a apprécié la chaleur et l'humanisme. Comme il le déclare : « Alain Lebon, c'est plus qu'un thérapeute ». Delphine en est contente, mais, au fond d'elle-même, elle savait que le duo allait s'entendre. D'ailleurs, elle ne l'interroge pas sur sa séance. Le simple contentement de son amoureux suffit à son bonheur. Après le dîner, celle-ci prête à Hubert l'un des ouvrages majeurs du mentor de son analyste, le psychologue Paul Diel. Le jeune homme commence par consulter la notice biographique. Il aime se renseigner sur la personne réelle avant de lire son œuvre (exception faite d'Emmanuel Kant, dont la morne vie quotidienne, réglée comme un coucou suisse, fut aux antipodes de l'intensité de sa pensée). Contemporain de Freud, Paul Diel a d'abord été philosophe autodidacte de formation, ce qui explique les accents existentiels des propos d'Alain Lebon. Français, mais d'origine autrichienne, il a donc connu, à Vienne, au début du vingtième siècle, l'un des foyers intellectuels, artistiques et scientifiques les plus remarquables d'Europe. La psychanalyse y naîtra. Ce foyer viennois brillera de mille feux avant de s'éteindre à cause de la guerre et de la crise économique. De multiples aspects attirent donc Hubert vers la pensée de ce psychologue : la philosophie, Vienne, la culture de langue allemande et la naissance de la psychanalyse.

Il entame le livre clé de Paul Diel, *Psychologie de la motivation*, vers vingt-et-une heures, à la table de la salle à manger, cahier de notes à proximité et stylo en main. À la rituelle tasse de thé nocturne succèdent vite quelques cafés frappés. À l'exception d'une courte pause, pour retrouver Delphine dans la Mezzanine, avant qu'elle ne s'endorme, l'étudiant va veiller jusque cinq heures du matin, plongé dans la lecture réjouissante des plus de quatre cents pages de l'ouvrage. Atma, couché à même la table, accompagne les découvertes d'Hubert de son regard énigmatique. De temps en temps, il lui enjoint de jouer avec lui, d'un petit coup de patte ou d'une morsure, mais il se résigne finalement à l'immobilité devant l'extrême concentration de son maître.

Sa lecture achevée, celui-ci relit quelques-unes de ses notes éparses.

« La situation de l'homme dans la vie se laisse ainsi définir : le trait distinctif de la vie animale et de la vie humaine, l'intellect, est une forme intermédiaire entre le moyen d'orientation de l'animal (l'instinct) et le moyen d'orientation humaine le plus évolué (l'esprit surconscient) qui lui-même doit devenir conscient. L'homme a perdu la sûreté instinctive (ce qui est la cause de son effroi) et doit chercher la sûreté spirituelle qui ne se trouve que dans la vérité légale. Par l'instinct, l'animal est adapté aux exigences inéluctables de son ambiance ; par l'intellect, l'homme modifie l'ambiance, il l'adapte à ses besoins (ce qui inclut le danger de l'exaltation des besoins) ; par l'esprit, l'homme doit adapter ses besoins, non plus à l'accident ambiant, mais à la légalité, au sens, à l'essence de la vie. »

« La joie de la vie est le sentiment de la force vitale en pleine action, du désir essentiel en libre fonction. Elle est la sensation de l'élan vital dont l'homme est animé, qu'il doit déployer et faire évoluer. L'élan de la vie déployé et évolué deviendra le contraire de l'exaltation malsaine : l'enthousiasme à l'égard de la vie, la joie la plus intense, le sentiment d'avoir satisfait la vie et d'être satisfait par la vie. C'est la réussite essentielle, le sort intérieur, indépendamment du sort accidentel et extérieur, sort dont l'homme est le maître ou devrait l'être. C'est la responsabilité devant la vie. »

Voilà un horizon qui ne parle pas seulement à l'intellect du jeune philosophe, mais à toute son âme. Quand il monte se coucher pour les quelques heures qu'il lui reste à dormir, Hubert se fait la réflexion, tout en observant le corps ensommeillé de sa petite amie, qu'il y a des moments dans l'existence qui séparent la vie en un avant et un après. En ce qui le concerne, Hubert identifie clairement trois événements : sa découverte de l'inconscient sous la plume d'Arthur Schopenhauer, grâce au cours de son professeur monsieur Rivière, sa rencontre avec Delphine au restaurant « Les Promesses de l'Aube », puis, au bout de cette nuit, son introduction à la psychologie des profondeurs et à la possibilité d'exploration de ses mondes souterrains. Ces trois moments sont d'ailleurs étroitement corrélés. L'œuvre de Schopenhauer aguillera Hubert vers la Sorbonne et la ville de Paris, où il rencontrera opportunément Delphine, laquelle lui entrouvrira les portes de l'exploration psychologique.

13

Hubert continue à se rendre une fois par semaine, tous les lundis après-midi, à l'appartement d'Alain Lebon, avec l'enthousiasme juvénile d'un chercheur d'or. La découverte conjointe d'une pensée singulière, ayant le goût de la vérité, et de la possibilité d'une introspection méthodique de son propre inconscient, éclaire un nouveau chemin qui associe compréhension du monde ambiant et du monde intime. Formulé en langage philosophique, unification de l'objet et du sujet. Paul Diel et son disciple, Alain Lebon, prolongent l'intuition fondamentale d'Arthur Schopenhauer concernant l'existence d'une force mystérieuse et d'arrière-mondes qui affectent l'homme, souvent à son insu, et le rendent fréquemment étranger à lui-même, mais en démontrant, contrairement au philosophe, qu'une exploration de ces paysages extraconscients est envisageable.

Au fil des séances, Hubert surmonte ses préjugés initiaux concernant la psychologie et se laisse guider par son analyste dans le dédale de son subconscient. Ses désirs obscurs, et parfois ressentis comme coupables, sont extraits de leur singularité et replacés dans le flux universel de ce qui est simplement humain. Il est plus aisé de supporter la vue d'une défaillance partagée, et en premier lieu par Alain Lebon lui-même, qui n'hésite jamais à avouer, avec une pincée d'humour, des pensées ou actes similaires à ceux de l'étudiant, afin de faciliter la délibération de celui-ci sur ses propres errements. De façon originale, ce type de thérapie est une co-construction créative et dialoguée, une introspection à deux. Hubert apprécie hautement l'empathie et l'intérêt sincère dont fait preuve son analyste pour ses confusions et ses angoisses. Mais il apprécie davantage encore l'exigence de lucidité que le psychologue attend de son jeune patient. En tant qu'admirateur de Socrate, celui-ci n'en attendrait pas moins. Surtout, Hubert ressent physiquement le bienfait du travail introspectif et il ne le vit pas comme un jeu intellectuel, mais comme un réflexe à portée pratique et un enrichissement de sa vie, de la vie.

La médiation de Delphine renforce le sentiment de gratitude qui le lie à son amoureuse et l'admiration croissante qu'il lui porte. Il s'effraie parfois à l'idée qu'il aurait pu la perdre, par négligence égocentrique. Depuis sa vive réaction post-crémaillère, Hubert est attentif à prendre sa part des tâches domestiques, même si cela lui coûte un effort qui lui est inhabituel. Lorsqu'il renâcle inconsciemment, Delphine lui rappelle ses obligations, mais avec humour cette fois, comme un dimanche soir où, absorbé par une méditation déclenchée par un beau coucher de soleil, pendant que sa petite amie finissait de laver les couverts accumulés du week-end, celle-ci lui lança, en même temps qu'une serviette : « Je pense, donc j'essuie ». Il n'eut cependant pas l'occasion de cuisiner à nouveau un dîner romantique. L'énergie que ce travail herculéen avait exigée de lui n'étant pas disponible à chaque semaine.

Grâce à l'analyse, sa vanité intellectuelle démasquée libère de nouvelles forces pour le monde réel de ses études. Il se surprend même à moins s'irriter des provocations futiles de

Blaise pendant les cours. Parfois, les élucubrations du fils prodigue en inepties se présentent à ses oreilles comme un vulgaire bruit de fond, un simple bourdonnement au dard inoffensif.

Hubert note que, depuis quelques jours, Thibaut évite Rachelle qui, en conséquence, se tient éloignée du groupe de ses amis. Ceux-ci s'interrogent sur l'origine de cette brouille qu'ils espèrent passagère. Le petit ami de Delphine connaît, lui, le secret de cette inimitié récente. Ses prédictions, qui ne nécessitaient aucun don oraculaire, se sont révélées correctes. Il aurait envie de révéler la supercherie à l'inexpérimenté Thibaut, mais il sait que cela ne ferait que rajouter de l'humiliation à sa souffrance. Sans compter qu'Hubert est suffisamment éclairé à présent pour deviner qu'une telle révélation serait davantage motivée par l'exhibition d'un pouvoir de séduction personnel dont son ami est totalement dépourvu. Il est plutôt mû par un sentiment de pitié envers Thibaut, d'autant que la perfidie de Rachelle, mêlée à sa grande carence affective, la pousse à flirter avec un autre étudiant tout aussi falot sous ses yeux. Au fond de lui-même, Hubert ressent une pointe de culpabilité d'avoir entrouvert une fenêtre aux illusions sentimentales de Rachelle et de s'être empressé de la refermer définitivement. Il s'étonnerait presque que son propre physique avantageux et son brio séduisent ses collègues. Même la très intellectuelle Hannah, dont la relation est amicale, lui lance par moments, malgré elle, des regards prolongés qui ne doivent pas être uniquement causés par sa myopie prononcée. Hubert trouve presque dommage d'être déjà tombé amoureux à l'aube de sa vie adulte. Il ne lui déplairait pas de papillonner, mais il sait que son ami Gaétan a raison, il n'a pas l'âme d'un Don Juan.

Les réunions organisées par Élisabeth continuent sans Rachelle. Hubert les attend avec l'impatience de l'apprenant qui cherche à s'abreuver à un nouveau nectar, parfois plus exaltant que les précédents, parfois plus aigre. Ces débats suivent invariablement trois étapes. Benoît décroche souvent à la fin de la première. Luc et Thibaut, plus studieux, accompagnent les discussions sur les textes qu'ils ont scolairement annotés et parviennent à rendre compte correctement des grandes idées qu'ils ont découvertes. Mais seuls Hubert et Hannah atteignent la troisième et dernière étape, au cours de laquelle ils décrivent avec précision l'aspect le plus original de la pensée étudiée, en montrant en quoi celle-ci se démarque des travaux antérieurs, mais aussi en identifiant très clairement quel est l'apport singulier du philosophe de la semaine dans l'histoire de la connaissance. Cette joute finale, vivifiante entre les deux étudiants, reste tout amicale, mais chacun attend que leur professeure indique implicitement un vainqueur en conclusion.

Le dernier mardi, c'est indubitablement Hannah qui a le mieux percé l'originalité de l'apport d'Edmund Husserl à la critique de la connaissance. Il faut dire qu'Hubert n'avait pas étudié autant que d'habitude le concept de la phénoménologie transcendantale théorisée par le philosophe allemand, pris qu'il était par la découverte de la psychologie des profondeurs. C'est Hannah qui commenta que celui-ci, à l'origine mathématicien et soucieux d'apporter un fondement scientifique à la recherche de la vérité, reprit le chemin du doute radical inauguré par Descartes. Ce mardi, elle expliqua brillamment le projet de Husserl de dépasser le principe de la réalité d'une pensée subjective pour Descartes, d'une connaissance empirique toujours relative chez Hume et enfin du concept d'une connaissance à priori d'une réalité sensible bornée dans l'espace et le temps, et ne s'appréhendant que dans l'expérience, chez Kant. Hubert se remémore clairement l'épiderme empourpré de son amie lorsqu'elle conclut le combat d'une balle de match définitive en expliquant cette citation du créateur de la phénoménologie : « connaître, c'est accéder à la transcendance par l'immanence. » C'est accéder à des valeurs qui nous dépassent, mais ancrées dans notre expérience, dans l'ici et maintenant. Connaître, selon sa camarade de classe, ce n'est pas seulement construire une représentation d'une réalité limitée, comme l'affirmait Kant, mais c'est aussi appréhender les phénomènes, de l'ordre de la perception, par l'intentionnalité, ce que Husserl nomme un « vécu intentionnel ». Les éloges d'Élisabeth étaient amplement mérités. Par ses arguments pertinents, Hanna a même levé, ce jour-là, le voile qui filtrait la compréhension incomplète d'Hubert. En vaincu magnanime, celui-ci offrit à son amie une deuxième bière.

Mais si l'orgueil de l'apprenti philosophe accepte de bon cœur une défaite en finale de temps en temps, il redouble de travail studieux, les jours suivants, pour prendre sa revanche avec panache. Pour préparer le débat du jeudi suivant, il se plonge avec enthousiasme dans l'étude de textes d'Henri Bergson, exact contemporain d'Edmund Husserl (ils naquirent la même année). Les écrits, qu'il découvre, de ce prix Nobel de littérature, le subjuguent au-delà de ses espérances initiales. C'est Hubert qui explique le mieux, lors du débat collégial, la pensée du philosophe français et sa théorie de l'évolution créative. Bergson va discorder d'Emmanuel Kant sur le fait qu'il n'est pas possible de connaître directement la vérité et que des objets sont au-delà de nos capacités d'appréhension (interrogé par Élisabeth, Luc rappelle que c'est ce que le philosophe allemand nomme la « chose en soi »). L'auteur de *L'Évolution créatrice* va identifier deux voies d'accès à la connaissance. La première voie est la « connaissance relative », qui est la connaissance à partir de notre perspective particulière et qui utilise pour cela l'observation et l'analyse logique, comme l'affirmait Kant. La deuxième voie est la « connaissance absolue » qui est une connexion directe avec l'objet de connaissance. Cette connaissance absolue utilise une autre faculté, qui est l'intuition, et qui est reliée à ce que Bergson nomme notre « élan vital » qui permet d'accéder à l'essence des choses. Celui-ci reprochera à Kant d'avoir négligé l'importance de la faculté d'intuition qui est, pour le philosophe français, immanente à la vie même. Le regard d'Élisabeth annonce sans l'ombre d'un doute le vainqueur du jeudi, qui n'est autre que l'habitant de la rue Beaubourg. La semaine se termine donc sur un score de parité entre les deux amis rivaux :

Hannah-Husserl : 1 – Hubert-Bergson : 1.

En rentrant chez lui, Hubert prolonge pour lui-même ce débat passionnant. Delphine l'a prévenu qu'elle sortirait avec Tristane et rentrerait tard. Après avoir consacré une demi-heure à jouer avec Atma, jusqu'à ce que celui-ci le morde pour lui signifier qu'il veut qu'on le laisse à présent tranquille, il étudie un texte du psychologue Paul Diel, d'inspiration philosophique, intitulé *Science et foi* et indiqué par son beau-père, le chercheur David Langmann. Il y retrouve, exprimée autrement, l'intuition bergsonienne. Diel évoque deux types de causalité. La première est ce qu'il nomme la « causalité accidentelle » qui recoupe la « connaissance relative » décrite par Bergson. Cette causalité est appréhendée par le calcul logique, l'observation et l'expérience. La deuxième causalité est la « causalité essentielle » qui, comme la « connaissance absolue » théorisée par Henri Bergson, fait appel à un autre type de calcul que le psychologue nomme

« calcul analogique » basé également sur l'intuition. C'est ce deuxième type de calcul qui permet de connaître les propriétés des objets et le rapport entre les objets, autrement dit les lois. L'intuition scientifique de Newton, par exemple, qui découvre une propriété commune à tous les corps, l'attraction, découle de cette vision analogique intuitive que Bergson appelle « élan vital » et Diel « désir essentiel ». En tant que psychologue, l'ambition de Paul Diel est de démontrer que ce calcul analogique intuitif ne permet pas seulement de connaître les lois du monde extérieur, comme la physique le prouve, mais tout aussi bien la légalité du monde intérieur, de la psyché. S'il abonde avec la critique émise par Bergson que Kant a négligé cette « connaissance intuitive » des choses, cette « causalité essentielle », Paul Diel est redevable dans ses écrits à l'auteur de la *Critique de la raison pure* de reconnaître qu'il y a des limites infranchissables par la raison humaine en raison de son mode de fonctionnement. Kant a ainsi fait une place centrale au mystère de l'existence, mystère qui incline les hommes à s'émerveiller devant la légalité universelle du monde extérieur aussi bien que du monde intérieur : « Le ciel étoilé au-dessus de notre tête et la loi morale dans notre cœur. »

Hubert pose l'essai sur la table de la salle à manger et, tout en observant son chat occupé à sa toilette, sur le sofa, il réinterprète pour lui-même, dans son propre langage, sur son calepin fétiche, le concept d'Husserl de transcendance dans l'immanence. Il existerait donc des lois du monde intérieur, des lois transcendantes aux individus, en ce sens qu'elles valent pour tous, indépendamment des contextes particuliers, comme le processus du refoulement théorisé par Freud. Ces lois relèvent d'une imagination intuitive analogique présente dès les débuts de l'humanité et elles sont reliées au monde naturel par une

« pulsion évolutive » qui, comme l'écrivait Spinoza, pousse les êtres à « persévérer dans leur être ». La différence fondamentale avec le « ciel des idées » de Platon est que ces lois ne sont pas indépendantes du monde sensible, mais sont justement découvertes au sein de l'expérience même. Les lois, tant de la physique que de la psychologie, sont donc immanentes au monde sensible, mais elles le transcendent également dans leur universalité : transcendantes et immanentes. Un sourire de satisfaction naît sur le visage d'Hubert. Si comprendre un concept satisfait l'intellect, le faire sien réjouit l'esprit.

Le dimanche matin suivant, par un beau soleil printanier, il déambule avec Delphine, Gaétan, Leila et Tristane au jardin des Tuileries. Le quintet a fière allure et joue une musique enjouée et harmonieuse. Seule Tristane se démarque par instants du groupe pour improviser un solo en mode mineur, agrémenté de quelques bémols. Les étudiants se détendent, autour du grand bassin, puis décompressent dans les attractions foraines. Gaétan et Hubert rivalisent au stand de tir, sous le regard de leurs petites amies respectives, à celui qui crèvera le plus de ballons colorés. C'est Gaétan qui l'emporte et a l'honneur de remettre un gros ours en peluche avec un cœur à Leila. Si, sur le moment, cela l'emplit d'une joie béate, l'étudiant en droit regrette vite son choix lorsqu'il se rend compte qu'il devra trimballer son encombrant nouvel ami tout au long de la journée. Il aurait dû imiter Hubert et se contenter d'un cadre à photo. Pendant la pause déjeuner, sous une grande tente, à l'extrémité de l'allée, les cinq amis devisent de leurs futures vacances d'été tout en s'alimentant d'un trio merguez-frites et bière pression.

— Vous avez déjà décidé de ce que vous allez faire pour les vacances, Leila ?

— Oui, Delphine. Figure-toi que Gaétan a déjà tout réservé : l'avion et les hôtels. Je lui avais confié que je voulais connaître l'Espagne et Barcelone et il m'a fait la surprise la semaine suivante. On part fin juillet, et vous ?

— Pour notre premier voyage ensemble on a décidé de passer deux semaines en Grèce. C'est un désir commun. On part quelques jours après l'anniversaire d'Hubert. Mais, contrairement à Gaétan, il ne s'est pas encore occupé de la partie pratique. Je crois que je vais devoir m'en charger sinon on risque d'y aller en vélo, à la nage, et de dormir sur la plage.

— Suffit d'aller sur internet. J'ai réservé tout notre séjour en Espagne en deux heures seulement. C'est facile. Même toi, Hubert, tu peux y arriver.

— Je sais Gaétan, je sais. Mais on n'est que fin mars, j'ai le temps.

— Fin mars, c'est déjà limite, tu sais. Surtout pour la Grèce. Tiens, je vais partager le lien que j'ai utilisé sur ton portable.

— Merci Gaétan, ça fait un mois que je dis à mon chéri de faire des recherches, mais ça n'avance pas. Pourtant, dès que je lui ai suggéré d'aller à Athènes et visiter une ou deux îles son regard s'est illuminé. Il pense sûrement que tout va se résoudre par un coup de baguette magique : Hermès va débarquer chez nous au milieu de la nuit avec ses sandales ailées et une enveloppe contenant les précieux sésames.

— C'est sûr que tu prends un risque, Delphine. Quand il a fêté ses dix-sept ans, Hubert avait invité tous ses amis au restaurant, à Épernay, sauf qu'il avait négligé de réserver en prétextant que la salle était suffisamment grande. Finalement, cerise sur le gâteau, le restau était fermé pour vacances annuelles. On a fini par manger des pizzas livrées au dernier moment dans son jardin.

Tristane écoute en silence le duo se moquer gentiment du manque légendaire d'initiative d'Hubert. Intuitive, Delphine perçoit la réserve de son amie, ce qui n'est pas le cas de Leila qui, enjouée, interroge la sœur de Gaétan.

— Et toi, Tristane, tu as des plans avec ton prof de fac, Joseph, c'est cela ?

— Pas vraiment, c'est confus. Je lui ai proposé d'aller une semaine à Rome. Au début, il était très enthousiaste, il adore la ville, mais depuis ça traîne en longueur.

— Pourquoi ?

— Il tarde à se séparer de sa femme. Il me répète chaque semaine qu'il va le faire, mais à chaque fois que je le sonde à ce sujet il me dit qu'il a besoin de temps à cause de ses enfants. Il a un garçon de huit ans et une fille qui a cinq ans. Je le comprends, mais j'ai envie de vivre notre relation à ciel ouvert, de me promener dans les lieux publics avec lui, de planifier des voyages, comme vous.

Un silence suit la plainte de Tristane. Gaétan et Hubert ne savent trop que dire et préfèrent se taire. Delphine se retient de lui livrer le fond de sa pensée, car elle ne souhaite pas heurter son amie qui, elle le sent, est plutôt en quête de réconfort. C'est donc la vive et franche Leila qui décide d'assumer la tâche ingrate de sortir de son étui la lame tranchante de la vérité.

— Tu sais, Tristane, je crois que tu dois le mettre devant le fait accompli, le forcer à se décider entre sa femme et toi.

— Mais il a déjà décidé. C'est moi qu'il aime.

— Et il est où aujourd'hui ?

— Avec sa famille, je sais, mais il me dit que c'est compliqué quand tu as des enfants. C'est un bon père.

— Moi je pense que l'histoire des enfants c'est une fausse excuse. S'il t'aimait vraiment autant qu'il te le déclare, il se serait déjà séparé.

Gaétan rebondit sur les arguments de sa petite amie pour exprimer pour la première fois ce qu'il pense.

— Je suis d'accord avec Leila. Ça fait cinq moins que Stinner sort avec toi, mais toujours de façon cachée, dans l'obscurité d'une salle de cinéma ou bien à notre appart. Il est sympa et attentionné, mais il n'est pas libre. Tu sors avec un homme marié, Tristane. Il faut qu'il divorce.

— Je sais, Gaétan, je sais. Je me répète ce que vous venez de me dire tous les jours. Mais je n'ai pas le courage de l'affronter. J'ai peur de trop lui mettre la pression. Ce n'est pas simple. Et toi, Hubert, qu'est-ce que tu en penses ? Tes philosophes n'auraient pas un conseil à me donner ?

— Ah, ma pauvre Tristane, leur vie sentimentale n'a jamais été un long fleuve tranquille, tu sais, Socrate le premier. Les seules exceptions que je connaisse sont Spinoza et Kant.

— Ah bon ? Ils étaient heureux en amour ? C'était quoi leur secret ?

— Ils ont été célibataires toute leur vie.

Ce trait d'humour bienvenu rend le sourire à Tristane, qui était au bord des larmes. Elle se tourne vers sa meilleure amie.

— Et toi Delphine ? On ne t'entend pas. Tu es bien silencieuse.

— Je pense juste que je veux que tu sois heureuse. Que ce soit avec notre prof de psycho ou un autre. Mais, dans ce domaine, tu es la seule à pouvoir délibérer et trancher. Personne ne peut le faire à ta place.

— Oui, je crois que vous avez tous raison, sauf Hubert… le couvent, très peu pour moi. Je pense qu'il est effectivement grand temps que mon Joseph se positionne clairement.

Après cette pause, ayant permis aux cinq amis de se restaurer l'estomac et l'âme, ceux-ci décident de prendre de la hauteur en faisant un tour de grande roue. Hubert prétexte qu'il n'y a que quatre sièges pour passer élégamment son tour. La vérité est que l'idée de s'asseoir dans une cabine ouverte, en altitude, l'angoisse plus que tout.

14

Habillé sur son trente-et-un, Hubert taille méticuleusement sa barbe devant le miroir de la salle de bain pendant que Delphine se maquille à ses côtés. Il aime sculpter les deux centimètres de poils qui dépassent de son menton et qui sont censés lui octroyer, extérieurement, la maturité qu'il ne possède pas encore. Delphine le félicite sur le coupé de ses vêtements, dont elle a contribué à l'achat. Elle aime l'élégance. Elle-même porte une inédite robe verte en velours, et des boucles d'oreilles orange du plus bel effet. Elle tient à faire bonne impression au propriétaire de l'appartement où elle vit gracieusement depuis trois mois. À l'occasion du cinquante-troisième anniversaire de son oncle, en cette fin avril, Hubert a décidé de mettre les petits plats dans les grands afin de le remercier de sa générosité. La mère de Delphine accompagne au violon l'œuvre de Mozart, « Don Giovanni », à l'Opéra Garnier, et Hubert a pu acheter, par son intermédiaire, des places d'orchestre à prix réduit. Il a décidé de les offrir en cadeau à son oncle Georges et à sa compagne Alice. Le père de Delphine doit les rejoindre et le jeune étudiant a réservé une table pour tous, à un restaurant attenant, après le spectacle. Lorsque le téléphone portable d'Hubert, posé sur l'évier en céramique, vibre, Delphine interrompt son geste. Son petit ami lit en silence le message qui lui est adressé et sourit.

— C'est qui ?

— Comment ça, c'est qui ?

— Ben, c'est qui la personne qui t'écrit ? Ton oncle ?

— Non, c'est Hannah.

— …

— Tu sais, ma collègue de fac. Elle m'a envoyé une blague.

— La même Hannah qui t'a appelé hier soir ?

— Oui, la même. Je ne connais qu'une Hannah, rassure-toi.

— Elle t'envoie souvent des messages dis-donc (Delphine reprend la délicate opération d'appliquer son crayon noir sur ses cils).

— Non, pas tant que ça, deux, trois fois par semaine seulement. Moins que Gaétan.

— Oui, mais Hannah, c'est une fille, non ?

— Tu ne serais pas jalouse quand même ? Si tu la connaissais, tu ne t'inquiéterais pas, c'est une intello.

— Et alors ?

— Tu sais, la seule chose qui l'intéresse c'est les études.

— Et moi, je suis quoi ? Je ne suis pas une intello ?

— Bah si, bien sûr. Pourquoi tu me demandes ça ?

— Juste pour te dire que ton argument est débile. Ce n'est pas parce qu'elle est intello qu'elle est insensible aux charmes des garçons. D'ailleurs, je dois te dire que j'ai trouvé ton ton de voix bien enjoué hier soir, quand tu l'as eue au téléphone.

— Tu exagères, c'est qu'une amie. Elle est sympa, c'est tout.

— Elle a un copain ?

— Non, je ne crois pas.

— Peut-être que c'est qu'une amie pour toi, mais mon intuition me dit que ce n'est pas réciproque. Je sens que tu l'attires, ce qui est normal, car tu es très séduisant. Et, tu sais, mon intuition ne me trompe jamais.

— Tu délires, Delphine. Puisque je te dis qu'il n'y a rien entre nous. Je suis sûr que tu l'apprécierais, c'est une chic fille, vraiment.

— OK, ben, invite-la à la maison alors. C'est bizarre que tu ne l'aies jamais invitée, non ? Je connais Luc, Benoît et Thibaut, mais pas Hannah. Je trouve ça au minimum suspect.

Delphine a terminé de se maquiller. Elle range son crayon et se campe à côté de son petit ami afin de continuer son inquisition.

— Je vais te poser une question et je veux que tu me dises la vérité. Depuis qu'on sort ensemble, tu as déjà désiré d'autres filles ?

À ce moment précis, le mini ciseau qu'Hubert a en main dérape et le coupe. Une goutte de sang perle de son menton. Delphine se porte à son secours avec l'aide d'un mouchoir en papier qu'elle humidifie.

— Ce n'est rien. En attendant, tu n'as pas répondu à ma question.

— Laquelle ?

— Si tu as déjà désiré d'autres filles depuis que tu es avec moi.

— Non, bien sûr que non. À aucun moment.

— Et aucune fille n'a flirté avec toi à la Sorbonne ?

— Non, aucune, je te jure.

— Je ne sais pas pourquoi, mais j'ai du mal à te croire. De toute façon si c'était le cas je suis persuadée que tu ne me le dirais pas.

La sonnerie providentielle de l'interphone permet à Hubert de se soustraire ponctuellement du marasme dans lequel il s'enfonçait maladroitement. Cet interrogatoire, digne de la police des mœurs des talibans, le surprend. Il ne connaissait pas cette nuance de jalousie chez sa petite amie. Il aimerait vivre dans une maison de verre avec Delphine, mais il commence à comprendre que toutes les vérités ne sont pas communicables et qu'il est parfois préférable de conserver un jardin secret, principalement concernant ses relations avec d'autres filles, Hannah étant, probablement, de toutes les sirènes, la moins dangereuse.

L'oncle Georges pénètre dans le hall. Après avoir pris son neveu dans les bras avec effusion, il se présente à Delphine. Celle-ci ressent un élan de sympathie spontané pour cet homme au sourire contagieux et à l'embonpoint prononcé. Tout en lui respire la générosité. Alice embrasse la petite amie d'Hubert et la complimente sincèrement sur sa grande beauté. Delphine en est flattée et rougit. La galeriste lui fait également une belle impression. Alerte, vive, cette cinquantenaire aux cheveux gris mi-longs, arborant une monture de lunettes rouge, possède un regard franc et espiègle.

Sans plus attendre, le quatuor monte dans la voiture de l'oncle en route pour l'opéra. Il est dix-neuf heures trente quand ils remontent le boulevard Haussmann, longent les vitrines des galeries Lafayette, achalandées de produits dont personne n'a besoin, mais que tout le monde désire, pour se garer à proximité de la place de l'Opéra. C'est la deuxième fois qu'Hubert se rend à l'Opéra Garnier, mais il reste émerveillé par l'architecture du bâtiment. En montant les marches, il ne peut s'empêcher de lever la tête vers le grand dôme de la façade sculptée d'où il aperçoit la statue du dieu de l'harmonie, de la poésie et des arts, Apollon, soulevant sa lyre dorée. Au pied du grand escalier interne en marbre, il retrouve le père de Delphine qu'il présente à son oncle et à Alice. Il note que cette dernière, trahie par le pétillement dans ses yeux, semble favorablement impressionnée par le physique avantageux de David Langmann. Le groupe pénètre dans la grande salle à l'italienne et s'installe à l'avant, dans les places d'orchestre. Hubert apprécie l'aspect guindé de cette salle ancienne, ses balcons, son plafond aux couleurs vives peint par Chagall et son lustre massif aux centaines d'ampoules nichées dans leurs globes. Il s'enfonce dans son fauteuil en bois noir, et au revêtement en velours rouge, avec son chevalet en bronze numéroté. De là où il est placé, il ne voit pas la mère de Delphine, la fosse d'orchestre étant située plusieurs mètres sous la scène. Il ira la remercier à l'entracte de son invitation.

L'opéra « Don Giovanni » commence par un ensemble de cordes aux tons graves contrastant rapidement avec un vif allegro représentant l'impulsif Don Juan. Les violons de l'orchestre vibrent jusque dans la poitrine d'Hubert. La situation initiale est posée clairement avec le meurtre du commandeur, suite au harcèlement de l'éternel séducteur pourchassant la fille de celui-ci, et le mystère sur l'identité de l'assassin. Les personnages aux motivations explicites se succèdent : donna Anna, la fille du commandeur, qui clame vengeance ; Ottavio, son amoureux, qui souhaite demander sa main ; Elvira, archétype de la femme trahie, prête à pardonner pour retrouver son aimé ; Zerlina, la femme du peuple, très sensible aux tentatives de séduction du héros de l'opéra ; Masetto, son mari cocu et Leporello, le valet malgré lui qui rêve d'un autre emploi et surtout d'un autre employeur. Mais c'est bien Don Giovanni qui impressionne Hubert par sa fougue, son charisme et son intelligence retorse. Surtout, ce personnage en partie diabolique est fascinant par sa faculté à s'affranchir de toutes les conventions morales pour ne suivre qu'un seul moteur : son propre plaisir sensuel. La scène où Leporello déplie, devant Elvira, un long parchemin sur lequel sont imprimés les noms des centaines de conquêtes féminines de son maître fait secrètement rêver le jeune homme.

Hubert profite de l'entracte pour aller saluer le premier violon, Céline Langmann. Lui qui s'escrimait tous les soirs sur sa guitare électrique, pendant des mois, pour interpréter un morceau de jazz de trois minutes, le bras tremblant, en duo avec Gaétan, au spectacle de fin d'année de son ancienne école de musique, est en admiration devant la virtuosité fluide de la mère de Delphine. Il rejoint ensuite David Langmann, son oncle, la compagne de celui-ci, Alice, et sa petite amie qui conversent allègrement, une coupe de champagne en main. Georges Feuillade n'a pas son pareil pour mettre à l'aise ses interlocuteurs par sa bonne humeur et son écoute sincère. Il n'interroge pas le chercheur du CNRS sur son métier par simple politesse, mais mû par une vive curiosité pour les choses de la vie. Alice, elle, invite Delphine à venir visiter sa galerie d'art contemporain, dans le Marais, à proximité du musée Picasso, où elle héberge les œuvres d'un jeune peintre new-yorkais de street art.

Si le premier acte de l'opéra de Mozart est composé de plusieurs moments comiques enlevés, initiés par les pulsions sexuelles incontrôlables du personnage éponyme, le début du deuxième acte amorce une rupture progressive vers la tragédie annoncée. Le final est grandiose. Hubert a la chair de poule au moment précis où Elvira quitte la demeure de son ancien amant et fait résonner dans la grande salle un cri de terreur à la vue du commandeur. Celui-ci s'avance, comme le destin inexorable parachevant son but. La musique s'arrête subitement, laissant place à un silence angoissant, pour reprendre avec la voix d'outre-tombe de la statue : « *Don Giovanni a cenar teco, m'invistati e sono venuto* » (Don Giovanni, tu m'as invité à souper et je suis venu). Alors que tous se cachent, le pleutre valet

Leporello en premier, Don Juan, ôtant pour la première fois son masque d'insoutenable légèreté pour un visage empreint de gravité, ose affronter le revenant. Admirable de courage, il ne cille pas quand son funeste invité lui fait face et il empoigne fermement la main de pierre gelée tendue vers lui, la main de la mort. Malgré les flammes de l'Enfer qui lui lèchent le visage, matérialisées par un éventail de tissus orangés en haut de la scène inclinée, il refuse d'expier sa coulpe et accepte héroïquement son sort. Un surhomme, pense Hubert.

Il est vingt-trois heures trente quand Céline Langmann les rejoint au pied du grand escalier de marbre, après le spectacle. Sur le court chemin qu'ils empruntent à pied, depuis la rue Scribe, puis le Boulevard des Capucins jusqu'à la rue piétonne Édouard VII menant au restaurant Mon Paris, les familles d'Hubert et de Delphine font plus ample connaissance. En arrière de quelques mètres, l'étudiant entend par cascades le rire sonore de son oncle. Il devise lui-même de l'opéra avec Delphine. L'attention de la jeune femme a été happée pendant plus de trois heures par l'histoire mise en musique par le génie de Salzbourg, sa tête et ses longs cheveux parfumés reposant sur l'épaule de son amoureux, sa main droite pressant par saccades la main gauche d'Hubert en accompagnant les péripéties, sa poitrine vibrant à l'unisson des instruments à cordes. Elle a vécu dans sa chair les émotions des personnages féminins meurtris et a applaudi la damnation finale du séducteur irresponsable. Sommé de donner son avis, Hubert abonde dans son sens. Il renchérit même sur l'amoralisme abject de Don Giovanni. En son for intérieur, il a pourtant été captivé par le magnétisme de ce personnage à la force de séduction irrésistible qui place sa liberté au-dessus de toute autre valeur.

Le dîner est bien arrosé (oncle George a insisté pour prendre à sa charge le vin et, en connaisseur, il a choisi un grand cru). Les plats légers aux saveurs exquises ressemblent à des tableaux impressionnistes. Céline s'entretient d'art avec Alice, qui partage ses passions et sa connaissance des œuvres de Lucian Freud, David Hockney et Jean-Michel Basquiat. La violoniste, aux goûts plus classiques, avoue une admiration pour les peintres italiens de la Renaissance, surtout Caravage dont elle a admiré les tableaux lors de son dernier séjour en Italie, à Rome et à Florence. Le moment marquant de ses visites florentines restera un face-à-face mémorable avec la Méduse au Musée des Offices. Ce tableau convexe, souvent observé dans des livres d'art, Céline Langmann n'y avait jamais été confrontée en face à face à un mètre de distance. Ce fut un choc. Elle n'avait jamais vu, tout d'abord, un arrière-plan d'une telle noirceur, comme le reflet étonnamment lumineux de la part la plus obscure de notre humanité. La tête coupée de la Méduse, flottant dans l'air en apesanteur, son vainqueur Persée brillant par sa totale absence, se distingue selon elle par une vie interne terrifiante : détails hyper réalistes des multiples têtes de vipères lui servant de chevelure maléfique, gouttes de sang vif perlant des veines tranchées de son cou, regard horrifié fixant la pupille pétrifiée des visiteurs. Alice concorde pleinement avec elle et lui avoue qu'elle ne connaît aucun artiste qui ait peint des clairs-obscurs avec une noirceur d'encre d'une telle qualité, technique dont le secret alimente encore aujourd'hui les hypothèses des spécialistes.

David Langmann et Georges Feuillade, tous deux grands amateurs de jazz, listent les grands concerts auxquels ils ont assisté : ceux des trompettistes Miles Davis et Chet Baker, des saxophonistes Sonny Rollins et Joe Henderson, des pianistes

Keith Jarrett et Michel Petrucciani ou bien des chanteuses Dee Dee Bridgewater et Abbey Lincoln. Ils évoquent avec émotion les salles de New York qu'ils ont fréquentées : le Blue Note et son légendaire rideau de scène bleu et blanc, le Standard jazz aux murs capitonnés de rouge vermeil, le Village Vanguard et son auvent qui accueille les spectateurs sur le trottoir, Birdland, la salle mythique où se produisait Charlie Parker et le Lincoln jazz center qui possède certainement, selon eux, une des meilleures acoustiques. Hubert écarquille les yeux d'envie en écoutant leurs témoignages. Georges affirme à son neveu qu'il doit visiter la ville qui ne dort jamais, il ne le regrettera pas. Alice propose alors au jeune couple de les accompagner mi-octobre pour un voyage d'une semaine. Elle souhaite y faire le tour des galeries et repérer de nouveaux artistes. Delphine est enchantée. Elle rappelle à son petit ami qu'ils ont justement tous les deux dix jours de vacances à cette époque de l'année. Ce serait aussi l'occasion pour elle de rendre visite à sa tante et ses deux cousines qui habitent à Brooklyn, dans le quartier de Williamsburg. Elle avait huit ans la dernière fois qu'elle s'y est rendue, autrement dit une éternité.

À priori, New York ne fait pas partie des destinations qui font rêver Hubert. Il maîtrise moyennement l'anglais et est rétif aux forêts des orgueilleux gratte-ciel. Surtout, il méprise les Américains, ces adultes frappés du syndrome de Peter Pan qui vénèrent le lucre d'Oncle Piscou, la niaiserie incommensurable de la souris Mickey, se consolent de leur vie de labeur en écoutant les chansons guimauve d'Elvis Presley et ont élu comme idole suprême un vieux papy à manteau rouge et barbe blanche appelé Santa Claus, auquel ils sacrifient une fois l'an une partie non négligeable des dollars qu'ils ont amassés en cadeaux aussi futiles qu'onéreux. Si les États-Unis ne représentent pas pour lui le Grand Satan, il s'agit indubitablement de l'empire de la niaiserie comparé aux valeurs spirituelles et artistiques véhiculées par la vieille Europe, et notamment la France et l'Allemagne.

De retour à son appartement, il peine à se laisser convaincre par l'enthousiaste Delphine de l'opportunité de visiter une « des villes les plus fascinantes au monde », selon ses propres mots. Toutefois, il ne veut pas la priver de la possibilité de retrouver une partie de sa famille. Le cinéphile en lui est tout de même séduit à l'idée de connaître les décors qui ont influencé les films de Martin Scorcese, Woody Allen ou John Cassavetes, trois réalisateurs qui le font vibrer. Le musicien, lui, a fantasmé tout au long du dîner sur les salles de jazz mythiques évoquées par son oncle Georges et le père de sa petite amie. En imagination, il salive à l'idée d'être littéralement nez à nez avec le pianiste Chick Corea, le saxophoniste Joshua Redman ou bien son idole, le guitariste Pat Metheny.

Peu avant deux heures du matin, au moment où Delphine s'endort, il capitule et lui annonce sa décision d'aller avec elle, Alice et son oncle, à New York, en octobre. Delphine lui sourit, l'embrasse et glisse dans ses bras, en même temps que ceux de Morphée. N'ayant pas encore sommeil (si le vin a un effet narcoleptique chez sa petite amie, il provoque au contraire un regain d'activité chez lui), Hubert s'empare de sa tablette, télécharge la dernière édition du quotidien sportif l'Équipe et consulte les résultats du tournoi de tennis de Monte-Carlo. Dans un mois et demi, le premier week-end de juin, juste après ses examens, il sera en tribune avec son ami Gaétan pour voir enfin en chair et en os ses héros sportifs à Roland Garros. Il effectue ensuite une recherche sur l'origine du mythe de Don Juan et découvre un commentaire qui lui est inconnu de Friedrich

Nietzsche, extrait du livre « Aurore » : « Le don Juan de la connaissance : aucun philosophe, aucun poète ne l'a encore découvert. Il lui manque l'amour des choses qu'il découvre, mais il a de l'esprit et de la volupté et il jouit des chasses et des intrigues de la connaissance – qu'il poursuit jusqu'aux étoiles les plus hautes et les plus lointaines ! – jusqu'à ce qu'enfin il ne lui reste plus rien à chasser, si ce n'est ce qu'il y a d'absolument *douloureux* dans la connaissance, comme l'ivrogne qui finit par boire de l'absinthe et de l'eau-forte. C'est pourquoi il finit par désirer l'enfer – c'est la dernière connaissance qui le *séduit*. Peut-être qu'elle aussi le désappointera comme tout ce qui lui est connu ! Alors il lui faudrait s'arrêter pour toute éternité, cloué à la déception et devenu lui-même l'hôte de pierre, il aura le désir d'un repas du soir de la connaissance, ce repas qui jamais plus ne lui tombera en partage ! – Car le monde des choses tout entier ne trouvera plus une bouchée à donner à cet affamé. »

Hubert pose sa tablette sur le sol et médite l'écrit de l'auteur de *Par-delà le bien et le mal*. À la fin de l'opéra, il s'était fait la réflexion que Don Giovanni aurait pu être un personnage nietzschéen. Il incarne aux yeux de l'étudiant la « volonté de puissance » qui est, selon le philosophe allemand, « l'essence la plus intime de l'être ». Cette volonté de puissance, telle qu'il la comprend, caractérise des pulsions inconscientes qui inclinent l'homme à augmenter sa puissance vitale pour atteindre une intensité maximale. Cette voie s'affranchit des règles et valeurs sociales pour obéir à son seul plaisir égocentrique. En quoi il s'agit bien d'un penchant aristocratique, classe sociale à laquelle appartient le personnage éponyme (Hubert se souvient que Nietzsche abhorre la démocratie). À aucun moment, en effet, Don Giovanni ne manifeste le moindre soupçon d'empathie pour le deuil de Donna Anna, la souffrance amoureuse d'Elvira ou même celle de Masetto, le mari qu'il cocufie sans vergogne. Ce maître en cynisme, à force de vivre une vie d'hédoniste sans élévation, étant revenu de tout et ne désirant plus rien, repu des femmes et des mondanités, défie dans une ultime bravade la mort et le châtiment conséquent à ses actes, représenté par l'Enfer. Les méandres de sa réflexion rapprochent en fin de compte Hubert de l'opinion exprimée, au sortir de l'Opéra Garnier, par Delphine. Pour la morale, Don Giovanni méritait d'être damné, sans aucun doute. Pourtant, sa liberté pleinement revendiquée de s'affranchir de toutes les lois pour vivre intensément ses désirs est une pensée séduisante. Avant d'éteindre sa lampe de chevet, le regard d'Hubert croise la reproduction de la gravure de Goya, que Delphine a faite encadrée sur le mur latéral de la mezzanine : « Le sommeil de la raison engendre des monstres ». L'étudiant se demande dans quelle catégorie classer le personnage de l'opéra de Mozart : monstre ? Surhomme ? Il y a indéniablement du Lucifer chez ce séducteur en diable, ce porteur d'une lumière si intense qu'elle brûle toute vie alentour. Mais quel charisme ! Quel panache ! Au milieu de l'obscurité, le jeune homme songe qu'il signerait bien un pacte de son sang pour s'affranchir de toutes les règles conventionnelles et assouvir librement tous ses désirs, ne serait-ce qu'une seule journée, puis il revêtirait ensuite de nouveau le costume étroit de la civilisation. L'homme est similaire à une cocotte-minute, pense-t-il, il a besoin de temps en temps d'une valve de dépressurisation pour éviter d'exploser. Cette valve peut prendre le visage enjôleur d'une Rachelle ou d'une Hannah, mais elle est nécessaire au bon équilibre de chaque individu, de même que de chaque couple. Là est le secret qu'Hubert commence à comprendre.

15

Hubert pénètre dans la salle de Christian Perrin, à la Sorbonne. En s'asseyant, il observe sur son bureau une photographie de ses enfants (deux garçons et une fille), le déploiement d'un arc-en-ciel de surligneurs, des crayons à papier finement taillés, un bloc de dessin, des CD de Bach et Bowie, un paquet de chips entamé, une bande dessinée de Gaston Lagaffe et, au centre, la version finale des cinquante pages de son propre travail. Son enseignant s'enquiert de ses derniers partiels du mois de mai. Hubert lui répond que, même s'il n'a pas encore toutes ses notes, il estime s'en être très bien sorti. Christian Perrin lui affirme alors que, selon tous les professeurs, il est assurément l'un des meilleurs élèves de première année, la preuve en est la grande qualité de son projet de recherche sur la notion de déterminisme chez Schopenhauer et Spinoza. Christian Perrin est dithyrambique. Cela faisait longtemps qu'il n'avait pas eu l'occasion de lire un travail aussi précisément référencé et stimulant.

Il reprend une à une les quatre parties du devoir pour les commenter. En premier lieu, Hubert a pertinemment évoqué le cogito de Descartes aboutissant à un être humain à la conscience transparente et, en conséquence, pleinement libre de ses choix et de ses volitions. Cela lui permet de mettre en valeur la révolution que va induire la pensée d'Arthur Schopenhauer dans son plus célèbre ouvrage. Celui-ci va critiquer ce monde de surface étudié par Descartes et qu'il nomme le « monde de la représentation » et remettre en cause le libre arbitre. Dans la deuxième partie, Hubert a décrit avec une grande intelligence le monde sans raison qui se cache derrière le monde de la surface ou monde de la représentation. C'est ce que le philosophe allemand nomme la « volonté » ou le « vouloir ». C'est le monde de la force vitale ou des forces inconscientes, qui sont sans cause, car si l'on remonte de cause en cause on ne trouve jamais de cause première, d'où l'affirmation que le monde est un non-sens. La comparaison avec le concept de « conatus » de Spinoza est à ce titre justifiée, le conatus étant, à l'instar de la « volonté », une force qui est à l'œuvre dans toute la nature et pousse les êtres à « persévérer dans leur être », comme l'écrit le penseur d'Amsterdam.

Toutefois, Hubert identifie une nuance entre les deux philosophes. Son professeur lit à voix haute une citation judicieuse du livre deux de *L'Éthique* : « par volonté, j'entends la faculté d'affirmer et de nier et non le désir ; la faculté par laquelle l'esprit humain affirme ou nie ce qui est vrai ou ce qui est faux, et non le désir par lequel l'esprit désire (*appétit*) les choses ou a de l'aversion pour elles ». Spinoza soustrait le désir de la volonté et en traite dans la troisième partie de son ouvrage dédié à l'origine et à la nature des sentiments. La troisième partie du travail de recherche est la plus intéressante, selon Christian Perrin, car Hubert y a abordé avec clarté ce qui différencie les deux intuitions philosophiques. Schopenhauer déduit de sa vision du monde comme volonté que la vie est absurde, elle ne fait pas sens et ce qu'il faut absolument combattre, selon lui, c'est l'illusion de l'individualité opposée à la dissolution souhaitée de notre petit ego dans l'immensité du cosmos. Dans cette vision, Dieu n'a pas de place et l'auteur du *Monde comme volonté et comme représentation* n'a pas de mots assez forts contre le judéo-christianisme qui promet la survie de l'individu, même après sa mort physique. Le philosophe juif Spinoza remet aussi en cause, avec ses écrits, ce dieu transcendant créé à l'image de l'homme, mais c'est pour mieux réinventer un Dieu immanent à toute la Nature, dieu qu'il appelle la « substance ». On a bien là deux critiques révolutionnaires, mais qui aboutissent à des conclusions différentes : non-sens du monde pour Schopenhauer, redéfinition de Dieu dans l'immanence de la Nature pour Spinoza.

Enfin, dans la quatrième et dernière partie de la recherche, la question du déterminisme est parfaitement analysée et nuancée. Le libre arbitre du monde de la représentation est une pure illusion pour Arthur Schopenhauer et tout philosophe éclairé doit accepter que tous les êtres soient déterminés par des forces inconscientes qui les dépassent et qu'ils ne peuvent appréhender. Spinoza aboutit également à un système déterministe, mais, lui, va subtilement réintroduire une forme de libre arbitre en l'homme. En effet, Hubert a bien compris cette idée qu'à la différence des animaux, l'être humain a la possibilité de chercher à connaître les origines de ce qui le détermine, là est son libre arbitre. En conclusion, l'étudiant évoque les deux eudémonismes qui découlent de ces visions de la vie. La quête du bonheur, chez Schopenhauer, consiste à prendre ses distances avec les souffrances liées à l'ego. Spinoza, lui, appelle le bonheur suprême la « béatitude » à laquelle on accède par la connaissance.

Christian Perrin annonce à Hubert qu'il lui a donné la note maximale pour son travail, ce qui est exceptionnel de sa part. Le jeune homme le remercie et lui confie l'enrichissement qu'a constitué pour lui l'exploration du thème proposé. Si la lecture de l'ouvrage *L'Éthique* de Spinoza, a exigé de lui des capacités d'ouverture d'esprit et de persévérance, la construction géométrique de l'ouvrage représentant un défi par rapport à la clarté de la prose schopenhauerienne, Hubert a éprouvé une profonde satisfaction à comprendre le système exposé par le philosophe hollandais. Il avoue à son professeur son envie de prolonger cette réflexion en explorant davantage les écrits des philosophes ayant pris le parti inverse du libre arbitre en analysant l'écart existant entre l'homme et le monde animal. Son professeur lui rétorque que c'est effectivement là un thème passionnant et très ambitieux, à la fois classique, mais toujours actuel. Il lui conseille, en plus de l'œuvre de Rousseau et Sartre, que son élève connaît bien, de lire, sur ce thème, le philosophe florentin, Pic de la Mirandole. Pour la première fois, Hubert évoque son envie de doctorat. Christian Perrin lui rétorque que, si Hubert atteint ce niveau d'étude, ce dont il ne doute pas, et qu'il soit encore lui-même enseignant à la Sorbonne, il serait honoré d'être son directeur de recherche. Rendez-vous est pris. Après avoir évoqué leurs projets respectifs de vacances, Christian Perrin quitte son étudiant en lui faisant la bise, habitude parisienne à laquelle le jeune provincial commence à s'habituer.

Rentré chez lui, le jeune homme trépigne d'impatience à l'idée d'annoncer la bonne nouvelle à Delphine, mais celle-ci tarde à arriver, ce qui l'inquiète un peu. Mais pas question de l'appeler ou de lui envoyer un message. Il tient à lui faire la surprise de sa note. Une bouteille de champagne est au frais et quelques amuse-gueule sont disposés dans des coupelles sur la table de la salle à manger. En attendant, Hubert s'amuse à lancer un cracker à Atma qui effectue des bonds de cabri en prenant appui sur les murs de l'appartement. Quand sa petite amie arrive, Hubert note l'expression soucieuse de son visage. Delphine lui explique qu'elle passe en coup de vent prendre quelques affaires. Elle va dormir chez Tristane. Elle déclare à Hubert qu'elle n'a pas le temps de tout expliquer, mais celui-ci insiste. Haletante, Delphine s'assoit sur le sofa, reprend son souffle et lui explique l'origine de sa perturbation et de son retard.

— Tu ne vas pas croire ce qui est arrivé en cours cet après-midi. La pauvre Tristane !

— Qu'est-ce qu'elle a ? Elle va bien ? Tu m'inquiètes.

— Physiquement, oui, mais psychiquement, non, elle est au plus bas.

— Qu'est-ce qui lui est arrivé ?

— Figure-toi qu'on était toutes les deux en train d'assister au cours de Joseph Stinner quand une bonne femme complètement hystérique, brandissant un téléphone portable, a déboulé en coup de canon dans la salle. Elle a monté sur l'estrade et a giflé Stinner.

— Non ?

— Si. Ses lunettes ont même valsé sur le plancher. Quand la furie l'a traité de « fils de pute », on a tous compris que c'était sa femme. Complètement indifférente aux deux cents étudiants qui remplissaient l'amphi, elle l'exhortait à lui dire qui était cette Tristane qui lui envoyait des textos passionnés. C'est là que j'ai compris qu'elle avait en fait en main le portable de son mari.

— Putain…

— Comme Stinner ne répondait pas et l'enjoignait du geste à sortir, elle s'est retournée et a pris tout l'amphi à témoin en vociférant : « Elle est où Tristane ? Elle est où cette salope qui couche avec mon mari ? Avec le père de mes enfants ? »

— Et Tristane ?

— Elle n'en menait pas large, tu t'en doutes. Elle était paralysée, les larmes aux yeux. Je lui ai pris sa main, elle était gelée.

— Et les étudiants ?

— Ils n'ont rien dit, pourtant la plupart la connaissent, mais personne n'a cafeté.

— C'est sympa de leur part.

— Oui, sauf qu'à la sortie beaucoup se moquaient d'elle, tu imagines.

— Mince. La pauvre. Mais bon, c'est un mal pour un bien. Maintenant, Stinner est libre pour sortir avec elle.

— Tu parles ! Ce lâche est sorti en quatrième vitesse pour retrouver sa femme. On entendait les hurlements qui continuaient dans le couloir. Et quand il est revenu, c'était juste pour s'excuser, déclarer que le cours était clos et sortir en catimini, sans un regard pour notre amie.

— Elle n'a pas eu de nouvelle ?

— Si. Je l'ai raccompagnée jusque chez elle et suis restée à son appartement pour ne pas la laisser seule, d'autant plus que Gaétan était sorti avec Leila, et une heure après elle a reçu un SMS de son chéri lui disant que c'était fini entre eux et qu'elle ne devait pas essayer de le contacter.

— Non, il a rompu par SMS ce con ?

— Oui, c'est courageux, non ? Comme il a bloqué le numéro de Tristane sur sa messagerie elle l'a appelé désespérément sur son téléphone fixe et c'est finalement la femme de Stinner qui a décroché et lui a crié dessus en la traitant de tous les noms possibles et imaginables. Tristane s'est courbée en se tenant le ventre et elle a crié de rage. Je ne l'avais jamais vue comme ça. Ensuite, elle s'est allongée sur mes genoux et a pleuré sans discontinuer pendant au moins une heure. Entre deux sanglots, elle se culpabilisait de lui avoir envoyé plusieurs messages la veille au soir pour le forcer à trancher entre sa femme et elle. J'ai essayé de la raisonner en lui expliquant qu'elle n'était coupable de rien, que Stinner était un lâche qui l'avait menée en bateau depuis le début et qu'il lui avait sûrement menti au sujet de sa prétendue séparation, mais elle souffrait trop pour entendre mes arguments. Heureusement pour moi, Gaétan et Leila sont arrivés et j'ai pu les laisser veiller sur Tristane pour venir chercher quelques affaires. J'ai promis à mon amie de dormir avec elle ce soir.

— Vas-y. Elle va avoir besoin de toi.

En l'espace de cinq minutes, Delphine enfile un pyjama, sa trousse de toilette et des vêtements de rechange dans son sac et repart secourir son amie. Hubert reste un moment assis sur le sofa, assommé par la nouvelle. Il trouve l'attitude de l'amant de Tristane consternante. Pour un professeur de psychologie, rompre par SMS est le comble de l'irresponsabilité. Et quelle humiliation ! Souffleté par son épouse en plein amphi ! La honte ! Finalement, Leila et Delphine avaient raison. S'enamourer d'un homme marié est décidément une très mauvaise idée. Quand il repense à la connivence spontanée que Gaétan et lui-même avaient exprimée pour Joseph Stinner le jour de sa crémaillère, Hubert a envie de vomir. Il en a même perdu l'appétit et l'envie de commémorer. Le champagne et les amuse-gueule attendront au frais. Le veule Don Juan a gâché sa soirée, en plus d'attrister la sœur de son meilleur ami. Pendant ce temps, Atma, assis à ses côtés, effectue sa toilette nocturne, totalement indifférent à ces passions typiquement humaines.

16

Hubert maudit le mauvais sort qui s'abat sur lui ce samedi deux juin. Pour son premier week-end à Roland Garros, la ligne dix du métro prend du retard suite à un problème technique. Une foule inédite encombre les couloirs jusqu'à la sortie de la station Porte d'Auteuil et, ultime preuve d'une conspiration divine, les multiples allées menant à l'entrée du temple de la terre battue sont engorgées de touristes et de familles nombreuses. Passé le portique d'entrée, après avoir piétiné de rage pendant quarante minutes, le spectateur novice se rue vers le court central. Gaétan, déjà installé, l'accueille sourire aux lèvres.

— Salut Gaétan, excuse mon retard, mais il y avait une foule massée à l'entrée.

— On se demande bien pourquoi, c'est juste le week-end des huitièmes de finale.

— Oui, je sais, tu m'avais prévenu d'arriver en avance. Dis donc, il est vraiment magnifique ce court. J'en ai des frissons. Tu as vu le programme ?

— Oui. Devine qui va jouer à quelques mètres de nous dans quelques minutes.

— Federer ?

— Oui, Roger. Tu te rends compte ? Juste sous nos yeux, en chair et en os.

— Et Nadal ?

— Demain. En début d'après-midi.

— Depuis le temps qu'on rêvait de les voir. Je n'arrive pas à y croire.

— On va pouvoir s'inspirer de leur exemple pour notre tournoi de tennis au jardin du Luxembourg. Ça commence samedi prochain. Tu te sens prêt ?

— Oui, maintenant que les examens sont passés, j'ai l'esprit complètement libéré. On se retrouve tous les deux en finale ?

— T'es ambitieux, toi. Je te préviens, le niveau des joueurs est élevé. Moi, si je passe un ou deux tours, je serais déjà satisfait.

— Rêvons un peu : « the sky is the limit ». Mais j'ai oublié de te demander des nouvelles de Tristane. Comment va-t-elle après toute cette histoire avec son prof ?

— Elle encaisse encore le coup. Delphine et Leila sortent avec elle. C'est bien, dans ces moments, de pouvoir compter sur des amies. Mais je t'assure que si je savais où habite ce salaud de Stinner j'irais lui mettre mon poing sur la gueule à cet intello arrogant.

— À quoi ça t'avancerait ?

— À rien. Mais ça soulagerait au moins la rage que je ressens. Quand je pense qu'il a mené ma sœur en bateau tout ce temps, et moi de même. Quel con j'ai été d'avoir été aussi sympa avec lui !

— Elle l'a revu ?

— Non. Heureusement que ses cours étaient terminés. Le mieux à faire, dans ces cas-là, c'est de couper les ponts définitivement.

— Tristane est trop gentille. À sa place, Delphine se serait vengée, elle lui aurait fait vivre l'enfer, j'en suis sûr.

— Oui, Leila aussi. Elle aurait imprimé toutes les photos compromettantes envoyées et aurait retapissé les murs de sa fac avec.

— Bon, le pire, ça aurait été que ta sœur tombe enceinte. Elle a au moins évité ça.

— Putain, Hubert, j'ai complètement oublié de te dévoiler un scoop gigantesque. J'y repense seulement maintenant.

— Leila est enceinte ?

— Non, arrête tes conneries. On prend nos précautions. Mais une de nos anciennes collègues de lycée, oui. Tu ne devineras jamais.

— Attends… laisse-moi réfléchir… noooon… Charlotte ?

— Bingo.

— Mais elle a notre âge. De combien ?

— Cinq mois. Lors du réveillon du Nouvel An. Première baise et déjà un bébé. Avec un peu de chance, il aurait pu s'appeler Feuillade.

— Déconne pas, Gaétan. Et ses études ?

— Elle a quitté la fac sans passer ses exams et est rentrée à Épernay chez ses parents.

— C'est qui le père ? Un riche héritier ?

— Absolument pas. Tu te souviens de Franck Grosjean ?

— Non… le fils du chef de gare ? C'est pas un playboy dis donc.

— C'est clair. Elle a tiré le gros lot Charlotte.

L'entrée de Roger Federer, suivi du joueur belge David Goffin, clôt la conversation des deux amis sur le nouveau couple formé par Aphrodite et Héphaïstos. Les yeux écarquillés, Hubert et Gaétan assistent à l'échauffement. Roger Federer exhibe toute la panoplie du parfait joueur de tennis : coup droit fulgurant, revers slicé à une main, aces indéfendables, services-volées gagnants, présence au filet, jeu de jambe et déplacements rapides, sens tactique impair, condition physique et ressources mentales remarquables. Au regard d'Hubert, tous ces talents sportifs sont associés à des qualités humaines qui donnent l'illusion de la perfection : sérénité, équanimité, modestie apparente. Un vrai sage. Après un premier set de mise en route perdu sept à cinq contre un David Goffin pas manchot et résistant, le divin champion helvétique déroule son jeu aérien pour clore les débats sur un score sans appel de trois sets à un. Magnanime, le héros suisse daigne saluer son opposant défait puis il va s'asseoir quelques minutes sur son trône matérialisé par un banc en plastique immaculé. Malgré les deux heures trente de match, aucune goutte de sueur ne perle sur un front rehaussé d'une coupe de cheveux au brushing toujours impeccable. L'étudiant philosophe repense alors à l'analogie proposée par son professeur, Christian Perrin, entre le grand style nietzschéen et le jeu fluide du champion, conséquence de l'harmonie des forces actives et réactives. Plus qu'un surhomme, songe-t-il, Roger Federer est un Dieu, une figure christique, la croix en moins (excepté celle de son drapeau bicolore) et la montre Rolex en plus.

Le lendemain, changement de décor. Hubert est cette fois arrivé en avance sur le court central avec Gaétan pour admirer pour la première fois un autre dieu du stade. L'Espagnol Rafael Nadal est l'exact opposé du joueur suisse qu'il a admiré la veille. Doté d'un physique aux muscles saillants (cuisses et avant-bras, notamment), l'athlète ibérique exhibe une énergie taurine débordante de sueur, de labeur constant. À chaque frappe de balle puissante et pesante, il exhale constamment des gémissements rauques. À l'inverse du calme alpin de Federer, le langage corporel de Nadal témoigne d'une nervosité de tous les instants, trahie par une multitude de tics chroniques, le plus obsessionnel étant celui de se gratter compulsivement la fesse droite avant de servir et après avoir essoré abondamment les torrents de sueur qui inondent son front et ses mèches rebelles. Le feu dévorant du sportif fascine de par sa capacité unique de concentration. Quelle que soit la qualité de l'adversité, il évolue coup par coup, balle par balle, point par point, plongé dans un éternel présent duquel il ne se soustrait qu'une fois le match gagné. Après avoir écrasé sans pitié le pauvre Argentin Juan Monaco trois sets à zéro, dont deux « pneus » (litote pour un score humiliant de six jeux à rien), le héros d'Hubert se permet un relâchement bienvenu pour aller saluer son staff, sa famille et embrasser sa Pénélope.

Le match suivant est l'exact envers de la leçon administrée par le champion espagnol. Le représentant tricolore Richard Gasquet affronte le redoutable Britannique Andy Murray. Génie précoce de son sport, surnommé « le petit Mozart », Gasquet a fait la une de Tennis Magazine à l'âge de neuf ans. Doué de qualités techniques innées, il a ensuite remporté, à douze ans seulement, le tournoi des « Petits As » en battant Rafael Nadal en finale, a été champion du monde junior et a vaincu l'invincible numéro un, Roger Federer, à l'âge de dix-huit ans. Mais le match de ce dimanche quatre juin deux mille douze est à l'image de sa carrière. Après un premier set éblouissant de talent remporté haut la main sur le score de six à un, le mental de l'ancienne promesse flanche et il s'effondre, ne remportant que sept petits jeux contre dix-huit pour son adversaire, autrement résilient. Dépité, il salue automatiquement la foule de retour vers les vestiaires, regard rivé sur le sol ocre du court central. Déçus, Gaétan et Hubert devisent sur les parcours du joueur français et de Rafael Nadal depuis la défaite de ce dernier aux « Petits As » de Tarbes. À partir de jour-là, vexé, l'Espagnol redoublera d'efforts et de persévérance au fil des ans pour devenir l'immense champion aux dix titres de grand chelem alors que le prometteur Gasquet n'en remportera aucun. Gaétan en conclut qu'avoir du succès trop jeune n'aide pas à puiser l'énergie nécessaire quand il faut affronter des vents contraires qui finissent invariablement par souffler. Hubert médite pour lui-même cette remarque de son ami sur la cigale Gasquet et la fourmi Nadal.

Le samedi suivant, Hubert se lève aux aurores. Très motivé par le premier match du tournoi de tennis amateur, au Jardin du Luxembourg, il s'est exceptionnellement organisé : short, tee-shirt, baskets, serre-poignets, barres céréales et boissons isotoniques sont déjà soigneusement rangés au fond de son sac de sport. Sa housse contenant ses deux raquettes et une dizaine de balles est également prête. Tout en ingurgitant un petit déjeuner consistant et vitaminé, Hubert se plonge dans la lecture studieuse du quotidien sportif « l'Équipe » et plus particulièrement l'analyse détaillée des demi-finales masculines du vendredi remportées par le Serbe Novak Djokovic et son idole, Rafael Nadal. En chemin, il décide de s'inspirer de la ténacité de ces deux champions pour battre son adversaire. Car le tirage au sort lui a octroyé un opposant talentueux, un professeur de tennis d'à peine trente ans qu'il a déjà croisé sur les courts et dont il sait le niveau supérieur au sien. Au moins ne risque-t-il pas de pécher par excès d'arrogance.

N'ayant rien à perdre, Hubert se bat sur chaque balle en respectant un plan élaboré dans le trajet en métro : attendre son opposant en fond de court, jouer des balles longues et basses et, dès qu'il entrevoit une ouverture, avancer et lâcher ses coups sans arrière-pensée. Cette stratégie alliant intelligence tactique et modestie se révèle payante au-delà de ses espérances. Hubert survole le premier set six à un. De mémoire, jamais il n'avait aussi bien joué. Les mouvements de son bras sont étonnamment fluides et propulsent les petites balles jaunes le long des lignes du court en béton avec facilité et une élégance digne du grand style de Federer. Cette sensation d'harmonie le réjouit. Le second set est plus disputé, le professeur de tennis, réactif, étant plus agressif et patient. Le bras d'Hubert se rigidifie au moment de servir pour ses deux premières balles de match qu'il envoie dans le filet, mais la troisième est la bonne et il remporte le tie-break et le match.

Gaétan s'étant également qualifié, ils se rendent ensemble au jardin du Luxembourg le samedi suivant afin de s'encourager mutuellement. C'est Hubert qui joue en premier. Le tirage au sort lui a désigné un adversaire qu'il ne connaît pas, mais dont le nom l'inquiète : Michael Dempsey. Un joueur de tennis américain. Lui reviennent en mémoire les grands champions états-uniens qui ont marqué l'histoire de son sport : Pete Sampras et André Agassi. Que des génies ! Quelle guigne de devoir affronter au deuxième tour du tournoi un de leurs descendants ! L'arrivée de son adversaire et de son aréopage chasse toutefois sur le champ ses préoccupations.

Michael Dempsey, la trentaine naissante, arbore tous les traits de l'antisportif : léger embonpoint, cheveux longs, ample tee-shirt noir des Rolling Stones, bermuda gris tombant sur les genoux et baskets fluo usées. Un gentil rocker plutôt qu'un redoutable challenger. En un éclair, Hubert se remémore en souriant ses pensées anxieuses de la semaine à la lecture de son patronyme américain. Tel un jeune cheval fougueux, l'imagination joue des tours aux esprits emballés et leur peint de teintes vives les moindres préoccupations mineures. L'ami de Gaétan s'approche pour saluer son adversaire du jour et est définitivement rassuré lorsqu'il l'entend parler sans accent ; il est probablement venu en France avec ses parents encore très jeune et n'a donc pas eu le temps de s'initier au tennis dans une de ces académies nord-américaines qui font pousser les champions comme des céréales. Et son accoutrement ! Comment peut-on jouer sérieusement au tennis dans une tenue aussi négligée même si, par contraste, l'uniforme impeccable d'Hubert peut paraître un tant soit peu excessif.

Après un bref échauffement, les deux joueurs regagnent leurs bancs respectifs, Michael entouré de ses groupies, qui vont sûrement bientôt déchanter, et Hubert accompagné du regard confiant de son ami. Face à l'amateurisme apparent de son adversaire débonnaire, il décide de réviser sa stratégie prudente et de commencer le match pied au plancher, d'asphyxier celui-ci à coup d'aces, de services volés et de passings gagnants. Prenant exemple sur le jeu de Roger Federer, il envisage de mordre sur les lignes dès les premiers points afin de donner une leçon à ce lointain cousin de Pete Sampras. Sous les yeux de ses fans, Michael Dempsey commence à servir, sans erreur, mais sans force non plus. Sur le premier point, Hubert exécute son meilleur coup. Recevant le retour de son opposant côté revers (son point faible), il se déplace rapidement afin de se présenter face à la balle en coup droit pour décocher une diagonale puissante, basse et croisée, qui tutoie la ligne latérale et fuit vers le fond du court.

D'un coup d'œil, Hubert peut vérifier les regards mêlés d'admiration et de légère anxiété des proches du rebelle américain sans cause. Se remémorant la stratégie ultra offensive de Federer (attaquer le premier service de son adversaire en tentant le coup gagnant), il décide d'appliquer systématiquement celle-ci, afin d'impressionner encore plus Michael Dempsey et de le laisser d'entrée dans les cordes. Mal lui en prend. Ses retours expéditifs et non maîtrisés, bien que très puissants, sortent largement des limites du terrain. Ces échecs répétés devraient alerter Hubert par rapport à son impulsion initiale. Ce n'est pas le cas. La faute peut-être à un jeu de service laborieusement gagné, mais gagné tout de même, du fait davantage des maladresses de son adversaire que de ses propres coups de génie. Lancé sur son élan conquérant, le petit ami de Delphine insiste dans son attitude kamikaze, se répétant comme un mantra cette évidence totalement illogique : « si ça marche pour Federer, ça va marcher pour moi ».

Or, comment ignorer qu'avant d'être un génie de son sport Roger Federer, comme tout grand champion, a passé depuis très jeune des milliers d'heures à répéter ses gammes, a disputé des centaines de tournois et a accumulé une expérience d'entraînement quotidien et des compétitions hebdomadaires qui l'ont fait croître et mûrir comme athlète. Quel hybris autorise Hubert à comparer ces plus de dix mille heures d'entraînement à sa mince expérience de joueur amateur ?

Seulement, si l'imagination aime à occulter les obstacles et le long labeur nécessaire, la réalité, elle, se rappelle à tout un chacun à un moment donné. Pour Hubert, cela dure le temps du premier set où quelques rarissimes éclairs d'inspiration sont contrebalancés douloureusement par cinq jeux lâchés d'affilée pour conclure cette première étape sur un piteux score de six à un pour son adversaire.

Désarçonné dans sa chevauchée fantastique, le fan de Nadal et Federer s'assoit sur le banc, pendant l'intervalle, décontenancé. Comment peut-il être ainsi humilié par un type qui n'affiche aucun des signes distinctifs du joueur de tennis performant, mais, au contraire, tous ceux du baba cool indolent ? Dans le court espace-temps qui le sépare du deuxième set, désormais décisif, et après avoir échangé quelques mots avec Gaétan,

Hubert décide, serviette sur la tête et bouteille d'eau fraîche en main, de se livrer à un moment d'introspection. Il rentre en lui-même et se pose la seule question honnête possible à ce moment du match. Quel joueur de tennis est-il ? Non, il n'est définitivement pas le fils spirituel de Roger Federer. Il est même tout le contraire, et certainement pas un joueur expéditif, ne maîtrisant ni le service-volée ni les smashs. Se lancer au filet ne fait définitivement pas partie de son arsenal. S'il se contente de se concentrer sur ce qu'il sait vraiment faire, comme lors du premier tour, Hubert sait qu'il possède les armes pour renverser le destin du match.

Revigoré par ces pensées stimulantes, et quelques barres énergétiques, il reprend le chemin du court d'un pas plus léger et serein. Avec une humilité retrouvée, il se met à appliquer sa nouvelle stratégie sans sourciller : jouer essentiellement sur ses qualités, avec patience, en pariant sur les limites de son adversaire. Le deuxième set ressemble alors davantage à une partie d'échecs studieuse au cours de laquelle le sens tactique supérieur d'Hubert lui permet de prendre progressivement le dessus sur un opposant désormais défaillant. En l'espace d'une vingtaine de minutes, il domine l'inconsistant Michael Dempsey quatre jeux à un. S'appuyant sur une meilleure préparation physique et une patience retrouvée, il chemine inéluctablement vers le gain du deuxième set et une probable victoire en trois manches. Mais les voies spacieuses sont, depuis les temps bibliques, souvent celles de la perdition et il n'y a pas de victoire sur l'orgueil qui ne risque de se transformer en orgueil de la victoire. C'est le piège qui se tend à Hubert et, le temps d'une absence d'esprit, il tombe dans cet écueil corps et âme. Il remet soudain son adversaire en jeu en se pressant de conclure ses coups comme si, par un effet de compensation absurde, la mise à jour des failles de Michael Dempsey rehaussait automatiquement la qualité de son propre jeu limité.

À l'approche patiente et raisonnée du début du deuxième set succède tout à coup une collection bariolée de coups diversement maîtrisés et impulsivement décidés. Alors que les faibles braises attisées par le lointain héritier chevelu d'André Agassi se transformaient invariablement en cendres, la précipitation d'Hubert ravive le feu presque éteint de son adversaire et l'emplit d'un souffle nouveau. Inutilement pressé d'en finir, il déjoue et laisse son opposant, pourtant à bout de souffle, revenir dans le match et égaliser à quatre jeux partout. Hubert est soudain frappé du syndrome bien connu de la peur de gagner qui s'exprime par les symptômes suivants : choix hésitants, bras tremblant, jambes qui se figent, balles bien trop courtes venant mourir mollement dans le filet. Pourtant, rien n'est perdu et le regard de Gaétan semble lui dire : « pas de panique, on est à quatre-quatre, reste calme, sois fidèle à ton jeu et tu l'emporteras ». Mais la raison, à cet instant crucial du match, l'a déserté. C'est alors que des serpents suicidaires sifflent sur sa tête. Ils lui susurrent en substance ceci : « tout est perdu, tu n'es pas un génie tennistique tu es en fait profondément nul, une vraie fraude, le pire joueur qui n'ait jamais existé ; vas-y, montre-leur à tous à quel point tu es minable ; retire enfin ton masque de champion et exhibe fièrement ta déchéance ».

Enivré par cette nouvelle promesse de gloire paradoxale, Hubert emploie ce qui lui reste d'énergie à s'immoler en court public par le biais de coups flamboyants d'inanité. Et après quelques passings rageusement expédiés bien en dehors des limites du terrain, il rend piteusement les armes. Il s'empresse de saluer son facile vainqueur et jette un coup d'œil furtif à Gaétan, qui ne parvient pas à cacher sa perplexité. Puisqu'il n'a pu gagner ce match de façon étincelante, comme il l'avait rêvé, le jeune philosophe a au moins mis un point d'honneur à le perdre en grand style, mais définitivement pas celui de Nietzsche.

L'étudiant se console le lundi à la Sorbonne lorsqu'il prend connaissance des excellentes notes de ses examens. Ses amis, Luc, Thibaut, et même Benoît, sont admis également en deuxième année. Hannah est radieuse. Ses résultats sont également remarquables. Elle confie à Hubert, tout en lui caressant l'avant-bras, que leurs conversations vont lui manquer pendant les vacances. Celui-ci lui sourit, flatté de cette confidence en partie sentimentale et repense à la crise de jalousie de Delphine avant de se rendre à l'opéra. L'intuition de sa petite amie a devancé sa propre perception. C'est sûrement l'indice d'une future grande psychologue. Les brusques cris de joie de Benoît surprennent le groupe d'amis. Blaise est recalé ! Le présomptueux fils à papa au génie inné a lamentablement échoué. Hubert ne peut s'empêcher d'éprouver un intense sentiment de joie. Comme une vengeance exquise. Luc refroidit l'enthousiasme général en déclarant que Rachelle n'a pas atteint la moyenne. Thibaut se tait. Hubert éprouve un peu de peine. Un peu seulement. Hannah propose de boire un verre tous ensemble avant de partir en vacances. Au moment de quitter la grande cour, Hubert croise le regard de Rachelle. Elle s'avance vers lui.

— Salut Hubert. Félicitations ! J'ai vu tes notes, c'est impressionnant.

— Merci. Je suis désolé que tu ne passes pas en deuxième année. Ne te décourage pas.

— C'est gentil, mais j'ai décidé d'abandonner la philo. C'est pas pour moi. Je sais pas pourquoi j'ai choisi cette voie ; le prestige de la Sorbonne, sûrement. Et puis, j'ai pas l'argent pour continuer à vivre à Paris.

— Qu'est-ce que tu comptes faire ?

— Je vais partir en vacances avec un copain au Portugal et après je rentre chez moi, à Caen. Je pense m'inscrire en lettres à la rentrée, y a une bonne faculté.

— Bon, eh bien bonne chance. J'ai été content de faire ta connaissance.

— Oui, moi aussi. Je ne t'oublierai pas… bon, j'y vais, bye.

Une pointe de tristesse envahit Hubert l'espace d'un instant face au regard amoureux, mais dépité de Rachelle. Ce sentiment est toutefois vite compensé par la conviction que c'est mieux ainsi. Il a conscience que son cœur aimant ne peut battre que pour une seule fille à la fois.

Le lendemain, Hubert se rend à sa séance hebdomadaire de thérapie avant une grande pause estivale. Il profite de ce moment de réflexion pour essayer d'analyser un événement en apparence anodin : le sabotage de son match de tennis contre le médiocre Michael Dempsey. C'est ce que son psychologue appelle un « impondérable », c'est-à-dire une réaction banale et en apparence insignifiante, mais profondément révélatrice d'aspects secrets de sa personnalité. Cette défaite, vécue comme un échec personnel, succédait à un premier match parfaitement maîtrisé face à un adversaire qui lui était supérieur, ce qui exigea d'Hubert d'activer des capacités d'humilité, de persévérance et de concentration sur le moment présent. Enivré par ce premier succès, Hubert s'est alors inconsciemment relâché face à une opposition qu'il jugeait moindre, eu égard à l'apparence négligée de son vis-à-vis. L'arrogance prédomina et fit déjouer le jeune homme qui, se rappelant ses lectures d'Aristote, comprend alors avoir quitté son « habitat naturel » de joueur de tennis de fond de court laborieux, mais efficace, pour un personnage usurpé à Roger Federer d'attaquant de service-volée au-dessus de ses moyens. Alain Lebon lui explique que le court-circuit final, consistant à balancer le match, n'est qu'une variante des masques utilisés par sa vanité pour continuer à se donner le beau rôle, non plus celui d'un grand champion persévérant, comme son idole Rafael Nadal, mais, a contrario, celui d'un personnage se situant au-dessus de l'enjeu futile d'un vulgaire match de tennis amateur.

Transposée à sa vie quotidienne, cette analyse précise éclaire un penchant subconscient à parfois délaisser l'étude rigoureuse de textes ardus pour les facilités d'une gloire philosophique imaginaire, ou bien l'exigence d'une relation valorisante avec Delphine pour les chimères de sirènes futiles comme Rachelle. À propos de celle-ci, Hubert sait gré à son analyste, autant qu'aux conseils de bon sens de son ami Gaétan, de ne pas être tombé dans le piège d'une séduction facile.

En effet, la technique du défoulement qu'Alain Lebon lui a enseignée, et qui consiste simplement à admettre des sentiments ressentis comme coupables (dans son cas, une attirance sexuelle) en les exprimant à voix haute et en osant les regarder en face, est le meilleur antidote pour éviter de les refouler et de les laisser travailler obsessionnellement dans les souterrains de son imagination, jusqu'à ce qu'ils fassent irruption un jour de manière illogique sous la forme d'un acte irréfléchi et contraire à son désir profond. Comme souvent, Hubert sort du cabinet d'Alain Lebon délesté du poids de conflits émotionnels en apparence inextricables. Son énergie libérée est de nouveau disponible pour vivre pleinement ses projets, ses loisirs et sa relation amoureuse.

17

Hubert débarque à la gare d'Épernay un peu avant midi pour fêter son anniversaire. Cela fait déjà un an, depuis le quatre juillet 2011, qu'il s'est émancipé et est devenu indépendant. Cette année a été riche en études, en rencontres et en découvertes. Il a initié un programme d'investigation rigoureuse et méthodique sur la pensée des grands philosophes, mais aussi sur lui-même. Et puis, il est tombé amoureux. Profondément amoureux. Il est fier de présenter sa petite amie à sa famille et de retrouver, en soirée, dans son grand jardin, Gaétan, Leila et Tristane. Delphine est curieuse de rencontrer ceux dont elle a tant entendu parler depuis dix mois, de mettre des visages sur les descriptions lacunaires d'Hubert, de se forger sa propre opinion sur les personnages pittoresques des membres de sa famille.

Louis Feuillade, qui vient les chercher à la gare, est très accueillant. Il est élégant, dans sa chemise couleur vin, chaleureux et non dépourvu de charme. Il met tout de suite Delphine à l'aise. Hubert a en partage avec lui les mêmes traits et les mêmes mimiques, ce qui est troublant. Sa bonne humeur solaire est à l'opposé du personnage mélancolique que lui a peint son fils. Florence Feuilllade, qui la reçoit à bras ouverts, sur le perron de la grande maison familiale, la surprend également. Elle n'est pas cette grenouille de bénitier psychorigide et tristounette qu'elle avait en tête. Sa simplicité vestimentaire et son absence de maquillage lui confèrent plutôt un cachet d'authenticité. Son regard bienveillant et son contact tactile (elle l'a tout de suite prise par le bras) témoignent d'un intérêt non feint pour sa personne. Lionel, lui, avec sa monture de lunettes rectangulaire, correspond exactement au portrait-robot de l'étudiant geek, matérialisé dans un grand corps musclé, dont le tee-shirt étriqué met en valeur ses biceps sculptés au club de fitness qu'il fréquente assidument. Ses cheveux noirs, coupés courts et rasés sur les côtés, lui donnent même une allure militaire. En revanche, sa maladresse et son absence de conversation dénotent, aux yeux de Delphine, d'un flagrant manque d'expérience avec les filles que l'illusion de virilité, dont témoigne l'exhibition de testostérone, ne peut masquer. Tout juste daigne-t-il communiquer à la petite amie de son frère qu'il s'est inscrit en école de commerce à Reims, suite à son baccalauréat en économie.

Soudain, une boule d'énergie traverse la vaste salle à manger et se pend avec effusion au cou d'Hubert. Noémie, dont la taille modeste semble compensée par une vivacité explosive, déborde d'affection pour son grand frère. Ses mèches de cheveux, teintes en bleu et orange, contrastent avec un visage aux yeux gris expressifs et à l'épiderme diaphane. Elle fait l'effet à Delphine d'un petit animal sauvage et fragile, mais très attachant. Elle aurait presque envie de l'adopter. Si la grand-mère d'Hubert, Geneviève Grandcolas, est bien une crème de mamie, avec sa permanente de cheveux gris bouclés et sa robe à fleurs jaunes sur fond bleu ciel, son mari, Charles, au collier de barbe blanche désuet, jette sur les jambes nues de Delphine un regard libidineux qui la gêne terriblement. Il vaut mieux garder ses distances, pense-t-elle.

Après le déjeuner, agréable pour la nouvelle venue, à l'exception d'une main un peu baladeuse de monsieur Grandcolas, Delphine visite la petite ville d'Épernay avec pour guide son amoureux. Il fait beau, un peu chaud même, et la découverte de la cité du champagne la surprend positivement. Ses premières impressions ne correspondent en rien à l'image déprimante que lui avait peinte Hubert. Elle apprécie l'architecture des bâtiments massifs de l'Avenue de Champagne rappelant des châteaux, les ruelles calmes, les demeures typiques aux façades en briques rouges, la bonhommie des habitants et des commerçants. Elle en fait la remarque à son prince sparnacien lors d'une pause pour apprécier une pâtisserie, place de la République.

— Dis donc, tu m'as bien induite en erreur sur ta ville. Elle est mignonne comme tout. Rien à voir avec la vision glauque que tu m'avais dépeinte.

— Oui, quand tu viens en touriste passer une journée ça en jette, c'est sûr. Mais je t'assure que pour un jeune homme comme moi, ou Noémie, qui a seize ans, c'est d'un ennui mortel. Y a que mon frère Lionel qui s'y plaît, mais c'est parce qu'il a peu d'expectatives.

— Oui, il est un peu coincé ton frère. Ta sœur est adorable en revanche. On a bien discuté. Il faudra l'inviter à Paris. Elle t'admire plus que tout.

— Je sais. Elle m'a vivement reproché de l'abandonner quand j'ai déménagé.

— Tes parents sont trop sympas aussi. Ton père a un sens de l'humour subtil. Un vrai pince-sans-rire. Je l'ai trouvé rayonnant. Carrément pas mélancolique.

— Oui, c'est vrai qu'il a changé.

— Et tu as bien exagéré avec ta mère. J'appréhendais de la rencontrer, mais elle m'a tout de suite mise à l'aise. On s'est bien entendues. À un moment, j'ai même eu l'impression qu'elle voulait me faire une confidence, mais elle s'est retenue. Elles se ressemblent tellement avec ta grand-mère.

— Oui, elle est trop mimi mamie Geneviève, non ?

— C'est clair. Par contre, j'ai pas voulu faire de scandale aujourd'hui, mais j'ai trouvé ton grand-père repoussant. Ses façons de me passer la main dans le dos comme s'il me caressait, c'est dégoûtant.

— Je suis désolé. Je vais le remettre à sa place.

— Non, laisse, je sais me défendre. Et puis, tous ses sous-entendus sur les juifs, sur ce que je suis censée manger ou pas, c'est un peu lourd. Tu ne lui as pas dit que je ne pratiquais pas ?

— Si, mais, tu sais, les vieux racistes comme lui ils ont les idées tellement arrêtées. Il me fait vraiment honte. S'il ne vivait pas sous le même toit que mes parents, je ne te l'aurais même pas présenté. J'espère qu'il saura se tenir avec Leila ce soir.

— Il a intérêt parce qu'elle est encore plus réactive que moi.

Une voix sensuelle résonne soudain près du couple, dans la boulangerie.

— Hubert ? Ça va ?

Hubert lève les yeux vers la jeune femme blonde qui l'interpelle. Il ne la reconnaît pas. Ses yeux bleus et ses lèvres pulpeuses ne lui sont pourtant pas étrangers. La vue de son ventre prononcé déclenche soudain en lui une réaction de surprise.

— Charlotte ?

— Oui, Hubert Feuillade, tu ne me reconnais pas ?

— Si, si, bien sûr.

La vérité est qu'il aurait été bien en peine d'associer cette fille affublée de vêtements dépareillés, et au visage vierge de tout maquillage, à la collègue sexy, source de nombreux fantasmes, de ses années de lycéen. Remis de son choc initial, Hubert présente Delphine. Charlotte en fait de même avec le père de son bébé, le grand dadais Frank Grosjean, que l'étudiant connaît de vue. Après avoir échangé des propos banals, Delphine peine à retenir un sourire ironique sitôt le couple charismatique éloigné.

— C'est elle, Charlotte, la fille qui t'a obsédé à la crémaillère de Gaétan et Tristane ? Elle est carrément canon.

— Vas-y, Delphine, fous-toi de ma gueule.

— Non, sérieux, elle a un charme vraiment… comment dire… débordant.

— Écoute, j'avoue, je me suis complètement trompé. L'erreur est humaine, non ?

— Tu te rends compte que si tu l'avais sautée en octobre tu serais sur le point d'être papa. Je t'imagine, Hubert, en train de peindre les murs de la chambre, de visser le berceau, de plier et ranger les layettes en devisant des soldes sur le lait en poudre au Monoprix. Tout à fait toi, mon chéri. Tu es passé à côté d'une vie exaltante.

— C'est bon, je te déclare vainqueur du concours de sarcasme. En fait, je dois t'avouer que je ressens plutôt de la pitié pour elle. C'est une fille ingénue au fond.

— Je te préviens tout de suite que je n'ai pas de plan bébé dans mon futur proche. Mes études et ma situation professionnelle sont ma priorité. Toi aussi, non ?

— En ce qui concerne ma future profession, je dois t'avouer que je ne suis pas pressé. En revanche, s'agissant de mes études de philosophie, c'est clair que c'est mon objectif suprême. Ne t'inquiète pas, on sera comme le couple Sartre-Beauvoir, on fera des enfants de papier tous les deux.

— Ah non ! Hors de question de te partager avec d'autres femmes. C'est pas du tout un modèle de couple pour moi, Hubert. Compte pas sur moi pour avoir l'ouverture d'esprit du Castor.

— Alors, disons Hannah Arendt.

— Oui, Hannah Arendt, j'approuve sans condition.

En fin d'après-midi, Hubert tient à boire un pot au café de la rue des Coteaux. Il souhaite montrer à sa petite amie le lieu où, tous les jeudis, il s'abreuvait à la source de l'histoire de la philosophie, grâce aux explications passionnées de son enseignant, monsieur Rivière. Il tient même à s'installer à la même table, avec un léger sentiment de nostalgie à l'évocation de ses premiers émois à la découverte de pensées complexes.

Le dîner sous les cerisiers de sa maison natale est un moment finalement pas si désagréable pour Hubert. La présence joviale de son oncle Georges et de l'érudite Alice, tout juste arrivés de la capitale, y contribue, de même que celle de ses amis. Si Charles Grandcolas blague de temps en temps avec Gaétan, qu'il connaît bien et apprécie, il ignore complètement Leila qui ne semble pas s'en offusquer. C'est mieux ainsi, pense Hubert. Delphine parvient à rendre son sourire à Tristane. Noémie s'épanche auprès d'elles deux sur ses envies de connaître Paris. Louis Feuillade converse et boit allègrement avec son frère aîné. L'étudiant philosophe envie cette complicité qu'il n'a jamais ressentie avec Lionel. Celui-ci colle aux jupons de sa mère, comme d'habitude, mais, en cette soirée, Florence Feuillade a préféré commander le repas chez un traiteur, luxe qu'elle se permet rarement, et n'a pas besoin de son aide. Délivrée des fourneaux, elle profite du moment comme une invitée, sans anxiété, au milieu des jeunes filles en fleurs, son verre de vin ne désemplissant pas de la soirée.

Vers onze heures, Hubert ouvre ses cadeaux. Pour une fois, il les apprécie tous. Son entourage s'est adapté à ses goûts personnels entre disques vinyles de jazz, livres d'arts, vêtements sportifs et quelques objets décoratifs pour son logement. Georges lui tend en dernier une mince et longue enveloppe. Alice intime Hubert de deviner son contenu.

— On dirait une partition. Une partition dédicacée par un musicien ?

— Non mon cher neveu.

— Un livret d'opéra ?

— Non plus.

— La reproduction d'un tableau. C'est ça Alice ? Je brûle ?

— Pas du tout.

— Désolé, je sèche. Je vais l'ouvrir.

Hubert décachette l'enveloppe. L'assemblée, aussi curieuse que lui, retient son souffle. Il en retire une feuille contenant plusieurs articles et ne comprend pas de quoi il s'agit. Delphine vole à son secours et écarquille les yeux à la lecture du document. Elle regarde son petit ami, encore perplexe, puis Georges dont le visage irradie de bonheur.

— C'est un titre de propriété ?

— Oui, Delphine, je vois que tu es plus perspicace que mon neveu.

— Hubert, ton oncle t'offre l'appartement de la rue Beaubourg.

Ces mots prononcés avec stupéfaction par la fille de David et Céline Langmann sont suivis des chuchotements étonnés des convives.

— Non, oncle Georges, je ne peux pas accepter, vraiment, c'est trop généreux de ta part.

— Bien sûr que tu vas accepter Hubert. Tu es comme un fils pour moi. Ça me fait immensément plaisir, alors tu n'as pas le choix, je t'ordonne d'accepter.

— Bon, ben je sais vraiment pas quoi dire.

— Invite-nous de temps en temps, intervient Alice.

— Et j'insiste sur le fait que cet appartement est aussi pleinement le tien Delphine, précise Georges Feuillade.

L'étudiante en psychologie embrasse avec ferveur les deux bienfaiteurs. Hubert, lui, est pétrifié par ce présent prodigieux à un point tel que ce sont son oncle et sa compagne qui s'avancent pour le prendre dans leurs bras. Cette offrande inouïe le déleste définitivement de tout souci pécuniaire, songe-t-il. Il n'a plus qu'à consacrer toute son énergie à ses études de philosophie.

Le lendemain, après le déjeuner, Louis Feuillade invite son fils à boire un café avec lui, au centre-ville, avant qu'il ne reparte vers l'appartement dont il est désormais propriétaire, en fin d'après-midi. Ils s'attablent tous les deux à une terrasse, rue de la Juiverie. Le négociant en champagne complimente son fils sur le choix de sa petite amie, qu'il trouve remarquable : belle, élégante, vive, cultivée et responsable. Hubert acquiesce avec fierté. Une fois les cafés servis, le mari de Florence prend un ton soudain sérieux et regarde son fils droit dans les yeux.

— Hubert, j'ai quelque chose de très important à te dire.

Le sang se glace soudain dans les veines du jeune homme.

— Tu es malade ? C'est le cancer ?

— Non, rassure-toi, je vais très bien. Je tiens en fait à t'informer que j'ai décidé de me séparer de ta mère… ça n'a pas l'air de t'étonner.

— Non, pas vraiment. Ça fait une paire d'années que j'ai remarqué que vous n'étiez plus un couple. Je ne suis pas aveugle. Lionel et Noémie sont au courant ?

— Non, je voulais t'en parler en premier et ne pas gâcher l'ambiance de ton anniversaire. Je leur annoncerai demain. Je m'attends à ce que Lionel m'en veuille. Il a toujours été proche de sa mère. Quant à Noémie, c'est surtout à cause d'elle que j'ai reculé cette décision. J'espère qu'elle n'en souffrira pas trop. La seule personne que j'ai mise au courant, c'est mon frère. Et ta mère, bien sûr. Je lui ai communiqué ma décision en début de semaine.

— Comment a-t-elle réagi ?

— Elle était dans la négation au début, mais elle m'a très vite demandé si j'avais quelqu'un. Je lui ai dit la vérité, c'est-à-dire que je sors avec une femme depuis environ huit mois. Et là, elle l'a très mal pris. Elle m'a traité de salaud, d'ingrat. J'aurais préféré éviter cela, mais c'était le seul moyen de la mettre devant le fait accompli, au lieu d'essayer pour la centième fois de nous donner du temps. Tu sais, Hubert, ça fait déjà un an que je dors dans ta chambre.

— Je l'ai trouvée différente ce soir, maman, plus légère.

— Elle a pris sur elle, pour toi et Delphine. Mais elle a vraiment accusé le coup, je t'assure. Sur le fond, tu sais, je n'ai rien à lui reprocher, sauf que je ne sens plus rien pour elle. J'ai quarante-neuf ans et je n'ai plus envie d'attendre pour être heureux.

— Je la connais ta copine ?

— Non. C'est une artiste peintre. Elle vit en Provence. J'ai fait sa connaissance ici, en novembre, à une exposition qu'on sponsorisait. Elle s'appelle Iris. On a dîné ensemble le jour même. Ça a été un vrai coup de foudre. On a maintenu le contact et on s'est revus plusieurs fois à Paris. Je vais emménager chez elle après-demain. Je n'ai pas encore réfléchi dans quel domaine je vais travailler, mais je ne suis pas dans le besoin. J'ai juste envie de revivre pour l'instant. Tu verras, Hubert, c'est quelqu'un de merveilleux. Elle a très envie de te connaître. D'ailleurs, on insiste pour vous inviter à venir passer une dizaine de jours avec nous début août, Delphine et toi, après vos vacances en Grèce.

— Merci. J'en parlerai à Delphine. Ce sera avec plaisir.

— Tu sais, Hubert, je suis content que tu ne m'en veuilles pas. J'appréhendais ta réaction.

— Ne t'inquiète pas, papa. Je suis sincèrement heureux pour toi. Tu peux compter sur ma visite.

Dans le train de retour vers la capitale, Hubert est presque euphorique en commentant avec Delphine la nouvelle vie de son père. Elle en est contente pour Louis Feuillade, dont elle a apprécié la personnalité, et qui semble enfin réaliser son désir essentiel, mais elle éprouve aussi de la compassion pour le sort de sa femme, Florence, et de la souffrance aiguë que cette situation engendre nécessairement chez celui qui est quitté.

18

Delphine, s'étant levée aux aurores, dort profondément, sa tête reposant sur l'épaule d'Hubert. Le jeune homme profite du sommeil de sa petite amie et des quatre heures de vol vers Athènes pour lire trois textes courts de Platon. *Apologie de Socrate* est une retranscription fidèle du procès qui a condamné le philosophe à mort, auquel Platon a assisté, en 399 avant notre ère. *Criton* est un dialogue du personnage éponyme exhortant son maître à s'évader et *Phédon* un ultime entretien entre Socrate et ses amis (à l'exception de Platon, étrangement absent, car malade) peu avant de boire le poison mortel de la ciguë.

La lecture des trois textes renforce l'admiration de l'étudiant pour le sage athénien. Accusé par Mélétos de ne pas croire aux dieux grecs, d'en inventer de nouveaux et de corrompre la jeunesse, Socrate refusa l'aide d'un orateur professionnel, qui aurait pu le soustraire à la peine capitale, pour s'exprimer en son nom et en celui de la vérité, sa vérité. Condamné d'avance par des jurés hostiles, malgré une défense admirable, au cours de laquelle il déconstruisit l'image calomnieuse de lui-même, fabriquée de toutes pièces par des poètes et des citoyens médisants, le soldat héroïque et citoyen amoureux d'Athènes accepta courageusement la sentence prononcée et repoussa la tentative de fuite préparée et proposée par ses disciples et le médiateur Criton. Fuir était hors de question pour celui qui ne cessa de proclamer que philosopher c'est apprendre à mourir. Entouré de ses amis, après avoir dit adieu à sa famille, il affronta sereinement son destin, sans peur. Ses dernières paroles furent pour rappeler la promesse du don d'un coq au dieu Asclépios, preuve, s'il en fut, de l'inanité apparente de l'accusation initiale d'impiété.

Hubert referme le livre sur ce dernier passage, extrait de *Phédon*, et songe à la leçon de vie édifiante de ce sage exemplaire. L'exil en Thessalie eût été vécu comme le reniement du message donné par son exemple vivant. L'acceptation du destin et de la mort est frappante chez les philosophes de l'Antiquité qui ont su penser leur vie et vivre leur pensée, comme Sénèque, dont le sort fut en grande partie similaire. A contrario, les philosophes contemporains brillent souvent par les contradictions entre leurs écrits et leurs actes, c'est le moins qu'on puisse dire. Hubert songe à toute une liste, des écrivains des Lumières (Voltaire, Rousseau) jusqu'à Schopenhauer, Nietzsche, Heidegger ou Sartre.

Mais la principale réflexion qu'il poursuit, concernant le procès inique dont a été victime Socrate, porte sur la violence avec laquelle les sociétés condamnent ceux qui osent s'extraire du conformisme pour revendiquer une pensée originale. Et surtout ceux qui osent remettre en cause les traditions des dogmes religieux. La pensée socratique sécularisera effectivement les mythes pour les traduire en concepts et initier le miracle grec de la philosophie. Le prophète Jésus, au destin comparable, et même plus tragique, eu égard à son jeune âge et à la violence du supplice final, s'affranchira des rites juifs, comme le shabbat, tout en incarnant et reformulant la promesse divine (« le royaume des cieux est en vous »). Et aussi Spinoza qui, même s'il ne périra pas physiquement, malgré une tentative d'assassinat avortée, sera condamné, par la communauté juive d'Amsterdam, à une mort sociale pour le restant de ses jours pour avoir osé redéfinir le Dieu transcendant de ses ancêtres, créé à l'image de l'homme. Chercher et vivre la vérité requièrent un courage que peu d'hommes parviennent à assumer. Le sacrifice à consentir pour la quête de la sagesse a historiquement souvent été élevé, parfois au prix de la vie même. C'est au moment où l'avion entame sa descente progressive vers la capitale de la Grèce que Delphine émerge de ses songes et Hubert de ses pensées en haute altitude.

Le couple consacre ses premières journées au patrimoine historique. Un soleil de plomb, mêlé à une sensation de sécheresse et un goût de sable dans la bouche, donnent l'impression de traverser un désert pour se rendre à l'Acropole, le point le plus haut de la ville. La visite du Parthénon et du spacieux musée sur pilotis passionne Delphine, qui en profite pour inaugurer l'appareil photo que son petit ami lui a offert pour son anniversaire, un mois plus tôt. Hubert, lui, médite sur les vestiges de l'Agora, en contrebas, ayant témoigné des prémices de la démocratie, mais aussi de la condamnation du plus éclairé des philosophes de l'Antiquité.

La programmation de la deuxième journée, élaborée par Hubert, consiste en un parcours philosophique que Delphine redoute un peu, non sans raison. La visite du site originel de l'Académie de Platon, dans le quartier de Sepolia, est plutôt relaxante. C'est aujourd'hui un parc constitué d'un ensemble hétéroclite de ruines et de graffiti modernes et d'arbres aux couleurs vives. L'étudiante en psychologie apprécie son calme, après ses pérégrinations au milieu des foules de touristes, la veille. En revanche, les longues déambulations qui s'ensuivent dans les ruelles de la ville, sous une chaleur étouffante, pour trouver l'emplacement du Lycée d'Aristote, l'irritent profondément. Les interpellations des jeunes autochtones par Hubert, dans un anglais approximatif, sont autant de tentatives infructueuses. Aucun quidam ne connaît le lieu. Lorsqu'ils y arrivent enfin, après deux heures de marche, c'est pour être confrontés à un vulgaire terrain vague.

Devant l'expression de réprobation de son amoureuse, Hubert fait mine de s'excuser, mais tient à terminer son périple par la visite de la prison où Socrate a bu la ciguë. Assise sur un banc en bois vert, Delphine reprend son souffle pendant que l'étudiant en philosophie contemple, immobile, une maison en pierre creusée dans une colline et dont quelques barreaux en métal rouillé rappellent la dernière demeure de l'accoucheur des âmes des citoyens d'Athènes. Lorsqu'elle se lève, pour s'approcher et signaler son désir de rentrer à l'hôtel, après une journée aussi harassante que frustrante, Delphine surprend Hubert les larmes aux yeux, lui qui n'a jamais pleuré en sa présence. Elle le réprimande et lui déclare qu'elle trouve ridicule de s'émouvoir pour la mort d'un homme qui a eu lieu il y a plus de 2 400 ans, qu'elle est exténuée, en sueur et déçue par la perte de temps qu'a représentée, pour elle, cette journée. Hubert préfère rester coi devant l'insensibilité historique de sa petite amie. Pour leur premier voyage, qui plus est dans le berceau de la civilisation occidentale, il choisit de ne pas manifester son irritation et d'avaler les couleuvres du mécontentement de la jeune femme. En son for intérieur, il répugne à admettre que le programme enchanteur qu'il avait concocté s'est en partie révélé décevant.

Échaudée, Delphine décide de prendre en main l'organisation des prochaines excursions dans la ville méditerranéenne. Hubert surmonte ses réticences pour les lieux touristiques et se laisse guider dans le quartier commercial de la Plaka où sa petite amie, régénérée et radieuse, expérimente des dattes et raisins secs et explore une par une les nombreuses échoppes, à la recherche de souvenirs kitsch pour ses proches. Le couple déjeune dans les bistrots d'Exarchia, dont Hubert apprécie l'esprit bohème, ainsi que les nombreuses librairies. Le soir, ils prennent un verre dans les quartiers branchés de Kolonaki ou Moristaki et prolongent parfois leurs nuits dans des night-clubs en bord de mer.

L'excursion vers Delphes, centre géographique du monde pour les Grecs anciens, enthousiasme autant Hubert que Delphine, et pas seulement pour des raisons étymologiques. Le sanctuaire d'Apollon, érigé au pied du mont Parnasse et de deux falaises rougeoyantes, est l'objet de nombreuses prises de vue sous différents angles de la part de l'étudiante en psychologie. Ses six colonnes dressées vers le ciel l'intriguent tout autant que l'aura de mystère qui entoure encore le lieu. Hubert sonde sa petite amie sur son obsession photographique.

— Tu vois, Hubert, quand j'aurai mon cabinet, j'encadrerai une de mes photos sur mon bureau.

— Pourquoi ?

— Pour me rappeler l'inscription qu'il y avait sur son frontispice : « Connais-toi, toi-même ». Pour moi, c'est la meilleure définition possible de l'introspection. Je suis sûre que c'est ce à quoi pensait Socrate quand il a repris cette assertion : prendre soin de notre vie intérieure. C'est pour cela que je le considère comme le premier psychologue de l'humanité. L'accoucheur des âmes, comme tu me l'as expliqué.

— Oui, le créateur de la maïeutique. Sa mère était sage-femme, tu sais ?

— Non. Il a prolongé le métier de sa mère alors, mais en aidant ses concitoyens à mettre des idées au monde plutôt que des bébés.

— En fait, d'après Platon, il aidait ses contemporains à se rappeler de vérités qu'ils avaient déjà rencontrées, mais oubliées. C'est ce qu'il appelait la réminiscence.

— Merci monsieur le professeur.

— De rien mademoiselle Psyché. Mais j'ai une interprétation de l'inscription du temple d'Apollon différente de la tienne.

— Je t'écoute. Ton avis m'intéresse, mon chéri.

— Je pense qu'il faut remettre cette phrase dans son contexte historique pour bien la comprendre. La vision de l'univers qu'avaient les Grecs est à des années-lumière de la nôtre. Le monde, qu'ils appelaient le Cosmos, était parfaitement organisé et hiérarchisé et la société en était l'exact reflet. Chacun avait une place assignée dans la cité comme dans la nature : les philosophes, les aristocrates, les bergers, les esclaves. Si les humains étaient considérés comme supérieurs aux autres êtres vivants, ils étaient définitivement inférieurs aux dieux. Le plus grand péché, pour eux, c'était l'hybris, le péché d'orgueil les exaltant à se croire les équivalents des dieux de l'Olympe ou bien à renier leur condition sociale et naturelle. Les Grecs avaient en horreur l'excès. Ils chérissaient plus que tout le juste milieu, la tempérance. C'est ce que signifie l'injonction « Connais-toi toi-même, et rien de trop ». Sache rester à ta place d'être humain et d'artisan ou d'esclave. Tout le contraire d'une quête individualiste visant l'amélioration de notre sort. La vertu, c'était d'accepter notre destin comme on l'avait reçu à notre naissance.

— Je dois t'avouer que je ne connaissais pas cette vision du monde. Mais si Socrate était un penseur révolutionnaire, il aurait très bien pu donner une nouvelle interprétation plus psychologique, non ? Merci pour tes lumières, mais je préfère mon hypothèse. Et puis, depuis quand, toi, l'admirateur de Sartre, tu crois au destin ?

— Tu as raison. Mais ça me fascine de penser que des milliers de personnes venaient ici pour consulter un oracle. Et ils croyaient dur comme fer à ses prédictions.

— Et qu'est-ce que tu lui demanderais, toi, à la Pythie, si elle était présente aujourd'hui ?

— Si on va rester ensemble toute notre vie. Et elle répondrait que oui.

— Je te comprends, Ça t'arrangerait bien, en fait, que notre destin soit scellé une bonne fois pour toutes. Ça te ressemble. Si l'oracle l'a dit, plus besoin de faire d'efforts.

— Comment ça ? Qu'est-ce que tu veux dire ?

— Je veux dire que le destin, tel que l'imaginaient les Grecs, ça n'existe pas Hubert. Ce sont des contes de fées ou des légendes. Si tu n'investis pas dans ton couple, si tu n'es pas créatif et ne te remets pas en question et bien, ton couple, il mourra un jour d'inanition. Ne l'oublie pas chéri. Je commence à bien te connaître et je sais qu'au fond la croyance en un destin déjà écrit est une idée séduisante qui t'absoudrait de tout effort. Mais c'est une idée dangereuse, contre laquelle il vaut mieux lutter si tu veux qu'on vieillisse ensemble.

Hubert redescend vers le bus, main dans la main avec Delphine, mais un peu désorienté. Il trouve incongrue cette mise en garde au milieu de ce qui ressemble à une parfaite lune de miel, dans un cadre idyllique. Les piqûres de rappel de sa petite amie, si déplaisantes soient-elles, ont toutefois une fonction philosophique, songe-t-il, comme le taon dont se revendiquait Socrate pour réveiller ses concitoyens de leur engourdissement.

S'il est reconnaissant à Delphine de veiller à son propre bien et à celui de leur couple, il trouve toutefois que le timing de ses remarques n'est pas toujours approprié.

L'idée de passer une semaine à Mykonos ne l'enchante pas à priori. La réputation d'île festive, associée à l'image jet-set de Saint-Tropez, contrecarre ses aspirations culturelles, mais Delphine y tient et les parents de celle-ci ont assuré le jeune homme du charme de l'endroit (« parfait pour des amoureux », ont-ils même ajouté), ce qui a fini par le convaincre. Lors du long trajet en bateau depuis le port du Pirée, Hubert choisit de rester sur le pont, malgré le vent, pour admirer les variations de bleus et de verts de la mer Égée, les falaises et les maisons des villages, peintes à la chaux, les fenêtres et les portes, couleur océan. Delphine ayant le mal de mer et préférant l'intérieur du navire, il se retrouve seul pendant un moment. Son imagination fertile remonte le temps jusqu'à l'époque mythique de l'Odyssée. À chaque île contemplée, il rêve les yeux grands ouverts de l'ensorceleuse Circé, des promesses d'éternité de Calypso, refusées par Ulysse, mais qu'il aurait, lui, volontiers acceptées, du charme innocent de Nausicaa et des séductions chimériques des sirènes qui peuplent les fonds sous-marins. La mer est calme toutefois, Poséidon étant apparemment assoupi, et les vents, légers comme une brise, ne recèlent aucun mauvais sort tels ceux offerts dans un sac par Éole au roi d'Ithaque.

Les jours qui suivent, à Mykonos, Hubert décide de se laisser guider et de profiter de l'instant présent, sans aucune autre ambition que le plaisir des sens. Accorder quelques jours de vacances à son cerveau surchauffé, ponctuellement libéré de l'obsession de lectures studieuses, se révèle une expérience réjouissante. Le couple passe ses journées à déambuler parmi les ruelles étroites, à se restaurer au quartier d'Alefkandra, en bord de mer, tout en admirant les maisons pittoresques surplombant l'eau et les couchers de soleil, au loin, se fondant dans la silhouette des moulins. Après des virées nocturnes dans des discothèques à ciel ouvert, Hubert apprécie, le jour d'après, la quiétude des plages éloignées. Le spectacle divin n'est pas seulement offert par les beautés naturelles des paysages. Le jeune homme profite aussi des moments où son amoureuse a les paupières closes pour contempler les corps féminins affriolants qui défilent sous ses yeux. Une fin d'après-midi, Delphine, encore humide de son bain de mer, le prend par la main et l'attire à l'écart des touristes pour faire l'amour avec lui en pleine nature. D'abord surpris par l'audace de sa petite amie (ils auraient pu être découverts à tout moment), Hubert s'abandonne avec délice à la tentation de son corps hâlé.

Dans l'avion du retour vers Paris, il repense à cet instant volé et décide de le classer tout en haut dans sa liste des « éternels retours » qui justifient pleinement le plaisir de vivre. Hubert est conscient de nager en plein bonheur et rien ne semble devoir l'atténuer. Pendant que le parfum des cheveux de Delphine embaume son tee-shirt à l'effigie d'Apollon, le jeune homme écoute sur son iPod les notes nues du piano de la sublime chanson d'amour de Willy DeVille : « Heaven stood still » (Le Paradis est resté immobile).

19

La visite estivale impromptue de Lionel à Paris prend Hubert de court. Il ne sait trop quel programme proposer à son frère, dont les goûts diffèrent tant des siens. C'est Delphine qui propose de passer la journée à la Cité des Sciences. L'idée est pertinente et Lionel ressemble à un grand enfant parmi les salles de robotique et de jeux vidéo. Hubert, lui, s'y promène comme un étranger qui découvre un pays inconnu dont il ignore les codes, au contraire de sa petite amie qui parvient, par la médiation des outils numériques exposés, à établir un lien avec son frère geek. La session du planétarium le réveille de sa torpeur. Contrairement à Pascal, les constellations et les espaces infinis ne l'effraient pas, mais le fascinent. Dans l'obscurité de la salle, il médite sur les milliards de contingences qui ont été nécessaires pour qu'un jour, miraculeusement, la vie apparaisse sur un insignifiant rocher perdu dans l'univers, aujourd'hui appelé la Terre. Et aux millions de contingences qui se sont ensuivies pour qu'il naisse, lui, un quatre juillet 1993 et Delphine un mois auparavant et qu'il puisse, en ce début du mois d'août, serrer sa main dans la sienne. Son imagination volontiers vagabonde repense à l'assertion de Kant, qu'il connaît par cœur : « Deux choses remplissent l'esprit d'une admiration et d'une vénération toujours nouvelles et toujours croissantes à mesure que la réflexion s'y attache et s'y applique : le ciel étoilé au-dessus de moi et la loi morale en moi. »

Hubert aurait aimé s'appuyer également sur la béquille offerte par sa petite amie pour prolonger la soirée, mais Delphine a insisté sur la nécessité qu'il puisse avoir un moment de complicité avec son frère. Il emmène donc celui-ci à un concert de blues au New Morning. Un groupe nord-américain, composé d'un ensemble de cuivres et de choristes dynamiques, occupe tout l'espace de la scène et le public hétéroclite danse avec entrain sur la piste pentagonale. Pendant l'intervalle, Lionel invite son frère à boire un cocktail au bar.

— C'est vraiment sympa ici, tu viens souvent ?

— Non, c'est seulement la deuxième fois. Je suis venu une fois avec Gaétan voir Buddy Guy.

— Trop cool. Tu en as de la chance. C'est plus convivial que le Millesium d'Épernay.

— Tu y vas de temps en temps ?

— Non, c'est rare. On dirait plus une salle de basket qu'une salle de concert. L'acoustique n'a rien à voir avec ici.

Lionel termine rapidement son Black Velvet et aborde la raison de sa venue dans la capitale. Hubert aurait préféré éviter ce moment.

— T'es au courant pour papa et maman ?

— Leur séparation ? Oui, papa me l'a annoncée le lendemain de mon anniversaire.

— Quel salaud ! Faire ça à maman, après tout ce qu'elle a fait pour notre famille. C'est dégueulasse. Vraiment.

Le silence d'Hubert intrigue Lionel.

— T'es pas d'accord ?

— En fait, non, Lionel. Je ne suis pas du même avis que toi.

— Ça ne m'étonne pas de toi. Toujours à défendre papa.

— Non, ce n'est pas ça, mais il faut être réaliste. Ça fait des années qu'ils ne forment plus un couple. T'es pas aveugle quand même. Tu vois bien que papa est malheureux, non ?

— La faute à qui ? Franchement, il n'a pas à se plaindre. Maman fait tout pour lui à la maison. Papa, lui, il a juste qu'à rencontrer des clients. Et je te rappelle que la part la plus importante du vignoble, c'est la famille Grandcolas qui la détient.

— Et alors ? Ça justifie que notre père soit prisonnier ? Il a le droit d'être heureux et de refaire sa vie, non ? Il a quarante-neuf ans, il n'est pas encore trop tard.

— Et tu penses à maman ? Tu imagines comme ça doit être dur pour elle ? Comme c'est injuste ?

— La vie n'est pas juste.

— Mais, Hubert, ils se sont mariés à l'église. Papa a juré devant Dieu de lui être fidèle pour toujours.

— Putain Lionel, mais sur quelle planète tu vis ? On est au vingt-et-unième siècle, pas au Moyen-Âge. Aujourd'hui, quand un couple est mort et bien ils se séparent et refont leur vie. C'est comme ça. Regarde oncle Georges. Il a eu un premier mariage malheureux, il a eu le courage de rompre et, aujourd'hui, il est épanoui avec Alice.

— Décidément, on n'a pas les mêmes valeurs tous les deux. C'est trop facile de jeter quelqu'un juste parce que le temps passe. Alors, si je t'écoute, dès que la passion s'éteint, on devrait changer de femme, c'est ça ? Tous les trois ans ? Et toi, tu vas changer de copine dans trois ans ?

— Ne mêle pas Delphine à ça. Ma relation avec elle n'a rien à voir avec celle de papa et maman.

Profondément irrité, Hubert est sur le point de révéler le secret que lui a confié son oncle Georges, mais il décide de se taire pour respecter leur pacte tacite. De toute façon, son frère ne comprendrait pas.

— Tu la connais ?

— Qui ça ?

— La maîtresse de papa ?

— Tu veux dire sa nouvelle compagne ? Non, je ne la connais pas.

— En tout cas, moi, il est hors de question que je la rencontre. Comment tu appelles une femme qui sort avec un homme marié et père de famille ? Tu crois qu'elle y a pensé cette égoïste ?

— Tu exagères. C'est peut-être quelqu'un de bien.

— Et puis je dois t'annoncer que ma relation avec papa est terminée. Je le lui ai dit. Je ne veux plus le revoir. Qu'il reste dans le sud avec sa concubine.

Hubert commande un deuxième Bloody Mary pour calmer ses nerfs et éviter une dispute avec son frère. Alors que les musiciens reviennent s'installer sur scène, le visage délicat d'une des choristes lui rappelle sa petite sœur.

— Et Noémie ?

— Elle vit sur une autre planète. Elle s'en fout complètement. Elle passe ses journées dans la rue avec ses copains et rentre le soir, tard, ses écouteurs collés aux oreilles. C'est à peine si on a échangé trois mots depuis ton anniversaire. Mamie Geneviève me fait de la peine, par contre. Je l'aime beaucoup.

— Oui, moi aussi. Et papy ?

— Mamie ne lui a appris la nouvelle que quand notre père était déjà loin dans sa Provence. Il était rouge de colère. Il a dit devant moi que si mon connard de père, ce sont ses mots, osait remettre les pieds à la maison, il prendrait son fusil de chasse et lui collerait une balle entre les deux yeux. Le pire, c'est que je crois bien qu'il en serait capable.

— Oui, sûrement. Tu sais, je n'ai jamais pu le supporter.

— Moi non plus, je ne l'aime pas trop, mais en même temps je le comprends.

Les premières notes de guitare du blues « The thrill is gone » délivrent Hubert de ce dialogue qui le mettait mal à l'aise. Les émotions ne sont pas son fort. Son frère et lui regagnent la piste et assistent en silence à la deuxième partie du concert.

Louis Feuillade vient chercher Hubert et Delphine une semaine plus tard à la gare d'Aix-en-Provence. Il a changé en l'espace d'un mois. Bronzé, les cheveux un peu plus longs, ses costumes étroits ont laissé place à un bermuda, une paire de mocassins, une large chemise blanche et une paire de lunettes de soleil. Sur le chemin les menant vers le village de Saint-Savournin, le jeune couple peut admirer la montagne Sainte-Victoire. Dans le reflet de leur regard se mêlent la beauté naturelle du massif gris et blanc et les multiples variations peintes par Cézanne alliant des nuances de bleu, vert, rose, violet, marron, selon les saisons, la lumière singulière d'une journée ou les fluctuations de la sensibilité de l'artiste. Hubert concorde avec l'idée kantienne qu'il n'existe pas de monde objectif en soi, mais des représentations du monde. L'obsession changeante de Cézanne en est la preuve. Mais ce n'est pas seulement la célèbre montagne qui resplendit dans la lumière matinale. Louis Feuillade brille d'un éclat nouveau, trop rarement entrevu par Hubert au cours de ses dix-neuf années de convivialité. S'il existe un habitat naturel pour chaque être, comme le pensait Aristote, son père semble l'avoir enfin trouvé dans ce coin de Provence. Interrogé par Delphine sur ses projets, celui-ci lui répond qu'il n'est pas pressé, n'étant pas dans le besoin, qu'il profite de l'instant, de l'été et de sa compagne, qu'il a l'intention de reprendre une activité un jour, mais cette fois librement choisie et non subie.

La villa où il est installé est charmante sans être ostentatoire. Un jardin aux tables bleu foncé, et aux parasols jaune tournesol, jouxte une petite piscine. L'intérieur de la maison est spacieux et meublé avec goût. Plusieurs tableaux impressionnistes et abstraits ornent les murs blancs. Louis Feuillade monte un escalier en pin clair et ouvre une porte donnant sur la chambre du couple visiteur. La fenêtre ouverte découpe une vue enchanteresse sur la célèbre montagne inspirante.

Après avoir posé leurs sacs, ils redescendent au rez-de-chaussée et pénètrent dans l'antre de l'artiste, une grande salle aux murs beiges. Plusieurs tableaux de différentes tailles sont posés à même le sol. Iris, palette et spatule en main, est de dos, plutôt menue, pieds nus, salopette tachée de jaune et de vert, tee-shirt rouge échancré dans le dos révélant sa peau mate. Le tableau qu'elle termine représente une femme aux formes voluptueuses allongée dans l'herbe, dans le plus simple appareil, et dont le regard espiègle plonge droit dans celui de son spectateur. Lorsqu'elle se retourne, Hubert découvre un visage fin et gracieux qu'encadrent des cheveux coupés courts noir de jais et des yeux rieurs mis en valeur par de délicieuses taches de rousseur. La quarantaine naissante, elle est très sensuelle et respire la passion. Tout le contraire de sa mère. Embarrassée d'avoir été prise au dépourvu par l'intromission du trio dans son atelier (elle explique que, prise par son travail, elle n'a pas vu le temps filer), elle s'excuse de son accoutrement et requiert une dizaine de minutes pour faire honneur à ses visiteurs. Elle revient vite, dans le petit jardin, vêtue d'une robe légère verte striée de flammes fauves, discrètement maquillée, et sert une limonade fraîche à ses invités.

Elle possède un sourire franc et sympathise immédiatement avec Delphine. Louis Feuillade est assis à ses côtés, la main caressant son genou. Le témoignage de ce geste sensuel, en apparence anodin, revêt un caractère inédit aux yeux du fils de Florence Feuillade. Il en est heureux. Pendant le déjeuner, Iris se montre volubile sur sa peinture et ses goûts artistiques, mais aussi sincèrement intéressée par les études d'Hubert et Delphine. Ses questions directes dénotent une grande culture de sa part. Sa conversation est enrichissante. Louis Feuillade boit leurs paroles en même temps qu'un rosé bien frais. Il est souriant, blagueur, épanoui. Après le café, la maîtresse de maison montre son atelier et ses dernières toiles. Au-delà de sa technique avérée, Hubert apprécie la recherche sur les contrastes de couleurs vives, la lumière et les corps en mouvement ou bien abandonnés. Indéniablement, Iris a du talent. Il lui parle de la compagne de son oncle Georges, Alice. Bien que n'ayant jamais eu l'occasion de la rencontrer, elle la connaît de nom. Sa réputation de galeriste est bien établie dans le milieu de la peinture.

Les jours suivants, le quatuor flâne sur les nombreuses places aux fontaines d'Aix-en-Provence puis au milieu des monuments antiques d'Arles. Hubert insiste pour localiser le lieu à l'origine d'un des tableaux de Van Gogh qui l'émeut plus que tout, sans qu'il sache expliquer pourquoi, « Terrasse de café le soir », qui se trouve place du forum, à quelques mètres des célèbres arènes. Sa quête est partagée par un groupe de touristes japonais, l'élégance raffinée des femmes contrastant avec l'accoutrement dépareillé de leurs maris. Le jeune homme est un peu déçu par le café, dont la façade a probablement été repeinte en jaune des années plus tard pour tirer un profit économique de la gloire de l'artiste hollandais.

Il s'y arrête quand même pour boire un verre et poser pour l'objectif de Delphine qui remarque son expression quelque peu désenchantée.

— Tu n'as pas l'air ravi d'être assis au café même qu'a peint Van Gogh, mon chéri.

— Si, si. Je suis content. Mais j'aime tellement ce tableau que je suis presque surpris de la banalité de l'endroit. Et puis, le fait de l'avoir repeint en jaune est assez racoleur, du style : « exploitons la légende d'un artiste d'ailleurs mort dans la misère, et rebaptisons-le en son hommage ». Tu parles. Le jaune, il était dans la tête de Van Gogh, pas dans la réalité. Pour moi, c'était tout le contraire d'un peintre réaliste.

— Oui, mais tu sais, la montagne Sainte-Victoire est aussi beaucoup plus belle sur les toiles de Cézanne. C'est tout le génie de ces artistes que de magnifier le réel pour le rendre merveilleux à nos yeux.

Iris sonde le fils de son compagnon sur ce qui le touche plus particulièrement dans cette œuvre.

— C'est difficile à définir. Je sais juste que la première fois que je l'ai vue à Paris, lors d'une rétrospective, je suis resté plusieurs minutes à la contempler. Je crois que ce qui m'impressionne le plus ce sont les contrastes entre la lumière vibrante du jaune, du vert et de l'orange de la terrasse et la nuit représentée sans une pointe de noir, seulement un bleu profond qui nous aspire. Ce jour-là, j'ai eu envie de me fondre dans ce ciel. Je crois bien, si ma mémoire est bonne, qu'il n'utilise pas de noir, pas vrai Iris ?

— Non, tu as raison, pas pour peindre le ciel, effectivement, mais le noir est bien présent sur les façades des maisons au fond de la rue. Quand il est venu s'installer à Arles, au moment du mariage de son frère, Van Gogh initiait une recherche sur la représentation du crépuscule. Une année plus tard, il peindra « Nuit étoilée », à Saint-Rémy, où il affinera sa technique avec un ciel bleu foncé plus envoûtant encore, à mon avis. Tu sais, Hubert, je crois qu'analyser un tableau, ça n'a pas tellement de sens, c'est comme le Requiem de Mozart, sa beauté est ineffable. On la ressent dans sa chair. Nommer une émotion esthétique, l'emprisonner dans des mots, c'est forcément l'amoindrir.

— Oui, je suis d'accord avec vous. Moi, quand j'étais face à face avec « Terrasse d'un café le soir », j'ai juste pensé « c'est beau ». Pourtant, les plus grands philosophes ont écrit des livres importants sur l'esthétique. Hegel soutenait que la beauté dans l'art était supérieure aux beautés naturelles. Il y voyait un sens. Il disait que « Le beau est l'éclat du vrai. » Mais la fascination que je ressens pour ce tableau de Van Gogh va au-delà du sens. Je ressens également une émotion plus profonde qu'un simple plaisir esthétique. Je ne saurais trop l'expliquer.

— Et toi, Delphine, qu'est-ce que tu en penses ?

— Je suis d'accord avec vous, Iris. Je joue du piano et j'aime les sonates de Chopin, par exemple, et, quand je les écoute, je ferme simplement les yeux et je m'abandonne. Mais je pense aussi que l'art est un exutoire de nos désirs plus sauvages, plus inconscients. Personnellement, je suis aussi fascinée par ce tableau de Van Gogh. C'est comme si j'étais d'abord attirée par les lumières vives de la terrasse au premier plan, mais que la présence de ce ciel crépusculaire me rappelait la part d'ombre en moi, cette part que j'ai tendance à éviter la journée, mais qui est toujours présente, tapie, et se réveille parfois la nuit. Oui, je crois que c'est cela, le paysage peint par Van Gogh me met face aux différents aspects de moi-même et il me transmet le message que c'est effectivement beau. La lumière peut côtoyer les ténèbres, en toute harmonie. C'est sûrement cela qui nous fascine, comme quand Hubert l'a vu pour la première fois, cette façon unique de sublimer nos angoisses par la création artistique.

— C'est intéressant, Delphine. Tu sais que Goethe a écrit un traité des couleurs dans lequel il réfléchissait au caractère spirituel de la lumière. Il pensait que la couleur est un mélange de lumière et d'ombre. Et toi, mon amour ? Tu es bien silencieux tout d'un coup.

— Je vous écoutais religieusement. Comme Hubert, j'aime profondément ce tableau sans trop savoir pourquoi, et j'aime aussi profondément ce moment qu'on passe ensemble tous les quatre.

De retour dans la capitale, fin août, Hubert reprend goût aux librairies du Quartier latin. Il cède à l'injonction de Christian Perrin qu'il devait absolument lire Albert Camus. Hubert lui avait avoué une certaine réticence, eu égard aux dures critiques de Sartre, mais son professeur l'a convaincu qu'il ne pouvait pas ignorer l'une des œuvres les plus originales du vingtième siècle. Il achète donc *L'Étranger* et *Le mythe de Sisyphe* et commence par la lecture du premier, au Jardin des Tuileries, affalé sur une chaise longue, dans une allée, à l'ombre des arbres verdoyants, ses pieds nus caressant le sable chaud. Il est captivé par le paradoxe d'une prose éminemment sensuelle, parsemée de métaphores poétiques d'une beauté inouïe, et une vision de la vie désespérément vide de sens, mais surtout, ce qui est pire aux yeux de l'étudiant, de quête de sens. Quand il referme le roman, quelques jours plus tard, ces sentiments ambigus sont toujours présents. Ce livre l'a envoûté comme peu d'autres, mais le relativisme poussé à l'excès de Meursault l'a dérouté. Comment est-il possible de vivre comme si absolument rien n'importait, comme si tout se valait et, en conséquence, rien n'avait de valeur ? Comment faire l'amour à sa petite amie et être incapable de lui déclarer si on éprouve un quelconque sentiment pour elle ? D'aider une crapule qui frappe sa femme sans émettre le moindre jugement sur son comportement ? De tuer un homme sur la plage à cause d'un simple reflet lumineux puis de revenir sur ses pas pour l'achever de quatre coups de revolver sans aucun motif ? Puis, finalement, d'affronter le juge sans l'ombre d'un remords ni même d'une explication ?

Ce comportement, que son enseignant a loué comme étant l'acmé de la contingence, la preuve ultime de l'insignifiance magnifique du monde, Hubert n'y voit que l'essence de l'irresponsabilité, la définition même de la monstruosité. Un documentaire sur sa vie, qu'il a la curiosité de visionner sur internet, lui présente pourtant un Albert Camus à l'opposé du héros de *l'Étranger*. Un être charnel, engagé politiquement et dans ses passions amoureuses, comme en témoignent les centaines de lettres passionnées échangées sur plus d'une décennie avec sa maîtresse, l'actrice Maria Casarès. Un être dramatiquement attaché à sa terre natale d'Algérie. Un être qui célèbre la vie dans toute sa complexité ambivalente. Tout le contraire d'un Paul Meursault. Et quel discours édifiant que celui prononcé à l'occasion de la réception du prix Nobel (que Sartre refusera) ! Hubert note deux phrases qui le marquent sur son calepin : « Mais dans toutes les circonstances de sa vie, obscur ou provisoirement célèbre, jeté dans les fers de la tyrannie ou libre pour un temps de s'exprimer, l'écrivain peut retrouver le sentiment d'une communauté vivante qui le justifiera, à la seule condition qu'il accepte, autant qu'il peut, les deux charges qui font la grandeur de son métier : le service de la vérité et celui de la liberté » (Socrate l'aurait faite sienne, pense-t-il), et « Chaque génération, sans doute, se croit vouée à refaire le monde. La mienne sait pourtant qu'elle ne le refera pas. Mais sa tâche est peut-être plus grande. Elle consiste à empêcher que le monde se défasse. » Hubert pose un instant son stylo noir et médite cette affirmation. Et sa génération à lui, sa génération sacrifiée sur l'autel de la valeur unique de l'hyper consommation ? De quelle mission spirituelle se chargera-t-elle ? Quel Socrate viendra la réveiller de son engourdissement mortifère ? Quel Camus viendra lui confier une tâche qui la dépasse enfin ? Qui l'aidera à relever un tant soit peu l'horizon désespérément plat de ses ambitions ? Au milieu de la nuit, le silence des rues lui renvoie en écho la vacuité de son époque.

Le deuxième lundi de septembre, Hubert marche allègrement, et même avec un certain entrain, vers la Sorbonne pour sa rentrée en deuxième année. Il est heureux de retrouver ses amis. Benoît a encore la peau brunie du soleil égyptien. Thibault a échangé ses lunettes contre des lentilles, ce qui met mieux en valeur la douceur de son regard. Hannah et Luc se font attendre par le trio et arrivent avec une dizaine de minutes de retard sur l'horaire combiné par messagerie. Luc a changé. Pas physiquement, mais intérieurement, comme s'il avait mûri de quelques années durant l'été. Malicieuse, Hannah a une annonce à faire. Elle a un petit ami depuis le mois de mai et elle souhaite révéler son identité et officialiser leur relation. Lorsqu'elle prend tendrement la main de Luc dans la sienne, le groupe ne peut retenir des expressions de surprise. Personne ne s'en était rendu compte. Hubert, lui, en est heureux. Non seulement il n'éprouve aucune jalousie, mais il estime que Luc le mérite. C'est un type bien. Et puis, la nouvelle vie en couple d'Hannah va lui permettre de vivre leur amitié au grand jour. Delphine n'aura plus de raison de s'en méfier lorsqu'elle viendra le visiter avec l'étiquette officielle d'amoureuse d'un de ses meilleurs copains.

La soirée est réservée aux retrouvailles avec Tristane, Gaétan et Leila, dans une crêperie proche du quai de Jemmapes. Tous racontent leurs vacances. Gaétan a finalement invité sa sœur à le rejoindre à Barcelone avec Leila. Hubert reconnaît là la personnalité généreuse de son ami, son souci du bien d'autrui. Après le dîner, Delphine et lui longent les quais. Les reflets ondulés de leurs silhouettes dans l'eau dormante du canal Saint-Martin donnent une nuance impressionniste à leur couple. Une nuit étoilée d'éternité. Les baisers qu'ils s'échangent les font tituber, enivrés d'un bonheur parfait. Hubert est en apesanteur et rien ne semble pouvoir flétrir cette insoutenable légèreté de vivre.

Au cœur de la nuit, la sonnerie du téléphone fixe, déchirante comme un cri, retentit et l'extrait de son sommeil innocent. Delphine le dévisage et regarde le réveil numérique. Il est trois heures du matin. Plus prompte, elle descend les marches de la mezzanine quatre à quatre pour décrocher le combiné situé dans le hall d'entrée. Hubert s'assoit lentement sur le rebord du lit. Intuitivement, il sent que cet appel nocturne annonce un présage funeste. Il se dit que cela concerne soit un membre de la famille de sa petite amie, soit quelqu'un de son entourage. Une boule d'angoisse monte dans sa poitrine. Quand il pose le pied sur le sol froid de la salle à manger, il comprend, au regard atterré et à la vue de la main tremblante de sa petite amie, qui lui tend le combiné, que sa vie va basculer à jamais.

Troisième partie

1

Le court trajet de la gare de l'Est jusqu'à Épernay, parcouru des dizaines de fois, paraît infiniment long à Hubert. En même temps, il ne souhaite pas l'abréger. En temps normal, le jeune homme passe l'heure et quart du voyage à lire des revues ou à écouter une sélection de ses musiques de jazz préférées sur son iPod. Le temps vole, mais pas ce mardi du mois de septembre. Depuis son réveil nocturne, Hubert est dans une bulle cotonneuse où il ne ressent plus rien. Il n'a aucun désir de musique ou de journaux. Les activités et les paroles des passagers autour de lui semblent totalement futiles. Seule la main moite de Delphine le relie au monde artificiel des vivants. Il apprécie hautement sa présence silencieuse en cette matinée où il cherche désespérément à donner du sens à l'insensé. Depuis presque un an, ils ont partagé ce que la vie a de meilleur à offrir, dans un bonheur parfait qui possède le goût de l'éternité. Mais les souffrances du monde extérieur ont frappé à sa porte en pleine nuit et l'ont violemment extrait de son îlot de délectation. Delphine respecte son mutisme. Sa présence consolatrice est inestimable. Sans elle, Hubert ne sait pas comment il aurait trouvé le courage de monter dans ce train. De temps en temps, elle caresse tendrement sa joue droite avec un regard qui reflète une compassion infinie. À l'arrivée en gare, Hubert fournit un effort inédit pour s'extraire de son siège en cuir noir, ses bras et ses jambes paraissant de lourds fardeaux. Ses sens engourdis se réveillent graduellement. Une angoisse sourde monte en lui lorsqu'il sort du hall et se dirige d'un pas somnambulique vers la rue de sa maison familiale.

C'est sa grand-mère qui lui ouvre la porte. Elle tombe dans ses bras, en pleurs, et Hubert doit se tenir ferme sur ses deux jambes pour la soutenir. Une fois entrés et assis dans la salle à manger, elle le regarde un long moment de ses beaux yeux gris et humides, serrant tellement fort ses doigts que le jeune homme peine à cacher un rictus de douleur. Puis Geneviève Grandcolas pose son front sur la table en chêne et répète inlassablement, d'une voix fluette, presque inaudible : « pourquoi… pourquoi… pourquoi ». Delphine s'assoit elle aussi et prend chaleureusement cette femme soudain plus chétive dans ses bras nus. C'est à ce moment que Lionel apparaît dans l'entrebâillement de la porte qui donne sur l'extérieur. Hubert laisse sa grand-mère aux soins de sa petite amie et va s'asseoir sur le banc de la terrasse à côté de son frère cadet. Un long silence envahit la cerisaie, seulement entrecoupé par quelques pépiements mêlés aux bruits des véhicules traversant l'Avenue de Champagne. Lionel fume, ce qui étonne Hubert, qui ne lui connaissait pas cette habitude. C'est l'étudiant en philosophie qui brise le premier le silence interminable du spacieux jardin.

— C'est arrivé quand ?

— Hier matin. J'étais en cours à Reims quand mon portable a vibré plusieurs fois. Je n'ai pas voulu répondre, mais, la troisième fois, j'ai jeté un œil à l'écran et reconnu le numéro de la police. Je me suis excusé auprès de mon professeur puis suis sorti dans le couloir. Une voix de femme au bout du fil m'a demandé de confirmer mon identité et m'a dit de venir sans perdre de temps à Épernay, au niveau du quai de la Marne. Je suis monté dans ma voiture et j'ai parcouru le trajet en quatrième vitesse. Je n'ai même pas pensé à demander ce qui était arrivé. J'étais persuadé que c'était Noémie. Comme elle traîne tout le temps dans la rue avec une bande louche, je me suis dit que ça y était ; elle avait fait une bêtise. Quand je suis arrivé au lieu fixé, il y avait déjà plusieurs pompiers et policiers affairés et des badauds qui n 'avaient rien d'autre à foutre que d'alimenter leur curiosité perverse. Je me suis présenté à la commissaire en tremblant. Je pouvais apercevoir, en contrebas, un brancard avec une couverture thermique grise au bord de la rivière. Quand elle m'a annoncé la nouvelle, je te jure Hubert, j'y ai pas cru…

Lionel interrompt son récit et s'effondre en larmes. Voir ce grand garçon d'un mètre quatre-vingt-dix sangloter ainsi atteint Hubert en plein cœur et fend l'armure anesthésiante qu'il avait revêtue malgré lui. Il pose maladroitement sa main droite sur l'épaule de son frère. Que faire ? Que dire ? Rien. Celui-ci reprend son souffle, après avoir tiré une bouffée de sa cigarette.

— Ce sont des pêcheurs qui ont trouvé son corps et prévenu les pompiers. Mais c'était trop tard.

— Mon pauvre Lionel. T'avais pas à passer par tout ça.

— J'ai ensuite accompagné les pompiers jusque Reims, à l'Institut médico-légal. Ils ont libéré le corps vers vingt-trois heures. Mamie m'a appelé sur mon portable plusieurs fois, elle était inquiète. J'ai menti, je n'ai pas osé lui dire la vérité, en tout cas pas par téléphone. Le pire, ça a été la reconnaissance du corps. Dans mon esprit confus, je m'étais raccroché à une erreur possible, mais c'était bien elle. Par réflexe, j'ai caressé son visage. Elle était gelée. J'ai senti la morsure glaçante de la mort sous ma paume pour la première fois.

Lionel fait une pause pour fumer. Une magnifique mésange jaune et bleue atterrit aux pieds d'Hubert. En temps normal, il aurait apprécié à sa juste valeur ce cadeau des dieux de la nature, mais son regard absent fixe l'horizon des vignes familiales, désespérément désertées. Il aurait dû être présent. Au lieu de cela, il a laissé son frère cadet affronter seul cette épreuve. Il s'enquiert de la réaction de ses grands-parents.

— Je suis arrivé vers minuit chez nous. En me voyant entrer, à un jour inhabituel, mamie a tout de suite compris. Je te passe la description. Je ne l'ai jamais vue dans cet état. Je l'ai prise dans mes bras et l'ai allongée sur le canapé.

— Et papy ?

— Il ne saisissait pas. J'ai dû lui répéter trois fois, trois fois Hubert, ce qui était arrivé. Quand il a enfin capté, il s'est assis par terre et a poussé un cri muet interminable. Aucun son ne sortait de sa bouche. Puis il s'est levé vigoureusement et a commencé à frapper le mur de toutes ses forces. Même avec mes années de muscu, j'ai eu toutes les peines du monde à le maîtriser. Heureusement, les voisins sont arrivés et ils m'ont aidé. Papy est allongé dans sa chambre depuis. Son médecin est venu dans la nuit et lui a administré des calmants. À mamie aussi.

— Tu aurais dû me prévenir, Lionel. C'est injuste que tu aies affronté tout ça tout seul.

— Je m'excuse, Hubert, mais j'étais complètement dépassé. C'est seulement une fois que le docteur Ades est arrivé que j'ai eu le temps de souffler et que j'ai pu t'appeler.

— Elle a laissé quelque chose ? Un mot pour expliquer son geste ?

— Non, c'est ça le pire, absolument rien. Aucune réponse.

— Je sais pas quoi te dire. Je suis complètement sonné.

— Tu as prévenu papa ?

— Oui, je lui ai parlé un peu après ton appel. Il arrive demain. Oncle Georges et Alice vont le chercher à Roissy et ils viennent tous les trois directement en voiture.

— À Roissy ? Il était où ?

— En vacances en Andalousie.

— Pfff… il aurait mieux fait d'y rester.

Le soir, Delphine cuisine des pâtes, mais personne n'a faim. Elle force mamie Geneviève à manger un peu puis celle-ci monte retrouver son mari qui n'a pas quitté sa chambre de la journée. Delphine, Hubert et son frère restent ensuite assis à la table de la terrasse donnant sur le jardin. Seuls quelques oiseaux rompent le silence de glace de leurs chants mélodieux. Lionel grille cigarette sur cigarette et entame un deuxième paquet de Lucky Strike. Delphine est impressionnée par sa maturité. C'est un aspect de sa personnalité qu'elle n'avait pas perçu lors de sa première visite. Il a fait preuve d'un courage surprenant. Elle l'avait méjugé. C'est au feu des épreuves que les êtres se révèlent à eux-mêmes et aux yeux des autres. C'est d'ailleurs lui qui rompt le malaise ambiant et aborde de front les questions pratiques.

— J'ai besoin de ton aide pour la préparation de l'enterrement, Hubert.

— Tu peux compter sur moi. Tu as un jour en tête ?

— Le plus vite possible. On est mardi. Je pense que vendredi après-midi c'est faisable.

— Oui, tu as raison.

— Demain matin, on ira voir le père François. J'ai fixé un entretien avec lui.

— Pourquoi un entretien ?

— Des funérailles catholiques ne sont pas automatiques dans son cas. C'est le responsable de la paroisse qui décide, après une discussion avec la famille. Je pense qu'on doit faire ce qu'on peut pour éviter toutes ces démarches à papy et mamie.

— Bien sûr, Lionel, c'est une évidence.

La voix enjouée de Noémie résonne soudain dans le salon. Elle chante une chanson festive de Kate Perry que Delphine reconnaît, « Last Friday Night ». Cette dernière peine à masquer son embarras lorsque la petite sœur d'Hubert, écouteurs sur les oreilles, déboule sur la terrasse et se pend à son cou.

— Delphiiiine, je suis hyper contente de te voir. Tu as fait quelque chose à tes cheveux depuis la dernière fois ? Une couleur ? Des mèches ?

Lionel échange un regard de dépit avec son frère et rentre à l'intérieur de la maison. Noémie poursuit son manège enchanté comme si de rien n'était. Elle embrasse Hubert avec effusion.

— Et toi, tu as maigri dis donc. Tu manges que des salades ou quoi ?

Delphine lui prend la main.

— On est là si tu as besoin de quoi que ce soit Noémie. N'hésite surtout pas.

— Vous inquiétez pas pour moi… sérieux, je suis cool.

— Noémie, on va s'occuper de tout avec Lionel. L'enterrement devrait avoir lieu vendredi après-midi.

— Vendredi après-midi ? Mais je ne peux pas, Hubert ! Y a l'anniversaire de ma copine Julie après les cours. Une super teuf dans sa maison avec toute la classe.

— Noémie. C'est l'enterrement de notre mère.

— Oui, bah, elle est déjà morte. Que je vienne ou pas, ça ne changera rien. Ça fait une semaine que je kiffe grave sur cette fête, je ne peux pas la manquer.

— Putain, Noémie, tu le fais exprès ou quoi ? Tu oublies ta fête à la con et tu viens au cimetière avec nous. Et c'est pas une option.

— Calme-toi frérot. Qu'est-ce que t'as ? Depuis quand tu me parles comme ça ? T'es pas mon père. J'ai pas d'ordres à recevoir de toi.

Delphine fait signe de la tête à Hubert de rentrer. Elle s'assoit sur le banc de la terrasse avec la sœur adolescente de son petit ami. Son talent naissant de psychologue lui sera bien utile pour tenter de calmer les humeurs de cette fille tout feu tout flamme et éviter une probable explosion familiale.

Le lendemain matin, Hubert se rend avec Lionel à l'église Notre-Dame. Ils ont rendez-vous à onze heures précises avec le père François qui les reçoit dans une petite salle modeste. Âgé d'environ soixante-dix ans, il connaît bien les deux frères. Il a orienté Hubert jusqu'à sa communion, à l'âge de dix ans, celui-ci décidant ensuite d'abandonner le catéchisme du mercredi pour s'astreindre religieusement à ses cours de tennis. Entre la rondeur de l'hostie et celle de la petite balle jaune, le choix fut vite fait. Lionel, lui, se révéla plus assidu, participant à la messe du dimanche en compagnie de sa mère et, dès qu'il le pouvait, donnant de son temps aux événements paroissiaux. C'est la première fois en neuf ans que le petit ami de Delphine pénètre de nouveau dans l'église gothique. La brebis égarée ne ressent aucune nostalgie de ce lieu austère où il s'est profondément ennuyé enfant. Il a souvent maugréé ces heures volées à son désir naturel de jeu. Le père François a peu changé, songe-t-il. Ses cheveux ont certes blanchi, mais il conserve la distance hautaine qui a jadis contribué à éloigner Hubert de la religion. Un prêtre empreint de charité chrétienne aurait chaleureusement étreint les deux jeunes hommes, mais Lionel et lui-même ne reçurent comme seules marques d'empathie qu'une molle poignée de main et des paroles convenues. Au moment où il s'assoit devant le bureau à la peinture écaillée, le fils aîné de Florence Feuillade perçoit une réserve palpable chez son interlocuteur.

— Je suis vraiment désolé mes petits. Votre mère est… était une personne d'une grande générosité. C'est une perte immense pour toute notre communauté.

— On souhaite l'enterrer vendredi après-midi. C'est pour ça qu'on vient vous voir. Elle était très proche de vous. Je suis sûr que vous saurez trouver les mots pour l'accompagner vers sa dernière demeure.

— Je te remercie de ta confiance, Lionel. Ça me touche beaucoup. Vraiment… mais je vais malheureusement devoir refuser cet honneur.

— Refuser ? Pourquoi ?

— Comprenez-moi bien. Je portais en très haute estime Florence, mais les circonstances, comment dire… brutales de son décès me retiennent de lui offrir des funérailles catholiques.

— C'est ridicule ! Notre mère a dédié toute sa vie à votre église. Vous ne pouvez pas lui faire ça !

— Je suis désolé, Hubert. Crois-moi bien. Je sais qu'il ne dépend que de moi d'accéder à votre demande, mais le geste de votre mère heurte mes convictions profondes.

— Je ne comprends pas. Quelle est sa faute ? D'avoir été malheureuse ?

— Je suis bien placé, en tant qu'ami et confesseur, pour savoir que ta mère souffrait beaucoup. Et cela ne date pas d'aujourd'hui, Hubert. Mais un vrai catholique n'est pas propriétaire de son corps et de son âme. Ils lui ont été prêtés par Dieu et en aucun cas, et ce quelles que soient les circonstances douloureuses qu'il affronte, il ne peut abréger, par un acte volontaire, l'offrande de la vie qui lui a été octroyée. Je suis désolé, Lionel et Hubert, mais c'est là ma conviction profonde de prêtre et je ne peux pas la transgresser, même pour une défunte qui m'était très proche.

Les deux frères se regardent, stupéfaits, puis sortent du bureau étriqué et de l'église sans mot dire. En remontant la rue Jean Moët, Hubert sent une boule de rage monter dans sa poitrine. Lionel, lui, est tout simplement abasourdi.

Un beau soleil illumine les allées verdoyantes du cimetière Nord d'Epernay, vendredi après-midi, contrastant avec les nuages noirs en suspens au-dessus des esprits des nombreuses personnes présentes à l'enterrement de Florence Feuillade, née Grandcolas. Des paroissiens et membres du secours catholique de la ville défilent un par un devant la famille. Lionel étreint sa grand-mère Geneviève, autant pour partager sa grande peine que pour la retenir en cas de chute. Leurs prières sont fréquemment interrompues par des sanglots convulsifs. Alice serre tendrement l'épaule de Charles, encore hébété par le geste de sa fille et les antidépresseurs. Delphine tient dans la sienne la main d'Hubert, qui peut aussi compter sur la proximité de son oncle Georges pour le réconforter. Noémie trépigne dans sa veste jaune fluo et consulte compulsivement l'écran de son téléphone portable, ce qui irrite son grand frère qui lui lance de vains regards de réprobation. Louis Feuillade, lui, se tient légèrement en retrait. Il n'a pas encore eu l'occasion de s'entretenir avec Hubert, ayant choisi de dormir à l'hôtel. Gaétan et Tristane ont délaissé leurs cours respectifs pour être présents. Ils ont toujours accompagné les moments importants, agréables ou douloureux, de la vie de leur ami et ils ne pouvaient être absents en ce jour tragique. Plusieurs anciens collègues du Lycée Stéphane Hessel se sont d'ailleurs joints à eux. Mais la présence la plus surprenante et la plus précieuse, aux yeux de l'étudiant en philosophie, est celle de son professeur, monsieur Rivière. Celui-ci s'excuse auprès de son ancien élève de ne pouvoir rester longtemps, car il a profité d'un intervalle entre deux cours pour lui offrir ses sincères condoléances. Peu importe, les quelques minutes prises sur son temps personnel suffisent à conforter Hubert dans la haute opinion qu'il a toujours eue de son enseignant : non seulement un pédagogue captivant, mais aussi un être humain empathique.

Quand il parvient par moments à se détacher de l'événement qu'il est en train vivre, Hubert songe à l'aspect atypique de cet enterrement. Pas de prêtre ni de chants religieux pour sa mère, qui s'est dévouée comme nulle autre pour les bonnes œuvres de sa paroisse. Pas de discours édifiant (tant mieux, pense-t-il) ou de poème éculé psalmodié par un employé des pompes funèbres. Rien que le silence hurlant d'un sentiment de malaise partagé. Si, au moment précis de l'inhumation, Hubert a l'illusion que sa grand-mère se courbe vers la terre comme pour accompagner le cercueil, les membres de cette cérémonie inespérée paraissent pétrifiés sur leur socle statuaire.

Le jeune homme est l'un des derniers à sortir du cimetière. Il attend son père. Ils arpentent en silence le chemin menant au café de l'Univers. Attablés, ils commandent au serveur chacun une bière belge, une mort subite.

— Tu repars quand ?

— Tout à l'heure, avec Georges et Alice. Je vais dormir chez eux ce soir et je reprends le train pour Aix-en-Provence demain. Je suis désolé de te voir seulement aujourd'hui, Hubert, mais je ne pouvais pas dormir sous le même toit que tes grands-parents.

— Je comprends… dis voir…

— Oui…

— Maman t'avait donné des indices…

— Non, jamais. Quand tu m'as appelé avant-hier je t'avoue que j'étais sous le choc. Je savais à quel point la séparation serait dure pour elle, mais je pensais sincèrement qu'elle se reconstruirait avec le temps. Qui sait, qu'elle referait même sa vie. Je n'ai jamais souhaité ce qui est arrivé.

— Je sais, papa, t'inquiète pas. C'est que je n'arrive pas à comprendre son geste. Absolument pas. Il lui restait ses parents et surtout nous, ses enfants. Et puis son dévouement pour son église.

— Oui, tu as mille fois raison, même si je trouvais qu'elle avait un peu perdu la flamme par rapport à la paroisse ces derniers mois. J'avais mis ça sur le compte de nos problèmes relationnels, mais c'était peut-être plus profond. En fait, je n'en sais rien. Je dis sûrement ça pour éviter d'affronter ma responsabilité. Ton grand-père et Lionel ont raison de m'ignorer.

— Moi, je ne t'en veux pas. Tu avais tout à fait le droit de refaire ta vie si tu étais malheureux.

— C'est gentil Hubert. Tu es sûrement le seul aujourd'hui, avec Georges, à ne pas m'avoir évité. Même Delphine était différente.

— Tu trouves ? Non, je ne crois pas. En tout cas, elle ne m'a rien dit.

— Crois-moi, il existe une solidarité féminine.

— Tu vas rester vivre à Saint Savournin alors ?

— Oui, c'est là qu'est ma vie désormais. Auprès d'Iris.

— Et Noémie ?

— Je lui ai proposé d'habiter avec moi en Provence, mais elle a refusé catégoriquement. Elle ne veut sous aucun prétexte quitter Épernay. Elle m'a dit qu'elle a beaucoup d'amis ici. Je n'ai pas insisté. Tes grands-parents vont s'occuper d'elle. Bien sûr, le mieux dans son cas aurait été que je revienne à Épernay, mais ce n'est plus possible. En partant, j'ai définitivement fermé la porte de mon passé et j'ai jeté la clé. Le seul crève-cœur, c'est la réaction de ton frère. Je ne sais pas s'il me pardonnera un jour.

— Il faut lui laisser le temps. Il était tellement proche de maman.

— Tu sais, c'était quelqu'un de vraiment bien ta mère. Mais on n'était pas fait pour vivre ensemble. Je m'en suis rendu compte assez tôt, mais j'ai renoncé à agir, par lâcheté. Vois où ça nous a menés. La seule chose que je ne regrette pas, c'est d'avoir eu trois beaux enfants. Surtout toi. Tu as toujours été mon préféré. La triste vérité, c'est qu'avec les années on en était arrivés à une telle animosité avec Florence qu'on avait atteint le point de non-retour. C'était elle ou moi.

« C'était elle ou moi ». Ces terribles paroles résonnent inlassablement dans la tête confuse d'Hubert dans le train qui le ramène, le lendemain, vers les rues autrement vivifiantes de la capitale. Contrairement au trajet aller, le jeune homme éprouve le besoin de s'épancher auprès de sa petite amie.

— À quoi tu penses ?

— À rien. Ou plutôt si, à l'aspect irréversible de la mort. Comme l'écrit Camus : « La mort est là comme seule réalité. Après elle, les jeux sont faits. » J'avais déjà ressenti cela quand papy Marcel est décédé. Je l'adorais, tu sais. Il détonnait au sein de ma famille. C'était un militant communiste haut en couleur, mais très affectueux et généreux. On passait nos journées ensemble. On jouait aux cartes et il m'emmenait avec lui dans ses tournées aux cafés. Il avait beaucoup d'amis et jouait remarquablement au billard. Le billard français, avec deux boules rouges et une boule blanche. J'avais dix ans quand il est décédé des suites d'un cancer. Malgré mon jeune âge, j'ai tenu à aller à son enterrement. Lionel et Noémie étaient restés à la maison. Tu sais, même si je suis athée, il m'arrive parfois d'avoir des conversations imaginaires avec lui, pour savoir s'il approuverait mes choix de vie. Comme s'il était encore vivant en moi. Je ne sais pas si je parviendrai un jour à avoir ce type de connexion d'outre-tombe avec ma mère. J'étais devenu tellement distant avec elle ces dernières années. Comme si ma relation affective avec mon père avait flétri mes sentiments pour elle. On ne devrait pas avoir à choisir entre ses deux parents quand ceux-ci se déchirent, C'est malheureusement ce qui nous est arrivé à Lionel et moi. Je suis tellement confus, Delphine. Je sais que j'ai été partial, et probablement injuste, et je m'en veux un peu. Et le pire, c'est qu'il n'y a plus rien que je puisse faire pour changer cela. Plus rien. J'envie presque Lionel. Les catholiques, au moins, ils ont cette chance de croire en une vie après la mort et en une réunion future avec leurs proches.

— Tu es trop intelligent pour savoir que ce sont des contes pour grands enfants, Hubert. Ton destin est différent de celui de Lionel. Tu as choisi la lucidité. C'est plus évolué, je trouve.

— Oui, tu as sans doute raison. Mais il y a des moments où ça me fatigue à un point tel d'être lucide que je retomberais volontiers dans l'innocence de l'enfance. En ce moment, par exemple.

— En revanche, je trouve que tu manques de lucidité, justement, sur tes relations avec ta mère. C'est évident qu'elle t'aimait plus que tout. Et je ne dis pas cela seulement à cause de son testament très généreux pour toi, mais je me rappelle ses éloges à ton encontre, en juillet, à ton anniversaire. Crois-moi, je suis sûre qu'à ta façon un peu désinvolte tu as rendu ta mère heureuse.

— Merci Delphine. Je ne sais pas ce que je ferais sans toi. Je dois t'avouer que l'enterrement a été une épreuve plus douloureuse que je ne l'imaginais. Voir mon frère Lionel pleurer compulsivement m'a affecté. Je suis même préoccupé pour lui.

— Moi aussi, il m'a ému, mais j'ai trouvé sa réaction très saine. C'est toujours préférable, je trouve, de laisser ses émotions parler sans les retenir ni en avoir honte. Ne t'inquiète pas pour lui. Il est plus résilient que tu ne l'imagines. Je suis plus préoccupée par Noémie, en revanche. Son comportement, ces jours-ci, était vraiment suspect.

— Noémie ? Tu rigoles ? Tu as vu comment elle s'en foutait de tout ? Son seul souci c'était sa putain de fête à la con. Elle m'a énervé à tel point que j'ai préféré l'éviter pour ne pas lui mettre une claque, qu'elle aurait bien méritée.

— Ne sois pas trop dur avec elle. C'était sa façon illogique de réagir, mais ça ne signifie pas qu'elle n'a pas été affectée. Bien au contraire. C'est ta petite sœur, et elle me semble tellement fragile. Tu crois que ça va bien se passer avec tes grands-parents ? Ils ne sont plus tous jeunes et elle a de l'énergie à revendre.

— Mais oui, t'inquiète pas. Elle adore mamie Geneviève. Et puis elle a son école et ses amis.

— Tu sais… si tu veux qu'elle vienne vivre avec nous, je serais d'accord. Pas de problème. Je t'assure.

— Vivre avec nous ? Dans notre appart ? Hors de question ! Notre vie à deux est parfaite. Je ne la perturberais pour rien au monde. Je te le dis, Noémie va continuer sa petite existence comme si de rien n'était. Dis voir, je voudrais te poser une question…

— Je t'écoute.

— Ton grand-père, celui qui était rabbin…

— Nathan ? Le père de mon père ?

— Oui, qu'est-ce qu'il pensait à propos de ce qu'il y a après la mort ?

— Je lui ai posé la question une fois, une seule, quand j'avais treize ans, le jour de l'enterrement de ma grand-mère.

— Et qu'est-ce qu'il t'a dit ?

— Que c'est un mystère. Une question sans réponse.

Le train régional arrive à la gare de l'Est en début d'après-midi. Sur le quai, Hubert est soulagé d'entendre à nouveau le brouhaha des voyageurs et des véhicules motorisés des rues attenantes. La sève de la vie coule à nouveau faiblement dans ses veines. Il a hâte également de caresser le poil soyeux et abondant d'Atma. Dans les moments de stress, ce simple contact tactile avec son animal agit sur l'âme de l'étudiant comme un baume apaisant. Mais ces pensées consolantes sont impuissantes à chasser de son esprit ce mot sans cesse martelé en son for intérieur, tel un mantra : « pourquoi » ?

2

Le retour à l'université offre à Hubert l'occasion d'oublier momentanément ses pensées tristes à l'occasion des cours et des conversations avec ses amis. Ceux-ci l'entourent de leur affection, mais le fils de Florence Feuillade arbore devant eux une armure de courage qui se fend aisément quand il se retrouve à errer dans les parcs, sur le chemin du retour vers son appartement. Seul dans sa chambre, l'étudiant ne parvient pas à demeurer en repos. Il résiste, toutefois, aux distractions des programmes télévisés ou musicaux. Lui, dont les soirées sont habituellement rythmées par des airs de jazz, ne tolère pas la résonnance d'une seule note. Confronté aux mystères de la vie, Hubert a le réflexe de prendre le contrepied de l'échappatoire naturelle du divertissement pour essayer de comprendre l'opacité du réel. En attendant le retour tardif de Delphine, il empoigne, dans sa bibliothèque, le livre d'Albert Camus, acheté récemment, *Le mythe de Sisyphe*, et en entame la lecture. La première phrase le sidère : « Il n'y a qu'un problème philosophique vraiment sérieux : c'est le suicide. Juger que la vie vaut ou ne vaut pas la peine d'être vécue, c'est répondre à la question fondamentale de la philosophie. » À peine commencé, Hubert pose l'essai sur la table de la salle à manger. Il songe à cette affirmation, inédite pour lui, en sirotant son thé noir et en contemplant l'obscurité naissante. Camus a raison, songe-t-il. Mille fois raison. La mort n'est pas le grand sujet de la philosophie. Elle est une donnée consciente de l'existence humaine. Le terminus d'un voyage miraculeux qui donne tout son sens à notre vie et nous extirpe de l'ennui d'un quotidien imaginé éternel. Cette donnée est universelle et non négociable. Le grand défi (mais c'en est un) est de l'accepter. Le suicide, en revanche, sonde l'âme sur les raisons de vivre. Contrairement à la mort, il n'est pas inexorable, mais représente un choix plus ou moins volontaire d'abréger le cours de sa destinée. En ce sens, il est violemment au-delà de toute compréhension. À la fois énigme et tabou ultime.

Atma dort sur le canapé, sa queue d'écureuil serrée entre ses pattes avant. Quelques tremblements semblent indiquer la possibilité d'une activité onirique. Les animaux ne se suicident pas, pense Hubert. Quand son chat sera vieux et fatigué, peut-être à moitié aveugle, il attendra naturellement son heure courageusement, en souffrant, sûrement, mais sans se plaindre. L'arrivée de Delphine le soustrait à sa méditation funeste. Son contact lui fait du bien. Paradoxalement, les fortes émotions vécues ces derniers jours ont empli le jeune homme d'un désir renouvelé de l'embrasser, de la caresser et de lui faire furieusement l'amour.

Les retrouvailles avec son professeur, Christian Perrin, au Nuage café, un endroit lumineux au mobilier rustique, proche de la Sorbonne, réchauffe le cœur d'Hubert. Ce sont Luc et Hannah qui ont annoncé la mauvaise nouvelle à l'enseignant et celui-ci lui a immédiatement envoyé un message. Contrairement à ses habitudes, peu portées sur la ponctualité, l'admirateur de Bowie est déjà attablé quand Hubert pénètre dans la salle aux murs blancs et bleu océan. Son professeur est plongé dans la lecture d'un article du Monde sur l'attentat terroriste qui a eu lieu la veille, le 11 septembre 2012, à Benghazi, en Lybie, et qui a coûté la vie à l'ambassadeur américain en poste. Hubert a eu vent de l'événement, mais ne s'y est pas intéressé. Il est encore en orbite, perdu dans quelques espaces infinis, et ne semble pas enclin à atterrir. Vêtu sobrement d'une veste en tweed noire, Christian Perrin se lève pour étreindre affectueusement son étudiant. Le type d'étreinte dont le père François s'est montré incapable. Au-delà de la sympathie authentique qu'il éprouve pour son enseignant, Hubert caresse le désir illusoire qu'il puisse l'éclairer sur l'épreuve qu'il traverse. Mais il n'ose aborder des problèmes qui relèvent de sa vie intime et provoquent le malaise dans son entourage. C'est Christian Perrin, de façon inespérée, qui brise le tabou en lui confessant avoir vécu un drame familial similaire au sien, dix ans plutôt, avec son propre frère aîné. Cet aveu inattendu rompt le silence de glace qui congèle ses amis, dans leur approche maladroite, et rapproche les deux hommes sur un terrain douloureusement familier.

— Et qu'est-ce que vous avez ressenti ?

— Comme toi, j'imagine : de la tristesse, de la rage, un soupçon de culpabilité et surtout une incompréhension totale. Et malheureusement, Hubert, ce questionnement me ronge encore aujourd'hui et est toujours sans réponse. Bien sûr, j'aurais pu attribuer son geste à des circonstances accidentelles : un couple qui bat de l'aile, une absence de perspective professionnelle, mais ce sont là honnêtement des difficultés partagées par beaucoup de monde et qui n'expliquent fondamentalement rien.

— Et les philosophes ?

— Pour une fois, ils ne m'ont été d'aucune aide. D'ailleurs, contrairement aux écrivains, presque aucun philosophe ne s'est suicidé.

— Socrate ? Sénèque ?

— Socrate a dignement affronté la condamnation à mort de sa cité. Son acceptation de sa sentence, en toute lucidité, a témoigné de sa grande sagesse. Tu as lu *Phédon* ?

— Oui, cet été, dans l'avion qui m'emmenait à Athènes.

— Et bien, tu dois te rappeler que, face à ses amis qui gémissent et se révoltent, Socrate, lui, célèbre la mort, car elle représente à ses yeux la séparation du corps corruptible et de l'âme éternelle et du retour de celle-ci dans le ciel des Idées pures. En quoi Socrate se réjouit de sortir de la vie afin de trouver, selon les mots de Platon, « des biens infinis » : l'accès à la vérité, la sagesse, l'essence des choses.

— Oui, je me souviens de son raisonnement limpide. Mais si Socrate a raison, justement, pourquoi prolonger la vie sur Terre ?

— C'est effectivement l'objection que formule son ami Cébès : « Comment l'entends-tu donc, Socrate ? Il n'est pas permis d'attenter à sa vie, et le philosophe doit vouloir suivre celui qui quitte la vie ? » Avoue que sa remarque est pertinente. Personnellement, la réponse de Socrate sur ce point me paraît décevante. Il explique à ses disciples, en se contredisant selon moi, que la vie est toujours préférable à la mort, qu'il ne leur est pas permis de précipiter d'eux-mêmes leur départ et, finalement, que seuls les dieux en décident.

— Ça ressemble aux arguments du prêtre de la paroisse de ma mère.

— Oui, Socrate utilise un argument d'autorité extérieur, transcendant même, les dieux, plutôt que de justifier la valeur de la vie pour elle-même. En ce sens, Nietzsche n'avait pas tout à fait tort lorsqu'il écrivait qu'à force de célébrer le ciel des Idées, le Socrate de Platon en vient irrémédiablement à condamner la vie sur Terre.

— Et Sénèque ?

— Comme tu le sais, il a lui aussi obéi à un ordre, donné par un empereur, Néron. Sénèque est mort comme il a vécu. En stoïcien qui accepte ce que la vie lui réserve sans condition, même s'il a davantage souffert que Socrate, le poison ne faisant pas effet de suite dans son cas. Sénèque est l'un des rares philosophes de l'Antiquité à associer le suicide à la liberté, notamment en cas de maladie ou de souffrance : « La vie te plaît : vis. Elle ne te plaît pas ? Tu peux retourner d'où tu es venu. » Mais, là aussi, sa vision ne me convainc pas. Elle donne l'illusion d'un acte volontaire décidé en toute lucidité. Or les psychologues savent bien qu'abréger la vie est un acte le plus souvent de fuite qui fait suite, au contraire, à une déficience prolongée de la lucidité, à une désorientation essentielle, et qui aboutit à une souffrance physique aiguë difficile à supporter.

— Schopenhauer célébrait aussi la mort dans ses écrits, un peu comme Socrate, mais, pour lui, c'est parce que la mort signifie la dissolution définitive de l'ego.

— Oui, tu connais son œuvre presque mieux que moi, pas vrai Hubert ? Pourtant, même Arthur Schopenhauer condamne fermement le suicide et c'est un contresens total d'en faire un promoteur. Rappelle-toi ces lignes on ne peut plus catégoriques : « Celui qui se donne la mort voudrait vivre ; il n'est mécontent que des conditions dans lesquelles la vie lui est échue. Il en résulte que le suicide est un acte vain et insensé », tu entends bien, Hubert, « un acte vain et insensé ». Schopenhauer affirme que mettre fin à sa vie c'est « détruire un phénomène particulier », mais que nous ne nous libérons aucunement de la tyrannie du vouloir qui nous fait désirer et souffrir. Au contraire, nous y cédons au lieu d'essayer de nous en délivrer dans cette vie même.

— J'ai commencé la lecture du *Mythe de Sisyphe*, que vous m'aviez conseillé. Je suis impressionné pour l'instant.

— Oui, Camus aborde la question du suicide frontalement et lui donne une coloration philosophique saisissante en évoquant « l'absence de toute raison profonde de vivre ». Mais Camus est délibérément, charnellement, du côté de la vie et, s'il fustige les pièges illusoires de l'espoir, de la tentative de donner un sens à l'existence, il chante l'attachement à la vie.

— Mais un attachement à une vie absurde, voire désespérée.

— Désespérée, non. Sans espoir. L'absurde, pour Camus, naît des aspirations insatisfaites de l'homme face au silence du monde : « ce divorce entre l'esprit qui désire et le monde qui déçoit ». Il considère que tout le malheur des hommes vient de l'espérance puisque, selon lui, il n'y a pas de réconciliation possible entre l'homme et le monde, mais une dualité. Camus est opposé aux philosophes qui prônent une réunion avec le monde dans l'acceptation de celui-ci, ce qu'il estime impossible.

— Mais cette impossibilité de nous réunir au monde, qu'il nomme l'absurde, ne débouche pas sur l'abandon volontaire de ce monde qui se refuse à nous.

— Non, tu as bien lu Hubert. L'absurde est « refus de la mort » et le suicide pour lui n'est pas une solution, mais, bien au contraire, également une fuite. Dans *Le mythe de Sisyphe*, Albert Camus se propose de partir du constat de l'absurdité, c'est-à-dire de la dualité irréconciliable entre l'homme et le monde, pour la refuser. Il écrit, concernant la notion de suicide : « Il s'agissait précédemment de savoir si la vie devait avoir un sens pour être vécue. Il apparaît ici au contraire qu'elle sera d'autant mieux vécue qu'elle n'aura pas de sens. » À l'acceptation radicale des données de l'existence prônée par les stoïciens, Spinoza, et même Nietzsche, l'auteur de *L'Étranger* va louer les vertus de la révolte. Non pas le grand oui à la vie, mais pas non plus un grand non. En effet, paradoxalement, ce refus, chez Camus, n'est pas mortifère, mais vivifiant. En se délestant des illusions de l'espérance et de la recherche de sens, l'homme peut atteindre le bonheur. Ce qu'il y a de plus ardu à comprendre, je te l'accorde, c'est que le refus de l'union au monde n'est pas le renoncement au monde. D'ailleurs, la vie même de Camus l'a prouvé, que ce soient ses combats politiques ou ses passions amoureuses.

— Finalement, même quand ils célèbrent la mort ou l'absurdité de l'existence, les philosophes sont en fin de compte toujours du côté de la vie.

— Je le pense aussi, Hubert. Mais, personnellement, je me sens plus proche de ceux qui célèbrent sans hésitation la vie et non la mort. Épicure, comme tu le sais, estimait que penser à la mort était une stupidité. Montaigne, qui prétendait, au début de ses Essais, qu'il fallait toujours avoir la mort à l'esprit et lui faire face, évoluera et écrira finalement qu'elle est le « bout » et non le « but » de la vie. Enfin, mon philosophe préféré, Spinoza, règlera définitivement cette question en déclarant qu'« exister, c'est persévérer dans son être », c'est-à-dire faire toute la place à la puissance de vie, ici et en ce moment présent. Mais bon, je ne pense pas t'avoir beaucoup aidé avec toutes mes élucubrations. J'en suis désolé.

— Vous ne m'avez peut-être pas aidé à répondre à l'unique question que je me pose incessamment, depuis une semaine, mais je vous assure que pouvoir parler avec vous, aujourd'hui, de ce sujet aussi délicat qu'intime m'a fait énormément de bien.

— À moi aussi Hubert. À moi aussi.

Le lendemain, Hubert se réjouit de se rendre à sa séance d'analyse hebdomadaire. Cette pause introspective est toujours la bienvenue, mais d'autant plus en cette semaine sombre. Son thérapeute, Alain Lebon, d'habitude volubile, se tient dans une posture empathique d'écoute. Il laisse d'abord le jeune homme s'épancher. Les questions liées à la mort constituent une limite au pouvoir curatif de la psychologie. Cependant, en se concentrant sur le discours et le ressenti de son patient, le psychologue expérimenté perçoit des sentiments excessifs, de culpabilité notamment. Les chevaux noirs de l'imagination débridée d'Hubert l'ont subrepticement emmené sur un terrain dangereusement marécageux. Alain Lebon prétend diminuer le constat amer de distanciation filiale en demandant à Hubert d'évoquer des moments de complicité vécus avec sa mère.

Après une minute de silence pensif, un florilège de souvenirs heureux émerge des souterrains de sa mémoire : les discussions chaleureuses sur le chemin de l'école, ses goûters d'anniversaire méticuleusement préparés pour son plaisir, et celui de ses copains, les nombreux repas familiaux pris sur la terrasse ensoleillée de la maison, sous la cerisaie, la grande fierté de sa mère quant à ses succès scolaires, surtout son baccalauréat avec mention très bien, mais également l'attention de chaque instant portée à son épanouissement. Au milieu de son affliction, Hubert ressent soudain un sentiment différent de gratitude et de calme. Il ose même aborder un angle mort de sa vie familiale : sa relation avec son père. Ne l'a-t-il pas trop admiré et excusé en lui octroyant le rôle commode de la victime ? Celui-ci n 'est-il pas, au fond, le véritable responsable de toute cette tragédie, comme le pense son frère Lionel ? Alain Lebon lui rappelle subtilement que Louis Feuillade n'est pas le sujet de la séance d'analyse et qu'il ne peut se permettre de porter des jugements, ne le connaissant que par les commentaires de son fils, mais que l'étroitesse de leur lien est précieuse. Elle n'a pas à être altérée, mais préservée. Puis il expose à la lumière de la conscience du jeune homme son sentiment fallacieux d'omnipotence en lui révélant cette vérité tragique : rien de ce qu'il aurait pu dire ou faire n'aurait changé les relations entre ses parents et le geste fatal de sa mère. En entendant ces paroles, Hubert est soulagé. Comme souvent, il ressort du cabinet de l'avenue Montaigne plus léger et momentanément réconcilié avec lui-même. Un doute traverse malgré tout son esprit encore brumeux, alors qu'il s'enfonce dans les couloirs du métro Alma-Marceau. Il n'a pas été sans noter le questionnement répété de son analyste sur Noémie, sans en comprendre la raison. Lorsque l'étudiant lui a narré le comportement euphorique de celle-ci, le visage attentif d'Alain Lebon s'est paré de traits soudain plus soucieux. Pourtant, s'il y a bien une personne qui a montré le plus grand détachement c'est bien son insaisissable sœur. Pas de souci, pense Hubert, cette impression fugace n'est qu'une fausse alerte.

Delphine propose à son amoureux d'aller au cinéma le week-end pour se changer les idées. En vérité, elle souhaite surtout sortir du confinement nocturne de leur appartement qui commence à lui peser. Et puis, elle est persuadée qu'une comédie ou un film de suspense serait un bon remède à l'introspection morbide de son petit ami. Elle sort opportunément le dernier numéro de l'Officiel des spectacles de son sac et le tend à Hubert. Pendant qu'elle réchauffe un plat, l'étudiant cinéphile parcourt distraitement la revue. Au bout d'une dizaine de minutes, il se lève et va retrouver Delphine, près des fourneaux, pour lui annoncer, avec enthousiasme, sa sélection : un cycle Ingmar Bergman, le maître suédois de l'angoisse. L'apprentie psychologue est surprise. Elle essaie de l'orienter vers une des comédies françaises à l'affiche, voire vers la dernière pellicule d'Alain Resnais, mais Hubert est ferme dans son choix. Finalement, elle cède, autant pour enfin sortir de leur terrier que par intérêt personnel pour les thèmes à connotation psychologique abordés par le grand cinéaste scandinave.

« Le septième sceau » retient l'attention de l'étudiant en philosophie, de par le contexte anxiogène de la peste qui ravageait la Suède de la fin du Moyen-Âge. L'épidémie rend palpable l'urgence des questions que se pose le chevalier joué par Max Von Sydow sur le sens de la vie et l'existence de Dieu. Hubert se projette sur ce personnage intellectuel et déchiré dans lequel il reconnaît un aspect de sa personnalité naissante. Les parties d'échecs avec une mort archétypale (et même kitsch, selon Delphine) l'amusent davantage qu'elles ne l'effraient, au contraire des cadavres des pestiférés laissés à l'abandon et des sorcières brûlées vives. La rencontre avec un couple de baladins jouissant naturellement et pleinement de ce que la vie a à offrir, sans arrière-pensées, lui rappelant son ami Gaétan, éclaire, par contraste, le chemin existentiel ardu de la quête de sens du chevalier ainsi que de l'aîné des enfants Feuillade.

« Persona » est autrement plus provocant et moderne à ses yeux. L'introduction du film, composée de très courts plans hétéroclites et d'une bande-son stridente et saccadée, lui rappelle les collages surréalistes du court-métrage de Luis Buñuel et Salvador Dali, « Un chien andalou », mais elle semble le fruit d'une conception consciente et non totalement aléatoire. L'étudiant perçoit que Delphine est immergée dans cette histoire d'une actrice, Élisabeth Vogler, qui arrête brusquement de parler au cours d'une représentation théâtrale et va effectuer une retraite en bord de mer avec une infirmière joliment prénommée Alma. Il apprécie de visionner un chef-d'œuvre du cinéma à l'unisson de sa petite amie, ce qui n'est pas toujours le cas. Les deux actrices fétiches du réalisateur suédois, Liv Ullmann et Bibi Andersson, sont deux stradivarius dont les cordes sensibles vibrent de toute leur âme. L'inversion des rôles accroît l'intérêt de l'intrigue quand l'infirmière loquace, désarçonnée par le silence de sa patiente, se répand en confessions très intimes, sans filet. Hubert effectue le parallèle avec ses sessions d'analyse. Si son thérapeute est heureusement plus bavard que l'actrice aphone, l'attention active pour ses récits subjectifs est équivalente. La confiance que le jeune homme lui accorde est sans réserve et nécessaire pour plonger en profondeur dans les méandres de son subconscient.

Hubert songe que la relation patient-thérapeute est tout compte fait une relation extraordinaire. Se dévoiler sans honte à un étranger qui n'appartient ni à son cercle familial ni à celui de ses amis est une expérience peu commune. C'est la raison pour laquelle le patient d'Alain Lebon comprend la réaction agressive d'Alma lorsque celle-ci voit sa confiance trahie par une lettre d'Élisabeth Vogler à son médecin, relatant les confessions impudiques de l'infirmière. Delphine concorde avec lui sur cet aspect. Il ne peut y avoir de pire trahison que celle que l'actrice confidente assène à sa jeune et vulnérable compagne de retraite, comme un coup de poignard dans son âme à fleur de peau. Hubert et Delphine évoquent également, devant un verre de vin d'un bistrot proche de la salle de cinéma, leur psychologue commun, qui est en tous points opposé à ces analystes mutiques qui laissent leur patient tourner en rond dans leur inconscient pendant cinquante minutes, livrés à eux-mêmes, sous prétexte de stimuler leurs associations libres. Lesquels patients, en retour, ne reçoivent pour toute récompense qu'une remarque sibylline à méditer jusqu'à la prochaine séance. Sous certains aspects, leur posture est assez similaire à celle de l'actrice Élisabeth Vogler : distants et hautains. Hubert fait remarquer également à sa petite amie qu'il ne lui avait jamais été donné l'occasion d'assister à un film aussi profond et mystérieux. Delphine effectue une recherche sur son portable, en attendant les plats de résistance, et lit à haute voix une citation d'Ingmar Bergman : « Je sens aujourd'hui que dans Persona je suis arrivé aussi loin que je peux aller. Et que j'ai touché là, en toute liberté, à des secrets sans mots que seul le cinéma peut découvrir. »

Le troisième et dernier film du cycle, le dimanche après-midi, va bouleverser Hubert au-delà de ses attentes. Si « Le septième sceau » et « Persona » ont capté son attention et provoqué une méditation enrichissante, « Les communiants » va définitivement lever le voile sur une interrogation centrale : le pourquoi du geste désespéré de sa mère. Le gros plan initial sur le pasteur Tomas, sec, austère et fatigué, ânonnant le « Notre père », lui rappelle le père François qu'il a rencontré à l'Église Notre-Dame d'Épernay. Tomas est un homme d'église qui a perdu la foi depuis quatre ans et le décès de sa femme et est désormais confronté au silence de Dieu. C'est cet être en perdition que vient consulter le modeste pêcheur Jonas, qui veut mettre fin à ses jours. Dans un aveu glaçant d'authenticité, le pasteur Tomas confie ses doutes au pêcheur au lieu de lui servir un discours d'espérance convenu. Des profondeurs de son âme confuse, il lui assène un discours tranchant de lucidité obscure : « Dieu et moi nous vivions dans un monde organisé où tout faisait sens. J'avais foi dans une image improbable et particulière d'un dieu paternel. Un dieu qui aimait l'humanité, mais moi par-dessus tout. Je faisais mes prières pour un dieu qui me renvoyait en écho des réponses agréables et des bénédictions tranquillisantes. Chaque fois que je confrontais Dieu à des questions réelles, je percevais qu'il se transformait en quelque chose de laid et révoltant. Un dieu araignée. Un monstre. J'ai alors essayé de le mettre de côté dans ma vie en préservant l'image que je me faisais de lui juste pour moi. Si Dieu n'existe pas, est-ce que cela ferait réellement une différence ? La vie deviendrait compréhensible. Ce serait un soulagement et la mort serait l'extinction de la vie. La fin du corps et de l'esprit. La souffrance est incompréhensible et n'exige donc pas d'explication. Il n'existe pas de créateur et pas de conception. Dieu, pourquoi m'as-tu abandonné ? » À la fin de son sermon anticonventionnel, une lumière crue enveloppe le pasteur de sa blancheur aveuglante comme la vérité nue. Les mots du philosophe danois Kierkegaard, à son programme d'étude de la semaine, résonnent dans l'esprit d'Hubert : « Si le vide sans fond que rien ne peut combler se cachait sous les choses, que serait la vie sinon le désespoir ? »

Si le père François ne s'est certainement jamais exprimé dans des termes aussi directs avec sa mère, Hubert prend conscience qu'il a probablement contribué à l'assèchement progressif de sa foi et de son désir de vivre. Il imagine celle-ci, dans la solitude du confessionnal, se voir prescrire par le prêtre, en écho à ses souffrances intenses, la récitation mécanique de trois Ave Maria, comme un vulgaire placebo. Le silence assourdissant de son dieu à ses interrogations existentielles a dû être insupportable au final pour Florence Feuillade. Victime d'une double trahison, affective et spirituelle, elle n'a plus vu d'autre issue que celle du pauvre pêcheur Jonas, dans le film d'Ingmar Bergman, lui aussi pourtant marié et père de trois enfants : le retrait définitif de la vallée de larmes qu'est devenu pour lui le monde. En sortant de l'étroite salle obscure, encore sidéré, Hubert lit, sur l'affiche du film, le titre original, traduit en anglais, « Winter light » : lumière d'hiver.

3

La sensation constante d'engourdissement et d'absence d'appétit pour la vie s'estompe peu à peu grâce à l'intérêt prononcé pour ses cours de deuxième année. Si Hubert regrette que Christian Perrin ne fasse plus partie de ses professeurs (mais il espère le retrouver plus tard et continuer à partager des réflexions autour d'un verre de bière), il a toujours le plaisir d'assister aux conférences stimulantes d'Élisabeth. Après avoir initié l'année universitaire par l'étude d'extraits du reportage d'Hannah Arendt pour le journal The New Yorker, publié sous le titre *Eichmann à Jérusalem*, où l'écrivain développe le concept de « banalité du mal », Hubert trouve cocasse que sa professeure effectue une transition qu'il estime osée avec la présentation de la philosophie de Martin Heidegger. Comme il le sait, Hannah Arendt, d'origine juive, a été l'élève puis la maîtresse de Heidegger, qui fera allégeance au parti nazi.

Ce souvenir provoque un préjugé chez le petit ami de Delphine. Mais il a conscience qu'il est nécessaire de passer outre. Preuve en est l'image déformée de misanthrope abscons qu'il s'était construite d'Arthur Schopenhauer, avant que le cours de monsieur Rivière ne déclenche en lui une vocation. Essayer de comprendre sans juger, dans un premier temps, devient son credo. Mais comprendre la pensée de Martin

Heidegger se révèle ardu. Ses écrits parsemés de jargon, requérant les explications éclairantes d'une pédagogue inspirée telle qu'Élisabeth. Grâce à elle, l'étudiant va mieux appréhender la notion centrale d'Être développée par le philosophe allemand. L'Être lui semble similaire à l'étonnement philosophique décrit par Schopenhauer : une interrogation sur le fait qu'il y ait quelque chose plutôt que rien, qu'il y ait un monde duquel nous faisons partie. Kant, il se le rappelle, avait justement délimité l'étendue des connaissances humaines bornées par l'espace et le temps et, ce faisant, il avait ouvert une fenêtre sur le mystère (la part au-delà de toute possibilité de connaissance humaine, qu'il nomme la « chose en soi »). Heidegger prolonge cette intuition kantienne, mais pour en arriver à la conclusion que l'Être débouche nécessairement sur l'angoisse (et non sur cette autre possibilité que serait l'émerveillement), à moins de nommer Dieu la cause première de toute chose, ce qu'il réfute.

Après avoir quitté ses amis, Luc, Hannah, Benoît et Thibaut, Hubert se prend à rêver à nouveau, le long des quais de la Seine, à écrire un essai, idée qu'il avait provisoirement reléguée aux oubliettes. La méditation déclenchée par la mort de sa mère le convainc que le temps lui est compté et qu'il est de son devoir de donner un sens à sa vie éphémère. Et pour lui, donner un sens à sa vie prend le visage glorieux d'une œuvre révolutionnaire de la pensée. Il se fait la réflexion, en traversant le Pont Neuf, que chaque grand philosophe peut être résumé par un concept novateur, au-delà de la complexité de leur réflexion, reflétée dans une multiplicité d'écrits. Platon, la réminiscence ; Descartes, le cogito ; Schopenhauer, la Volonté ; Nietzsche, le nihilisme ; Sartre, l'existentialisme et Camus, l'absurde. Pour marquer son temps, Hubert sait qu'il doit lui aussi avoir une intuition originale et non pas vulgairement se contenter d'expliquer ce qui a déjà été démontré par d'autres que lui, aussi géniaux soient-ils. Son imagination exaltée s'enivre de ces pensées triomphales et n'a soif que d'absolu, surmontant avec une facilité déconcertante les obstacles de la réalité. Non seulement tout avoir (son nom dans le dictionnaire, un poste de conférencier émérite, des droits d'auteur royaux, des maîtresses aussi belles qu'intelligentes), mais, surtout, tout être : un génie unique de la pensée philosophique.

Delphine ne partage pas l'enthousiasme naissant de son petit ami pour l'œuvre de Martin Heidegger. Elle ne l'a jamais lu et n'a aucunement l'intention de le faire. Pour elle, son passé nazi assumé, et jamais explicitement renié, plaide contre l'homme. Elle confie pour la première fois à Hubert, avec une vive émotion, qu'une partie importante de la famille de son père, dont son grand-père Nathan, encore enfant, a été déportée en camp de concentration et la plupart y ont laissé la vie. Il est hors de question pour elle de pardonner un tel crime et d'excuser les intellectuels qui ont soutenu ce régime, principalement l'intelligentsia qui aurait justement dû s'opposer, plus que toute autre catégorie de la population. S'il l'avait voulu, elle en est certaine, Heidegger aurait très bien pu s'exiler pour ne pas participer de cette collusion coupable. Elle peine à comprendre l'admiration qu'Hannah Arendt, dont elle loue la grande intelligence, a vouée à son maître spirituel et amant tout au long de sa vie, mettant en avant sa pensée, malgré ses errements politiques graves.

Hubert rebondit sur l'argument de l'influence indéfectible de Heidegger, non seulement sur Hannah Arendt, mais aussi sur d'éminents philosophes qui lui furent contemporains, juifs inclus, pour revendiquer la séparation nécessaire entre l'homme et son œuvre. Il explique à Delphine que juger de la valeur d'une œuvre en se référant aux failles des choix de vie de son auteur consisterait à se priver sciemment d'une part majeure de la culture de l'humanité. Pour étayer son propos, l'étudiant cite des éléments biographiques de philosophes émérites : Aristote a possédé des esclaves, Voltaire des actions dans des compagnies négrières, Rousseau a abandonné plusieurs enfants et Sartre a défendu le totalitarisme communiste, le terrorisme et des dictateurs comme Fidel Castro. Faut-il pour autant brûler leurs œuvres sur le bûcher du politiquement correct ? Delphine lui rétorque que non, bien évidemment. Elle sait que l'être humain est par nature ambivalent et que les œuvres de réflexion ou esthétiques proposent une vision de la vie synthétique où les tâtonnements et les erreurs, qui tissent le quotidien de tout un chacun, sont souvent absents, par souci d'économie. Mais elle soutient à son petit ami que, de par son histoire familiale, en matière d'antisémitisme, elle est intransigeante.

Souhaitant changer de thème de conversation (elle sait Hubert capable de débattre indéfiniment d'un sujet qui lui tient à cœur, dans un esprit non dénué d'un sentiment de compétition intellectuelle), Delphine montre à son amoureux une sélection de bonnes adresses qu'elle a repérées sur des guides et des sites internet. Dans à peine dix jours, le jeune couple va passer une semaine à New York en compagnie de la galeriste Alice et son compagnon, l'oncle Georges. Ce voyage, Hubert y a cédé pour faire plaisir à sa petite amie, enthousiaste par rapport à ce projet. Lui-même éprouve des sentiments ambigus. Le dynamisme culturel effervescent des États-Unis l'attire, principalement son cinéma et ses musiciens de jazz. Mais il ne peut s'empêcher de considérer les Américains comme des êtres superficiels, incultes, mus essentiellement par le goût du lucre. Des ploutocrates à col blanc, sur la côte est, et en bermuda et large tee-shirt rose, sur la côte ouest. Un véritable sentiment d'amour-haine colore ses pensées. Contrairement à Delphine, Hubert prépare son périple américain de façon intellectuelle, en se plongeant dans la lecture d'un ouvrage classique de Alexis de Tocqueville, conseillé par son ami Luc : *De la démocratie en Amérique*. En 1831, Tocqueville a traversé les États-Unis de long en large, pendant neuf mois, en tant que magistrat, sous prétexte d'enquêter pour le gouvernement français sur le système carcéral américain. Ce travail de recherche deviendra un passionnant traité d'analyse de la démocratie naissante aux États-Unis, ses atouts et ses dangers.

Dans l'introduction du second volume, Tocqueville définit l'approche philosophique des Américains, qu'on peut nommer « philosophie pratique » : « La méthode philosophique des Américains n'est pas le fruit d'un enseignement qui se serait diffusé par le livre ou par l'école, mais la traduction directe de la situation de l'homme démocratique. Parce que la démocratie ruine toutes les autorités traditionnelles, elle exige de chacun qu'il pense par lui-même. Dans la plupart des opérations de l'esprit, chaque Américain n'en appelle qu'à l'effort individuel de sa raison. Chacun se renferme donc étroitement en soi-même et prétend de là juger le monde. » En lisant ces lignes, Hubert est rassuré de ne pas être né aux États-Unis, lui qui chérit par-dessus tout l'étude des textes et la pensée large prônée par Emmanuel Kant. Alexis de Tocqueville le conforte même dans son intuition à priori que les Américains sont majoritairement plutôt myopes en ce qui concerne les choses de l'esprit : « Comme ils voient qu'ils parviennent à résoudre sans aide toutes les petites difficultés que présente leur vie pratique, ils en concluent aisément que tout dans le monde est explicable et que rien n'y dépasse les bornes de l'intelligence. Ainsi, ils nient volontiers ce qu'ils ne peuvent comprendre. »

Avec une certaine amertume, Hubert songe que, presque deux cents ans plus tard, ces observations prémonitoires pourraient tout à fait définir la plupart de ses contemporains européens tant cette vision simpliste de la vie outre-Atlantique a imprégné le monde occidental après la Seconde Guerre mondiale. Depuis qu'il est né, il a l'impression de vivre au cœur de l'« American way of life », au milieu des vignes d'Épernay. La plupart des conversations portent sur les récoltes de raisin, leur qualité, le climat, les vendanges, la quantité produite, le « benchmarking » dont parlait souvent son père et ses associés (comparaison constante des marques de champagne entre elles), la quête infinie de « prospects », ces clients potentiels dont beaucoup résident d'ailleurs aux États-Unis. Souvent, le jeune homme se demande à quoi bon accroître et diversifier incessamment la production alors que sa famille est suffisamment riche. Il voit là ce que Martin Heidegger nommait « le monde de la technique » qui structure le monde moderne : une compétition permanente où seules les fins (le lucre pour le lucre) comptent au détriment des objectifs humanistes impulsés par les philosophes des Lumières, à savoir le progrès et l'épanouissement de l'homme au travers de la connaissance. Hors, Hubert le sait, nul autre pays mieux que les États-Unis n'incarne cette course effrénée vers la rentabilité illimitée. Comme dans le mythe du roi Midas, qui formule à Dyonisos le vœu que tout ce qu'il touche se transforme en or et meurt en conséquence de faim et de soif, l'accroissement des richesses, but ultime, selon lui, de la plupart des citoyens américains, assèche leur cœur (la vie lui paraît dure pour ceux qui ne réussissent pas) en même temps que leur esprit.

Toqueville est aussi toutefois admiratif de ce qu'il appelle « la passion de l'égalité » des Américains. Cette passion, selon lui, en accélérant la disparition des castes et le rapprochement des classes sociales, suggère à l'esprit l'idée de la perfectibilité humaine : « Bien que l'homme ressemble sur plusieurs points aux animaux, un trait n'est particulier qu'à lui seul : il se perfectionne et eux ne se perfectionnent point. L'espèce humaine n'a pu manquer de découvrir dès l'origine cette différence. L'idée de perfectibilité est donc aussi ancienne que le monde, mais elle lui donne un caractère nouveau ». Hubert se remémore les cours particuliers de monsieur Rivière. La perfectibilité est la pierre angulaire du *Discours sur l'origine et les fondements de l'inégalité parmi les hommes*, de Jean-Jacques Rousseau, mais elle trouve en fait son origine dans la « parabole des talents » de Jésus.Celui-ci est probablement le premier à avoir insufflé en l'homme, au travers de cette parabole, qui marque une rupture radicale avec la philosophie du monde antique, l'idée de dépassement en direction d'un absolu. Là aussi, les Américains, plus que n'importe quelle autre nation, ont pris à la lettre cette notion de dépassement en faisant reculer les frontières du possible vers l'ouest, dans un premier temps, puis l'espace ensuite, faisant accomplir à l'humanité des pas de géant. Même un américanocritique comme Hubert ne peut qu'admirer le courage extraordinaire de ces pionniers intrépides.

Mais c'est quand Alexis de Toqueville, issu d'une famille aristocratique, dépeint les dangers de la passion de l'égalité qu'il touche au cœur de la cible du monde contemporain, et même du monde actuel, pense Hubert. Car la vulgarité partagée, issue de ce monde nouveau, porte en elle un fléau des plus redoutables, car il passe pour un bienfait : « Je veux imaginer sous quels traits nouveaux le despotisme pourrait se produire dans le monde : je vois une foule innombrable d'hommes semblables et égaux qui tournent sans repos sur eux-mêmes pour se procurer de petits et vulgaires plaisirs dont ils emplissent leur âme. Au-dessus d'eux s'élève un pouvoir immense et tutélaire, qui se charge d'assurer leur jouissance et de veiller sur leur sort. Il est absolu, détaillé, régulier, prévoyant et doux. Il ressemblerait à la puissance paternelle si, comme elle, il avait pour objet de préparer les hommes à l'âge viril ; mais il ne cherche, au contraire, qu'à les fixer irrévocablement dans l'enfance ; il aime que les citoyens se réjouissent, pourvu qu'ils ne songent qu'à se réjouir. J'ai toujours cru que cette sorte de servitude, réglée, douce et paisible, dont je viens de faire le tableau, pourrait se combiner mieux qu'on ne l'imagine avec quelques-unes des formes extérieures de la liberté, et qu'il ne lui serait pas impossible de s'établir à l'ombre même de la souveraineté du peuple. »

C'est mû par ces réflexions, inspirées d'Alexis de Toqueville sur les débuts de la démocratie en Amérique, ses avantages et ses dangers, représentés par la passion de l'égalité, qu'Hubert se prépare à s'assurer de visu de la persistance de son analyse quelque deux siècles plus tard.

4

L'arrivée matinale, à New York, étonne favorablement le jeune homme. La sensation de grande familiarité avec cette ville, bien qu'il s'agisse pour lui d'une toute première visite, le surprend. Il faut dire que l'étudiant cinéphile a visionné de nombreux films ayant pour décor la Grosse pomme. Mais ce ne sont pas les rues glauques, arpentées par le héros du film de Martin Scorcese, « Taxi driver », où poussent sauvagement les sex-shops, les dealers et les prostituées, qui s'exposent à la vue d'Hubert. Depuis le hublot rectangulaire de son taxi jaune, piloté par un pittoresque Indien enturbanné, le philosophe germanophile penche le cou pour admirer le florilège esthétique de Manhattan : dessin géométrique des rues, petits parcs verdoyants, forêt luxuriante d'immeubles rivalisant de joyaux architecturaux singuliers, colonnades antiques des bâtiments publics. Même les panneaux publicitaires et les graffiti colorés se fondent gracieusement dans le paysage urbain. Enfin, habitant cette île immense, une colonie de fourmis marche la tête haute, affairée, les dames en baskets blanches, leurs talons aiguilles soigneusement conservés en main dans un sac plastique. La beauté reflétée dans les vitres des gratte-ciel irradie jusque dans les yeux émerveillés d'Hubert. Le sourire muet de Delphine semble exclamer : « Je te l'avais bien dit ». Les très parisiens

Alice et Georges, eux, respirent à pleins poumons, depuis la plage arrière, l'air vivifiant de la cité démesurée.

Après avoir laissé leurs bagages au trente-cinquième étage d'un immeuble moderne, le quatuor explore le quartier de la 42e rue et de la 6e avenue. L'hôtel fait face à un parc, Bryant Park, pensé pour la détente, et jouxte la Bibliothèque publique de New York. Hubert pénètre dans le bâtiment en pierres grises et découvre la vaste salle de lecture, éclairée par de grandes fenêtres en ogives, et ses tables en bois ornées de pittoresques lampes à abat-jour en opaline, évoquant au jeune homme de petits ovnis veillant sur des objets qu'il pensait non identifiés au pays de Mickey : des livres. Il est surpris de pouvoir déambuler librement dans les couloirs et les salles sans avoir à montrer patte blanche, contrairement à la bibliothèque de la Sorbonne, qu'il ne pourra fréquenter à sa guise que d'ici deux ans. En entrant, un peu plus tard, dans la somptueuse gare de Grand Central Station, l'étudiant visualise un autre de ses films préférés, « Carlito's way » (« L'Impasse »). C'est là qu'a été tournée avec maestria, par Brian de Palma, la scène finale où le gangster repenti, Carlito Brigante, incarné par le passionnel Al Pacino, court pour échapper aux mafieux le poursuivant et s'enfuir en train avec la femme de sa vie. Comme dans toute tragédie antique, il ne parviendra pas à échapper à son destin, qui le touchera en plein cœur de trois balles de revolver. Cette scène, qu'Hubert a visionnée plusieurs fois sur son lecteur de DVD, donne lieu à un manège fantasque qui fait sourire, interloqués, Alice, Georges et Delphine. Le jeune homme décide spontanément de rejouer la chorégraphie haletante d'Al Pacino, mais en omettant de prévenir ses proches. Prenant comme point de départ les quais du métro, il frôle le cube de verre à l'étage, qui donne sur les escalators, puis emprunte ceux-ci en s'accroupissant, comme s'il était traqué par des sbires de Little Italy, passe en courant devant le balcon central (inchangé depuis qu'Alfred Hitchcock l'a immortalisé dans « La Mort aux trousses »), jette un bref coup d'œil à la somptueuse horloge à quatre faces en opale puis fonce sans plus attendre vers les quais où un train express en métal gris (exactement le même que dans le film) s'apprête à partir. Une fois attablés au restaurant « Oyster », devant un plat de fruits de mer, Hubert apporte enfin une explication « rationnelle » à son parcours loufoque. Alice rit de bon cœur. Georges lève à ses lèvres un verre de vin blanc frais et promet à son neveu qu'il ne manquera sous aucun prétexte de regarder la pellicule à son retour à Paris. Il a été séduit par ses commentaires détaillés. Delphine est un peu gênée par son amoureux, soudain frappé du syndrome de Peter Pan. Elle préfère regarder l'écran numérique de son appareil photo, écrin contenant les vues dorées d'une gare fastueuse unique au monde.

L'après-midi est consacrée à la visite du quartier de Wall Street. Hubert laisse ses préjugés anticapitalistes de côté et revêt le costume du touriste lambda, surfant sur l'enthousiasme de sa petite amie. Pour la faire rire, il se prête même au jeu d'empoigner les cornes et serrer les testicules du taureau en bronze massif, situé près de la bourse, promesse de future fortune (comme s'il avait besoin d'argent). Il espère juste que le cliché pris par Delphine sera autodégradable avant que ses amis ne puissent se moquer de lui. Pendant la pause café, il observe les jeunes traders en train de converser. Ils semblent à des années-lumière des représentations d'hommes d'affaires speedés, cocaïnés et portés sur la luxure, qu'il avait construites à partir du film d'Oliver Stone, simplement intitulé « Wall Street ». Non, ce sont des jeunes hommes et femmes souriants, avec lesquels il pourrait sympathiser. Lui revient alors en mémoire le choix de vie qu'il a fait d'abandonner une carrière toute tracée, et lucrative, dans le commerce familial de champagne, pour la quête très incertaine de la sagesse. A-t-il effectué le bon pari ? Il pense que oui, mais un regret furtif le traverse à la vue de ces jeunes gens dynamiques et séduisants. Un slogan résonne même dans son esprit, attiré par la scène qu'il a sous les yeux : « Greed is good » (« l'avidité, c'est bien »).

Pendant qu'Alice, Delphine et Georges font une pause toilette avant de continuer, Hubert sort de sa veste noire son carnet de notes qui ne le quitte jamais. Il relit ces quelques lignes extraites du livre de Tocqueville, *De la démocratie en Amérique* : « Je ne connais pas de pays où l'amour de l'argent tienne une plus large place dans le cœur de l'homme. Mais ce ne sont pas seulement les fortunes qui sont égales en Amérique ; l'égalité s'étend jusqu'à un certain point sur les intelligences elles-mêmes. Je ne pense pas qu'il y ait de pays au monde où, proportion gardée avec la population, il se trouve aussi peu d'ignorants et moins de savants qu'en Amérique. L'instruction primaire y est à la portée de chacun ; l'instruction supérieure n'y est presque à la portée de personne. » À la lumière de cette réflexion sur les avantages et les travers de l'égalitarisme, l'étudiant sort finalement renforcé dans son choix d'entrer par la porte étroite qui conduit à la vie de l'esprit plutôt que d'emprunter le large chemin matérialiste qui corrompt les âmes. D'ailleurs, les journaux télévisés, qu'il regarde distraitement dans les cafés ou restaurants fréquentés, ne semblent évoquer qu'un seul thème, comme un leitmotiv entêtant : « money, money, money ».

Avant de reprendre le métro en direction de l'hôtel, Hubert insiste pour se rendre sur un site proche qui lui tient à cœur : le One World Trade Center, dont la construction sur l'emplacement des tours jumelles a été achevée. Delphine rechigne. Elle ne partage guère le goût de son petit ami pour l'Histoire, principalement dans son versant tragique. Mais Hubert y tient. Les attentats du 11 septembre 2001 furent le premier événement planétaire d'envergure qu'il a connu depuis sa naissance. Il se souvient avec précision du lieu et de l'heure. Il était un peu plus de quinze heures et il était alors un élève de CE2, occupé à jouer à gendarmes et voleurs, dans la cour de récréation de l'école primaire Crayère d'Épernay. En l'espace de quelques minutes, une rumeur folle inonda le lieu : les tours jumelles de New York avaient été abattues par deux avions de ligne. Si le petit Hubert ignorait jusqu'au nom de ces tours, il avait évidemment entendu parler de New York (son père s'y était déjà rendu en voyage d'affaires et lui avait même ramené une casquette bleu foncé des Yankees) et il était persuadé, en croisant les regards atterrés de ses amis, que cet événement inouï annonçait la troisième guerre mondiale.

Le lendemain, son professeur, monsieur Étienne, leur expliqua avec des termes simples ce qui était arrivé. Des terroristes (c'est la première fois qu'il entendait ce mot) d'un réseau nommé Al Quaeda avaient pris pour cible les trois cœurs de l'Amérique : le cœur financier, à New York, le cœur militaire, en visant le Pentagone, à Washington, et, probablement, le cœur politique, la Maison-Blanche, où réside et travaille le président, épargnée par le courage des passagers du troisième avion séquestré, qui se sont sacrifiés. Trois mille personnes avaient perdu la vie. À la question de son ami Gaétan, qui demanda s'il s'agissait de la troisième guerre mondiale, l'enseignant préféra ne pas trop s'avancer dans ses réponses, ne possédant pas toutes les informations, mais il précisa à ses élèves que c'était une guerre différente des guerres entre nations, d'un genre nouveau.

Lorsqu'il approche du site, Hubert est frappé par la qualité de silence qui y règne, malgré le grand nombre de quidams présents. Si la nouvelle tour, symbole phallique de méga résilience, l'indiffère, les deux bassins d'où coule une eau source de vie, au milieu d'un vaste espace boisé, l'émeuvent. Hubert passe sa main sur le marbre noir pour lire les noms des victimes, comme le ferait un aveugle déchiffrant le braille. Onze ans après le drame, il peine toujours à comprendre les motifs d'une telle catastrophe. Bien qu'étant lui-même un fervent critique de l'impérialisme américain, la nature du combustible qui a enflammé une telle haine lui reste étrangère.

Une crise d'angoisse incontrôlable s'empare du corps d'Hubert le premier soir, dans sa chambre d'hôtel. Il est une heure du matin. Delphine s'est endormie à ses côtés depuis un moment déjà. L'étudiant vient de terminer la lecture du livre d'Alexis de Tocqueville et il peine à trouver le sommeil. Soudain, dans la solitude de la nuit new-yorkaise, trouée de quelques klaxons et sirènes éparses, Hubert prend conscience de l'altitude vertigineuse à laquelle il se trouve, au trente-cinquième étage de l'immeuble. Impossible de dormir. Après des mois d'analyse assidue, il a conscience que le gratte-ciel dans lequel il séjourne symbolise aussi les hauteurs de son génie imaginaire. Mais cette voix de la raison est impuissante à le calmer. Que faire ? Se rendre en pyjama dans le couloir à la recherche d'un paquet de chips ou bien d'un seau de glace ? Vain subterfuge qui ne durera pas plus de dix minutes. Redescendre sur terre ? Oui, il y songe sérieusement. Mais que diable irait-il errer dans le lobby de l'hôtel ou dans les rues adjacentes à cette heure si tardive ? Et comment expliquer cette attitude totalement illogique à sa petite amie si celle-ci se réveille ? Respirer profondément ? Peut-être, mais Hubert n'est point adepte de ces techniques de relaxation orientales censées le reconnecter avec son corps et ses sensations. Ses sensations de stress aigu, qui lui assèchent la gorge et montent dans sa poitrine comme des papillons noirs, c'est justement ce qu'il veut absolument fuir à cette heure indue. Finalement, il oriente son esprit agité vers la programmation des visites de la semaine et s'endort, vers trois heures du matin, un peu essoufflé.

Les jours qui suivent dévoilent à Hubert les charmes culturels et architecturaux de Manhattan. La visite du Frick museum l'émerveille. C'est Alice qui a suggéré ce musée hébergé dans une demeure discrète. La collection des chefs-d'œuvre couvre toutes les périodes artistiques possibles. La matinée semble insuffisante pour admirer, dans le plus grand calme, sans être pressé par le flux des touristes, les toiles des maîtres de la Renaissance, des impressionnistes, des classiques français et espagnols et des peintres flamands. Pas besoin d'audioguide, collé à l'oreille, bombardant le visiteur d'informations érudites et filtrant la confrontation directe aux œuvres, quand une spécialiste émérite comme Alice est disponible pour orienter le regard tout en respectant le ressenti de Delphine et du neveu de Georges. Mais quand Hubert se trouve face à l'immense tableau de William Turner, ayant pour thème le port de Dieppe, seule la contemplation muette, durant de longues minutes, de la lumière dorée reflétée dans les eaux calmes, évoque en son âme le sentiment du beau dont parlait Emmanuel Kant dans la *Critique de la faculté de juger*, beauté qui, pour le philosophe allemand, est sans pourquoi et se suffit à elle-même. En se laissant aimanter par la lumière diffuse, dépourvue d'origine, représentée par l'artiste anglais, c'est également un sentiment de mystère qui pénètre l'âme soudain accueillante de l'admirateur de Schopenhauer. Sentiment de mystère qui commence à fendiller la carapace athée graduellement construite par le fils de Florence Feuillade.

Flâner au cœur du poumon vert qu'est Central parc est l'occasion pour Hubert de s'adonner, en spectateur intéressé, à un match de baseball pendant que son oncle, Alice et Delphine font un tour de bateau sur un des lacs artificiels. Le jeune touriste s'installe en haut d'une tribune en bois avec quelques familles portant de larges tee-shirts colorés et des casquettes bleu foncé siglées des lettres blanches NY. Pendant deux heures, il observe, hypnotisé, ce sport dont il ignore tout des règles. À l'émotion du match s'ajoute le défi intellectuel d'essayer de comprendre celles-ci. Hubert applique à cette activité très populaire, outre-Atlantique, le questionnement de Kant sur les jugements synthétiques à priori.

En effet, à partir de son expérience de spectateur, Hubert assemble patiemment, de façon synthétique, donc, les divers éléments du jeu dont il est le témoin (délimitation de l'espace, placement et mouvements des joueurs, trajectoires des lancers de balle, comptage des points, éliminations) et en déduit les règles à priori qui préexistent au match concret qui se dispute sous ses yeux, dans cette oasis verte de Manhattan, ce mardi 16 octobre 2012. Assez rapidement, il pense avoir compris l'essentiel : une équipe constituée de neuf joueurs s'empare à tour de rôle d'une batte cylindrique en bois. Le batteur a trois ou quatre chances pour frapper, dans un espace délimité, une balle en caoutchouc puis doit courir jusqu'à la base la plus proche. Quand il arrive à la quatrième base, qui clôt un carré, son équipe marque un point. L'équipe qui défend déploie stratégiquement sept membres sur le terrain. Un huitième lance la balle au batteur, en variant la hauteur et les effets, et le neuvième, arborant un casque de protection, est positionné juste derrière le batteur pour récupérer les balles manquées. Pour éliminer un opposant, Hubert croit comprendre qu'il existe deux options : attraper la balle en vol avant rebond ou bien toucher le coureur balle en main avant qu'il n'atteigne la prochaine base. Il se doute qu'il y a certainement plusieurs nuances qui lui échappent, mais cela ne l'empêche nullement de vibrer au match des deux équipes amateures comme s'il était un fervent supporter local.

La scène artistique lui offre l'opportunité de deux expériences antagonistes. Pour plaire à Delphine, qui adore les comédies musicales, il brave une pluie fine pendant une heure et demie sur un des trottoirs de Broadway pour acheter deux précieux sésames au rabais donnant accès au must des spectacles pour badauds : « Cats ». Moment affligeant où, assis à l'arrière-fond de la salle, derrière une colonne masquant une partie de la scène (Hubert maudit ces économies de bout de chandelle de sa petite amie alors que lui-même dépense sans compter, comme un aristocrate qu'il est en partie resté), il souffre en silence pendant deux longues heures au spectacle de cette histoire abracadabrante de vieux chats voulant rester jeunes, au son d'une kyrielle de scies dégoulinant de pathos. Quand il pense que la même nation a donné naissance à des compositeurs aussi talentueux que George Gershwin ou Léonard Bernstein, cet ersatz de production musicale lui fait presque honte.

Les goûts de son oncle sont heureusement bien plus en affinité avec les siens. Un soir où Alice et Delphine décident de s'offrir une soirée entre filles au théâtre, Georges invite son neveu dans un de ces mythiques clubs où des groupes se relaient pour des sets d'une heure. Confortablement installés juste devant la scène aux murs capitonnés de rouge du « Jazz Standard », les deux amateurs attendent impatiemment l'arrivée des jazzmen en sirotant des cocktails Old fashioned. Autour d'eux, les tintements des verres se fondent agréablement aux conversations qui ressemblent pour Hubert à une musique de fond instrumentale, vu qu'il comprend peu l'anglais. Mais dès que le quartet pose le pied sur la scène, c'est un silence instantané, presque religieux, qui accueille les musiciens. Et quels musiciens ! Le saxophoniste Joshua Redman, la quarantaine naissante, dont Hubert a téléchargé tous les albums sur son portable, le contrebassiste Christian Mc Bride, LA RÉFÉRENCE en ce qui concerne son instrument, le batteur Brian Blade et le subtil pianiste Brad Mehldau. Ils s'avancent, modestes, malgré leur réputation établie, tous vêtus d'un simple jean et d'une chemise unie. Les airs entraînants succèdent aux ballades en mode mineur, les solos de be-bop endiablés aux compositions plus spirituelles. La batterie pulse comme les battements réguliers d'un cœur, accélérant parfois le rythme ou le modérant. Les notes graves et chaudes de la contrebasse apportent une stabilité rassurante. La légèreté des accords du piano élève les âmes dans des paysages éthérés tandis que les solos du saxophone tenor de Joshua Redman, glissandos tantôt caressants, tantôt déchirants, font vibrer les cordes des sentiments enfin libérés des spectateurs. Entre deux morceaux, Hubert se fait la réflexion que la vie est bien plus proche d'un air de jazz que d'une composition classique.

Dans la musique classique, chaque note est écrite pour l'éternité, comme les destins immuables des protagonistes des mythes grecs. Le jazz part d'un canevas, comme une règle du jeu (tous les membres du quartet lisent d'ailleurs une partition), mais laisse toute la flexibilité à chacun d'improviser son chant, à partir de ses expériences, de sa sensibilité, de ses aspirations. Tout est à inventer. Le neveu de Georges se souvient du protagoniste du roman de Sartre, *La Nausée*, Antoine Roquentin, qui applique le remède du jazz à son mal-être existentiel. Hubert dissout également ses angoisses dans les harmonies inspirées de ce concert qui définirait presque, à ses yeux, la notion de bonheur. Un bonheur simple, palpable, à durée déterminée, qui justifie momentanément la valeur de la vie.

Pour se rendre dans la famille de Delphine, le lendemain, Hubert insiste pour traverser le Brooklyn Bridge à pied. Il aime marcher sans fin dans cette ville très dynamique. La traversée des deux kilomètres du pont surplombant l'East River offre une vue panoramique époustouflante (mais le retour, initié au crépuscule, se révélera plus enchanteur encore ; la vue de Manhattan, resplendissant des mille reflets argentés de ses immeubles dans les eaux du détroit, se gravant dans la mémoire du jeune couple tendrement enlacé, la main droite de Delphine se réchauffant, comme souvent, dans la poche arrière du jean de son petit ami).

L'appartement de la tante de Delphine, situé dans le quartier de Williamsburgh, est de taille modeste, comme celui de la rue Beaubourg, mais abritant une famille composée de quatre membres. Nicole Mackenzie, professeure universitaire de littérature française, fait penser à sa sœur, Céline Langmann, mais en moins sophistiquée (elle n'est pas maquillée). Ses deux filles, en revanche, ne se ressemblent guère. L'aînée, Ophelia, âgée de dix-sept ans, est une rousse pimpante qui saute au cou de sa cousine et l'embrasse effusivement dès que celle-ci pose un pied dans le hall d'entrée. La benjamine, Venus, âgée de quinze ans, est une jeune fille discrète aux longs cheveux blonds effilés et aux yeux vert émeraude qui dévisagent l'étudiant sous toutes les coutures, ce qui le gêne un peu. Le père de famille, Chris, est un architecte américain grisonnant et cordial, à la poignée de main ferme et au sourire franc. Hubert ressent pour lui un élan de sympathie immédiat. Après le déjeuner, il emmène le petit ami de Delphine explorer le quartier et ses rues commerçantes pendant que celle-ci converse dans le salon avec ses cousines et sa tante. Ayant vécu et effectué une partie de sa formation à Paris, où il a connu sa femme Nicole, Chris s'exprime dans un excellent français, ce qui arrange Hubert.

— Alors, Hubert, c'est ton premier voyage ici ?

— Oui. La toute première fois.

— Et quelles sont tes impressions ?

— Très favorables. En fait, je suis même surpris. Je m'étais construit une image complètement différente des États-Unis.

— Tu sais, New York est très différente du reste du pays. C'est une ville singulière. On n'est ni en Iowa ni au Texas ici.

— Je trouve Manhattan d'une beauté extraordinaire. Bluffante, vraiment.

— Oui, la créativité et la splendeur de son architecture sont incomparables. Tu as raison.

— Et il y a une vie culturelle trépidante. Mais j'aime bien Brooklyn aussi, c'est plus tranquille, non ? À Manhattan, j'ai l'impression étrange d'être dans une lessiveuse qui n'arrête jamais de tourner. Même le soir, quand on va au restaurant, les serveurs ont un rythme interne échevelé. C'est stressant pour les clients, alors qu'on vient pour se détendre. Et puis, je ne comprends pas leur besoin de toujours faire des blagues plus ou moins mécaniques. Vous aimez vivre à Williamsburgh ?

— Oui, beaucoup. Tu as raison, c'est plus calme ici. Mais tu sais, j'ai pas vraiment le choix. Avec mon salaire d'architecte, et celui de professeure de Nicole, il serait impossible de payer un des loyers exorbitants de Manhattan. Même notre appartement modeste nous coûte très cher. Brooklyn aussi est chic aujourd'hui, tu sais ? Et bientôt, l'année prochaine, je vais devoir contracter un emprunt sur dix ou quinze ans pour payer les études d'Ophélia. Elle veut apprendre les arts dramatiques à la Julliard's school. Elle fait du théâtre depuis qu'elle a huit ans. Elle est plutôt douée.

— Et Venus ?

— Elle a encore quelques années devant elle, mais elle est déjà une élève brillante en Sciences. Je l'imagine bien se former à Princeton. Encore un autre emprunt.

— Pourquoi vous n'êtes pas restés vivre à Paris avec Nicole ?

— C'est juste une question d'opportunités. Si tu es compétent dans ton domaine, que tu as de l'initiative et de l'énergie à revendre, on te donne les moyens de monter tes projets ici. Même Nicole n'aurait jamais eu l'occasion de trouver un poste universitaire en France comme celui qu'elle exerce à la New York University. Qu'est-ce que tu veux faire de ta vie, Hubert ?

— Être philosophe. Écrire et donner des cours. À la faculté si possible.

— Eh bien, viens t'installer ici. Les intellectuels adorent ce qu'ils appellent la « French theory » : Derrida, Foucault, Baudrillard.

— Je sais pas. J'aime vraiment Paris. Et puis je pense pas que Delphine trouverait un job dans son domaine. Elle préfère la psychologie humaniste. C'est pas trop la tendance ici, non ?

— Ah non, ça, c'est clair. Les gens n'ont pas de temps à perdre avec des analyses interminables. Il faut performer. Quand on a un problème, on prend un médicament. Je prends tous les jours un stimulant. Nicole un antidépresseur. Venus et Ophélia sont sous ritaline depuis plusieurs années. Et toi, tu prends quoi pour tes études ?

— Rien. J'ai une séance de thérapie par semaine avec un psychologue. C'est ma seule drogue.

L'avant-veille du retour en France, Hubert délaisse Delphine, Alice et son oncle pour la matinée. La visite du Moma ne le tente pas trop. Il estime avoir exploré suffisamment de musées. Son désir est de retourner à Central Park pour flâner et voir des matches de baseball. Du coup, il se lève un peu plus tard et prend un taxi, à l'entrée de son hôtel. Assis sur la plage arrière, il n'a même pas le temps de boucler sa ceinture que, lorsque son véhicule déboîte, il percute de plein fouet un camion sorti de nulle part. Le visage d'Hubert frappe la vitre de séparation en plexiglas. L'action se passe, étrangement, dans la tête de l'étudiant, comme dans un film, au ralenti. Le chauffeur, un petit teigneux portant une veste en cuir d'aviateur, délaisse son passager pour aller insulter le conducteur du camion. La scène est rocambolesque. Heureusement pour lui, les employés de l'hôtel viennent à sa rescousse. Plus de peur que de mal. Le jeune homme est conscient et ressent juste une douleur au niveau du nez, qui est peut-être cassé. Les secours arrivent dans la seconde. Il monte à l'arrière d'une ambulance. L'efficacité des gestes professionnels des infirmiers l'impressionne. En cinq minutes, il est pris en charge et emmené vers l'hôpital Bellevue.

Rapidement, les douleurs au niveau du nez diminuent et Hubert, totalement conscient et relativement indemne, apprécie l'arrivée au plus vieil hôpital de New York, comme s'il était embarqué dans une excursion touristique inédite. Assis sur un lit, il se réjouit presque d'être en immersion dans ce qui ressemble à la série télévisée « Urgences », qu'il regardait toutes les semaines avec sa mère et son frère quand il était adolescent. Il était alors loin d'imaginer qu'il serait un jour l'un des patients vedettes. Un interne blond, semblant tout juste sorti de la faculté de médecine, l'ausculte attentivement, sans se départir d'un sourire légèrement forcé. Soudain, son nouvel ami américain le laisse en plan pour se ruer, avec deux de ses collègues, vers le malade installé à ses côtés. Hubert ne distingue ni son sexe ni son âge, car il en est séparé par un fin rideau. Il aperçoit juste des lumières qui clignotent au-dessus du lit et une grande agitation de l'équipe médicale manipulant masque à oxygène et autres machines. Une résurrection ! C'est génial, pense-t-il. Comme dans la série ! L'anonyme Lazare, rendu miraculeusement à la vie, l'interne revient vers lui comme si de rien n'était. L'étudiant imagine sa conversation, le soir, à table, avec sa copine.

— Ça va, honey ? Comment s'est passée ta journée ?

— Normal. La routine. Trois ressuscités, deux crises cardiaques et un décès. Et toi ?

L'examen préliminaire terminé, le médecin lui déclare qu'il va bientôt être ausculté par un spécialiste, un oto-rhino. Obéissant, Hubert attend patiemment. Le spectacle autour de lui le ravit. Et ce n'est que le début. Au bout de quelques minutes, trois prisonniers vêtus d'une combinaison orange, et enchaînés les uns aux autres, défilent devant ses yeux, tête baissée, escortés par deux policiers. C'est à cet instant précis que l'oto-rhino apparaît. Un phénomène ! Docteur d'origine asiatique, possédant un accent prononcé et s'exprimant essentiellement par des mots enchâssés dans des phrases minimales, il se plante devant le petit ami de Delphine. D'une maigreur et souplesse impressionnante, il entreprend une chorégraphie digne d'un danseur du ballet national de Chine. Son mouvement est inédit. Une figure de style libre. Ses jambes filiformes s'écartent et dessinent un grand écart latéral pendant qu'il trifouille le nez d'Hubert avec son rhinoscope. À peine deux minutes après son manège hilarant, l'expert atypique rend son diagnostic :

— X-ray exam but nose not broken (Examens rayons X, mais nez pas cassé).

Hubert s'assoit à proximité de l'entrée de l'hôpital, en attendant les résultats de sa radiographie. Il reprend ses esprits et se rend compte qu'il est déjà une heure de l'après-midi, et qu'il n'a pas encore prévenu Delphine et son oncle de sa mésaventure. Pour ne rien arranger, il a oublié son téléphone portable dans sa chambre d'hôtel. Il essaie tant bien que mal d'insérer quelques pièces de monnaie dans la fente d'un appareil, mais à la lecture, les instructions d'usage sont incompréhensibles pour lui (pourquoi ses professeurs d'anglais ne lui ont pas enseigné l'usage d'un téléphone public quand on est bloqué dans un hôpital à New York). Il se rassoit et prend son mal en patience. Un autre homme, massif, à la peau noire, la cinquantaine, vient prendre place à ses côtés. Hubert note avec un certain étonnement qu'il est également menotté. Décidément. Son look est impayable. Il est très élégamment vêtu d'un costume rose fluo à carreaux et de chaussures en cuir marron à bouts pointus. Arborant un chapeau en feutre assorti, ses poignets et les dix doigts de ses mains brillent de l'éclat doré de bracelets ainsi que de bagues grossières. Il s'appuie, placide, sur une canne à pommeau argenté. Un authentique souteneur muré dans une fière élégance muette. Deux policiers, revolver à la ceinture, entrent alors dans le hall pour accompagner son comparse, beaucoup plus jeune, attaché à un brancard poussé par deux infirmiers et visiblement sous l'emprise de quelque drogue. Il crie et se débat. Hubert comprend à demi mots qu'il ne veut surtout pas qu'on enfonce quelque chose dans son anus (pourquoi une telle peur panique d'un vulgaire thermomètre, se demande le neveu de l'oncle Georges, à moins que le petit malfrat n'hallucine et ne visualise un autre engin plus diabolique). Alors que le possédé s'éloigne sur son brancard, toujours vociférant, le vieux proxénète, d'un calme olympien, se justifie auprès de l'agent des forces de l'ordre assis à sa droite. Puis il fixe le regard d'Hubert à la recherche d'une âme compréhensive :

— We were just havin'fun. Just havin'fun, man. (On s'amusait, c'est tout).

Radiographie en main (le diagnostic éclair du Chinois loufoque est confirmé : pas de cassure, juste un bel hématome), le patient français monte dans un taxi en direction de son hôtel (ceinture fermement bouclée cette fois-ci). Pendant le court trajet, il se demande s'il a vraiment vécu cette journée ahurissante ou bien s'il l'a rêvée. En tout cas, si un écrivain couchait sur papier ses tribulations, on le soupçonnerait à juste titre d'exagération. Ce séjour non programmé prouve que, bien souvent, la réalité, drapée dans une constante créativité impromptue, dépasse la fiction. Hubert songe même à écrire aux guides de voyages, à son retour en France, pour les enjoindre d'inclure l'hôpital Bellevue parmi leur « top ten » des visites incontournables. Pour lui, en tout cas, ce moment représente pour l'instant le climax de son séjour états-unien.

À son arrivée à l'hôtel, Hubert téléphone à Delphine pour l'informer de son accident bénin. La voix tremblante, elle le torpille de questions puis l'admoneste de ne pas l'avoir prévenue plus tôt. Sa petite amie, son oncle et Alice abrègent leurs visites programmées pour venir le voir et s'enquérir de sa santé. Hubert se sent parfaitement bien, mais il se laisse aller au jeu de la complainte sentimentale. Voir Delphine être aux petits soins pour lui est loin de lui déplaire. Pour le réconforter de son « trauma », ses proches lui donnent carte blanche pour la dernière journée, avant le retour à Paris.

Le jeune homme a apprécié, par-delà ses attentes, sa semaine à New York, mais il se sent un peu fatigué du rythme débridé de la ville qui ne dort jamais, son agitation permanente, qui aurait pu lui coûter la vie. Son esprit aspire à un peu de calme. Il opte finalement pour s'éloigner du centre névralgique de Manhattan et se rendre, après une heure de métro, au sud de Brooklyn, à la station balnéaire rétro de Coney Island. Le contraste avec la luxuriance des quartiers visités antérieurement est frappant. Après une pause déjeuner pour déguster le célèbre hot-dog du restaurant « Nathan's Famous » et, surtout, siroter la meilleure limonade de sa vie, Hubert respire à pleins poumons l'air marin. Pour la première fois, il prend tout son temps pour flâner, main dans la main avec Delphine, sur la jetée au plancher en bois, pieds nus dans le sable et l'océan à l'eau froide en cette fin octobre. Il confie à son oncle qu'il se sent comme dans un habitat plus naturel, dans cet endroit très populaire, au bon sens du terme. Les déambulations au sein du parc d'attractions suranné de Luna Park agissent sur sa mémoire comme une machine à remonter le temps, quand il courait entre les manèges à la foire estivale d'Épernay, près de la place de la République, une barbe à papa en main, sous l'œil amusé de son père. Celui-ci était alors l'homme le plus fort de la terre, du haut de son mètre quatre-vingt-cinq et, surtout, il explosait les ballons colorés comme un vieux cow-boy et ajoutait ainsi un nouvel ours en peluche à la collection déjà fournie de son petit garçon.

Dix ans plus tard, c'est Hubert lui-même qui force l'admiration de sa petite amie avec sa Winchester, atteignant le cœur des cibles mouvantes et circulaires en même temps que celui de Delphine. Après une ultime balade parmi les échoppes bigarrées du quartier, il est temps de rejoindre l'hôtel, faire les valises et retrouver les rues tranquillement animées de Paris.

Pendant le long trajet de retour en métro, Hubert, affalé sur son siège en plastique dur, ferme les paupières pendant un moment, les cheveux bouclés de son amoureuse reposant sur ses genoux. Il y a huit jours, il avait entamé son périple Outre-Atlantique à reculons. Il a désormais goûté aux délices visuels et culturels de New York et, à son grand étonnement, il les a grandement appréciés. Il comprend mieux à présent pourquoi le rêve américain représente une attraction irrésistible. Quand il a visité le musée de l'immigration, à Ellis Island, il n'a pu manquer d'être impressionné par l'histoire exemplaire de tous ces immigrants miséreux accourant des quatre coins du monde et réussissant, en quelques siècles à peine, à faire de ce pays de pionniers la première puissance mondiale. Cette prouesse est certainement digne d'admiration, même si un étudiant aussi informé qu'Hubert n'ignore point le prix intolérable du sang versé à travers le génocide des Amérindiens et l'esclavage des Africains. Il reviendra à New York, il en est persuadé. Mais pas pour y vivre. Son rythme personnel d'aristocrate nonchalant, et légèrement désinvolte, sa personnalité, davantage méditative que proactive, trouveraient difficilement leur place dans une ville où l'efficience est érigée en valeur suprême. Il préfère continuer avec ses séances de thérapie hebdomadaires plutôt que de se shooter aux amphétamines comme Chris, l'oncle américain de Delphine.

5

Hubert est heureux de recevoir à dîner ses collègues de faculté en ce début décembre. Cette fois, pas question de se reposer sur le dynamisme pragmatique de Delphine. Le lecteur de Simone de Beauvoir a appris la leçon. Il a insisté pour qu'elle ne s'affaire pas, malgré son envie (Delphine confie peu dans les capacités organisationnelles de son petit ami, à raison) et s'est occupé tout seul de commander les plats chez le traiteur.

Ce n'est pas la première fois qu'il invite Luc, Benoît et Thibaut à son appartement, mais, en revanche, Hannah n'y a jamais mis les pieds. Il apprécie pourtant beaucoup sa personnalité, principalement son humour espiègle et sa vive intelligence. Une profonde affinité s'est construite entre eux, depuis les premiers ateliers de débat sous l'égide de leur professeure, Élisabeth. Seulement, la jalousie sourde de Delphine, inoculant en lui un sentiment coupable infondé, l'a toujours empêché de vivre son amitié au grand jour. Hannah a du charme, elle est même plutôt mignonne, mais le fils de Louis Feuillade n'éprouve aucune attirance physique pour elle. Il en est certain. C'est pourquoi il a accueilli la nouvelle de sa relation avec Luc comme une bénédiction. Non seulement parce qu'il apprécie son ami, ce jeune homme doué d'un esprit subtil et nuancé, mais surtout parce qu'il peut enfin présenter Hannah à

Delphine sans craindre les flèches empoisonnées que cette dernière pourrait décocher.

Thibaut arrive en premier, désespérément seul (il tarde à se remettre de son attrait déçu pour Rachelle). Atma saute du canapé pour venir le renifler et se frotter entre ses courtes jambes. Il reconnaît de suite l'odeur de cet invité qui est déjà venu le visiter plusieurs fois. Thibaut s'accroupit pour caresser son long pelage soyeux.

Benoît le suit de quelques minutes. Son entrée est accompagnée d'un silence collégial admiratif pour sa nouvelle petite amie, Natasha. Hubert s'attendait à une fille quelconque, eu égard aux traits légèrement disgracieux de son collègue et à son statut à elle de simple étudiante en comptabilité, certainement pas à une beauté aussi fulgurante. Un peintre italien semble avoir créé cet ange à la peau de porcelaine rehaussée d'adorables taches de rousseur faisant écho à une chevelure bouclée rougeoyante. Le visage parfaitement symétrique irradie de grâce, qu'il s'agisse des lèvres délicates, des oreilles menues et d'un nez fin. Une copie conforme de l'actrice Nicole Kidman, en plus petite et apparemment moins fougueuse. Son regard timide aux yeux bleu clair délavés foudroie l'hôte de la rue Beaubourg. S'il était célibataire, il serait probablement capable de subtiliser cette superbe fille à son ami. Par bonheur, sa chérie ne semble pas percevoir son trouble. Au contraire, elle sympathise de visu avec la nouvelle venue et la met à l'aise. Il faut dire qu'elle a toujours éprouvé de la sympathie pour la bonhommie de Benoît et est heureuse de connaître l'élue de son cœur. En parfaite maîtresse de maison, Delphine rayonne à témoigner d'une sympathie excessive pour les personnes plus simples qu'elle, comme si elle poursuivait inconsciemment une mission altruiste, dont l'humilité surjouée masquerait une certaine supériorité culturelle.

L'accueil d'Hannah, désormais au bras de Luc, est en revanche plus glacial. La rivalité intellectuelle imaginée par la fille de David Langmann peine à être contenue, relayée comme par télépathie par Atma, qui s'empresse de lui mordiller les chevilles de ses petites dents acérées. Hubert, lui, est sous le choc. Sa collègue des bancs d'université est transfigurée. La fille bohème aux pulls à cols roulés arbore fièrement une robe vermeille largement fendue au niveau des jambes et au décolleté plongeant (c'est la première fois que l'admirateur de Schopenhauer découvre les seins d'Hannah, et quels seins !). Les lunettes arrondies sont remplacées par des lentilles mettant davantage en valeur un regard coquin, de longues boucles d'oreilles dorées pendent jusqu'au menton et un maquillage totalement inédit révèle l'excès d'un rouge à lèvres carmin, certainement apposé pour la première fois sur les lèvres pulpeuses de l'étudiante. Thibaut, naturellement myope, tarde à la reconnaître et à l'embrasser. Une extra-terrestre a pris possession de son corps qui déborde d'énergie sexuelle, mais celle-ci ne semble pas dirigée vers Luc.

Au contraire de l'envoûtant charme discret de Natasha, le voyant costume de scène d'Hannah embarrasse les invités, Luc inclus, rappelant à Hubert la vulgarité de sa dulcinée de lycée, la pathétique Charlotte. Afin de soulager la tension palpable entre sa meilleure amie et son amoureuse, le propriétaire des lieux offre à tous un apéritif, un verre de sangria, comme on desserre la valve d'une cocotte-minute pour libérer la vapeur accumulée et éviter une explosion inévitable.

Une fois les invités repus repartis, Hubert et Delphine s'affalent, fatigués, sur leur canapé.

— Tu es sûr que tu ne veux pas que je t'aide pour la vaisselle ? Tu en as pour une heure au moins.

— Oui, je suis sûr, Delphine. Tu peux te reposer. Je vais mettre une sélection jazz sur mon iPod pour me donner du courage.

— Tu es content de ta soirée ?

— Oui, je pense que ça s'est bien passé, non ?

— Oui, j'ai même été agréablement surprise par ton choix de plats. Comme quoi, tu vois, ce n'est qu'une question de motivation. Qu'est-ce que tu as pensé de la petite amie de Benoît, Natasha ?

— Sympa, discrète. Elle m'a l'air un peu timide.

— Je ne te parle pas de sa personnalité, mais de son physique. Dis-donc, quel canon, non ? J'ai rarement vu une fille aussi belle. Pas toi ?

— Non, pas plus que ça… elle est plutôt élégante et elle a de jolis traits, c'est vrai.

— Par contre, ta copine Hannah, je ne me l'imaginais pas du tout comme ça. Tu m'avais peint une fille plutôt intello et j'ai découvert une vamp habillée comme une pute. Une vraie chatte en chaleur, et je ne fais pas référence à l'animal.

— Une pute ? Tu exagères un peu… c'est vrai qu'elle était vêtue très différemment de la fac, un peu osé, je te l'accorde, mais c'est sûrement pour plaire à Luc.

— À Luc ? Elle n'en a rien à faire du pauvre Luc, c'est juste un plan B. Enfin, ouvre grand les yeux Hubert, tu ne peux pas être aussi naïf.

— Je ne vois vraiment pas où tu veux en venir.

— Si elle a si généreusement mis en valeur ses appas, c'est pour toi, mon chéri. Il suffisait de voir comment elle te mangeait des yeux à chacune de tes paroles. Elle est raide dingue de toi, c'est évident. Si je n'avais pas été là, elle se serait assise sur tes genoux sans la moindre gêne.

— Putain Delphine, c'est pas vrai, tu vas pas encore me faire une de tes crises de jalousie. Puisque je te dis que je ne ressens absolument rien pour Hannah. Crois-moi, bon sang !

— T'énerve pas, je te crois, Hubert, je te crois. Je sais pertinemment que c'est juste une amie pour toi, même si je t'ai trouvé étrangement agité au début de l'apéritif. Mais mon intuition me trompe rarement, tu le sais bien, et crois moi, cette Hannah, elle est folle amoureuse de toi. Si tu veux rester ami avec elle, c'est ton problème, mais laisse-moi te dire que je l'ai trouvée hyper arrogante. Elle a passé sa soirée à exhiber son érudition autant que son corps. Elle pète vraiment plus haut que son cul cette fille. Elle n'a aucun attrait, selon moi. Ni spirituel ni physique.

À bout d'arguments, Hubert se lève en direction de la cuisine et entame la vaisselle au son de la mélodie apaisante de « Search for peace », du pianiste Mc Coy Tyner. Il sait que Delphine a raison, comme souvent. Cette soirée a définitivement levé le voile sur sa force d'attraction envers Hannah. Si l'intuition de l'étudiante en psychologie a correctement diagnostiqué son trouble initial, elle s'est en revanche trompée sur son origine. Hannah a plutôt provoqué un sentiment d'embarras chez Hubert. En revanche, il a fortement été perturbé par l'éclat de la beauté de Natasha (en percevant même une certaine réciprocité). L'accoutrement outrancier de sa collègue d'université a heureusement fait diversion. Son secret intime n'a pas été révélé.

Les premiers frimas de l'hiver bercent le cœur d'Hubert d'une torpeur mortifère. Les vacances universitaires lui offrent deux semaines de farniente bienvenues. L'étudiant est tiraillé entre deux désirs ambivalents. D'un côté, l'envie de profiter de cette pause pour entamer enfin son ouvrage de réflexion censé représenter son entrée fracassante dans l'univers restreint des grands penseurs, mais il ne sait par où commencer. Pas l'ombre d'une idée ni d'une phrase. Seul un mot s'impose à lui : vacuité. D'un autre côté, il aspire au farniente le plus total. S'allonger sur son lit, dans la mezzanine, et contempler les sinuosités du plafond boisé jusqu'au début du mois de janvier. C'est comme si l'intensité intellectuelle de son projet littéraire imaginaire épuisait par avance toutes ses forces disponibles. En tout cas, hors de question de voyager ni de passer les fêtes de Noël à Épernay. Il a conscience que sa présence, en tant qu'aîné de la fratrie, serait appréciée par Noémie, Lionel et ses grands-parents, étant donné les circonstances tragiques de la disparition de sa mère et de l'exil provençal de son père, mais il ne s'en sent pas la force. Tout juste a-t-il acquiescé à passer le Nouvel An en compagnie de Gaétan, Leila, Tristane et Delphine dans une soirée costumée. Il n'a pas encore réfléchi à son déguisement, mais il sait qu'il a le choix, pour représenter ses hautes aspirations, entre un paon à la large queue bariolée ou bien un bouffon aux grelots bruyants.

Assoupi sur son lit, en ce début de matinée, il n'entend pas Delphine rentrer avec grand fracas de ses emplettes et monter quatre à quatre les marches menant à son antre de quiétude.

— Hubert, ta grand-mère vient de m'appeler sur mon portable. Elle a essayé le tien, mais tu ne répondais pas et elle ne connaît pas le numéro du fixe.

— Ah, je crois que je l'ai laissé sur le vibreur, désolé. Qu'est-ce qu'elle voulait ?

— Ta sœur a fugué. Elle n'est pas rentrée dormir cette nuit.

— Quoi ? Mais pourquoi elle a fait ça ?

— C'est une longue histoire, mais, pour résumer, ton grand-père a mis la main sur un joint, hier, dans sa chambre, et il l'a sermonnée et punie de sorties. Elle l'a traité de tous les noms, a claqué la porte et n'est pas revenue.

— C'est pas vrai. Mais quel con, ce type ! Tout ça pour un joint. Ça va pas la tuer, Noémie.

— Ta mamie a essayé de l'appeler, mais elle ne répond pas. Elle doit identifier son numéro.

— Elle a dû aller dormir chez une copine, t'en fais pas.

— En fait, je suis hyper préoccupée, Hubert. Ta grand-mère m'a confié une information tout à fait confidentielle, qu'elle a cachée à ton papy.

— Quoi ?

— Pendant qu'il était sorti pour essayer de retrouver Noémie, elle a inspecté sa chambre et, au fond du tiroir de son bureau, elle a trouvé un sachet en plastique avec trois pierres beige à l'intérieur, accompagnées d'une petite pipe en verre. Elle ne savait pas trop ce que c'était, mais, quand elle me les a décrits, je n'ai eu aucun doute.

— Du crack ?

— Oui, ta petite sœur inhale du crack Hubert. C'est extrêmement grave.

— Mince. Tu as raison. Il faut faire quelque chose. Prévenir la police.

— Non, pas la police. Je pense que tu dois y aller.

— Tu crois ? Mais comment je vais la trouver ?

— Elle est sûrement dans les rues d'Épernay. Et puis elle a enregistré ton numéro. Elle saura que c'est toi si tu l'appelles.

— Et mon père ?

— Ça va prendre trop de temps pour qu'il vienne du sud. C'est toi l'aîné. C'est ta responsabilité. Tu vas la chercher et tu la ramènes ici. Je t'ai déjà dit qu'elle pouvait venir vivre avec nous. L'appartement est suffisamment grand. Tu es adulte, tu peux être son tuteur légal. Elle ne peut plus vivre avec tes grands-parents, c'est plus possible, surtout avec ton grand-père. Tu te rappelles ce que tu m'as dit, dans le train, au retour de l'enterrement de ta mère ?

— Non… quoi ?

— Que tu te sentais totalement impuissant face à sa mort, car c'est irréversible. Eh bien, tu as une occasion d'agir avec Noémie, il n'est peut-être pas trop tard. Mais il faut faire vite.

— Oui, tu as raison, Delphine. J'irai demain.

À ces mots, Delphine empoigne énergiquement le téléphone portable d'Hubert, posé négligemment sur sa table de nuit, et lui tend.

— Demain, non. Maintenant !

Hubert prend à contrecœur son téléphone et compose le numéro de sa sœur. Il espère secrètement qu'elle ne répondra pas. Les sonneries s'égrènent dans le silence angoissant de l'appartement. Hubert, mi-anxieux, mi-soulagé, fixe le regard de Delphine. À la septième sonnerie, une voix fluette, à peine audible, susurre un son qui semble échappé d'outre-tombe : « Hubert ? »

6

Hubert exècre le trajet entre la gare de l'Est et sa ville natale d'Épernay, ces derniers temps. Son esprit agité ne parvient pas à se concentrer sur la lecture des revues achetées au kiosque à journaux, qu'il s'agisse de Jazz Magazine, des Cahiers du cinéma ou du journal l'Équipe. Depuis le départ du train, en fin de matinée, une sensation douloureuse emplit sa poitrine. Il ne parvient pas à respirer, littéralement. Il étouffe d'angoisse. Le jeune homme songe qu'il a déjà ressenti cette sensation d'étouffement, en moins aiguë, mais il peine à se rappeler à quelle occasion. Son regard délaisse un moment les mornes champs qui défilent à travers sa fenêtre pour se poser avec affection sur le jeune chat tigré assis sur le siège en face de lui, dans sa caisse, et qui accompagne sa maîtresse, une étudiante comme lui. En un éclair, lui revient alors en mémoire le moment précis au cours duquel il a senti pour la première fois sa respiration se bloquer dans ses poumons. Ce fut le matin du quatre juillet 2011, le jour anniversaire de ses dix huit ans, à l'exact instant où il franchit la porte du refuge pour animaux avec son chat, Atma. Pour la toute première fois de sa vie, il ressentit ce jour-là le poids oppressant de la responsabilité. La vie d'un être dépendait entièrement de lui. C'est exactement cette même sensation d'étouffement qu'il expérimente un an et demi plus tard, mais décuplée. La survie de sa sœur dépend de lui. Il le sait. Il aimerait plus que tout déléguer cette lourde charge à ses grands-parents, malgré leur âge, ou à son père, ce serait logique, même à son frère cadet Lionel, mais il sait au fond de lui-même que cette responsabilité, à laquelle il voudrait échapper plus que tout au monde, il doit l'assumer. Il n'a pas le choix. Pendant le trajet, il reçoit un message de Delphine. Sa petite amie est entrée en contact avec une de ses professeures d'université spécialisée dans les addictions et les adolescents. Elle lui a conseillé un institut de jour pour Noémie et accepte de la recevoir elle-même dans son cabinet. Hubert apprécie cette attention précieuse. Au moins, il ne se sent pas seul. Il répond au message réconfortant avec un émoji représentant deux mains jointes, en signe de prière. Il s'étonne, après coup, de ce signe religieux surprenant pour lui, mais qui traduit parfaitement l'insuffisance du secours de sa raison, dans le cas précis de sa petite sœur, et l'appel superstitieux à une solution miraculeuse.

En sortant de la gare, Hubert se rend au café de l'Univers attenant, où il a enjoint à Noémie de l'attendre. Elle est cantonnée à une table, devant un verre de coca-cola. Son regard désespéré atteint son grand frère en plein cœur. Ses traits tirés révèlent un état d'épuisement intense, dû sûrement à une nuit blanche et, peut-être, à une sensation de manque. Ses joues conservent les marques de larmes dessinées par un fard noir dégoulinant. Hubert n'a jamais été témoin d'une telle détresse chez sa petite sœur, d'habitude si exubérante. L'envers du décor, songe-t-il. Un sourire faible, mais sincère, l'accueille. Les mains tremblantes de Noémie empoignent les siennes, encore gelées d'angoisse.

— Je suis trop contente de te voir Hubert. Merci d'être venu… mille fois merci.

— Comment tu vas ?

— Je suis épuisée. J'ai passé la nuit sur les sièges de la gare, mais je n'ai pas dormi. Je me sens super irritée par tout. Et puis j'ai faim, très faim.

Hubert appelle le serveur et commande immédiatement un steak-frites, un seul. Au contraire de sa sœur, lui-même ne peut rien avaler.

— Noémie, tu ne peux plus habiter avec papy et mamie. Ce n'est plus possible.

— Oui, je sais. Vivre sous le même toit que papy c'est un enfer, je te jure. Mais je veux pas aller vivre avec papa en Provence, surtout avec une femme que je ne connais pas et qui a pris la place de maman. Je lui en veux. Et je voudrais m'excuser auprès de toi.

— T'excuser ? De quoi ?

— De mon comportement à l'enterrement. J'ai vraiment été une petite conne. Je m'en rends compte maintenant. Elle me manque, maman, elle me manque terriblement. Et toi aussi tu me manques, Hubert.

— Écoute, Delphine et moi on a pensé à une solution. Est-ce que tu serais d'accord pour venir vivre avec nous ?

— À Paris ? Dans ton appart ? C'est vrai ? Vous feriez ça pour moi ?

— Oui. On veut tous les deux que tu viennes habiter chez nous.

À ces mots, Noémie se lève, en titubant légèrement, et étreint son frère tout en sanglotant longuement dans sa veste grise.

— Et tu m'emmènes quand ?

— Après que tu aies mangé. Il y a un train pour Paris dans une heure. En fin d'après-midi, tu seras dans ta nouvelle ville et ton nouveau foyer. Tout va s'arranger, tu verras.

— Et mes affaires ?

— Je reviendrai les chercher demain. En attendant, Delphine te prêtera les siennes. J'ai appelé mamie pour la rassurer et lui expliquer. Elle t'aime beaucoup, mais elle pense aussi que tu seras plus heureuse chez moi.

Une lumière d'hiver diffuse éclaire les champs gelés et semble les réchauffer. L'humeur d'Hubert, pendant le trajet de retour vers Paris, est en tous points opposée à son ressenti de l'aller. À l'angoisse étouffante qui l'empêchait de respirer a succédé une sensation étrange de quiétude qui monte dans sa poitrine. Sa petite sœur dort profondément, la tête sur son épaule, petit être vulnérable. Secourir Noémie était la bonne décision. Il le sait à présent. Il le sent dans son corps. Il se doute, bien sûr, que des semaines et des mois difficiles l'attendent, que son quotidien idyllique avec Delphine va être chamboulé. Mais il a cette fois pu agir à temps et éviter une nouvelle tragédie annoncée.

Noémie se montre étonnement docile lors de ses premiers jours à Paris. Delphine utilise ses journées de vacances pour passer du temps avec elle. Elles s'entendent bien et l'étudiante en psychologie agit comme une sœur aînée dont la capacité d'écoute empathique, sans la juger, est bien plus réconfortante pour l'adolescente que ne le seraient les arguments raisonnables proférés par Hubert. Sa sœur s'est déjà rendue au cabinet de la professeure de Delphine et également dans un institut de jour pour personnes addictes. Parfois, à l'appartement, elle se met à chanter, à rire effusivement, à danser. À d'autres moments, elle reste en revanche prostrée dans le canapé-lit du salon jusque tard dans la matinée ou bien passe des heures sans parler, écouteurs sur les oreilles.

Un soir où elle est allée dormir tôt, Hubert et Delphine, allongés dans leur lit, dans la mezzanine, abordent à voix basse le problème Noémie.

— Comment tu la trouves ?

— Plutôt bien, Hubert. Mieux que ce que je redoutais, pour te dire la vérité.

— Tu ne trouves pas qu'elle est instable ? Elle passe d'une euphorie communicative à une aboulie prolongée, surtout le matin.

— Tu sais, ça fait partie de l'adolescence et de sa pathologie. Elle est un peu bipolaire, ta sœur. Mais elle est entre de bonnes mains avec mon enseignante. Elle est douée dans le contact avec les adolescents. D'ailleurs, Noémie m'en a parlé en bien. C'est un bon signe. Le transfert est positif. Et puis, pendant que ta sœur était aux toilettes, ma prof m'a déclaré qu'elle était confiante dans le traitement, que la prise de drogue était récente et que Noémie l'avait impressionnée par sa capacité d'analyse.

— C'est plutôt étonnant de sa part. On a probablement évité un drame à plus ou moins court terme. Je ne te remercierais jamais assez.

— Ça me fait plaisir d'aider. À quoi bon étudier la psychologie si je ne peux pas me rendre utile auprès des personnes que j'aime ?

— Je dois t'avouer que j'ai du mal à comprendre les gens qui se droguent. Je n'ai jamais eu ce désir. J'ai bien essayé un joint, une fois, mais, comme je ne sais pas fumer, ça ne m'a fait aucun effet. Et puis là, on parle de drogue dure.

— Tu sais, les addictions sont multiples. Il y a bien sûr les drogues illicites, mais aussi toutes les drogues licites qui tuent tout autant, comme l'alcool et le tabac. Et puis, aujourd'hui, on sait que le phénomène de la dépendance est situé dans une zone du cerveau liée à la sensation de récompense. C'est pour ça que les comportements addictifs débordent les drogues, comme l'addiction aux jeux vidéo ou aux réseaux sociaux, par exemple.

— C'est marrant, en allemand, « die Drogue » fait plutôt référence à la pharmacie.

— Et en anglais, « drug » désigne aussi bien la drogue que les médicaments. Certains créent une forte dépendance aussi.

— Mais j'en reviens à ma question, Delphine : que cherchent ceux qui se droguent ? Une extase ou une fuite de la réalité ? Pourquoi des musiciens de jazz géniaux, comme Charlie Parker, Chet Baker ou Miles Davis prenaient de l'héroïne et de la cocaïne ? Pour retrouver la sensation d'absolu que leur procurait la scène et qu'ils n'expérimentaient pas dans leur quotidien ?

— Oui, je pense que c'est ça. Freud a écrit des pages passionnantes sur le principe de plaisir, ce plaisir qu'il est si difficile d'assouvir dans notre vie. On peut toujours sublimer le manque créé par le désir par le biais de la création artistique, par exemple, mais ce n'est pas donné à tout le monde, et puis ça reste éphémère, comme le prouvent tes musiciens de jazz. Alors que la drogue, selon Freud, a l'immense avantage de procurer justement une sensation de plaisir immédiate, comme l'endomorphine que produit notre corps et qui nous donne un sentiment de bien-être. Le problème, selon cette explication, c'est que la prise de stupéfiant correspond à une fuite de la réalité. Elle entraîne une perte d'autonomie et un progressif décrochement social.

— Et concrètement, comment on s'en sort ? Comment elle va s'en sortir Noémie ?

— D'après ce que m'a dit ma prof, en évitant dans un premier temps toute tentation : alcools, bien sûr, mais aussi la possession d'argent et la fréquentation de groupes qui pourraient la faire replonger. Noémie doit aussi bien dormir, bien s'alimenter et également reprendre une activité physique et des études. Dès la semaine prochaine, il faudra lui trouver un lycée et il faut absolument entamer les démarches légales pour que tu deviennes son tuteur.

— Oui, c'est important, je vais me renseigner sans plus attendre. Mais psychologiquement, je veux dire, comment on fait pour guérir d'une dépendance ? Si je me rappelle ma lecture de *l'Éthique*, Spinoza a lui aussi écrit des pages éclairantes sur le désir.

— Oui, c'est d'ailleurs ma partie préférée. Pour lui, le désir est l'essence de l'homme. Et tu te rappelles que la meilleure manière de corriger un désir inadéquat qui affecte l'âme négativement c'est de lui opposer un autre désir différent, plus grand. De réorienter le désir, en fait.

— « Ce n'est pas parce qu'une chose est bonne que nous la désirons, mais c'est parce que nous la désirons qu'elle est bonne. » J'avais noté cette phrase dans mon carnet. On désire la sensation de plénitude momentanée que procure la drogue et donc on en vient à valoriser le crack ou l'héroïne comme une chose bonne. Ça fait sens. Mais qu'est-ce qui pourrait aimanter Noémie dans une direction plus saine ? Je la connais tellement peu au fond.

— Un bon environnement, tout d'abord, de nouveaux amis, qui sait même un copain, et puis une passion. J'ai remarqué qu'elle a certains dons artistiques. Tu as déjà vu les photos qu'elle poste sur son Instagram ?

— Non…

— Tu devrais, c'est surprenant. Elle a un regard singulier. Je crois que je vais programmer des safaris-photos avec elle dans les rues de Paris. Bon, tu éteins, chéri, maintenant, je suis vraiment fatiguée là.

— Moi non. Je me sens même en pleine forme, figure-toi.

Le jeune homme s'insinue très explicitement sous la couette.

— Non, Hubert, pas ce soir, je te jure que je suis vraiment très fatiguée. Demain, promis.

Hubert ne prend pas ombrage de ce délai, mais, à chaque fois qu'il est un tant soit peu frustré, son esprit volage papillonne irrésistiblement vers des aventures imaginaires qui prennent le visage de femmes multiples. En cette nuit bien avancée, la mélodie séduisante de la flûte de Pan lui chante les charmes aphrodisiaques d'une nymphe joliment prénommée Natasha.

7

Delphine fête pour la première fois Noël. Ce n'était pas prévu, Hubert n'y tenait pas spécialement, respectant en cela la tradition familiale de sa petite amie. Mais l'installation récente de Noémie rue de Beaubourg bouleverse quelque peu les habitudes du jeune couple. Alors que Lionel s'est dévoué pour dîner avec ses grands-parents, leur redonner du baume au cœur, Delphine est enchantée par la préparation de son premier réveillon. Elle réalise un désir d'enfance, bien que sa tradition lui ait toujours donné l'occasion de nombreuses fêtes familiales réjouissantes, comme Pessah et Roch Hachana. Mais c'est la première fois qu'elle prépare un repas de Noël, pour égayer Noémie notamment. Comme elle l'explique à Hubert, Noël existe depuis si longtemps, d'abord pour fêter le solstice d'hiver et plus tard la naissance de Jésus de Nazareth qui, après tout, était Juif. Elle ne commet donc, selon elle, aucune entorse à sa tradition familiale, ayant toujours été admirative du parcours hors du commun du fils de Marie, de son courage unique et, surtout, de son message d'espoir. Pour avoir lu avec émotion l'évangile de Jean, elle se considère comme étant plus légitime que son petit ami, héritier de Nietzsche et de la mort de Dieu, pour célébrer cette date traditionnelle. C'est même une différence fondamentale entre elle et Hubert. Delphine se définit comme mystique, car elle ressent une émotion profonde quand elle pense au mystère de la vie, sa contingence, mais aussi sa légalité (lois qui ne s'arrêtent pas à la frontière de la physique ou de la biologie, pour elle, mais incluent pleinement le monde en apparence obscur du psychisme). Bien qu'admirative du génie de Freud, elle diffère toutefois fondamentalement de sa conception athée de Dieu. Pour elle, Dieu n'est pas une illusion. C'est un symbole et, comme tout symbole, il évoque un sentiment caché bien réel : le sentiment que des éléments du monde nous dépassent et sont au-delà de notre entendement. Cette transcendance peut être appréhendée par la religion, au travers de la prière, par la méditation ou par une vie spirituelle. Delphine ne fréquente plus la synagogue depuis sa bat-mitsvah (communion juive pour les filles), il y a sept ans déjà, mais elle a conservé une ouverture d'esprit et une curiosité innée pour les questions fondamentales concernant le sens de la vie, qu'elle doit à l'exégèse pratiquée au sein de sa communauté. Elle aimerait tellement que son petit ami partage son sentiment d'émerveillement plutôt que de plastronner en fossoyeur des religions.

Tout en décorant le sapin avec sa jeune belle-sœur, elle se souvient d'une irritation excessive d'Hubert, le jour où elle lui déclara qu'elle regrettait que Nietzsche, dans sa furie guerrière contre les idoles du christianisme, ait jeté le bébé avec l'eau du bain et condamné pour longtemps la vie à une vulgaire Terre plate, où une intensité dépourvue de sens aurait remplacé des siècles de contemplation muette de l'au-delà. L'étudiant philosophe lui rétorqua grossièrement, ce jour-là, qu'elle n'avait rien compris à l'œuvre de l'auteur de « l'Antéchrist » et que, faute de le lire, elle ferait mieux de se taire. Pourtant, alors qu'elle monte sur une chaise pour placer une étoile dorée au sommet du sapin, elle se souvient que les explications passionnées de son amoureux, après sa découverte des textes de Martin Heidegger sur le monde déshumanisé de la technique, semblent bien confirmer son intuition. La philosophie de Friedrich Nietzsche, en détruisant rageusement tout type de transcendance, a préparé le terrain pour le monde exclusivement matérialiste et amputé de sens dans lequel elle vit. Elle peine à comprendre comment un intellectuel aussi doué que son petit ami répugne à lever le voile sur cette constatation limpide. Le dénigrement des croyances de sa mère, peut-être. Elle espère secrètement qu'il s'ouvrira un jour à cet appel transcendant qui n'est point bigoterie, mais ouverture reconnaissante sur l'âme mystérieuse du monde. Delphine sait qu'elle ne peut transmettre ce sentiment à son petit ami. Hubert doit effectuer ce cheminement lui-même.

Le réveillon de Noël se révèle être un moment finalement réjouissant pour le trio de la rue Beaubourg. Bien que le vin et le champagne aient été remplacés par des jus de fruits, une ébriété vivifiante d'émotions étreint Delphine, Hubert et Noémie. Seul Atma dénote lors de cette soirée. Son maître l'a pourtant gâté d'une nouvelle nourriture coûteuse, mais le félin rebelle, après avoir humé le mets plus raffiné que de coutume, frotte ostensiblement sa patte gauche sur le sol au vu et au su de tous. Le message relayé par ce mouvement, qu'il effectue au quotidien pour nettoyer sa caisse, est clair pour l'étudiant en philosophie : « ta bouffe, c'est de la merde ». Dépité, le chat se dirige vers son bol de croquettes, qu'il mange bruyamment.

La fête déguisée du Nouvel An provoque un questionnement aussi aigu que futile en Hubert : quel costume arborer ? D'abord réticent, le jeune homme déploie ensuite une énergie non négligeable dans la quête de l'accoutrement le plus original possible. Hors de question pour lui de choisir un déguisement lambda de super héros, de profession populaire ou de célébrité. Il met un point d'honneur à dénicher le vêtement le plus inédit, reflétant en cela sa personnalité unique. Mais son choix final défie les règles de la praticité.

En effet, Hubert choisit un uniforme complet de joueur de baseball. Le premier obstacle qu'il doit affronter est qu'il est impossible de le louer et il doit donc dépenser une somme certaine pour se le procurer. Le trente et un décembre au soir, Hubert doit également se résoudre à laisser sa batte en métal, son gant en cuir et la balle en caoutchouc dur à l'entrée de la discothèque pour des raisons sécuritaires. Enfin, le casque de receveur, qui lui sert de coiffe, l'empêche d'embrasser Delphine sur la piste de danse. Ce casque, qui lui a coûté la somme de soixante euros, lui sera même subtilisé, plus tard dans la soirée, une fois laissé sur une chaise, suite aux supplications de Delphine et aux moqueries répétées de Gaétan.

Au moment des douze coups de minuit, Hubert hésite sur son vœu pour 2013. L'année précédente, à l'Hôtel du Nord, il se souvient avoir souhaité initier la rédaction de son premier essai de philosophie. Force est de constater qu'il n'en a écrit aucune ligne, bien que l'idée le travaille fréquemment dans le sous-sol de son imagination. Et puis, si l'intimité physique et spirituelle avec Delphine l'a comblé au-delà de ses espoirs, les épreuves douloureuses ne l'ont pas épargné. 2012 a d'abord pris les accents d'une comédie musicale enchantée, mais a ensuite revêtu les teintes rouges et noires de la tragédie. Plutôt que de fantasmer superstitieusement un destin arc-en-ciel, Hubert préfère ne faire aucun vœu cette fois-ci et accepter l'inconnu qu'est le cours de la vie et qui inclut aussi bien les instants éphémères de joie, les moments plus durables de doutes et d'ennui et, inévitablement, la souffrance qui s'invite à contrecœur, comme la mort, dans le film d'Ingmar Bergman, « Le Septième sceau ».

Le lendemain du Nouvel An, Hubert reçoit un appel sur son téléphone portable d'un numéro inconnu alors qu'il s'échine à perdre les quelques kilos gagnés lors des fêtes, sur un tapis de course, à son club de sport. En temps normal, il n'aurait pas répondu, mais, pour une raison qu'il ignore, il stoppe son effort en même temps que l'appareil et appuie sur la touche verte. Natasha, la superbe petite amie de Benoît, est au bout du fil. Elle a un test d'allemand le lundi de la rentrée et sollicite l'étudiant germanophile pour l'aider à réviser une langue qu'elle maîtrise peu. Sans hésiter, celui-ci accepte de se rendre l'après-midi même à l'appartement de la jeune femme pour lui apporter ses lumières. En prenant sa douche, il se demande comment Natasha a obtenu son numéro et quelle est l'excuse qu'il va devoir trouver auprès de Delphine. Finalement, il décide de transférer la demande d'aide vers Benoît, ce qui est plausible.

Quelques heures plus tard, Hubert, élégamment vêtu et parfumé, se présente dans le deuxième arrondissement, au numéro treize du Boulevard de Bonne Nouvelle. Natasha l'attend sur le palier de la porte d'un appartement de taille modeste, mais décoré avec goût. Quand Hubert pénètre dans cet antre romantique, il constate que Benoît n'est pas présent et qu'il est seul à seul avec l'objet de son désir, qui n'a rien d'obscur. Le petit ami de Delphine est pleinement conscient de son attirance. Après une heure et demie studieuse (le test d'allemand est bien réel), le maître et sa charmante élève devisent amicalement devant une tasse de thé à la rose. La personnalité humble de Natasha le séduit tout autant que son regard langoureux. Il apprend qu'elle est fille unique, originaire de Troyes, et que son père y est proviseur d'un lycée. Elle explique même qu'il serait sûrement ravi de recevoir Hubert en stage pour assister à des cours de philosophie.

Sur le chemin du retour, Hubert est guilleret. Il vient de passer deux heures en tête à tête avec un être ravissant, en tout bien tout honneur, signe de maturation, songe-t-il. Sa fierté nouvelle ne l'enjoint toutefois pas à faire état de son cours d'allemand improvisé à Delphine, ni même à Benoît, qui ne semble pas au courant. Natasha ayant encore de nombreux doutes grammaticaux, l'étudiant a très généreusement offert de nouveau son aide le jour d'après. Le soir, au dîner, Delphine l'interroge sur la nature de son travail avec Benoît et Hubert narre, en détail, les explications qu'il lui a fournies sur la notion d'Être dans l'œuvre de Martin Heidegger. Il découvre en lui, à cette occasion, des dons d'affabulateur qu'il ne soupçonnait pas. Son amoureuse n'y voit que du feu, même si elle l'interroge sur la présence de Natasha. Hubert feint l'ignorance jusqu'à ce que la fille de David Langmann lui remette en mémoire l'identité de la copine de Benoît. Une vague expression de réminiscence affleure sur le visage du néo professeur d'allemand qui déclare que non, elle n'était pas présente. Il était seul avec son ami. Un esprit malin traverse à ce moment précis Hubert qui sourit intérieurement à son mensonge en apparence véniel.

Un rêve agréable le réveille de bon matin. Il se le remémore pendant qu'il prépare le petit déjeuner. Il est assis dans l'herbe au sommet d'une montagne qui ressemble aux Alpes, le corps baigné d'une belle lumière estivale. Le paysage est magnifique. Surgis de nulle part, quatre chevreaux tout blancs lui lèchent le visage. Hubert les caresse tendrement.

Delphine, qui descend les marches de la mezzanine, encore ensommeillée dans sa nuisette grise, s'étonne de voir son petit ami levé de si bonne heure, actif et d'humeur joyeuse. Elle semble reconnaître la mélodie qu'il sifflote et qui ressemble à « Over the Rainbow ». Pendant qu'elle boit son café noir, elle complimente son amoureux sur l'aide désintéressée qu'il fournit à Benoît. Cet altruisme est nouveau chez lui. Elle profitera de l'après-midi pour aller faire du lèche-vitrine aux Halles avec Noémie. Cette dernière, réveillée par l'agitation de son frère, se joint à eux. Taquine, elle chambre Hubert en lui déclarant qu'il respire la bonne humeur. L'amour, sans doute. Celui-ci confirme l'observation de sa petite sœur en embrassant ostensiblement Delphine sur la bouche.

Dans le dédale souterrain des couloirs du métro, le jeune homme songe à son rêve. Il aimerait en parler à son thérapeute, mais sa prochaine séance n'est fixée que le lendemain. Qu'à cela ne tienne, il se sent capable de le traduire lui-même. Indubitablement, les sommets alpins signifient une élévation et la belle lumière estivale un éclaircissement. Quant aux quatre chevreaux, il se rappelle avoir lu dans un ouvrage de psychologie que le bouc symbolise fréquemment l'impétuosité du désir sexuel. Le message de son inconscient est on ne peut plus clair. La dignité avec laquelle il s'est comporté la veille en présence de la petite amie de Benoît prouve qu'il a enfin vaincu ses démons, qu'il s'est élevé au-dessus de ses imaginations lubriques et qu'il se maîtrise désormais parfaitement vis-à-vis des femmes, ce que symbolise de toute évidence la présence des quatre innocents chevreaux.

C'est boursouflé de fierté qu'il sonne à nouveau à la porte de l'appartement de Natasha. Celle-ci lui ouvre prestement. Sa beauté sidérante coupe le souffle du jeune homme. Ses longs cheveux roux humides et le parfum de sa peau indiquent qu'elle vient de sortir de la douche. Son visage gracieux d'apparition fantomatique se détache d'un léger halo de vapeur s'échappant de la porte entrouverte menant à son cabinet de toilette. Lorsqu'ils s'assoient tous les deux à la table d'étude, Hubert note que sa robe noire en satin, fendue sur les côtés, laisse apparaître de minces jambes diaphanes et que son regard pétille d'un éclat nouveau. Tout en elle exhale un parfum prononcé de séduction. La princesse troyenne a tissé subtilement sa toile d'araignée, la veille, et l'irréfléchi Ulysse, éloigné d'Ithaque et de Pénéloppe, est tombé dans le piège tendu.

Distraite, Natasha se détache progressivement des explications grammaticales bégayantes de son prince allemand pour les sables mouvants des confessions intimes. Elle avoue à Hubert que sa brève relation avec Benoît touche à sa fin. Elle ne le lui a pas encore annoncé, mais compte le faire sans délai. Une myriade de questions personnelles atteignent ensuite Hubert au cœur de sa vanité. Au bout d'une demi-heure, Natasha délaisse le jeune homme sous le prétexte d'aller chercher un pull dans sa chambre. Passée une minute, elle l'appelle. Comme un robot, l'étudiant se lève et pénètre dans la pénombre de la pièce. Un vaste lit, en partie défait, trône au centre. Natasha reste introuvable. Soudain, une main saisit la sienne par-derrière et la remonte le long de hanches offertes. Hubert se retourne, pétrifié. L'objet de son désir ardent se tient debout face à lui, entièrement nue, la peau empourprée et la respiration haletante. D'un geste brusque et autoritaire, Natasha presse le corps de l'étudiant contre le sien, sa poitrine généreuse se frottant contre le torse glabre du jeune homme. Leurs lèvres s'effleurent puis les deux amants échangent un long baiser.

Hubert traverse en titubant le boulevard de Bonne nouvelle en direction de la station de métro, ivre d'émotions confuses. Il ne sait pas expliquer pourquoi il a brusquement laissé Natasha en plan pour se ruer vers la porte de sortie donnant sur la rue. Les muscles de ses tempes sont tendus comme des cordes prêtes à céder. Il cherche sa respiration et un scooter nerveux manque de le renverser sur le boulevard et le klaxonne rageusement. Assis dans le wagon, il est ensuite assailli par des sentiments ambivalents. A-t-il été le dernier des lâches de s'être enfui en laissant cette fille sublime dans une situation embarrassante ou bien la voix de la raison a-t-elle repris le dessus pour l'extraire des rets de ses longs cheveux roux médusants ? Le jeune homme repense aux dires de son ami Gaétan, qui le connaît tellement bien, selon lequel Hubert est incapable de partager son désir entre deux femmes. Au fur et à mesure qu'il s'approche de son appartement et remonte les marches de la station Rambuteau vers la terre ferme, Hubert se réveille progressivement de son rêve chimérique. Un choc de culpabilité s'abat sur lui, à l'approche de son portail, quand il imagine les conséquences qu'aurait eues son acte. Natasha aurait tout avoué à Benoît, forçant ainsi la séparation. Naturellement impulsif, celui-ci aurait très certainement laissé la marque bien méritée de son poing sur la pommette de son collègue de fac. Ses amis, Luc, Thibaut et Hannah se seraient logiquement éloignés de lui, par solidarité. Et, en quelques jours, la nouvelle de sa trahison serait arrivée aux oreilles de la femme de sa vie. Oui, il s'en rend clairement compte à présent : il a joué avec le feu et est passé à deux doigts d'une catastrophe. Delphine perçoit son trouble à son arrivée, mais Hubert parvient à noyer le poisson en prétextant avoir été presque renversé par un scooter, ce qui est vrai, puis il fait diversion en prétendant s'intéresser aux emplettes des deux filles vivant sous son toit.

C'est avec soulagement que le jeune homme pénètre dans le cabinet de son thérapeute, le lendemain. Sans plus attendre, il lui confie en détail son aventure. Alain Lebon l'écoute avec attention et commence par le sonder sur ses sentiments.

— C'est très confus. Juste après être sorti de chez Natasha, j'ai ressenti une tension et une agitation énormes. En même temps, un sentiment mixte de honte et de grande tristesse. J'avais très envie de coucher avec elle, plus que je n'osais me l'avouer. Et je me sens un peu lâche, mais, en même temps, si j'étais passé à l'acte, j'ai conscience que cela aurait bouleversé ma vie, et probablement pas en bien. Pourtant, j'étais persuadé d'avoir évolué grâce à l'analyse dans ce domaine. J'avais même fait un rêve très agréable. C'est incompréhensible.

Le psychologue lui demande justement de conter son rêve puis il se lance dans une traduction magistrale de celui-ci, en tous points opposée à celle improvisée par Hubert dans le métro le menant au treize du boulevard Bonne Nouvelle.

— Ce qu'il est essentiel de comprendre quand tu analyses un de tes rêves, Hubert, c'est que tout symbole peut être interprété positivement ou négativement par rapport à tes intentions. L'entrée est importante. Ton extraconscient plante le décor. Or, le décor de ton rêve témoigne d'une grande exaltation. Cela fait maintenant un an que tu t'intéresses à la psychologie et viens régulièrement en analyse et tu as effectué des progrès certains. Mais tu n'es qu'au tout début du chemin et tu t'imagines déjà arrivé au sommet de la montagne. Du coup, tu penses que dompter tes désirs est un jeu d'enfant. Or, les désirs d'ordre sexuel ne sont pas des chevreaux innocents, Hubert. Ce sont des désirs impérieux et perturbants, surtout pour un jeune homme comme toi. Freud a même érigé la pulsion sexuelle en pulsion centrale. Pour lui, la libido gouverne la psyché. Crois-moi, prétendre l'amadouer est présomptueux. Je te le dis amicalement. Tu pensais être au-dessus des lois de l'attraction alors que tu en étais le jouet. Mais je pense que ta fuite n'est pas un acte de lâcheté. Au contraire, j'estime que tu t'es ressaisi à temps et as réagi de façon totalement lucide et courageuse. D'après le tableau extrêmement séduisant que tu m'as peint de Natasha, la plupart des hommes n'auraient pas eu ton courage et auraient facilement succombé à ses charmes.

— Finalement, toute cette histoire est un mal pour un bien.

— Oui, je le pense aussi. Et je crois que tu as appris à cette occasion une ou deux leçons.

— Lesquelles ?

— Tout d'abord, qu'il est dangereux de minorer un désir, surtout un désir sexuel.

— C'est une forme de refoulement.

— Oui, on peut le dire. Il est naturel de refouler nos désirs inavouables, de les mettre sous le tapis, c'est humain. Mais l'énergie qui sous-tend le désir ne disparaît pas, elle continue de travailler subconsciemment et s'exprime soit sous la forme de symptômes soit par des actes non souhaités. Leur force est telle qu'ils finissent par court-circuiter notre lucidité et nous font agir contre notre volonté. Mais tu connais l'antidote, Hubert, on en a déjà parlé.

— Oui. Ne pas avoir honte de nos désirs et les mettre sur la table, en pleine lumière. Avouer qu'on a un désir qui nous dérange c'est déjà lui enlever de sa force.

— Tout à fait, et c'est ce en quoi consiste justement le travail d'analyse. Mais je pense aussi que Natasha t'a rendu un grand service.

— Ah bon ?

— Oui, en enlevant sa petite culotte elle t'a mis face à un choix binaire et t'a obligé à trancher. Ce que tu as fait. Je commence à bien te connaître, Hubert. Ton désir n'est pas de tromper Delphine, mais de flirter le plus possible avec les limites, comme un enfant qui approche ses mains d'un feu de bois juste pour les retirer au dernier moment, quand les flammes menacent de le brûler. C'est ce jeu qui t'attire, mais aussi qui te trouble.

— C'est vrai, vous avez complètement raison. Je me sens démasqué. Mais comment résister à ce jeu ? Si je me retiens, je vais retomber dans le refoulement. C'est un cercle vicieux.

— Tu es un jeune homme non dénué de charme, Hubert. Il faut l'accepter. Le mieux que tu peux faire est de te permettre de vivre des moments de séduction avec les femmes. D'être flatteur. Cela ne signifie pas que tu vas coucher avec elles. Autorise-toi à être en accord avec toi-même. Le désir de séduire n'est pas négatif en soi. Il colore la vie et les relations entre personnes de sexes opposés.

— J'aimerais tellement suivre votre conseil, mais Delphine est tellement jalouse.

— C'est son problème. Pas le tien. Et puis, n'oublie jamais que les exaltations sexuelles ne sont pas exclusives aux hommes. Les femmes aussi ont un imaginaire très développé dans ce domaine. Il est peut-être moins visuel que l'imaginaire masculin et passe davantage par les récits, mais il est tout aussi puissant. Au risque de te décevoir, tu n'es pas un extra-terrestre. Les désirs honteux que tu ressens sont universellement partagés.

Alain Lebon se lève soudainement de son bureau et se dirige vers sa bibliothèque. Il en extrait un DVD et le tend à son patient.

— Tiens. Regarde ce film. Il exemplifie tout ce dont on vient de parler. Mais regarde le seul dans un premier temps. On en parlera lors de notre prochaine séance.

Hubert observe la jaquette violette. Dans l'encadrement d'un miroir, Tom Cruise tente d'embrasser Nicole Kidman, qui regarde ailleurs. Sous le nom du réalisateur, Stanley Kubrick, se détache en lettres capitales le titre allusif : « Eyes Wide Shut » : les yeux grandement fermés.

Le dimanche après-midi, alors que Delphine, Noémie et Tristane se baladent ensemble, Hubert introduit le DVD dans son lecteur. Il se reconnaît de suite dans le personnage du médecin new-yorkais, Bill Harford, homme séduisant, s'adonnant à des flirts innocents, mais terriblement aveugle par rapport à ses motivations intimes. Lorsque sa femme, la vive Alice, interprétée par Nicole Kidman (dont les traits du visage lui rappellent Natasha), lui avoue, sous l'effet de la marijuana, un phantasme en apparence anodin, celui de coucher avec un marin dont elle a croisé le regard dans le passé, l'élégant docteur va en être profondément troublé, au point de commencer à agir illogiquement. Sa découverte de la sexualité imaginaire de son épouse résonne en Hubert qui se demande, l'espace d'un instant, si l'image d'innocence qu'il a de Delphine correspond bien à la réalité. La jalousie excessive dont elle est souvent la proie ne serait-elle pas une simple projection d'un désir inavoué de s'ouvrir à des aventures ? C'est la première fois qu'il envisage cette hypothèse et il comprend l'effarement teinté d'irritation exprimé par Tom Cruise. Le labyrinthe émotionnel dans lequel celui-ci va ensuite progressivement s'enfoncer est vertigineux. Aimanté par une quête obsessionnelle de vengeance (comme si le plan imaginaire d'Alice et celui réel du docteur se recoupaient), Bill Harford va arpenter les rues nocturnes de New York et tutoyer diverses tentations : l'amour d'une patiente, une fille adolescente offerte par son père, une prostituée infectée par le virus du sida et, paroxysme du phantasme masculin, la fréquentation d'une orgie organisée par une société secrète dans une résidence luxueuse en marge de la ville. Orgie où des servantes dénudées, à la beauté sidérante, se donnent à des invités masqués. Au cours de cette cérémonie sexo-religieuse, Bill Harford sera démasqué et ne devra qu'à la présence d'un prestigieux patient d'en sortir indemne. Le masque vénitien qu'il a loué pour l'occasion, puis perdu, sera retrouvé par sa femme, Alice. Confronté comme un criminel par cette preuve tangible, le médecin avouera, en sanglots, ses errances nocturnes à son épouse. On ne sait si, alors qu'ils effectuent leurs achats de Noël avec leur fille, le couple fictif survivra à cette épreuve. Le couple réel d'acteurs stars, qui interprètent les personnages, lui, explosera en vol après le tournage.

Pendant que le générique de fin défile au son apaisant de la « Suite pour variété numéro 1 », de Dimitri Chostakovitch, Hubert reste interloqué. Son psychologue a raison. L'impétuosité de la vie sexuelle est à des années-lumière de l'image puérile onirique de chevreaux innocents. C'est tout le génie d'un artiste comme Kubrick que de révéler aux spectateurs ce qui se cache au cœur de la boîte noire de nos désirs. Hubert avait lui aussi les yeux grandement fermés quand il a accepté l'invitation de Natasha. L'expérience et le film qu'il vient de voir lui apprendront peut-être à les ouvrir davantage et à éclairer ses intentions cachées d'une lumière nouvelle.

8

Hubert est heureux de retrouver les bancs de la faculté en ce premier lundi de janvier. Ses vacances n'ont pas correspondu à ses attentes initiales. Ni repos mérité ni début de rédaction de son essai philosophique. La tentative de fugue de Noémie a bouleversé ses plans et sa vie, l'obligeant à se montrer dynamique et à prendre des initiatives. Avec sa petite amie, ils n'ont pas chômé : accueil et installation de sa sœur à leur appartement, rendez-vous en institut de jour et au cabinet de la professeure de psychologie de Delphine, recherche d'un lycée (Noémie intégrera son nouvel établissement dans une semaine) et, démarche légale obligatoire, organisation d'un conseil de famille, qui aura lieu à la fin du mois, à Épernay, afin que l'étudiant devienne officiellement le tuteur de sa sœur. Si Hubert ressent un sentiment de fierté d'être parvenu à surmonter toutes ces étapes, signe de maturation accélérée par les épreuves de la vie, il aspire désormais à souffler un peu et à seulement se concentrer sur ses études.

Thibaut, engoncé dans son duffle-coat, est content de le revoir, de même que Luc et Hannah, qui a retrouvé son apparence normale, avec ses lunettes rondes et son pull rouge à col roulé. Benoît, lui, arrive légèrement en retard, dans l'amphithéâtre bondé, et s'assoit juste devant le petit ami de

Delphine, un peu en diagonale. Il a l'air soucieux. Les sourcils froncés, il se retourne et lui déclare qu'il a absolument besoin de discuter en tête à tête avec lui, à la fin du cours. Le sang se glace dans les veines du fils de Louis Feuillade. Ce qu'il redoutait a eu lieu. Natasha a avoué leur rendez-vous intime à Benoît. Il est soudain pris de vertige et de nausée. La remise par sa professeure, Élisabeth, de partiels sur la pensée de Heidegger lui réchauffe toutefois le cœur. La note de dix-neuf et les commentaires élogieux couchés sur sa copie lui font même retrouver le sourire (un bref regard oblique découvre que ce n'est pas le cas de son copain Benoît qui a hérité d'un sévère cinq). Il faut dire qu'il avait passé de nombreuses soirées à étudier, stylo en main, son œuvre majeur, *Être et temps*. Cette note lui semble donc amplement méritée. Christian Perrin lui aurait certainement généreusement octroyé un vingt sur vingt, mais Élisabeth est exigeante avec ses élèves et elle préfère le perfectionnement à la perfection.

L'enseignante initie la nouvelle année par la suite de l'étude de l'ouvrage de Hannah Arendt, *Eichmann à Jérusalem : rapport sur la banalité du mal*, fruit de cinq articles commandés par le journal The New Yorker sur le procès du criminel nazi jugé en Israël en 1961. La conférence attise la curiosité du petit ami de Delphine qui compte entamer sans attendre la lecture du livre qui se trouve dans sa bibliothèque. Contrairement à ce que pourrait laisser croire le titre, Hubert comprend que l'écrivaine allemande n'insinue nullement que le mal est un aspect tellement partagé de la nature humaine qu'il en serait « banal », mais qu'il est le principal ingrédient du processus de déshumanisation.

Le souvenir du rendez-vous fixé par Benoît, à la fin du cours, diminue quelque peu sa joie en même temps qu'il provoque un regain de tension. Hubert sait qu'il ne peut pas y couper, il doit affronter les conséquences de ses actes et accepter les lois de la causalité entre son flirt et le changement d'humeur de son ami. Il fausse donc compagnie, à contrecœur, à Thibaut, Luc et Hannah, et se retrouve face à son futur ennemi, à une table du Nuage café. Une chape de silence s'abat sur les deux protagonistes du triangle amoureux en attendant l'arrivée des diabolos menthe commandés. Hubert est anxieux et souhaite hâter l'aveu. Mieux vaut une bonne dispute que ce moment de malaise prolongé. Les boissons enfin servies, Benoît aborde la question qui le taraude.

— Hubert, il faut que je te parle…

— Je suis désolé, Benoît.

— Désolé de quoi ?

Le brillant étudiant comprend, au regard étonné de son vis-à-vis, qu'il semble s'être engagé sur une fausse piste.

— Euh… désolé pour ta note de partiel. Comme j'étais assis juste derrière toi j'ai vu ta copie. Elle a vraiment exagéré Élisabeth.

— Oh, ça ? T'inquiète pas pour moi, Hubert. J'avais pas assez étudié et j'ai rien compris aux écrits de Heidegger. De toute façon, j'ai un problème avec les philosophes allemands. Heidegger, Kant, Hegel, c'est du chinois pour moi. Je préfère les philosophes français : Descartes, Voltaire et surtout Rousseau. Tu te rappelles que j'ai eu dix-huit au commentaire sur *Émile ou De l'éducation* ? Voilà une pensée stimulante. Quand je l'ai lu, j'ai vraiment eu envie de consacrer ma vie à l'enseignement. C'est sûrement ce que je ferai après mon Master. Je suis conscient de mes limites. Je n'ai pas tes ressources ou celles de Luc et Hannah pour aller jusqu'au doctorat.

— Je suis certain que tu seras un excellent professeur.

— Merci, c'est gentil. Mais je ne souhaite pas te parler de philosophie ni d'enseignement… en fait, je veux te parler de Natasha.

— Natasha ?

— Oui, tu sais, Natasha, ma copine qui m'a accompagnée chez toi, à ta crémaillère. Une superbe rousse.

— Ah… Natasha ! Oui, je me rappelle maintenant. Elle va bien ?

— Elle m'a plaqué hier.

— Ah bon ? Je suis vraiment surpris Benoît.

— Je comprends rien. On s'entendait super bien depuis trois mois. J'ai jamais été aussi heureux de toute ma vie. T'imagines, une fille pareille ! Avoue qu'elle est magnifique, non ?

— Je sais pas. Je ne m'en souviens pas trop bien, en fait.

— Enfin, tout roulait entre nous. Elle rigolait même à mes blagues à deux balles. J'avais bien remarqué qu'elle était un peu absente ces derniers jours, mais rien d'inquiétant.

— Qu'est-ce qu'elle t'a dit ?

— Rien de particulier. Elle est venue chez moi hier après-midi et elle m'a dit qu'elle m'aimait bien, mais que j'étais son deuxième copain et qu'elle n'arrivait pas à oublier le premier qui l'avait plaquée, il y a neuf mois.

— Ça fait sens. Si elle n'arrive pas à l'oublier, ça peut expliquer qu'elle a du mal à vivre une nouvelle relation. Elle a été honnête au moins.

— Oui, le pire c'est qu'elle a été très sympa avec moi. Mais mon intuition me dit que cette histoire d'ex c'est du pipeau. Y a anguille sous roche, Hubert, j'en suis sûr. J'ai très envic d'aller la voir et de l'acculer jusqu'à ce qu'elle m'avoue le vrai motif : quelque chose que j'ai dit ou fait, je sais pas, mais je veux savoir.

Qu'est-ce que tu en dis ? Tu as plus d'expérience que moi avec les filles.

Pensif, Hubert laisse Benoît dans l'expectative tout en touillant son diabolo menthe.

— Écoute. Je pense que ce serait une très mauvaise idée d'aller voir Natasha.

— Ah bon ? Pourquoi ?

— Je comprends que tu sois encore sous le choc de la séparation. Mais, d'après ce que tu me dis, vous vous êtes quittés en bons termes. C'est important. Si tu vas la voir pour lui mettre la pression vous allez sûrement vous disputer et tu vas détruire ce qui devrait rester un bon souvenir. Personnellement, je trouve sa justification tout à fait plausible. Il n'y a aucune raison pour qu'elle te mente ou te cache quelque chose.

— Oui, j'entends tes conseils. De sages conseils. Elle m'a proposé qu'on reste amis, en fait, que l'on continue à nous voir. Qu'est-ce que tu en penses ?

— Surtout pas ! Il ne faut surtout pas que tu la revoies.

— Non ? Pourquoi cela ?

— En première, je suis sorti six mois avec une fille et quand elle m'a quitté j'ai voulu continuer à la voir, à rester ami. C'était une très mauvaise idée. Sortir avec elle sans pouvoir lui prendre la main ou l'embrasser, ça m'a trop fait souffrir. Crois moi, Benoît, la meilleure chose à faire quand une relation est finie c'est de couper les ponts et préserver tes bons souvenirs. Tu vas avoir le bourdon pendant quelques semaines, mais ensuite tu remonteras la pente.

— Oui, je sais que tu as raison. Même si c'est difficile. Tu es vraiment un super copain, Hubert. Vraiment. Tu te soucies du bien être de tes amis. Je ne te remercierai jamais assez.

— C'est normal. Tu ferais la même chose pour moi.

Hubert rentre chez lui soulagé, accueilli par les miaulements de son chat. Delphine a repris ses cours de psychologie et Noémie est à sa séance de thérapie. Le tsunami a été évité, mais il souhaite dorénavant éviter le numéro d'équilibriste auquel il vient de s'adonner. Atma se blottit sur ses jambes pendant que l'étudiant entame, allongé sur son lit, le livre de Hannah Arendt sur la banalité du mal.

Le procès d'Eichmann offre un angle d'attaque pertinent. Le criminel de guerre nazi a été responsable de la logistique de la « solution finale », qui a convoyé des millions de juifs vers l'enfer des camps de concentration, mais, bien que ne niant nullement sa responsabilité, il se déclare « non coupable au sens de l'accusation ». Sa fausse justification inouïe, pour déclarer qu'il ne se considérait pas comme un « vrai salaud », est « qu'il se souvenait parfaitement qu'il n'aurait eu mauvaise conscience que s'il n'avait pas exécuté les ordres – ordres d'expédier à la mort des millions d'hommes et de femmes et d'enfants avec un grand zèle et le soin le plus méticuleux. »

Tout en caressant Atma, qui ronronne de satisfaction, Hubert songe que l'existence du mal est un sujet en soi fascinant. Bien qu'admirant profondément Jean-Jacques Rousseau, il n'est pas convaincu que l'homme des origines ait été naturellement et individuellement bon et que ce fut la société qui le corrompit et introduisit en lui les vices. Bien sûr, il concorde que la révolution du Néolithique, en fixant les habitations en villages près des plantations, a initié la propriété et les convoitises, ferments de la guerre. C'est d'ailleurs cette nouveauté de la propriété privée qui pose problème, selon John Locke, se souvient-il (le philosophe anglais pensant lui aussi l'état de nature comme un état pacifique) puisqu'elle crée des inégalités de possession, lesquelles inénaglités s'accroîtront avec l'invention de l'argent, rendant les conflits de plus en plus belliqueux. Si Hubert discorde en partie de ces visions, qu'il juge trop idylliques, de l'homme originel, il ne peut tout à fait accepter l'état inverse, défendu par Hobbes, d'un être essentiellement mû par l'état guerrier, par souci de conservation.

Le mal lui semble, de fait, absent du monde animal, les prédateurs tuant, souvent, de façon pouvant sembler cruelle, mais toujours pour assouvir les besoins instinctifs de leur pulsion nutritive (quoiqu'il ait déjà observé Atma torturant, par jeu, un pauvre papillon égaré dans son salon). C'est peut-être la raison pour laquelle Rousseau l'imaginait également absent des premiers hommes préhistoriques, encore proches du mode de vie animal. Le mal est, en revanche, indubitablement au cœur des ténèbres qui hantent les hommes depuis les prémices de l'Histoire : tortures, esclavage, inquisitions, guerres, assassinats, génocides, camps de concentration, terrorisme. La conclusion personnelle de Hubert, sur cette question, est à mi-chemin entre la conception de Rousseau et celle de Hobbes. Pour lui, les semences du bien et du mal résident en chaque homme. Tout un chacun a en lui le potentiel de Socrate et Jésus de même que celui de Hitler. La vie le fera pencher d'un côté plutôt que de l'autre, mais ce processus n'est pas, il en est persuadé, lié exclusivement aux circonstances.

C'est là l'apport fondamental de Hannah Arendt et de sa thèse sur la banalité du mal, développée dans son ouvrage, *Eichmann à Jérusalem*, que l'étudiant anote abondamment. Le portrait qu'elle dépeint de l'accusé est particulièrement édifiant. Voilà un homme qui a trouvé un sens à sa vie dans l'appartenance à un groupe fasciste et l'exécution méticuleuse d'ordres reçus de l'extérieur. Le traumatisme, pour lui, de la défaite du 8 mai 1945, réside alors dans la fin de ce système d'actions automatiques comme le révèlent ses écrits de prison : « Je pressentais qu'il me faudrait vivre une vie individuelle, difficile, sans chef ; que je ne recevrais plus de directives de qui que ce soit, qu'on ne me donnerait plus d'ordres ni de commandements, qu'aucune ordonnance appropriée ne serait là pour que je la consulte – bref, que je devrais mener une vie jusque-là inconnue de moi. » Quelle étrangeté, pense Hubert, que cette vie nouvelle dépourvue de contraintes, que certains nommeraient liberté, soit associée négativement à l'angoisse de l'inconnu. Ce qui fascine l'étudiant, au cours de sa lecture, c'est que le parcours criminel d'Eichmann déborde en un sens le contexte spécifique et historique du nazisme pour révéler les ressorts structurels de la dynamique du mal.

Son embrigadement accéléré et en apparence subi (« c'était comme si j'avais été avalé par le parti alors que je ne m'y attendais pas et sans que je l'aie décidé auparavant. Cela arriva si vite, si brusquement »), son désir dévoyé d'absolu (« un « idéaliste » était un homme qui *vivait* pour son idée et qui était prêt à tout sacrifier, et, notamment, tout le monde à cette idée ») son absence d'empathie (« une incapacité quasi totale de considérer quoi que ce soit du point de vue de l'autre ») et son aveuglement sur ses motifs intimes (« automystification mensongère combinée à une extrême stupidité ») résonnent en écho avec l'événement majeur qui a inauguré le vingt et unième siècle et l'entrée précoce dans l'Histoire du jeune Hubert, un 11 septembre 2001.

Car c'est justement l'argument de disculpation évoqué par Eichmann de l'obéissance scrupuleuse aux ordres qui, pour Hannah Arendt, caractérise l'aspect monstrueux et maléfique : celui de l'être qui abandonne toute lucidité et responsabilité par rapport à ses actes et se prive en conséquence de toute parcelle d'humanité. Cet être aveugle et inhumain devient alors l'incarnation de la banalité du mal.

L'arrivée de Delphine extrait Hubert de sa lecture et de ses réflexions. Le sursaut d'Atma, suivi d'une course vers la porte d'entrée, bien avant le cliquetis de la clé dans la serrure, l'étonne toujours, comme si son animal de compagnie possédait un sixième sens ou une ou ouïe d'une extraordinaire acuité. Le félin accompagne l'arrivée de la jeune femme de miaulements et de petits sauts. Quel changement d'attitude depuis les bouderies ostensibles de janvier dernier, au moment de l'emménagement de sa petite amie ! Hubert en serait presque jaloux. Delphine fait un commentaire élogieux sur le livre éclairant que lit son amoureux (elle admire la pensée libre d'Hannah Arendt, autant que ses combats contre les totalitarismes), mais souhaite profiter de l'absence momentanée de Noémie pour évoquer des détails pratiques.

— C'est lundi prochain que ta sœur va intégrer son nouveau lycée. C'est une étape importante.

— Oui, je me suis programmé pour l'emmener.

— Comment ça, l'emmener ?

— Bah oui, l'emmener à l'école.

— Et tu comptes lui tenir la main pour qu'elle ne se perde pas ? Enfin, Hubert, elle vient d'avoir dix-sept ans, Noémie, c'est plus une enfant.

— Et qu'est-ce que tu proposes ? Qu'elle y aille toute seule ?

— Bah oui. Le Lycé Victor Hugo est assez proche de l'appartement. Elle peut s'y rendre à pied. Et puis, elle a un portable, non ? Elle sait utiliser un GPS si elle a besoin. Il ne faut pas l'infantiliser, mais la responsabiliser. Elle a des ressources en elle. Je sais qu'elle vient à peine d'initier un traitement, que tout est plus que fragile. Mais il faut lui faire confiance. On n'a pas le choix.

— Je la sens un peu renfermée ces derniers jours.

— C'est compréhensible. Elle a passé dix jours exaltants avec nous à Paris, à découvrir la ville, à faire la fête, mais elle sait bien qu'elle va devoir reprendre le fil de ses études et, d'après ce que tu m'as dit, elle avait un peu décroché. Elle a conscience d'avoir une deuxième chance. Si elle était restée plus longtemps à Épernay, dans son environnement toxique, elle serait probablement morte sous quelques années. Mais pour saisir cette deuxième chance, elle va devoir être plus responsable et disciplinée à l'école, sans perdre son côté léger et spontané qui fait tout son charme.

— Tu es plus confiante que moi, et plus réaliste aussi. Comprends-moi. J'ai perdu ma mère, je ne veux pas perdre ma sœur. Je veux être un grand frère sur lequel elle peut s'appuyer.

— Mais pas un grand frère protecteur.

— Le juste milieu est difficile à trouver.

— Si tu n'as pas confiance en Noémie, fais-moi confiance au moins. Et puis, il y a un sujet plus pratique dont je veux te parler. Elle ne peut plus dormir dans le salon. C'est un lieu de passage. Elle n'a aucune intimité.

— Qu'est-ce que tu proposes ? Qu'elle dorme dans la mezzanine et nous en bas ?

— Pour quelques semaines. Le temps qu'on entreprenne des travaux pour qu'elle ait sa chambre. Je sens que ça la gêne de ne pas avoir son espace à elle. Crois-moi, c'est important.

Le lundi suivant, Hubert rentre plus tôt de la faculté. Il tient à être présent pour commenter le premier jour de cours de Noémie dans son nouvel établissement. Anxieux, il ne parvient pas à se concentrer sur ses lectures, qu'il s'agisse de l'ouvrage d'Hannah

Arendt, puis du journal l'Équipe et même de l'étiquette des calories du paquet de céréales.

Vers dix-sept heures, Noémie ouvre la porte et caresse affectueusement Atma qui se frotte à ses bottines. Hubert est soulagé. Elle semble avoir survécu à son premier jour de cours. Il devrait se contenter de cette impression positive, mais sa nouvelle tâche exaltée d'incarnation du grand frère-guide prend le dessus.

— Alors ?

— Alors quoi ?

— Comment il est ton nouveau lycée ?

— Comme un lycée. Avec des portes, des fenêtres et des murs qui mériteraient d'être repeints.

— Et les profs ?

— Comme des profs. Des jeunes, des vieux, des hommes et des femmes.

— Vous êtes combien dans ta classe ?

— Un certain nombre.

— Et tu t'es fait des amis ?

— Deux copains et une copine. D'ailleurs, ils attendent dans le hall que tu les autorises à entrer.

— C'est vrai ? Cool ! Bien sûr, invite-les.

— Mais non, y a personne, Hubert. Je viens de passer sept heures assise sur ma chaise et la seule chose que j'ai envie de faire maintenant c'est de prendre une douche, de m'allonger et écouter de la musique. Surtout pas de répondre à tes questions chiantes.

Pendant que Noémie monte dans l'espace à l'étage, qui était encore récemment le sien, Hubert inonde Delphine de messages anxieux. Celle-ci abrège ses cours et revient à l'appartement. Aussitôt arrivée, elle chasse gentiment son petit ami en lui suggérant d'aller au cinéma pour passer un moment seule à seule avec Noémie.

Au retour, après avoir visionné « Les quatre cents coups », au Saint-André des Arts, Hubert sonde sa petite amie psychologue une fois sa sœur couchée.

— Écoute, Hubert, je vais te le dire une dernière fois, mais fermement. Lâche la bride à ta sœur. Tu l'étouffes avec tes attentions. Elle va bien. Elle était contente de sa première journée.

— C'est pas ce qu'elle m'a dit.

— Elle a certes trouvé les salles un peu vieillottes, mais elle a apprécié la plupart des professeurs et elle s'est même fait une amie. Une nouvelle élève, américaine, qui s'appelle Annie et qui s'intéresse comme elle à la photographie. Elle m'a même parlé de l'option théâtre de son école. Je lui ai conseillé de s'inscrire au cours. J'en ai fait trois ans et j'adorais sortir de mon petit monde pour interpréter des personnages différents. Ça lui permettrait de prendre du recul, de se confronter aux dilemmes de la vie, mais de façon ludique. Crois-moi, tout va bien.

— Je suis content de ce que tu me racontes et qu'elle s'ouvre à toi. Mais je comprends pas pourquoi elle s'irrite avec moi.

— Parce que tu la juges, Hubert. Malgré toutes tes bonnes intentions, tu ne peux t'empêcher de porter un regard moral sur ses faits et gestes. Tu n'as que deux ans et demi de plus qu'elle, c'est rien. Et puis je crois que tu es trop cérébral dans ton approche. Elle n'a pas besoin de grands discours ta sœur, juste de ta présence chaleureuse. C'est tout.

Dans son sermon bienveillant, Delphine atteint sans le vouloir le cœur du blocage émotionnel de son petit ami, déficient dans l'expression des émotions vis-à-vis des membres de sa famille, comme s'il devait se laisser déborder en laissant s'épancher son côté plus sensible.

9

Noémie s'adapte à sa nouvelle école. Elle invite même souvent à l'appartement son amie Annie, une jeune Américaine discrète et frêle, toute en blondeur, à la peau diaphane, aux traits délicats et aux yeux vert émeraude. Elle vient d'emménager à Paris avec ses parents et s'exprime parfaitement dans la langue de Molière pour avoir fréquenté le Lycée français de New York. Delphine profite parfois des premiers de rayons de soleil printaniers pour prendre des photos avec les deux lycéennes, dans les rues de la capitale. Annie possède déjà un solide sens de la composition et est attirée par l'architecture et les paysages alors que Noémie préfère les rencontres contingentes avec des personnes et des visages. Delphine doit lui apprendre à se faire discrète, car il leur est déjà arrivé de courir jusqu'au métro le plus proche après que la sœur d'Hubert ait capturé, dans le viseur de son appareil, un couple s'embrassant sur un pont. Couple probablement illégitime étant donné la rage de l'homme qui les a prises en chasse tout en vociférant des insultes misogynes. Mais Noémie possède indéniablement un talent inné qui ne demande qu'à être stimulé. D'ailleurs, à son anniversaire, le jour même de Noël, la petite amie d'Hubert lui avait offert deux beaux ouvrages des travaux d'Henri Cartier Bresson et

Robert Doisneau, tous deux maîtres dans la capture du merveilleux caché au sein du quotidien.

Delphine est heureuse que sa jeune belle-sœur ait trouvé une passion et aussi une amie précieuse. Il lui arrive encore d'être irritable ou déprimée, mais le lien qu'elles ont construit permet à Noémie de lui ouvrir son âme en toute confiance. L'étudiante y voit aussi une opportunité de tester ses compétences de future psychologue et elle emploie, parfois, dans ses conversations intimes, des techniques apprises en cours. Toutefois, elle est suffisamment vigilante pour ne pas considérer la sœur d'Hubert comme un cobaye pour ses expérimentations novices, mais bien comme une amie pour laquelle elle éprouve de l'affection et une certaine préoccupation. Hubert a appris à identifier les signaux l'invitant à délaisser pour une heure ou deux l'appartement. Il en profite pour assouvir en solitaire, dans les salles obscures d'art et essai du quartier, sa passion pour les classiques du cinéma, notamment les films de réalisateurs iconoclastes, que Delphine apprécie peu, comme Godard, Pasolini ou David Lynch. L'affirmation de valeurs prime, pour elle, sur la recherche esthétique.

Hubert apprécie tous les arts qui expriment avec leur langage singulier la vie dans ses aspects intimes et indicibles, à l'exception du ballet, pour lequel il éprouve d'énormes préjugés. C'est pourtant à une représentation du « Lac des cygnes » qu'il s'apprête à assister en compagnie de Delphine, Leila, Gaétan et la sœur de celui-ci, un samedi soir où Noémie va dormir chez son amie Annie. Tristane sort depuis quelques mois avec un danseur d'une compagnie contemporaine. Hubert sait qu'il est d'ascendance espagnole, âgé de vingt-six ans, et se prénomme Angel. Delphine a déjà eu l'occasion de le rencontrer et en a peint un tableau très élogieux (« un Apollon »). C'est lui qui a invité le groupe d'amis au spectacle auquel il participe à l'Opéra Bastille.

En entrant dans la salle, Hubert échange quelques sourires avec Gaétan, signifiant « mais qu'est-ce qu'on fait ici » ? L'étudiant philosophe a une représentation du ballet qui ne l'incline guère à l'enthousiasme : filles en tutus, garçons en collants moulants et l'ennui qui pointe au bout des chaussons usés des ballerines.

Le spectacle commence sur une scène nue au sol noir brillant des reflets de lumière projetés. Incontestablement, la compagnie se démarque de la tradition classique. Une vingtaine de danseurs, tous pieds nus, pour la plupart assez jeunes (Delphine lui montre Angel, effectivement un très bel homme au teint hâlé, cheveux noirs coupés courts, corps harmonieusement sculpté), entrent sur scène en marchant, comme tout un chacun dans la rue puis, imperceptiblement, se mettent à bouger comme un seul corps. Leurs mouvements oscillent entre la perte d'équilibre flirtant avec la chute et un redressement énergique et soudain. Cette alternance entre la fragilité et la puissance, les arabesques élégantes puis les spasmes surprend Hubert. Un nouveau langage, l'écriture du corps, s'offre à ses yeux et provoque en lui des émotions inattendues. Les chorégraphies, qui ressemblent par moments à une improvisation de jazz, sont à la fois sensorielles et extrêmement sensuelles, sans à aucun moment tomber dans la vulgarité. Les corps sont simplement beaux à regarder et, surtout, ils se touchent constamment, se caressent, se choquent. À une époque où toute une génération s'isole dans une communication numérique autiste, les yeux exclusivement rivés sur l'écran du téléphone portable, ces contacts physiques sont réjouissants. Le climax constitué par la célèbre mélodie de Tchaïkovsky, douce puis explosive, est rehaussé par des costumes modernes, les cygnes se parant de robes de couleurs vives, jaunes, vertes et bleues, sur une pulsation techno osée qui résonne dans les poitrines. L'histoire même de l'amour contrarié du prince Siegfried pour la princesse cygne Odette n'en est que plus dramatique quand le maléfique sorcier Von Rothbart offre au prétendant sa fille en mariage, sosie de la princesse, mais costumée d'un cygne noir pouvant représenter la part obscure de notre personnalité (après le spectacle, Delphine expliquera à son petit ami que sa remarque est pertinente et que le psychologue suisse Carl Gustav Jung a développé toute une théorie sur ce qu'il appelle l'Ombre, sorte d'inconscient personnel refoulé qui alimente en souterrain nos peurs primitives, souvent archétypiques, et pouvant tendre jusqu'au Mal, comme dans l'histoire du ballet).

Hubert sort de la salle enthousiaste. Il vient de découvrir un nouvel art où rien n'est dit, mais où tout est suggéré, au-delà des mots qui emprisonnent souvent le mystère qu'ils ne parviennent à exprimer. Angel surgit dans le hall, premier danseur divin métamorphosé en quidam presque anodin (à l'exception de sa grande beauté) en jean, baskets et pull noir. Tristane présente son amoureux au meilleur ami de son frère Gaétan. Elle a effectué un sacré upgrade, songe celui-ci, en repensant au maigrichon binoclard Stinner. Tristane et Angel combinent à vue d'œil. Et elle le mérite bien.

Le sextet poursuit la soirée dans un restaurant méditerranéen fréquenté par Angel, « Le Chant des oliviers ». Affable, le danseur reçoit les compliments généreux avec une fierté modeste. Hubert, assis en face de lui, est le plus dithyrambique.

— J'ai été bluffé par le spectacle, Angel. C'était magnifique. C'est la première fois que j'assiste à un ballet et j'ai été très agréablement surpris.

— Tu t'attendais à un ballet classique ? Tu sais, le chorégraphe a des idées très modernes. Ce que tu as vu, c'est de la danse contemporaine.

— C'est quoi la différence ?

— Tout est lié au corps. Dans la danse classique, l'important c'est l'apesanteur, c'est pour ça que tu vois des hommes porter des femmes pour les faire voler. Dans la danse contemporaine, c'est tout le contraire. La gravité est très présente et tous les mouvements sont pensés en référence à la chute.

— C'est plus proche de la vie. On tombe et on se relève… ou pas.

— Oui, c'est cela. Tristane m'a dit que tu es philosophe.

— Étudiant encore. Mais je suis passionné de philosophie, oui.

— Et bien, en fait, la danse contemporaine a évolué comme une déconstruction progressive du ballet classique. Tu aimes Nietzsche ?

— Oui, j'aime beaucoup le lire. C'est un génie très stimulant, même si je ne concorde pas toujours avec ses idées.

— Si tu veux comprendre comment a évolué la danse, pense à Nietzsche et à sa définition de la puissance comme l'épanouissement des possibles. Le spectacle que tu as vu peut te paraître parfait dans son exécution, mais il est le fruit de plusieurs mois d'échanges, de recherches, de tentatives avortées, d'improvisations entre nous danseurs. Et, chaque soir, j'ai l'impression de jouer une partition nouvelle. À chaque répétition, notre souci est de créer des mouvements originaux en déconstruisant les traditions.

— Oui, je comprends. Comme quand Nietzsche déconstruisait les valeurs héritées d'un monde idéal qui se voulait parfait, ce qui aboutira chez lui à la condamnation sans équivoque des valeurs transcendantes à la vie pour célébrer l'intensité de vivre ici et maintenant. Certaines chorégraphies frénétiques m'ont fait penser à sa valorisation de Dyonisos, le dieu de l'ivresse.

— Oui, on peut dire que la danse contemporaine est une tentative d'harmoniser l'élégance d'Apollon et la disgrâce de Dionysos.

— C'était en effet l'idéal de Nietzsche. Dans son langage, il appelait cela l'harmonie entre les forces actives et réactives. Mais, dis-moi, Angel, quand est-ce que cela a commencé ce grand mouvement de déconstruction ?

— Justement, à la fin du dix-neuvième siècle, avec Isadora Duncan, qui dansait pieds nus et a libéré les mouvements de leur corset étroit pour les rendre plus naturels. Pina Bausch, elle, va casser l'idée de perfection en mettant parfois en avant de l'agressivité, voire de la laideur, puis Martha Graham va ensuite introduire des mouvements plus violents, que tu as pu voir dans « Le lac des cygnes », comme les chutes, les spasmes. Ensuite, Merce Cunningham, qui a été le professeur de mon chorégraphe, a entamé une réflexion poussée sur le hasard.

— Oui, tout ce que tu me racontes me rappelle beaucoup la pensée de Nietzsche. De la même façon qu'il a vilipendé Platon et son ciel des idées, la danse contemporaine a pris le contrepied des ballets aériens classiques, c'est bien cela ?

— Oui, Hubert. Nietzsche aimait la danse. Il a écrit : « Je ne pourrais croire en un Dieu qui ne saurait danser. »

Au moment du service des plats de résistance, Tristane, très fière de son Apollon, l'embrasse avec une passion non feinte. Hubert adorerait prolonger, très égoïstement, cette conversation passionnante, mais il se rend compte qu'Angel et lui ont fait perdre pied à leurs amis avec leur érudition artistique et philosophique. Peu avant le dessert, Tristane fait signe à Delphine de l'accompagner aux toilettes.

— Je suis si contente de te voir heureuse et amoureuse, Tristane. Angel a toutes les qualités. Un physique sublime et il est très cultivé, sans être pédant. Sa passion pour son art est vraiment réjouissante.

— Oui, je suis vraiment comblée, Delphine. C'est un vrai cadeau des dieux.

— Avoue qu'il est mille fois plus séduisant que Stinner.

— Justement, je voulais te confier un scoop. Devine qui m'a suivi hier à la sortie des cours.

— Non ? Stinner ? Qu'est-ce qu'il te voulait ?

— Me dire qu'il voulait se mettre en ménage avec moi. Qu'il était désolé de son attitude passée. Qu'il était libre désormais, car sa femme l'a quitté, et qu'il n'a jamais cessé de m'aimer.

— Il t'a dit ça ? Il est carrément gonflé. Qu'est-ce que tu lui as répondu ?

— De me laisser. Que tout était définitivement fini entre nous, mais, comme il insistait et ne me lâchait pas la grappe, j'ai fini par lui dire tout ce que j'avais sur le cœur. Je lui ai tout balancé. Mon venin rentré est sorti. Je me suis étonnée. Je ne savais pas que je pouvais être mordante à ce point. Mais je vais t'avouer quelque chose, ça m'a fait un bien fou. Et, quand il a fait un geste pour me caresser la joue, je lui ai flanqué une gifle monumentale. Ses lunettes ont valsé sur le bitume.

— Bravo, Tristane ! Il n'a eu que ce qu'il méritait. Je suis fière de toi. Et j'espère qu'il va regretter ses actes, ce pleutre. Ni femme ni petite amie. Seul comme un con.

Les deux amies reviennent à table en riant de bon cœur. Leila est assoupie sur l'épaule de Gaétan alors qu'Hubert a repris sa conversation érudite avec son nouvel ami danseur. Le groupe se quitte satisfait de ce moment partagé. Hubert et Delphine regagnent leurs pénates où ils vont enfin pouvoir passer une nuit seuls tous les deux. Cela ne leur est pas arrivé depuis mi-décembre et l'épanouissement de leur vie sexuelle en a un peu souffert, leurs rapports devenant plus épisodiques, comme si la présence d'une tierce personne dormant dans leur appartement les inhibait. La fougue libérée d'Hubert, ce soir-là, vient d'ailleurs pleinement confirmer ce fait. Après avoir fait l'amour, Delphine s'endort contre la poitrine de son petit ami, comme d'habitude, pendant qu'Hubert, lui, reste un temps éveillé.

La distance avec Noémie le contrarie. Il est certes soulagé qu'elle aille mieux et se soit adaptée à sa nouvelle école. Mais ils mènent tous les deux des vies parallèles sous le même toit, Delphine étant la seule personne-ressource pour les confidences alors qu'il aimerait partager des moments conviviaux avec sa petite sœur. Il s'en ouvre à son thérapeute, Alain Lebon. Celui-ci l'interroge sur la personnalité de Noémie et ses goûts. Il lui fait remarquer qu'un pont existe peut-être entre le talent de photographe de l'adolescente et sa passion à lui pour le cinéma. Il émet l'hypothèse que la médiation d'un film serait plus propice à des échanges fructueux qu'un questionnement personnel vécu comme envahissant. Hubert décide de tenter l'expérience. Muni du guide culturel hebdomadaire de Paris, « l'Officiel des spectacles », il choisit d'abord des films contemporains avant, peut-être, d'étendre la stratégie à des œuvres cultes, exotiques, ou des débuts du cinéma. La richesse de l'offre du printemps, sur les nombreux écrans parisiens, leur offre l'opportunité de visionner, les samedis après-midi, un drame de Woody Allen (« Blue Jasmine »), une fantaisie italienne d'inspiration fellinienne (« La Grande bellezza »), un regard nerveux et décapant de Martin Scorcese sur l'envers du décor de la finance (« Le loup de Wall Street ») et un film français (« La vie d'Adèle ») relatant l'histoire d'amour passionnelle entre deux jeunes femmes, pari de programmation risqué, mais qui reçoit l'assentiment enthousiaste de la lycéenne, qui a embarqué avec émotion dans cette aventure à la fois sentimentale et sexuelle. À chaque fois, les séances se poursuivent en discussions stimulantes dans des cafés où Hubert sacrifie son goût pour les bières pression pour des boissons sans alcool, se rappelant des orientations de la professeure en psychologie de Delphine, devenue depuis analyste de sa sœur.

Alors que les débats avec Delphine se concentrent surtout sur l'histoire et les personnages, Noémie surprend Hubert avec ses analyses esthétiques. Elle révèle même au jeune homme des détails qu'il n'avait pas perçus : nuancier des couleurs, jeux de lumière sur les visages, singularité de certains cadrages, composition des plans et dynamisme du montage Sa petite amie a raison, songe Hubert, Noémie possède une intelligence visuelle intuitive qui ne demande qu'à être encouragée.

Assez rapidement, la photographe novice prend l'initiative de la programmation, avec la double intention d'explorer l'histoire du cinéma et de renforcer le lien avec son frère. Les œuvres de Truffaut, Rosselini, Kurosawa ou Almodovar voisinent avec les films pionniers de Chaplin, Buster Keaton, Éric von Stroheim et Abel Gance. À la fin de l'année scolaire, achevée sur des notes moyennes, mais des commentaires positifs sur sa participation aux cours, Noémie prend la décision d'ajouter l'option cinéma à son futur programme de terminale. De plus en plus souvent, lors de ses déambulations avec Delphine et Annie, dans les quartiers ensoleillés de la capitale, elle sélectionne l'option vidéo sur son appareil photo afin de capter des moments documentaires, rejouant sans le savoir le geste inaugural des frères Lumière campant leur cinématographe dans les rues de Lyon ou de Paris pour enregistrer les premières vues enchantées du septième art.

10

La commémoration de son vingtième anniversaire est l'occasion pour Hubert de revenir dans la maison familiale de l'Avenue de Champagne, désormais seulement habitée par Geneviève et Charles Grandcolas, et fréquentée occasionnellement par leur petit-fils Lionel. La dernière rencontre fut traumatisante. Elle eut lieu fin janvier, lors du conseil de famille destiné à léguer officiellement la tutelle de Noémie à l'aîné des enfants Feuillade. Celui-ci se remémore avec douleur de la rencontre glaciale entre ses grands-parents et son frère cadet, d'un côté d'un mur de silence invisible érigé au cœur du bureau du juge, de son père et de lui-même leur faisant face, et de la pauvre Noémie perdue au milieu de cette guerre froide. Au retour, soulagée de retrouver Paris, l'appartement de la rue Beaubourg et sa nouvelle école, la lycéenne fit promettre à Hubert de ne plus jamais remettre les pieds dans la « maison fantôme » de l'Avenue de Champagne, selon ses propres termes.

C'est pour cette raison que l'étudiant de la Sorbonne se prépare à fêter doublement ses vingt ans. Le jour même, jeudi quatre juillet 2013, tout d'abord, au restaurant « Les Promesses de l'Aube » de son ami Frédéric, en compagnie de son Oncle Georges, d'Alice, de son père et Iris, tous deux en visite dans la capitale pour la semaine, et de Delphine (Noémie, quant à elle, a préféré passer la journée avec son amie Annie ; elle ne se sent pas prête à rencontrer son père, et encore moins sa compagne). Puis, le week-end suivant, dans le jardin de sa maison natale, avec ses grands-parents, son frère Lionel et ses amis Gaétan, Leila, Tristane et Angel. Hubert a tenté de convaincre sa sœur de les accompagner, mais elle a décliné l'invitation et Delphine a senti qu'il ne fallait pas insister. Elle préfère rester dans la capitale avec Annie avant de passer une semaine avec elle et les parents de celle-ci à la montagne, dans les Alpes. Pendant ce temps, Hubert a planifié un voyage qui l'enchante, mais sa petite amie beaucoup moins : la visite, pendant une dizaine de jours, de la capitale de l'Allemagne, Berlin.

La journée de samedi est ensoleillée. Delphine s'efforce d'aider du mieux qu'elle peut la grand-mère de son amoureux. Cette dernière se réjouit de recevoir à nouveau dans sa vaste demeure, mais elle montre des signes évidents de fatigue, malgré sa bonne volonté. Même si elle a vieilli, sa générosité, ainsi que son sourire chaleureux restent inaltérés. Charles, en revanche, a profondément mué. La vieille peau de vipère lubrique et méprisante, crachant son venin à tout va, a laissé place à un nouvel être atone inspirant la pitié. Le loup de mer a fracassé son fier navire sur les eaux tumultueuses de l'océan de la vie et en est revenu naufragé, Robinson isolé sur son îlot de désolation. Paradoxalement, cette nouvelle condition le pare d'une humanité inattendue. Bien qu'avachi sur sa chaise, il écoute les conversations des jeunes convives, ressert fréquemment du vin et fait preuve d'une curiosité authentique pour les études de Leila, Tristane, Gaétan et la profession d'Angel. Plusieurs fois, il empoigne affectueusement le bras de son petit-fils Lionel, geste dont Hubert a rarement témoigné, de sa part, si ce n'est avec sa grand-mère, qu'il a toujours vénérée.

Le fastueux déjeuner se termine dans la bonne humeur, par la distribution des cadeaux. Geneviève, Charles et Lionel se sont joints pour offrir un ordinateur portable moderne, le frère cadet ayant noté l'obsolescence de l'actuel. Hubert sourit à la lecture de la carte de sa mamie : « À mon petit-fils que j'aime tant. Puisse ce modeste cadeau t'aider à devenir un grand écrivain ». C'est aussi son souhait le plus secret. Doté d'une machine dernier cri, il n'a plus aucune excuse pour procrastiner indéfiniment. Dès lundi, il s'astreindra, enfin, à rédiger tous les soirs son futur chef-d'œuvre.

Le dimanche matin, Charles Grandcolas invite son petit-fils à l'accompagner à la pêche. Hubert s'ouvre à Delphine de sa réticence. Il ne voit aucun intérêt à faire souffrir des petits poissons, à leur trouer la gueule avec un hameçon pour ensuite les remettre à l'eau. Et puis, il n'a rien à dire à son grand-père. Vraiment rien. Sa petite amie insiste pourtant pour qu'il prenne sur lui et surmonte sa résistance. Lionel retourné à Reims, elle estime important de rester seule avec Geneviève et d'être à son écoute.

Hubert et son grand-père se rendent de bonne heure au canal qui traverse Épernay. Une fois assis sur leur chaise pliante, papy Charles enseigne patiemment à son petit-fils comment tenir sa canne, régler la hauteur du bouchon en fonction du type de poisson qu'il souhaite pêcher et fixer l'amorce sur l'hameçon. L'endroit est calme, apaisant. Au bout d'une heure, le mari de Geneviève a déjà ferré un gardon, deux tanches et une certaine quantité d'autres petits poissons pendant que son petit fils n'a réussi qu'à laisser échapper une ridicule ablette au moment où il tirait, presque extatique, sur le fil. Qu'importe, l'activité invite à la méditation. Après un long silence dû à la nécessité de se concentrer et d'éviter le bruit, Charles profite de ce rare moment de complicité pour tenter de renouer un lien, il y a longtemps distendu, avec son petit-fils.

— Ça fait une éternité qu'on n'a plus pêché ensemble, Hubert.

— Oui, je ne m'en souviens même plus.

— Tu étais un enfant. Tu devais avoir neuf ans. On est venus ici même, au canal.

— Désolé, j'ai complètement oublié.

— C'est normal, je ne t'ai emmené que deux ou trois fois. Tu préférais aller au stade, avec ton papy Marcel, voir les matches de football du Racing club d'Épernay.

— Oui, j'y allais souvent, c'est vrai. Il m'a fait aimer le foot, bien avant que je commence à jouer au tennis.

— Tu étais très proche de Marcel. Il savait te captiver. Je te comprends, c'était tout le contraire de moi : populaire, drôle, chaleureux, anticonformiste. Je l'appréciais. Il me faisait bien rire. En plus, c'était un redoutable joueur de cartes. Il détestait perdre.

— Et quand il gagnait, il me donnait tous ses gains.

— Oui, vous aviez une excellente relation. Je dois t'avouer que ça m'a souvent rendu jaloux. J'ai pourtant essayé de me rapprocher de toi, mais tu as toujours été distant, comme si je t'embarrassais.

— Notre relation était différente.

— Je ne te blâme pas Hubert. Au contraire, je te comprends. J'ai toujours été maladroit avec toi. J'aurais dû m'intéresser à ce que tu aimais, ce que tu pensais au lieu d'essayer d'imposer mes idées et te faire la morale.

Hubert se tait. Il pourrait réfuter ces affirmations, mais ce serait hypocrite de sa part. Son silence attentif est la seule réponse honnête. Il regarde ailleurs et note qu'un vautour plane en vols circulaires dans le ciel au-dessus de sa tête.

— Tu sais, je t'aime beaucoup. Tu es mon premier petit-fils. Mais j'ai toujours eu des difficultés à laisser parler mes émotions. J'ai été éduqué comme ça. Je me souviens comme si c'était hier de ma première déception amoureuse. J'avais dix-sept ans. Elle s'appelait Jeanne et m'a quitté pour un collègue de classe. Quand je suis rentré à la maison, je me suis affalé sur mon lit. Mon père s'est pointé sans frapper et m'a trouvé en pleurs. Surpris, je n'ai pas eu le temps de sécher mes larmes et lui ai expliqué pourquoi j'étais si triste. Au lieu de me réconforter, il m'a adressé un sermon mémorable. Il a crié, m'a traité de tous les noms. Il m'a littéralement humilié. Depuis ce jour, je n'ai plus jamais pleuré. Jusqu'à il y a dix mois.

— Je suis désolé. J'ignorais que mon arrière-grand-père était aussi sévère.

— C'était une autre génération. On pensait alors qu'un homme devait être fort en toutes circonstances. Seules les femmes pouvaient être émotives. C'est stupide, mais c'était comme ça. Si Delphine et toi avez un jour des enfants, je suis sûr que tu les élèveras avec bienveillance. J'aime bien Delphine. Elle a beaucoup de qualités, tu as de la chance qu'elle soit ta petite amie. Ne la laisse pas échapper.

— Oui, elle est vraiment extraordinaire… Papy, je peux te poser une question très personnelle ?

— Bien sûr. Ce que tu veux. À mon âge, on n'a plus rien à cacher.

— Tu as déjà trahi mamie ?

— Ça dépend de la définition de trahir. En tant que commercial, j'ai beaucoup voyagé. Avec mes collègues, on avait nos adresses, si tu vois ce que je veux dire. On se divertissait de temps en temps, en échange de quelques billets. C'était juste physique.

— Et émotionnellement, tu as déjà eu une aventure avec une autre femme ?

— Une fois, j'ai eu une relation assez intense pendant plusieurs mois avec une femme mariée qui habitait Magenta. On se voyait pour le travail. C'est resté platonique, on n'est pas passé à l'acte, mais ça m'a grandement perturbé. Ta grand-mère n'en a rien su. Quand j'ai décidé de ne plus la voir, j'ai ressenti un grand soulagement.

— Et tu n'as jamais regretté ta décision ?

— Pendant plusieurs années, je me suis posé la question, figure-toi. Est-ce que j'avais été lâche ? Aurais-je connu la passion ? C'est difficile à savoir. Il n'y a rien de plus complexe à gérer que les sentiments amoureux. Mais, en fin de compte, aujourd'hui que cette histoire est depuis longtemps derrière moi, je peux t'assurer que je ne regrette rien. Cela aurait été une catastrophe pour ma vie de couple et ma famille. L'un des rares avantages de vieillir c'est que les pulsions sexuelles sont moins impérieuses. Quand j'avais ton âge, je papillonnais, c'était le bon temps. Mais je n'avais pas encore rencontré la femme de ma vie. Toi, ça semble être le cas. Tu sais, Hubert, la vraie fidélité c'est celle qu'on doit avant tout à soi-même. J'ai eu un très bon ami qui était très malheureux dans son mariage et quand il était avec sa maîtresse il revivait, il était lui-même. Moi, au contraire, ma nature a toujours été incompatible avec une double vie.

— Je crois de plus en plus que c'est pareil pour moi.

La canne d'Hubert se tend soudain. Il se lève. Charles aussi. Le jeune homme ramène sur la berge son premier poisson de la matinée : une carpe. C'est un bien modeste trophée, mais il l'emplit d'une joie simple. Il ne rentrera pas bredouille. Son grand-père fête l'événement d'une poignée de main virile.

Dans le trajet, en voiture, Hubert est songeur. A-t-il méjugé son grand-père ? Il l'a longtemps emmuré dans un personnage archétypique de vieux pervers d'extrême droite. Raciste et dogmatique. Ses justifications tardives ne démentent en aucun cas les éléments factuels, dont ses nombreuses allégations politiques embarrassantes pour toute la famille. Mais elles jettent une lumière nouvelle sur un être plus complexe qu'Hubert ne l'imaginait, victime d'une éducation rigide et peu empathique. Un être qui est aussi le produit d'une époque révolue, en témoigne sa notion très ambigüe, aux yeux d'un jeune homme du vingt-et-unième siècle comme lui, de la fidélité. En même temps, l'approche des souterrains de Charles Grandcolas provoque chez l'étudiant un sentiment inédit qui ressemble presque à de la compassion.

Afin de ne pas laisser son petit-fils perdre la face, de retour à la maison familiale, papy Charles lui propose d'exhiber ses prises destinées, dans un premier temps, au four de la cuisinière puis à la table du déjeuner : deux gardons, trois tanches, plusieurs ablettes et la malheureuse carpe ferrée par le pêcheur novice.

11

Delphine est peu encline à visiter Berlin pendant ses vacances estivales, mais Hubert a montré tellement d'enthousiasme qu'elle a finalement cédé. Elle redoute quelque peu d'avoir délégué l'organisation du voyage à son petit-ami, si peu pragmatique, mais celui-ci l'étonne par sa planification et son anticipation. Pour ne pas être en reste, elle a dressé une liste des musées qui l'intéressent, parmi la centaine existant. Sa résistance est ancienne et apparemment sans raison. Elle a même changé de collège, après la cinquième, car le sien ne lui offrait que l'allemand en seconde langue, pour migrer vers un établissement où elle apprendra avec plaisir l'italien. Pour s'en être ouverte à son petit ami, elle a conscience que sa réticence est illogique. La jeune génération allemande ne saurait être tenue responsable des errements tragiques d'une partie de ses aïeux. Une page a été tournée, mais Delphine pressent que cette page douloureuse est encore présente dans les pierres et les rues de cette capitale lourdement chargée d'Histoire, de son histoire.

Découvrir une nouvelle ville est toujours une expérience réjouissante. La jeune femme garde en mémoire ses premières impressions de New York (elle était encore une enfant), de Rome ou d'Amsterdam, autant de lieux dont elle est tombée amoureuse au premier coup d'œil. Ce n'est pas le cas de la capitale allemande. Sa beauté n'est pas évidente. Delphine se sent perdue dans cette vaste ville, bien plus grande que Paris, aux larges rues et à l'architecture industrielle brute. Et puis, l'exhibition linguistique arrogante d'Hubert l'irrite quelque peu, et ce depuis le vol dans l'avion de la Lufthansa alors que le personnel de bord était parfaitement bilingue. Mais elle reconnaît là l'esprit compétitif puéril qui habite son petit ami, par moments.

Peu à peu, Delphine abandonne ses préjugés et se laisse porter par le dynamisme et la cordialité des jeunes Allemands et Allemandes qu'elle côtoie dans les cafés et les festivals de musique. Tous parlent un excellent anglais, ce qui facilite les contacts, au grand dam d'Hubert, soudain démis de sa fonction officieuse de traducteur. Delphine est séduite par leur ouverture d'esprit, leur curiosité et leur simplicité. Hubert et elle se font des amis qui prennent généreusement sur leur temps pour leur faire apprécier leur ville à travers des balades en bicyclettes. Delphine découvre les restaurants turcs et sirote à la chaîne les meilleurs jus de pomme au monde, flâne dans les nombreux parcs urbains, dont certains ressemblent à de véritables forêts, visite trois musées artistiques, sur l'île aux Musées, passe une nuit entière, jusqu'au petit matin, dans une discothèque à se trémousser sur des musiques électroniques et photographie les peintures bigarrées et surréalistes réalisées par des artistes de rues sur le long mur en plein air d'East side gallery, vestige de plus d'un kilomètre de la bipartition de Berlin. Ses clichés sont très réussis : le dictateur est-allemand Éric Honecker embrassant sur la bouche le leader communiste russe Léonid Brejnev, une vieille voiture de la marque Trabant déchirant un mur bleu délavé, un drapeau américain laissant échapper une inédite étoile rouge, des marionnettes d'inspiration dalinienne, un homme sautant par-dessus le mur pour quitter l'oppression de Berlin-Est et rejoindre la liberté de Berlin-Ouest, des colombes et de multiples visages tantôt étonnés, tantôt apeurés.

Mais Delphine sait, au fond d'elle-même, qu'elle doit aussi mettre à profit son voyage pour se confronter à l'histoire dramatique de sa famille paternelle. C'est pourquoi elle se rend, accompagnée d'Hubert, anxieuse et émue, d'abord au musée juif, situé près de l'ancien mur de la ville. La visite de ce bâtiment à l'architecture surprenante, comme revêtu d'une peau de métal, représente pour la petite fille de Nathan Langmann une expérience à la fois sensorielle et spirituelle. Il n'y a pas d'entrée pour pénétrer cette structure en zigzags aux façades striées de vitres en forme de cicatrices ou d'entailles. Il faut y accéder par un édifice baroque allemand attenant, entrée symbolisant l'imbrication de l'histoire du judaïsme et de celle de l'Allemagne.

La première impression qui s'offre au regard de Delphine est celle d'un vieux film expressionniste comme « Le Cabinet du docteur Caligari », qu'elle a visionné avec son petit ami, à cause des lignes brisées et des angles vifs. Le parcours, conçu comme une épreuve, emmène le couple vers les axes souterrains. L'axe de l'holocauste, d'abord, menant à une tour plongée dans la pénombre représentant la mort et d'où s'échappe une lueur timide à son sommet. L'axe de l'exil, ensuite, débouchant sur un jardin au sol incliné et aux tours très hautes, issue illusoire, impasse ramenant inexorablement vers les passages souterrains desquels on ne peut jamais s'extraire. L'axe de la continuité, enfin, où l'histoire du judaïsme est exposée au travers de milliers d'objets et qui, soudainement, s'interrompt, Delphine et Hubert faisant alors face à des tours de béton noires et nues et à des meurtrières donnant sur le vide : le vide de sens. La jeune femme frissonne lorsqu'au bout de ce long couloir elle marche sur des centaines de masques métalliques représentant des visages lui rappelant le cri muet, déchirant, peint par l'artiste norvégien Edvard Munch. D'ailleurs, ses pas hésitants, unis à ceux de son petit ami, provoquent des sons stridents paraissant des plaintes éternelles.

La journée se prolonge au mémorial des juifs assassinés d'Europe, au centre de Berlin, où des parallélépipèdes inclinés, de tailles diverses, provoquent chez Delphine un déséquilibre et un sentiment diffus de malaise. Sentiment également provoqué par le comportement inadéquat de marmots qui profitent de l'architecture du lieu pour jouer à cache-cache, sous le regard béat de leurs parents. Le centre d'information, situé en sous-sol, retrace l'histoire de la politique de terreur du régime nazi, institué par Adolf Hitler, des persécutions et de l'extermination de ses ancêtres à elle par le biais de films et photographies d'archives, de lettres, de documents personnels, de noms accompagnés pour chacun d'une notice biographique, échantillon des six millions de Juifs massacrés.

Hubert remonte, en fin d'après-midi, au côté de son amoureuse, la rue EbertstraBe, jusqu'au quartier moderne de Postdamer platz, pour prendre un verre et se remettre de ses émotions. Au cours de cette journée particulière, il s'est remémoré deux documentaires projetés en classe de terminale par son professeur de français, monsieur Langlois : « Nuit et brouillard », d'Alain Resnais, et « Nazi concentration camps », de Georges Stevens. Le silence perturbant qui avait suivi ce double programme s'était prolongé pendant longtemps, dans l'esprit du lycéen, son professeur laissant ses élèves quitter la salle de cours sans ajouter aucun commentaire. C'est exactement le même silence qui étreint le couple, attablé à un café du moderne Sony center, dégustant une bière brune, sous le forum ovale qui brille de toutes ses lumières artificielles, au milieu du brouhaha alcoolisé et juvénile des tables voisines.

— Ça va, Hubert ? Tu ne dis pas un mot depuis un moment. C'était un peu dur comme programme, aujourd'hui, pour des vacances. Désolée.

— Dur oui, mais c'était une visite nécessaire. J'avais visionné des documents et lu sur le thème, mais le musée juif m'a bouleversé. Déambuler dans ces grands couloirs étranges, envoûtés, m'a mis à la fois mal à l'aise et m'a aussi ému. Je ne sais pas l'expliquer. Ton grand-père t'en parlait des camps ?

— Non, jamais. C'était tabou. Personne n'osait aborder ce sujet avec lui… sauf moi, bien sûr. À la fin de sa vie, alors qu'il était malade et très affaibli, on a passé un après-midi ensemble dans son salon et j'ai osé lui poser des questions sur ma famille. Je ne sais pas si c'était dû à son état, mais il s'est ouvert à moi. Il m'a confié qu'en 1942 son père et son frère aîné ont été raflés et envoyés en Ukraine. Il n'a plus jamais eu de nouvelles d'eux, mais est persuadé qu'ils ont été fusillés par les Einsatzgruppen, des militaires sélectionnés par les nazis pour leur cruauté, et abandonnés dans des fosses communes creusées à même le sol. Mon grand-père avait heureusement rejoint le Sud-ouest avant, avec sa mère et sa petite sœur. Ils ont changé de nom et ont réussi à se cacher pendant deux ans à Bordeaux, dans diverses familles. Mais, un jour, un voisin malintentionné les a dénoncés, en 1944. Ils ont été emmenés de force au camp de Drancy, puis à la gare de Bobigny. Mon arrière-grand-mère et sa fille ont été déportées au camp de Ravensbrück, où elles sont décédées rapidement. Mon grand-père Nathan, lui, est allé au camp de Buchenwald, près de la ville de Weimar, ironiquement dans la forêt qu'aimait tant Goethe.

— Weimar… j'ai vu un documentaire en terminale où on filmait des habitants de la ville qui visitaient le camp à sa libération.

— Oui, c'est ça. Je l'ai vu aussi. C'est bien le camp de Buchenwald, où était mon grand-père. Il a été libéré en avril 1945, par le général Patton, je crois. Et le commandement américain a sélectionné environ mille femmes de la ville de Weimar pour témoigner des horreurs nazies.

— Je me rappelle qu'elles s'étaient habillées sur leur trente-et-un et étaient guillerettes, comme si elles allaient à un pique-nique.

— Oui, mais, une fois dans le camp, elles tremblaient, s'évanouissaient ou vomissaient.

— Et ton grand-père ?

— Il a été le seul membre de sa famille à survivre. Il avait quinze ans, était déjà costaud et capable de travailler, c'est ce qui l'a sauvé. Et des types extraordinaires l'ont pris sous leur aile et l'ont protégé. Je me rappelle qu'il m'a dit que, dans cette nuit noire, il se souviendrait toujours de ses compagnons qui lui ont donné de l'espoir, malgré leur condition. Élie Wiesel, à peine plus âgé que mon grand-père, était aussi dans son baraquement, figure-toi.

— Il t'a décrit son quotidien ? Les horreurs dont il a témoigné ?

— Quand je lui ai posé cette question, il s'est tu. Puis il s'est levé péniblement pour se diriger vers sa bibliothèque et m'a tendu un livre : *Si c'est un homme*, de Primo Lévi.

— L'exemplaire qui se trouve à l'appartement ?

— Oui, celui-là même. Il m'a dit de le lire et qu'ensuite on parlerait. Il est décédé la nuit où j'ai terminé l'ouvrage et mes nombreuses questions sont restées sans réponse depuis.

— Je dois t'avouer que, moi aussi, cette journée a suscité des questions sans réponses. Je ne suis pas naïf, je sais que les hommes sont enclins au mal et que, comme le pensait Pascal, ils font même parfois le mal en pensant faire le bien.

— Mon grand-père Nathan, qui était rabbin, avait une phrase analogue. Il disait que « la ruse du diable, c'est de faire croire qu'il n'existe pas ». Et Freud a écrit que le Mal n'est souvent pas perçu comme étant nocif ou dangereux pour le Moi, mais quelque chose qu'il souhaite, qui lui procure du plaisir.

— Mais les camps de concentration nazis dépassent de loin tout ce qu'on peut imaginer. Ça m'avait d'ailleurs frappé quand Hannah Arendt raconte dans son livre qu'Eichmann ne supportait pas la vue d'une plaie, d'une goutte de sang, qu'il évitait comme la peste de s'approcher des camps lors de ses visites officielles. Pourtant, c'est lui qui a aidé à organiser la solution finale et cette extermination industrielle démente.

— Oui, je me souviens de ce passage. Mais, l'ironie de toute cette histoire, c'est que les camps de concentration ont été pensés justement pour éviter de regarder la douleur humaine en face, comme Eichmann. Le sang gelé des commandos Einsatzgruppen qui sévissaient à l'est, et ont tué mon arrière-grand-père et son fils, ne coulait pas dans les veines de tous les soldats. Un souffle infime d'humanité empêchait la plupart d'entre eux de tuer à bout portant des vieillards, des femmes et des enfants. Le camp de concentration, avec sa géographie et son organisation particulières, permettait un assassinat de masse à distance. D'ailleurs, les SS et leur famille vivaient à l'écart.

— Ça expliquerait que des nazis comme Eichmann, déclaré « normal » par les psychiatres, à son procès, aient affirmé qu'il aurait seulement eu mauvaise conscience s'il n'avait pas exécuté scrupuleusement les ordres reçus, ordres envoyant à la mort des millions d'êtres sans défense. C'est ça la fameuse « banalité du mal », une exclusion radicale de l'entendement qui permet les actes les plus abjects et transforme des êtres normalement sensibles en robots inhumains.

— « Le sommeil de la raison engendre des monstres », comme l'a écrit Goya sur la reproduction de sa gravure dans notre chambre. En fait, la psychologie donne des pistes pour essayer de comprendre. C'est ce qu'on appelle la projection. Quand tu ressens un malaise intime, preuve que quelque chose confus en toi, tu peux essayer de t'introspecter pour tenter de voir plus clair dans ta psyché pour surmonter ce ressenti désagréable et changer. Mais cela implique une attitude complexe, courageuse et incertaine. Peu de personnes sont enclines à visiter les souterrains. Du coup, le premier mouvement est en général de projeter la faute sur autrui, toujours, c'est plus commode et ça soulage un temps.

— Il est plus facile de voir la paille dans l'œil du voisin que la poutre dans le sien. Nietzsche l'a analysé dans *La Généalogie de la morale*, il appelle cela le « ressentiment », qui est comme une « vengeance imaginaire », « une vindicte essentiellement spirituelle ».

— Oui, tout à fait. Pour être honnête, on expérimente tous ce type de réaction dans notre vie quotidienne, que ce soit en famille, à la fac ou même en couple, non ? Mais, parfois, si les circonstances le permettent, cette projection de la haine de soi sur l'autre peut se cristalliser sur un groupe ou un peuple qui va représenter l'obstacle imaginaire à un monde idéal rêvé. Et la solution finale pour se débarrasser de cette entrave sera de souhaiter l'éliminer complètement. C'est ce calcul fallacieux qui est à l'origine des totalitarismes comme des fanatismes religieux. Le problème, c'est que ce monde idéal rêvé est un pur fantasme, il n'a jamais existé.

— Mais pourquoi l'antisémitisme ? Pourquoi cette haine irrationnelle des juifs ? Les atrocités qu'ils ont subies dans les camps de concentration ne sont justifiées par aucune logique de guerre. Le traitement qui leur a été infligé par Hitler était hygiénique, comme l'élimination des malades mentaux qu'il avait initiée avant que les habitants alentour ne s'insurgent.

— Sartre a vu juste, je trouve, quand il a écrit que l'antisémite est un homme qui a peur, non des juifs, mais de lui-même : de sa conscience, de sa liberté, et surtout du changement. À mes dix-huit ans, mon père m'a offert un livre de Jacques Derrida sur Abraham. À la question sur la définition de l'être juif, il répond simplement « Eh bien, je sais que je ne le sais pas ». Cette phrase toute simple explique toute la haine ancestrale envers les juifs. Les antisémites haïssent les juifs parce qu'ils fantasment un monde parfait, donné et expliqué, si possible dans un système dogmatique, une fois pour toutes, alors que la tradition juive est celle d'une quête perpétuelle de sens, d'une exégèse sans fin. Et c'est cette différence d'attitude par rapport à la vie, d'une ouverture sur le mystère, et non d'une fermeture, qui crée l'envie, la jalousie envers un peuple qui est vu comme un empêcheur de tourner en rond. L'antisémite, au contraire du raciste, ne hait pas l'autre parce qu'il se sent supérieur à lui, mais, bien au contraire, parce qu'il se sent inférieur, en manque de quelque chose, et ce manque le tourmente. Plutôt que de s'enrichir de l'altérité, il va choisir son anéantissement. C'est à la fois pathétique et tragique.

Hubert profite, les jours suivants, de cet attrait nouveau de sa petite amie pour les thèmes historiques pour embrayer sur le mur de Berlin et la visite du poste de frontière dénommé Checkpoint

Charlie. Suite aux fortes émotions provoquées par le musée juif, Delphine aurait préféré se ressourcer dans un des nombreux parcs de la ville. Mais elle ne souhaite pas refroidir l'enthousiasme culturel de son amoureux, d'autant que cette période l'intéresse.

Le site de Checkpoint Charlie, ce point de passage entre les secteurs américains et soviétiques, de 1961 à 1989, dénommé ainsi, car il s'agissait du troisième point correspondant à la lettre C, en alphabet phonétique de l'OTAN, déçoit Delphine. Situé à proximité d'un restaurant KFC et Mc Donald, symboles explicites du vainqueur outre-Atlantique de la guerre froide, il ressemble davantage à un décor kitsch digne des parcs Disney, avec sa guérite cinématographique où des figurants costumés en soldats russes et américains prennent la pose devant les téléphones portables de touristes joviaux. Seul un panneau isolé, quadrilingue, rappelle le triste souvenir de la partition, après la Seconde Guerre, de la ville en secteurs.

Le petit musée vétuste du poste-frontière met en lumière, au travers d'objets, de photographies et de films d'actualités, la soif inextinguible des hommes pour la liberté. Delphine sourirait presque à l'ingéniosité des volontaires à l'échappatoire (cachettes improvisées dans des coffres minuscules, dans de faux réservoirs d'essence, tunnels souterrains) si les 1 576 photographies du mémorial du mur de Berlin, proche des vestiges de sinistres miradors et du no man's land en sable séparant l'Est de l'Ouest, n'incarnaient la douleur des vies fusillées précocement, dont plusieurs enfants, pour fuir le « paradis » communiste.

Mais c'est un autre lieu qui va éclairer, aux yeux de l'étudiante en psychologie la vie misérable des habitants de l'ex RDA. Son petit ami cinéphile tient à visiter les studios

Babelsberg, à Postdam, dans la banlieue de Berlin, où ont été tournés des chefs-d'œuvre du septième art comme « Metropolis », de Fritz Lang, « L'Ange bleu », de Josef Von Sternbeg ou le récent « Unglorious Bastards », de Quentin Tarantino. Pour s'y rendre, le jeune couple emprunte, comme chaque jour, le métro. Hubert s'amuse à voyager gratuitement, profitant de l'absence de portillons d'accès. Il a mis au point un stratagème en cas de contrôle : feindre l'ingénuité de deux touristes français ne parlant ni l'allemand ni l'anglais. Cette situation stresse Delphine tout au long du trajet, à chaque ouverture des portes du wagon. Elle préfèrerait payer son ticket plutôt que de jouer à l'infractrice. Au fond d'elle-même, elle apprécie cette discipline innée des Allemands, si peu française, qui privilégie le bien collectif au détriment du resquillage infantile. Mais elle a aussi parfaitement conscience que la stricte obéissance aux lois peut être pernicieuse si elle n'est pas éclairée par un minimum d'esprit critique.

Les cinquante minutes de trajet lui paraissent une éternité, mais aucun fonctionnaire ne les prend en flagrant délit. L'entrée du studio agit comme une machine à remonter le temps. Deux statues en bronze de Karl Marx et Friedrich Engels reçoivent les visiteurs. Le parc est décadent, comme les rares attractions conservées dans le formol d'une époque révolue. L'espace qui attriste le plus Delphine est un hangar regroupant les objets, costumes et les projections des séries télévisées est-allemandes. Rien de plus édifiant que de visionner les programmes cathodiques monochromes auxquels étaient exposés les enfants de Berlin-Est et leurs personnages : poupées et peluches déprimantes aux yeux de verre ne réfléchissant qu'un ennui mortifère.

Le soir, de retour au quartier modernisé et autrement vivifiant de Postdamer Platz, Delphine exprime à Hubert, verre de vin rouge en main, sa déception de la visite du studio de cinéma suranné, mais également ses réflexions provoquées par les évocations d'un Berlin-Est communiste.

— C'est bizarre. C'est comme si ces visites liées à l'époque du mur prolongeaient celles du musée juif et du mémorial des juifs assassinés d'Europe.

— Comment cela ?

— Je veux dire que c'est comme si le fascisme et le communisme étaient les deux faces d'une même pièce de monnaie.

— Je ne te suis pas, Delphine. Pour moi, le communisme est un idéal généreux visant l'égalité et la fraternité. Tout l'opposé du nazisme. Ce n'est pas parce que son application pratique a été détournée par des régimes totalitaires qu'il faut le condamner.

— En apparence, peut-être. Ce qui le rend attirant c'est qu'il repose sur des sentiments universels, une sorte de christianisme sécularisé. Mais la face sombre du communisme rappelle tellement les horreurs explicites du fascisme. Mais je te comprends, j'étais comme toi il y a peu. Et puis mon père m'a emmenée voir un film au cinéma, quand j'avais seize ans, qui m'a fait réévaluer mon ressenti.

— Quel film ?

— « Katyn », du réalisateur polonais Andrezj Wajda, tu l'as vu ?

— Non, seulement « Cendres et diamants ».

— Ça a été un véritable choc. Mon père connaissait l'argument et je crois qu'il a choisi ce film à propos. C'est l'histoire de l'élimination délibérée de l'élite militaire et culturelle polonaise par l'armée soviétique, sur ordre de Staline, en 1939, quand la Russie a annexé la Pologne. Des soldats russes ont fait prisonniers des milliers de hauts gradés polonais et les ont froidement assassinés dans la forêt de Katyn puis les ont enterrés dans des fosses communes creusées à même le sol.

— Comme les commandos de la mort nazis qui ont tué ton arrière-grand-père et son fils en Ukraine.

— Exactement. Et ils ont menacé leurs familles de les envoyer en camp de concentration ; ils ont même mentionné Auschwitz, figure-toi, s'ils ne se taisaient pas. Le père d'Andrezj Wajda faisait partie de ces officiers massacrés. Et sa mère n'a jamais accepté la version officielle et a toujours lutté pour connaître la vérité. Quand tu es au courant des motifs biographiques qui ont amené le cinéaste à réaliser ce film récemment, à l'âge de quatre-vingts ans, cela le rend encore plus émouvant.

— Et c'était quoi, la version officielle ?

— Que le massacre avait été perpétré par les Allemands quand ils ont pris possession du lieu, à partir de 1941. Les Russes ont même réalisé un film grossièrement monté à la fin de la guerre, où ils ont exhumé des cadavres, et ils l'ont projeté comme pièce à charge au fameux procès de Nuremberg.

— Non ? Et le jury les a crus ?

— Non. Cela a été tellement embarrassant qu'il a vite été retiré. Mais personne n'a osé incriminer les véritables coupables. Le communisme était très populaire, en France notamment, et tout indice qui aurait pu assimiler les Russes aux exactions pratiquées par les nazis était impensable. À la sortie de la séance, mon père m'a expliqué que cette mystification a duré jusqu'au tout début des années quatre-vingt-dix, après la chute du mur, quand Mickaël Gorbatchev, puis Boris Eltsine ont libéré des documents secrets prouvant que l'ordre d'extermination avait été donné par Staline lui-même. Aujourd'hui, on a même des listes précises avec le nom des victimes, près de vingt mille, et de tous leurs bourreaux.

— C'est incroyable cette histoire. Tu as raison, les soldats russes se sont comportés exactement comme les nazis.

— Mon père m'a toujours soutenu cette théorie. Il m'a dit, après le film de Wajda, qu'il avait eu cette intuition en lisant un roman-fleuve composé après la guerre par un écrivain russe, Vassili Grossmann, intitulé *Vie et Destin*, situé en 1942-43, pendant le siège de Stalingrad, où l'auteur compare le régime soviétique et celui nazi d'Adolf Hitler. Je ne l'ai pas encore lu, mais je sais que l'ouvrage a été presque détruit et censuré pendant plus de vingt ans, car il évoquait les déportations massives de certains peuples et opposants, dans des camps en Sibérie, dont de nombreux juifs réchappés des griffes d'Hitler et tombés dans celles aussi cruelles de Staline. Mon père m'a expliqué que Vassili Grossman utilisait la métaphore du miroir dans lequel le militant communiste contemple le reflet de l'ennemi nazi haï et que, pour cet écrivain, toute volonté collective idéologique de faire le bien est forcément pervertie en chemin et aboutit au mal.

— « L'homme n'est ni ange ni bête, et le malheur veut que qui veut faire l'ange fait la bête. » Tu connais cette phrase de Pascal ?

— Oui, c'est une variante. Et je crois que mon père a raison, si tu penses à toutes les personnes sortant un tant soit peu du lot qui ont été éliminées par les régimes communistes.

— Ça me rappelle ce que tu me disais sur la haine envieuse que ressentaient les nazis. Plutôt que d'admirer et de s'enrichir de ce qui leur était différent et ne possédaient pas, les nazis et les communistes ont opté pour une solution finale en tentant d'éliminer les Juifs ou la bourgeoisie intellectuelle. Tu as raison Delphine, c'est équivalent. Je n'y avais jamais pensé.

Après dix jours d'un séjour marquant, Hubert et Delphine rentrent à Paris. En à peine un an, ils auront visité trois cités représentatives de l'histoire occidentale dans ce qu'elle a de plus glorieux, mais aussi de plus tragique : Athènes, New York et Berlin.

Quatrième partie

1

Hubert s'épanouit de plus en plus à la Sorbonne. Sa quatrième année, qui coïncide avec le début de son Master, est l'occasion de retrouver, en cours, son professeur préféré : Christian Perrin. S'il n'a jamais rompu le contact, pouvoir de nouveau travailler et débattre avec lui est très stimulant. Et puis, l'étudiant apprécie de prolonger ses journées de cours dans la bibliothèque rénovée et rouverte depuis presque un an, que ce soit dans la salle Aristote, dédiée à la philosophie, ou la grande salle de lecture qu'il a rêvée de fréquenter depuis ses premières années, la salle Jacqueline de Romilly. Plongé dans ses ouvrages, stylo et surligneur en main, ordinateur portable toujours allumé, il ne voit pas le temps passer et constate souvent, à la tombée de la nuit, qu'il est l'heure de rentrer chez lui. Delphine est en général déjà arrivée et les échanges avec elle sur leurs quotidiens respectifs sont enrichissants. Les découvertes qu'elle fait, dans ses cours de Master de psychologie, complètent fréquemment ses propres lectures philosophiques.

Même si ses progrès culinaires n'ont guère dépassé la cuisson d'un œuf dur, Hubert s'arrête souvent sur le chemin du retour, rue Rambuteau, pour acheter, sur les étals, les fruits qu'aime son amoureuse : des litchis, des fraises ou des fruits de la passion, selon la saison. Se retrouver seul avec sa petite amie est aussi appréciable, après deux ans de cohabitation avec sa petite sœur. Bien sûr, le jeune homme ne regrette aucunement la décision d'héberger Noémie, ce qui lui a donné l'opportunité de se rapprocher d'elle et de mieux la connaître, ainsi que de l'extraire d'une situation périlleuse. Mais la décision de celle-ci d'aller vivre en colocation avec son amie Annie, à proximité, rue de la Clé, tout en renforçant son indépendance, permet au couple de la rue Beaubourg de retrouver une intimité nécessaire.

Hubert est fier d'avoir participé à la réflexion de sa sœur sur son futur universitaire. À la suite de son bac L à option cinéma, celle-ci souhaitait approfondir sa connaissance du septième art, pour elle-même, sans être certaine d'en faire son métier. C'est la raison pour laquelle l'étudiant lui a déconseillé d'entamer des études techniques qui l'auraient vite démotivée, eu égard à sa sensibilité plus humaniste. Il l'a au contraire orientée vers une filière plus générale pour mieux appréhender le langage et la culture cinématographiques et l'a aidée à effectuer les démarches pour l'inscrire à une licence de cinéma et audiovisuel à la Sorbonne, dans le cinquième arrondissement. Si l'intérêt de Noémie se trouve renforcé, elle pourra ensuite tenter une école professionnalisante, comme la FEMIS, sinon elle aura toujours obtenu une licence et un surplus non négligeable de culture générale (avant de se passionner pour la philosophie, Hubert lui-même avait envisagé une carrière dans le cinéma, grâce aux films stimulants projetés, à son lycée, par son professeur de français, monsieur Langlois). Il est content que son amie Annie lui ait emboîté le pas. Elles s'entendent à merveille et se complètent, l'exubérance de Noémie contrastant harmonieusement avec le calme réfléchi de sa collègue américaine. Hubert est certain que leur cohabitation sera fructueuse, non seulement sur le plan des études, mais également pour l'équilibre émotionnel de sa sœur.

L'étudiant en philosophie continue à fréquenter son cercle d'amis et à débattre avec eux des questions soulevées en cours ou bien évoquées par l'actualité. S'il est évident que Luc et Hannah, qui forment un couple asymétrique, mais de plus en plus complice, l'accompagneront jusqu'au doctorat, il sait que les chemins de Thibaut et Benoît bifurqueront après la Master. Le premier s'est entiché d'une étudiante en Histoire, petite brune pleine d'énergie prénommée Agathe, qui lui fait envisager de passer le concours d'archiviste. Le second se destine à la carrière de professeur des écoles. Benoît reste le seul à ne pas être en couple, malgré les exhortations parfois un peu prononcées du groupe. Hubert aimerait qu'il tombe à nouveau amoureux et lui a présenté, sans succès, des collègues de faculté de Delphine. Cela serait, pour le fils de Louis Feuillade, l'occasion d'enterrer définitivement les quelques flammèches de culpabilité qu'il lui arrive de ressentir face à la solitude de son ami, mais celui-ci tarde vraiment à tourner la page Natasha.

Si la fin de l'automne espace les rencontres tennistiques avec Gaétan, Hubert profite souvent du lien presque fraternel entre Delphine et Tristane pour sortir avec ses amis d'enfance le week-end. Gaétan et Leila vivent désormais ensemble dans l'appartement de la rue de Cicé, qui fait face au désormais célèbre square Ozanam où Hubert avait baptisé le jean de Delphine de ses effluves éthyliques (lequel jean gît toujours au fond d'une armoire de l'appartement de la rue Beaubourg ; Delphine avait songé à le faire encadrer, en souvenir de leur toute première et improbable rencontre, mais Hubert n'y tenait pas, préférant oublier cet incident embarrassant et se remémorer plutôt de leur déjeuner enchanteur au restaurant « Les Promesses de l'Aube », le lendemain). Gaétan et Leila commencent à préparer le concours d'école d'avocat, qu'ils comptent passer après leur première année de Master de droit. Comme Hubert, Tristane n'envisage pas encore son avenir professionnel. Étudier la psychologie lui suffit pour l'instant. Le doctorat est son seul horizon. Elle a emménagé avec Angel, dans le Marais, et se montre toujours aussi amoureuse et fière d'être sa petite amie. Si elle était d'un tempérament jaloux, comme Delphine, elle souffrirait des regards envieux des jeunes femmes dans la rue, portés sur son Apollon, mais le « monstre vert » semble absent de ses pensées. Au contraire, c'est comme si les regards avides des passantes étaient la preuve pour elle de la chance qu'elle a de pouvoir s'exhiber avec son trophée convoité.

Une fois par mois, Hubert se rend à Épernay, souvent avec Delphine, mais parfois seul. Il ressent une dette vis-à-vis de ses grands-parents. S'il existe le terme « orphelin » pour définir un être privé de ses parents, la langue française n'a pas inventé de mot désignant ceux qui ont perdu un enfant, preuve que le fait est tout simplement impensable. Charles et Geneviève Grandcolas sont toujours émus de le recevoir dans leur grande maison, même quand il ne fait que l'aller-retour dans la journée. Sa grand-mère lui confie à chaque fois qu'elle ressent de la tristesse de ne plus voir Noémie depuis bientôt deux ans, même si elles communiquent par téléphone. Elle formule, auprès d'Hubert, la requête ardente de la serrer dans ses bras et l'embrasser à nouveau. Le jeune homme lui promet qu'il essaiera de la convaincre, mais il n'en fait rien. Il se rappelle vivement l'adolescente tremblante et hagarde qu'il a récupérée près de la gare d'Épernay, au lendemain de sa fugue, et témoigne à chaque nouvelle rencontre avec elle de son évolution spectaculaire. Pourquoi risquer une rechute, toujours possible, au contact de son grand-père ou de ses anciens camarades de collège ayant entraîné sa désorientation ? Bien que comprenant et même éprouvant, dans sa chair, la peine de sa mamie, Hubert préfère donner la primauté à la confiance et la joie de vivre retrouvées de sa sœur plutôt qu'à des retrouvailles au résultat incertain.

Il sait gré à son frère Lionel d'être très présent auprès de ses grands-parents. En dernière année d'école de commerce à Reims, celui-ci a d'ores et déjà mis le pied à l'étrier et repris le négoce familial du champagne Feuillade, avec l'aide d'un ancien associé de son père. Lors de leur dernier séjour, Hubert et Delphine ont eu l'occasion de connaître sa petite amie, une jeune femme originaire de la commune de Hautvillers, issue d'une famille très catholique, et propriétaire également de vignes. Dans le train les ramenant vers Paris, le jeune couple a rivalisé d'ingéniosité pour se gausser. Marie-Sophie Decroix leur semblait tout droit sortie d'un roman de la comtesse de Ségur. Une fille coincée, tout comme son col de pardessus amidonné, barrette beige dans les cheveux, collier à grosses perles vertes autour du cou et petits souliers noirs aux pieds. Un archétype de fille bon chic bon genre ingénue et même un tant soit peu écervelée. Hubert a ri aux éclats lorsque sa petite amie l'a imitée, la bouche en cul de poule : « Mais, dites-moi, Delphine, ça ne vous effraie pas l'idée de travailler avec des fous et des dépravés sexuels ? ». La répartie spirituelle de la fille de David Langmann, expliquant à sa nouvelle belle-sœur qu'elle se sentait tout à fait prête, car cela faisait bientôt trois ans qu'elle pratiquait assidument avec Hubert, ne recevant qu'un regard interloqué comme réponse, le rire complice de Lionel ne faisant que renforcer l'embarras de sa petite amie. S'en rendant compte, le cadet des enfants Feuillade lui prit alors tendrement la main, dans un mouvement similaire à celui de son grand-père Charles avec sa mamie Geneviève. « Un couple de petits vieux », pensa Hubert, « ça ressemble bien à mon frère ».

La semaine de rentrée de janvier, Hubert déjeune, le mercredi sept, à la brasserie Lipp, avec ses amis Hannah, Luc, Benoît et Thibaut. Ils discutent allègrement du cours de Christian Perrin auquel ils viennent d'assister : un commentaire du « Discours » de Jean-Jacques Rousseau « sur l'origine et les fondements de l'inégalité parmi les hommes ». Hannah discorde du philosophe suisse sur le « bon sauvage ». Elle cite, en souriant, l'extrait de la lettre écrite par Voltaire, et lue par leur professeur : « On n'a jamais employé tant d'esprit à vouloir nous rendre bêtes ; il prend envie de marcher à quatre pattes, quand on lit votre ouvrage. » Elle abonde davantage avec l'opinion opposée de Hobbes qui, selon Rousseau, envisage l'homme comme « un être naturellement intrépide qui préfère l'attaque et le combat ».

Luc, qui ne s'oppose jamais frontalement à sa petite amie, mais apporte souvent des nuances, reconnaît que l'auteur du *Contrat social* a un argument convainquant qui est d'affirmer que l'homme des origines était naturellement bon, car plutôt solitaire et que c'est l'évolution progressive de cet homme en société qui va introduire dans son esprit perfectible le poison de la comparaison, dont l'origine est située dans la perte de l'instinct, ce qui génère la naissance de nouveaux désirs excessifs et en général inassouvissables, souvent liés aux possessions matérielles. Lui revient en mémoire l'affirmation de Locke, citée par Rousseau : « il ne saurait y avoir d'injure, où il n'y a point de propriété. »

Hubert, lui, complète et actualise le commentaire de son ami par le souvenir de ses lectures d'Alexis de Tocqueville où l'auteur de « De la démocratie en Amérique » identifie la passion nouvelle de l'égalité comme un danger paradoxal pour celle-ci, en attisant les convoitises, mais aussi les rancœurs.

Benoît, grand admirateur de Jean-Jacques Rousseau, insiste sur ce qu'il considère comme son intuition géniale : « que la nature fait tout dans les opérations de la bête au lieu que l'homme concourt aux siennes en qualité d'agent libre. » Il y voit là la spécificité essentielle de l'être humain.

Thibaut reconnaît, lui, que Rousseau a touché juste dans ce qui constitue l'origine de la dépravation des hommes, leurs excès et le fait qu'en eux « la volonté parle encore, quand la nature se tait. » Il trouve toutefois exagérée la nostalgie du philosophe pour les premiers âges de l'humanité et le diagnostic de régression de l'époque civilisée.

La discussion, arrosée de bières pression, est enivrante, comme toujours, au moment où le téléphone portable d'Hubert vibre plusieurs fois. Pourquoi Delphine et Gaétan lui écrivent simultanément ? L'étudiant s'extrait du débat amical pour consulter ses messages.

Delphine

Tu es où ? T'as vu les attentats ? Appelle-moi.

Gaétan

J'y crois pas ! Tout Charlie ! Terrible !

Hubert

Chérie, je suis chez Lipp. De quoi tu parles ? Quels attentats ?

Hubert

Salut Gaétan, je suis pas au courant. Qui c'est, Charlie ?

Delphine

Reste dans le café ou en fac pour l'instant. Sérieux, t'es pas au courant ?

Gaétan

Charlie Hebdo… ils ont tué Charlie Hebdo !

Hubert

Charlie Hebdo, le journal ? Je comprends pas… qui a tué le journal ?

Hubert

Je reste au café, chérie, ne t'inquiète pas, mais je ne sais pas de quoi tu parles. Tu es où ?

Gaétan

Des terroristes… ils sont entrés dans la salle de rédaction et ont tué les journalistes.

Delphine

À la cafèt', avec Tristane, scotchées à la télé… j'ai pas de mots.

Hubert détourne une seconde le regard de son écran et constate que la plupart des clients ont également les yeux rivés sur leur portable, le restaurant ne possédant pas de télévision. Il interrompt ses amis et leur signale les messages d'alerte qu'il a reçus. Ceux-ci consultent leur téléphone. Le groupe se mure d'abord dans un silence d'église avant d'essayer de recouper les informations lacunaires obtenues afin de reconstituer le cadre d'un puzzle dont les premières pièces peinent à s'emboîter.

Tout est confus. Une dizaine de journalistes aurait été assassinée, dont Wolinski. Sa photographie apparaît sur l'écran du portable du petit ami de Delphine. Wolinski ! Hubert se rappelle de ses visites, adolescent, chez son oncle où, pendant que ses parents, Georges et Alice prolongeaient les repas, il s'isolait dans le salon pour parcourir les revues exposées sur la table basse et rire des dessins si spirituels de cet humaniste bon vivant dans les pages de l'hebdomadaire iconoclaste ou de Paris-Match. Son ironie était toujours tendre envers ses contemporains. Comment est-il possible de tuer froidement un être aussi bienveillant, se demande l'étudiant, encore sous le choc ?

Les conférences de l'après-midi, dans les amphis de la Sorbonne, résonnent d'une ambiance surréelle. Les enseignants ânonnent leurs cours consciencieusement, mais leur esprit semble en partie absent. Le troupeau des étudiants s'alimente des dernières nouvelles, têtes baissées en direction de leurs genoux où repose leur téléphone. Murmures et chuchotements tissent les notes en sourdine d'une mélodie atonale, houle marine aux ressacs aléatoires, mugissements du vent des rumeurs les plus folles.

La soirée se prolonge avec Delphine, tous deux hypnotisés devant l'écran plat de leur téléviseur. Effaré, le couple décide de rester cloîtré dans son appartement, zappant sur toutes les chaînes d'information possibles afin de tenter de conjurer le mauvais sort ou de s'assurer que le cauchemar irréel est malheureusement bien arrivé. Au-delà d'une salle entière de rédaction, c'est la valeur cardinale de la liberté qui vient d'être assassinée.

Le vendredi, en fin d'après-midi, Delphine s'écroule sur le divan en cuir noir du salon, exténuée, après avoir regardé le double dénouement, dont l'assaut à un magasin Kacher. Quatre hommes ont été tués juste parce qu'ils étaient juifs. Au cœur des ténèbres, vers trois heures du matin, elle se réveille en sursaut d'un cauchemar. Son cri déchirant glace le sang de son petit ami. La jeune femme s'assoit en nage sur le lit. Elle est enveloppée dans un drap blanc, se tient le ventre puis éclate en longs sanglots saccadés. Hubert la prend dans ses bras. Au milieu de la nuit d'un noir d'encre, il sait que la persistance, soixante-dix ans plus tard, de l'hydre qui a décimé une grande partie de sa famille l'a atteint dans sa chair et les profondeurs de son âme. Le venin de l'envie et son funeste corollaire, la haine, ont encore frappé, et à quelques mètres seulement de chez eux.

Dimanche 11 janvier, Gaétan, Leila, Tristane, Angèle, Hannah, Luc, Thibaut, Benoît, ainsi que Noémie et Annie, se retrouvent en début d'après-midi à l'appartement de Delphine et Hubert. Tous ensemble, ils se dirigent vers la manifestation en hommage aux victimes qui va commencer vers quinze heures, place de la République. Hubert est empli de sentiments mixtes : reliquat d'effroi, profonde tristesse, rage et fierté, aussi, d'être présent pour la première fois de sa vie à un événement qu'il pressent historique, ce qui ne serait pas arrivé dans sa ville natale d'Épernay (s'il a défilé dans l'Avenue de Champagne, le soir du treize juillet 1998, à l'âge de cinq ans, sur les épaules de son père, il ne s'en souvient guère).

Le groupe d'amis emprunte la rue Rambuteau puis remonte la rue du Temple, en passant devant le musée d'art et d'histoire du judaïsme situé à proximité du petit jardin d'Anne Frank, jusqu'à la place de la République. Hubert est sidéré par la foule infinie rassemblée. Le nombre de manifestants dépasse ses expectatives. Peut-être un million ou plus. Il parvient à se frayer un chemin jusqu'à la statue centrale, la main gelée de Delphine dans la sienne, puis observe en silence le spectacle réconfortant. Des étudiants, des familles, des personnes âgées défilent dans le calme, sans suivre un sens précis, souvent vêtus de noir et arborant un bandeau sur le front avec le message « Je suis Charlie ». Hubert sourit à la vue d'une pancarte où il lit le message « Je pense, donc je suis ». Des drapeaux tricolores, en nombre, cohabitent avec les couleurs d'autres nations. La fière statue en bronze de Marianne est jonchée de bouquets de fleurs, de pancartes improvisées, de modestes bougies aux flammèches vacillantes, de dessins, de stylos et crayons multicolores. Soudain, une intrépide jeune femme escalade le piédestal pour enrouler une écharpe rouge autour du bras de la statue en pierre tenant le flambeau de la liberté. Aux murmures succède par moments une « Marseillaise » entonnée à l'unisson. Bien que n'ayant jamais vraiment été, en tant que germanophile, un admirateur de l'hymne français, Hubert se sent porté par ce fort sentiment d'unité et chante, lui aussi, à pleins poumons, les paroles du célèbre refrain : « Qu'un sang impur abreuve nos sillons ». De temps en temps, une ambulance se fraie un difficile chemin au milieu de cette marée noire pour porter secours. Le son strident de son alarme fait frissonner l'étudiant.

Au moment où le cortège se met en marche en direction de la place de la Nation, Hubert et ses amis se rapprochent de sa tête pour apercevoir les nombreux chefs d'État présents. Signe du destin, le Premier ministre d'Israël, Benjamin Netanyahou, et le président de la Palestine, Mahmoud Abbas, sont présents autour de François Hollande, tout en se tenant à une distance respectable l'un de l'autre. Hubert remonte le boulevard Voltaire en pointant vers le ciel nuageux la mine bien taillée de son crayon à papier, arme expressive bien légère, il s'en rend compte, face aux Kalachnikovs impitoyables des terroristes.

2

Hubert a rendez-vous avec son professeur, Christian Perrin, près du domicile de celui-ci, place de la Bastille, au café des Phares, pour travailler sur son mémoire de Master. Son esprit est cependant éloigné de ses études, quelques jours après les événements sanglants dont il a été le témoin. Il souhaite plutôt s'épancher sur les nombreuses interrogations qui traversent son esprit déboussolé. Cela tombe bien, c'est aussi le désir de son enseignant. Après avoir commandé un thé vert et Christian Perrin un thé noir, le jeune homme aborde de front la question qui le taraude, celle du mal.

— Dans le cours que vous nous avez administré, mercredi dernier, vous avez expliqué que, pour Rousseau, l'homme n'est pas naturellement mauvais et qu'à l'état originel, c'est-à-dire vivant plutôt seul, il aurait été naturellement bienveillant. Mais comment peut-on soutenir cette idée après les événements tragiques qu'on vient de vivre ?

— La pensée de Rousseau est un peu plus complexe, Hubert. Rappelle-toi des deux intuitions profondes du *Discours sur l'origine et les fondements de l'inégalité chez les hommes*. Premièrement, l'évolution de l'homme l'a amené à perdre la sûreté de l'instinct animal. L'homme est donc en excès par rapport à l'ordre naturel et il en conçoit des désirs excessifs qui vont au-delà de ses besoins et parfois même de ses capacités. Deuxièmement, le mal va naître des interactions, car « les hommes dans l'état de nature n'ayant entre eux aucune sorte de relations morales ne pouvaient être ni bons ni méchants, et n'avaient ni vices ni vertus ». Plutôt que bons, les premiers hommes seraient innocents, comme un nouveau-né.

— Ce serait donc la vie en société qui déprave et corrompt ?

— Pour Rousseau, mais aussi John Locke, oui. L'homme va commencer à désirer des biens qui ne lui sont pas naturellement nécessaires, comme les réserves de blé plus abondantes du voisin, par exemple, lors des débuts de la sédentarisation en villages, au Néolithique. Mais, pour prolonger l'analyse de Rousseau, l'homme va aussi vouloir des biens immatériels comme le prestige, le pouvoir, et même des biens spirituels comme la pureté qui est souvent un idéal à l'origine des plus grandes catastrophes.

— Une race pure…

— Exactement. Et, fort paradoxalement, les progrès de la démocratie, loin d'étancher cette soif inextinguible, vont l'augmenter. C'est la conclusion toujours actuelle de Tocqueville, ce qu'il nomme la passion pour l'égalité. Les hommes vivant en démocratie ne vont pas seulement se contenter de l'égalité des droits, ce qui consiste déjà en soi une avancée formidable, loin d'être acquise encore aujourd'hui, mais ils vont revendiquer l'égalité de possession, qui va être à l'origine du communisme et provoquer le massacre de centaines de millions d'êtres à travers le monde. Ils vont aussi commencer à considérer des inégalités d'être, ce qui engendrera l'antisémitisme et la Shoah, notamment.

— Oui, ma copine m'en a parlé quand on a voyagé à Berlin. Mais tout ce que vous me dites soulève en moi une question centrale : pourquoi les hommes se comparent constamment et s'envient les uns les autressi c'est là la racine du mal ?

— Pour répondre à cette question, on doit aborder un terrain limitrophe entre la philosophie et la psychologie qui est l'étude du désir. Et les deux philosophes les plus importants concernant le désir sont, selon moi, Spinoza et Rousseau, justement. Ces deux génies avaient compris, bien avant l'avènement de la psychologie des profondeurs, que le mal a quatre aspects.

À cet instant, Christian Perrin sort de sa pochette en cuir noir un exemplaire de *L'Éthique* et l'ouvre à une double page identifiée par un marque-page rouge vif. Il lit solennellement, comme s'il s'agissait d'une parole d'évangile, ces lignes du philosophe d'Amsterdam :

« Il arrive facilement qu'un homme ait de lui-même et de la chose aimée une meilleure opinion qu'il n'est juste et, au contraire, de la chose qu'il hait une opinion moins bonne qu'il n'est juste. L'imagination, lorsqu'elle concerne l'homme lui-même, qui a de soi une meilleure opinion qu'il n'est juste, s'appelle *Orgueil,* et c'est une espèce de délire, parce que l'homme rêve les yeux ouverts qu'il peut tout ce qu'il saisit par sa seule imagination, le considère donc comme réel, et en est exalté, aussi longtemps qu'il ne peut imaginer ce qui en exclut l'existence et détermine sa propre puissance d'agir. *L'Orgueil* est donc la *Joie née de ce qu'un homme a de lui-même une meilleure opinion qu'il n'est juste. Par ailleurs, la Joie, qui naît de ce qu'un homme a d'un autre une meilleure opinion qu'il n'est juste* s'appelle *Surestime* ; et enfin la *Mésestime* est celle *qui naît de ce qu'il a d'un autre une opinion moins bonne qu'il n'est juste.*

— Orgueil, surestime et mésestime… et le quatrième aspect du mal dont vous parliez ?

— C'est le contraire de la surestime, quand un homme a de lui-même une moins bonne opinion qu'il n'est juste et Spinoza l'appelle la *honte*. Où on retrouve l'intuition de Rousseau puisque ces quatre sentiments sont en excès par rapport à la réalité de nos propres qualités ou de celles des autres. Étonnamment, Jean-Jacques Rousseau arrivera à la même définition que Spinoza, un siècle plus tard.

Cette fois-ci, pour renforcer sa démonstration, Christian Perrin ouvre l'ouvrage *Discours sur l'origine et les fondements de l'inégalité chez les hommes* et lit à voix haute un court extrait.

— « Chacun commença à regarder les autres et à vouloir être regardé soi-même, et l'estime publique eut un prix. Celui qui chantait ou dansait le mieux ; le plus beau, le plus fort, le plus adroit ou le plus éloquent devint le plus considéré, et ce fut là le premier pas vers l'inégalité, et vers le vice en même temps ; de ces premières préférences naquirent d'un côté la vanité et le mépris, de l'autre, la honte et l'envie ; et la fermentation causée par ces nouveaux levains produisit enfin des composés funestes au bonheur et à l'innocence. » Et la théorie du désir mimétique, de René Girard, dont on a déjà parlé, approfondit encore ces analyses en introduisant, comme tu te le rappelles, un élément de médiation entre le sujet désirant et l'objet désiré, c'est-à-dire en incluant la médiation d'autrui sous la forme d'un être admiré, ou même détesté, qui va orienter notre envie vers un objet singulier.

— Donc, si je vous suis bien, ainsi que Spinoza et Rousseau, le mal naîtrait en premier lieu dans notre imagination en nous survalorisant ou nous dévalorisant nous-mêmes puis, par un effet de miroir, autrui.

— Tout à fait, ces quatre aspects de nos imaginations sont en interactions logiques entre elles. La surestime de soi-même engendre la surestime des êtres qui possèdent la qualité supposée qu'on envie, de même que la mésestime de soi-même nous fait méjuger les personnes qui semblent posséder les défauts qu'on s'attribue souvent à tort. Ces sentiments sont en général passagers, mais, plus le malaise est profond et nié, plus grand est le risque qu'ils explosent de façon violente. Et, comme il est plus commode d'attribuer les causes de ce malaise aux autres, on peut en venir à créer des boucs émissaires qui paieront souvent le prix de leur vie, comme si leur élimination signifiait l'éradication de ce mal-être d'ordre intime ou social, ce qui est bien sûr la plus grande des illusions. L'Histoire est malheureusement riche à foison d'exemples funestes, principalement le vingtième siècle.

— Et le mal de notre époque, en quoi est-il différent ?

— Le mal de notre époque trouve probablement son origine dans une rupture radicale entre deux mondes : le monde des traditions et le monde moderne. Le monde traditionnel s'est érigé sur des règles impérieuses d'origine religieuse qui visaient la cohésion sociale et évitaient surtout à tout un chacun d'avoir à penser sa vie puisque ce sens était donné de l'extérieur. La première révolution de la pensée a certainement été menée par René Descartes, qui a utilisé le doute radical comme méthode, puis elle s'est prolongée par les Lumières. Mais ces investigations visaient l'épanouissement des hommes par les progrès des connaissances et des sciences. La deuxième révolution, la plus décisive, a été menée par Nietzsche. En déclarant la mort de Dieu et de toutes les idoles, aussi bien religieuses que scientifiques et philosophiques, il a ouvert la voie à un monde totalement désenchanté où le sens non seulement n'est plus donné de l'extérieur, mais où la question même du sens de la vie ne fait plus sens. Cela va déboucher sur le monde de la technique et de l'innovation sans fin, et sans finalité, dans lequel nous vivons aujourd'hui et qui a été magistralement décrit par Martin Heidegger. Un monde où seuls les biens matériels sont recherchés dans une course en avant compétitive vertigineuse, un monde de la Terre plate, sans élévation aucune, se vautrant dans la consommation à outrance pour éviter de s'ouvrir aux questions existentielles fondamentales, dont celle de notre propre mortalité. Et sur le plan spirituel, cela a entraîné une vision du monde absurde et relativiste où tout se vaut. Or, bien peu sont les hommes qui, à la longue, parviennent à habiter ce monde spirituel nouveau. Très rares sont les êtres qui possèdent la fibre et le courage lucide d'un Albert Camus, reconnaissons-le, pour regarder en face l'Absurde, l'accepter et même s'en nourrir. Du coup, pour affronter ce monde froid de la technique, la plupart d'entre nous s'adonnent à des addictions douces, comme la consommation effrénée, par exemple. Comprends-moi bien Hubert, la technologie a bien sûr des aspects positifs. J'utilise moi-même beaucoup internet et mon téléphone portable. Cela m'évite notamment de longues files d'attente à la banque ou à la poste et me fait gagner un temps précieux que j'utilise pour lire, me balader ou profiter de ma famille. Mais, très souvent, quand j'erre dans tous les palais modernes de la consommation, je repense vivement à ces paroles de Socrate contemplant les objets exposés dans les échoppes d'Athènes : « Que de biens dont je n'ai pas besoin ! » Ou bien à cette affirmation de Sénèque : « ce que réclame la nature s'acquiert sans peine, la table est toute servie. On s'épuise pour le superflu. »

— Oui, je reconnais certains membres de ma famille dans ce portrait. Mais vous décrivez là la part de la population qui s'est finalement adaptée à ce monde moderne absurde.

— Oui, mais ce monde moderne est un monde du désir inassouvi, ce désir dont la nature avait déjà été si bien analysée par Platon, les Stoïciens et Schopenhauer. Et cet inassouvissement est consubstantiel à la société de consommation où tout objet possédé est vite périssable et doit impérativement être remplacé par son modèle plus récent. Après la 3G, on nous a vendu la 4G et puis bientôt viendra la 5G puis un jour la 6G, etc. ça ne finit jamais. Mais, à la longue, la question du sens de la vie, de NOTRE VIE, ressurgit par des chemins de travers et nous trouve impréparés par rapport aux enjeux existentiels. Nus et vulnérables, nous risquons alors de plonger dans d'autres addictions, plus dures : l'alcool, les drogues, les antidépresseurs. Car la dépression est la face cachée de nos sociétés contemporaines.

— On tombe dans la mésestime de soi-même dont parlaient Spinoza et Rousseau.

— Tout à fait. Mais il existe une échappatoire encore plus pernicieuse. Elle consiste à retourner son mal-être intime sur le monde extérieur en l'accusant de tous les maux. C'est ce qu'exprime clairement Sénèque quand il écrit qu'« on offre plus de champs aux périls en leur tournant le dos. » Car l'homme, c'est ma conviction, est mû par une aspiration supérieure, un désir profond de dépassement. Et ce désir doit être alimenté. Nietzsche disait, avec son sens de la réplique particulier, qu'« il faut nourrir les chiens qui aboient dans les sous-sols. » Toi et moi nous nous tournons vers la recherche philosophique pour nourrir ce besoin, ta copine vers la psychologie, ma femme vers l'Art, d'autres vers la politique ou la vie associative, certains pratiquent assidument un sport. Et une poignée d'hommes ou de femmes vont malheureusement dévoyer cette aspiration centrale dans l'épanouissement de l'être humain pour poursuivre des buts faussement spirituels et devenir les esclaves de sentiments haineux. Puis ils vont justifier leurs actes violents par un désir de pureté en prétendant régresser vers un paradis originel qui est tout simplement fantasmé. Guerre sainte qu'ils sont prêts à payer au prix de leur propre vie.

— Comment sortir de cette crise de notre civilisation ?

— En réarmant la réflexion éthique et en réinstaurant une authentique culture spirituelle laïque qui n'ait pas peur d'envisager le monde dans lequel nous vivons dans toute sa complexité et sa part d'inconnu. Et surtout en ayant confiance en l'humanité et ses ressources insoupçonnées.

— Comme un pari.

— Un pari, oui, en forme de chemin. Pour éviter ces deux écueils mortifères pour l'âme et le corps que représentent d'un côté l'idolâtrie matérielle et de l'autre l'idolâtrie religieuse.

Le lendemain matin, Hubert remonte l'avenue de Montaigne pour sa séance hebdomadaire d'analyse, encore empli des réflexions de son professeur et, aussi, toujours en partie déboussolé. Une fois le thé rituel servi, le jeune homme entame la conversation sur l'événement que la nation vient de vivre. Il commence à bien connaître son thérapeute et sait que celui-ci est friand d'Histoire et d'actualité. Alain Lebon écoute avec un grand intérêt le résumé fidèle que son patient lui fait de sa discussion de la veille avec Christian Perrin. Il prend même en note le commentaire du professeur de la Sorbonne sur les quatre aspects du Mal selon Spinoza et Rousseau et en profite pour effectuer un parallèle avec la conception de son mentor, le psychologue Paul Diel.

— C'est très intéressant, ces citations, Hubert. Je t'avoue que je ne les connaissais pas ou bien je ne m'en souvenais plus. Paul Diel aussi a écrit que le mal trouve son origine en premier lieu dans les excès de l'imagination, bien avant que d'exploser en actes violents. C'est ce qu'il appelle les motifs, les intentions. Lui aussi avait identifié quatre types d'exaltation, dont la Vanité, l'exaltation sur soi-même, la conviction qu'on est un être extraordinaire et qu'en conséquence tout devrait nous être dû. C'est selon lui l'exaltation la plus dangereuse. À l'opposé, on trouve la Culpabilité, c'est-à-dire la condamnation excessive de soi-même, une sorte de terrorisme moralisant par rapport aux aspirations hors d'atteinte que la Vanité nous promet. À cette vision imaginaire de soi-même correspond une vision déformée d'autrui. La Sentimentalité met sur un piédestal des personnes admirées en leur octroyant les qualités qu'on souhaiterait avoir et en les idéalisant alors que l'Accusation, qui nous intéresse par rapport au thème de notre discussion, correspond à la dévalorisation des autres, à leur mépris. Ce mépris imaginaire est un moyen subconscient de se survaloriser soi-même, mais surtout de projeter notre malaise intime, notre sentiment diffus de culpabilité, d'insuffisance, sur les autres qui deviennent très illogiquement les responsables de tous nos malheurs. Ce sentiment de rage nous atteint tous à un moment ou un autre de notre vie, par rapport à une personne particulière, mais il est en général fugace. Mais, quand une fausse justification vient se greffer sur ce sentiment, il peut déborder et se convertir en un intégrisme dont le but va être de faire disparaître l'objet tentateur, ici la société moderne, démocratique et libérale, en l'anéantissant.

— Vous pensez aussi, comme mon professeur, que notre société souffre d'un manque de sens ?

— Oui, tout à fait. Nous sommes essentiellement confrontés, malgré tous les progrès scientifiques et techniques, et parfois, en partie, à cause d'eux, à une perte des valeurs. Les valeurs traditionnelles, qui, pendant des siècles, ont guidé les populations, ne sont plus opérantes pour nos sociétés modernes rationnelles et individualistes. Par bien des aspects, il s'agit d'une évolution, mais le problème fondamental, c'est que les valeurs traditionnelles n'ont pas été remplacées par de nouvelles, d'où une désorientation généralisée qui se concrétise soit par une fuite en avant matérialiste, soit par une régression insensée vers l'oasis inatteignable d'un passé ancien et pur, une sorte de virginité de l'humanité, imaginé comme LA solution au malaise actuel. La guerre nouvelle à laquelle nous sommes confrontés n'est pas une guerre des civilisations, contrairement à ce qu'on nous dit, mais plutôt une guerre des mondes : le monde ancien et traditionnel, éternellement figé, contre le monde moderne et constamment en mouvement. Et nous sommes actuellement à un moment historique de transition qui se révèle douloureux.

— Mon professeur identifie la déclaration par Nietzsche de la mort de Dieu comme un tournant de la pensée par rapport à ce qu'il appelle le désenchantement du monde.

— Et Freud lui a emboîté le pas en décrétant que Dieu est une illusion. Pour lui, le « sentiment océanique » qu'évoquait son ami Romain Rolland, et qui était pour celui-ci la source de l'énergie religieuse, lui était totalement étranger. Mais, selon Paul Diel, Dieu n'est pas une illusion, Hubert, mais un symbole, c'est-à-dire une image empruntée au monde extérieur pour parler de notre monde intérieur, de notre émotion profonde suscitée par l'effarement devant le mystère de la vie.

— « Le silence éternel de ces espaces infinis m'effraie. »

— Oui, et ce silence dont parlait Blaise Pascal ne nous émeut plus de nos jours où nous avons l'illusion que la science peut tout expliquer. Nous sommes devenus des techniciens hyper compétents, mais des déficients spirituels.

— En discutant avec vous, ou avec mon professeur, je pense mieux appréhender, à présent, le pourquoi du mal, mais je me pose cette question : « Que faire ? »

— Tu as pleinement raison, Hubert. Si l'homme a soif de compréhension, il souhaite aussi agir sur le monde qui l'entoure et dans lequel il vit. Essayer de retrouver un minimum de maîtrise. La réponse à ta question n'est peut-être pas si complexe qu'il n'y paraît.

— Je vous écoute.

— Étant donné que tout être humain porte en germe toutes les possibilités de la nature humaine, des plus cruelles aux plus sublimes, même à l'état de potentialités, le devoir de chaque homme est en premier lieu de combattre l'inclination au Mal en lui-même. C'est cela, il me semble, la signification symbolique de la Guerre sainte. Le philosophe Edgar Morin a écrit, dans *La Méthode*, que « le problème éthique central, pour chaque individu, est celui de sa propre barbarie intérieure. » Comme tu l'as compris, nos imaginations exaltées engendrent en nous des appétits démesurés, nous aiguillonnent vers un désir de satisfaction absolue, une réussite totale illusoire et dangereuse, car très souvent inatteignable, nid de futures frustrations et rancœurs.

— Et comment faire ?

— Exactement comme quand tu viens ici en analyse une fois par semaine : par une investigation méthodique et lucide de nos errements imaginatifs et une recherche plus active d'une satisfaction peut-être plus modérée, mais authentique.

— Je suis d'accord avec vous, sauf sur un point précis.

— Lequel ?

— Quand je m'introspecte, je ne détecte pas en moi le Mal. Je sais bien que je ne suis pas parfait, que je peux parfois être arrogant ou paresseux, mais, en ce qui concerne le Mal, non, c'est un sentiment qui m'est vraiment étranger.

À ce moment précis, Alain Lebon ne peut retenir un rire franc et sonore tout en frappant avec jubilation sa paume de la main droite sur la table qui les sépare.

— Ah, cher Hubert ! Ne m'en veux pas pour ma réaction, mais ta déclaration si naïve est bien la preuve qu'en psychologie on apprend de soi-même tous les jours. Aurais-tu oublié cet étudiant de la Sorbonne qui a nourri tes premières séances avec moi et qui a un père célèbre ? Comment s'appelait-il déjà ? Baptiste ? Basile ?

— Blaise ! Il s'appelait Blaise. À vrai dire, il a quitté l'université et je l'ai complètement oublié. Quand je pense que j'ai perdu tant de temps à parler de lui… il n'en valait vraiment pas la peine.

— Peut-être te rappelles-tu comme ce garçon hantait tes pensées et tes rêves à un moment. À quel point tu éprouvais une rage constante rien qu'à m'en parler.

— Oui, vous avez raison. Quand j'y repense, j'en ai un peu honte.

— Te rappelles-tu aussi comment ces sentiments, en apparence, illogiques de haine se sont peu à peu accumulés en toi et t'ont amené à le provoquer et même, on peut le dire, à l'humilier publiquement dans l'enceinte remplie d'un amphithéâtre ?

— Oui, je m'en souviens bien. Sur le moment, j'étais enivré par ma fierté de lui rabattre son caquet devant tous mes collègues étudiants, mais je me suis laissé emporter et ai un peu tenté le diable. D'ailleurs, mes meilleurs amis se sont montrés extrêmement surpris par mon attitude. Ils m'ont avoué ensuite ne pas m'avoir reconnu.

— Et te souviens-tu de ce que tu as ressenti lorsque ton meilleur ennemi, Blaise, t'a provoqué en retour en insultant ton père ?

— Oui, malheureusement, c'est encore vif dans ma mémoire. J'ai été pris d'une envie folle de le rouer de coups et de le laisser pour mort. Et je peux vous avouer que si mon copain Benoît n'avait pas retenu mon bras, à ce moment-là, c'est peut-être ce qui serait arrivé. Cette provocation mutuelle, en apparence bénigne, aurait accouché d'un drame.

— Tu vois, Hubert. Je suis désolé de raviver ce moment passé, mais, si on ne prend pas le temps d'explorer nos sentiments, nous sommes tous, moi inclus, susceptibles de laisser dériver notre imagination jusqu'à un point de non retour où celle-ci explosera en un acte violent irrémédiable qui va à l'encontre de notre nature profonde.

C'est un peu penaud qu'Hubert rentre chez lui. Il n'est pas vraiment fier d'avoir déterré, du fin fond de sa mémoire, son ancien ennemi, Blaise, autrefois réceptacle de sa haine et désormais complètement oublié. Lui qui s'imagine magnanime en toutes circonstances doit bien admettre, à contrecœur, qu'il n'est malheureusement pas exempt de malveillance. Rien que l'aveu qu'il ait pu souhaiter ardemment la mort d'un jeune homme comme lui le fait frémir. Et le pire, c'est que l'origine de cette inimitié tenace semble aujourd'hui totalement mystérieuse aux yeux du fils de Louis Feuillade.

3

Deux ans après avoir fait la connaissance d'Angel, à l'occasion du spectacle de sa compagnie, « Le lac des cygnes », Hubert invite les parents de Delphine, David et Céline Langmann, à l'opéra Bastille pour apprécier le dernier ballet du petit ami de Tristane, *Roméo et Juliette*, mis en musique par le compositeur russe Prokofiev. Confortablement assis au balcon, sous le grand plafond en verre, Hubert est volubile, en attendant les premières notes, mais perçoit, imperceptiblement, au ton vague des réponses recueillies, comme un malaise diffus entre ses beaux parents. Il cherche le regard de leur fille pour éclairer sa lanterne, mais celle-ci se contente de lui sourire en lui serrant discrètement la main, en signe d'explication ultérieure. Puis elle se penche vers sa meilleure amie, Tristane, pour reprendre leur conversation.

Hubert n'est pas déçu par le spectacle qui s'offre à ses yeux et à ses oreilles. Ses anciens préjugés artistiques vis-à-vis du ballet se sont dissous en un enthousiasme réjouissant. L'âme musicale du guitariste amateur vibre à l'unisson des cordes et du trombone qui initient la célèbre mélodie de « La danse des chevaliers », sur laquelle les membres de la compagnie se toisent dans des décors et costumes dépouillés, la famille des Montaigu en tulles carmin et les Capulet en tenues vert-de-gris. L'étudiant est emporté par les résonnances slaves reflétées dans la musique, mélange de grandeur, de tragique et d'absolu. Il est admiratif également de la capacité de l'art à sublimer les passions démoniaques et mortifères des êtres humains.

Pendant l'intervalle, après avoir félicité par procuration Tristane pour l'interprétation charismatique et sensuelle d'Angel dans le rôle principal de Roméo, Hubert prolonge la dégustation de sa coupe de champagne, après le retour en salle des parents de Delphine, pour interroger sa petite amie sur la tension qu'il a perçue entre ceux-ci. Tristane, toujours curieuse, est tout ouïe.

— Je te rassure, chéri, tu n'y es pour rien, moi non plus d'ailleurs. Mes parents sont ravis d'être ici avec nous, vraiment.

— Tant mieux. Mais pourquoi ce climat bizarre entre eux ?

— Mon père a reçu une invitation pour un poste de conférencier à Princeton.

— Princeton ? Cool ! Et pour combien de temps ?

— Je ne sais pas trop.

— Et il compte déménager aux États-Unis ?

— Plus ou moins. Il conserverait son poste au CNRS, mais serait chargé de cours plusieurs mois par an.

— C'est génial ! En plus, Princeton est proche de New York, ta mère pourrait voir sa sœur et ses nièces plus souvent.

— Oui, c'est vrai, mais c'est justement là le problème. Elle ne veut pas le suivre. Elle est épanouie comme premier violon à l'opéra et en plus elle adore Paris et son appartement. Bref, elle est loin d'être enthousiaste.

— Et ton père ?

— Il est hyper partant, tu t'en doutes. En tant que chercheur et professeur universitaire, c'est une opportunité en or pour lui.

— Mais il ne pourrait pas faire des allers-retours entre Paris et Princeton ? Beaucoup de professeurs émérites enseignent dans deux universités. J'en connais à la Sorbonne. C'est possible.

— Peut-être, mais ce serait compliqué. Mon père devrait s'absenter souvent et pour de longues périodes et puis…

— Et puis…

— Je pense que l'idée de le laisser vivre une vie de presque célibataire, entouré d'étudiantes et de collègues professeures, n'enchante pas vraiment ma mère.

— D'après ce que je sais, ils ont des règles très strictes dans les universités américaines. Une étudiante ne peut pas coucher facilement avec son prof comme en France.

Le regard insistant de Delphine rappelle à Hubert la présence de Tristane, accessoirement ex-copine de Stinner.

— Qu'est-ce que tu en penses, Tristane ? Si tu étais à la place de la mère de Delphine, qu'est-ce que tu ferais ?

— Oh, moi, Hubert, si mon Angel devait partir danser en Espagne ou ailleurs, je le suivrais sans hésiter. Mais je comprends madame Langmann. Elle s'est construit une belle carrière à l'opéra de Paris. C'est compliqué. Même si l'offre faite à ton père est intéressante, y a aucune raison pour que ce soit ta mère qui se sacrifie, Delphine. Une solution de compromis serait qu'il partage sa vie entre les deux continents. Pour un temps du moins.

— Y a une autre raison à la résistance de ma mère, en fait. Une raison sous-jacente. Disons que dans le passé mon père lui a donné des motifs tangibles de ne pas lui faire confiance. J'étais une enfant, mais je m'en souviens encore. Ils ont tous les deux effectué un travail si important sur eux-mêmes et leur couple que je me demande si le jeu en vaut la chandelle. Je suis carrément d'accord avec toi, Tristane. Il n'y a aucune raison pour que ce soit toujours la femme qui sacrifie sa vie et ses intérêts personnels à la carrière professionnelle de son mari. Après tout, mon père a déjà une situation intéressante ici. Pourquoi accepterait-il ce poste à Princeton ? Pour l'argent ? Ils n'en ont pas vraiment besoin. Pour le prestige ? Ah, oui, le prestige, cette chimère qui fait perdre la tête aux hommes aussi sûrement qu'une sirène. Au fond, je pense que ma mère a raison de revendiquer son droit à sa propre satisfaction au détriment des plans ambitieux de son mari.

La troisième sonnerie rappelle le trio à regagner leurs places respectives. Hubert observe Tristane, assise un rang devant lui, à sa droite, lorsque Angel effectue une danse d'une grande sensualité avec la ravissante ballerine qui interprète Juliette et dont le justaucorps transparent, révélant la perfection de son corps nu, se frotte langoureusement contre la poitrine de son Roméo. Le sourire d'admiration qui plisse légèrement les lèvres de la sœur de Gaétan le désarçonne. Comment peut-elle séparer dans son esprit la mise en scène objective de deux danseurs professionnels interprétant leur rôle et l'alchimie étalée aux yeux du public de deux corps réels se caressant et s'étreignant ? Seule Tristane lui semble capable d'une telle confiance.

David et Céline Langmann s'éclipsent juste après le spectacle, laissant les deux jeunes couples dîner ensemble à la terrasse d'un bistrot. Tristane est toujours aussi amoureuse et prend le relais de Juliette en couvrant son Roméo de baisers fougueux. Delphine n'est pas en reste et surenchérit, au grand plaisir d'Hubert. Une fois rentrés à leur appartement, Delphine s'endort rapidement après avoir fait l'amour, comme à son habitude, alors qu'Hubert, lui, y gagne un surplus d'énergie. Sans sommeil, il descend les marches de la mezzanine et scrute les rayonnages de leur bibliothèque. Il empoigne un exemplaire de la pièce de Shakespeare, rangé entre *L'Iliade* et *Othello*, et appartenant à Delphine, s'allonge sur le canapé du salon et commence à lire les mésaventures des deux amants de Vérone. L'inimitié immémoriale des deux familles nobles, qui finira par ensanglanter leurs membres dans la fleur de l'âge, est pertinemment commentée par le personnage du moine, frère Laurent : « Car il n'est rien sur la terre de si vil qui ne fournisse à la terre quelque chose de bon ; il n'est rien non plus de si bon qui, détourné de son usage normal, ne se retourne contre ses origines et trébuche dans le mal. La vertu, elle-même, mal employée, tourne au vice et le vice est parfois anobli par l'action. » Plus loin, à l'acte trois, alors que Roméo vient de commettre l'irréparable en tuant Tybalt, le cousin de son aimée Juliette, pour se venger de la mort de son ami Mercutio, et est en conséquence banni de sa cité, le sage frère Laurent lui dévoile l'origine de sa désorientation : « ton esprit, cet ornement de la beauté et de l'amour, n'en est chez toi que le guide égaré : comme la poudre dans la calebasse d'un soldat maladroit, il prend feu par ta propre ignorance et te mutile au lieu de te défendre. » Hubert lève les yeux de son livre et caresse son chat Atma, installé depuis une heure en boule sur ses genoux et apparemment heureux qu'un humain éveillé lui tienne compagnie tard la nuit. Les derniers vers lus lui rappellent les conversations qu'il a eues mi-janvier avec son professeur de philosophie, ainsi que son thérapeute, sur l'origine du mal et ses racines nées de l'emballement de l'imagination déréglée.

La fin de l'année universitaire approche. Hubert a planché pendant quatre heures, le matin, sur un commentaire d'un extrait de la quatrième partie de « L'Éthique » où Baruch Spinoza assimile la notion du mal à un affect qui va à l'encontre de notre nature et provoque en nous un sentiment de tristesse. Il est satisfait de sa rédaction et sait gré à Delphine de l'avoir introduit à la psychologie, ce qui lui a permis de mieux comprendre la pensée du philosophe hollandais concernant les raisons de l'accroissement ou de la diminution de notre satisfaction profonde.

En ouvrant la porte de son appartement, il tombe nez à nez avec Noémie, debout dans le salon, prête à partir. Elle claque une bise à son frère et lui sourit tout en baissant les yeux. Hubert la trouve resplendissante. Pourtant, elle n'a pas trop changé physiquement, avec ses tenues colorées et ses mèches de cheveux bleues et orange. Elle est passée en coup de vent déjeuner avec Delphine et repart fissa en cours. Hubert s'assoit à la table de la salle à manger et se sert des restes de poulet au curry. Sa petite amie lui fait face et s'enquiert de son examen.

— Ça, ç est super bien passé. Figure-toi que j'ai pensé à toi, c'était un commentaire d'un passage de l'*Éthique*.

— La partie sur l'origine et la nature des sentiments ?

— Non, celle sur la servitude humaine. Mais dis donc, tu ne m'avais pas dit que ma sœur passerait manger à l'appart… vous êtes deux petites cachottières.

— Elle m'a appelée hier et m'a demandé si elle pouvait venir, car elle avait quelque chose d'important à me confier. Je l'ai naturellement invitée à déjeuner.

— Quelque chose d'important ? Elle abandonne ses études ?

— Non, au contraire, elle est de plus en plus passionnée par le cinéma et envisage même d'en faire son métier.

— Génial… alors, c'est par rapport à moi ?

— Mais non, tout ne tourne pas toujours autour de toi, mon chéri.

— Je sèche. Aide-moi.

— En fait, elle voulait me parler en premier avant de t'annoncer la nouvelle. Pour que je prépare le terrain.

— Je ne vois pas. Pourquoi Noémie aurait-elle peur de me parler ? On s'est bien rapprochés ces derniers temps.

— Comment te dire… puisque tu as commenté Spinoza ce matin, disons que ça a à voir avec les sentiments, justement.

— Elle est amoureuse ?

— Oui, et pas qu'un peu. C'est vraiment sérieux.

— C'est génial ! Je comprends vraiment pas pourquoi elle ne voulait pas m'en parler. Tu me connais, je suis peut-être un peu protecteur parfois, mais pas au point d'interdire à ma sœur d'avoir un petit copain. D'ailleurs, qui sait ? Non… laisse-moi deviner… Romain, son collègue de fac ?

— Non.

— Son voisin de palier, Karim, qui étudie l'art dramatique au cours Florent ?

— Non plus, mais tu chauffes…

— Un garçon de son immeuble ?

— Oui, de son étage.

— De son étage ? Mais il n'y a que Karim. Il est sympa en plus, et excellent guitariste.

— Allez, je te donne un indice, il faut que tu restreignes encore le cercle.

— Son appartement ? C'est ça ? Mais y'a qu'Annie qui y habite… non….

— Oui…

— Annie ? Mais pourquoi Noémie ne m'a rien dit ?

— Pour éviter d'être confrontée à l'expression de stupeur dont témoigne ton visage en ce moment.

— Non, mais ça m'est égal que ce soit Annie, je t'assure. Si elle est amoureuse, c'est le principal. En plus, c'est une fille vraiment bien.

— Avoue que tu ne t'y attendais pas.

— Non, c'est vrai, pas du tout. Ça fait longtemps ?

— Un peu avant qu'elles aient emménagé rue de la Clé, il y a huit mois.

— Tu t'en doutais ?

— Oui, un peu. Tu sais que je suis intuitive et observatrice. Disons que ta sœur a laissé échapper de nombreux signaux qu'il était assez facile d'interpréter. Ça va, mon chéri ? Ça fait au mois deux minutes que ta fourchette est en apesanteur.

— Oui, oui. Je ne vais pas te cacher que je suis surpris… mais aussi content, finalement. J'aime beaucoup Annie. Mais je suis un peu déçu et jaloux que Noémie se soit confiée à toi plutôt qu'à moi, je te l'avoue.

— Moi, je la comprends parfaitement. Même si tu joues au philosophe tolérant et émancipé, tu sais bien que je suis beaucoup plus ouverte d'esprit que toi, comme l'a prouvé ta réaction.

Hubert ne peut qu'être en désaccord avec sa petite amie. Même s'il a été surpris par l'orientation sexuelle de Noémie, il s'épanche en justifications pour prouver à Delphine qu'il est bien un jeune homme moderne de son temps. L'image traditionnelle qu'elle insinue ne lui ressemble définitivement pas, mais correspond bien davantage à son frère Lionel. La preuve en est que ce dernier va bientôt se marier, à seulement vingt-et-un ans, avec son probable premier amour, la très sage Marie-Sophie Decroix. Les noces seront célébrées en l'église Saint-Paul Saint-Pierre d'Épernay (Lionel a évité l'église Notre-Dame et le père François, qui a refusé un enterrement catholique à sa mère), en grand comité (deux-cents personnes ont été invitées, à l'exception notable de leur père) et il est prévu que Lionel Feuillade déflore sa fiancée, lors de sa nuit de noces, à l'hôtel « La Bulle d'or », avant de s'installer avec elle dans la maison familiale, sous le même toit que ses grands-parents. Ça, oui, c'est être conservateur ; rien à voir avec la vie de bohème qu'a choisie Hubert !

Le jour dudit mariage, le jeune couple de la rue Beaubourg s'amuse follement à observer et dénigrer les convives de la famille Decroix. Hubert est toutefois heureux pour son frère, et même fier d'être son témoin, même s'il lui a été difficile de s'accoutrer d'une redingote et cravate grise choisie spécifiquement par la mariée, qui souhaitait que tous les témoins masculins soient vêtus pareillement, comme une petite armée de grands bourgeois. L'étudiant note quelques sourires sur les visages fatigués de ses grands-parents. Sa mamie Geneviève est notamment ravie de reprendre contact, à cette occasion, avec sa petite fille qu'elle n'avait plus revue depuis deux ans et demi. Noémie détonne de l'assemblée cossue avec son jean troué comme une tranche de gruyère, ses baskets Converse rouges délacées et son tee-shirt noir arborant le message « Fuck off » et le dessin d'un doigt majeur dressé, pour les non-anglophiles.

Delphine prend de nombreuses photographies, quelques portraits posés, mais surtout des clichés spontanés sur le vif, à l'insu de leurs victimes dont elle a l'impression de voler l'âme mercantile. Elle en rit quelques semaines plus tard en les commentant avec le père d'Hubert, lors d'une visite d'une semaine dans son refuge provençal. Celui-ci s'enquiert de ses deux enfants perdus de vue. Il comprend la décision de son fils cadet, même s'il lui manque, mais formule le souhait de revoir sa fille Noémie et la prendre dans ses bras. Delphine lui assure qu'elle va beaucoup mieux et que, la prochaine fois que son beau-père et Iris monteront à Paris, elle organisera un déjeuner de retrouvailles. Elle s'étoufferait presque quand Hubert claironne que sa sœur est amoureuse d'une fille prénommée

Annie, avec laquelle elle vit et étudie. Elle n'a pas oublié l'expression de stupeur qu'affichait son visage lorsqu'elle lui a elle-même annoncé la nouvelle. Quel culot, pense-t-elle ! Et quelle indélicatesse ! Il aurait été plus naturel que Noémie présente elle-même sa petite amie à son père. Delphine constate cependant avec satisfaction que Louis Feuillade accueille la bonne nouvelle avec un franc sourire. Il semble enchanté, et sûrement soulagé que sa fille soit enfin épanouie. Lui-même est un autre homme, comme transfiguré, selon les dires d'Hubert. Non seulement par l'amour toujours palpable avec sa compagne, mais aussi par son nouveau métier, qu'il exerce depuis deux ans déjà, celui d'agent artistique. Il s'est d'abord initié avec Iris, en remplaçant son représentant, suite au déménagement de celui-ci à l'étranger, puis a étendu son carnet d'adresses aux peintres de la région, alliant ainsi ses compétences professionnelles à ses passions picturales. Cette activité nouvelle occupe son temps, mais il ne s'en plaint pas, car, cette fois-ci, il l'a pleinement choisie. Et puis, cette passion commune renforce encore les liens avec l'artiste peintre élue de son cœur.

Hubert se rend début août à Amsterdam pour un voyage d'une semaine avec Delphine, qui est enthousiaste et a tout organisé dans les moindres détails. Il ne possède pas d'expectatives spécifiques pour cette première visite en ce qui le concerne et a même quelques préjugés négatifs, la faute à une mauvaise chanson de Jacques Brel dont son grand-père Charles raffolait et qu'il obligeait les membres de la famille à écouter dans le salon, haut-parleurs à tue-tête. Mais l'étudiant se souvient de la divine surprise de sa découverte de New York et il fait confiance à sa petite amie pour enterrer les vers décadents d'« Amsterdam » et les remplacer par des souvenirs mémorables.

Durant les plus de trois heures de trajet dans le Thalys, Hubert se plonge dans la lecture d'un journal intime que lui a conseillé Delphine : *Une vie bouleversée.* Son auteur, Etty Hillesum, jeune juive d'Amsterdam, a connu l'occupation nazie au cœur de sa ville, le camp de transit de Westerbock, et a finalement terminé sa vie trop brève, à l'âge de vingt-neuf ans, à Auschwitz. Son journal, dont l'objectif n'était pas d'être publié, malgré les velléités d'écrivain de son auteur, est étonnant. Il commence par la banale description des amitiés, souvent amoureuses, d'Etty Hillesum et sa forte attirance pour son analyste, Julius Spier, qui l'encouragera à tenir ce journal à partir de l'année 1941. Puis, progressivement, les réflexions sur la vie et son propre monde intérieur atteignent des profondeurs inattendues, dues probablement au contexte historique tragique, mais aussi aux ressources insoupçonnées soudain mobilisées par cette jeune femme. L'appétit et la curiosité pour la vie vont inclure une dimension de recherche spirituelle. Hubert surligne les phrases qui provoquent le plus d'impact en lui :

« Tous les matins, avant de me mettre au travail, me tourner vers l'intérieur, rester une demi-heure à l'écoute de moi-même. Rentrer en moi-même. »

« L'unique critère dont on dispose, c'est soi-même. Et l'unique responsabilité dont tu pourras te charger dans cette vie, c'est celle de ta personne. »

« La seule certitude touchant nos vies et nos actes ne peut venir que des sources qui jaillissent au fond de nous-mêmes. »

« Quand on a une vie intérieure, peu importe, sans doute, de quel côté des grilles du camp, on se trouve. »

« L'éventualité de la mort est intégrée à ma vie ; regarder la mort en face et l'accepter comme partie intégrante de la vie, c'est élargir cette vie. »

« Même si l'on doit connaître une mort affreuse, la force consiste à sentir au fond de soi, jusqu'à la fin, que la vie a un sens, qu'elle est belle, que l'on a réalisé toutes ses virtualités au cours d'une existence qui a été bonne. »

« Il faut oser faire le grand bond dans le cosmos ; alors la vie devient infiniment riche, elle déborde de dons, même au fond de la détresse. »

Oser le grand bond dans le cosmos. Hubert referme son livre et repense aux philosophes grecs et latins à la lecture de cette affirmation, et notamment à Sénèque, qui écrivait à son disciple, Lucilius, que « l'essentiel n'est pas de vivre longtemps, mais pleinement. Vivras-tu longtemps ? C'est l'affaire du destin. Pleinement ? C'est l'affaire de ton âme » (il relit avec une certaine émotion cette citation opportune couchée dans son précieux calepin). Hubert pense aussi au philosophe hollandais Spinoza. Le mysticisme d'Etty Hillesum l'a profondément ému, ce qui l'étonne. Lui, l'athée rationaliste, commence à s'ouvrir au mystère et à des sentiments inconnus qui le transcendent tout en se logeant dans une parcelle intime de lui-même.

La découverte de la ville d'Amsterdam offre aux yeux émerveillés d'Hubert une vue sur les joyaux architecturaux des maisons diversement typiques et colorées. En accord avec Delphine, il décide d'abord de se rendre dans le quartier où vivait Etty Hillesum. Sa maison à façade rouge, éclairée par de grandes baies vitrées, est toujours sur pied. Le jeune couple s'étreint en s'imaginant cheminer sur les mêmes voies empruntées jadis par l'auteur d'*Une vie bouleversée* et son âme de cœur, le quinquagénaire Julius Spier. Le lendemain, ils se rendent à la maison Anne Frank.Hubert est frappé par l'exiguïté de la chambre que l'adolescente devait partager avec un homme qu'elle ne supportait pas. Pour surmonter ses peurs et son confinement forcé, elle punaisa au mur des photographies représentant ses acteurs préférés, échappatoire typique d'adolescente, mais eut surtout elle aussi recours à l'écriture. Dans son cas, comme dans celui d'Etty Hillesum, écrire surpassait le simple besoin de partager une expérience pour remplir la fonction essentielle de survie spirituelle sous la forme de quête, de besoin irrépressible de comprendre l'incompréhensible. Si Hubert possède aussi, toujours tapi au fond de lui et prêt à se réveiller, ce désir dévorant d'écriture, il doit bien se rendre à l'évidence que son besoin d'écrire ne puise pas aux mêmes sources, même s'il a vécu un drame personnel récent.

Les jours suivants coulent nonchalamment entre des promenades en tandem ou sur les canaux, le couple bloquant même un bateau de croisière pendant dix minutes à cause d'une manœuvre erronée de leur pédalo, ce qui a l'heur de provoquer l'ire de Delphine lorsqu'elle constate que le langage muet de son petit ami la désigne aux touristes, irrités ou moqueurs, comme la responsable de ce fâcheux contretemps. Puis les visites au musée, le matin, succèdent aux flâneries dans le poumon vert de la ville, le spacieux Vondelpark, où les amoureux rabibochés profitent du soleil incandescent de l'été aoûtien pour faire la sieste sur la pelouse, près d'un bassin, à l'ombre d'un arbre biscornu, ou bien lire, la longue chevelure bouclée de Delphine reposant sur les genoux accueillants d'Hubert. Juste se contenter d'être soi-même, décontracté, sans la tension du regard d'autrui qui nous jauge, et bien souvent nous juge, ou les préoccupations anxieuses concernant l'avenir.

Le fils de Louis Feuillade est séduit par les attraits d'Amsterdam, ville riche d'histoire, de culture et peuplée d'habitants jeunes d'esprit et s'exprimant dans un anglais parfait, selon les dires de Delphine. Et quels artistes ! Hubert apprécie pleinement les peintres flamands présents au Rijskmuseum, qui ont su prendre leur distance avec les thèmes hérités des idoles de la mythologie grecque ou de l'imagerie chrétienne, pour redonner toute leur valeur à la vie bien terrestre de leurs contemporains. « Le joyeux buveur », de Frans Hals, aux traits disgracieux et aux joues rosies et légèrement boursouflées, qui nous invite du regard et d'un discret signe de la main à nous joindre à lui pour un dernier verre. « La laitière », de Vermeer, bien en chair, issue du peuple, et qui est exclusivement concentrée sur sa tâche dans un décor dépouillé de tout stimulus visuel ou sonore. Et « La leçon d'anatomie du docteur Deyman », du maître Rembrandt, où le mystère de l'homme est révélé dans sa choquante matérialité composée de viscères et méninges exposées à l'œil désenchanté des spectateurs.

Entrer dans le cerveau d'un génie, c'est l'expérience que font Hubert et Delphine en pénétrant dans la célèbre maison aux volets verts et rouges où a vécu et travaillé Rembrandt. Au-delà des gravures et dessins, ainsi que des lieux d'habitation parfaitement reconstitués (cuisine hospitalière, salon servant aussi de salle d'exposition et de chambre, avec son lit typique à baldaquin), c'est l'atelier qui impressionne le couple : larges vitres orientant parfaitement la lumière, chevalet central, couteaux, spatules, palettes, supports en bois, préparations des couleurs sous forme de poudre dans petites coupoles ou dans des bouteilles en verre conservant les huiles, ample collection d'objets hétéroclites servant de costumes ou d'inspiration. Observer cette pièce dans ses moindres détails revient à témoigner du labeur d'un génie, mais aussi de sa quête obsessionnelle du rendu de la lumière sur les êtres, les surfaces, les recoins et les objets. En sortant de cette maison unique, Hubert se sent à la fois reconnaissant et inspiré.

Quant au riche musée Van Gogh, il rappelle au jeune homme que l'art ne saurait être la simple photographie d'une réalité extérieure, aussi précise soit-elle, mais bien davantage l'expression des paysages intérieurs de l'âme de l'artiste, dans toutes leurs nuances de couleurs, de lumière et d'obscurité. Dans chaque tableau de campagne, montagne ou portraits, l'âme vive de Vincent Van Gogh anime la toile pour atteindre le cœur de chaque observateur. Cette soif irrépressible d'exister et de peindre émeut Hubert qui interroge Delphine pour savoir si la souffrance est selon elle nécessaire à l'expression esthétique. Celle-ci peine à répondre, dans un premier temps, puis évoque la théorie de Freud sur la fonction de l'art comme sublimation de pulsions impérieuses, souvent agressives, voire gênantes, et en général socialement prohibées. Elle explique à son petit ami que l'intuition géniale de Sigmund Freud a été de comprendre que la pulsion humaine peut trouver sa satisfaction dans un autre objet que celui prévu par la nature et que cet autre objet peut être l'art comme production ou contemplation. Alors, nos pulsions agressives refoulées deviennent soudain envisagées, autorisées, valorisées par le biais d'une métamorphose esthétique et spirituelle. Delphine cite l'essai de Freud, intitulé *Un souvenir d'enfance de Léonard de Vinci*, où le psychanalyste viennois lie le refoulement intense de certaines pulsions à la créativité visionnaire du génie de la Renaissance. Plus profond le refoulement, plus grande la capacité à sublimer ses pulsions pour ne pas sombrer dans la folie, même si celle-ci aura rattrapé in fine Vincent Van Gogh. L'étudiante en psychologie ajoute toutefois, pertinemment, que le refoulement profond ne crée pas systématiquement des génies, mais qu'il y contribue si l'artiste possède, au-delà d'un talent singulier, une puissance de caractère et de travail lui permettant de surmonter, par une œuvre, ses sentiments intimement niés. C'est ce que Freud nomme la sublimation. Hubert, très à l'écoute des arguments brillamment résumés par son amoureuse, cite à voix haute, moitié pour lui-même, un aphorisme de Nietzsche qu'il trouve particulièrement adapté à leur discussion : « Nous avons l'art pour ne pas mourir de la vérité. »

La semaine inspirante se conclut par une excursion nécessaire, en bus, jusqu'au village de Rinjsburg, situé à environ deux heures de route de la capitale hollandaise. Impossible pour le jeune couple de rentrer à Paris sans connaître la maison où a vécu Baruch Spinoza, pendant deux années, et qui est accessible au public sous forme de petit musée. Hubert et Delphine savent que les quelque cent quarante livres qui constituent la bibliothèque du philosophe ne sont pas les originaux, étrangement confisqués, pendant la Seconde Guerre mondiale, par le ministre et idéologue nazi Alfred Rosenberg. Mais l'exposition de la collection reconstituée des livres, étudiés tout au long de sa vie par l'auteur de *L'Éthique*, provoque une émotion palpable chez ces deux admirateurs de cette pensée si singulière : ouvrages de philosophie, de théologie, d'histoire, de littérature, de mathématiques, d'anatomie et de physique, exemplaires de livres du dix-septième siècle et correspondance avec le vénérable philosophe allemand Leibniz, père de la « théodicée », doctrine justifiant la bonté de Dieu. Mais le véritable trésor de cette demeure, en soi très modeste, est une copie du fameux « Herem », acte excommuniant définitivement Spinoza de la communauté juive d'Amsterdam pour ses idées jugées hérétiques. Hubert frémit en lisant la traduction en français : « qu'il ne lui soit rendu aucun service et que personne ne l'approche à moins de quatre coudées. Que personne ne demeure sous le même toit que lui et que personne ne lise aucun de ses écrits. » Que personne ne lise aucun de ses écrits ! Cette dernière phrase résonne encore dans l'imagination de l'étudiant lorsqu'il s'introduit dans une petite pièce où il découvre la machine à aiguiser des lentilles qui a servi au philosophe banni à modestement gagner sa vie, mais aussi à probablement la perdre, à l'âge précoce de quarante-quatre ans, le 21 février 1677.

Dans le trajet de retour vers Amsterdam, Hubert libère allègrement les chevaux sauvages de son imagination et se prend à rêver d'un destin philosophique semblable pendant que Delphine dort, la tête appuyée sur son épaule. Cette visite, songe-t-il, est un signe qu'il doit sans délai commencer à rédiger son essai philosophique révolutionnaire. Si le célibat de Spinoza ne le tente pas, sa vie frugale consacrée à la recherche spirituelle, en revanche, l'attire. Il se souvient en souriant de la chambre de bonne sous les toits qu'il s'était imaginé habiter, avant de découvrir le bel appartement bourgeois de son oncle Georges. Un désir l'effleure : mener une vie double, la journée dans une pièce louée et dédiée à son œuvre et, le soir, avec sa petite amie, dans son logement. Mais il faudrait pour cela qu'il close ses études, à la fin de son Master, et renonce à son projet de Doctorat afin d'investir son énergie limitée dans l'écriture. Au diable les mémoires universitaires formatés, à lui la gloire éternelle de la pensée originale ! Arrivé à la gare centrale d'Amsterdam, Hubert chancelle à sa descente du bus, pris de vertiges. Le chauffeur, des passagers et Delphine viennent à son secours. Le fier jeune homme prend sur lui pour rassurer ces quidams préoccupés, arguant avoir simplement manqué le marchepied. En son for intérieur, il est gêné de tout cet attroupement, mais aussi un peu surpris par le retour d'un symptôme qu'il pensait avoir surmonté. Les trompettes de sa renommée vertigineuse lui jouent une symphonie fantastique qu'il ne sait comment conduire : doit-il freiner ses ardeurs ou bien accélérer ?

De retour à Paris, Hubert est perplexe et prolonge sa réflexion : souhaite-t-il embrayer sur un Doctorat après son Master ou bien se consacrer enfin à son essai de philosophie sans cesse envisagé et sans cesse reporté ? Il réfléchit à ce dilemme, tout en touillant son café serré, en terrasse du Café bobo, lorsqu'il reçoit un SMS de Delphine. Le jeune homme sélectionne de suite une chaîne d'information sur son portable et prend connaissance du dernier événement. Un attentat terroriste vient d'être déjoué dans le train reliant Amsterdam à Paris ! À priori, des soldats américains faisant du tourisme en Europe sont intervenus héroïquement pour neutraliser l'assaillant, lourdement armé. Il y a exactement une semaine, Hubert empruntait le même Thalys aux sièges rouge sang avec Delphine, de retour de son séjour dans la capitale hollandaise. Il n'ose imaginer ce qui serait arrivé dans ce train lancé à grande vitesse, occupé par des centaines de passagers, sans possibilité de sortie ou d'endroits sécurisés pour se cacher. Un carnage. Voilà ce qui serait arrivé. Un effroyable carnage.

4

Début septembre, Hubert reçoit à déjeuner sa sœur Noémie et son amie Annie. Celle-ci est une habituée de l'appartement. Elle vient souvent y étudier. Mais c'est la première fois que les deux jeunes femmes sont invitées officiellement en tant que couple. Le petit ami de Delphine en est heureux. Il apprécie beaucoup Annie, cette Américaine aux longs cheveux blonds comme les blés et dont les yeux verts émeraude fixent souvent le sol en signe de timidité. À l'opposé, Noémie est effusive et tient à exposer ses sentiments en pleine lumière : étreintes, embrassades dans le cou, caresse sur la joue empourprée de son amoureuse et tête tendrement posée sur son épaule. Delphine a cuisiné un repas très coloré pour faire plaisir à son invitée végane et a insisté auprès d'Hubert pour éviter tout type de viande afin de ne pas lui donner l'impression d'être différente. Après avoir tenté de la convaincre d'inclure quelques tranches de bœuf, puis du poulet et enfin de proposer du poisson, l'étudiant philosophe a finalement acquiescé. Il se rattrapera dans la soirée.

Hubert se montre très cérémoniel dans son questionnement sur les études de ses deux invitées. Noémie est décidée à préparer le concours de la Fémis afin de faire carrière dans le milieu du cinéma, après sa licence, alors qu'Annie envisage un Master en réalisation de dessins animés à l'école des Gobelins.

C'est Delphine qui aborde naturellement la relation entre les deux filles. Noémie est soulagée de pouvoir s'épancher sur ses sentiments. Les questions très formelles de son frère commençaient à l'ennuyer. Elle raconte son quotidien avec Annie et évoque avec une certaine euphorie leurs projets communs. Le visage délicat d'Annie rosit souvent, mais de plaisir, en entendant les déclarations sincères de sa petite amie. Noémie confie ensuite, avec émotion, qu'elle a renoué le contact par téléphone avec son père et lui a annoncé qu'elle vivait en couple avec une fille. Louis Feuillade en a été ravi et, bizarrement, nullement surpris, comme s'il était au courant (à cet instant, Hubert feint de reprendre de la salade niçoise). Il lui a déclaré qu'elle l'avait soulagé d'un poids, comme un fardeau de culpabilité, et qu'il souhaitait vivement faire la connaissance d'Annie dès qu'il se rendrait dans la capitale. Noémie lui a répondu qu'elle aussi avait hâte d'être présentée à Iris. Le déjeuner terminé, le quatuor profite des rayons de soleil de mi-journée pour flâner, en amoureux, le long des quais de Seine. Pas de vipères noires nichées dans les interstices des escaliers en pierres, comme dans le rêve marquant effectué par l'ami de Gaétan, le lendemain de la crémaillère de celui-ci et la veille de sa vraie première rencontre avec la fille de sa vie, beaucoup plus belle et stimulante que le fantôme de la très futile Charlotte.

Après ses vacances estivales, Hubert n'est pas particulièrement pressé de reprendre son analyse. Non qu'il n'en ressente le besoin, mais il aimerait parfois témoigner à son thérapeute un aspect de lui-même positif, résultat des efforts de délibération effectués. Exposer ses névroses heurte son narcissisme. Il pleut sans discontinuer, ce vendredi onze septembre, une pluie fine, quand Hubert tape le code d'entrée de l'immeuble. Après le rituel du thé, puis quelques commentaires sur son voyage à Amsterdam,

Hubert reste en silence quelques secondes, comme s'il appréhendait de se jeter dans un abîme bien qu'il se sache équipé d'un parachute.

— Alors, Hubert, de quoi souhaites-tu parler aujourd'hui ?

— En fait, il s'est passé un incident… enfin pas vraiment un incident… disons que j'ai eu un symptôme à mon retour de la visite du musée Spinoza de Rinjsburg… mais j'ai un peu honte d'en parler.

— Voyons, tu sais que tu n'as à avoir honte de rien dans cet espace. Tout ce qui est humain, tous les sentiments sont universellement partagés, inclus par moi.

— Bon, et bien, j'ai éprouvé de nouveau un fort vertige à ma descente du bus. Cela faisait un moment que cela ne m'était pas arrivé.

— Que s'est-il passé durant le trajet ?

— Rien de particulier. Delphine a dormi tout le long, la tête sur mon épaule. Moi non. J'étais encore sous l'excitation de ma visite à la maison de Spinoza.

— Et au milieu de cette excitation, à quoi pensais-tu dans le bus ?

— À l'essai de philosophie que je désire ardemment rédiger, mais dont je n'ai toujours pas écrit une seule ligne. Et aussi au doctorat.

— Au doctorat ?

— Oui, je me rends compte qu'il me sera impossible d'écrire mon essai et une thèse de doctorat en même temps. Mes forces sont limitées. C'est pourquoi j'ai songé qu'il serait peut-être préférable d'arrêter mes études après mon Master, c'est-à-dire à la fin de cette année universitaire.

— Ce serait dommage… depuis que je te connais, tu as toujours eu envie d'être docteur en philosophie. Tu as quitté ta ville d'Épernay et ta famille avec cet objectif en tête. Et si tu suspends tes études, même pour quelques années, crois-moi, tu auras le plus grand mal à les reprendre un jour. Et puis, tu sais, j'ai déjà eu un écrivain comme patient, un type très doué et qui a eu pas mal de succès à une époque. Il éprouvait vraiment une satisfaction profonde à écrire ses romans. Mais c'était une activité très prenante et surtout solitaire, cinq à six heures par jour pendant lesquelles personne ne pouvait le perturber. Je me rappelle très bien que cela lui créait de constantes tensions avec sa femme et ses enfants. Il a même fini par être plaqué. En ce qui te concerne, je ne sais pas si c'est une idée lumineuse. Tu as des amis, une petite amie, est-ce que tu es prêt à sacrifier les bons moments passés avec eux pour construire une œuvre ?

— Non, je n'y avais pas pensé… j'imaginais pouvoir articuler écriture et vie sociale. Mais si j'ai ce désir en moi depuis plusieurs années, il faut que je sois à son écoute, non ?

— Tout à fait. Mais de quel désir parle-t-on ?

— Du désir d'écrire un essai de philosophie.

— Oui, j'entends bien, Hubert. Mais je t'interroge sur ton désir essentiel, « ton affaire », comme disait Lacan. Revenons à ton vertige, à ta descente de bus à Amsterdam. Essaie de te rappeler les pensées qui ont précédé ce symptôme.

Hubert rougit un peu, baisse les yeux, respire profondément, puis se lance.

— Bon, je dois avouer que mon imagination s'est un peu emballée et je me suis imaginé non seulement rédiger un essai totalement novateur, mais aussi avoir un grand succès d'estime et de librairie, médiatique, bref… la gloire !

— Nous y voilà ! Le mot est lâché… la gloire ! On touche du doigt ton erreur de délibération, Hubert. On ne parle plus de plaisir d'écrire, ni de lire ou d'étudier, mais d'avoir du succès :

des ventes spectaculaires, apparaître à la télévision, avoir ton nom dans le dictionnaire, qui sait, le Nobel de Littérature, comme Camus, et si possible attirer l'attention des femmes, la totale ! Je me souviens d'un de tes rêves où tu laissais tomber un livre aux pages blanches avec le titre « Le Monde comme *vanité* et comme représentation ».

— Oui… c'est bien ça… je vous avais dit que j'en avais un peu honte.

— Ne t'inquiète pas, tes imaginations sont on ne peut plus banales, mais il est nécessaire, à présent, de corriger le tir. Tu vises trop haut pour l'instant. Il faut se rapprocher du cœur de la cible. Et pour cela, comme je te le répète souvent, il faut toujours revenir à la réalité. Tu es un jeune homme doué, passionné de philosophie, tu lis beaucoup, de bons auteurs, et tu as une excellente capacité d'assimilation, mais, surtout, ce qui est plus rare, de synthèse. Et tu possèdes des facilités pour rédiger. Il me semble que ton désir profond est de mieux comprendre le monde et de transmettre cette compréhension dans ton langage, par l'écriture. Je crois donc que la solution à ton dilemme entre ton désir de doctorat et celui de rédiger un essai est maintenant évidente.

— Évidente ? Je ne comprends pas… comme je vous l'ai dit, je sais pertinemment que je suis incapable de mener ces deux projets de front.

— Parce que c'est toi qui insistes tant pour séparer ton désir en deux projets en apparence opposés. Et si tu les réunissais ?

— Comment cela ?

— En publiant ta thèse de doctorat.

Hubert reste coi un long moment. Il s'est tellement torturé les méninges autour de cette question ces derniers temps alors que la solution, mise en pleine lumière par Alain Lebon, lui semble tellement évidente à présent. Il arrive en effet que des thèses de grande qualité deviennent des livres. Et il a toute l'année universitaire devant lui pour échafauder un projet de recherche avec son professeur, Christian Perrin. À la sortie du cabinet, Hubert se rend compte que la pluie a cessé et a laissé place à un bel arc-en-ciel au bout de l'avenue Montaigne.

Les semaines suivantes sont très agréables, non seulement parce que la fin de l'été, puis le début de l'automne, est très doux, ce qui occasionne de nombreuses promenades dans les rues de la capitale avec Delphine, mais aussi parce qu'Hubert sent en lui à la fois une énergie nouvelle et un apaisement. Avoir pu identifier son erreur de jugement par rapport à ses aspirations littéraires l'a en grande partie libéré. Bien sûr, il ressent encore des tensions, et même des vertiges légers, quand il fréquente des librairies, et notamment l'étage de Gibert Jospeh dédié à la philosophie, mais il sait désormais que sa quête consiste en l'approfondissement de sa pensée et non en les chimères du succès populaire. D'ailleurs, approfondissement de la pensée et ventes conséquentes en librairie se marient rarement. En suivant le flux de sa méditation, Hubert tombe sur la couverture d'un de ces pseudo-philosophes pop qui promettent au lecteur assoiffé de sens à la fois un ersatz de réflexion et la promesse du bonheur en deux cents pages et dix-huit euros, emballé et pesé. Quelle supercherie ! Quand l'admirateur de Schopenhauer jette un regard méprisant à la photographie dudit philosophe, tignasse et barbe blanches, sourire niais et regard éthéré, un fort sentiment d'irritation traverse son corps. Si les grands philosophes exigeants comme Spinoza, Kant, Nietszche ou Heidegger peuvent être assimilés à des cafés corsés, ce penseur superficiel qui ose associer bonheur et philosophie peut tout au plus être représenté par une vulgaire camomille. Car la recherche philosophique n'a rien à voir avec le bonheur ; ça, Hubert en est intimement persuadé. Avec la compréhension du monde, la lucidité, la connaissance, l'élargissement de la pensée, chère à Emmanuel Kant, oui, certainement, mais le bonheur impermanent, cette oasis pourvoyeur de tant de désillusions, non, ce n'est pas l'objet de la philosophie ; des religions, peut-être, mais définitivement pas de la philosophie.

S'il ne sait toujours pas quels seront le thème et le questionnement de sa thèse, Hubert a encore le temps d'y réfléchir. Son professeur, Christian Perrin, lui a donné rendez-vous au début de l'année 2016 afin d'envisager ensemble son projet de recherche.

C'est sous les perturbations que le jeune homme se rend, mi-novembre, au stade de France, avec ses amis Gaétan, Thibaut, Luc et Benoît. C'est ce dernier qui a réservé des places en virage pour le groupe. Passionné de football, il se fait une joie d'assister à la rencontre amicale entre la France et l'actuel champion du monde allemand, match préparatoire à l'Euro 2016, programmé justement dans l'Hexagone, et que Benoît envisage d'accompagner dans les divers stades sélectionnés du pays, en juin et en juillet prochains. Hubert, tout comme Gaétan, préfère plutôt la terre battue de Roland Garros à la pelouse verte du stade dionysien, mais il apprécie de passer un moment joyeux avec ses amis, malgré la durée du trajet en métro puis en RER.

S'il s'amuse à faire la ola au début du match, en se levant épisodiquement de son siège en plastique dur situé derrière le but de Manuel Neuer, Hubert refuse d'arborer le maillot bleu, des peintures tricolores sur les joues et de chanter « la Marseillaise », hymne guerrier dont l'origine, se souvient-il, est xénophobe envers la Prusse, l'ancienne Allemagne. Et puis, son âme germanophile l'empêche de choisir entre la France et la

Mannschaft. Les combats sportifs représentent à ses yeux une évolution préférable, comparés aux guerres du vingtième siècle entre les deux nations, c'est une évidence, mais ce qui l'anime est davantage la beauté du jeu et des gestes techniques, indépendamment des équipes (cette philosophie de la participation, chère au baron Pierre de Coubertin, est toutefois balayée d'un revers quand Hubert affronte Gaétan raquette en main ; à ce moment-là, seules la victoire et la compétition, même amicale, comptent).

La foule chante et s'extasie à chaque montée de Paul Pogba ou d'Antoine Griezman, les chouchous à l'applaudimètre. Des bruits de gros pétards retentissent, à intervalles, durant la première mi-temps qui se conclut, juste sous les yeux du groupe d'amis, sur un débordement d'Anthony Martial qui dribble un, puis deux défenseurs germaniques, avant de servir idéalement l'avant-centre, Olivier Giroud, qui fusille le portier allemand d'un plat du pied chirurgical.

Hubert profite de la mi-temps pour boire une bière et consulter ses messages sur son portable, mais constate, comme Gaétan, qu'il n'a pas de réseau. Qu'à cela ne tienne, Delphine doit être confortablement allongée sur le canapé, sous plusieurs couches de couvertures, en train de regarder un film romantique, la boule de poils d'Atma lui réchauffant les pieds. Le match France-Allemagne se conclut sur le score de deux à zéro pour les bleus, André Pierre Gignac inscrivant le dernier but en fin de match, d'une tête smashée, à l'opposé de la tribune d'Hubert qui visionne le ralenti projeté sur les grands écrans du stade. Il est 22 h 50 et le quintet d'amis se dirige tranquillement vers la sortie, non sans faire auparavant une pause pour avaler une dernière bière au goût de plastique au bar situé sous les gradins.

Luc s'étonne que de nombreux spectateurs refluent vers le stade, mi-incrédule, mi-soucieux. C'est surprenant.

Le groupe se dirige vers les portails, mais un agent de la sécurité, blouson en cuir, gants et bonnet noirs, interpelle vivement et sans ménagement Hubert, comme s'il en allait de sa vie : « Écartez-vous des grilles, écartez-vous des grilles, monsieur. » Les grilles sont fermées et les accès bloqués. Refoulés dans l'enceinte, les cinq amis se retrouvent, à leur plus grand étonnement, parqués avec des milliers d'autres supporters, au beau milieu de la pelouse normalement interdite, et foulée il y a peu par les dieux du stade. Euphoriques, ils se filment avec leurs téléphones portables. Benoît mime des dribbles sur Thibaut et Luc ainsi qu'une improbable reprise de volée victorieuse. Gaétan fait des selfies en étreignant son grand copain Hubert pour immortaliser ce moment inattendu. Le speaker du stade s'exprime alors et, au travers des haut-parleurs grésillant, délivre un message informant les spectateurs de la nécessité de demeurer sur la pelouse pour leur sécurité. Le bourdonnement des hélicoptères se fait plus bruyant, rappelant à Hubert la scène d'attaque des innocents villageois vietnamiens, au son de « La chevauchée des Walkyries », dans le film de Francis Ford Coppola, « Apocalypse now ». Le sol tremble soudain quand Gaétan montre l'écran de son téléphone portable, de nouveau connecté à internet, à son meilleur ami. Effaré, celui-ci découvre que de multiples attaques ont lieu en ce moment même en plein cœur de Paris. Vers minuit, la foule est enfin évacuée dans le calme. Hubert, Gaétan, Luc, Thibaut et Benoît rejoignent les quais du RER en conversant et plaisantant avec effusion afin de masquer leur angoisse croissante.

Dès qu'il franchit le seuil de la porte de son appartement, Delphine se rue sur lui, à la fois tremblante et en colère. Cela fait des heures qu'elle essaie désespérément de le contacter. Elle agonisait de le savoir dehors et de ne pas avoir de ses nouvelles. Tristane et Leila ont aussi essayé mille fois d'appeler Gaétan, en vain. Penaud, et se sentant coupable, Hubert s'excuse maladroitement en expliquant qu'ils ont été privés de réseau et qu'ensuite internet ne passait pas dans le métro. À vrai dire, le jeune homme sait qu'il a été inconséquent ; il aurait dû appeler sans attendre sa petite amie et la rassurer. Au lieu de cela, il a passé son temps à batifoler sur la pelouse du stade de France avec ses quatre copains.

Malgré les nouvelles éparses captées sur son téléphone portable, c'est seulement quand il s'installe sur le canapé, face au grand écran de sa télévision, une bière Desperados en main, qu'il prend conscience de la tragédie. Les bruits de gros pétards qu'il a entendus au début du match ont en fait été provoqués par les détonations de ceintures explosives portées par des kamikazes, à proximité de l'entrée du stade, à quelques mètres seulement de son emplacement ! Hubert découvre également les fusillades qui ont pris pour cible des terrasses de café et une salle de spectacle qu'il a déjà fréquentée avec Gaétan, le Bataclan. Le présentateur de la chaîne d'information en continu évoque une centaine de morts et plus de quatre cents blessés : « le pire carnage depuis la Seconde Guerre mondiale », selon ses propres mots. Cela ne finira donc jamais, songe l'étudiant, soudain reconnecté au câble de la dure réalité. Et quel mal avaient fait les victimes ? Passer un moment convivial entre amis ? Se distraire ? Simplement profiter de la vie ?

Passé deux heures du matin, Delphine, exténuée, décide d'aller se coucher. Hubert lui signifie qu'il la rejoint bientôt, mais ne peut s'empêcher de zapper entre les chaînes de télévision jusqu'à l'aube, aimanté par l'incroyable événement, sans réaction, comme un mort-vivant. Atma lui tient compagnie et en profite pour se dédier méticuleusement à sa toilette, sa langue rêche lissant son poil touffu. Par moments, Hubert dévie son attention et observe l'activité insouciante de son ami félin. En cet instant dramatique, il aimerait partager cette innocence animale et ne pas se préoccuper du mal qui ronge le cœur de l'homme.

Le samedi quatorze novembre, Hubert, Delphine, Gaétan, Leila, Tristane et Angel se retrouvent, en fin d'après-midi, dans le Marais, au Café des philosophes, rue Vieille du temple. Malgré le froid, ils décident d'un commun accord de s'installer en terrasse pour siroter quelques bières et commenter les événements de la veille. À leur grande surprise, ils sont loin d'être les seuls à avoir eu cette idée. Bien sûr, Hubert se rend compte que cet acte de résistance collectif est à des années-lumière de l'héroïsme de ses glorieux aïeux, comme son arrière-grand-père, le père de son papy Marcel, qui a été maquisard. La sécurité est tellement renforcée le lendemain d'un attentat terroriste que ses amis et lui-même ne risquent rien. Mais il s'agit là de leur modeste contribution à la revendication d'un style de vie auquel ils tiennent finalement plus que tout, qu'on l'appelle liberté ou démocratie.

En remontant à pied le boulevard Beaumarchais en direction de la place de la République, Delphine fait une confession à Hubert.

— Tu sais, j'ai bien réfléchi et j'ai décidé de passer le concours de psychologue scolaire après mon Master.

— Ah bon ? Et ton doctorat ? Et ton projet de cabinet avec Tristane ?

— Je vais continuer à étudier en parallèle et, après mon Doctorat, j'ouvrirai un cabinet de psychologue avec elle. Mais cela va prendre encore trois ans et demi, c'est long, et je ne peux pas attendre jusque-là. Je ne suis pas comme toi, les études ne me suffisent pas. Je ressens le besoin d'avoir une activité, d'avoir un salaire et d'être indépendante financièrement. Et puis, j'ai vraiment envie de m'engager dans la vie sociale ; d'appliquer concrètement ce que j'ai appris pour venir en aide à ceux qui en ont besoin,

— Ce sont les événements d'hier qui t'ont décidé ?

— Pas seulement, mais ils y ont contribué. Et je pense que le meilleur moyen, pour moi, d'apporter ma petite pierre à la marche du monde passe par l'éducation et les enfants.

— Et tu crois qu'en étant psychologue scolaire tu y parviendras ? Je me trompe peut-être, mais je n'ai pas l'impression que la psychologie est enseignée dans nos écoles ; il me semble même qu'elle en est dramatiquement absente.

— Raison de plus pour essayer. Peut-être que je me fais des illusions, mais je ressens un désir profond d'agir. Pas demain, maintenant.

Cette déclaration surprend Hubert, même s'il comprend sa petite amie. Une préoccupation s'infiltre toutefois dans son imagination : et si leur vie jusqu'ici parfaite, leur îlot de délectation, venait à se lézarder suite à la nouvelle vie sociale de son amoureuse ? En tout cas, lui-même n'est pas pressé d'accéder au marché du travail, qu'il assimile à un labeur qui le priverait de sa liberté, et il entend profiter pleinement des années qui le séparent de sa défense de thèse de Doctorat. Il sera grand temps ensuite d'envisager un métier adéquat, mais le plus tard sera le mieux.

5

Le week-end de Pâques est l'occasion d'un grand déjeuner familial et amical chez Hubert et Delphine. Louis Feuillade est monté de Provence avec sa compagne Iris. Il dort chez son frère Georges et s'apprête à revoir sa fille, Noémie, et être présenté à l'amour de sa vie, Annie. Gaétan et Tristane, que l'ancien négociant de champagne, devenu agent de peintres, connaît bien et apprécie, sont attendus avec Leila et Angel. La mère de Delphine, Céline Langmann, doit également venir, mais sans son mari.

Hubert est à la fois ému et anxieux en pensant à la perspective des retrouvailles entre Noémie et son père. Il sait que le mérite lui en revient. Il est en effet le seul membre de la fratrie à ne pas avoir rompu les liens. Comme Lionel, il aurait très bien pu l'accuser de tous les maux de la Terre : son infidélité, puis son départ pour vivre avec une autre femme, le suicide de sa mère, la désolation de ses grands-parents, l'abandon de sa sœur encore adolescente, le poids de la responsabilité des vignes sur les jeunes épaules de son frère cadet ; en un mot : son inconséquence. Oui, les raisons en apparence objectives pour bannir définitivement Louis Feuillade du cercle familial étaient légion.

Pourquoi a-t-il résisté à cet appel ? Quels fils invisibles l'ont retenu ? Il médite sur ces questions au moment où il dresse la table pendant que Delphine se maquille. Hubert a toujours eu une affection profonde pour son père. Peut-être parce qu'il est l'aîné et donc son tout premier enfant. Plus sûrement parce qu'il a depuis tout jeune été difficile de l'emprisonner dans une case prédéfinie. Sans exception, tous ses enseignants, de la primaire au lycée, ont toujours mis en avant son intelligence, mais aussi sa tendance à l'évasion imaginative, ce qui irritait sa mère qui supportait difficilement ses fréquentes distractions. Elle qui aimait tout contrôler, tout maîtriser, était décontenancée par la boîte noire qui servait à son fils de cerveau et dont les secrets lui échappaient. C'est seulement bien plus tard que l'aîné des enfants Feuillade comprendra que ses accès de rage excessifs à son égard ne le visaient finalement pas, mais étaient un moyen de projeter la rancœur qu'elle ressentait vis-à-vis de son propre mari, mais dont elle n'osait affronter l'amertume, de peur de provoquer, par son comportement et ses reproches, ce qu'elle redoutait plus que tout au monde. S'en prendre, même verbalement, à un enfant n'était qu'un lâche pis-aller permettant de repousser ad vitam aeternam une inévitable confrontation d'adultes.

Car Hubert ressemble comme deux gouttes d'eau à son père, physiquement, mais surtout de par sa personnalité. Ces longs moments de décrochage avec la réalité ont finalement représenté, il en est à présent persuadé, une échappatoire nécessaire, et même créative, pour Louis Feuillade et lui-même. Car dans cet interstice a eu lieu probablement la transmission filiale la plus riche : curiosité envers la nature environnante, pour la musique, la peinture, la littérature, le jeu et le sport et, luxe suprême dans une époque d'injonction à l'hyper activité, inclination au farniente. Hubert comprend mieux, en ce mois d'avril 2016, la nature essentielle de son père, qui est aussi la sienne, celle d'un homme davantage imaginatif que pragmatique, plus sensible à la poésie de la vie qu'à sa marchandisation. Il mesure à quel point il a dû souffrir d'un destin subi et non désiré. Aurait-il été plus heureux s'il avait suivi sans la moindre hésitation son amour de jeunesse ? Probablement. S'il a su retrouver sa liberté et une certaine joie de vivre, au côté d'Iris, dont la personnalité solaire lui rappelle peut-être sa fiancée catalane, le prix à payer de décennies d'indécision a dévasté toute une famille. Mais Hubert ne le juge pas, ne s'est jamais permis de le juger. Sa connaissance, même naissante, des méandres de l'âme humaine l'incline à la compassion et à la bienveillance, malgré le choc incommensurable éprouvé.

Ce n'est pas le point de vue de Delphine. Bien qu'elle apprécie la générosité et le sens de l'humour de son beau-père, elle a souvent répété à Hubert que son erreur majeure a été de ne pas avoir eu le courage d'ouvrir son cœur à sa femme et de lui avouer son mal-être. Après tout, s'il a toujours prétendu respecter son épouse, il aurait pu conserver une relation amicale avec elle, même après une séparation douloureuse, et continuer à voir et éduquer ses enfants. Bien qu'elle soutienne sans réserve l'étroitesse du lien paternel de son petit ami, elle comprend la posture de son frère Lionel. Hubert a d'abord rebattu ses arguments les premières fois qu'il les a écoutés, lui déclarant qu'elle ne pouvait opiner dans cette tragédie familiale, sa généalogie, sans en connaître tous les tenants et les aboutissants. Devant la réaction émue de sa petite amie, il a alors compris intuitivement que si Delphine prenait tellement à cœur cette histoire c'est parce qu'elle l'avait probablement également vécue. Dans son cas, le drame irréversible a été évité, mais la douleur demeure à vif. Depuis ce jour, Hubert décida d'éviter le sujet.

Céline Langmann arrive au même moment que Georges et Alice, qu'elle avait invités à la représentation de l'opéra « Don Giovanni », il y a quelques années de cela, et qu'elle embrasse affectueusement, ainsi que Louis Feuillade et Iris, resplendissante dans une robe rouge striée de formes jaunes oblongues, comme des flammes. Gaétan et Leila, ainsi que Tristane et Angel, les suivent de quelques minutes. Hubert note avec un sourire aux lèvres les regards muets d'approbation d'Alice, d'Iris et de la mère de Delphine à l'entrée du danseur au corps harmonieusement sculpté et au sourire contagieux. Noémie et Annie se font attendre : « ça ressemble à ma sœur », songe l'étudiant philosophe, « elle aime qu'on note son arrivée ; surtout un jour comme aujourd'hui ».

Georges Feuillade est toujours aussi affable. Il possède l'art centrifuge de déclencher des conversations entre les convives et de faire circuler des effluves de convivialité, verre de whisky en main, s'intéressant toujours sincèrement à chacun. Cette attention posée sur le quoditien d'autrui le gratifie en retour de l'appréciation flattée de ses interlocuteurs. C'est par son intermédiaire que les invités évoquent leur vie et leurs projets. Gaétan et Leila vont intégrer un centre régional de formation d'avocats, après leur deuxième année de Master de Droit, avec pour objectif final le certificat d'aptitude à la profession. Leila aimerait être avocate pénaliste alors que Gaétan, pour la première fois devant Hubert, évoque son intérêt croissant pour le droit de l'environnement. Ils ont tous les deux hâte de pouvoir enfin effectuer des stages dans des cabinets, après cinq années d'études théoriques. Delphine annonce sa décision de devenir psychologue scolaire en attendant de pouvoir exercer de façon libérale avec Tristane, qui, elle, réfléchit déjà à son projet de recherche de thèse. Angel explique avec passion son parcours (il est originaire d'Andalousie, sa mère était danseuse de flamenco, son père journaliste sportif) et les exigences quotidiennes de son métier, sous le regard attentif du père d'Hubert. Iris est moins bavarde que dans sa maison provençale, davantage à l'écoute, comme si elle devait creuser son sillon dans ce nouvel univers familial avec tact. Ses réponses discrètes aux questions de Céline Langmann sur ses productions picturales sont relayées par Louis Feuillade, qui ne tarit pas d'éloges sur son talent, ce que confirme la compagne de Georges, Alice, qui connaît son travail et précise qu'elle souhaite ardemment pouvoir l'exposer dans sa galerie dès que possible. La mère de Delphine, très élégante, semble un peu gênée quand Georges, tel un éléphant dans un magasin de porcelaine, s'enquiert de son mari, David. Elle lui répond succinctement qu'il est actuellement chargé de cours dans le New Jersey jusqu'à la fin de l'année universitaire et de son contrat, mi-juin.

À la fin de l'apéritif, Noémie arrive enfin, main dans la main avec Annie. Elle arbore un tee-shirt en noir et blanc à l'effigie de l'acteur James Dean et l'inscription « Rebel without a cause », en lettres majuscules, sous son portrait. Après avoir fait la bise à tous les convives et serré la main d'Iris, elle se jette dans les bras de son père pendant un long moment. Les yeux de Louis Feuillade sont humides d'émotion et les joues de sa fille, repeintes par son rimmel dégoulinant. Aucun mot n'est prononcé, mais tout est dit. Après avoir repris son souffle et gratifié son public de son plus beau sourire, elle présente l'amour de sa vie, la très discrète Annie, dont l'épiderme soudain empourpré témoigne de sa grande timidité. Pendant le déjeuner,

Hubert observe avec satisfaction sa petite sœur, assise à côté de son père. Cela le réjouit de noter le retour de gestes d'affection entre eux. Mission accomplie.

Le lundi suivant, Hubert a rendez-vous avec son professeur, Christian Perrin, au Café des Éditeurs, situé au carrefour de l'Odéon, pour discuter d'un projet de thèse de doctorat. C'est la deuxième fois qu'il retrouve son enseignant estimé en ce lieu qu'il espère prémonitoire. Il s'installe dans un large fauteuil en cuir rouge, face à une des étagères où sont exposés, derrière les vitres, des centaines d'ouvrages invitant à une lecture vagabonde. Christian Perrin arrive légèrement en retard et s'excuse. Les habituelles couleurs sombres de ses vêtements ont laissé la place à une chemise blanche et une veste beige en lin. Il hèle gentiment le serveur, commande deux cafés serrés et, apparemment pressé par le temps, va directement au but de leur rencontre.

— Alors, Hubert, tu as déjà une idée, même sommaire, du thème sur lequel tu vas plancher pendant trois ans sous ma direction attentive et exigeante ?

L'étudiant sort quelques notes de sa pochette en cuir noir et les étale sur la table.

— Plus ou moins, en fait. Il y a tellement d'auteurs et de sujets qui me passionnent qu'il m'a été un peu difficile de choisir une problématique. Et puis, j'ai repensé à vos cours sur Jean-Jacques Rousseau et la singularité de l'être humain par rapport aux animaux. Je me suis dit que je pourrais explorer l'élaboration d'une pensée initiée par Pic de la Mirandole et son idée que l'homme se façonne lui-même ; ensuite Rousseau, qui va mettre l'accent sur un être en excès par rapport à l'instinct animal et, pour finir, Sartre et sa définition d'un individu sans essence et libre dans le projet de s'inventer.

— Oui, c'est évidemment un thème passionnant, ce n'est pas moi qui vais te dire le contraire, d'autant que les trois philosophes que tu viens de citer sont parmi mes préférés, notamment Rousseau et Sartre.

Hubert, qui commence à bien connaître son professeur, anticipe sur ses réserves à venir, comme l'annonce l'habitude qu'il a de touiller incessamment son café pour se donner le temps de bien peser ses mots. Il en sourit.

— Mais…

— Mais… cher Hubert… laisse-moi te dire en toute franchise que ce sujet est très rebattu. Il a tellement été abordé, d'une manière ou d'une autre, que je ne vois franchement pas comment tu pourrais y apporter ta petite pierre. À moins que ton désir soit simplement d'effectuer un travail scolaire et d'empocher ton diplôme, mais je ne pense pas que ce soit ton cas.

— Au contraire, j'aimerais profiter pleinement de ces trois ans de recherche pour approfondir un questionnement et m'enrichir sur un plan personnel.

— Oui, c'est bien ce que je me disais. Faisons une petite expérience, si tu le veux bien.

— Une expérience ?

— Oui, une expérience un peu hypnotique. Relaxe-toi bien dans ton fauteuil, respire tranquillement et, surtout, ferme les yeux.

Hubert jette un bref coup d'œil aux rares clients autour de lui afin de vérifier que personne n'observe son étrange manège puis il se laisse aller et clôt ses paupières.

— Très bien. Maintenant, projette-toi en esprit au moment précis où tu as eu ton épiphanie, où tu t'es soudain passionné pour la philosophie. Et surtout, garde bien les yeux fermés.

— D'accord… je m'en souviens… c'était en avril 2011, j'étais au fond d'une petite salle de classe du lycée Stéphane Hessel, à Épernay… mon ami Gaétan était assis à mes côtés, le journal local sur ses genoux, occupé à faire son tiercé.

— Continue…

— Mon professeur, monsieur Rivière, a évoqué Arthur Schopenhauer, que je ne connaissais que de nom. Il était très inspiré et parlait sans aucune note, comme s'il connaissait son sujet par cœur.

— Et te rappelles-tu ce qui t'a accroché dans son cours sur Schopenhauer, une idée, un mot peut-être ?

— Oui, le concept de « Volonté ».

— Nous y sommes ! Tu peux ouvrir les yeux à présent Hubert, notre microséance de méditation transcendantale est finie, je te le promets. Et maintenant, parlons de la volonté selon Schopenhauer, si tu le veux bien.

Hubert s'empare d'un petit carnet, niché au fond de sa serviette en cuir, où il a pris l'habitude de noter les citations qui le marquent le plus. Il le feuillette et plisse une double page avec la paume de sa main droite.

— Voilà, je l'ai trouvée. C'est une citation de son livre *Le Monde comme volonté et comme représentation*, justement. Elle m'a frappée à sa lecture et je dois vous avouer qu'elle conserve encore une part de mystère.

— Une part de mystère… excellent ! Je t'écoute.

Hubert fronce les sourcils en signe de concentration extrême et lit d'une voix claire, en détachant bien les phrases, ce qu'il tient pour la quintessence de la pensée originale du philosophe allemand.

— « On ne dépassera jamais la représentation, c'est-à-dire le phénomène, si l'on part de la *connaissance objective,* autrement dit de la représentation ; on s'en tiendra au côté extérieur des choses, sans pénétrer dans leur être intime, sans connaître ce qu'elles sont en soi et pour soi. »

— Très bien, c'est la conception qu'a de la connaissance Emmanuel Kant. Continue.

— Oui, mais Schopenhauer va ensuite s'en détacher. En référence à la théorie de Kant, justement, il poursuit « j'ai posé la vérité suivante qui la tient en quelque manière en échec, à savoir que *nous ne sommes pas seulement le sujet qui connaît, mais nous appartenons nous-mêmes à la catégorie des choses à connaître,* que nous sommes *nous-mêmes la chose en soi,* qu'en conséquence si nous ne pouvons pas pénétrer du *dehors* jusqu'à l'être propre et intime des choses, une route, partant du *dedans,* nous reste ouverte. »

— Excellent ! La transition entre les deux philosophes et philosophies est parfaite. Mais vas-y, poursuis.

— « En fait, notre *volonté* nous fournit l'unique occasion que nous ayons d'arriver à l'intelligence intime d'un processus qui se présente à nous d'une manière objective ; c'est elle qui nous fournit quelque chose *d'immédiatement connu*, et qui n'est pas, comme tout le reste, uniquement donné dans la représentation. *C'est donc dans la Volonté qu'il faut chercher l'unique donnée susceptible de devenir la clé de toute autre connaissance vraie ; c'est de la Volonté que part la route unique et étroite qui peut nous mener à la vérité*. Par conséquent, c'est en partant de nous-mêmes qu'il faut chercher à comprendre la Nature, et non pas inversement chercher la connaissance de nous-mêmes dans celle de la nature. »

Hubert pose son calepin et perçoit une vive lueur dans le regard sombre de Christian Perrin. Lui-même ressent toujours une vive émotion lorsqu'il lit ce passage, encore plus à voix haute et à un connaisseur. Une émotion bien différente de celles prodiguées par les pulsions sexuelles ou matérielles, et même intellectuelles. Une émotion spirituelle qui s'empare de son corps et le fait frissonner. La voix de son enseignant résonne dans le salon et attire même l'attention distraite de leurs voisins de tables.

— Voilà, Hubert, voilà ! Quelle citation extraordinaire ! C'est pas les Buttes-Chaumont, ça, mais l'Everest ! Tu vois, il faut toujours partir de ce qui nous a émus. Eh bien, explorons ensemble cette « route unique et étroite » que nous propose Schopenhauer et qui peut nous mener à la vérité. Partons de la Volonté, Hubert. J'ai cours à présent et je dois y aller, mais tu tiens là un vrai domaine d'exploration. Replonge-toi dans ses textes et retrouvons-nous d'ici deux à trois semaines avec une ébauche de projet.

Hubert regarde son enseignant quittant le café en coup de vent, d'un pas allègre, pressé par le temps, mais aussi animé par leur échange fructueux.

6

La rentrée universitaire de septembre 2016 représente, pour Hubert, la dernière marche menant à son destin de philosophe : le Doctorat. Christian Perrin est bien, comme il le souhaitait, son directeur de recherche. Il a montré beaucoup d'enthousiasme pour son projet d'étude comparative concernant la nature de la connaissance dans l'œuvre d'Emmanuel Kant (sur sa suggestion) et celle d'Arthur Schopenhauer. Hubert a moins d'heures de cours à la Sorbonne, mais il y effectue l'essentiel de ses lectures, ce qui lui permet de se concentrer dans un environnement dont les seuls stimuli visuels sont les ouvrages des rayonnages de la bibliothèque Aristote. Il y croise souvent, avec plaisir, ses amis Luc et Hannah, plongés eux aussi dans leur début de thèse. Luc a choisi d'étudier les différences entre raison et intuition, en s'appuyant sur les écrits du philosophe français Henri Bergson. Hannah, elle, prétend explorer la notion nietzschéenne du ressentiment. En revanche, il a un peu perdu de vue Thibaut, qui a changé de voie pour suivre sa petite amie, Agathe, et devenir archiviste. Benoît, lui, a intégré le corps des professeurs des écoles. Par un heureux hasard, il effectue sa première année dans la même école que Delphine, qui a réussi aisément le concours de psychologue scolaire, à l'école élémentaire République. La doctorante en psychologie est enthousiaste. Elle parle beaucoup de ses nouveaux collègues avec lesquels elle mange sur le temps de midi, au sein de son établissement. L'un d'eux revient plus souvent dans la bouche de sa petite amie, un certain Thomas, professeur de CM1, comme Benoît, apparemment célibataire et, surtout, formé lui aussi en Psychologie. Subrepticement, quelques pensées vagabondes viennent visiter Hubert quand il est seul à la bibliothèque de la Sorbonne, sur le chemin du retour, ou bien avant de dormir, tard le soir, et parfois même dans ses rêves, à l'heure du loup. Au petit matin, quand il se réveille et prend son petit déjeuner avec Delphine, ces idées surgies d'on ne sait où se dissolvent dans la lumière naissante de l'aube. Il se rend compte alors que son amoureuse est une fille sérieuse, qui ne lui a jamais procuré le moindre soupçon, contrairement à lui qui a flirté deux fois avec l'infidélité. C'est mu par ce sentiment de confiance inaltérable qu'il se rend un soir, avec Benoît, au parc des Princes, pour assister à une rencontre de ligue des champions opposant les footballeurs du PSG aux Londoniens d'Arsenal. La mi-temps, sifflée sur le score d'un à zéro pour les Parisiens, grâce à un but précoce de leur star uruguayenne, Edinson Cavani, est l'occasion pour Hubert de discrètement sonder son ami et désormais collègue de travail de Delphine.

— Alors, ça te plaît d'être professeur des écoles ?

— Oui, trop bien. Je ne me suis vraiment pas trompé. J'en suis sûr maintenant. Et puis, le programme de CM1 est vraiment top, surtout l'Histoire et la Littérature. Il y a même des ateliers de philo.

— Non ? Des ateliers de philo à des enfants ?

— Oui, c'est tout nouveau, ils appellent ça des « discussions à visée philosophique » dans leur jargon. J'ai pas encore testé. Mais, dis-moi, Hubert, j'ai une idée…

— Je t'écoute.

— Pourquoi tu ne viendrais pas nous faire un cours de philosophie à mes collègues et moi pour nous aider à préparer la première séance ?

— Un cours de philo ? Moi ?

— Oui, ce serait génial. Et puis on pourrait tester le cours tous les deux dans ma classe, qu'en dis-tu ?

— Ils ont quel âge tes élèves ?

— Neuf, dix ans.

— Et pourquoi tu ne parlerais pas de philo toi-même à tes collègues ? Tu es formé.

— Oui, mais je n'ai pas ton aisance. Quand je parle, je suis vite confus.

— Je sais pas, Benoît. Tu sais, la philosophie, pour moi, est très liée à la capacité de conceptualiser. C'est ce qui l'a différenciée des mythes grecs, justement. Ce que faisait Socrate dans ses dialogues c'était cela, partir des symboles que représentaient les dieux et déesses pour les transformer en concepts, comme la beauté ou la justice, concepts qui seront manipulés dans des discours argumentés afin de découvrir la vérité. Or, il me semble qu'un enfant n'a pas la capacité de conceptualiser.

— Pourquoi pas ?

— Delphine m'a expliqué une fois que le psychologue Jean Piaget a déterminé des stades d'apprentissage. Si j'ai bonne mémoire, tes élèves en sont au stade des opérations concrètes, c'est ça ?

— Oui, c'est seulement à partir de l'âge de onze ou douze ans qu'on accède au stade suivant, celui des opérations formelles.

— Tu vois… donc c'est peut-être une intention louable d'initier des enfants à des discussions philosophiques, mais ça me paraît précoce.

— C'est dingue comme tu intellectualises tout Hubert. Essayons ! Qu'est-ce qu'on risque ? Si on se plante, on se plante, c'est pas grave. Les mômes s'ennuieront un peu, c'est tout. En tout cas, mon invitation est sérieuse.

— Bon, je vais y réfléchir… et quelle question on peut aborder ?

— C'est justement ça qui est bien, toutes les questions philosophiques peuvent être posées. Tu peux choisir celle que tu veux.

— OK, pourquoi pas ? Dis-moi, Benoît…

— Oui…

— Vous êtes combien de professeurs en CM1 ?

— Trois, dont une jeune femme très séduisante, qui débute également et s'appelle Nadège.

— Et elle est célibataire, Nadège ?

— Figure-toi que oui. Elle est vraiment mignonne. En plus, on s'entend bien tous les deux.

— Alors, vas-y, fonce !

— J'y compte bien.

— Non, sérieux, Benoît, n'attends pas trop longtemps. Si elle est aussi attirante que tu le dis, elle ne va pas manquer de prétendants.

— Oui, tu as mille fois raison, surtout que mon autre collègue de CM1, Thomas, est un vrai séducteur.

— Ah bon ? Un séducteur ? Il est comment ce Thomas ?

— Super sympa. Très intelligent et cultivé, mais sans arrogance, vraiment un type cool.

— Et il a quel âge ?

— Je sais pas trop. Vingt-sept, vingt-huit ans.

— Il est comment physiquement ?

— Assez grand, comme toi. Il a les cheveux châtains coupés courts, une barbe de trois jours et il porte des lunettes rondes. Mais pourquoi tu me poses toutes ces questions ? Tu veux que je te branche ?

— Mais non, t'es vraiment con… Et vous mangez souvent ensemble Delphine, Nadège, Thomas et toi ?

— Oui, tous les midis. On rigole bien tous les quatre. D'ailleurs, souvent, quand on retourne dans notre salle de classe, Nadège et moi, Thomas prolonge le déjeuner avec Delphine autour d'un café.

— Delphine ? Tu veux dire qu'ils prennent des cafés en tête à tête tous les deux ?

— Oui, mais t'inquiète pas, en tout bien tout honneur… Tu connais Delphine, elle est hyper sérieuse. Mais dis, voir, mon Hubert…

— Oui…

— Tu ne serais pas jaloux quand même ?

— Pfff… jaloux, moi ? Tu rigoles…

— Tiens, les joueurs reviennent sur le terrain. Allez, faut leur marquer le deuxième but maintenant.

Hubert termine son sac de pop-corn cramé. La vision des footballeurs de la capitale, aux maillots rouges et bleus, laisse place à une autre scène moins alléchante, celle de Delphine adossée à la machine à café et buvant langoureusement les paroles du séduisant Thomas, en même temps que son breuvage amer.

La raison et la tempérance délaissent l'esprit en ébullition d'Hubert les jours suivants, surtout vers midi, quand sa petite amie et Don Juan sont censés boire leur café en tête à tête. Tous les signes extérieurs sont interprétés par l'étudiant en philosophie à l'aune de cette nouvelle relation. Si Delphine est d'humeur joyeuse, c'est parce qu'elle est amoureuse. Si elle est distraite, c'est parce qu'elle pense à son collègue. Si elle est triste ou muette, c'est parce qu'elle est déchirée entre Thomas et lui. Si elle repousse les avances d'Hubert, c'est parce que son désir pour lui est moindre. Si, en revanche, elle en redemande, c'est évidemment parce qu'elle transpose sur Hubert le désir sexuel né de ses fréquentations avec Thomas ; peut-être même pense-t-elle à lui pendant l'acte… Un véritable enfer ! Mais si ces imaginations échevelées torturent quotidiennement Hubert, Delphine reste imperturbable. Une grande actrice ! Elle continue, comme si de rien n'était, à étudier, sortir avec ses amies, Tristane et Leila, et à raconter des banalités sur son quotidien.

Un soir, elle se rend au théâtre avec Hubert. C'est sa mère, madame Langmann, qui les a invités, car elle se sent seule. Elle a obtenu des places gratuites au théâtre de la Renaissance et sa luxueuse salle aux fauteuils en velours pourpre. Confortablement installé, Hubert plonge dès les premières secondes dans l'intrigue de la pièce alors que, d'habitude, ce grand cinéphile a besoin d'une dizaine de minutes afin de faire abstraction de tous les artifices théâtraux : les décors, les costumes, les objets, les mouvements exagérés des acteurs et leur voix portée. Mais, ce soir, Hubert est instantanément hypnotisé par le chef-d'œuvre de William Shakespeare, *Othello*, surtout par les intrigues perverses de l'officier Iago. Le génie de ce personnage diabolique est époustouflant pour convaincre Othello de l'infidélité de la très pure et virginale Desdémone, au point que le général maure de Venise finira par l'étrangler sur son lit sépulcral. Certains dialogues exprimés par les acteurs, doués et inspirés, résonnent dans l'esprit d'Hubert :

« Des babioles, légères comme l'air, sont pour les jaloux des confirmations aussi fortes que des preuves d'Écriture sainte. »

« Les idées funestes sont, par leur nature, des poisons qui d'abord font à peine sentir leur mauvais goût, mais qui, dès qu'ils commencent à agir sur le sang, brûlent comme des mines de soufre… »

« La jalousie est un monstre qui s'engendre lui-même et naît de ses propres entrailles. »

Hubert est persuadé que Delphine le trompe. Durant le court entracte, il ose une indélicatesse impardonnable, mais nécessaire. Pendant que sa petite amie se rend aux toilettes avec sa mère, il en profite pour extraire son téléphone portable de son sac et consulter ses messages. D'abord déçu de ne lire que des dizaines de textos de Tristane, Leila et quelques autres collègues de fac féminines, il trouve, au bout de cinq minutes d'investigation, la preuve ultime de l'infraction, un message de Thomas. Succinct, certes, mais hautement explicite :

Merci pour tout Delph Thomas

De rien bisous Delphine

Merci pour tout… bisous… merci pour tout… bisous… merci pour tout… bisous…

Ces quatre mots tournent en boucle dans le cerveau perturbé d'Hubert, prostré sur les dalles humides, à la sortie du théâtre, quand Delphine s'appuie tendrement sur son épaule.

— Dis, chéri, ça t'embêterait si j'allais dormir chez maman, juste pour ce soir ? Je la trouve un peu déprimée et je pense que ça lui ferait du bien.

— Non, bien sûr, pas de problème, je comprends.

— Merci, tu es trop mignon.

Delphine prend le visage de son petit ami entre ses mains froides et l'embrasse tendrement, avant de se diriger vers le parking souterrain où madame Langmann s'est garée. Il est minuit. Hubert remonte le col de son manteau et se dirige nonchalamment vers la station de métro Strasbourg–Saint-Denis, sous une pluie fine. Il contemple dans le reflet d'une flaque d'eau le rouge d'un feu qui se languit de passer au vert quand une main se pose sur son épaule. Une femme blonde, au maquillage criard, et vêtue d'une veste en cuir ouverte sur une poitrine offerte, ainsi que d'une micro jupe en jean, l'apostrophe.

— Ça va beau brun ? Envie de t'amuser ce soir ? T'es tellement mignon que je te fais une ristourne. Allez, moitié prix.

Choqué, le jeune homme se dégage de l'étreinte de cette vulgaire prostituée et presse le pas pour s'engouffrer dans le métro. Un couple assis en face de lui, dans le wagon, le regarde bizarrement. Le reflet de son visage dans la vitre l'épouvante quelque peu, surtout ses yeux exorbités. Ce portrait fugace qu'il contemple n'est pas le sien. Dans le couloir de la station République, Hubert essaie de se calmer et de reprendre ses esprits, mais il est frappé par une vision qui le poignarde en plein cœur. Sur le quai juste en face de lui, Delphine étreint et embrasse un jeune homme. Elle est de dos, mais Hubert reconnaît son manteau bordeaux et sa longue chevelure bouclée. La fourbe ! Elle lui a menti et a inclus sa mère, sûrement consentante, dans son stratagème maléfique. Quand le couple entre dans le train, la main de sa petite amie glissée dans la poche arrière du jean de son amant, puis disparaît dans le tunnel obscur, Hubert, chancelant, est contraint de s'asseoir pour ne pas chuter. Une scène insupportable envahit l'écran de ses pensées : le corps nu et en nage de Delphine chevauchant celui de Thomas d'ici quelques minutes. Le fils de Florence Feuillade ressent une forte nausée. Après quelques minutes de consternation, il se lève d'un coup et change de direction, suivant comme un robot l'injonction d'un démon interne. Il renonce à emprunter la ligne 11 jusque la station Rambuteau jouxtant son appartement et refait le trajet inverse de la ligne 8 en passant de nouveau par Strasbourg-Saint-Denis, mais en s'arrêtant cette fois-ci à la station Bonne Nouvelle. La pluie est devenue torrentielle, mais Hubert, bien que dépourvu de parapluie, presse le pas dans une rue en sens interdit et se dirige, de mémoire, vers l'entrée d'un immeuble modeste. Deux jeunes femmes éméchées en sortent, ce qui lui permet d'entrer sans code. Impatient, il monte quatre à quatre les marches le séparant du sixième étage. C'est avec émotion qu'il sonne nerveusement à la porte de l'appartement 66, malgré l'heure avancée. Après quelques secondes, un homme d'environ trente ans, aux cheveux longs et à la barbe fournie, et seulement vêtu d'un caleçon fleuri, lui ouvre.

— Bonsoir.

— Bonsoir, excusez-moi de vous déranger.

— T'es qui ? T'as vu l'heure qu'il est ? Minuit et demi, c'est pas une heure pour sonner chez les gens.

— Désolé, je crois que je me suis trompé d'appartement.

Une femme rousse, plus jeune, en nuisette de satin lilas, s'approche de l'embrasure de la porte.

— C'est toi, Julien ? T'as le shit ?

Son compagnon la fixe du regard.

— Excuse-moi, t'es qui ?

— Je me suis trompé d'appartement, je crois.

— Tu cherches quelqu'un ?

— Oui, une fille, rousse comme vous. Elle s'appelle Natasha.

— Natasha ? Je la connais. Tu ne t'es pas trompé d'appart. On a été coloc' pendant deux ans.

— Ah bon ? Et vous savez où elle est ? Vous avez son adresse ?

— Désolée, je sais juste qu'elle est partie il y a six mois dans le sud avec son copain.

— Son copain ?

— Oui, un type qui s'appelait Félix, un musicien. Tu le connais ?

— Non. Je suis vraiment désolé de vous avoir dérangés. Merci pour l'info.

— Comment tu t'appelles ?

— Moi ? Euh… Arthur, pourquoi ?

— Tu veux pas entrer Arthur ? On attend une commande. On peut partager, si tu veux. Tu sais, on est très partageurs dans notre couple…

— Non, non, je vous remercie. Je dois y aller. Au revoir.

Hubert s'engouffre à nouveau dans le métro, trempé jusqu'aux os, en direction cette fois-ci de la rue Beaubourg. Il aurait tellement voulu que ce soit Natasha qui lui ouvre la porte. Si ça avait été le cas, il n'aurait pas joué au héros sacrificiel, cette fois-ci, et se serait entièrement abandonné dans ses bras. Il repense amèrement à sa fuite lâche d'il y a quatre ans. S'il avait su que Delphine le tromperait, cette nuit même, avec le premier collègue de travail venu, il n'aurait pas résisté aux charmes de l'ex-petite amie de Benoît. Il aurait plongé avec délectation, et sans le moindre scrupule, sur son lit accueillant. En plus, elle aime les musiciens. Arrivé dans le hall de son logement, l'étudiant s'accroupit et caresse longuement son chat qui le réceptionne avec une effusion de miaulements. Ce doux contact l'apaise l'espace d'un instant. Son portable tombe de sa veste, au moment où il se relève, et fait sursauter Atma. Tout en l'empoignant, il a une idée lumineuse. Appeler Delphine… mais sur le téléphone fixe de madame Langmann. C'est le seul moyen de vérifier qu'elle a bien été dormir chez sa mère et non chez son collègue de travail. Après tout, il n'a pas parfaitement distingué le visage de la fille en couple du métro. C'était peut-être simplement un mirage issu de son imagination obsessionnelle. Hubert pianote sur son écran et sélectionne le numéro de téléphone de sa belle-mère. Après sept interminables sonneries, celle-ci répond, la voix visiblement ensommeillée.

— Allo ?

— Madame Langmann ?

— Hubert ? Ça va ? Il s'est passé quelque chose ?

— Excusez-moi de vous avoir réveillée, mais j'aimerais parler à Delphine.

— À cette heure-là ? Elle doit dormir. Attends, je l'appelle… mais tu es sûr que ça va ?

— Oui, oui, tout va bien madame Langmann, juste un petit problème de rien du tout.

Rassuré, Hubert a envie de raccrocher. Il a obtenu la preuve qu'il souhaitait. La fille sur le quai n'était pas Delphine et son amoureux, en conséquence, n'était pas Thomas. Mais il doit à présent trouver une excuse valable à son coup de fil nocturne.

— Hubert ? Qu'est-ce qui se passe ? Tu es où ?

— À l'appart', en train de caresser Atma.

— Mais tu dors pas ?

— Non, j'étais en train de travailler sur ma thèse.

— Mais il est une heure et demie du matin ! Pourquoi tu m'appelles ? Pourquoi tu as réveillé ma mère ?

— Euh… désolé, j'ai pas vu passer l'heure… rien de grave… en fait, je voulais effectuer l'achat d'un bouquin sur Amazon et j'ai complètement oublié notre code. Tu t'en souviens ?

— Un bouquin ? Sur Amazon ? Mais de quoi tu me parles ? Tu commandes jamais de bouquin sur Amazon, tu les achètes toujours en librairie.

— C'est pour ça que je ne me rappelle plus le code.

— Mais c'est quoi ce bouquin ?

— Euh… *Psychopathologie de la vie quotidienne*, je pense l'inclure dans ma thèse.

— Mais il est dans notre bibliothèque. Voyons, Hubert, tu sais bien que j'ai les œuvres complètes de Freud.

— Ah oui, c'est vrai, j'avais complètement oublié. Génial ! Je vais le prendre maintenant. Merci ma chérie.

— Hubert ?

— Oui…

— T'es sûr que ça va ? T'as une voix bizarre, un peu altérée, euphorique. T'as fumé ?

— Non… non… juste bu deux, trois bières. Désolé, j'avais pas vu l'heure. Ça s'est bien passé avec ta mère ?

— Oui, super, jusqu'à ce que tu nous réveilles en sursaut. T'aurais pu me laisser un simple message.

— Tu as raison. Je n'y avais pas pensé. Excuse-moi auprès d'elle, vraiment, je suis carrément tête en l'air. Tu rentres quand ?

— Demain matin, pour le petit déjeuner. Bon, si ça te dérange pas trop je vais aller me recoucher après avoir rassuré ma maman sur le fait que l'origine de ton désespoir était juste un bouquin. Bye.

— Bye.

Hubert pose son portable sur la table basse du salon, sourire franc aux lèvres, mais aussi un peu honteux. Atma, allongé dos sur le tapis le regarde longuement, comme s'il devinait tout de ses pensées délirantes.

— Eh oui, Atma ! Tu as bien raison de me regarder comme si j'étais un clown. J'ai vraiment déconné ce soir. Mais qu'est-ce qui m'a pris ? Comment ai-je pu m'aveugler à ce point ? Imaginer Delphine en train de baiser avec un autre ? Ma Delphine, si amoureuse et si consciencieuse ! Et tu sais quoi ? Si je continue à me comporter comme un putain d'idiot jaloux, je vais sûrement la perdre. Elle ne le supportera pas. Il faut que je change. Que j'accepte qu'elle puisse avoir des fréquentations masculines. Après tout, je suis bien ami avec Hannah. Et si je faisais la connaissance de ce Thomas ? Si je devenais son ami, moi aussi ? Super idée, non ? Qu'est-ce que t'en penses ? Tu dis rien, comme d'habitude… mais je sais qu'au fond de tes étranges yeux jaunes aux pupilles noires toutes arrondies tu m'approuves. Devenir pote avec ce Thomas. Comment je n'y avais pas pensé avant ?

7

Une langue rêche lèche la joue d'Hubert. L'heure est avancée, ce samedi matin, lorsqu'Atma, sorti de son sommeil, réveille son maître. Le jeune homme descend les marches de la mezzanine, la tête lourde bien qu'il n'ait pas bu une goutte d'alcool la veille. Delphine est attablée devant un grand bol de café, des croissants, et lui sourit.

— Alors, mon écrivain nocturne, tu as veillé tard ?

— Non, pas trop finalement. Je suis allé me coucher peu après mon coup de fil.

— Et le bouquin de Freud que tu cherchais désespérément ?

— Je l'ai feuilleté et j'ai vite trouvé la citation que je voulais.

— T'avais l'air complètement ouf au téléphone hier soir… même ma mère était très inquiète.

— Je suis vraiment désolé. En tout cas, merci pour les croissants, c'est sympa. Dis, voir, chérie, je voulais te parler d'une proposition de Benoît. Quand on est allés au parc des Princes, il m'a branché sur des ateliers philo pour enfants et il m'a proposé de venir à votre école faire un petit cours pour préparer la première séance.

— À l'école ? Toute l'école ?

— Non, juste les profs de CM1. Ça n'a pas l'air de te réjouir, dit donc. Tu fronces les sourcils. Je pensais que tu serais plus enthousiaste.

— C'est pas ça, mais ça m'étonne de ta part. Tu m'as toujours soutenu mordicus qu'il faut une certaine maturité pour étudier la philosophie. Je me trompe ?

— Non, tu as raison. Mais Benoît m'a convaincu d'essayer. Maintenant, si ça te gêne que je vienne à ton école…

— Non, pas du tout, évidemment. Tu sais que je suis fière de toi. Et tu viendrais quand ?

— Il faut que je recontacte Benoît, mais assez rapidement. Je pense qu'en une semaine je dois être capable de préparer mon intervention. Tu pourras y assister aussi, ce serait bien. Comment ils s'appellent, déjà, les profs de CM1 ?

— Nadège et Thomas, je t'en ai déjà parlé.

— Oui, c'est vrai, Nadège… et Thomas.

Delphine continue de tremper son croissant dans son grand bol de café noir. Elle semble soudain plus soucieuse, mais peut-être n'est-ce qu'une impression, songe Hubert. L'idée ne l'a pas fait bondir de joie, c'est certain. L'étudiant philosophe entrevoit déjà cette rencontre avec une pointe de curiosité. Rien de tel que d'observer sa petite amie en face de son possible rival pour détecter sans l'ombre d'un doute s'il existe entre eux les prémices d'une attraction, voire une alchimie.

Hubert profite du dimanche pour inviter Benoît à déjeuner. Pas de repas végan avec lui, mais de la bonne viande de bœuf, des frites et du vin. Tout ce que le petit ami de Delphine apprécie. Après avoir longuement parlé de l'attirance du professeur des écoles pour sa collègue Nadège, le trio évoque la conférence philosophique à venir d'Hubert. Benoît insiste pour visionner, sur YouTube, dans un premier temps, un long entretien avec le père de la philosophie pour les enfants, l'Américain Matthew Lipman, que le jeune couple de la rue Beaubourg ne connaît pas. L'admirateur de Schopenhauer est concentré, bloc-notes et stylo en main, et commente à l'occasion ses réflexions à voix haute. L'idée centrale de Mathew Lipman, qui plaît beaucoup au doctorant de la Sorbonne, est que la philosophie pour les enfants ne concerne pas les connaissances, mais l'investigation, la curiosité, la créativité. L'accent est mis sur la discussion, l'écoute et la prise en compte des arguments d'autrui pour faire évoluer ses représentations initiales par rapport à une question donnée. Lipman cite Aristote, pour qui toute délibération est une investigation qui relève du domaine de la logique ou de l'esthétique. L'importance est le plaisir réel pris par les enfants à débattre des questions philosophiques et, pour les motiver, le pédagogue américain insiste sur l'importance d'inclure le questionnement dans une narration qui leur parle.

L'entretien stimule le désir d'Hubert et Benoît de tester ce dispositif novateur. L'ex-petit ami de Natasha indique à son copain que ses élèves sont en train d'étudier un roman de Daniel Pennac, intitulé *L'œil du loup*. C'est l'histoire d'un loup du Grand Nord, capturé et emprisonné derrière les grilles d'un zoo, et d'un jeune garçon, prénommé Afrique, qui a traversé le continent du même nom avant de suivre son père gardien du zoo. Les deux héros se font face et vont découvrir leurs histoires respectives en fixant la pupille l'un de l'autre. Tout en sirotant son thé vert, Hubert commence à associer ses pensées éparses.

— Je pense qu'on tient là un point de départ pertinent, Benoît. Le face-à-face entre l'homme et l'animal. J'ai juste peur que le loup soit un peu trop anthropomorphisé, à l'image de l'homme, comme c'est souvent le cas dans ce type de récit ou dans les contes.

— Non, pas du tout. Même s'il y a des dialogues entre les membres de sa famille, je trouve que Daniel Pennac a bien réussi à le caractériser comme un vrai loup sauvage.

— Tant mieux. Alors, je te suggère de proposer à la réflexion des enfants la question suivante : « L'homme est-il un animal comme les autres ? »

— Oui, c'est une très bonne question, et très adaptée au roman.

— Je pourrais effectuer une présentation philosophique pendant une demi-heure environ.

— J'imagine que tu vas parler de Rousseau.

— Bien sûr. Pic de la Mirandole, Rousseau et Sartre.

— Oui, c'est bien. Et après on pourrait ébaucher tous ensemble le dispositif pédagogique. Qu'est-ce que tu en penses, Delphine ?

— Ça pourrait être intéressant de mettre en place des binômes : un enseignant et un observateur.

— Oui, moi je veux bien laisser Hubert mener la séance avec mes élèves et l'observer. Et toi, Delphine ?

— Oh, moi, je peux observer une séance menée par Nadège. Il nous faut juste une personne pour former un binôme avec Thomas.

— Pourquoi pas Jean-Michel ?

— C'est qui Jean-Michel ?

— Le directeur de l'école, chéri. Benoît lui a parlé de ta proposition. Il est assez enthousiaste. Je suis sûr qu'il serait partant. Et puis, c'est son école.

— Eh bien, on a bien bossé Delphine et Hubert. Et surtout bien bu et mangé. Tu penses que dans dix jours tu serais prêt ?

— Dix jours, c'est parfait ! Si ma chérie m'autorise à pénétrer sur son lieu de travail.

— Bien sûr, pour quelle raison je t'interdirais de venir ?

— Je sais pas. Peut-être que tu as un flirt secret. Qui sait ?

— Putain, t'es con, Hubert ! N'importe quoi !

La soudaine irritation de Delphine, qui surprend Benoît et le laisse coi quelques secondes, est l'indice pour Hubert que sa présence n'est pas la bienvenue et qu'il avait peut-être vu juste. Qu'à cela ne tienne, le jeune homme est fier de son coup de maître. Dans dix jours, il en aura le cœur net.

Le mardi, en fin d'après midi, le futur professeur de philosophie se rend à l'école République, à quinze heures trente, pour rencontrer le directeur et planifier son intervention. Jean-Michel Ferry le reçoit dans son bureau. C'est un homme affable, souriant, au regard franc, d'une quarantaine d'années. Il est plus grand qu'Hubert, d'allure sportive, et le costume qu'il porte (sans cravate, col de chemise déboutonné) semble un appendice artificiel lié à sa fonction. Il met tout de suite le petit ami de Delphine à l'aise et discute, dans un premier temps, de choses et d'autres autour d'un espresso. Hubert se sent tout d'un coup important. Le spécialiste de la Sorbonne. Jean-Michel lui confie modestement son peu de connaissances philosophiques, mais, au fil de la conversation, Hubert constate qu'il manifeste une véritable curiosité pour les choses de l'esprit et que, s'il n'a peut-être jamais vraiment étudié les textes originaux des grands auteurs, comme lui, stylo en main, il possède un certain nombre de clés dans son trousseau culturel. Le dialogue est très agréable. Après une vingtaine de minutes de bavardages épars, pour faire connaissance, le directeur aborde le plan de formation. Il a réservé une heure et demie, le mercredi dix-sept septembre, l'après-midi, avec les trois professeurs de CM1 et Delphine. Hubert effectuera une présentation philosophique de la question initiale, pendant environ quarante minutes, et, après la pause café (la fameuse pause café, songe Hubert), toute l'équipe planchera sur les détails du dispositif pédagogique. Les séances auront lieu par binômes, le lendemain, en début d'après-midi (le directeur observera celle de Thomas), puis le groupe se retrouvera dans une salle libre, après la récréation, pour le « débriefing » (Hubert déteste ces anglicismes censés remplacer des mots français existant, comme le vocable « bilan », suffisamment explicite), Jean-Michel Ferry s'étant arrangé pour remplacer les trois professeurs des écoles jusqu'à la fin des cours. Celui-ci supplie Hubert de ne surtout pas utiliser l'outil informatique PowerPoint. Il n'en peut plus de tous les inspecteurs qui abreuvent ses enseignants de graphiques et mots clés colorés amplifiés, comme s'ils étaient des enfants attardés, et qui, en conséquence, excluent de facto tout contact visuel direct ainsi que la possibilité d'un débat démocratique fécond. Le jeune homme le rassure sur ce point. Il est particulièrement rebelle à cette tendance superfétatoire des nouvelles technologies et prétend s'adresser à son petit auditoire les yeux dans les yeux, avec passion. Le large sourire qui illumine le regard du directeur témoigne de sa complète approbation. L'ami de Benoît enchaîne sur un commentaire incarné du théoricien de la philosophie pour les enfants, Matthew Lipman. Ses explications subjuguent le directeur. Pourtant, il ignorait tout de cet universitaire il y a seulement quelques jours, mais il en parle comme si la pensée du philosophe américain l'accompagnait depuis longtemps.

Le contact établi, Hubert quitte le bureau de son hôte très convivial et attend patiemment Delphine dans la cour. Elle apparaît, cinq minutes après la sonnerie, en grande discussion avec Benoît et une très jolie jeune femme, plutôt menue, aux longs cheveux bouclés roux et aux yeux verts émeraude. Elle lui rappelle vaguement quelqu'un. Pas de Thomas en vue, apparemment. Cela ne l'étonne guère. Delphine était au courant de son rendez-vous avec le directeur et a dû stratégiquement s'abstenir de s'afficher avec lui. Benoît lui serre vigoureusement la main, comme d'habitude, ou plutôt devrait-on dire lui broie amicalement, et lui présente la ravissante Nadège. Son regard de braise le trouble, mais il se promet de ne pas y répondre, affichant une distance cordiale. C'est la probable future petite amie de Benoît. Hors de question pour lui d'établir un contact intime, cette fois-ci. Mais il se passerait bien, parfois, de ces décharges électriques avec des femmes attirantes qui court-circuitent son cerveau et le fonctionnement habituel des organes situés dans sa poitrine et son bas-ventre.

Durant la semaine, Hubert délaisse exceptionnellement ses recherches de thèse pour se consacrer pleinement à sa présentation philosophique, à l'école République. Il faut dire qu'il ne sait pas travailler autrement. À l'opposé du mythe de l'homme moderne multitâche, qu'il estime fallacieux, l'étudiant ne parvient à donner le meilleur de lui-même, sa concentration totale et son énergie, que lorsqu'il s'investit pleinement dans un seul domaine à la fois. Cela irrite parfois Delphine, qui a toujours plusieurs fers au feu et qui ne conçoit pas que son petit ami soit incapable de mener de front deux actions, même aussi simples que de prendre simultanément l'assiette de salade et la carafe de jus de fruits dans le frigo (invariablement, Hubert doit effectuer deux trajets pour exécuter cette simple demande).

Le plan de sa conférence achevé, il donne rendez-vous, dans un bistrot germano-pratin, à Benoît afin qu'ils échangent sur le contenu, de peur qu'il ait visé trop haut. Son ami le rassure de suite. Tous les professeurs des écoles ont un niveau Master et ils seront très certainement enchantés d'être enfin confrontés à une formation stimulante, las qu'ils sont souvent des conseillers pédagogiques qui s'adressent à eux comme s'ils avaient l'âge (et le niveau) de leurs élèves. Plutôt que de freiner son ami, il l'encourage au contraire à être résolument ambitieux. Benoît change alors rapidement de sujet et aborde une question qui lui tient à cœur : la première impression de son ami sur sa collègue Nadège. Cette fois, Hubert ne feint pas l'indifférence et lui avoue très honnêtement qu'il a trouvé la jeune professeure ravissante et qu'il a apprécié son sourire espiègle. Il approuve totalement le choix de Benoît. Celui-ci n'est pas peu fier du commentaire élogieux de Hubert. Il n'en prend pas ombrage, considérant cet avis d'expert comme précieux. Il confie avoir franchi une étape décisive en ayant le courage d'inviter Nadège à dîner, le prochain samedi soir, dans un restaurant, malgré son appréhension d'un refus poli. À sa surprise, et sa grande satisfaction, sa collègue a spontanément accepté dans un sourire radieux. Hubert en est sincèrement ravi. Avec le temps, il a appris à apprécier ce copain qui lui voue une affection profonde et une confiance aveugle (trop, parfois, son ingénuité étant son talon d'Achille).

Le grand jour arrive vite. L'étudiant philosophe est à la fois excité, mais aussi anxieux. S'il a bûché son intervention comme s'il allait passer un oral d'agrégation, il n'a jamais été confronté à un public, même modeste, d'enseignants et encore moins d'enfants. Sur l'écran noir de sa nuit blanche, son cinéma intérieur a tour à tour alterné entre une scène d'ovation collégiale et la vision angoissante d'un désintérêt embarrassant. Jean-Michel Ferry l'introduit dans une petite salle de classe et lui présente ses auditeurs. Il embrasse Nadège et frissonne au contact de la chaleur de sa peau qui exhale une senteur mixte enivrante de rose et de pêche. Après un « check » amical avec Benoît, il serre vigoureusement la main de Thomas puis embrasse ostensiblement, sous les yeux de celui-ci, Delphine sur la bouche, comme un chien qui urinerait par terre pour marquer son territoire. Il se dirige ensuite vers le bureau. Pendant qu'il retire précautionneusement ses notes de sa serviette en cuir, il jette un bref coup d'œil curieux au camarade de caféine de sa petite amie. C'est un bel homme, à la fois détaché et au regard perspicace. Ses lunettes rondes et sa barbe de trois jours soigneusement taillée lui donnent un vague air d'intellectuel de gauche. Il l'imagine bien militer à la France insoumise. Le type même d'homme qui séduit Delphine. Son amoureuse, elle, est stratégiquement assise à côté de Nadège, à une distance respectable de Thomas, subterfuge grossier qui ne trompe pas l'intuition clairvoyante du fils de Louis Feuillade.

Hubert ferme rapidement la porte à ses pensées vagabondes pour entamer sa conférence. Après avoir écrit au tableau blanc la question initiale, inspirée par le roman pour enfants de Daniel Pennac, « l'homme est-il un animal comme les autres ? », il se lance avec passion dans une démonstration en trois temps.

Il évoque tout d'abord la vision dédaigneuse d'un « animal machine » décrit par René Descartes dans son célèbre *Discours de la méthode*. Le philosophe poitevin identifie deux traits différentiels entre l'homme et l'animal : la communication des pensées par la parole et l'usage de la connaissance, de la raison.

Ensuite, Hubert aborde une autre conception qui rattache l'homme à la liberté. Ce mouvement trouve sa racine à la Renaissance, à Florence, dans les écrits du jeune Pic de la Mirandole, dans un petit ouvrage intitulé *De la dignité de l'homme*. Pic y affirme que l'homme n'a aucune place déterminée dans l'univers, au contraire des animaux. Hubert ouvre l'ouvrage du philosophe génialement précoce et lit clairement ces quelques lignes : « Si nous ne t'avons donné, Adam, ni une place déterminée, ni un aspect qui te soit propre, ni aucun don particulier, c'est afin que la place, l'aspect, les dons que toi-même aurais souhaités, tu les aies et les possèdes selon ton vœu, à ton idée. Pour les autres, leur nature définie est tenue en bride par des lois que nous avons prescrites : toi, aucune restriction ne te bride, c'est ton propre jugement, auquel je t'ai confié, qui te permettra de définir ta nature. » Hubert explique, devant des enseignants vivement intéressés (Benoît avait raison de lui conseiller d'être ambitieux), que Pic de la Mirandole, dans cet essai visionnaire, annonce déjà, presque cinq siècles auparavant, le projet existentialiste de Sartre en décrivant l'homme comme un être qui se modèle et se façonne lui-même, un « caméléon » qui peut avoir et être tout ce qu'il veut.

Jean-Jacques Rousseau va développer l'intuition de Pic de la Mirandole. Pour le philosophe suisse, l'animal a également des idées, contrairement à ce que pensait Descartes, car il a des sens, et il combine ses idées. Pour cette raison, l'homme n'en diffère que par degrés. Ce qui, pour l'auteur du *Discours sur l'origine et les fondements de l'inégalité parmi les hommes*, distingue définitivement l'homme de l'animal, c'est sa capacité à être un agent libre par opposition aux animaux qui sont bridés par leur instinct et ne peuvent s'en distancer par un acte de volonté. Hubert cite l'exemple du chat qui mourrait de faim sur un tas de fruits ou de grains plutôt que d'échapper ponctuellement à son logiciel pour s'en nourrir et survivre. L'autre trait distinctif est la capacité typiquement humaine de se perfectionner constamment quand un animal « est au bout de quelques mois ce qu'il sera toute sa vie, et son espèce au bout de mille ans ce qu'elle était la première année de ces mille ans. »

Et Jean-Paul Sartre, explique l'apprenti conférencier, enfoncera le clou avec sa formule célèbre : « il y a au moins un être chez qui l'existence précède l'essence, un être qui existe avant de pouvoir être défini par aucun concept et que cet être c'est l'homme. » Hubert empoigne sur le bureau une agrafeuse pour expliquer qu'avant d'exister cet objet pratique a été conçu, puis fabriqué, dans un objectif précis qui est sa fonction finale : agrafer des feuilles. Tout comme l'animal naît avec un sentiment inné de son destin, comme ces bébés tortues qui, à peine sortis de leur œuf, trouvent instinctivement leur mode opératoire vers la mer. À l'inverse, l'homme, pour l'auteur de *L'Être et le néant*, est une « tabula rasa » qui existe d'abord, et se définit ensuite, par l'ensemble de ses actes, car il se projette avant tout librement dans l'avenir, échappant en cela à tout déterminisme, au contraire des animaux. Comme l'a déclaré Jean-Paul Sartre, dans une conférence publiée, « le destin de l'homme est en lui-même », car « la vie n'a pas de sens à priori. » D'où la capacité principale de l'être humain à l'invention et à la créativité. Cette absolue liberté a pour corollaire la responsabilité par rapport à nos choix, qui ne sont dictés par personne d'autre que par nous-mêmes, mais aussi le sentiment d'angoisse qui accompagne ces choix libres qui ne dépendent que de nous.

Enfin, Hubert conclut sa présentation par une conception radicalement opposée à celle de Pic de la Mirandole, Rousseau et Sartre, conception qui met l'accent davantage sur la continuité entre l'homme et l'animal plutôt que sur ses différences. Hubert cite Jean-Jacques Rousseau écrivant que chez les hommes « la volonté parle encore quand la nature se tait », c'est-à-dire que la liberté de se soustraire aux lois de la nature est plus impérieuse que celle de leur obéir, pour y opposer l'acception contraire du terme de « Volonté » chez Arthur Schopenhauer. Dans son œuvre majeure, *Le Monde comme volonté et comme représentation*, le philosophe allemand affirme que l'intellect et la raison sont secondaires et que ce qui se meut, et est au cœur de toutes choses, des mouvements mécaniques ou physiques, en passant par la vie des plantes, des animaux et des hommes, est cette force vitale d'origine métaphysique qu'il nomme la Volonté. Le philosophe hollandais Spinoza arriva à la même conclusion, deux siècles auparavant, en appelant cette force qui relie toutes choses le « conatus ». Selon ces deux penseurs, la grande majorité des philosophes les ayant précédé se seraient tous fourvoyés dans cette vision arrogante d'un homme indépendant, en surface, des lois de la nature, alors qu'à un niveau plus profond il est en fait totalement déterminé et dépendant de cette force vitale présente aussi bien chez l'animal que chez l'homme.

En conclusion, trois conceptions philosophiques de l'homme sont en jeu : une différence par l'entendement chez Descartes, par la liberté chez Pic de la Mirandole, Rousseau et Sartre puis une continuité profonde pour Schopenhauer et Spinoza. Hubert termine sa démonstration sous les applaudissements sincères et enthousiastes de son public de cinq personnes. Inspiré, il a ressenti tout au long des quarante-cinq minutes de sa présentation ce que Nietzsche définissait comme le « grand style », un moment rare où les forces ambivalentes s'harmonisent pour laisser place à un unique flux d'énergie qui allie concentration maximale et élégance suprême. La lueur de fierté qu'il perçoit dans le regard de sa petite amie l'électrise. Thomas aurait été incapable d'une telle démonstration.

Pendant la pause café, Hubert discute justement avec Thomas, mettant en pratique son plan astucieux de se rapprocher de lui. Celui-ci l'interroge sur ses goûts pour la guitare jazz et le tennis (seraient-ce des confidences de Delphine ?) L'admirateur de Nadal et Federer avoue qu'il n'a plus le temps de pratiquer son ancien instrument à six cordes, mais qu'il continue régulièrement à tutoyer la petite balle jaune sur les courts du

Jardin du Luxembourg. Il l'invite d'ailleurs pour une partie, ce qui lui donne l'occasion de l'inclure dans ses contacts téléphoniques. Delphine, elle, est plutôt laconique, cela ne lui ressemble pas. Sa discrétion relative, ainsi que la distanciation physique qu'elle met entre elle et son collègue de travail, comme s'il souffrait d'une maladie contagieuse, est plus que suspecte. L'intrusion d'Hubert sur son terrain de séduction la met mal à l'aise, c'est une évidence. Thomas, en revanche, lance ponctuellement à Delphine des regards obliques emplis d'interrogations autant que de désir contenu.

Après avoir défini le dispositif pédagogique qui sera mis en place le lendemain, en insistant sur la posture de médiateurs attentifs et réactifs des enseignants, Hubert rentre à pied jusqu'à son appartement avec Delphine, soudain plus relâchée. Tout en caressant Atma, assis sur le canapé en cuir noir, il songe que son intuition était juste. Sa petite amie, qu'il admire plus que tout, est attirée par un autre homme. C'est comme ça. Étrangement, à présent qu'il s'est confronté à la réalité, Hubert ne ressent pas de sentiment de rage ni de désespoir. Au contraire, avoir été le témoin des effets du charme de son amoureuse sur un autre homme que lui-même réveille sa libido. Delphine en est surprise et le questionne sur l'origine de son surplus d'énergie qui la fait veiller tard malgré le fait qu'elle doit se lever aux aurores pour travailler. Elle ne s'en plaint pas, bien au contraire. Elle est même heureuse de faire l'amour à Hubert plusieurs fois de suite. Elle avait presque oublié, ces derniers temps, le bienfait de sa peau et de ses caresses sur la sienne. Il devrait donner des conférences plus souvent, pense-t-elle. Ça lui réussit.

Hubert a peu dormi. Si sa conférence philosophique à des adultes a provoqué en lui un léger sentiment d'anxiété, la confrontation avec des enfants le préoccupe davantage. Cela représente à ses yeux un véritable saut dans l'inconnu. Il profite de son lever matinal pour préparer le petit déjeuner à son amoureuse qui en est surprise et ravie. Son bel intello s'est transformé en prince vraiment charmant, au moins le temps d'une journée. Elle déchante vite lorsque son nouveau prince dévoile son plan machiavélique : défier Thomas au tennis le prochain samedi. Cette proximité soudaine la rend perplexe. Sa double vie, même fantasmée, lui plaît. Pourquoi diable son amoureux vient-il tout gâcher ?

Hubert entre en classe avec Benoît, vers 13 h 30. La vingtaine d'élèves s'assoit autour de tables installées en U, afin de mieux se voir et s'écouter, leur prénom écrit en grand, au feutre, sur une feuille pliée devant eux. Benoît prend place en fond de classe, cahier et stylo en main. Les enfants regardent l'ami de leur professeur comme s'il était un animal insolite. L'animal, justement, c'est ce dont ils vont discuter aujourd'hui. Après un bref rappel du thème principal du roman de Daniel Pennac, qu'ils sont en train de lire, « l'Oeil du loup », l'étudiant philosophe écrit au marqueur bleu la question qu'ils vont tous ensemble investiguer : *l'homme est-il un animal comme les autres* ? L'écho muet renvoyé par la classe désarçonne quelque peu le doctorant, qui tente une première relance en demandant à son très jeune auditoire (neuf, dix ans tout au plus) d'évoquer leur animal domestique. Les mains se lèvent alors comme les crayons dans le ciel du dimanche 11 janvier 2015, place de la République. La parole se libère enfin pour commenter avec force détails qui son chien, qui son chat ou bien son hamster. Après une dizaine de minutes de descriptions de toute une ménagerie canine ou féline, Hubert, se souvenant de l'exemple donné par Jean-Jacques Rousseau, pose le problème du chat mourant de faim dans un champ de salade. Comment va-t-il réagir ?

La question est pertinente et déclenche une nouvelle salve de commentaires, mais ceux-ci décontenancent le jeune homme. Là où il attendait une constatation de l'emprisonnement du chat dans son programme instinctuel de carnivore, plusieurs possesseurs de jeunes félins affirment sans ambages que leur compagnon non humain a déjà mangé les plantes du salon, même s'il les régurgite peu de temps après sur le sol. Un vrai coup d'épée dans l'eau, médite l'étudiant de la Sorbonne. Se rendant compte que le canevas élaboré la veille ne correspond pas vraiment aux préoccupations très concrètes des enfants, Hubert décide de changer son fusil d'épaule, d'oublier le plan de cours envisagé et d'adopter une posture d'écoute vigilante, comme un psychologue.

C'est alors que la discussion devient passionnante, les petites têtes blondes, brunes ou rousses brûlant d'envie d'apporter leur écot au débat dans un feu d'artifice d'opinions difficile à contenir. Le petit Emmanuel fait la liste de toutes les inventions créées par les humains et dont les animaux sont bien incapables : voitures, ordinateurs, avions et fusées. Martin déclare que seuls les hommes sont doués de la parole (mais Jean-Paul insiste sur le contre-exemple du perroquet). Judith évoque les aspects culturels : écriture de livres, instruments de musique, musées. Hannah fait rire ses collègues en remarquant que les hommes portent des vêtements, au contraire des animaux qui évoluent « tous nus ». Jean-Jacques se souvient du cours d'histoire de la matinée et suggère que seuls les hommes enterrent leurs morts (Jean-Paul discorde, ayant en tête l'existence de cimetières d'éléphants). Frédéric signale que les hommes cuisinent et font cuire leurs aliments. Arthur, lui, partant du roman et du personnage d'Afrique, mentionne les guerres qui ne servent à rien, contrairement aux mammifères qui ne chassent et tuent que pour manger. Hubert saisit cette perche opportune pour oser poser la question du Mal.

À son grand étonnement, Alexis, petit enfant chétif aux lunettes rondes d'intello, rappelant l'acteur jouant Woody Allen enfant dans le film « Annie Hall », lui rétorque, du haut de son mètre trente, que les hommes ne sont pas que méchants, ils s'entraident aussi, comme quand leur maître Benoît les fait travailler en groupes pour mieux apprendre. Hubert reste coi quelques secondes. Il n'y avait jamais pensé. Oui, réfléchit-il, le Woody Allen en culottes courtes a pleinement raison. Si le Mal est intrinsèque à l'être humain, le Bien l'est tout autant. Et pour faire le bien, il faut se mettre à la place de l'autre, anticiper ses doutes et ses besoins en faisant preuve d'empathie. Et ça, les animaux en sont peu capables.

Les dernières minutes du cours sont consacrées à l'expression individuelle de chacun des enfants de la classe de Benoît. Hubert les interroge, un par un, sur l'évolution de leur opinion entre le début et la fin du cours. Presque tous expriment un avis sur la question initiale qui les avait pris au dépourvu à leur entrée en classe. C'est l'occasion pour le doctorant de constater qu'un dialogue de type socratique a eu lieu. Certes, aucun des jeunes participants n'est parvenu à conceptualiser sa pensée, confirmant en cela la conviction d'Hubert. Mais, au travers de leurs associations, ils ont retrouvé ce que le philosophe français Henri Bergson considérait comme l'alpha et l'oméga de la pensée philosophique : l'intuition, qui donne accès à la connaissance absolue, directe, des choses. Tous comme les élèves curieux qui lui font face, Hubert a lui aussi évolué pendant les quarante-cinq minutes de la séance, délaissant ses préjugés initiaux sur l'impossibilité des enfants à philosopher pour se convaincre progressivement de leurs capacités à mener une investigation authentique autour d'un questionnement fondamental. Le franc sourire de Benoît le conforte dans son ressenti. L'expérience a été profitable.

Le samedi après-midi, au Jardin du Luxembourg, Hubert retrouve Gaétan, housse de raquette en bandoulière. De nombreux promeneurs flânent et profitent des derniers rayons de soleil estival : enfants radieux à la vision du déplacement de leur voilier sur le bassin principal, pendant que leurs parents fument ou lisent sur les chaises longues en métal vert, joggers transpirant à grosses gouttes, couples enlacés et grands-parents emmenant leurs petits enfants assister à la pièce de théâtre des trois petits cochons. Le petit ami de Delphine, lui, entend bien construire sa maison en briques pour protéger son couple des assauts du loup solitaire incarné par Thomas. Celui-ci arrive avec quelques minutes de retard sur les courts de tennis en béton vert, accompagné de Benoît, alors que la paire formée par Gaétan et lui-même s'est déjà échauffée et se tient fin prête à administrer une déculottée monumentale à ce véritable amateur ayant l'outrecuidance de se présenter à ce combat de coqs en bermuda et tee-shirt large à l'effigie de Che Guevara, confondant arène sportive et politique.

Quelques heures plus tard, c'est rasséréné et fier de lui que le tennisman aguerri pénètre dans le hall de son appartement, encore en sueur. Delphine est assise à la table de la salle à manger, ordinateur portable allumé à proximité d'une pile de livres, boisson énergétique en main.

— Alors, chéri, c'était bien ce tennis ? Il faisait super beau aujourd'hui.

— Oui, très cool. On a passé un excellent moment. On a joué une heure en double.

— Tu as joué avec Benoît ?

— Non, avec Gaétan, bien sûr.

— Avec Gaétan ? Mais vous êtes des pros ! Vous jouez tous les deux depuis l'enfance.

— Oui, c'est vrai, mais ça fait tellement longtemps qu'on n'avait plus joué ensemble. C'était trop bon.

— Vous avez dû écraser Benoît et Thomas, les pauvres !

— On peut le dire comme ça. On a plié l'affaire en une cinquantaine de minutes : 6-0, 6-1. Et encore, à cinq à zéro au deuxième set on s'est regardés, avec Gaétan, et on a décidé de les laisser marquer un jeu.

— Je vois vraiment pas quel intérêt il y a à humilier ses opposants. Si vous aviez mélangé les équipes, cela aurait été plus intéressant.

— Crois-moi Delph, en sport, il n'y a pas de pitié. Quand tu entres sur un court, il n'y a que la victoire qui compte.

— Tu as l'air content de les avoir écrasés. Ça ne te ressemble pas trop. Je te pensais plus magnanime. Vos adversaires devaient être dégoûtés.

— Non, Benoît l'a bien pris. Tu le connais, il n'est pas rancunier. Il a même un beau coup droit. Par contre, j'ai trouvé Thomas essoufflé. Il y a laissé ses poumons. La clope, sûrement.

Suite à cette remarque dépréciative, Delphine replonge dans ses bouquins comme si de rien n'était. Le cheval de Troie d'Hubert a parfaitement fonctionné : feindre le rapprochement amical avec son rival pour mieux le frapper dans son orgueil une fois sa garde baissée et lui montrer de façon éclatante qui est le chef. La boxe eût été à son désavantage, mais le tennis, ce sport sollicitant une technique affinée, de la persistance et une certaine intelligence tactique, lui a permis d'opérer sur son terrain de prédilection, celui de l'astuce, tel Ulysse éliminant un à un les prétendants de Pénéloppe à son retour à Ithaque.

8

Tous les invités arrivent en avance, ce samedi soir de mai 2017, à l'appartement d'Hubert et Delphine : Georges et Alice, Gaétan et Tristane, accompagnés respectivement de Leila et Angel. Tous vont être les témoins dans quelques minutes d'un événement important ; la première séance publique du court-métrage d'études d'une jeune réalisatrice prometteuse : Noémie Feuillade. Hubert a placé pour l'occasion l'écran large de sa télévision au centre de la salle à manger, juste devant une dizaine de chaises et fauteuils. Il admire, fier de lui, cette installation digne du Salon indien du Grand Café, boulevard des capucines, où a eu lieu, le 28 décembre 1895, la première projection payante de dix films présentés par les frères Lumière. Le moment lui semble aussi historique, quand il se replonge en pensée cinq ans en arrière, au café de l'Univers, face à la gare d'Épernay et à sa sœur en perdition.

Noémie pénètre dans le hall d'entrée, accompagnée d'Annie, responsable de la photographie, de leur voisin Karim, aspirant acteur du cours Florent, qui a accepté de tenir le rôle principal, et de plusieurs filles de son école de théâtre qui ont complété la distribution. Après les présentations d'usage et un apéro dînatoire, les spectateurs s'installent sur leurs sièges, à la tombée de la nuit. Delphine se tient à côté de sa jeune belle-sœur. Elle note sa grande anxiété, au vu de l'agitation de ses jambes sous sa chaise, et lui prend amicalement la main. Le message implicite de son regard encourageant est : « Ne t'inquiète pas, tout va bien se passer ». Le maître des lieux introduit le DVD dans le lecteur et prend place à côté d'une jolie jeune femme à la peau mate et aux longs cheveux noirs et bouclés. Le saxophone de Joshua Redman entame les notes chaleureuses de la ballade « The folks who live on the hill » (c'est Hubert qui a suggéré la bande son jazz à sa petite sœur), sur une vue magnifique des toits de Paris. L'étudiant philosophe est surpris et ému de lire que le film lui est spécialement dédicacé. Le titre suit, en lettres blanches sur un noir et blanc légèrement granuleux du plus bel effet : « Ombres et lumière ». C'est une référence à la pellicule « Shadows », du cinéaste new-yorkais John Cassavetes, que Hubert a visionnée en compagnie de Noémie, à l'Espace Saint-Michel, quelques mois après l'installation de la lycéenne dans la capitale. Ce fut une révélation pour elle. Ils passèrent tous les deux presque trois heures à partager leur ressenti.

Si Noémie commençait à apprécier le septième art, grâce aux sorties rituelles avec son frère, elle restait parfois sur la réserve par rapport aux orientations esthétiques qu'elle jugeait trop intellectuelles de certains auteurs. À ce titre, la découverte de « Shadows » lui montra définitivement la voie. Non seulement elle sut sans l'ombre d'un doute, ce jour-là, ce qu'elle ferait de sa vie, devenir cinéaste, mais, surtout, comment elle partagerait sa vision singulière : sans les artifices d'un cadre et d'une lumière trop travaillés, d'un scénario vingt fois réécrit et d'un jeu d'acteurs reposant sur l'exhibition de techniques répétées dans les cours professionnalisants. Non, elle emprunterait une autre voie, celle de la vie qui pulse, qui déraille, qui crie sa joie ou sa détresse, son ennui aussi, qui dévoile aussi bien sa beauté que sa laideur. C'est la leçon qu'elle retint des quatre-vingts minutes du premier essai de John Cassavetes, qu'elle visionna obsessionnellement quatre fois dans la même semaine. Une improvisation continue, au style résolument documentaire, autour d'une famille de deux frères et une sœur afro-américains ; leurs errances, leurs expectatives, leurs amours, leurs déceptions, le racisme : la vie, tout simplement. Car si Noémie a conscience de l'océan de connaissances qu'elle a encore à acquérir (contrairement à son frère aîné, elle n'est pas une intellectuelle), elle possède un trop-plein de vitalité en elle, dans son cœur et ses tripes, qui ne demande qu'à être partagé. Ce feu intérieur qui la dévore depuis l'enfance, elle sait dorénavant qu'elle peut le canaliser et l'utiliser pour créer. Tel Jean-Michel Basquiat passant ses journées d'apprenti artiste à recouvrir les murs des rues de New York de graffiti, avec sa bombe spray, Noémie arpente fréquemment les rues de la capitale avec sa caméra-stylo, enregistrant des dizaines d'heures de prises de vue réelles, matériel dont elle s'est probablement nourrie pour son premier film.

Le spectateur pénètre dans une chambre exiguë et la réalisatrice cadre en très gros plan (un plan qu'on déconseillerait dans les écoles de cinéma, mais qu'Hubert trouve magnifique) le visage pas encore rasé de Karim, dont le regard ensommeillé cille au contact du rai de lumière s'échappant du Velux. Il est neuf heures à l'horloge murale. Une nouvelle journée commence. Karim ne semble pas jouer un personnage. Il est lui-même. Nonchalant, séduisant sous le regard enamouré de la caméra. Quelques instants plus tard, le beau garçon débouche dans une rue populaire, élégamment habillé, comme pour un rendez-vous. Le style nerveux avec lequel Noémie filme les déambulations des passants affairés, sur un swing endiablé de Count Basie, rappelle davantage à Hubert la dynamique des rues new-yorkaises de son voyage avec Delphine, ou de la pellicule « Shadows », que la nonchalance d'un samedi matin parisien. Le dispositif adopté par la jeune cinéaste (équipe technique restreinte au minimum dans les scènes de rue ou de métro, Noémie à la mise en scène et Annie au cadre ; Arnaud, un collègue de la Fémis, tenant une perche et contrôlant le son en intérieur), donne l'illusion de la réalité, jusque dans certains mouvements de caméra heurtés ou tremblants. C'est très réussi.

Karim (qui porte ses propres vêtements et est appelé par son prénom) se pose pour prendre un café, avec une jeune fille blonde. L'insistance sur l'expression de son visage, davantage que sur celui de l'objet de son désir, révèle le langage muet de l'amour. La jeune femme (présente parmi les spectateurs privilégiés du Salon indien concocté par Hubert dans son appartement) n'y semble pas insensible. C'est alors que deux de ses amies, plutôt bourgeoises, s'installent à sa table et conversent avec effusion avec elle tout en toisant le pauvre Karim. Une fois les deux pimbêches parties, le regard de l'amie adopte des nuances d'hésitation nouvelles puis celle-ci se lève et, sous un prétexte bidon, sort du café et laisse Karim seul, penaud et interloqué.

Le jeune homme déambule ensuite sans but précis, depuis Les Halles jusqu'à l'esplanade Beaubourg. Cette flânerie désabusée est filmée en caméra subjective, comme si un personnage, pour l'instant anonyme, suivait de près les faits et gestes de l'amoureux éconduit. C'est au moment où il observe les sculptures sur eau surréalistes de la fontaine Stravinsky (superbe photographie avec en arrière-plan l'église Saint-Merri) que Karim croise, pour la première fois, le regard insistant d'une très belle jeune femme aux longs cheveux noirs bouclés. Elle le remarque et lui sourit. Bien qu'espacés de plusieurs mètres par la fontaine, les gros plans serrés sur leurs visages respectifs les rassemblent. La façon dont Noémie filme si simplement ce coup de foudre, tout en pudeur, sur un simple glissando musical, bluffe Hubert. Le court-métrage se termine, au bout de quinze minutes, par une ellipse temporelle et un très beau plan final. Karim est dans sa chambre, torse nu et en caleçon, le visage faiblement éclairé par les lueurs de l'aube. Assis devant une table en bois, il déguste son café, regarde devant lui et sourit. Un contrechamp nous dévoile l'objet de sa satisfaction : le joli corps dénudé de la belle inconnue de la place Stravinsky, allongée sur son lit défait, encore endormie (Hubert frissonne à la pensée que la fille dont il admire le corps nu à l'écran est assise, pour de vrai, à quelques centimètres de lui). Le générique de fin, au son de la balade « Naima », du saxophoniste John Coltrane, concorde avec de longs applaudissements nourris et sincères. Lorsque Delphine rallume les lumières de la salle à manger, les yeux de Noémie sont encore humides. Une artiste est née, c'est indéniable. Son frère aîné ressent une fierté indicible pour le talent brut de sa petite sœur et la prend affectueusement dans ses bras.

Hubert coule des jours heureux durant les semaines qui suivent la présentation du court-métrage « Ombres et Lumière ». Les notes des examens de fin de première année de doctorat sont excellentes et sa thèse avance. La problématique, ainsi que le plan sont bien définis et les notes de lectures abondantes. La rédaction a déjà commencé. Le lecteur de Schopenhauer possède indéniablement des facilités pour écrire et, s'il ne travaillait pas dans le cadre restreint d'une thèse, il serait tout à fait capable de développer un essai de plus de mille pages. L'essentiel de l'orientation de Christian Perrin consiste justement à « sculpter le texte », selon ses termes, afin de viser l'essentiel. Lors de leurs premières séances de travail, Hubert a été décontenancé par les corrections de son directeur de recherche qui, feutre rouge en main, biffait des phrases entières de ses écrits, chaque scarification heurtant le jeune homme dans sa chair. Mais l'étudiant a rapidement surmonté sa vanité vexée suite à la vision d'un documentaire où l'on pouvait voir Simone de Beauvoir corriger les épreuves de Jean-Paul Sartre avec exactement le même geste que celui exécuté par Christian Perrin. Si les textes géniaux du grand Sartre ont subi cette opération d'affinement, qui est-il, lui, modeste doctorant, pour s'en offusquer ?

Sa relation avec Delphine a évolué également. Hubert sent qu'il a mûri et accepte mieux que sa petite amie soit l'objet du désir d'autres hommes. Le contraire lui semblerait étonnant. C'est une femme de vingt-quatre ans magnifique. Non seulement d'une grande élégance et d'une beauté à couper le souffle, mais aussi d'une profondeur d'esprit remarquable. Comment pourrait-il être le seul garçon à en être amoureux ? C'est le prix à payer pour sortir avec une fille très séduisante plutôt qu'avec un être superficiel ou quelconque. Il en est pleinement conscient et fier. Et puis, les séances d'analyse avec Alain Lebon l'ont aidé à mieux comprendre que ses crises de jalousie, déclenchées par la proximité de Thomas, résultaient d'une projection classique de son propre désir à lui de trahir Delphine. De façon en apparence illogique, si Delphine le trompait avec son collègue de travail, Hubert serait alors soudainement libéré du poids écrasant de la culpabilité provoquée par ses imaginations fertiles et pourrait coucher sans aucun scrupule avec des filles comme Rachelle, Natasha ou

Nadège. Le Ciel serait alors l'unique limite au défoulement de ses pulsions sexuelles enfin libérées.

Mais un autre danger, plus terre à terre, le guette également. C'est son talon d'Achille, davantage que ses accès de jalousie ponctuels, un défaut lié à son éducation et, pour cette raison, très difficile à déraciner. Ce reptile sournois tapi dans les marécages est son penchant de petit prince à être servi sur un plateau par la vie et à estimer que ce privilège est normal. Si Hubert a très souvent surfé sur cette habitude, somme toute très agréable, jusqu'à ses dix-huit ans, sa mère étant constamment aux petits soins pour sa famille, une fille moderne au caractère affirmé, comme Delphine, supporte difficilement la fonction domestique de la servante. Travailler comme psychologue scolaire, rédiger sa thèse de doctorat, faire les courses, le ménage et cuisiner épuise ses forces limitées et modifie son humeur. Hubert en est conscient, mais son naturel aristocratique, associé à un fond de paresse, reprend souvent le dessus malgré lui. Il sait bien qu'il doit prendre sa part aux tâches quotidiennes, davantage même que sa petite amie, vu qu'il n'a à employer son énergie que pour les études. Mais, subconsciemment, il trouve toujours mille justifications pour échapper autant qu'il peut. Sartre parlerait de mauvaise foi. Quand Delphine lui en fait le reproche, il expire bruyamment ou bien lève les yeux au plafond. Un soir, il a même déclenché l'ire de son amoureuse lorsqu'il a eu l'outrecuidance de mettre l'irritation soudaine de celle-ci sur le compte de sa possible menstruation puis, lorsqu'il s'avéra que le dérèglement de son humeur n'était pas hormonal, de la taxer d'« hystérique ». Très mauvais choix. Aucun autre mot n'aurait pu inoculer une réaction aussi rageuse chez l'admiratrice de Simone de Beauvoir.

Ce soir-là, Atma, confus, dut choisir entre le lit douillet de la mezzanine, à l'étage, ou le cuir rugueux du canapé de la salle à manger. Il choisit la seconde option, non à cause d'une affection plus prononcée pour son occupant, mais en raison du tempérament davantage noctambule du neveu de l'oncle Georges. Avoir l'attention d'un compagnon humain la nuit, fait rare chez ces êtres diurnes, le réjouit.

Toutefois, étant un jeune homme intelligent, bien que peu perspicace, Hubert persiste rarement dans l'erreur et, même s'il lui coûte souvent de simplement s'excuser, il prouve son amour non par des mots creux, mais par des actes (il se souvient du conseil judicieux de son ami Gaétan, suite à sa première dispute de couple : agir, plutôt que dire ou écrire). Cela peut être un dîner surprise aux chandelles (les bons traiteurs ne manquent pas dans la rue Rambuteau), un cadeau opportun au goût de sa petite amie ou tout simplement une étreinte prolongée sous la couette (parfois, le jeune homme se surpasse et joint les trois actes en une même soirée, ce fut le cas le lendemain de sa nuit féline passée sur le canapé). C'est pourquoi il est surpris, lors d'une fin d'après-midi de juin, lorsque Delphine pénètre dans l'appartement la mine défaite, ignorant totalement les miaulements d'accueil rituels d'Atma, ce qui ne lui ressemble guère. Alors qu'elle se jette bruyamment sur le sofa et respire profondément, son sac jeté au sol, Hubert suspend ses lectures et la dévisage tout en sondant sa mémoire récente. Qu'a-t-il bien pu faire ou dire cette fois-ci ? Il l'ignore, mais pressent que l'heure est grave. Il préfère mille fois être le témoin des plaintes de sa petite amie que de ce soudain abattement. Lentement, il se lève de sa chaise, vient s'asseoir à côté de l'apprentie psychologue et lui prend la main.

— Ça va chérie ? Je ne t'ai jamais vu comme ça.

— Non, ça ne va pas Hubert. Je suis extrêmement déçue.

— Déçue ? J'ai fait une bêtise ?

— Mais non, ça n'a rien à voir avec toi. Le monde extérieur existe aussi, tout ne tourne pas autour de ton nombril. Je préfèrerais, d'ailleurs, nos petites incompréhensions sont plus faciles à régler finalement.

— Tu veux une bière ? Ou que j'ouvre une bouteille de vin ?

— Non, il me faut du lourd : une eau de vie, ou de l'absinthe, par exemple.

Un frisson glacé parcourt l'échine d'Hubert. L'heure est vraiment grave.

— Explique-moi.

— C'est très long.

— Je t'écoute. J'ai tout mon temps.

— Bon, tu te rappelles quand j'ai pris la décision de passer le concours de psychologue scolaire ?

— Oui, très bien, le week-end après les attentats du Bataclan. On était allés boire un verre en terrasse avec Gaétan, Leila, Tristane et Angel. Au retour, tu m'as confié que tu voulais agir, faire quelque chose, mettre tes connaissances au service de l'éducation.

— Oui, c'est exactement cela. Et je me souviens de ta réserve devant ma détermination et je vais te dire, chéri, tu avais mille fois raison.

— Qu'est-ce qu'il s'est passé ?

— Comment t'expliquer… c'est tout un ensemble. J'étais tellement enthousiaste à l'idée de pouvoir aider des enfants, mais je suis en fait tombée de haut… de très, très haut. Finalement, tu sais, je crois que j'accepterais bien une bière.

Hubert se lève et va chercher dans le frigo une bière brune. Il sait que Delphine apprécie peu son goût amer, mais c'est tout ce qui reste. Elle le remercie et commence à boire à même le goulot.

— Cela fait dix mois que je ne fais que des bilans psycho cognitifs. Et tu sais que ce n'est pas ma tasse de thé ; moi, c'est surtout l'affectif qui m'intéresse. Mais bon, ce n'est pas trop grave. Non, le pire c'est que je n'ai pas le droit officiellement de travailler en analyse avec les enfants, de les recevoir dans un cabinet ou même une salle adaptée. Et pourtant, je t'assure qu'il y a des besoins criants. Mais cela m'est interdit. Tu imagines la souffrance que j'endure. Je me sens comme un médecin qui ferait passer des batteries d'examens et, une fois le diagnostic établi, laisserait en plan ses patients et ne les soignerait pas. Je me suis fait énormément d'illusions. Et je ne comprends pas cette logique totalement illogique. Si la plupart des élèves ont des difficultés somme toute surmontables, quelques-uns sont complètement désorientés. Des vraies bombes à retardement.

— Je te comprends. On en avait déjà parlé, mais je ne pensais pas que tu en étais autant affectée. Pourtant, l'ambiance de travail a l'air sympa à ton école. Benoît s'y plaît beaucoup. Et ton directeur est un type intéressant, non ?

— Oui, c'est vrai, mais c'est là l'autre face sombre du problème. Toute l'année, j'ai proposé à Jean-Michel et à tous mes collègues des formations sur la psychologie de l'enfant, pour les orienter dans leur travail, de façon totalement bénévole, sans exiger d'heures supplémentaires. Ils m'écoutent, mais je vois bien qu'ils ne me prennent pas au sérieux. Le directeur m'a expliqué que la psychologie de l'enfant n'était pas une priorité pour l'éducation nationale, que les inspecteurs étaient obsédés par les mathématiques. C'est du grand n'importe quoi, de l'aveuglement pur et simple. À quoi ça sert d'utiliser de grands mots, d'inventer le « Vivre ensemble » après les attentats de Charlie Hebdo, si c'est pour se priver des vrais outils qui aident à mieux comprendre notre monde intérieur ? Car les outils, on les a : Freud, Dolto, Mélanie Klein, Winnicott…

— Et Henri Wallon, j'ai lu quelque part qu'il avait même présenté un plan de refondation du système éducatif après la guerre.

— Oui, et ce plan n'a malheureusement pas fait long feu.

— Pourtant, ton directeur et tes collègues de CM1 ont été super réceptifs à ma présentation pour la mise en place des ateliers de philosophie en septembre.

— Pour une raison bien simple : c'était au programme et c'était nouveau. La psychologie de l'enfant, et même la psychologie tout court, est absente des formations d'enseignants, je le sais, j'en ai longuement parlé avec Benoît. C'est inouï. La compréhension et le respect des autres, clé de voûte de la vie en démocratie, trouve nécessairement son origine dans la compréhension de soi-même. Tu connais Howard Gardner ?

— Non…

— C'est un psychologue américain. Il a cartographié les différents types d'intelligence.

— Les intelligences multiples ?

— Oui, c'est cela. Il en a identifié sept et l'une d'entre elles est l'intelligence intrapersonnelle, la compréhension du monde intérieur, de notre vie intime. Et bien, cette capacité essentielle dans le développement de tout être humain est radicalement absente des programmes officiels. Et tu me connais, tu sais que je les ai épluchés ces programmes.

— Comment tu expliques que les soi-disant grands spécialistes de l'éducation sont tellement hors sol ?

— J'y ai beaucoup réfléchi, figure-toi, tous les jours. J'en arrive à la conclusion qu'il existe encore énormément de préjugés envers l'introspection. Elle a toujours mauvaise presse.

— C'est pas Freud lui-même qui avait déclaré aux Américains, lors de son voyage aux États-Unis, qu'il leur apportait la peste ?

— Si. Heureusement, les choses ont quand même évolué depuis.

— Plus ou moins. J'ai lu que la dépression était encore associée à une maladie. Pour moi, la dépression est avant tout un problème existentiel.

— Oui, tu as en partie raison. En fait, je suis tellement passionnée de psychologie depuis l'adolescence, j'ai tellement tiré profit de mon analyse avec Alain Lebon et de mes études que j'imagine un peu ingénument que tout le monde devrait partager mon enthousiasme. Mais, la vérité, c'est que l'introspection fait encore peur. La plupart des personnes rechignent à explorer leurs mondes souterrains, leur face cachée, de crainte d'y trouver des choses dont ils ne seraient pas fiers, voire des monstruosités, alors que c'est une fonction naturelle qu'on utilise tous au quotidien, souvent à notre insu, de façon sauvage, sans méthode. Toi-même, mon chéri, je me rappelle de la tête que tu as faite quand je t'ai tendu la carte de mon thérapeute, après ton scanner raté à l'hôpital Necker. On aurait dit que je t'envoyais à l'échafaud.

— C'est vrai. J'étais mort de trouille. Pourtant, j'ai tellement changé grâce à Alain Lebon. La première fois que j'ai sonné à la porte de son appartement de l'avenue Montaigne a été un de ces moments clés de ma vie. Il y a eu un avant et un après. Comme avec le cours de monsieur Rivière sur Schopenhauer, et aussi notre rencontre, bien sûr.

— C'est justement pour cette raison qu'il faudrait enseigner l'introspection dès l'école, avec des outils adaptés, des jeux de rôles, des fables, des récits mythologiques, afin d'habituer dès l'enfance les futurs citoyens et démystifier la fausse réputation morbide de l'exploration de notre monde intérieur.

— Je comprends parfaitement ton abattement à présent. Mieux, même, je le partage complètement. Tu sais, d'une certaine façon, c'est un peu ce qu'écrivait Schopenhauer quand il affirmait que le monde de la représentation, le monde extérieur en fait, n'est pas le seul monde existant. Mais dis-moi, qu'est-ce que tu comptes faire par rapport à cette situation ? L'éducation nationale est un mammouth, cela prendra des décennies pour que ce que tu souhaites soit un jour mis en place.

— Oui, c'est bien pour ça que je vais poser ma démission.

— Ta démission ?

— Oui, tu me connais, je déteste les compromis et, quand je prends une décision, je ne fais pas les choses à moitié. Au moins, j'aurais essayé. Je vais pouvoir dégager du temps pour avancer sur ma thèse, qui est un peu à l'arrêt, et, après mon doctorat, je travaillerai en cabinet. J'ai décidé de commencer avec les enfants justement. C'est une professeure de la faculté de médecine de Créteil, avec laquelle j'ai discuté, après une conférence lumineuse qu'elle a donnée à notre université, qui m'a convaincue. Pour elle, s'intéresser à l'enfant, et même à l'enfant qui vit encore en nous, c'est nous reconnecter à notre monde secret et profondément mystérieux et aussi à la recherche de sens. Si je ne peux pas accompagner les enfants à l'école, je le ferai dans mon cabinet, en toute liberté et avec beaucoup d'investissement. Rien que de t'en parler, cela me redonne un peu le moral.

Cet aveu sincère de Delphine l'a soulagée. Hubert le perçoit à la lueur qui renaît dans son regard à l'évocation de son futur de psychologue pour enfants, ainsi qu'à sa posture soudain moins tendue. Elle perçoit enfin la présence insistante d'Atma, blotti depuis un quart d'heure à ses pieds, et le prend dans ses bras pour le caresser. Il se laisse faire un moment puis, comme d'habitude, mordille le fin poignet de sa maîtresse pour se défaire de son étreinte et, empli de sa fierté altière, aller voir ailleurs. En son for intérieur, Hubert concorde avec la décision de son amoureuse, même si celle-ci le surprend. De plus, elle va pouvoir rester plus souvent à la maison, le dorloter (pas trop quand même, il sait qu'il ne doit pas abuser) et, cerise sur le gâteau, s'éloigner en conséquence des rets du séduisant Thomas.

9

Hubert est extrêmement nerveux depuis plusieurs mois. Pourtant, les premiers jours ensoleillés du printemps invitent à la flânerie, au bien-être, à s'allonger sur l'herbe ou en bord de Seine, à fermer les yeux et à apprécier le doux picotement des rayons sur sa peau. Mais une angoisse terrible s'empare de tout son être, l'empêche fréquemment de respirer. Dans deux mois, le mardi onze juin 2019, en début d'après-midi, l'étudiant va soutenir sa thèse. Huit ans de labeur, d'enthousiasme, de découragement parfois. Et, dans un peu moins de deux mois, il sera docteur. Docteur en philosophie ! Tout ce dont il a rêvé depuis ses cours au lycée Stéphane Hessel d'Épernay, avec son professeur, monsieur Rivière.

Pourtant, si près du but, Hubert est assailli par le doute. Le sentiment d'être une fraude le hante, malgré ses nombreuses recherches et son travail acharné (et souvent passionné) de rédaction. Un cauchemar récurrent le poursuit en plein cœur de ses nuits. Il entre dans un amphithéâtre immense et délabré. L'espace est sombre. Il tient un masque en main, un masque antique. Face à un jury grisonnant et austère, il ouvre sa pochette, étrangement marron, et découvre qu'elle est vide. Une professeure d'allemand un peu foldingue et vieille fille, mademoiselle Todderseele, se lève, mitraillette en main, et tire des rafales sur l'étudiant, qui plonge sous une table et s'enfuit en rampant.

Hubert a bien sûr analysé ce rêve et l'origine refoulée de son sentiment d'angoisse avec son thérapeute, Alain Lebon. Il comprend qu'il est illogique de paniquer après avoir tant étudié. Si ses désirs de gloire, fallacieux et hors d'atteinte, créent en lui des tensions insoutenables, le retour modeste à la réalité de l'épreuve qui l'attend le calme. D'ailleurs, la réception par courrier de deux prérapports, lui permettant d'identifier les points forts et faibles de sa thèse, le conforte dans le sentiment qu'il est sur le bon chemin. Mais il aimerait que son directeur de recherche, Christian Perrin, réponde à ses mails et messages, même si le jeune homme sait qu'il est affairé à cette époque de l'année. Ou bien est-ce à cause de la piètre qualité de ses écrits ? Alors que les chevaux de son imagination s'affolent, Hubert est heureux de recevoir un SMS de son professeur lui fixant un rendez-vous, en milieu d'après-midi, au Café des Éditeurs. Contrairement à sa mauvaise habitude, Christian Perrin est ponctuel et déjà attablé quand Hubert pénètre dans le café. Son sourire contagieux rassure le jeune homme. L'absence de réponse à ses mails n'était pas personnelle, mais sûrement liée à ses nombreuses activités. L'angoisse ressentie ces derniers mois se dissout dans le reflet du regard bienveillant de son enseignant. Tout en sirotant une orange pressée, l'étudiant discute des détails de sa soutenance.

— Ça va, Hubert ?

— Oui, mais je dois vous avouer que je me sens de plus en plus nerveux à mesure que le grand jour approche. Je doute constamment de la valeur de ma thèse.

— Alors je te rassure tout de suite. C'est toi le grand spécialiste de Schopenhauer. Tu l'as tellement étudié que je peux t'affirmer que tu en sais davantage que les membres du jury. Ceux-ci ne sont pas là pour te mettre des bâtons dans les roues. Ils ont grandement apprécié ton travail, crois-moi, et seront ravis de t'accueillir à l'université. Prépare-toi à une soutenance positive. Et puis, dans les deux mois qui nous restent, je vais bien te coacher, tu sais que tu peux compter sur moi.

— Oui, je sais que j'ai énormément bûché sur cette thèse. Mais c'est une angoisse irrationnelle, en fait. Comme si j'étais un imposteur. Je ne sais pas comment l'expliquer.

— Tu préfèrerais vendre du champagne ?

— Sûrement pas ! Non, je veux vraiment être philosophe, je n'ai aucun doute sur ma vocation.

— Et bien, on approche de la première étape, une étape très importante. D'ailleurs, il faut qu'on close la liste des membres du jury. On a quatre hommes, en plus de moi, et une femme, ma collègue Élisabeth, la grande spécialiste de la Sorbonne de philosophie allemande et de Kant.

— Oui, je suis content qu'elle ait accepté, même si je sais qu'elle est très pointilleuse.

— Les chercheurs Christophe Sammer, Didier Reynaud et Félix Fontaine, qui ont tous déjà orienté des thèses sur Schopenhauer, sont partants.

— Parfait.

— Et puis, pour donner une ouverture à l'international, Franz Wille, de l'université Humboldt de Berlin, que tu as eu la chance de lire dans la langue de Goethe, contrairement à moi, et qui est parfaitement bilingue.

— S'il pouvait venir, ce serait génial.

— Il a répondu à mon invitation la semaine dernière. Tes recherches l'intéressent au plus haut point. Il a confirmé sa présence.

— Ouah… qu'un tel spécialiste se déplace de Berlin pour venir m'écouter. Je ne sais pas quoi dire.

— Bon, la liste est complète alors. Maintenant, relisons ensemble les deux prérapports que tu as reçus et essayons d'anticiper sur les lignes directrices des questions.

L'échange avec Christian Perrin procure un second souffle à Hubert. En un mois, il parvient à finaliser la révision finale de son mémoire, qu'il est heureux d'envoyer dans les délais aux membres du jury. Il lui reste à présent trois semaines pour préparer sa soutenance. Delphine travaille également sur la sienne. Depuis qu'elle a démissionné de son poste de psychologue scolaire, deux ans plus tôt, elle profite pleinement de son temps libre pour investir dans ses recherches. Elle sollicite parfois Hubert quand elle souhaite des références philosophiques. Son petit ami est flatté de pouvoir lui apporter quelques lumières. Ce soutien mutuel, au cœur du sprint final, est appréciable. Il vaut davantage que de simples mots d'encouragement, une preuve d'amour plus tangible que des déclarations enflammées.

Après un week-end romantique en Normandie, pour décompresser et admirer les jardins où Monet a peint ses variations de nénuphars, Hubert se remet au travail dès son retour, le lundi matin. Un sentiment de honte l'envahit alors à la relecture de sa thèse, que les membres du jury ont certainement déjà reçue et peut-être même lue, et au nombre de coquilles qu'il a laissées en chemin. Paniqué, il envoie un texto à son directeur de recherche. Celui-ci le rappelle en fin de matinée pour le rassurer, comme d'habitude. Il lui dit que ça n'est pas grave, que cela arrive fréquemment, et que la solution appropriée dans ce cas est de rédiger un document d'errata adressé au jury. C'est ce qu'il fait après avoir déjeuné près de la Sorbonne avec ses amis,

Luc et Hannah, qui soutiendront leurs propres thèses une semaine environ après Hubert, qui aura donc l'insigne honneur d'essuyer les plâtres.

Fin mai, l'étudiant se rend, à trois jours d'intervalle, à l'université de psychologie René Descartes pour assister aux soutenances respectives de Tristane et Delphine. La sœur de Gaétan a effectué une étude de terrain impressionnante, pendant trois ans, sur le thème de la persistance des symboles mythologiques dans les rêves nocturnes. Elle a recueilli et analysé un corpus de rêves notés par une trentaine de personnes d'âges et de milieux divers. Hubert ne lui connaissait pas cette capacité de travail et de synthèse. Bien que très intelligente et cultivée, il a toujours eu d'elle l'image d'une fille essentiellement intuitive et un peu dilettante.

Partant de l'étude du psychologue suisse Carl Gustav Jung sur l'homme et ses symboles, qu'il nomme des archétypes, Tristane démontre brillamment comment certains lieux, objets ou expressions, en apparence, anodins, enrichissent la compréhension des rêves par association avec leur signification mythologique originale. La petite amie d'Angel éclaire d'un jour nouveau, aux yeux d'un jury visiblement séduit, ce qu'est un symbole : la représentation imagée d'un sentiment qui trouve ses racines dans le mystère de la vie. La réception, faisant suite aux éloges reçus, donne à Hubert l'opportunité de revoir les parents de son ami Gaétan. M. Roederick, toujours aussi affable, a pris un peu d'embonpoint, mais conserve son air jovial. Il faut dire qu'il connaît les bonnes adresses champenoises. Sa femme est encore élégante, même avec une couronne de cheveux plus grisonnants. Elle est fière de sa fille, mais aussi de son magnifique gendre, le bel Angel, qu'elle présente à tout va aux invités comme s'il était son propre fils.

Trois jours plus tard, c'est au tour de Delphine de passer l'épreuve du doctorat, exactement dans la même salle que Tristane, mais avec un tout autre jury. Cette fois, Hubert n'est plus aussi détendu. Non seulement, car il s'agit de sa petite amie, mais aussi parce que, dans deux semaines exactement, lui-même va passer sur le grill et il ne peut s'empêcher d'anticiper en imagination sur sa propre soutenance.

Delphine a choisi un thème ambitieux et innovant autour du concept de surconscient dans l'œuvre du psychologue français d'origine autrichienne, Paul Diel. Hubert est très fier d'entendre son amoureuse commencer par citer Platon, sur sa suggestion, afin d'évoquer la voix intérieure qui a guidé Socrate dans les circonstances difficiles de sa vie : « un signe divin et démoniaque se manifeste à moi. C'est une sorte de voix qui, lorsqu'elle se fait entendre, me détourne toujours de ce que je dois faire, mais ne m'y pousse jamais. Car c'est elle qui s'oppose à ce que je m'occupe de politique, et je crois qu'il est fort heureux pour moi qu'elle m'en détourne ». Cette voix intérieure, qui s'exprime en chacun de nous, mais accède difficilement au conscient, la fille de David et Céline Langmann explique, avec beaucoup de clarté, qu'elle est la permanence en l'être humain de l'instinct animal. La différence, c'est que, en l'homme, elle n'est pas impérative, mais seulement directive (autre citation, de Rousseau cette fois-ci, toujours suggérée par Hubert : « La nature commande à tout animal, et la bête obéit. L'homme éprouve la même impression, mais il se reconnaît libre d'acquiescer, ou de résister ; et c'est surtout dans la conscience de cette liberté que se montre la spiritualité de son âme »). L'homme est libre de suivre ou non cette voix, poursuit Delphine, de l'écouter ou bien de la refouler. De son attitude s'ensuivra l'accord intime avec soi-même, la satisfaction profonde ou bien la disharmonie, la culpabilité et l'angoisse. L'expression intuitive et imagée de cette orientation essentielle peut être retrouvée dans les créations collectives immémoriales des mythologies ou bien individuelles des rêves nocturnes.

Les applaudissements admiratifs qui suivent la soutenance de Delphine réjouissent Hubert et lui semblent amplement mérités (en son for intérieur, il espère la même réaction pour lui dans une semaine, voire mieux). Bien qu'il connaisse parfaitement les grandes qualités de sa petite amie, depuis huit ans qu'ils sortent et vivent ensemble, elle continue de le surprendre positivement. En plus, elle est vraiment superbe dans sa robe noire. Sa muse à lui.

La semaine précédent sa soutenance, Hubert est toujours très nerveux. Il travaille d'arrache-pied à la rédaction de son discours. Il le relit et le corrige sans cesse, comme s'il sculptait une statue antique en recherchant l'harmonie parfaite. Il prépare également ses réponses aux potentielles questions à partir des deux prérapports reçus. Il en oublierait presque les détails pratiques. C'est Delphine, libérée de son propre doctorat, et encore en apesanteur, qui s'occupe des aspects plus organisationnels : communiquer la liste des invités aux services de sécurité de la Sorbonne, mesure obligatoire depuis les attentats terroristes de 2015, puis acheter des produits divers (fromages, jambons et bouteilles de vin) pour le cocktail. Si Lionel a décliné poliment l'invitation de son frère, évoquant le prétexte d'un déplacement professionnel plutôt que la présence non désirée de son père, il lui a fait envoyer deux caisses de champagne de la maison Feuillade avec un message d'encouragement touchant.

L'avant-veille de la date de soutenance, le dimanche neuf juin, Hubert effectue une pause nécessaire. Son oncle Georges a fait jouer ses relations pour lui obtenir trois places pour assister à la finale masculine de Roland Garros. Il s'y rend avec Gaétan et Angel. Son idole, l'Espagnol Rafael Nadal, affronte un joueur en ascension, le redoutable Autrichien Dominic Thiem. Tout au long des trois heures de match, Hubert vibre à l'unisson de Nadal et se répand, auprès de ses deux amis, à la fin de chaque jeu gagné, en admiration. Davantage qu'une partie magistrale de tennis, c'est une leçon incarnée de philosophie que le grand champion administre. En effet, Rafael Nadal allie le grand style de Nietzsche dans la fluidité des ses coups droits et de revers, l'existentialisme sartrien dans le projet tactique d'anticiper sur les prochains coups et surtout une harmonie entre une grande concentration et un relâchement total. Grand style, anticipation, concentration sur le moment présent et relâchement. À la sortie de Roland Garros, suite au douzième triomphe sur la terre ocre de la porte d'Auteuil du joueur ibère, Hubert médite cette leçon exemplaire en vue du jour le plus important de sa jeune vie.

10

Le grand jour arrive enfin. Hubert se lève tôt, ce mardi onze juin deux mille dix-neuf, bien que l'épreuve ait lieu en début d'après-midi, à quatorze heures. Il n'a pas très bien dormi. Son sommeil a été assez agité, le doctorant se réveillant toutes les heures. Le matin même, l'étudiant sent sa bouche pâteuse et sèche. Il n'a pas faim, mais suit les conseils avisés de sa petite amie, qui lui prépare un petit déjeuner vitaminé et consistant. Il doit toutefois se forcer pour avaler son croissant et sa banane. Étrangement, la sensation d'anxiété diminue au fur et à mesure que l'heure approche. Il sort de son appartement, avec Delphine, après avoir révisé une dernière fois son discours. Comme les parachutistes, assis portes grandes ouvertes au-dessus du vide, sa voix intérieure fait résonner en lui l'injonction « Go ! » et il plonge, décidé, dans les rues menant à la Sorbonne.

À treize heures cinquante, Hubert Feuillade pénètre dans la modeste salle Duroselle. Un souffle de forte chaleur l'accueille, en même temps que son directeur de recherche, dont la crinière sauvage est en ce jour méticuleusement peignée. Il a même revêtu, pour l'occasion, le costume d'un conférencier de marque : pantalon et souliers noirs, chemise blanche ouverte en haut de la poitrine (mais pas de cravate tout de même, l'importance de l'événement ne justifiant aucunement le travestissement de son professeur iconoclaste). Christian Perrin rassure Hubert dès qu'il lui serre la main. Son sourire chaleureux lui signifie qu'il n'a rien à craindre, que tout va bien se passer et aide à relativiser le moment présent.

Une vingtaine de personnes sont déjà installées. Son père, son oncle et leurs compagnes respectives, ses beaux-parents, Céline et David Langmann, qui a repris son poste à plein temps au CNRS après son escapade américaine, sa sœur Noémie et son amoureuse, la discrète Annie, ses amis Gaétan, Tristane, Angel et Leila, ses collègues de doctorat, toujours en couple, Hannah et Luc, qui défendront tous deux leur thèse dans quelques jours, son ancien camarade de faculté, Thibaut, désormais marié à la vive Agathe, son grand copain Benoît, accompagné de la belle Nadège, main dans la main, et quelques étudiants qui commencent leurs études doctorales en philosophie allemande.

Les membres du jury prennent place un par un, sur les fauteuils en velours vert, la professeure de la Sorbonne Élisabeth à la gauche de Christian Perrin et l'invité berlinois, Franz Wille, installé à sa droite. Ses lunettes rondes mettent en valeur des petits yeux curieux et espiègles, comme ceux d'un enfant. Les trois autres membres sont plutôt décontractés. Ils semblent heureux d'être présents dans la petite salle surchauffée. C'est un bon signe. Hubert se tient debout derrière une table en bois. Il y pose une petite bouteille d'eau ainsi que sa thèse et ses notes. Élisabeth, qui est présidente du jury, initie la soutenance en expliquant le déroulé de la séance et en demandant à chacun d'éteindre son téléphone portable. Hubert sait qu'il a environ vingt minutes pour lire son discours. Il repense à la capacité de concentration maximale de Rafael Nadal, respire profondément et se lance. Le premier set, crucial, est entamé.

Hubert présente son parcours et commence par citer le cours de monsieur Rivière sur Arthur Schopenhauer, moteur initial de sa passion pour le questionnement philosophique. Il explique ensuite l'évolution de ses recherches de thèse, depuis ses hypothèses initiales, en passant par les modifications apportées à son ambition originelle, jusqu'aux conclusions auxquelles il est arrivé. L'exploration de la nature de la connaissance dans la philosophie d'Emmanuel Kant et d'Arthur Schopenhauer est, il en a conscience, un projet très ambitieux, d'autant que la présidente du jury, la professeure Élisabeth, est la grande spécialiste de l'auteur de la *Critique de la raison pure* à la Sorbonne. Initialement, il aurait préféré se contenter exclusivement de problématiser la pensée de Schopenhauer, mais c'est son directeur de recherche, Christian Perrin, qui l'a orienté sur ce chemin tortueux et en très haute altitude, défiant son élève à repousser ses limites. Selon lui, le concept schopenhauerien de Volonté ne peut s'analyser en profondeur qu'en référence à l'épistémologie kantienne.

C'est donc, dans un premier temps, la révolution copernicienne introduite par Emmanuel Kant qui est analysée par l'ancien élève de monsieur Rivière. Comment l'éternel résident de Königsberg a rompu avec la philosophie classique des idées désincarnées de Platon et Descartes (ce qu'il nomme les « choses en soi ») pour repenser les limites de la connaissance humaine. Et comment il a réussi à surmonter l'empirisme sceptique de son contemporain, le philosophe écossais David Hume, pour qui seule existe la répétition des expériences dans le monde sensible. Si toute connaissance est limitée, pour Kant, par l'espace, le temps ainsi que l'entendement humain, il découvrira qu'il existe des catégories de la pensée, situées en dehors de l'expérience, comme la causalité, qui permettent de relier entre eux les événements, qu'il appelle « phénomènes ». Ce sont les catégories de l'entendement qui permettent de poser ensemble les observations du monde réel. C'est ainsi qu'Hubert comprend cette question sibylline qui l'a tant intrigué quand il était encore élève de terminale : « Comment des jugements synthétiques à priori sont-ils possibles ? » Il sait et explique aujourd'hui que ce sont les catégories à priori, comme la causalité justement, qui permettent la synthèse des événements observés dans le monde fini de l'expérience humaine. L'étudiant précise que cette révolution de la pensée aura des conséquences abyssales sur la connaissance, qui ne sera plus une observation passive de la nature harmonieuse, comme dans la philosophie grecque, mais une activité de l'esprit en quête de lois scientifiques. Afin d'exemplifier sa démonstration, le jeune homme cite l'exemple de la découverte, par Claude Bernard, de la fonction glycogénique du foie des lapins, fonction découverte non par une observation passive, mais par une méthode expérimentale active et rigoureuse. Si les lois préexistent, elles ne s'incarnent que dans l'expérience sensible, dans l'espace et le temps.

Cette première partie de son discours, bien que très claire, n'a rien d'original, Hubert le sait, mais elle est nécessaire avant d'aborder le cœur de sa thèse. L'articulation avec le concept de Volonté, décrit par Arthur Schopenhauer, est amenée par un court texte de Paul Diel. Hubert a longtemps hésité avant de proposer à Christian Perrin de citer un psychologue au sein d'une thèse de philosophie. Mais il s'est rappelé qu'avant d'être un génial explorateur de la psychologie des profondeurs, le penseur d'origine autrichienne a d'abord cherché le sens de la vie dans la philosophie allemande, et plus particulièrement celle d'Emmanuel Kant, dont il a lu très studieusement, et même obsessionnellement, les écrits. C'est son beau-père, David Langmann, qui lui a fourni l'ouvrage essentiel à sa démonstration, un court essai intitulé *Science et foi*.

Tout en reconnaissant l'apport novateur d'Emmanuel Kant, Paul Diel distingue ce qu'il nomme la « causalité accidentelle », due à l'interinfluence et circonscrite à l'espace-temps et à la perception, et la « causalité essentielle », qui est du domaine de l'esprit. Pour appuyer son propos, Hubert cite in extenso l'argumentation du psychologue : « La recherche de la causalité accidentelle constitue le domaine de l'intellect ; la recherche de la causalité essentielle est le domaine de l'esprit. L'une s'étend à travers l'espace-temps : chaque cause produit son effet et chaque effet redevient cause ; l'autre est sa propre cause-effet, la propriété de l'objet, sa substance. La liaison entre les causes-effets accidentelles est logique ; la liaison entre les causes-effets essentielles est analogique. L'une lie les événements passagers ; l'autre lie les propriétés constantes des différents objets. Elle permet d'aboutir à la formulation des lois de la nature. C'est uniquement parce que derrière les qualités se tient la propriété, que derrière les changements qualitatifs, derrière les événements, se tient la loi. »

Le jury est soudain très silencieux et concentré. Élisabeth fronce même les sourcils. Hubert le remarque, mais ne s'en laisse pas désorienter et poursuit son argumentation, tout comme sa citation : « Kant, voulant défendre la causalité accidentelle comme moyen unique de la connaissance, l'a déclarée catégorie de la pensée, c'est-à-dire condition irréductible d'un monde intelligible. Il a très justement distingué entre l'intellect et la raison. Puisque la causalité accidentelle, déclarée catégorie, ne concerne que le monde spatio-temporel, le monde qui se présente à nos sens, la pensée humaine, s'avère incapable de scruter l'en-soi. À l'en-soi s'oppose de ce fait le monde spatio-temporel, l'apparition. La distinction n'est pourtant pas assez claire, car Kant parle d'une « chose en soi ». Or, l'en-soi n'est pas une chose et c'est précisément pour cette raison qu'il est le mystère. » Hubert marque une courte pause et retient son souffle. Il sait qu'en évoquant un domaine de la « causalité essentielle » qui serait analogique et non pas logique, à l'origine des lois, il abat sa carte maîtresse, celle qui va lui permettre d'introduire une différenciation capitale entre la théorie de la connaissance de Kant et celle de Schopenhauer. Car lorsque Paul Diel déclare que « les effets et les causes s'enchaînent inlassablement. Mais cet enchaînement des causes et des effets est tout autre chose que la substance-cause, propriété de l'objet. La substance-cause reste *en dehors du changement accidentel tout en le déterminant essentiellement* », il évoque sans le savoir le concept révolutionnaire de « volonté ».

S'il était un coureur cycliste, on dirait du fils de Louis Feuillade qu'il a changé de braquet pour aborder un col hors catégorie. S'il était un joueur de tennis de fond de cours, qu'il a changé de stratégie pour monter au filet et passer à l'attaque. Porté par son flux de pensée, Hubert aborde le cœur de sa problématique. En effet, lorsque Paul Diel déclare que « le monde n'est rien en dehors du fait qu'il est perçu et pensé, sinon le mystère. Il est l'apparition du mystère. Le monde des objets, le monde extérieur, ne peut pas entrer en apparition sans le *monde intérieur* » (l'étudiant insiste sur ces deux mots), « sans le sujet, sans la psyché », il reprend l'argument central invoqué par Arthur Schopenhauer dans son ouvrage phare : *Le Monde comme volonté et comme représentation* et qui consiste à repenser l'objectivité en partant de la pensée de Kant, mais pour s'en distinguer. Emmanuel Kant part du *sujet* de la connaissance, et non de l'objet en soi pour tenter de résoudre le problème de l'objectivité. Arthur Schopenhauer va prolonger, mais aussi modifier son point de vue et ouvrir la voie à la déconstruction radicale de la représentation classique d'un être humain transparent à lui-même.

À ce moment avancé de son discours, Hubert regarde les membres du jury les yeux dans les yeux pour asséner l'affirmation principale du philosophe admiré qui a initié sa vocation (il connaît tellement cet extrait, qu'il a surligné et recopié de nombreuses fois, puis traduit lui-même de la version originale en allemand, qu'il interprète le texte sans le lire, comme un acteur de théâtre inspiré) : « En conséquence, on ne dépassera jamais la représentation, c'est-à-dire le phénomène, si l'on part de la *connaissance objective,* autrement dit de la représentation ; on s'en tiendra au côté extérieur des choses, sans pénétrer dans leur être intime, sans connaître ce qu'elles sont en soi et pour soi. Jusqu'ici, je suis de l'avis de Kant. Mais, en regard de la vérité qu'il a établie, j'ai posé la vérité suivante qui la tient en quelque manière en échec, à savoir que *nous ne sommes pas seulement le sujet qui connaît, mais que nous appartenons nous-mêmes à la catégorie des choses à connaître,* que nous sommes *nous-mêmes la chose en soi,* qu'en conséquence si nous ne pouvons pas pénétrer du *dehors* jusqu'à l'être propre et intime des choses, une route, partant du *dedans* nous reste ouverte. » L'extrait lu fait mouche. Hubert sent qu'il a capté l'attention totale du jury. Il poursuit par l'évocation du concept de Volonté : « En fait, notre *volonté* nous fournit l'unique occasion que nous ayons d'arriver à l'intelligence intime d'un processus qui se présente à nous d'une manière objective ; c'est elle qui nous fournit quelque chose d'*immédiatement connu,* et qui n'est pas, comme tout le reste, uniquement donnée dans la représentation. *C'est donc dans la Volonté qu'il faut chercher l'unique donnée susceptible de devenir la clé de toute connaissance vraie ; c'est de la Volonté que part la route unique et étroite qui peut nous mener à la vérité.* Par conséquent, c'est en partant de nous-mêmes qu'il faut chercher à comprendre la Nature, et non pas inversement chercher la connaissance de nous-mêmes dans celle de la nature. »

Assise au premier rang, dans le public, Delphine frémit de fierté à l'écoute de cet extrait et de la démonstration lumineuse de son petit ami. Non seulement Hubert a très clairement identifié la différence épistémologique entre la philosophie de Kant et celle de Schopenhauer, mais, surtout, le penseur vénéré par Hubert ouvre la voie, par ses travaux, au monde obscur de la psychologie des profondeurs qui sera, un siècle plus tard, exploré par les psychologues comme Freud et ses disciples.

En définissant la volonté comme un élément à la fois éternel, mais dans l'existence, insaisissable par la raison, mais ressenti comme force motrice, Schopenhauer se détache de l'idéalisme désincarné de Platon, mais aussi de la connaissance bornée par les limites du sensible et de l'entendement définie par Emmanuel Kant. Car, dans la philosophie d'Arthur Schopenhauer, ce qu'il nomme le Vouloir (« la force qui fait tomber une pierre, qui pousse les corps les uns contre les autres, qui produit les mouvements et la croissance de l'animal ») prime sur les représentations intellectuelles (« l'intellect obéit à la volonté ») et, selon Hubert, marque une rupture majeure dans l'histoire des idées. Le Vouloir est défini par le philosophe allemand comme le *substratum* de tous les phénomènes. Il est paradoxalement en dehors de l'espace-temps, donc éternel (la conception qu'a Schoepenhauer du temps n'est pas linéaire, mais cyclique, comme dans les philosophies orientales) et en même temps présent au cœur même de nos existences comme force vitale.

Hubert conclut son argumentation en soulignant l'apport révolutionnaire de la philosophie d'Arthur Schopenhauer qui va notamment introduire dans la psychologie d'un homme jusqu'alors défini comme un être à la conscience claire et déterminée une force souterraine inconsciente, obscure et toute puissante.

Si les conclusions de l'auteur du *Monde comme volonté et comme représentation* vont ouvrir postérieurement la voie à l'analyse des forces cachées actives dans la pensée (Nietzsche et son étude de la généalogie), dans les interactions socio-économiques (Marx) et les profondeurs subconscientes du psychisme (Freud), Schopenhauer se refusera à explorer les forces cachées du Vouloir. Cette force nécessaire est pour lui sans cause, sans fondement et sans raison. Elle consiste dans « *une poussée aveugle*, comme un effort mystérieux et sourd ». Cette évocation d'une force manifeste inexplicable en soi représente, selon le petit ami de Delphine, à la fois la plus grande découverte du philosophe, mais aussi sa limite. D'où s'ensuit une conception de la liberté humaine qui est niée par Schopenhauer et assimilée à une illusion. L'analyse qu'il fait de la nécessité enchaîne, pour lui, l'homme à son propre vouloir comme la pierre à la force d'attraction.

En quoi la philosophie de Schopenhauer est en grande partie opposée à toute une tradition qui envisage le libre arbitre comme spécifique à l'être humain (ce qui fut l'intuition développée par Pic de la Mirandole, Rousseau et Sartre). Sa pensée se rapproche davantage du déterminisme de Spinoza et annonce l'absurde décrit par Albert Camus.

Hubert lit avec concentration une ultime citation de l'auteur paradoxal de *l'Essai sur le libre arbitre*, comme avant de servir pour clore avec succès le premier set : « L'acte isolé d'un individu conscient nécessite un motif et n'aurait pas lieu sans cela. Le motif ne détermine dans l'acte volontaire d'un sujet conscient que le temps, le lieu et les circonstances, différentes pour chaque acte. Il ne détermine pas le fait même que cet être veut, soit en général, soit en particulier. C'est là une manifestation de son *caractère intelligible* : celui-ci est la volonté même, la chose en soi ; il n'a pas de cause, étant hors du domaine où règne le principe de raison. L'absence de tout but et de toute limite est, en effet, essentielle à la volonté en soi qui est un effort sans fin. »

Le jeune homme marque une longue pause et porte à ses lèvres, pour la première fois depuis le début de sa soutenance, sa bouteille d'eau. Il tourne brièvement la tête, regarde derrière son épaule droite, et croise le regard empli de fierté de son professeur du Lycée Stéphane Hessel d'Épernay, monsieur Rivière, assis entre Delphine et son père. Sa présence tant espérée renforce toute la gratitude du fils aîné de Louis Feuillade. L'enseignant ne sait pas encore que la thèse de doctorat de son ancien élève lui est dédiée. Hubert reprend vite son souffle, car le match n'est pas encore terminé. C'est maintenant aux six membres du jury de commenter son travail et de lui poser des questions.

Le deuxième set commence par une prise de parole d'environ trente minutes de son directeur de recherche. Christian Perrin résume leurs nombreuses années de collaboration et d'échanges, qui dépassent le doctorat et remontent à la première année de l'étudiant. Il souligne la grande qualité du travail effectué, émet quelques commentaires critiques attendus puis pose des questions auxquelles Hubert répond avec éloquence. Les coups droits fort lisibles de son professeur sont faciles à renvoyer. Puis l'invité de marque berlinois, Franz Wille, prend la parole tout en précisant que les quelques commentaires et questions qu'il va lui adresser n'ont pour but que d'améliorer des détails en vue d'une publication qu'il appelle de ses vœux. L'enthousiasme authentique de ce grand spécialiste de l'œuvre d'Arthur Schopenhauer le touche au cœur et le rassure, son désir qu'il publie sa thèse rejoint le sien et l'encourage. L'intervention de la professeure Élisabeth vient clore cette deuxième étape. Hubert la connaît bien. Il sait que son interrogatoire est redoutable et qu'elle n'a pas son pareil pour désarçonner les doctorants. Ses coups puissants, en diagonale et pleine ligne, surprennent ceux qui lui font face et exigent une très grande réactivité. Après des commentaires élogieux, suivis également de conseils en vue d'une publication, elle assène la question qu'Hubert redoutait. Une question typique d'une spécialiste de Kant.

— Vous déclarez que le critère de la vérité, que Paul Diel appelle l'« Esprit » et Schopenhauer la « Volonté », est indépendant des objets et de l'espace-temps. Mais l'esprit humain n'est pas infaillible, il est obscur et mystérieux, comme vous nous l'avez expliqué. Il est donc susceptible d'erreur. *Il peut confondre la vision de la vérité avec son désir d'avoir trouvé la vérité*. Comment, alors, différencier les deux et atteindre à l'objectivité de la connaissance ?

De nombreux étudiants auraient marqué un long temps d'hésitation et ce délai dans la réponse aurait qualifié la question piégeuse d'Élisabeth de coup droit gagnant. Mais le disciple de Rafael Nadal reste campé sur ses appuis et remet immédiatement dans le cours, d'un revers à deux mains solide, le missile fuyant digne d'un Novak Djokovic.

— Pour éviter de tomber dans l'erreur spéculative, le principe méthodique et scientifique doit soumettre la vision spirituelle à la vérification intellectuelle. Car même si la vision spirituelle porte son critère de vérité en elle-même, en soi, ce critère ne peut pas être en contradiction avec le critère de la vérité intellectuelle.

Hubert note, avec soulagement, au silence approbateur de l'enseignante, que l'argument s'est révélé plutôt convaincant. Le deuxième set lui semble remporté.

Après une courte pause d'une dizaine de minutes, les trois derniers membres du jury interviennent tour à tour. Malgré des impressions pour l'instant très positives, Hubert maintient son haut degré de concentration. Tous, sans exception, précisent, comme les professeurs Franz Wille et Élisabeth, que leurs commentaires et questions ont pour principal objectif l'amélioration de points de détails en vue d'une édition (Hubert repense fortement au conseil avisé de son thérapeute, Alain Lebon, de concilier son ardent désir d'écriture et la publication de sa thèse). Les chercheurs invités évoquent alors, avec l'étudiant, les aspects pratiques de la philosophie d'Arthur Schopenhauer, principalement concernant les moyens de moins souffrir de l'impériosité du désir, que le philosophe allemand associe à une chimère. Hubert rappelle que l'auteur du *Monde comme volonté et comme représentation* compare effectivement le sujet du Vouloir-vivre à « Ixion attaché sur une roue, qui ne cesse de tourner, aux Danaïdes qui puisent toujours pour emplir leur tonneau » et, face à cette tyrannie du Vouloir, propose comme remède le *détachement* : dans la contemplation artistique et la dissolution de l'ego. Car ce penseur, très influencé par les philosophies orientales (le nom de son légataire universel canin, Atma, devenu le compagnon félin d'Hubert, signifiant l'âme suprême et immortelle, le principe de vie), estime qu'in fine le

Vouloir est la négation de l'individuation. D'où un *Art de vivre* qui prône le retrait du monde plutôt que l'action, l'acceptation totale et inconditionnelle de ce monde-ci, davantage que le changement. C'est là, peut-être, pour le doctorant, l'une des principales limites à une pensée en totale opposition avec les valeurs contemporaines (occidentales, tout du moins) d'engagement dynamique pour modifier et tenter d'améliorer le monde. Mais c'est aussi, avoue-t-il sous forme d'interrogation finale, qui semble toute personnelle, potentiellement son plus grand atout : une ouverture sur le Mystère, partie intégrante de ce qu'il nomme l'« étonnement philosophique ». Articuler le sens de l'action pour améliorer la vie et l'ouverture au mystère pour l'admirer humblement, telle est, d'après les mots d'Hubert, la voie qu'il souhaite tenter d'explorer dans ses futures recherches. Et sur ce chemin nouveau pour lui, le concept de Volonté décrit par Arthur Schopenhauer brille comme une étoile éternelle au firmament des espaces infinis.

Après un peu plus de trois heures, le jury se retire dans une pièce attenante pour délibérer et voter. Hubert relâche enfin la pression, vide sa bouteille d'eau et se tourne vers ses amis et sa famille. Leurs regards sont emplis de fierté. Comme c'est réconfortant, songe le fils de Florence Feuillade, d'être au centre des attentions, même pour quelques heures seulement ! Le troisième set du match de sa jeune vie est désormais terminé. En son for intérieur, l'apprenti philosophe sait qu'il a gagné la partie, mais il lutte pour cacher son orgueil et maîtriser la spontanéité d'un sourire béat. Il échange quelques mots avec ses invités et salue ostensiblement son ancien professeur, monsieur Rivière, arrivé à temps pour le début de la soutenance. Au bout de dix minutes, les membres du jury pénètrent à nouveau dans la salle Duroselle. Les joues d'Hubert sont empourprées, autant par la chaleur toujours prégnante que par l'émotion. Toute l'assemblée regagne prestement sa place puis se lève au moment où la présidente du jury prend solennellement la parole. Pendant une à deux minutes, la professeure Élisabeth, qu'Hubert admire tellement, mais redoute tout autant, déclare que la soutenance a été très satisfaisante, donnant lieu à une véritable discussion au cours de laquelle l'étudiant a défendu avec talent ses positions tout en sachant se montrer ouvert à quelques révisions en vue d'une publication nécessaire. Elle annonce ensuite que le jury a voté à l'unanimité pour déclarer Hubert Feuillade docteur de la Sorbonne et elle ajoute que, bien que les mentions n'existent plus officiellement depuis deux ans, tous les membres tiennent à lui décerner leurs félicitations. Les applaudissements retentissent. Hubert, après avoir échangé un regard de gratitude avec son directeur de recherche, Christian Perrin, se tourne vers le public, sourit à Delphine, à son père et sa sœur, son professeur de lycée, et va remercier un par un les membres du jury. S'il sait qu'il ne soulèvera jamais de toute sa vie le trophée de Roland Garros (il a pourtant essayé et pratiqué le tennis depuis son plus jeune âge), cet instant unique y ressemble. Il aimerait le figer dans un présent étiré et le revivre inlassablement, dans un éternel retour nietzschéen. Mais ce moment de joie profonde, conséquence de huit années d'études, va encore se prolonger dans des agapes bien méritées.

11

Hubert est heureux, mais davantage immensément soulagé. Ce moment tant désiré signe l'aboutissement de huit ans de travail assidu, de doutes sur soi-même et souvent d'angoisse. Il ressent une grande fierté d'être allé au bout de son projet, né un après-midi d'avril 2011, dans une petite salle de classe du Lycée Stéphane Hessel, dans la petite ville de province d'Épernay. Finalement, il y est arrivé. Non, il n'est pas un imposteur. La qualité de son travail vient d'être officiellement reconnue par six spécialistes et par l'institution la plus prestigieuse, la Sorbonne.

L'étudiant, désormais docteur, pénètre dans une pièce attenante à la salle de soutenance pour un cocktail de commémoration. La vingtaine d'invités y est déjà présente, verre de champagne en main. Hubert présente son père aux membres du jury et à son directeur de recherche. Louis Feuillade est ravi de faire enfin la connaissance de Christian Perrin, dont il a souvent entendu parler. Il le remercie vivement d'avoir accompagné son fils au cours de toutes ses années d'université et de l'avoir aidé à atteindre l'objet de son désir le plus profond : devenir philosophe. Mais la star de cette réception bon enfant est indéniablement monsieur Rivière. Hubert songe que cela fait presque sept ans qu'il ne l'avait pas revu, depuis l'enterrement de sa mère, en fait. Il est toujours présent aux moments les plus importants de sa vie. Le jeune homme interrompt son professeur de lycée, en grande conversation avec Christian Perrin, Élisabeth, Franz Wille et les trois autres membres du jury, pour lui remettre l'exemplaire de sa thèse. Il note que les tempes de son enseignant ont un peu blanchi (il doit avoir quarante-cinq ans maintenant), qu'il porte désormais des lunettes et que quelques rides nouvelles de sagesse sont dessinées sur son front. Le professeur du lycée Stéphane Hessel est sincèrement ému en découvrant que la thèse, d'environ trois cents pages, lui est tout particulièrement dédiée : « À monsieur Rivière, qui a initié, grâce à son humanisme et sa grande générosité, ma passion pour l'étonnement philosophique ». Le professeur referme le document et prend longuement son ancien élève dans ses bras, en silence. Certaines émotions profondes sont au-delà des mots.

Après une heure de bulles de champagne, de toasts, de sourires et d'émotions diverses, un fonctionnaire de l'université vient signaler à l'assemblée qu'ils doivent quitter la pièce. Hubert remercie une dernière fois les membres du jury de leur présence, principalement Franz Wille, avec lequel il s'est longuement épanché sur son heureuse découverte, lors de son voyage avec Delphine, de la ville de Berlin. Il donne rendez-vous en soirée à Christian Perrin, qu'il a invité avec son épouse, de même que sa famille, ses amis et monsieur Rivière, au restaurant « Les Promesses de l'Aube », pour un dîner destiné à clore cette très belle journée et la première étape d'un parcours exaltant.

Il est un peu plus de dix-huit heures. Le ciel luit d'un beau bleu pastel, sans nuages. Hubert remonte, main dans la main avec Delphine, le boulevard Saint-Michel en direction de son appartement, pour se reposer et se changer, et traverse le pont du même nom au milieu duquel il s'arrête. Il ressent soudain de violents maux de tête. C'est très étrange. Il se sentait pourtant très bien durant sa soutenance de thèse. Toutes les tensions accumulées des derniers mois, à l'approche de la date tant attendue et redoutée, se libèrent. Delphine lui propose de s'arrêter en pharmacie pour acheter un décontractant musculaire, mais le jeune homme refuse poliment. Il a prévu d'arroser son diplôme de bons vins au restaurant, d'ici une heure, le meilleur remède possible, et ne compte nullement en être empêché par la prise d'un analgésique.

Hubert arrive avec une dizaine de minutes de retard sur l'horaire prévu au restaurant « Les Promesses de l'Aube », la tête remise à l'endroit. Il a mis davantage de temps à choisir ses habits festifs de nouveau philosophe que les vêtements noirs de sa soutenance. C'est la serveuse Karine, dont un nouveau tatouage, une superbe chouette, orne le bras droit, qui les accueille, suivie du patron, le guitariste de jazz amateur Frédéric. Celui-ci a réservé la salle du premier étage pour le dîner commémoratif. Il insiste aussi pour offrir à l'un de ses clients les plus réguliers l'apéritif en signe de contribution amicale au doctorat du jeune homme.

Tous les invités sont déjà installés à une grande table rectangulaire. Delphine sourit quand elle observe une division au niveau de la distribution informelle des places. Les jeunes couples, Noémie et Annie, Gaétan et Leila, Angel et Tristane, Luc et Hannah, Thibaut et Agathe, Benoît et Nadège, sont regroupés sur la moitié gauche. Les plus âgés, Louis Feuillade et Iris, son frère Georges et Alice, les parents de Delphine, David et Céline Langmann, le professeur de lycée d'Hubert, monsieur Rivière, et son directeur de recherche, Christian Perrin, au côté d'une très belle femme, sont eux assis sur la moitié droite. Au milieu, deux places laissées vides semblent réservées au couple princier de la rue Beaubourg. Christian Perrin se lève pour présenter son épouse, Milena, à son étudiant. Hubert sait qu'elle est professeure en Histoire des arts, mais il s'était construit une image en tous points opposée à celle de la charmante jeune femme qui lui sourit et lui fait face. Naïvement, il avait imaginé que la compagne de son professeur bohème devait lui ressembler, une hippie chic quadragénaire, légèrement grisonnante. Mais Milena Perrin est une belle trentenaire distinguée, discrètement maquillée, cheveux châtains, yeux noisette et regard enjôleur. Une alchimie explosive de magnétisme et d'intelligence. Hubert ne connaît que trop bien cette décharge électrique qui relie deux êtres par les fenêtres de leur âme. Il sent qu'il rougit, mais la soirée est tellement émouvante que l'origine de son trouble est facilement occultée. Et puis, des années d'analyse l'ont rendu plus confortable avec le fait qu'il peut susciter le désir d'autres femmes. Il apprécie même ce sentiment nouveau au lieu de s'en culpabiliser excessivement.

Si la soirée est très agréable, le petit ami de Delphine dépense une certaine énergie à se déplacer autour de la table pour apporter un minimum d'attention à chacun des convives, ce qui l'amène à boire davantage de vin que de se nourrir du délicieux chevreuil préparé par le cuisinier. Après le plat de résistance, il s'assoit en bout de table, au côté de son ancien professeur, monsieur Rivière. Il le remercie pour la dixième fois de sa présence et se laisse aller à le tutoyer et à l'appeler par son prénom, Emmanuel, à la demande insistante de celui-ci, et sous l'effet des effluves capiteux des verres de Bourgogne. Hubert compte bien effectuer une pause dans son manège enivrant et prendre le temps d'échanger enfin avec son ancien enseignant, ce qu'il n'a malheureusement plus eu le temps de faire depuis l'obtention de son baccalauréat et son départ dans la capitale.

— Alors, Hubert, quelle fierté cela doit être pour toi, non ? Je me souviens encore parfaitement du lycéen de terminale que tu étais et qui avait passé une nuit blanche à lire l'œuvre principale de Schopenhauer. Quand tu m'en as parlé le lendemain, à la fois euphorique et ému, j'ai su à cet instant même que ton destin allait changer, comme cela avait été mon cas vingt-cinq ans plus tôt.

— Oui, ce jour-là je suis né de nouveau. C'est fou. Rien que d'y repenser, j'en ai le vertige. Si je n'avais pas eu la chance de te rencontrer, que tu sois mon prof de philo, je ne serais peut-être jamais sorti d'Épernay, je n'aurais jamais pensé à venir vivre à Paris, à étudier à la Sorbonne et, aussi, je n'aurais peut-être pas connu la femme de ma vie. Que de conjonctures ! comme disait Sartre.

— Oui, c'est vrai, cela fait beaucoup de hasards. Mais, tu sais, en écoutant ta brillante soutenance de thèse, je me suis fait la réflexion qu'il est tout à fait possible d'articuler le hasard et la nécessité dont tu as si bien parlé au sujet de Schopenhauer.

— Articuler le hasard et la nécessité ? Tu crois cela possible ?

— Oui, tout à fait. Dans ton cas, le fait que j'ai été nommé au Lycée Stéphane Hessel d'Épernay, que tu aies été mon élève en terminale, que je t'ai fait découvrir la pensée d'Arthur Schopenhauer, et même que tu aies rencontré une jeune femme aussi charmante et singulière que Delphine relève effectivement du pur hasard en apparence. Mais, à un niveau plus profond, si on se place par exemple du côté de la force impérieuse de la Volonté dont parle Schopenhauer, il existait probablement en toi une curiosité, une force d'étonnement, une nécessité viscérale de mieux comprendre le monde et toi-même qui t'auraient de toute façon aimanté sur la voie de l'approfondissement et de la réflexion. Cette impulsion vitale, ton « désir », pour parler comme Lacan, a été certainement longtemps inconsciente en toi, mais c'est elle qui t'a amené là où tu es arrivé aujourd'hui et j'espère qu'elle te guidera encore longtemps.

— Oui. Tu as raison. Je l'espère aussi. Mais, dis-moi, on ne parle que de moi là. Et toi, ta famille ?

— Tout va pour le mieux. Je te remercie. Ma femme a enfin réussi à décrocher un poste de professeur à l'Université de Reims, en sociologie, l'année dernière. Elle fait les allers-retours trois fois par semaine, mais est vraiment épanouie. Tu te souviens de mes deux enfants ?

— Oui, Jean-Jacques et Laure.

— Ils ont bien grandi. Jean-Jacques a dix-neuf ans, il est en hypokhâgne, ici même, à Paris. Laure, elle, a dix-sept ans. Elle va passer le bac l'année prochaine, section économie et social, et souhaite faire Sciences Po. De vrais parcours de fils de profs ! Et toi, Hubert, qu'est-ce que tu envisages de faire après ton doctorat ?

— Je vais passer l'agreg.

— L'agrégation ? Tu veux être professeur ?

— Oui, j'ai envie de travailler à présent. Et puis enseigner me paraît une voie intéressante.

— Tiens, c'est marrant, je ne t'imaginais pas prof. Plutôt écrivain. Qu'est-ce qui a déclenché cette envie ?

— Le désir de transmettre. J'ai fait une brève expérience, il y a presque trois ans, d'ateliers de débats philosophiques en primaire, avec des CM1. Les élèves étaient beaucoup trop jeunes pour moi, mais j'ai ressenti une grande satisfaction à participer à la formation initiale des professeurs des écoles. C'est à partir de ce moment que l'idée d'enseigner un jour la philosophie a germé. Tu citais Lacan à propos, et bien je crois que mon désir profond, c'est effectivement de mieux comprendre le monde, mais aussi de transmettre cette compréhension.

— Et bien, je ne peux que t'encourager. Je t'invite même à la rentrée à venir faire un stage dans ma classe, quand tu le souhaites.

— Merci, c'est super sympa. J'ai toujours adoré vos cours.

— Tu seras peut-être surpris. J'ai changé ma façon d'enseigner ces dernières années.

— Ah bon ?

— Tu te rappelles sûrement que j'introduisais d'abord de façon toute théorique la pensée des philosophes et qu'ensuite seulement j'interrogeais les élèves. Lesquels étaient pour la plupart extrêmement passifs et peu réceptifs. Je n'ai pas eu la chance d'avoir tous les ans des élèves aussi passionnés que toi. Et bien, aujourd'hui, je fais tout l'inverse.

— C'est-à-dire ?

— Je commence par un débat à partir d'une question philosophique spécifique, sans noyer mes élèves dans des références absconses, en me mettant volontairement en retrait, dans une posture de médiateur et en prenant des notes. Le cours suivant, je distribue à la classe une synthèse des arguments échangés et on la lit ensemble. Bien sûr, sans leur dire, je classe leurs arguments selon divers courants de pensée qu'ils ne connaissent pas encore. Ensuite, pendant plusieurs semaines, nous étudions comment un ou deux philosophes spécifiques ont envisagé la même question dans leurs écrits. Et bien, je peux t'affirmer que cette façon de procéder, des élèves vers les grands penseurs, et non l'inverse, a radicalement modifié le degré d'attention et de participation de mes terminales. Parfois, certains me poursuivent même après les cours, dans les couloirs, pour prolonger nos échanges. C'est révolutionnaire !

— Je comprends très bien ce que tu dis. Avec les CM1 de mon ami Benoît, on a fait un débat oral dans le même genre que les vôtres. Au début, j'étais vraiment hyper sceptique quant au résultat, mais je suis sorti de l'école extrêmement surpris par les ressources que les enfants ont mobilisées et leurs remarques très pertinentes.

— Oui, il faut toujours partir des élèves, Hubert, sans les juger, et leur faire confiance.

— Et sur le plan philosophique, vous avez aussi changé ?

— Moins radicalement. Je suis toujours fidèle à mes premières amours, Platon, Spinoza, Rousseau, Kant, Schopenhauer et Sartre, mais je dirais que j'ai évolué.

— Dans quel sens ?

— Quand tu étais mon élève, il y a huit ans, je ne jurais que par les systèmes philosophiques, les concepts, les grandes idées. J'étais comme l'écrivain Goethe qui aurait conservé, pendant un an, un exemplaire de *L'Éthique* dans sa poche afin de pouvoir le consulter quand il le voulait. Moi aussi, figure-toi, j'avais au fond de ma pochette l'ouvrage de Spinoza. Je l'ai étudié inlassablement, une dizaine de fois, persuadé que, quand je l'aurais parfaitement compris, j'aurais enfin accédé à la sagesse suprême…

— Et vous êtes devenu sage ?

À la question de son ancien élève, Emmanuel Rivière s'esclaffe et étouffe presque à tel point qu'il vide son verre de vin suivi d'un verre d'eau.

— Non, Hubert, je te rassure, je ne suis pas devenu sage, et tant mieux ! D'ailleurs, soyons honnêtes, qui peut se définir comme un sage ? Si tu rencontres un jour quelqu'un qui le prétend, tu peux être sûr que c'est tout sauf un homme éclairé, mais le plus grand des vaniteux. Dans toute l'histoire de l'humanité, on peut compter les sages authentiques sur les doigts d'une main : Socrate, Jésus, Bouddha, Lao-tseu et peut-être un penseur hindou que je ne connais pas… c'est tout. Et puis, je me suis toujours demandé, si un jour on atteint la sagesse, ce qu'on fait ensuite. Est-ce qu'on désire encore ? Est-ce qu'on est encore curieux, ouvert aux découvertes ? En un mot, est-on toujours vivant ? Non, ces deux dernières années, je me suis tourné vers un penseur à hauteur d'homme, plus bienveillant pour nos défauts d'animal nu et fragile, un écrivain immense dont la statue est juste en face de la Sorbonne, dans le square de la rue des Écoles.

— Michel de Montaigne ?

— Oui, exactement. Plus je relis ses essais et plus je ressens une proximité fraternelle avec sa pensée. Montaigne abhorrait les systèmes philosophiques, les théories arrogantes, les routes toutes tracées. Il chérissait les promenades improvisées, sans but préalablement défini, le cheminement, qu'il appelle « le passage ». Et, surtout, il était d'une modestie sans pareil. C'est cette humilité qui le fait se peindre tout au long de sa vie dans sa vulnérabilité, sa déchéance physique, ses doutes permanents. Redécouvrir Montaigne, mais le redécouvrir vraiment, m'a profondément libéré. Sa lecture m'a permis de me reconnecter aux sensations, les sensations du corps et celles éveillées par la nature. Elle m'a permis de redescendre des sommets parfois himalayens irrespirables de l'arrogance philosophique pour revenir à la terre ferme, à la vie on ne peut plus ordinaire. Et sa pensée m'a en grande partie libéré des illusions de la métaphysique et de la peur paralysante de la mort. En conclusion de ses essais, Montaigne envisage presque la mort comme un événement périphérique, négligeable, « que la mort me trouve en train de planter mes choux, mais insoucieux d'elle. » Ce qui compte alors, pour lui, c'est tout simplement de bien vivre, en compréhension et acceptation de soi-même, en restant ouvert aux choses et aux autres : « vivre à propos », « savoir être à soi », écrivait-il. Tu vois, Hubert, c'est aujourd'hui cette pensée, en apparence, plus modeste qui m'accompagne. Car Montaigne avait parfaitement mis à jour la vanité de l'homme qui s'estime la mesure de toutes choses. Il avait compris que, sous la surface des fragiles connaissances humaines, se trouvent les profondeurs océaniques de tout ce qu'on ignore. Comme Socrate. J'ai longtemps cru, sous l'influence des écrits dépréciatifs de Nietzsche, que le maître de Platon faisait preuve d'une extraordinaire arrogance lorsqu'il affirmait à ses interlocuteurs que la seule chose qu'il savait est qu'il ne savait rien. Eh bien, en lisant Montaigne, j'ai changé d'avis et je sais aujourd'hui que la grande sagesse de Socrate était justement de reconnaître ses limites et celles de l'être humain. Je t'assure, Hubert, rabaisser ses prétentions et apprendre à cueillir la vie comme elle se donne à nous est très reposant, mais non moins réjouissant.

— Tu m'impressionnes et me surprends. J'ai lu des extraits des *ssais,* mais je dois t'avouer que je n'avais pas saisi tout ce que tu viens de m'expliquer.

— C'est normal. Ne prends pas mal ce que je vais te dire, mais Montaigne est comme un très grand cru, il fait partie de ces philosophes qu'on apprend à apprécier à mesure qu'on vieillit et qu'on emplit son sac d'expériences de vie diverses, et notamment de déceptions. J'espère que tu le rencontreras un jour, au mitan de ta vie. Mais, pour l'instant, tu dois tracer ta route, avec tes ambitions, tes exaltations, tes emportements, tes découragements aussi. Toutefois, j'ai confiance. Quel que soit le chemin que tu emprunteras, il restera aiguillé par l'étonnement, celui dont parle si bien Schopenhauer. Le seul conseil que je peux te donner, c'est de ne jamais t'arrêter, de ne jamais te croire arrivé, d'être toujours en mouvement, le cœur et l'esprit ouverts à l'inconnu. Car on apprend à tout âge de la vie. En fait, nous sommes des éternels apprentis, Hubert.

— Je suis tellement content de te revoir, de parler avec toi comme quand nous nous donnions rendez-vous, tous les jeudis après-midis, dans le café de la rue des Coteaux, près du lycée. Je te promets que je ne vais pas attendre sept années avant de te revoir. Dès le mois de septembre, je viendrai te rendre visite à Épernay. C'est promis.

— En parlant d'Épernay, je vais devoir te quitter. Il est déjà onze heures et je dois prendre le dernier train de minuit quinze si je veux rentrer chez moi.

— Tu peux dormir à la maison.

— Non, c'est gentil, mais je vais retrouver mes proches. Ça a été un immense plaisir et une grande fierté de partager ce moment tellement important avec toi. Tu es philosophe à présent… philosophe, Hubert !

Le départ de monsieur Rivière est suivi de près par ceux du père et de l'oncle d'Hubert avec leurs compagnes (Louis Feuillade dormant chez son frère, comme à chaque fois qu'il monte dans la capitale), des parents de Delphine ainsi que du couple formé par Christian Perrin et la très charmante Milena. Les invités plus jeunes restent tous, sans exception, pour prolonger la soirée, chambrant gentiment le tout frais docteur en philosophie. Ils sont vite les derniers clients du restaurant, mais le patron, Frédéric, ne les presse pas. Il se joint même à cette joyeuse assemblée pour les pousse-cafés, dont une liqueur de poire divine.

Vers une heure du matin, les amis se quittent bruyamment en souhaitant bonne chance à Hannah et Luc pour leur soutenance de thèse à venir. Hubert n'a pas envie de rentrer de suite chez lui. Il effectue un détour pour longer, avec sa petite amie, le canal Saint-Martin. La nuit est encore chaude et l'absence de nuages laisse poindre quelques étoiles. Les eaux calmes du canal reflètent les lueurs des lampadaires alors que la main moite de Delphine caresse tendrement le dos du nouveau philosophe. Hubert se sent bien, en harmonie avec lui-même et avec le monde. Il a conscience de la fugacité de ce sentiment agréable et l'apprécie pleinement. Demain est un autre jour. Un jour qu'il vivra, nourri de la fierté modeste du parcours pour l'instant accompli. Désormais, il est embarqué. Embarqué dans la grande aventure exaltante et imprévue de la vie, au côté de ses amis et de l'élue de son cœur. Embarqué dans l'immensité océanique de mondes inconnus à explorer.

Remerciements

À Pascal Bruckner, écrivain et philosophe, qui a généreusement pris le temps de lire ma première nouvelle et m'a encouragé à écrire un roman.

À Maxime Chapuis, professeur agrégé et docteur en philosophie, pour sa participation active à la rédaction des chapitres concernant l'université de la Sorbonne (découverte du lieu par le personnage principal et soutenance de son doctorat).

À Monique Lepreux, bibliothécaire à la retraite, pour ses lectures attentives des chapitres du roman et ses remarques toujours pertinentes.

Imprimé en France
Achevé d'imprimer en janvier 2022
Dépôt légal : janvier 2022

Pour

Le Lys Bleu Éditions
40, rue du Louvre
75001 Paris